U0097531

古典文獻研究輯刊

二 編

潘美月・杜潔祥 主編

第 10 冊

中國歷代《詩經》學

林葉連 著

國家圖書館出版品預行編目資料

中國歷代《詩經》學／林葉連著 — 初版 — 台北縣永和市：花
木蘭文化出版社，2006〔民95〕

序 4＋目 4＋304 面；19×26 公分
（古典文獻研究輯刊 二編；第 10 冊）

ISBN：986-7128-30-3（精裝）
1. 詩經－研究與考訂

831.18   95003571

ISBN 986712830-3

9 789867 128300

古典文獻研究輯刊
二 編 第 十 冊   ISBN：986-7128-30-3

中國歷代《詩經》學

作　　者	林葉連
主　　編	潘美月　杜潔祥
企劃出版	北京大學文化資源研究中心
出　　版	花木蘭文化出版社
發 行 所	花木蘭文化出版社
發 行 人	高小娟
聯絡地址	台北縣永和市中正路五九五號七樓之三
	電話：02-2923-1455／傳眞：02-2923-1452
電子信箱	sut81518@ms59.hinet.net
初　　版	2006 年 3 月
定　　價	二編 20 冊（精裝）新台幣 31,000 元

中國歷代《詩經》學

林葉連　著

作者簡介

林葉連　民國四十八年（公元 1959）二月，生於臺灣省南投縣，祖籍在福建省漳浦縣。中國文化大學文學博士。從民國六十九年（1980）起，先後從左松超、陳新雄、潘重規等三位教授學習《詩經》。研究成果，曾於 2004 年，榮獲中國《詩經》學會在河北承德避暑山莊頒發第二等獎。現任國立雲林科技大學漢學所副教授。其他著作有：《詩經論文》、《國學探索文集》、《勵志修身古鑑》。

提　　要

　　本書完成於民國七十九年（公元 1990），是繼甘鵬雲《經學源流考》、皮錫瑞《經學歷史》、本田成之《中國經學史》、馬宗霍《中國經學史》、胡樸安《詩經學》、徐復觀《中國經學史的基礎》、李威熊《中國經學發展史論》之後，較為完備之《詩經》學史。書中就中國歷代各朝的社會背景、學術取向、《詩經》學之流派、代表作家及其作品逐一推闡；資料蒐羅宏富，內容條理清晰，脈絡分明，極便讀者。

　　宋朝朱子主張：「今但信詩，不必信《序》」，其《詩集傳》為元、明、清三朝科舉考試的主要用書。此一廢《序》口號，歷經清朝今文學派的發揚，民國八年（公元 1019）五四運動以來，西學大量引進，以致十五〈國風〉被視為里巷男女的情歌；傳統尊《序》的說法，每每被指為穿鑿附會，廢《序》幾乎成為定局。本書對於《詩序》持珍貴及尊重的態度，在當時不利的環境下與許多著名學者的論述相牴牾，因此感到特別艱辛。為了辨別是非，書中有關宋朝朱子的觀點所做的反駁著墨最多。

　　筆者認為《詩經》是周朝政府推行政教的重要典籍，章學誠所說的「《六經》皆史」比較近乎情實。因此，這是一本引人進入傳統國學的書，不以標新立異為能事。對於有意探討中國《詩經》學的讀者而言，可說是扼要的入門書籍。至於筆者探討有關《詩經》問題的論文，則另外收錄在《詩經論文》一書，可視為與此書相輔相成之作。

　　關鍵字：詩經、詩經學、經學史、詩經學史

目錄

潘　序

自　序

第一章　《詩經》學之前奏 …………………………………………… 1

　　第一節　周朝之社會概況與史官制度 …………………………… 1

　　第二節　「以道德為根本」之教育政策 ………………………… 4

　　第三節　諷諫與「興」詩探源 …………………………………… 6

　　第四節　《詩經》教材 …………………………………………… 11

　　第五節　詩、禮、樂結合 ………………………………………… 12

　　第六節　賦詩引詩言志之風 ……………………………………… 14

第二章　孔、孟、荀論《詩》 ……………………………………… 17

　　第一節　孔子論《詩》 …………………………………………… 17

　　第二節　孟子論《詩》 …………………………………………… 23

　　第三節　荀子論《詩》 …………………………………………… 25

第三章　漢朝《詩經》學 …………………………………………… 29

　　第一節　漢朝經學概述 …………………………………………… 29

　　　　一、社會富庶繁榮 …………………………………………… 29

　　　　二、經書之復原 ……………………………………………… 30

　　　　三、獨尊經學 ………………………………………………… 31

　　　　四、官學與私學 ……………………………………………… 35

　　　　五、師法與家法 ……………………………………………… 41

　　　　六、齊學與魯學 ……………………………………………… 44

　　　　七、今、古文經學 …………………………………………… 49

　　　　八、石渠閣與白虎觀會議 …………………………………… 55

第二節　魯齊韓毛四家詩 ⋯⋯⋯⋯⋯⋯⋯⋯⋯ 56
　　一、《魯詩》 ⋯⋯⋯⋯⋯⋯⋯⋯⋯⋯⋯⋯⋯ 57
　　二、《齊詩》 ⋯⋯⋯⋯⋯⋯⋯⋯⋯⋯⋯⋯⋯ 61
　　三、《韓詩》 ⋯⋯⋯⋯⋯⋯⋯⋯⋯⋯⋯⋯⋯ 67
　　四、《毛詩》 ⋯⋯⋯⋯⋯⋯⋯⋯⋯⋯⋯⋯⋯ 71
第三節　阜陽漢簡《詩經》 ⋯⋯⋯⋯⋯⋯⋯⋯⋯ 93

第四章　魏、晉《詩經》學 ⋯⋯⋯⋯⋯⋯⋯⋯⋯ 95
第一節　經學中衰之原因與歷史背景 ⋯⋯⋯⋯ 95
　　一、經學極盛而衰之必然規律 ⋯⋯⋯⋯⋯ 96
　　二、漢末黨錮之禍打擊學術界 ⋯⋯⋯⋯⋯ 96
　　三、曹魏重法輕儒之風 ⋯⋯⋯⋯⋯⋯⋯⋯ 96
　　四、政局混亂與恐怖 ⋯⋯⋯⋯⋯⋯⋯⋯⋯ 97
　　五、清談與玄學盛行 ⋯⋯⋯⋯⋯⋯⋯⋯⋯ 98
　　六、唯美文風之負面作用 ⋯⋯⋯⋯⋯⋯⋯ 99
第二節　魏晉《詩經》學概況 ⋯⋯⋯⋯⋯⋯⋯ 99
　　一、有關經學博士之制度與兩漢不同 ⋯⋯ 99
　　二、今文經學衰退，古文經學綿延不絕 ⋯ 100
　　三、學術重鎮轉移 ⋯⋯⋯⋯⋯⋯⋯⋯⋯⋯ 101
　　四、北學、南學漸有分野 ⋯⋯⋯⋯⋯⋯⋯ 103
　　五、鄭、王學派爭執 ⋯⋯⋯⋯⋯⋯⋯⋯⋯ 104
　　六、《詩經》學家舉例 ⋯⋯⋯⋯⋯⋯⋯⋯ 108

第五章　南北朝《詩經》學 ⋯⋯⋯⋯⋯⋯⋯⋯ 109
第一節　各種文體欣欣向榮，使經學旁落一隅 ⋯ 109
第二節　南學、北學各有淵源，各具特色 ⋯⋯ 110
第三節　士族門閥維繫經學 ⋯⋯⋯⋯⋯⋯⋯⋯ 113
第四節　北朝較南朝重視經學 ⋯⋯⋯⋯⋯⋯⋯ 114
第五節　《詩經》方面，《毛傳》、《鄭箋》一枝獨秀 ⋯ 116
第六節　義疏之學興起 ⋯⋯⋯⋯⋯⋯⋯⋯⋯⋯ 117
第七節　《詩經》學家舉例 ⋯⋯⋯⋯⋯⋯⋯⋯ 119

第六章　隋唐《詩經》學 ⋯⋯⋯⋯⋯⋯⋯⋯⋯ 121
第一節　隋朝《詩經》學 ⋯⋯⋯⋯⋯⋯⋯⋯⋯ 121
　　一、隋皇輕視教育 ⋯⋯⋯⋯⋯⋯⋯⋯⋯⋯ 121
　　二、北學併於南學 ⋯⋯⋯⋯⋯⋯⋯⋯⋯⋯ 122
　　三、劉焯與劉炫 ⋯⋯⋯⋯⋯⋯⋯⋯⋯⋯⋯ 123
　　四、其他《詩經》學家 ⋯⋯⋯⋯⋯⋯⋯⋯ 126

　　第二節　唐朝《詩經》學 …………………………………… 126
　　　一、唐朝之學術風氣 ……………………………………… 126
　　　二、科舉明經 ……………………………………………… 128
　　　三、陸德明《經典釋文》 ………………………………… 129
　　　四、訂正群經文字 ………………………………………… 130
　　　五、群經義疏 ……………………………………………… 133
　　　六、反群經義疏及其它重要詩經學著作 ………………… 136
　　　七、敦煌學之《詩經》資料 ……………………………… 138
　　　八、敦煌《詩經》卷子之價值 …………………………… 141

第七章　宋朝《詩經》學 …………………………………………… 143
　　第一節　宋朝經學背景 …………………………………… 143
　　　一、重文輕武之政策 ……………………………………… 143
　　　二、崇尚氣節 ……………………………………………… 145
　　　三、刊印經書 ……………………………………………… 146
　　　四、學校與書院 …………………………………………… 147
　　　五、理學發達 ……………………………………………… 148
　　　六、科舉制度與王安石變法 ……………………………… 149
　　第二節　宋朝經學之發展趨勢 …………………………… 152
　　　一、宋初為唐學之餘響 …………………………………… 152
　　　二、慶曆以降之變革 ……………………………………… 152
　　　　（一）捨訓詁而趨義理 ………………………………… 152
　　　　（二）喜好新奇，好以己意解經 ……………………… 154
　　　　（三）疑經、改經之風盛行 …………………………… 157
　　　三、宋朝《詩經》學著作之分類 ………………………… 162
　　　四、《詩經》學著作簡介 ………………………………… 163
　　第三節　歐、呂、朱之《詩經》學 ……………………… 168
　　　一、歐陽修 ………………………………………………… 168
　　　二、呂祖謙 ………………………………………………… 174
　　　三、朱　熹 ………………………………………………… 181

第八章　元、明《詩經》學 ………………………………………… 211
　　第一節　元朝《詩經》學 ………………………………… 211
　　第二節　明朝《詩經》學 ………………………………… 214
　　　一、科舉之風壓倒學校教育與薦舉制度 ………………… 214
　　　二、《五經大全》自欺欺人，貽誤學子 ………………… 215
　　　三、王陽明學說盛行，其末流專事游談，束書不觀 …… 216

四、流行造偽、剽竊之學術歪風 …………………… 216
五、《詩經》學家舉例 ………………………………… 216

第九章　清朝《詩經》學 ……………………………… 219
第一節　清初《詩經》學發展之趨勢與時代背景（考據　學興盛之原因） ……………………………… 219
一、受明朝前、後七子提倡文章復古之影響 ……… 220
二、遠紹楊慎、焦竑、方以智之尚博雅 …………… 220
三、對明朝時文取士之不滿 ………………………… 220
四、清初四大學者力矯王學末流之空疏 …………… 221
五、胡渭、閻若璩喚起求真之觀念 ………………… 223
六、清廷懷柔、高壓並用之政策 …………………… 224
七、清朝表彰程、朱，列為官學 …………………… 225
八、受兩部自然科學著作之影響 …………………… 226
九、經濟安定繁榮，助長樸學興盛 ………………… 226
十、西學之影響 ……………………………………… 226
十一、得力於精良之研究法 ………………………… 227

第二節　今文經學之復興 …………………………… 228
第三節　《詩經》學家舉例 ………………………… 231
一、陳啓源 …………………………………………… 232
二、惠周惕 …………………………………………… 237
三、胡承珙 …………………………………………… 240
四、馬瑞辰 …………………………………………… 243
五、陳　奐 …………………………………………… 251
六、魏　源 …………………………………………… 259
七、姚際恆 …………………………………………… 267
八、方玉潤 …………………………………………… 269
九、《詩經》古音諸學者 …………………………… 272

第十章　結　論 ……………………………………… 279

參考書目 ……………………………………………… 285

潘　序

　　研究國學，其途徑應取建設而不尙破壞。以國人治國學，尤應寄以愛護之深情。其精者昌明之，闕者辨別之，不得以抨擊古人爲能事也。蓋衝車巨艦，所以衛國土；學術文化，所以延國脈，故治國學者實負國防最高之責任。近人每謂我國古籍多爲僞作，大施破壞，甚者直欲拉雜摧燒之然後快，此實國學當前之一大危機。群經中不爲世人所疑而尙目之爲眞者，厥爲《詩經》。今姑言其眞者，然後以之衡量群經諸子，然非即以他經子之爲僞也。

　　考《詩經》時代，師說雖有參差，大約可斷爲商初迄春秋之作品。爲之詮釋者，有子夏之《序》（《序》爲子夏作，予別有說），魯齊韓毛之傳；三家之學以魯爲最先，而毛更出其前。陸磯《毛詩草木蟲魚疏》謂毛公爲孫卿弟子，李斯爲相，荀卿猶存（見桓寬《鹽鐵論》）；魯申公受詩於浮丘伯，浮丘伯亦孫卿弟子（見《鹽鐵論》）；是毛公乃秦漢間人，釋經之作更無先於《毛傳》者矣。

　　至於詩經在學術上之重要，其詳有可得略說者：（一）《詩經》爲最古韻文之結集，後來騷賦詩詞之屬莫不溯源於此，允推爲文學之祖。（二）《詩經》文字訓詁與小學之關係綦大，清儒講古韻得有系統者正賴此書。（三）《詩經》本身即爲經學，孟子謂《詩》亡然後《春秋》作，《詩》之美刺即《春秋》之褒貶也。《春秋》主尊華攘夷，《詩序》亦謂〈小雅〉盡廢則四夷交侵；由此足見我種性一貫之精神，亦萬古不變之常道也。其他古代事制思想賴以考見者難以枚舉。尤有進者，道德修身之事，不獨尙理智，而亦重感情。詩人自抒其感，復能感人，讀者因詩觸發，其所感在隱微，非莊言法語之責人以必從，而人自不能不爲之動，故其於文也邻美，而於化爲捷。焦循《詩補疏・序》曰：「夫詩，溫柔敦厚者也，不質直言之，而比興言之；不言理而言情，不務勝人而務感人。故曰：興於詩，立於禮。」此詩可爲修身進德之大用，而與群經特異之處也。

　　《詩經》之重要既明，欲得《詩經》之奧義，謹標二語，以明要術。首定一尊，次除二弊。所謂定一尊者，詩之注釋，家數繁多，存《序》廢《序》，異說蠭起。今謂學者所宜謹守者，首推子夏之《序》、毛公之《傳》，後之闡明《詩》義者，皆當以此爲折衷，此不易之理也。考攻《序》之最力者，首推宋朱子；朱子謂今但信《詩》，不必信《序》，其言至足動人，後人受其影響亦最大。夫《序》有如題目，今捨題而空論其詩，焉能得其眞意。雖唐宋人之詩，苟失其題，且難得其本旨，況遠古之篇什乎？詩義隱微，〈黍離〉一詩，據《序》乃知爲閔宗周也，

大夫行役至于宗周，過故宮室宗廟，盡爲禾黍，閔周室之傾覆徬徨不忍去而作。苟去其《序》，竟不知其何所指，家自馳說，人各有心，果將何所底止乎？所以尊《序》、《傳》者，即以其去古較近，其義近眞也。

　　所謂除二蔽者，一曰除文字之蔽。《詩》傳世緜遠，古今之異，儼若南北之殊。蓋語言文字，非一成不變之物，乃隨時代地域而變遷者也。殊方之語，賴譯人而通；絕代之言，恃傳注而解。不遵古傳而解經，猶不諳蜀語而自以吳音解之，其謬豈可勝道。故不明古義而輒以今義解詩，此之謂文字之蔽。如〈小雅・斯干〉：「噲噲其正，噦噦其冥，君子攸寧。」《傳》云：「正，長也。冥，幼也。」箋云；「正，晝也。冥，夜也。」後人以此解爲迂，而實非迂。蓋古人辨別事物，概念滿胡，長者居先，幼者居後，晝先夜後，遂目晝夜爲長幼；此猶《爾雅》郭注謂姒娣相呼先後，今川俗呼日爲大太陽，月爲二太陽，亦其比矣。《大戴禮・誥志篇》：虞史伯夷曰；「明，孟也；幽，幼也。」蓋孟即長之意，以明爲長，以幽爲幼，足證斯義之不謬矣。觀上舉例，知古詩文義，今人視之似極無理者，若能達古人辭言之情，則疑滯渙然冰釋矣！能不以今義害古義，而又洞曉屬文體例，斯之謂能除文字之蔽。

　　二曰除事制之蔽。古人風俗習慣，道德標準，多異於今，則所言所事相同，而古人之意有不同於今人者矣。不明古之事制，則於古人之言不能無蔽，此之謂事制之蔽。〈凱風〉之詩，《序》以爲雖有七子之母猶不能安其室。舊說皆以爲不安於室，母欲再嫁。後人每執《孟子》「〈凱風〉，親之過小者也」一言，以爲再嫁大惡，孟子何得過小稱之。又漢明帝〈與東平王書〉有「以慰凱風寒泉之思」之語，何以毫無忌諱羞道之意，此由不達古俗初不以再嫁爲悖禮也。案出母有服，著於《禮經》（〈喪服〉：出妻之子爲母期）；鰥寡媲合，司於周官（〈地官・媒氏〉：司男女之無夫家者而會之）；此禮制之見諸經典者。即在兩漢之世，再嫁之舉，雖帝王家不以爲諱。漢武推恩於異父所生，光武爲其寡姊湖陽公主擇壻，此往事之昭焯在人耳目者，足以見古代不恥再嫁；古之禮教，非《儒林外史》所譏之禮教也。能探明古代事制以究《詩》義，斯之謂能除事制之蔽。循此漸進，庶幾足以大明經義矣。

　　林生葉連聞余說而悅之。因命葉連博覽古今，涵濡眾學，勿爲余說所囿。歷數歲，遂成《中國歷代詩經學》一編，亦足見其治學之勤矣。所冀篤志不移，精進不怠，博觀約取，以臻大成。余老矣，猶當拭目以俟之。

中華民國八十二年二月

潘重規　序於臺北寓居。時年八十有六。

自 序

依照古聖先賢的昭示，《詩經》的效用很多，這兒唯一要標舉出來的，是《禮記·經解篇》所言：「溫柔敦厚，詩教也。」

高師仲華在〈論文藝鑑賞的修養〉一文中舉了實例，令人印象深刻：

《左傳》載：楚王滅掉了息國，擄去了息侯的夫人，和他生了兩個兒子，一個是堵敖，一個就是楚成王；但是息夫人始終不肯和楚文王講一句話。問她：「為甚麼不肯講話？」她說：「我以一婦人而事二夫，縱不能死，還有何話可說！」

息夫人這樣的遭遇，自然會引起了多少詩人的歎息。王維〈詠息夫人〉：「莫以今時寵，而忘舊日恩！看花滿眼淚，不共楚王言。」「莫以今時寵，而忘舊日恩」兩句，直道息夫人的心事。「看花滿眼淚」一句，寫得多麼的嬌柔，多麼的可憐！一個沒有抵抗力的嬌柔女子，聽人擺佈，聽人踐踏，想起了美滿的青春竟這樣度過去了，對著那嬌柔的花兒，如何能不興起自己的遭遇，而滿眼流淚呢？「不共楚王言」一句，又寫出弱者的悲憤，無言的抵抗，是多麼值得同情呀！杜牧〈題桃花夫人廟〉：「細腰宮裡露桃新，脈脈無言幾度春。至竟息亡緣底事？可憐金谷墜樓人。」拿殉節的綠珠（連按：綠珠，晉女子名，為石崇殉節，跳樓自殺。）和失節的息夫人並論，深惜息夫人不能一死；且以息國之亡，歸罪到息夫人的身上。不知息以弱小而亡，與息夫人何涉！一個人在緊要關頭時能否一死，全視其個性是剛烈抑是柔弱。若以剛烈的尺度，量測柔弱的女子，自難合度。杜牧的議論雖然正大，卻不能說是忠厚長者之言。鄧孝威〈題息夫人廟〉：「楚宮慵掃黛眉新，只是無言對暮春。千古艱難惟一死，傷心豈獨息夫人！」對息夫人的不能一死，也在痛惜。但是看到息夫人的傷心，卻不忍深責她了。孝威的用心，較之牧之是仁厚多了。袁枚〈詠綠珠〉：「人生一死談何易，看得分明是丈夫。猶記息姬歸楚日，下樓還要侍兒扶。」雖然對於綠珠備致推崇，但將息夫人卻寫得太無恥了，好像息夫人是願意失節的。對一個滿懷委屈的弱女子，用這一種筆墨去挖苦她，真可算是猥薄之至了。我們比較了王、杜、鄧、袁四

　　家詠息夫人的詩，我們對這四個作家的爲人、性格、感情，以及表現感
　　情的藝術，都可以得到一個明確的認識。

溫柔敦厚是極崇高的人格素養，在功利主義高漲、人情苛薄寡恩、充滿仇恨與鬥
爭的現代社會，尤其需要「思無邪」的詩篇來浸染、改造人心，使社會祥和溫馨，
充滿歡樂。

　　我讀《詩經》，有三種樂趣：第一，《毛詩·序》說：「詩者，志之所之也，
在心爲志，發言爲詩。情動於中而形於言，言之不足，故嗟歎之；嗟歎之不足，
故永歌之；永歌之不足，不知手之舞之，足之蹈之也。」儘管先民已逝而遠去，
但他們喜怒哀樂的情懷、逆順契闊的境遇，都鮮活地呈現在《詩經》當中；誦《詩》
三百，能在悠游涵養的同時，獲致神交古人的樂趣。第二，上古史料貧乏，有關
祖先們的文教政經、典章制度、社會風貌，以及各種文獻的名物訓詁、微言大義，
即使學者所論不盡相同，但每位學者都旁徵博引、殫思竭慮，無非想要圖寫出上
古的眞貌；在這讀書人的行列裡頭，洋溢著研究的樂趣。第三，潘師石禪講授詩
經，諄諄善誘、誨人不倦。在學時期，我年年前往聽講，如坐春風之中，仰霑時
雨之化；除了訓詁考據、辭章義理之外，更心領神會「溫柔敦厚」的宿儒風範；
因此，尤其令我手舞足蹈的，是陶冶性情、朝斯夕斯的樂趣。

　　中國歷代有關《詩經》學的著作，林林總總、洋洋大觀，勢難縷陳。本書論
述歷代的社會概況、經學背景、學術取向及《詩經》學的流派、代表作家及其學
說；希望它有提綱挈領的作用，能夠幫助讀者迅速走入《詩經》學的領域。其中
疏漏舛誤或識見所未逮之處，敬請賢達君子不吝賜教。

　　承蒙潘師石禪賜予封題及序文，學生書局丁文治先生慨允付梓，在此一併致
謝。

中華民國八十二年二月六日　林葉連　謹誌

第一章 《詩經》學之前奏

第一節 周朝之社會概況與史官制度

從縱剖面看，周朝社會宛如一座尖形寶塔；一片大地，稱為「野」，其居民為「野人」或「鄙人」。寶塔名曰「國」，「國」中以周天子地位最高，其次是諸侯、卿大夫、士。「國人」皆為統治階級，以士為最下層；「野人」為被統治階級。

周朝封建儀式中，天子不僅「授土」，而且「授民」，自天子、公、卿大夫、士至庶人、奴隸之間，有極嚴格之等級區分，即《左傳》所謂「王臣公，公臣大夫，大夫臣士，士臣皂，皂臣輿，輿臣隸，隸臣僚，僚臣僕，僕臣台；馬有圉，牛有牧」〔註1〕，層層主從；各級之間，有一定之權利義務關係。

廣大「野」地裡，「野人」之田地及住宅由封建領主分配整個村落來使用，各家不得私有。「野人」之主要義務，是在封君之公田上從事集體生產勞動，《詩經》所謂「千耦其耘」、「十千維耦」是其景象。「野人」工作時，由田畯監工。所謂「私田」，即「野人」糧食所自出之田地，其地亦非「野人」私有。農暇之時，則須為封君服勞役，其自由受極大之限制，不得隨意遷徙。

在此一制度下，「野人」是基於人身之隸屬關係，亦即封建領民對其領主之隸屬關係而為其封君供給種種實物、雜役及耕種公田之勞役。勞役與實物之徵收皆根據封建政治隸屬關係而來，乃是一種政治性或非經濟性之徵歛。

此外，又有工與商，皆為貴族服務、生產。更低下者，則有皂、輿、隸、僚、僕、臺、圉、牧；其主人可視之為物品，互相贈與；又可隨意殺死奴隸，而不受任

〔註1〕見《左傳·昭公七年》。此間漏列農、工、商等自由民。見潘英著《中國上古史新探》，頁442～443，明文書局，民國74年。

何限制。如東周時，晉獻公嘗欲試驗肉裡是否有毒，先試狗，狗即死；試奴隸，奴隸亦死，可知其身價之低微〔註2〕。

若無特殊原因，其階級均世世代代相襲不變。

> 在禮，家施不及國，民不遷，農不移，工賈不變。(《左傳·昭公二六年》)
> 其卿讓於善，其大夫不失守，其士競於教，其庶人力於農穡，商工皁隸不知遷業。(《左傳·襄公九年》)
> 庶人、工、商各守其業以共其上。(《國語·周語上》)
> 士之子恆為士，……工之子恆為工，……商之子恆為商，……農之子恆為農。(《國語·齊語》)

西周封建社會，秩序嚴密，階級制度嚴格，統治者與被統治者之身分均絕對化，形成君子、小人之階級對立。士以上之貴族為君子，農以下之平民與奴隸是小人。「君子勤禮，小人盡力」〔註3〕、「君子勞心，小人勞力」〔註4〕、「君子尚能以讓其下，小人力農以事上」〔註5〕，故貴族是勞心者，平民與奴隸是勞力者；前者「治人」而「食於人」，後者「治於人」而「食人」〔註6〕；前者是統治者，後者是被統治者，兩者之間相隔一層銅牆鐵壁，不可逾越〔註7〕。李仲立曰：

> （西周社會）士以上是統治階級，統治階級中也是以君臣相依賴。士以下是被統治階級，包括農業勞動者、工商業者及家內奴隸。……他們（庶人）要去耕種公田，還要將自己織的布、獵取的野豬……都要獻給主人，還要服營建宮殿之類的勞役，還要去當兵作戰。總之，是完全依附於領主，受著超經濟的剝削。大家所熟知的《周禮》，……顯示了不同等級的各種差別。因而等級制度滲透到了西周經濟、政治、軍事、文化、教育以及社會生活的各個領域，可以說等級的存在，就是西周國家的存在〔註8〕。

上古時代，史乃氏族成員之最早稱號，隨政治組織之形成，而後逐漸演變成官名。原始氏族共同體最緊要之大事為祭祀，故祭祀為史之最首要工作。祭祀時，「后」、「牧」與全體史皆須參加，主祭者常為專業巫師，卻世代相傳不以巫之身分

〔註2〕傅樂成主編，《蕭璠著中國通史──先秦史》，頁87～124，眾文圖書公司。

〔註3〕《左傳，成公十三年》。

〔註4〕《左傳·襄公九年》。

〔註5〕同註4。

〔註6〕《孟子·滕文公上》。

〔註7〕潘英著《中國上古史新探》，頁441～442，明文書局。

〔註8〕李仲立〈試論西周社會性質〉，《中國古代史論叢》，總第八輯，頁372～373，福建人民出版社，1983年12月。

主祭，而以史之身分主祭；巫之一切活動均以史名，故巫即史也。

周朝實施封建、宗法制度，揚棄神權政治，政、教分離；史屬於宗教系統，其政治地位因而逐日下降。

政治地位下降後之史官，除掌握宗教權外，仍掌理「諸侯之策」；其職掌所及，包括神事、祭祀、祝告、卜筮、曆數、天祥、災祥、喪禮等天事，以及錫命、策命、聘問、約聘、刑法、盟誓、氏族譜系、征伐、記事、司典、籍田等政治事務，是以仍為當時世家大族所敬畏尊崇。其最大貢獻在於保存、延續古代之學術，維繫禮統，成為知識中心。

周朝之史，大抵分化為史、工、卜、祝、宗。《左傳·定公四年》，祝佗謂封伯禽時，「分之土田陪敦，祝、宗、卜史，備物典策，官司彝器」。工是樂師，卜是卜人，祝是太祝，宗是宗伯；約言之，皆是史，皆是巫。至春秋時代，其名目仍混淆不清，有祝、史連稱者〔註9〕，有祝、宗連用者〔註10〕，有工、史並舉者〔註11〕，太史固然「實掌其祭」〔註12〕，祝佗父也可「祭於高堂」〔註13〕；卜固然可以占卜〔註14〕，而史亦可占卜〔註15〕。舉凡有關神、人間之宗教事務，史仍居樞紐地位〔註16〕。降至春秋時代，史官之主要職務仍是天、人之間之事，甚至獨立於政治統治權之外。

史、卜、祝、宗等有關宗教系統之官吏，最初似乎由周王直接派赴各封建國，與「授民」封建之性質並無不同。然而，封建各國，甚至采邑大夫為顧及自身之利益與方便，均不能不自有祝、史。

史官之性格特殊，在列國之間，常互通聲氣；一國之事，不僅本國史官記載，

〔註 9〕見《左傳》桓公六年、襄公二七年、昭公十七年、十八年、二六年。
〔註10〕見《左傳》成公十七年，襄公九年、十四年，昭公二五年，《國語·周語》下、魯語上、楚語下。
〔註11〕見《國語·魯語上》。
〔註12〕見《左傳·閔公二年》。
〔註13〕見《左傳·襄公二五年》。
〔註14〕見《左傳》閔公二年、僖公十五年、十七年、二五年，昭公五年。
〔註15〕見《左傳》莊公二二年，閔公元年，僖公十五年，文公十三年，成公十六年，襄公九年、二五年，哀公九年。
〔註16〕賴長揚、劉翔〈兩周史官考〉一文，謂兩周史官分為太史、內史兩個系統，太史之職掌如下：1、掌陰陽天時禮法，參與各種儀式。2、掌文字。3、箴王闕，備顧問。4、為王使。5、時或與內史共同參與處理田邑交換事。6、掌族譜氏姓資料。7、掌書史，保存文獻檔案。內史之職掌如下：1、參與祭祀，交通神人。2、掌記錄王命，代王宣命。3、箴王闕，備咨詢。4、受王派遣傳達王命、出使。5、掌握各地宗族譜系資料。見《中國史研究》1985～2，頁104～105，1985年5月。

他國史官同樣記載，例如：齊崔杼連殺太史三人，南史氏亦執簡以往〔註17〕。史官實已逐漸擺脫宗教事務，專以典書、記錄爲主要職掌〔註18〕。

此外，西周官吏之掌教化者，有庶子、訓人；掌宗教祭祀者，有瞍、瞽、矇、鬱人、犧人、太祝、卜正，可見其分工精細，自成制度〔註19〕。

第二節　「以道德爲根本」之教育政策

孔子之前，士以上之統治階級方能享有受教育之機會。上古時代之教育，詩教、禮教、樂教息息相關，一言以蔽之，曰：「以道德爲根本」。《尚書·舜典》曰：

> 帝曰：「夔，命汝典樂，教胄子。直而溫，寬而栗，剛而無虐，簡而無傲。詩言志，歌永言，聲依永，律和聲；八音克諧，無相奪倫；神人以和。」
> 〔註20〕

潘師石禪論之曰：

> 這段記載，說明了虞舜時代已任命夔做主持教育的官吏，而施教的對象是胄子；施教的工具，便是盡善盡美的詩歌與音樂。這種教育的制度與精神，一直貫注到周代。我們看《周禮》春官所屬有關詩教的官員，有大司樂、樂師、大胥、小胥、大師、小師、瞽矇、典同、磬師、鍾師、笙師、鎛師、韎師、籥師、籥章、田祖、鞮鞻氏、典庸器、司干等，每一官職，都訂明了職掌事項。……周代的教師制度正是唐虞以來的延伸。……施教的宗旨，特別重視德行和藝術〔註21〕。

有關教育制度與職掌，《周禮》保留若干重要史料，其中再三申明者，厥爲道德；舉例如下：

> 師氏掌以媺詔王，以三德教國子：一曰至德，以爲道本；二曰敏德，以爲行本；三曰孝德，以知逆惡〔註22〕。

又曰：

> 大司樂掌成均之法，以治建國之學政，而合國之子弟焉。凡有道者、有德者，使教焉；死則以爲樂祖，祭於瞽宗。以樂德教國子，中、和、祗、庸、

〔註17〕《左傳·襄公二五年》。
〔註18〕同註7，頁374～377。
〔註19〕同註7，頁416、417。
〔註20〕《尚書正義》，頁276，中文出版社。
〔註21〕潘師石禪〈孔門詩教初講〉，《孔孟月刊》二五卷十二期，頁14，民國76年8月。
〔註22〕《周禮注疏》，卷十四，頁1572，中文出版社。

孝、友。以樂語教國子，興道、諷誦、言語〔註23〕。

又曰：

大師掌六律六同，以合陰陽之聲，……教六詩，曰風、曰賦、曰比、曰興、曰雅、曰頌；以六德爲之本，以六律爲之首〔註24〕。

又曰：

瞽矇掌播鼗、柷、敔、塤、簫、管、弦、歌，諷誦詩、世奠繫、鼓琴瑟。掌九德六詩之歌，以役大師〔註25〕。

《禮記》曰：

樂正崇四術，立四教，順先王《詩》《書》禮樂以造士。《春秋》教以禮樂，冬夏教以《詩》《書》〔註26〕。

又曰：

大學之教也，時教必有正業，退息必有居學。不學操縵，不能安弦；不學博依，不能安詩；不興其藝，不能樂學。故君子之於學也，藏焉、脩焉、息焉、遊焉〔註27〕。

又曰：

先王之制禮樂也，非以極口腹耳目之欲也，將以教民平好惡而反人道之正也〔註28〕。

《國語・楚語上》載楚莊王使士亹傅太子箴，士亹請益於申叔時，申叔時曰：

教之詩而爲之導廣顯德，以耀明其志。

古時，甚至太子亦須接受嚴格之教育，《大戴禮》曰：

及太子既冠成人，免於保傅之嚴，則有司過之史，有徹膳之宰。太子有過，史必書之；史之義，不得不書過，不書過則死。過書，而宰徹去膳；夫膳宰之義，不得不徹膳，不徹膳則死。於是有進善之旌，有誹謗之木，有敢諫之鼗；鼗史誦詩，工誦正諫，士傳民語，習與智長，故切而不攘，化與心成，故中道若性，是殷周所以長有道也〔註29〕。

由上述資料，可知當時之《詩》教屬於公辦事業，制度十分完備；溯自上古，

〔註23〕書同註22，卷二二，頁1698。
〔註24〕書同註22，卷二三，頁1716～1718。
〔註25〕書同註22，卷二三，頁1720。
〔註26〕《禮記注疏》，卷十三，頁2902，王制，中文出版社。
〔註27〕書同註26，卷三六，頁3297，學記。
〔註28〕書同註26，卷三七，頁3311，樂記。
〔註29〕《大戴禮記》卷三，頁3，保傅。《四部叢刊》本。

一脈相承，絕非始於「子以四教」之時〔註30〕。

第三節　諷諫與「興」詩探原

《尚書·益稷》（〈皋陶謨〉）曰：

> 帝庸作歌，曰：「敕天之命，惟時惟幾。」乃歌曰：「股肱喜哉，元首起哉，
> 百工熙哉。」皋陶拜手稽首，颺言曰：「念哉！率作興事，慎乃憲，欽哉！
> 屢省乃成，欽哉！」乃賡載歌曰：「元首明哉，股肱良哉，庶事康哉！」
> 又歌曰：「元首叢脞哉，股肱惰哉，萬事墮哉！」帝拜曰：「俞，往欽哉！」

虞舜時代，君臣間互相誡敕勉勵，即藉詩歌以達意，其淵源不可謂不古。

《孝經·諫諍章》曰：

> 天子有爭臣七人，雖無道，不失其天下；諸侯有爭臣五人，雖無道，不失
> 其國；大夫有爭臣三人，雖無道，不失其家；士有爭友，則身不離於令名；
> 父有爭子，則身不陷於不義。

諫諍之功能為上古君王所認同，然此觀念並非始於孔子等儒家學者之倡導。周朝詩篇，除用以教育貴族子弟外，又能用以諷喻君上，發揮輔弼時政之作用。《詩經》本文即有顯言美刺、諷諫之字句，例如：〈魏風·葛屨〉：

> 維是褊心，是以為刺。

〈小雅·節南山〉：

> 昊天不平，我王不寧。不懲其心，覆怨其正。家父作誦，以究王訩。式訛
> 爾心，以畜萬邦。

〈小雅·何人斯〉：

> 作此好歌，以極反側。

〈大雅·民勞〉：

> 王欲玉女，是用大諫。

至如《左傳·昭公十二年》：

> 昔穆王欲肆其心，周行天下，將皆必有車轍馬跡焉。祭公謀父作〈祈招〉
> 之詩以止王心，王是以獲沒於祗宮。……其詩曰：「祈招之愔愔，式昭德
> 音。思我王度，式如玉，式如金。形民之力，而無醉飽之心。」

〔註30〕墨家主張非禮、非樂，反對儒家；而墨子一書不乏引詩、談詩之例。墨子學詩之處所，
　　　　當在傳統官學，而非學自儒家。顯然，孔子之於教育，功在教育機會之普及與推廣，
　　　　並非內容之新創。

杜預注:「此詩逸」,今本《詩經》不見〈祈招〉詩;然此詩之作,乃欲「以止王心」,已由《左傳》申明之矣。

　　以詩諷諫,則君主、臣下皆須各有修爲;君主當廣開言路,並具備寬宏納諫之胸襟,《詩序》所謂「言之者無罪,聞之者足以戒」是也;至於臣下,則須鍛鍊委婉諷喻之表現法,《詩序》所謂「主文而譎諫」是也。試從古籍尋找若干實例,《國語》曰:

　　厲王虐,國人謗王。邵公告曰:「民不堪命矣!」王怒,得衛巫,使監謗者,以告,則殺之。國人莫敢言,道路以目。……邵公曰:「是障之也。防民之口,甚於防川。川壅而潰,傷人必多,民亦如之。是故爲川者決之使導,爲民者宣之使言。故天子聽政,使公卿至於列士獻詩,瞽獻曲,史獻書,師箴,瞍賦,矇誦,百工諫,庶人傳語,近臣盡規,親戚補察,瞽、史教誨,耆、艾修之,而後王斟酌焉,是以事行而不悖」〔註31〕

又曰:

　　見范文子,文子曰:「……故興王賞諫臣,逸王罰之。吾聞古之王者,政德既成,又聽於民,於是乎使工誦諫於朝,在列者獻詩使勿兜,風聽臚言於市,辨袄祥於謠,考百事於朝,問謗譽於路,有邪而正之,盡戒之術也。」

〔註32〕

又曰:

　　昔衛武公年數九十有五矣,猶箴儆於國,曰:「自卿以下至於師長士,苟在朝者,無謂我老耄而舍我,必恭恪於朝,朝夕以交戒我;聞一二之言,必誦志而納之,以訓導我。」在輿有旅賁之規,位宁有官師之典,倚几有誦訓之諫,居寢有褻御之箴,臨事有瞽史之導,宴居有師工之誦。史不失書,矇不失誦,以訓御之,於是乎作〈懿戒〉以自儆也。及其沒也,謂之睿聖武公〔註33〕。

《左傳·襄公十四年》曰:

　　自王以下,各有父兄子弟以補察其政,史爲書,瞽爲詩,工誦箴諫,大夫規誨,士傳言,庶人謗,商旅於市,百工獻藝。故《夏書》曰:「遒人以木鐸徇于路,官師相規,工執藝事以諫」,正月孟春,於是乎有之,諫失常也。

《禮記·王制》曰:

〔註31〕《國語》卷一,頁9,〈周語上〉,漢京出版。
〔註32〕《國語》卷十二,頁410,〈晉語六〉。
〔註33〕《國語》卷十七,頁551,〈楚語上〉,漢京出版。

天子五年一巡守：歲二月，東巡守，至于岱宗，柴而望祀山川，覲諸侯，問百年者（就見之）〔註34〕。命大師陳詩以觀民風，……五月，南巡守，至于南嶽，如東巡守之禮。八月，西巡守，至于西嶽，如南巡守之禮。十有一月，北巡守，至北嶽，如西巡守之禮。歸，假于祖禰，用特。

《漢書・藝文志》曰：

古有采詩之官，王者所以觀風俗，知得失，自考正也。

《漢書・食貨志》曰：

殷周之盛，詩書所述，要在安民，富而教之。……孟春之月，群居者將散，行人振木鐸徇于路，以采詩，獻之大師，比其音律，以聞於天子。故曰：王者不窺牖户而知天下〔註35〕

周王何以如此重視臣下之諷諫？據《尚書・康誥》，武王封康叔，而誥之曰：

惟乃丕顯考文王，克明德慎罰，不敢侮鰥寡，庸庸，祇祇、威威、顯民。用肇造我區夏；越我一二邦，以修我西土。惟時怙，冒聞於上帝，帝休。天乃大命文王，殪戎殷，誕受厥命。

《詩經・周頌・昊天有成命》曰：

昊天有成命，二后（文王、武王）受之。

《詩・大雅・皇矣》曰：

皇矣上帝，臨下有赫；監觀四方，求民之莫。維此二國（指夏、殷），其政不獲；維彼四國，爰究爰度。上帝耆之，憎其式廓。乃眷西顧，此維與宅。……天立厥配，受命既固。

可見周王以爲其政權得自天命；然此一天命，並非不可移轉；鑒於夏、殷二朝，以無德而亡，故詩人引爲警惕，〈大雅・蕩〉曰：

蕩蕩上帝，下民之辟。疾威上帝，其命多辟。天生烝民，其命匪諶。靡不有初，鮮克有終。文王曰：「咨！咨汝商。曾是彊禦，曾是掊克；曾是在位，曾是在服。……」文王曰：「咨！咨汝商。女炰烋于中國，歛怨以爲德。不明爾德，時無背無側；爾德不明，以無陪無卿。」文王曰：「咨！咨汝商。天不湎爾以酒，不義從式。既愆爾止，靡明靡晦。式號式呼，俾晝作夜。」……殷鑒不遠，在夏后之世。

〈周頌・敬之〉：

〔註34〕王夢鷗曰：「『就見之』三字似爲疏解語。《白虎通・巡守篇》引，無此三字。」見《禮記今註今譯》，頁170，商務印書館。

〔註35〕《漢書》，卷二四上，頁1123，〈食貨志第四上〉，鼎文書局。

敬之敬之，天維顯思。命不易哉。無曰：「高高在上」。陟降厥士，日監在茲。維予小子，不聰敬止。日就月將，學有緝熙于光明。佛時仔肩，示我顯德行。

故有德者能獲致天命，無德足以亡國。而「皇矣上帝，臨下有赫，監觀四方」，使王者戰戰兢兢，如臨深履薄。褚斌杰、章必功曰：

> 周代天命觀與政治的關係特別密切，它不但與奴隸主統治在命運上休戚與共，……而且在內容上與奴隸主統治絲絲入扣，它的基本觀點，如「天命靡常」、「求民之莫」、「自求多福」、「上天譴告」等又是直接用來回答如何鞏固王者政權問題的，這種宗教世界觀其實是一種宗教政治觀。它所表現的哲學意義不過是這種宗教政治的副產品〔註36〕。

而上天有何憑據以斷定其有德或無德？《尚書・泰誓》曰〔註37〕：

> 天矜于民，民之所欲，天必從之。
>
> 天視自我民視，天聽自我民聽。

《尚書・酒誥》曰：

> 古人有言曰：「人無於水監（鑑），當於民監。」今惟殷墜厥命，我豈可不大監于時。

《左傳・桓公六年》引季梁語：

> 夫民，神之主也，是以聖人先成民而後致力於神，……於是乎民和而神降之福。

周桂鈿曰：

> 西周統治者……最早把「民」和「天」聯繫起來，認爲，天是順從民的欲望的，……天的意志和人民的願望是一致的；要知道天的意志，就要注意考察人民的願望，因此，應該把民情、民意作爲自己的政治鏡子。……在先秦時代，有兩種「天」，一種「天」和最高統治者聯繫在一起，「天子」是「天」的意志代表，「大人者與天地合其德」（《周易・乾文言》）。另外一種「天」，是和人民聯繫在一起的，民心所向代表著上天的意志〔註38〕。

至此，對於周王何以命人陳詩以觀民風，何以行人振木鐸徇于路以采詩〔註39〕，何

〔註36〕褚斌杰、章必功〈詩經中的周代天命觀及其發展變化〉，《北京大學學報》1983～6，頁69。

〔註37〕以下兩句，《左傳・昭公元年》及《孟子・萬章上》嘗引用，故可信。

〔註38〕周桂鈿〈天命論產生的進步意義〉，《北京師範大學學報》1986～5，頁57～58。

〔註39〕關於「采詩」之制，班固《漢書・食貨志》曰：「行人振木鐸徇于路以采詩，獻之太師，比其音律，以聞於天子。」而何休注《公羊傳・宣公十五年》：「男女有所怨恨，相

以諷誦箴諫各有官守，皆可瞭然矣。要言之，人民謂其有德或無德，實關乎天命之是否轉移，故周王極重視來自詩篇之諷諫。

作詩諷諫，當在制禮之後。《毛詩注疏》引鄭玄《六藝論・論詩》曰：

> 詩者，弦歌諷喻之聲也。自書契之興，朴略尚質，面稱不爲諂，目諫不爲謗，君臣之接如朋友然，在於誠懇而已。斯道稍衰，姦僞以生，上下相犯。及其制禮，尊君卑臣，君道剛嚴，臣道柔順；於是箴諫者希，情志不通，故作詩者以誦其美而譏其過〔註40〕。

君道臣道既立，尊卑剛柔以分；作詩諷喻，必須講究委婉含蓄，否則恐有不測之災。試觀《韓非子》之文，此情可知矣，韓非子曰：

> 故度量雖正，未必聽也；義理雖全，未必用也。大王若以此不信，則小者以爲毀訾誹謗，大者患禍災害死亡及其身。……故文王說紂而紂囚之，翼侯炙，鬼侯腊，比干剖心，梅伯醢，夷吾束縛，而曹羈奔陳，伯里子道乞，傅說轉鬻……皆世之仁賢忠良有道術之士也，不幸而遇悖亂闇惑之主而死〔註41〕。

又曰：

> 貴人有過端，而說者明言禮義以挑其惡，如此者身危。……凡說之務，在知飾所說之所矜而滅其所恥。……大意無所拂悟，辭言無所繫縻，然後極騁智辯焉，此道所得親近不疑而得盡辭也。……夫龍之爲虫也，柔可狎而騎也，然其喉下有逆鱗徑尺，若人有嬰之者則必殺人。人主亦有逆鱗，說者能無嬰人主之逆鱗則幾矣〔註42〕。

詩人諷喻君主，除擬獲致箴諫之功效外，尚須爲全身保生著想。故詩人或目睹政治黑暗、主上闇昧，或身受不白之冤，或歎世風日下……因而滿腔憤悶，不吐不快；卻又由於有所顧忌而不敢明白道出，遂改用含蓄委婉之隱喻法，以發抒內心豐沛之感觸；此作法即六義之「興」。「興」法盛行之後，無論譏刺或讚美，均大量出現此一隱喻式作品。因其詩旨隱晦，後人必須經由《詩序》之提示，方能了解「興」詩

從而歌，飢者歌其食，勞者歌其事。男子六十、女子五十無子者，官衣食之，使之民間求詩。鄉移于邑，邑移于國，國以聞於天子。」班固主張：王官下至各國采詩。何休主張：各地自采，以獻天子。夏承燾〈采詩和賦詩〉一文（載於江磯編《詩經學論叢》，頁 57）以爲班、何兩說皆有可疑，故難成立。夏氏所舉疑點，固然不無道理，然《詩三百》必無自然會聚之理，而周朝確已然集詩成冊；因此，與其廢班、何之說，不如兩存之。

〔註40〕見《毛詩注疏》，頁 4，〈詩譜・序正義〉。藝文印書館。
〔註41〕見陳奇猷《韓非子集釋》卷一，頁 48，〈難言〉。華正出版社。
〔註42〕書同註41，卷四，頁 221～224，〈說難〉。

之本義。（詳見漢毛傳及宋朱子章）

　　春秋時代，道家視「天」爲「自然」，否定天命思想。荀子所建立之儒家哲學，亦主張制天、用天，使天命論宣告破產；其弟子韓非、李斯轉而成爲法家人物，助秦攻取天下；任武尚法，秦王終於完成統一大業。此後，歷代君王之天命思想已不如周朝君主之濃烈，故民情諷喻已不被視爲必要，昔日採詩、獻詩、諷誦詩之官職悉遭裁撤，隱喻式之「興」體亦隨政治環境、制度之改變而淪入自生自滅之境地。漢武帝雖設樂府官署，然其政治意義與周朝採詩大有差別，是以《詩三百》與漢樂府以降之民間歌謠有本質上之差異。周朝諷喻之風仍然存其餘響於漢代，今文家「以三百篇諫」是也。

第四節　《詩經》教材

　　由前述「二、『以道德爲根本』之教育政策」中所引古籍資料，可證明堯舜時已用詩樂作爲施教之主要課程，周朝則秉承前人餘緒耳。《左傳・襄公二十九年》，吳公子季札請觀周樂；當時樂工所歌周樂，即今《詩經》三百篇之樂章，唯次序與今本《詩經》略有參差；而此年，孔子爲八歲幼童，是《詩經》早已流行定本之確證〔註43〕。何敬群寫〈從三禮春秋傳探討詩在周代之應用〉一文，其前言曰：

　　　　我們所以要作這樣的探討者，即是要明瞭詩歌作用之大、淵源之遠，並非始自周代，而是自唐虞至春秋，幾近二千年，中間並沒有中斷，才知道詩之所以毓孕我漢民族的深厚，才可以認識詩在周代所以發揮其偉大作用之因由，與周代之重視《詩》教，實「亦猶行古之道而已」耳〔註44〕。

〔註43〕朱東潤〈詩三百篇成書中的時代精神〉一文（載於江磯編《詩經學論叢》，頁35）謂《左傳》襄公二十九年（西元前544）季札觀樂一事是春秋後人所捏入，爲不可靠之資料。朱氏謂：「季札所通者，爲吳王夷末（昧），夷末嗣位在是年5月，季札至魯在6月，先君餘祭初死，新君嗣位，季札居然請觀周樂；那麼，他至戚以後，就不應當責備孫文子『君又在殯而可以樂乎？』假如杜預所言，季札所通者爲吳王餘祭，餘祭即位在魯襄公二十五年，季札何以遲至二十九年，始到魯國？」今按：《左傳・襄公二十九年》有「吳子餘祭觀舟，閽以刀弒之」，此或殺傷，未至喪命，故杜預以爲季札所通者爲吳王餘祭；而《左傳》所載閽人弒餘祭一事，杜預豈有不知之理？據陸峻嶺、林幹合編之《中國歷代各族紀年表》（大陸，內蒙古出版社。臺灣，木鐸出版社），頁129，以爲吳王餘祭卒於西元前531年；是季札所通者，吳王餘祭也；是季札觀樂之事或許可信。

〔註44〕何敬群〈從三禮春秋傳探討詩在周代之應用〉，《珠海學報》三期，頁71，民國59年6月。

春秋時代，儒墨是對立之顯學，幾乎至於水火不相容之地步，段熙仲曰：

我們細細地在兩家傳流的代表學者的著作中，卻找出了一點：儒墨主要學者都喜好引據兩部書——《詩》和《尚書》〔註45〕。

段氏指出墨家引詩與今行《毛詩》偶有出入，分爲四類：一是異文，二是異解，三是異體（文體），四是詩章次序有異。故段氏曰：

《詩三百》的名篇雖同，內容的理解則異。兩家的流派本來有別，取材於古文獻可以相同，見仁見智，在某種特殊情況下，出現共同的語言是可能的，一般地說，有不同卻可以是常態〔註46〕。

由此可見，孔子以前，《詩三百》已是流行於世之學術教材；儒、墨解詩，則是大同小異。潘師石禪論及《詩經》教材，曰：

看了季札觀樂歌詩，內容次序幾乎全與今本相同。惟〈豳風〉今本在風詩最後，歌詩在秦之前。可見三百篇規模先具，孔子不過稍加整理。所以《周禮‧春官‧大師》：「教六詩，曰風，曰賦，曰比，曰興，曰雅，曰頌」，鄭注引鄭司農云：「古而自有風雅頌之名，故延陵季子觀樂於魯時，孔子尚幼，未定詩書，而曰爲之歌〈邶〉〈鄘〉〈衛〉，曰：是其〈衛風〉乎？又爲之歌〈小雅〉〈大雅〉，又爲之歌〈頌〉。《論語》曰：吾自衛返魯，然後樂正，雅頌各得其所；時禮樂自諸侯出，頗有謬亂不正，孔子正之。」可見《詩三百》篇是周代舊日施教的課本，孔子仍然採用，不過稍加整理的工作而已〔註47〕。

第五節　詩、禮、樂結合

孔穎達於《禮記‧經解》正義云：

詩爲樂章，詩樂是一而別教者，若以聲音干戚以教人，是《樂》教也；若以詩辭美刺諷諭以教人，是詩教也。

《禮記‧樂記》云：

詩言其志也，歌詠其聲也，舞動其容也；三者本於心，然後樂器從之。

又前述「二、『以道德爲根本』之教育政策」中，已徵引史料若干條，足證古時之教育，詩、禮、樂、舞之關係極爲密切。

〔註45〕段熙仲〈詩三百與顯學爭鳴、經師異義〉，江磯編《詩經學論叢》，頁280。
〔註46〕文同註45，頁289。
〔註47〕文同註21，頁16。

　　宋朝程大昌、清朝顧炎武主張《詩》三百篇部分入樂，而宋朝鄭樵、元朝吳澂、清朝陳啓源、馬瑞辰、魏源、皮錫瑞則主張《詩三百》皆可入樂；後說是也。

　　詩、禮、樂結合，是詩之典禮化，孔子曰：「依於禮，成於樂」，即其寫照。

　　周人於典禮中，除演奏規定之音樂外，另有餘興節目，名曰無算樂。皮錫瑞曰：

> 詩之入樂，有一定者，有無定者，如鄉飲酒禮間歌〈魚麗〉，笙〈由庚〉；歌〈南有嘉魚〉，笙〈崇邱〉；歌〈南山有臺〉，笙〈由儀〉，合樂〈周南・關雎〉、〈葛覃〉、〈卷耳〉，〈召南・鵲巢〉、〈采蘩〉、〈采蘋〉。鄉飲酒禮，合樂同。燕禮閒歌，歌鄉樂，與鄉飲酒禮同。大射〈歌鹿〉鳴三終。《左氏傳》云：〈湛露〉，王所以宴樂諸侯也。〈彤弓〉，王所以燕獻功諸侯也。〈文王〉，兩君相見之樂也。〈鹿鳴〉、〈四牡〉、〈皇華〉，嘉鄰國、君勞使臣也，此詩之入樂有一定者也。鄉飲酒禮正歌備後，有無算樂，注引《春秋》襄二十九年吳公子季札來聘，請觀於周樂，此國君之無算；然則《左氏傳》載列國君卿賦詩言志、變風變雅，皆當在無算樂之中，此詩之入樂無一定者也。若惟正風正雅入樂，而變風變雅不入樂，吳季札焉得而觀之，列國君卿焉得而歌之乎？〔註48〕。

　《儀禮》保留上古禮制，其記載鄉飲酒禮所奏音樂，即《詩經》之篇章。《儀禮》曰：

> 樂正先升，立于西階東；工入，升自西階，北面坐；相者東面坐，遂授瑟，乃降。工歌〈鹿鳴〉、〈四牡〉、〈皇皇者華〉。……笙入，堂下，磬南，北面立；樂〈南陔〉、〈白華〉、〈華黍〉。……乃閒歌〈魚麗〉，笙〈由庚〉；歌〈南有嘉魚〉，笙〈崇丘〉；歌〈南山有臺〉，笙〈由儀〉。乃合樂〈周南・關雎〉、〈葛覃〉、〈卷耳〉，〈召南・鵲巢〉、〈采蘩〉、〈采蘋〉。工告于樂正曰：正歌備。樂正告于賓，乃降〔註49〕。

又曰：

> 說屨，揖讓如初，升坐，乃羞，無算爵，無算樂，賓出，奏陔。（「無算樂」下，鄭注曰：「燕樂亦無數，或閒或合，盡歡而止也。《春秋》襄二十九年，吳公子季札來聘，請觀于周樂，此國君之無算。」）〔註50〕。

林耀潾先生曰：

> 周公制禮作樂，以化成天下，蓋以禮樂爲國，治天下可示諸掌矣；然徒禮而無詩，禮必拘謹而束縛，徒樂而無詩，又何足以至一唱而三歎！故《禮

〔註48〕《經學通論》，頁55，「論詩無不入樂，《史》《漢》與《左氏傳》可證」，商務印書館。
〔註49〕《儀禮・卷九》，頁8，中文出版社。
〔註50〕《儀禮・卷十》，頁5，中文出版社。

記・仲尼燕居》云：「不能詩，於禮緲；不能樂，於禮薄。」又云：「志之
所至，詩亦至焉；詩之所至，禮亦至焉；禮之所至，樂亦至焉。」古於祭
祀朝聘宴享必歌詩以成禮，此典禮用詩之所由也。《左傳》云：「國之大事，
在祀與戎。」祭祀爲重要之政治活動，詩之寓教喻作用，於此見焉。而宴
享之際亦必歌樂以成禮，以收賓主盡歡、融融洩洩之緻；此即禮樂用途之
詩教也〔註51〕。

又曰：

祭祀、燕享所用之詩，於《詩經》本文中皆有之，而《儀禮》燕禮、鄉飲
酒禮所載典禮運用之詩則偏於宴享，大射儀、鄉射禮所載則爲射禮所奏樂
歌。……蓋祭祀祖先，則陳敬天畏祇之心，以篤慎終追遠之教；祭祀社稷，
則祈豐年穰穰，冀萬億及秭，上足以事父母，下足以蓄妻子，又有餘力（原
作「遺力」）用諸祭祀燕享也。燕享之禮，則用以敦篤君臣友朋故舊之誼；
君以之勞臣下，臣以之敬君上；使臣以禮，事君以忠，善頌善禱，雍容穆
穆。而於射禮之中，亦必歌樂以成禮，揖讓而升，下而飲，其爭也君子。
詩教之大義已由典禮之運用見之矣。（同上）

詩、禮、樂融合之「典禮化」教育，即古代中國傳統之教育；其最重大之收效，在
於詩篇之普及化。舉凡國家典禮、酒會、慰勞使臣、射禮……皆須奏樂歌唱；奏樂
即奏詩，是以知識分子人人通習詩篇；此一現象，正是上古「賦詩言志」得以暢行
無阻之先決條件。

第六節　賦詩引詩言志之風

班固《漢書・藝文志》詩家序錄曰：「誦其言謂之詩，詠其聲謂之歌。」是誦、
歌有別。〈漢志〉於詩賦家序錄又曰：「不歌而誦謂之賦」，黃振民先生遂主張「賦與
誦相同，而與歌有別」〔註52〕。又曰：

賦詩多在正式場合中行之，而言語上之引詩則否；賦詩係以詩文代替辭
令，爲辭令之主體，而言語上之引詩則係以詩文作強調或註解己意之用，
僅屬辭令之部分〔註53〕。

〔註51〕參見林耀潾〈周代典禮用詩之詩教意義〉，《中華文化復興月刊》十八卷五期，民國
　　　　74年5月。
〔註52〕黃振民〈論古人之賦詩及引詩〉，頁2。《師大學報》十五期。
〔註53〕同註52。

而蔣勵材先生則曰：

> 賦詩是「以聲節之」的「歌」詩，引詩則是「倍文」的誦詩〔註54〕。

黃以爲賦、歌有別，蔣以爲賦、歌同類。再者，蔣先生謂「引詩則是『倍文』的誦詩」，則倍文、誦詩混同，然鄭玄注《周禮》大司樂：「倍文曰諷，以聲節之曰誦。」賈公彥《疏》云：「倍文謂不開讀之，直言無吟誦。誦亦背文，又爲吟誦，以聲節之。」是倍文與誦詩不可混同也。

白惇仁先生曰：「賦、誦、歌三者，在周代不僅體例有異，且有專司的樂人，分任其事。……《國語‧周語》：公卿列士獻詩，瞽獻曲，史獻書，師箴，瞍賦，矇誦。職掌分明，並足以說明誦、賦是分工的，是不可相溷的。」〔註55〕鄭玄注《禮記‧文王世子》：「誦謂歌樂，弦謂以絲播詩。」孔穎達疏云：「誦謂歌樂，口誦歌樂之篇章，不以琴瑟歌。以絲播詩，以琴瑟播詩之音節。」白惇仁先生又曰：「誦乃樂語，爲大司樂所師傳，爲瞽矇所職掌；雖爲不配奏琴瑟的徒歌，但卻有其聲節。……在誦詩的時候，當能在詩句的抑、揚、頓、挫、高、下、疾、徐、洪、細之間，發揮辭情和聲情之美感，表達其人的意願，足使聞之者入於耳而感於心。」（同上）可知，歌必被以管弦，而誦則否。至於賦、誦之別，白先生語焉不詳。

黃振民先生引《左傳》襄公十四年、二十八年記載賦詩之事，而作「誦詩」，以證「賦」與「誦」相同，而與歌有別，其言曰：

> 考賦、誦與歌之別，在賦、誦係以聲節之背文誦念，而歌則係用樂伴奏之歌詠〔註56〕。

《詩經‧小雅‧常棣》，孔疏曰：

> 鄭答趙商云：凡賦詩者，或造篇，或誦古。所云誦古，指此召穆公所作誦古之篇，非造之也。

此乃賦詩、誦詩同類之旁證。蓋上古時代，詩樂不分，多被絲竹以歌詩；繼而詩、樂逐漸分離，賦詩、誦詩之風氣流行於交際應對之場合；其後，則風行言語之引詩。

夏承燾曰：

> 春秋時代，詩三百篇在政治上的作用，詳見於《左傳》。《左傳》引詩，共一百三四十處；其中關於卿大夫賦詩的，共三十一處。他們有的拿詩來作爲辦國際交涉的辭令，有的拿它作爲官僚士大夫間互相讚美或互相諷刺和規勸的工具，也有拿它揭發政治階層的昏庸醜惡，爲人民作呼籲、控訴的

〔註54〕蔣勵材〈孔子的詩教與詩經〉（上），《孔孟學報》二七期，頁81。
〔註55〕白惇仁〈春秋時代誦詩考〉，《孔孟月刊》十一卷十一期，頁15。
〔註56〕文同註52。

　　　　武器〔註57〕。

春秋時代，各國使節聘問宴享、交涉專對之時，若賦詩得體，不僅令人尊敬，甚至能建立外交功勞。例如《左傳·襄公八年》，晉范宣子聘魯，賦詩應對有方，君子以「知禮」譽之。《左傳·僖公二十三年》，重耳流亡至秦，趙衰助重耳賦詩應對，公子賦〈河水〉，公賦〈六月〉，終獲秦國相助〔註58〕。《左傳·成公二年》，晉敗齊師于鞍地，齊之賓媚人爲使，引詩以折晉人，遂能不質母后，又使齊國免於災殃。《左傳》襄公二十六年，齊、鄭賦詩，使晉國釋放衛侯。

　　至如《左傳》襄公二十七年、二十八年，齊慶封聘魯，賦詩不知〈相鼠〉、〈茅鴟〉。《左傳·昭公十二年》，宋華定聘魯，魯爲賦〈蓼蕭〉，弗知，又不答賦。《左傳·襄公十六年》，齊高厚在晉賦詩不類，幾乎釀成戰禍。故在此人人賦詩言志之社會中，必須人人熟習詩篇，以免貽笑大方，或招致災禍；孔子曰：「不學詩，無以言」，其此之謂乎！

　　考周代言語引詩之功用，或引詩以論人，或引詩以論事，或引詩以證言，無不條達情意，無形中蔚成彬彬儒雅之風；其風教之雍容和穆可知。至於其言語引詩之方式，則可分四端言之，一曰直用詩義，二曰引申詩義，三曰斷章取義，四曰引詩譬喻〔註59〕。

　　賦詩、引詩皆屬《詩三百》之應用，故或與作詩之本義不合。清姚文田曰：

　　　　春秋時，列國大夫賦詩見志，其所取往往非作者之意。余嘗考〈有女同車〉、
　　　　〈山有扶蘇〉、〈蘀兮〉、「子惠思我」（〈褰裳〉）諸詩，《小序》皆以爲刺君；
　　　　乃當日其國之卿，方並歌以爲賓榮；賓亦稱曰：數世主〔註60〕。

魏源嘗論引詩、賦詩之現象有四：「可不計采詩之世」、「不必問作詩之事」、「與詩人之意可以違反乖刺」、「不必用作詩之本意」〔註61〕。故魏氏深知賦詩、引詩皆難證詩之本義。

〔註57〕夏承燾〈采詩和賦詩〉，江磯編《詩經學論叢》，頁62。
〔註58〕其事又見於《國語·晉語》。
〔註59〕林耀潾〈周代言語引詩之詩教意義〉，《東方雜誌》，復刊十九卷三期，頁36。
〔註60〕姚文田《邃雅堂集》，卷十六，〈讀詩論〉。
〔註61〕魏源《詩古微》，卷二，頁12，〈毛詩義例篇上〉。

第二章　孔、孟、荀論詩

第一節　孔子論詩

高師仲華曰：

《史記》説：「孔子以《詩》、《書》、《禮》、《樂》教，弟子蓋三千焉，身
通六藝者七十有二人。」以《詩》教，是文學教育；以《書》教，是歷史
教育；以《禮》教，是生活教育；以《樂》教，是藝術教育；這是孔子弟
子所受的一般的教育。至於優秀的弟子，更要授以《易》與《春秋》；以
《易》教，是思想教育；以《春秋》教，是政治教育〔註1〕。

又曰：

他（孔子）是一個最偉大的思想家，他是一個最偉大的教育家，這是舉世
所公認的。（同上）

孔子嘗整理《詩三百》以做爲教材，於詩教形成之歷程，實處於關鍵地位。然
詩教淵源甚古，並非濫觴於孔子。周公曾作〈七月〉以陳王業之艱難，作〈鴟鴞〉
以救亂；據《國語・周語》，〈時邁〉、〈棠棣〉、〈思文〉三詩，亦周公所作以明教戒。
推而廣之，由周室之史所編之詩，均含有教戒之意義〔註2〕。根據《尚書》、《周禮》、
《禮記》……之記載，學校以詩、樂教貴族子弟，是詩教之制度化，並非始於孔子；
而對於教育之普及，孔子則功不可沒。何敬群先生曰：

《大戴記》：「衛將軍文子問子貢曰：吾聞夫子之施教也，先以詩。」孔子
之施教，亦確是以詩爲先的。《論語》：「子所雅言，詩書執禮。」他論政

〔註1〕高師仲華〈孔子的詩教〉，《高明孔學論》叢，頁168，黎明，民國67年。
〔註2〕林耀潾〈先秦詩教義述〉，頁64。《孔孟學報》五五期。

教，即在「興於詩，立於禮，成於樂。」他教弟子，即説：「小子！何莫學夫詩。詩，可以興，可以觀，可以群，可以怨。」這並不是孔子在以詩教爲其理想中的烏托邦，而是詩教爲幾千年以來，人性國情，陶冶之所自，已深植在天下人的心口之中。天如「未喪斯文」，則以後涵濡人性，陶鑄國情，也還是要以詩教爲最適合。詩的作用，不只是「達於政事」，利於「專對」，而是在興觀群怨之能調達人情。尤其是群之一義，更爲溝通人心，銷除爾虞我詐的救藥。……因此，孔子自衛反魯，便汲汲於正樂編詩，使雅頌各得其所。魯太師便立即採用其「始作，翕如也！從之，純如也！皦如也！繹如也！」的節奏。孔子所以贊之曰：師摯之始，關雎之亂，洋洋乎！盈耳哉！孔子除哭弔之日外，即不廢取瑟而歌。冉求也説：君子三年不爲禮，禮必崩；三年不爲樂，樂必壞。因之，孔門的弟子，便無不嫻於詩禮之教；曾皙爲舞雩之遊，則風詠而歸；子游爲武城之宰，則弦歌而治〔註3〕。

孔子詩教，意義重大，影響深遠，由此可見一斑。孔子教導其子伯魚曰：

「不學詩，無以言。」（《論語・季氏篇》）

「女爲〈周南〉、召南矣乎？人而不爲〈周南〉、召南，其猶正牆面而立也與？」（《論語・陽貨篇》）

南容再三吟味《詩・大雅・抑篇》：「白圭之玷，尚可磨也；斯言之玷，不可爲也」，孔子見其謹言慎行，謂南容「邦有道，不廢；邦無道，免於刑戮」（《論語・公冶長》），故以姪女歸之。（《論語・先進篇》：「南容三復白圭，孔子以其兄之子妻之。」）夏承燾曰：

其實孔門詩教，除了「興、觀、群、怨」的文學內容之外，還有：（一）詩聲之教，《史記・孔子世家》所謂「三百五篇，孔子皆絃歌之」，這是音樂方面的。（二）詩義之教，《論語》所謂「邇之事父，遠之事君」、「誦詩三百，授之以政……使於四方……」，這是倫理、政治方面的。（三）詩言之教，《論語》所謂「不學詩，無以言」、「子所雅言，詩書執禮，皆雅言也」、「多識於鳥獸草木之名」，這是文字語言方面的〔註4〕。

可知孔門詩學是一多層面之教育。

孔子曾闡發《詩經》之微言大義，爲漢朝四家詩之遠源，但齊、魯、韓、毛之

〔註3〕何敬群〈從《三禮》春秋傳探討詩在周代之應用〉，《珠海學報》三期，頁90，民國59年6月。

〔註4〕夏承燾〈采詩和賦詩〉，江磯編《詩經學論叢》，頁61，嵩高書社，民國74年。

詩學頗有歧異；究其原因，除四家詩各具詩學環境外，孔子講論之方式，或不無影響。楊承祖先生曰：

> 如關雎，毛詩說是美文王「后妃之德」，魯詩、韓詩則說是刺康王宴起，所言本事既乖，時世亦殊，美刺也大相逕庭。……既然都是孔門後學，師弟相承，何以對詩本事的解說，會相去如此之遠呢？唯一可能的解釋，便是孔子並沒有把三百篇的本事完完全全傳授下來。……孔子有無正變、美刺的觀念姑且不論，即使有，也一定沒有逐篇講定，所以才會有毛以為美，三家以為刺的情形〔註5〕。

有關詩之要旨，《論語・為政篇》：

> 子曰：《詩三百》，一言以蔽之曰：思無邪。

朱熹注《論語・為政篇》「思無邪」，曰：

> 凡詩之言，善者可以感發人之善心，惡者可以懲創人之逸志；其用歸於使人得其情性之正而已。

高師仲華曰：

> 「思無邪」的詩，當其贊美時，不會流於諂媚；當其諷刺時，不會流於毀謗；所以能「正得失，動天地，感鬼神」（語見《毛詩序》），在人類社會裡發生好的影響。司馬遷說：「〈國風〉好色而不淫，〈小雅〉怨誹而不亂。」（見《史記・屈賈列傳》）何以「好色」而能「不淫」？何以「怨誹」而能「不亂」？那就是由於作者的「思無邪」，由於作者有一顆純潔、真摯而切至的心。……《論語・子罕篇》載有一首逸詩：「唐棣之花，偏其反而。豈不爾思，室是遠而。」孔子批評這首詩說：「未之思也！夫何遠之有？」……這首詩的作者借「室是遠而」來掩飾他的「未之思也」，還要虛偽地說「豈不爾思」，可見他的思想不夠純潔、他的感情不夠真摯、他不能夠做到「思無邪」，所以他的這首詩就不被收入《詩經》，而成為逸詩了〔註6〕。

黃永武先生曰：

> 「思無邪」三字，當然是從「道德影響」的角度去鑑賞詩的。……孔門中，學習《詩經》最有心得的子夏，已將這種詩觀進一步地發揮講明，子夏在〈詩大序〉中說：「變風發乎情，止乎禮義」；「發乎情」就是「思」，「止

〔註5〕楊承祖〈詩經正變說解蔽——兼論孔子授詩的態度〉，《孔孟月刊》三卷三期，頁27，民國53年11月。
〔註6〕文同註1，頁175。

乎禮義」就是「無邪」。變風尚且「思無邪」，則推論之，正風乃是「發乎情，合乎禮義」，不必「止」而自然能「合」，更是思無邪。……《荀子》說：「詩者，中聲之所止也。」（〈勸學篇〉）所謂「中聲」就是孔子說的「樂而不淫，哀而不傷」，哀樂都是「思」，不淫不傷即是「無邪」……〔註7〕。

可見「思無邪」有助於道德之提昇。至於詩之功用，《論語‧陽貨篇》載：

子曰：小子！何莫學夫詩？詩，可以興，可以觀，可以群，可以怨；邇之事父，遠之事君；多識於草木鳥獸之名。

分述如下：

一、情志方面──可以興，可以觀，可以群，可以怨

高師仲華曰：「孔子稱說子貢可與言詩，是由於『告諸往而知來者』。孔子稱說子夏可與言詩，是由於『起予』。所謂『告諸往而知來者』和『起予』，就是能『興於詩』，能從詩得到啟發〔註8〕。」劉彥和《文心雕龍‧物色篇》曰：

春秋代序，陰陽慘舒，物色之動，心亦搖焉。……歲有其物，物有其容；情以物遷，辭以情發。一葉且或迎意，蟲聲有足引心。況清風與明月同夜，白日與春林共朝哉！是以詩人感物，聯類不窮。流連萬象之際，沉吟視聽之區；寫氣圖貌，既隨物以宛轉；屬采附聲，亦與心而徘徊。

「詩人感物，聯類不窮」，讀者感詩，亦可聯類不窮；其間環環相扣，「啟發」之原理一致；聯類者，聯想譬況也。王應麟曰：

關關之雎，摯有別也；呦呦之鹿，食相呼也。德如鳲鳩，言均壹也；德如羔羊，取純潔也；仁如騶虞，不嗜殺也。鴛鴦在梁，得所止也；桑扈啄粟，失其性也；……相鼠碩鼠，疾惡也；采葛采苓，傷讒也〔註9〕。

此「可以興」之例也。至於「可以觀」，《詩序》曰：

治世之音安以樂，其政和；亂世之音怨以怒，其政乖；亡國之音哀以思，其民困。

蔣勵材先生曰：

風乃風誦、風教、風俗、風土、風刺之風，風俗風土無不與風諷、風教、風刺有關。風為草野之詩，其體溫厚婉善，故言之者無罪，聞之者足以戒。雅訓為正，兼謂正言正聲，主於備箴規，存勸戒，記四方之風俗與王政之興廢。雅為朝廷之詩，其體愷切敷陳，明白直告，無取諷辭，隱情畢見。

〔註7〕黃永武〈釋「思無邪」〉，《中華文化復興月刊》十一卷九期，頁26，民國67年9月。

〔註8〕文同註1，頁178，183。

〔註9〕王應麟《困學紀聞》，卷三，頁22，《四部叢刊‧廣編》，冊二八，商務。

頌本為容為誦，或歌或舞，主於揚盛德，敘成功，以告神明。……三者都
是將詩與政事和教化，結合在一塊。所以孔子認定詩可以觀察風俗盛衰及
政治得失，由此而通曉為政之道。……古時有所謂「獻詩」、「陳詩」、「采
詩」、「求詩」的說法，大概也都是這種關係〔註10〕。

高師仲華以為詩之功用，除觀察作詩者之情志外，又可觀察讀詩者之情志，及觀察
用詩者之情志。如《論語‧先進篇》，南容三復白圭，孔子觀察而知其為謹言慎行之
人，故以其兄之子妻之。又如《論語‧八佾篇》，孟孫、叔孫、季孫只是魯國大夫，
於祭祀完畢、收樽俎之時，歌〈雍〉詩：「相維辟公，天子穆穆」，孔子觀察得知三
家懷有亂紀犯上之情志〔註11〕。

　　至於「可以群」，高師仲華曰：

「群」是溝通人的情志，……孔子教導伯魚說：「不學詩，無以言。」……
孔子說：「誦《詩》三百，授之以政，不達；使於四方，不能專對；雖多，
亦奚以為！」……不管是內政或外交，都要做到溝通人的情志；而溝通人
的情志，全靠語言文字的運用。詩是把語言文字運用得最巧妙、最美麗的，
「學詩」就可學到這種表現技巧，所以古來的許多政治家、外交家都曾經
學過詩，而且能運用詩，在《左傳》裡，這種例證是很多的〔註12〕。

　　「可以怨」，可以宣洩人之情志也。《詩經‧陳風‧墓門》：「夫也不良，歌以訊
之」，〈小雅‧節南山〉：「家父作誦，以究王訩」，孔子評〈關雎〉曰：「〈關雎〉樂而
不淫，哀而不傷」（《論語‧八佾篇》），〈大雅‧烝民〉：「吉甫作誦，穆如清風」。鍾
嶸《詩品‧序》曰：

至於楚臣去境，漢妾辭宮；或骨橫朔野，或魂逐飛蓬；或負戈外戍，殺氣
雄邊；塞客衣單，孀閨淚盡；或士有解佩出朝，一去忘返；女有揚蛾入寵，
再盼傾國。凡斯種種，感蕩心靈，非陳詩何以展其義？非長歌何以騁其情？

皆是「可以怨」之說明。

二、倫理方面——邇之事父，遠之事君

　　王應麟曰：「子繫好〈晨風〉〈黍離〉，而慈父感悟；周磐誦〈汝墳〉卒章，而為
親從仕；王裒讀〈蓼莪〉，而三復流涕；裴安祖講〈鹿鳴〉，而兄弟同食。」〔註13〕
高師仲華曰：

〔註10〕蔣勵材〈孔子的詩教與詩經〉（上），《孔孟學報》二七期，頁84～85。
〔註11〕文同註1，頁179～181。
〔註12〕文同註1，頁181～182。
〔註13〕書同註9，卷三，頁7。

在五倫裡，以父子這一倫爲最近，以君臣這一倫爲最遠。孔子説：「邇之事父，遠之事君」，舉最近與最遠的來説，而在其間的人倫關係自然都包括在內。詩的功用，可以促進各種人倫的關係，這是孔子最重要的文學思想。孔子的思想是以倫理思想爲中心的，其他的思想——包括政治思想、教育思想、文學思想等——都是圍繞著這個中心而開展的。何以説詩可以促進各種人倫的關係呢？即如我們讀到〈小雅·蓼莪〉的詩，……能夠不感念父母的恩，而促進父母與子女的關係嗎？又如我們讀到〈小雅·常棣〉的詩，……能夠不感念兄弟的情誼，而促進兄（姊）與弟（妹）的關係嗎？又如我們讀到〈鄭風·女曰雞鳴〉的詩，……能夠不感念夫婦的諧和，而促進丈夫與妻子的關係嗎？又如我們讀到〈小雅·伐木〉的詩，……能夠不感念友生的重要，而促進師生與朋友的關係嗎？又如我們讀到〈大雅·棫樸〉的詩，……能夠不感念君臣的親厚，而促進領袖與部屬的關係嗎？詩可以促進各種人倫的關係，在《荀子》與《韓詩外傳》裡，記載孔子與子貢的對話，發揮得尤爲盡致〔註14〕。

三、智識方面——多識於鳥獸草木之名

所謂「鳥獸草木」，邢昺疏《論語》曰：「言詩人多記鳥獸草木之名，以爲比興，則因又多識於此鳥獸草木之名也。」

由於孔子有「多識於鳥獸草木之名」之説，而後，《詩經》學遂有研究名物一派，如吳陸璣著《毛詩草木鳥獸蟲魚疏》，隋人著《毛詩草蟲經》；宋蔡卞著《毛詩名物解》，陸佃著《詩物性門類》；元楊泰著《詩名物編》，許謙著《詩集傳名物鈔》；明馮復京著《六家詩名物疏》，林兆珂著《毛詩多識編》，吳雨著《毛詩鳥獸草木考》，毛晉著《毛詩陸疏廣要》；清毛奇齡著《續詩傳鳥名》，姚炳著《詩識名解》，陳大章著《詩名物輯覽》，丁晏有《陸疏校正》，焦循有《陸氏疏》，趙佑有《毛詩草木鳥獸蟲魚校正》，俞樾有《詩名物證古》。此外，由《詩經》名物研究，擴大爲一切名物之研究，成爲訓詁學中爾雅一派，如《爾雅》、《小爾雅》、《廣雅》、《埤雅》、《爾雅翼》、《駢雅》、《通雅》、《說雅》、《選雅》、《比雅》、《拾雅》、《疊雅》、《支雅》等，保存豐富資料，有助於考證〔註15〕。

關於孔子刪詩，見第九章第三節「八、方玉潤」，茲不贅。

〔註14〕文同註1，頁184～186。
〔註15〕文同註1，頁188～189。

第二節　孟子論詩

《史記·孟荀列傳》:「天下方務於合從連橫,以攻伐爲賢,而孟軻乃述唐虞三代之德,是以所如者不合,退而與萬章之徒,序詩書,述仲尼之意,作《孟子》七篇。」《孟子》全書七篇,每篇皆有引詩,計〈梁惠王篇〉八處、〈公孫丑篇〉三處、〈滕文公篇〉六處、〈離婁篇〉八處、〈萬章篇〉五處、〈告子篇〉四處、〈盡心篇〉一處,凡三十五處。林耀潾先生曰:

> 孟子之學,以性善說及政治思想爲主,其政治思想主以德服人之仁政,論及態度則以先王爲典率,施行之對象則以鰥寡孤獨爲起始,其内容則爲注重民生及教化;於民生言,首須使民有恆產,故民事不可緩,復須人君與民同樂,推恩於民;於教化言,國家當即是時明其政刑之效及使民知孝悌之義。而孟子於申言此重要學說時,無不引詩以證,以增強其論,若天衣之無縫,令人不得不從。蓋孟子雖揭「以意逆志」及「知人論世」之說詩準則,然其詩教之大宗,實以證成其說爲主:《詩經》幾成孟子學說之注腳矣〔註16〕。

一、以意逆志

《孟子·萬章篇》:「故說詩者,不以文害辭,不以辭害志,以意逆志,是爲得之。如以辭而已矣,〈雲漢〉之詩曰:『周餘黎民,靡有孑遺。』信斯言也,是周無遺民也。」此言說詩之法,不可以一字而害一句之義,不可以一句而害設辭之志,當以文意迎取作者之志,乃可得之。糜文開先生曰:

> 孟子舉〈大雅·雲漢〉篇中,「周餘黎民,靡有孑遺」描述旱災慘重的兩句作爲例子加以説明。照字面講,旱災已慘重到周朝的老百姓沒有半個留存的了。但實際情形,不致如此,這只是誇大的形容,以強調災情的慘重而已。孑,無右臂;孓,無左臂,但「孑遺」不解爲無右臂者的留存,要活用作「半個人的留存」講,這叫做「不以文害辭」。而知道「靡有孑遺」,只是形容災情的慘重,這叫做「不以辭害志」。玩味全篇文意,這兩句話只是天子祈雨時要天老爺和始祖后稷垂憐災情慘重,賜降甘霖而已,這叫做「以意逆志,是爲得之」〔註17〕。

「以意逆志」之讀詩法,堪稱美善,然而孟子兼採「斷章取義」之法,例如〈梁惠王下〉:

〔註16〕林耀潾〈孟子之詩教〉,《中華文化復興月刊》十八卷九期,頁24。
〔註17〕糜文開〈孟子與詩經〉(下),《大陸雜誌》三六卷二期,頁60。

王曰：「寡人有疾，寡人好貨。」對曰：「昔者公劉好貨。詩云：『乃積乃
倉，乃裹餱糧。于橐于囊，思戢用光。弓矢斯張，干戈戚揚，爰方啓行。』……
王曰：「寡人有疾，寡人好色。」對曰：「昔者大王好色，愛厥妃。詩云：
『古公亶父，來朝走馬。率西水滸，至于岐下。爰及姜女，聿來胥宇。』……」。

所引詩句，一出於〈大雅・公劉〉，一出於〈大雅・緜〉；詩僅言公劉之遷徙，孟子
便斷公劉有好貨之志；詩僅言古公亶父之率其妃避狄難，孟子便斷古公亶父有好色
之志。蓋發揚王道學說為孟子著書之重點，其主旨不在解說詩篇之本義，故「斷章
取義」之例，不一而足。

二、知人論世

《孟子・萬章下》云：

《孟子・謂萬章》曰：「一鄉之善士，斯友一鄉之善士；一國之善士，斯
友一國之善士；天下之善士，斯友天下之善士。以友天下之善士為未足，
又尚論古之人：〈頌〉其詩，讀其書，不知其人，可乎？是以論其世也，
是尚友也。」

林耀潾先生曰：

孟子道性善，以為人若能充其本然之心，存其夜氣，則仁義不可勝用矣。
然亦重環境予人之影響，所謂「居移氣，養移體。」曾云：「今夫麰麥，
播種而耰之，其地同，樹之時又同，浡然而生，至於日至之時，皆熟矣：
雖有不同，則地有肥磽，雨露之養、人事之不齊也。」（告子上）以喻人
性本善，其所以為惡者，乃受客觀環境之影響，是以認為「文武興則民好
善，幽厲興則民好暴。」（同上）「富歲子弟多賴，凶歲子弟多暴。」（同
上）雖亦有無待文王猶興者，然必期之於豪傑之士而後可，若夫凡民鮮有
不受環境之影響者。其論詩之重「知人論世」殆亦基此〔註18〕。

〈孟子・梁惠王上〉引〈大雅・靈臺篇〉，以證文王有與民同樂之德；〈梁惠王下〉
引〈大雅・皇矣〉，以證文王有大勇之德；〈滕文公上〉，引〈小雅・大田篇〉「雨我
公田，遂及我私」二句，以證周雖行徹法，什一而稅，但仍有助法，八家助耕中央
公田之井田制度。後世學者重視文學家之生平、傳記年譜、時代背景，皆是「知人
論世」之實踐。

三、詩亡然後《春秋》作

《孟子・離婁下》：

〔註18〕同註16，頁17。

孟子曰：「王者之跡熄而詩亡，詩亡然後《春秋》作——晉之《乘》、楚之
《檮杌》、魯之《春秋》，一也；其事則齊桓、晉文，其文則史；孔子曰：
『其義，則丘竊取之矣。』」

顧震《虞東學詩・卷首・詩說》云：

蓋王者之政，莫大於巡狩述職；巡狩則天子采風，述職則諸侯貢俗；太師
陳之，以考其得失，而慶讓行焉；所謂跡也。夷、厲以來，雖經〈板〉〈蕩〉，
而甫田東狩，焉芾來同，撻伐震於徐方，疆理及乎南海，中興之跡，爛然
著明，二雅之篇可考焉。洎乎東遷，而天子不省方，諸侯不入覲，慶讓不
行，而陳詩之典廢，所謂跡熄而詩亡也。孔子傷之，不得已而託《春秋》
以彰衰紱，所以存王跡筆削之文。

糜文開先生曰：

孟子以前，沒有人講到《春秋》的，從孟子開始才推崇《春秋》，所以要
與大家重視的《詩經》來比附〔註19〕。

《詩三百》特重諷諭，地位崇高；孟子為發揚孔子學說，故因《春秋》寄寓褒貶之
特質，遂將《春秋》譽為承繼《詩經》之大作——皆肩負美刺筆削之神聖使命。

第三節　荀子論詩

荀子《詩經》學影響後世極大，漢代齊、魯、韓、毛四家詩，與《荀子》書中
所引詩句異文最少者，厥為齊詩〔註20〕。據汪中荀卿子通論，毛詩、魯詩，皆荀子
之傳也；《韓詩外傳》引荀子說詩者四十有四，是荀卿之別子也。

《荀子》三十二篇，引《詩經》詩句者八十二次，不引詩句而論詩者十四次，
去逸詩六次，其涉及《詩經》者，凡九十次。茲述其《詩》教之大略：

一、隆禮義，殺詩書

孟、荀繼孔子之後，而思想路線大有不同；孟子繼孔子內聖一面，內轉為心性
論，主張人性本善，注重善心之啓發而臻於治世；荀子外轉而為「禮義之統」，以為
人性本惡，「必將有師法之化、禮義之道，然後出於辭讓，合於文理，而歸於治。」
（〈性惡篇〉）故主張「隆禮義而殺詩書」。韋政通先生曰：

禮義代表客觀之理想，故隆禮義。詩書之義，由主體發；孟子重主體，亦

〔註19〕同註16，頁59。
〔註20〕裴溥言〈荀子與詩經〉，《文史哲學報》十七期，頁180，民國57年6月。

善言詩書。荀子不重主體，故「隆禮義而殺詩書」。隆是推尊，殺是貶抑〔註21〕。

荀子以爲欲盡治道之責，必先識禮義之統類，即禮義而識其理，然後能「其有法者以法行，其無法者以類舉。」（〈王制〉）然後於「法教之所不及，聞見之所未至」時，能舉統類而應之。」（〈儒效〉）是以言「禮義者，治之始也。」（〈王制〉）「禮者，治辨之極也，強國之本也。」（〈議兵〉）「養生安樂者，莫大乎禮義。」（〈彊國〉）

《荀子・勸學篇》曰：「《詩》《書》故而不切。」楊倞注云：「《詩》《書》但論先王故事而不委曲切近於人。」韋政通先生曰：

「故」言其非粲然明備，「不切」言不切近人事。不切近人事，故無用；非粲然明備，故不可言統。《詩》《書》雖能興發人，但無條理，無秩序；無條理，無秩序，即不足以「道貫」，而「不知貫不知應變」（〈天論篇〉）。故依荀子，止於《詩》《書》之雜，是不足以言治道的〔註22〕。

〈勸學篇〉又曰：

學之經，莫速乎好其人，隆禮次之。上不能好其人，下不能隆禮，安特將學雜識志，順詩書而已耳，則末世窮年，不免爲陋儒而已！……不道禮憲，以《詩》《書》爲之，譬之猶以指測河也，以戈舂黍也，以錐飡壺也，不可以得之矣。

裴普言先生曰：

在荀子的心目中，《詩經》的功用極大，其地位當然很重要，不可不讀，並以敦詩書爲成雅儒的條件。但《詩經》的地位並不是最高的。他在〈勸學篇〉中說：「不能隆禮，安特將學雜識志，順詩書而已耳。則末世窮年，不免爲陋儒而已。」荀子雖深於詩，喜歡引詩，但他認爲六經中地位最高的應該是禮。所以他說：「始乎經，終乎讀禮……故學至乎禮而止矣。」〔註23〕

二、詩者中聲之所止

《荀子・樂論篇》云：

夫樂者，樂也，人情之所必不免也。……故人不能不樂，樂則不能無形，形而不爲道，則不能無亂；先王惡其亂也，故制雅頌之聲以道之，使其聲足以樂而不流，使其文足以辨而不諰，使其曲直繁省廉肉節奏，足以感動

〔註21〕韋政通《荀子與古代哲學》，頁5，商務，民國71年8月七版。
〔註22〕書同註21，頁8。
〔註23〕文同註20，頁183。

人之善心，使夫邪汙之氣無由得接焉，是先王立樂之方也。

又曰：

> 姚冶之容，鄭衛之音，使人之心淫，紳端章甫，舞韶歌武，使人之心莊。
> 故君子耳不聽淫聲，目不視姦色，口不出惡言，此三者，君子慎之。

兩周詩樂不分，樂教實即詩教。荀子論樂，既主張「樂而不流」，是以〈儒效篇〉曰：「詩者，中聲之所止也。」此即孔子「思無邪」、「關雎樂而不淫，哀而不傷」之義也；又即《詩經‧關雎‧序》「變風發乎情，止乎禮義」之義也。合乎中聲之詩樂，其效用如下：

> 樂中平，則民和而不流；樂肅莊，則民齊而不亂。民和齊則兵勁城固，敵國不敢嬰也。如是，則百姓莫不安其處，樂其鄉，以至足其上矣。然後名聲於是白，光輝於是大，四海之民莫不願得以為師；是王者之始也。（〈樂論〉）
> 樂行而志清，禮修而行成。耳目聰明，血氣和平，移風易俗，天下皆寧，美善相樂。（同上）

三、詩言聖道之志

《尚書‧舜典》云：「詩言志，歌永言，聲依永，律和聲。」雖有「詩言志」之說，然不知所指之「志」究為「聖道之志」或為「情性之志」。《詩經‧關雎篇‧詩序》曰：

> 詩者，志之所之也：在心為志，發言為詩。情動於中，而形於言；言之不足，故嗟歎之：嗟歎之不足，故永歌之：永歌之不足，不知手之舞之，足之蹈之也。

又曰：

> 變風發乎情，止乎禮義：發乎情，民之性也；止乎禮義，先王之澤也。

是《毛詩序》所謂「詩言志」，指內心情感之抒發，但必須「止乎禮義」。至荀子，〈非相篇〉曰：

> 凡言不合先王，不順禮義，謂之姦言。

〈儒效篇〉曰：

> 聖人也者，道之管也。天下之道，管是矣：百王之道，一是矣，故《詩》《書》《禮》《樂》之道歸是矣。《詩》言是其志也，《書》言是其事也，《禮》言是其行也，《樂》言是其和也，《春秋》言是其微也。故風之所以為不逐者，取是以節之也；小雅之所以為小雅者，取是而文之也：大雅之所

以爲大雅者，取是而光之也；頌之所以爲至者，取是而通之也；天下之
道畢是矣。

則荀子所謂「詩言志」乃偏重聖道之志，而非情性之志。

牟宗三先生評荀子曰：

誠樸篤實之人常用智而重理，喜秩序，愛穩定，厚重少文，剛強而義；而
悱惻之感、超脫之悟則不足〔註24〕。

此評殆近其實。

〔註24〕牟宗三《荀學大略》，頁199，中央《文物》供應社。

第三章　漢朝《詩經》學

第一節　漢朝經學概述

　　裴普賢先生於〈孔子以前《詩經》學的前奏〉一文曰：「無論孔子之前，賦詩引詩怎樣盛行，這只是詩三百篇的應用，不是對《詩經》的研究與批評，《詩經》學的開始，應推孔子對詩三百的討論；詩學正式的成立，則應到漢儒對《詩經》作專門研究的時代。」

　　秦皇焚書，使經籍斷喪殆盡，漢朝於劫後重建儒學，卻能大放異彩；皮錫瑞《經學歷史》稱此期為「經學昌明時代」、「經學極盛時代」，豈偶然哉！

　　有關漢朝之經學背景、及其發展之概況，分述如下：

一、社會富庶繁榮

　　《史記》曰：

> 太史公曰：孝惠皇帝、高后之時，黎民得離戰國之苦，君臣俱欲休息乎無為；故惠帝垂拱，高后女主稱制，政不出房戶，天下晏然；刑罰罕用，罪人是稀；民務稼穡，衣食滋殖〔註1〕

　　又曰：

> 孝文帝從代來，即位二十三年，宮室苑囿狗馬服御無所增益，有不便，輒弛以利民。嘗欲作露臺，召匠計之，直百金。上曰：「百金，中民十家之產，吾奉先帝宮室，常恐羞之，何以臺為！」上常衣綈衣，所幸夫人，令衣不得曳地，幃帳不得文繡，以示敦朴，為天下先。治霸陵皆以瓦器，不

〔註1〕司馬遷《史記・卷九・呂太后本紀》。鼎文冊一，頁412。

得以金銀銅錫爲飾，不治墳，欲爲省，毋煩民。……專務以德化民，是以
海內殷富，興於禮義〔註2〕。

又曰：

漢興七十餘年之間，國家無事，非遇水旱之災，民則人給家足，都鄙廩庾
皆滿，而府庫餘貨財。京師之錢累巨萬，貫朽而不可校。太倉之粟陳陳相
因，充溢露積於外，至腐敗不可食。眾庶街巷有馬，阡陌之間成群，……
故人人自愛而重犯法，先行義而後絀恥辱焉〔註3〕。

此一富庶繁榮之社會，實爲漢朝經學得以滋長、茁壯之基礎。

二、經書之復原

秦朝施行愚民政策，焚書坑儒，十五年而國亡。漢高祖劉邦起自草野，蕭何入
關，但收秦丞相御史律令圖書藏之，以具知天下阨塞戶口多少彊弱之處，未遑收詩
書。及項羽引兵屠咸陽，燒秦宮室，火三月不滅，秘府之書悉成灰燼。

高祖不好儒，嘗溺儒冠、憎儒服；幸有近臣陸賈，時時前說稱詩書，弘揚仁政
思想，首開兩漢學術風氣。

陸賈主張重視教育，《新語‧道基篇》曰：

民知畏法而無禮義，於是中聖乃設辟雍庠序之教，以正上下之儀，明父子
之禮，君臣之義；使強不凌弱，眾不暴寡，棄貪鄙之心，興清潔之行。禮
義獨行，綱紀不立，後世衰廢，於是後聖乃定五經，明六藝；承天統地，
窮事□微，原情之本以緒人倫，宗諸天地，□修篇章，垂諸來世。

〈至德篇〉曰：

興辟雍庠序而教誨之，然後賢愚異議，廉鄙異科；長幼異節，上下有差；
強弱相扶，小大相懷；尊卑相承，鴈行相隨；不言而信，不怒而威。豈特
堅甲利兵深刑刻法，朝夕切切而後行哉！

陸賈《新語》，每奏一篇，高帝未嘗不稱善，左右呼萬歲。由於陸賈之勸說，高祖亦
實施祭孔之禮，並倡導孝道。

依秦律：「挾書則族」，至漢惠帝即位，始廢挾書之律，文景繼之，開獻書之途。
逮乎孝武，乃建藏書之策，置寫書之官，於是經籍得以逐漸復原。

馬宗霍謂經書復原之途徑有三：

其一曰：傳自故老。……叔孫通、張蒼、制氏、竇公、伏生、浮丘伯諸人，

〔註2〕書同註1，卷十，〈孝文本紀〉。冊一，頁433。
〔註3〕書同註1，卷三十，〈平準書〉。冊二，頁1420。

或爲秦之博士，或爲秦之御史，或爲秦之儒生，或爲六國時樂人，其於《禮》《樂》《春秋》《詩》《書》，皆講誦於秦火以前，而傳授於秦火以後。雖顯晦各殊，傳經之功一也。其一曰：發自孔壁。……劉歆〈移太常博士書〉曰：「魯恭王壞孔子宅，欲以爲宮，而得古文於壞壁之中，逸《禮》有三十九篇，《書》十六篇，及《春秋左氏》丘明所修，皆古文舊書，多者二十餘通。」《漢書・藝文志》云：「武帝末，魯共王壞孔子宅，欲以廣其宮，而得古文《尚書》及《禮記》、《論語》、《孝經》，凡數十篇，皆古字也。」又云：「《禮》古經者，出于魯淹中及孔氏，與七十篇文相似，多三十九篇。」……其一曰：得自民間。《漢書・河間獻王傳》曰：「獻王德修學好古，實事求是，從民得善書，必爲好寫與之，留其眞，加金帛賜以招之。繇是四方道術之人，不遠千里，或有先祖舊書，多奉以奏獻王者，故得書多，與漢朝等。」……又鄭玄《詩譜》云：「魯人大毛公爲《詩詁訓傳》於其家，河間獻王得而獻之。」蓋獻王所獻書信多矣，然固皆來自民間也。其不由獻王者，則劉向《別錄》云：「武帝末，民有得〈泰誓〉於壁內者獻之。」《論衡》云：「孝宣皇帝之時，河內女子發老屋，得逸《易》《禮》《尚書》各一篇奏之，然後《易》《禮》《尚書》各益一篇，而《尚書》二十九篇始定。」……《隋書・經籍志》云：「《易》失說卦三篇，後河內女子得之。」又云：「河內女子得〈泰誓〉一篇，獻之。」又云：「《孝經》遭秦焚書，爲河間人顏芝所藏；漢初，芝子貞出之，凡十八章。」……凡此亦皆民間所得之經也〔註4〕。

三、獨尊經學

《史記・儒林傳》曰：

> 漢興，……尚有干戈，平定四海，亦未暇遑庠序之事也。孝惠、呂后時，公卿皆武力有功之臣。……孝文帝本好刑名之言。及至孝景，不任儒者；而竇太后又好黃、老之術。故諸博士具官待問，未有進者。

據此，則漢興至孝景時皆不任儒者。其間，陸賈首開兩漢學術風氣，已見前述。文帝時，賈誼以儒家思想爲本〔註5〕，擬議興革，如：改正朔、易服色、制法度、定官名、興《禮》《樂》，欲變法家制度爲儒家制度。其《新書》曰：

> 德莫高於博愛人，政莫高於博利人；故政莫大於信，治莫大於仁；吾慎此

〔註4〕馬宗霍《中國經學史》，頁29～33，商務，民國68年。

〔註5〕賈誼兼俱儒家、道家、陰陽家思想，見黃師錦鋐〈西漢之孔學〉（二），頁14～17，《淡江學報》四期。

而已矣。(〈脩政語・上篇〉)

趙高傅胡亥而教之獄，所習者非斬劖人則夷人之三族也，故今日即位而明日殺人。周成王幼在襁褓之中，即以召公爲太保，周公爲太傅，太公爲太師。……道之以仁孝禮義，逐去邪人，不使見惡行。故太子初生，而見正事、聞正言、行正道，左右前後皆正人也，習與正人居之，不能毋正也，猶生長於齊之不能不齊言也。……孔子曰：『少成若天性，習慣如自然』，是殷周之長有道也。(〈保傅篇〉)

文帝雖極賞識其改革建議，然謙讓未遑。賈誼於梁王太傅任內，更提出規摹弘遠之〈治安策〉；其驚人之才情固徒招排擠，終於不得施展，然而，其崇儒之主張實已震撼漢初以來因循放任之政治精神，並遺留深遠之影響。

武帝劉徹自爲太子，即受田蚡、王臧之影響，醉心於儒學。西元前 140 年，武帝即位，冬十月，便下詔令選舉賢良方正、直言極諫之士百餘人，由天子親自策問；其中以董仲舒所獻〈天人三策〉最稱旨意。時以竇太后好黃老之學，故武帝未敢大力鼓吹儒術。《漢書・卷六・武帝紀》曰：

建元元年冬十月，詔丞相、御史、列侯、中二千石、二千石、諸侯相舉賢良方正直言極諫之士。丞相綰奏：「所舉賢良，或治申、商、韓非、蘇秦、張儀之言，亂國政，請皆罷。」奏可。

漢承秦制，出於法家；文帝本好刑名之學，景帝嘗學申韓之術於鼂錯，武帝好儒，實則屬行酷法。建元元年（前 140 年），丞相衛綰請罷法家一事，特當時有人資蘇秦、張儀之術，以客遊於諸侯王間，爲朝廷所深惡。其所謂「請皆罷」，實僅罷去有縱橫意味之一部分人。然此一「罷黜」之舉，則爲罷黜百家，獨尊儒術之重要機緣〔註6〕。建元六年（公元前 135 年），竇太后崩，田蚡起爲丞相，董仲舒、公孫弘等，本儒家教化，勤學修禮，革故鼎新。董仲舒〈天人策〉曰：〔註7〕

〔註 6〕徐復觀《中國經學史的基礎》，頁 74，學生，民國 71 年出版。

〔註 7〕徐復觀曰：「據《武帝紀》，立五經博士，乃在建元五年（前 136 年）夏四月以前之事。〈武帝紀〉將仲舒對策繫於元光元年（西元前 134 年），即在立《五經》博士之後二年；若如此，則仲舒在對策中『皆絕其道，勿使並進』之言，……爲無的放矢。因爲既已立五經博士，即是已經不使習諸子百家之言者得以並進。所以王先謙在〈武帝紀〉『於是董仲舒、公孫弘等出焉』下謂『仲舒對策，實在建元元年（前 140 年），無可疑者』，這是正確的。」書同註6，頁 74。然朱維錚以爲董仲舒對策不在建元元年，而在元光元年，所舉理由：建元元年，漢武帝年僅十五歲，過分年輕，「居然能決定采納不采納改變整個統治思想的建議這樣的大事，於邏輯上說得通嗎？」，又謂建元元年在竇太后嚴密監督下，董仲舒理當不敢提出「不在六藝之科、孔子之術者，皆絕其道，勿使并進。」……聊備朱說於此。（見朱維錚〈儒術獨尊的轉折過程〉，《上

春秋大一統者，天地之常經，古今之通誼也。今師異道，人異論，百家殊方，指意不同，是以上無以持一統，法制數變；下不知所守。臣愚以爲諸不在六藝之科、孔子之術者，皆絕其道，勿使並進。

武帝從之，由是罷黜百家，獨尊儒術。鄺士元曰：

漢人之尊六藝，實爲古代之王官學。漢武帝立五經博士，欲復古者王官學之舊，以更易秦廷末世之所建。惟推其用意，實亦不出秦廷統一私學於王官，而以吏爲師之故智。故漢之崇六藝而罷百家，若專就朝廷設官之用意言，則未見其勝於秦之泯詩書而守法家言也〔註8〕。

趙伯雄曰：

早在漢初，人們就已經意識到，「得天下」與「治天下」應該異道。……儒學在漢初七十年後上升於獨尊的地位，應該說是一種必然的歷史過程。即使沒有漢武帝，儒學遲早也要成爲中國封建社會的統治思想，……呂思勉先生曾經正確地指出：漢代儒術之興，實是「風氣使然」、「時勢使然」、「不特非武帝若魏其、武安之屬所能爲，並非董仲舒、公孫弘輩所能扶翼也。」……儒家尚德治，武帝卻重刑法；儒家重教化，武帝卻任用酷吏；儒家主張「使民以時」、「使民如承大祭」，而武帝則濫用民力，任意加重民眾的勞役負擔；儒家主懷柔，主張「柔遠能邇」，武帝則好大喜功，肆力於征伐，以武力開拓疆土。……至於漢武帝本人，從歷史記載上來看，他眞正喜好的，乃是神仙之道。……他深深地沈溺於迷信之中，對一切具有神學迷信色彩的東西都表現出了極大的興趣，求仙只是其中的一項而已。……與其說漢武帝好儒，倒不如說他好儒學中的神學迷信因素。……「上（指武帝）因尊公羊家，詔太子受《公羊春秋》，由是公羊大興。」「漢興，承秦滅學之後，景武之世，董仲舒治《公羊春秋》，始推陰陽，爲儒者宗。」這「爲儒者宗」一語，頗能說明當時董氏公羊學的地位。……董仲舒是最善於把陰陽五行家的神學觀念與儒家的經義糅合在一起的一個人。……對於春秋以外的其它儒家經典，漢武帝的興趣也是集中在其中的神學迷信因素上〔註9〕。

推究武帝之用心，鄺氏、趙氏之說皆可採信。梁啓超曰：

海圖書館建館三十周年紀念論文集》，頁291～305，1982年7月）

〔註8〕鄺士元《中國學術思想史》，頁95～96，里仁出版，民國69年。

〔註9〕趙伯雄〈漢武帝與漢代經學的神祕主義傾向〉，《內蒙古大學學報》1984～2，頁68～75。

惟一儒術，而學術思想進步之跡自茲凝滯矣；夫進化之與競爭，相緣者也。競爭絕，則進化亦將與之俱絕。……故儒學統一者，非中國學界之幸，而實中國學界之大不幸也〔註10〕。

顧頡剛謂：由於董仲舒勸武帝統一思想，反而使封建思想又由儒家傳了下來，造成無數宗法組織極嚴密之家族，使人民上面忘了國家，下面忘了自己〔註11〕。李威熊先生評顧氏之說曰：

如此說法，完全是誤解、歪曲了儒家思想，也小看了經學的作用。統一思想，並非限制思想，儒家六藝經教，要人由「明明德」、「修身」做起，進而還要「齊家」、「治國」、「平天下」，最後止於至善之境，並沒有讓人忘了自己，忘了國家。……今平心而論，中華民族能綿延數千年，董仲舒的尊崇六經，歸本儒術，功實不可沒〔註12〕。

武帝尊儒，實因儒學高談唐虞三代、禮樂教化，極具盛世之憧憬，故特表彰六經。然儒家拘泥迂闊之作風，實與武帝好大喜功之性格大相逕庭，而儒者保守平和之主張，又妨礙武帝之雄心壯志；故其政治精神是恩威並立、法儒兼施；董仲舒等醇醇儒者，皆被尊而不用，不能得志於朝廷〔註13〕。

武帝晚年，因奢侈黷武太過，幾乎危亡中國，後世引以為戒，漢室逐漸形成捨法用儒之趨勢。元帝即位，親重蕭望之等賢臣，儒家勢力頓見高張，其所任用之丞相貢禹、薛廣德、韋玄成、匡衡無一非儒者出身。歷經成、哀、平及孺子嬰，朝廷成為儒家集團獨佔局面，法家集團衰落瓦解。

東漢光武帝極力提倡儒術、表彰氣節，朝野一片經學之聲。明帝嘗親赴太學，主持「大射」、「養老」等禮，並開講經書一章。章帝嘗親赴闕里祭祀孔子，出巡東郡時，先備弟子之禮，持經請舊師張酺講解《尚書》；又能敦行孝道，政府用人，以孝者為先，一時風氣蔚然，孝子輩出。皮錫瑞曰：

孔子道在六經，本以垂教萬世；惟漢專崇經術，猶能實行孔教。雖《春秋》太平之義，〈禮運〉大同之象，尚有未逮；而三代後，政教之盛，風化之美，無有如兩漢者〔註14〕。

臧云浦曰：

〔註10〕《飲冰室文集》學術類（一）：《中國學術思想變遷之大勢‧第三節‧儒學統一時代》。新興書局。

〔註11〕《漢代學術史略‧第九章‧尊儒學而黜百家》，頁62，啟業書局。

〔註12〕李威熊《中國經學發展史論》，頁129，文史哲，民國77年。

〔註13〕傅樂成主編，鄒紀萬著《中國通史──秦漢史》，頁56～60，眾文，民國75年。

〔註14〕皮錫瑞《經學歷史》，頁104，〈經學極盛時代〉。漢京出版，民國72年。

德治與法治，本來是統治者並用的兩手政策，缺一不可。問題是在不同情況之下，有所側重。孔子主張「道之以德，齊之以禮」，孟子主張行「王道」、施「仁政」，都力主加強「教化」。史稱（漢）文帝之時，「刑罰大省，斷獄四百，有刑措之風」（《漢書‧刑法志》）。元帝時，匡衡上書說：「保民者，陳之以德義，示之以好惡，觀其失而制其宜，故動之而和，綏之而安」。匡衡是個儒生出身的丞相，他的話正反映了儒家思想。……西漢後期及東漢時期，儒家思想傳布甚廣，儒家的道德觀點成為衡量人品的標準。東漢時的「茂才四行」：高功、久次、才、德尤異。「光祿四行」：敦厚、質樸、遜讓、節儉。以及「四科取士」：德行高妙，志節清白；學通行修，經中博士；明達法令，足以決疑；剛毅多略，遭事不惑；還要有孝悌廉公之行（〈後漢書‧百官志〉注引《漢官儀》），這些都是儒家的標準。所以顧炎武說：「三代以下，風俗之淳美，無尚於東京（指東漢）者。」……《後漢書‧儒林傳》說：「自光武中年以後，干戈稍戢，專事經學，自是其風世篤焉。……所談者仁義，所傳者聖法也。故人識君臣之綱，家知違邪歸正之路。」這些都說明儒經對維護封建秩序，起了很大作用〔註15〕。

四、官學與私學

兩漢經學，以立於學官與不得立為別，而分為官學與私學。官學設博士，置弟子；私學則自相傳授而已。

（一）官　學
1、博士之基本性格

《史記‧儒林傳》是以《五經》博士為骨幹而創立，可知博士在經學中之重要地位。

博士之基本性格，與孔教有密切之關係。《論語》「博學於文」為孔門別異於其他諸子百家之重要學風與傳統之一。博學於文之「文」，固然以《詩》《書》六藝之文為主，但「夫子之至於是邦也，必聞其政」，亦當屬於「博」之範疇。

「士」本指精壯之農夫、武士，其後演進為政治中之下級屬僚。及至孔子，則努力於塑造士之新性格、新形像。

士志於道，而恥惡衣惡食者，未足與議也。《論語‧里仁》
士而懷居，不可以為士矣。〈憲問〉

〔註15〕臧云浦〈兩漢經學的發展與影響〉，《徐州師範學院學報》1984～4，頁 7～8。1984年 12 月。

—35—

> 志士仁人，無求生以害仁，有殺身以成仁。〈衛靈公〉
>
> 曾子曰：士不可以不弘毅，任重而道遠。仁以爲己任，不亦重乎！死而後
> 已，不亦遠乎！〈泰伯〉

將儒家博學之主張與新塑造之「士」結合，得出「博士」之名稱，乃自然之演進〔註16〕。《戰國策・趙策》云：

> 鄭同北見趙王，趙王曰：子南方之博士也，何以教之？

時南方楚國並無博士之官，此「博士」僅意謂博學之士；殆先有美名，後設此官歟？

2、雜學博士

今日可考見之博士一官，首見於戰國時代之魯國公儀休，《史記・循吏列傳》曰：「公儀休者，魯博士也。」據《孟子・告子下》載淳于髡曰：「魯繆公之時，公子儀休爲政，子柳、子思爲臣。」趙岐以爲公儀休與子思同時。又《史記・龜策列傳》云：「夜半，龜來見夢於宋元王曰：⋯⋯元王惕然而悟，乃召博士衛平而問之。」胡秉虔《漢西京博士考》則曰：「案：宋至偃始稱王，即爲齊、魏、楚所滅。⋯⋯此傳宋元王，當是宋王偃之誤。宋王偃或亦稱宋偃王。」春秋時代宋平公之子佐，諡元公，不稱宋元王；《史記・龜策列傳》之宋元王應爲戰國宋王偃（或宋偃王）之誤。徐復觀先生亦曰：「以博士成立之文化背景言，不可能先出現於宋」〔註17〕。魯、宋之外，魏亦有博士；《漢書・卷五一・賈山傳》曰：「祖父袪，故魏王時博士弟子也。」賈袪既是博士弟子，魏國當有博士。此期之博士官職，無一定職掌與員額，地位不高，業非繁劇，見於記載者甚少。

《漢書・百官公卿表》曰：「博士秦官，掌通古今。」秦始皇置博士，其官制乃定。《史記・秦始皇本紀》曰：「始皇置酒咸陽宮，博士七十人前爲壽。」又曰：「侯生盧生相與謀曰：⋯⋯專任獄史，獄史得親幸；博士雖七十，特備員勿用。」《唐六典・二十一》國子博士注引應劭《漢官儀》：「（漢）文帝博士七十餘人。」黃彰健先生曰：

> 秦及漢初博士七十人，此顯與孔子弟子身通六藝者七十人有關。故錢穆先
> 生說：「博士設官，源於儒術」〔註18〕。

黃先生又謂：秦博士可考者，有伏生、叔孫通、羊子、黃疵、正先。其中不盡經術之士，如黃公（疵）之書，《七略》列於法家。而〈秦始皇本紀〉云：「使博士爲僊

〔註16〕書同註6，頁69～70。
〔註17〕書同註6，頁241。
〔註18〕黃彰健《經今古文學問題新論》，頁468。《中研院史語所專刊》之七十九，民國71年11月。

眞人詩」，又有占夢博士。殆諸子詩賦術數方伎，皆立博士，非徒六藝而已〔註19〕。

博士在秦既成定制，故陳涉以戍卒揭竿，尙以孔鮒爲博士〔註20〕。漢高祖於兵馬倥偬之際，亦以叔孫通爲博士。惠帝時，可考見之博士有孔襄。文帝置博士七十餘人。景帝時，可考見之博士，有董仲舒、轅固、胡母生諸人，然實際不止此數。武帝於建元五年（公元前 136 年）立五經博士，在此之前，諸帝王所立者，皆可名之爲「雜學博士。」李威熊先生曰：

> 到了文帝、景帝時，相繼設立了許多經學博士，如在文帝時，有魯申公、燕韓嬰，被立爲《詩》學博士，歐陽生爲《書》博士；又據趙岐《孟子題辭》，當時《論語》、《孝經》、《孟子》、《爾雅》也都置有博士。景帝時，又以轅固生爲《詩》博士，胡母生、董仲舒爲《春秋》博士。自此以後，博士一職才專指研究經學的經師而言〔註21〕。

杜松柏先生則以爲文、景所置博士並非專指研究經學之經師，其言曰：

> 蓋文帝之時，崇尚黃老，未注意儒學之提倡；沿用秦制，亦雜制博士而已。〈孝文本紀〉云：「魯人公孫臣上書，陳終始五德事，言方今土德時，土德應，黃龍見，當改正朔服色制度，……十五年，黃龍見成紀。天子乃復召魯公孫臣以爲博士，申明土德事。」其事亦見〈封禪書〉，是無專門專經置博士之官也；且其時僅有五經之名，《論語》、《孟子》、《孝經》、《爾雅》未入經籍之列，苟文帝已立此數經博士官，武帝又何敢罷之乎？證以劉歆〈移讓博士書〉云：「諸子傳記，猶得立於學官，廣置博士。」故專經博士之設，當自漢武帝始也〔註22〕。

徐復觀先生亦以爲文、景所置之博士爲「雜學博士」，其言曰：

> 趙岐《孟子章句題辭》謂「孝文帝欲廣文學之路，《論語》、《孝經》、《孟子》、《爾雅》，皆置博士」，此與劉歆〈讓太常博士書〉「至孝文皇帝……天下眾書，往往頗出，皆諸子傳說，猶廣立於學官，爲置博士」之言相合，是可以信任的；但也容易引起誤解。劉歆之言，係用對比的方法，爲古文爭立而發；實則孝文時，有的是以治「諸子傳說」出名，有的是以治「《論語》、《孝經》、《孟子》、《爾雅》」出名，因而得爲博士，但並非爲「諸子

〔註19〕同註18。
〔註20〕《史記・孔子世家》：「孔鮒爲陳涉博士，死於陳下」。《史記・儒林列傳》：「於是孔甲爲陳涉博士，卒與涉俱死」。徐廣曰：「孔鮒，孔子八世孫，名鮒字甲。」
〔註21〕書同註12，頁121。
〔註22〕杜松柏：〈博士官與今文經學〉，《中華文化復興月刊》十九卷二期，頁34。

傳說」、「《論語》、《孝經》、《孟子》、《爾雅》」立博士。由此推之，韓嬰孝文時爲博士，並非爲他所治的《詩》與《易》而設；這和賈誼此時爲博士，並非爲他所治的《禮》或《左氏傳》而設者正同。轅固、胡母、董仲舒爲景帝時博士的情形，也是如此。否則，武帝立五經博士時，不會發生董仲舒與江公爲《公羊》與《穀梁》爭立之事，因爲胡母、董仲舒早因治《公羊》而爲博士了，何待此時之廷爭？王國維謂「是專經博士，文景時已有」之說，可斷言是錯誤的。這中間可能有一個例外，即是文帝「聞申公爲《詩》最精，以爲博士」，可能這是爲《詩》立了博士；《後漢書·翟酺傳》「孝文皇帝始置一經博士」，當指此而言。所以〈儒林傳·贊〉言武帝立博士，僅稱時「《書》唯有歐陽，《禮》后，《易》楊，《春秋》公羊而已」，未曾提到《詩》，因爲《詩》早於文帝時立了〔註23〕。

3、五經博士

漢武帝採董仲舒〈天人策〉之建議，於建元五年（公元前136年），設五經博士。在武帝之前，博士執掌有二，即「通古今」與「掌詩書百家語，各以其所學傳授弟子」〔註24〕，至此一變而純作「經師」。由於取士不用百家言，儒家典籍因而大爲流行，郡國學校亦紛紛設置，推廣儒學教育〔註25〕。曩昔博士僅以其知識而存在，至此則主要以其所代表之典籍而存在。因每一博士所代表者僅爲一經，勢必走向與「博學」相反之「專經」之路，其知識來源較已往狹隘。

武帝於建元五年春設五經博士五人，因《詩》分魯齊韓三家，故武帝末年所設

〔註23〕書同註6，頁73。而蔣曉華〈從經學博士看漢代社會〉一文曰：「《後漢書·翟酺傳》說：孝文皇帝始置一經博士。所謂一經，並非只有一部經書設博士，而是指通一經者即可設博士，如文、景時，張生、晁錯爲《尚書》博士，齊轅固生、魯申公、燕韓嬰爲《詩》博士，胡母生、董仲舒爲《春秋》博士。但當時並未遍設專經博士，《易》與《禮》兩經都還沒有博士，直到漢武帝時才定下『五經』這個名稱，才將『五經博士』法典化。」但蔣氏同文又曰：「西漢初年，博士建置是百家並進、諸子兼容，漢武帝立五經博士，從根本上改變了漢初的博士建置。這一變化具有兩個基本特點：一是所建博士皆經學博士，形成了儒家一統學官的局面。」（見《四川大學學報》1989～1，頁93～100，1989年3月）。張志哲〈西漢經學評述〉一文曰：「文帝設置了諸子專書博士與儒家的專經博士，其時博士有七十餘人。景帝雖立《詩》（齊詩）、《春秋》博士，但專治一經的博士始設於文帝。《後漢書·翟酺列傳》記載翟酺上書說：『孝文皇帝始置一經博士』。這裡的『一經博士』，決非指僅設某一經博士，而是指專治一經的博士。」（見《華東師範大學學報》1987～5，頁50）蔣、張二說皆可存商。

〔註24〕黃彰健以爲秦博士之第二項職掌曾被秦始皇剝奪，其恢復則在漢惠帝四年「除挾書律」之後，故漢文帝時始又設詩書諸子傳記博士。（見《經今古文學新論》，頁471《中研院史語所專刊》七十九）。

〔註25〕傅樂成主編鄒紀萬著《中國通史——秦漢史》，頁53～54，眾文，民國75年版。

五經博士當爲七人；《漢書·霍光傳》所載博士，不止五人，可以爲證，而《漢書·百官公卿表》失記〔註26〕。

《漢書·八·宣帝紀·甘露三年》（公元前51年）「詔諸儒講五經同異（於石渠），太子太傅蕭望之等平奏其議，上親稱制臨決焉。乃立梁邱《易》、大小夏侯《尚書》、穀梁《春秋》博士」。而〈百官公卿表·序〉謂：「宣帝黃龍元年（公元前49年），增（博士）員至十二人」，則石渠聚議後兩年，又繼續有所增立，爲《漢書》所缺記。據王國維考證〔註27〕，十二博士如下：「《易》則施、孟、梁邱，《書》則歐陽、大、小夏侯，《詩》則齊、魯、韓，《禮》則后氏，《春秋》公羊、穀梁」。《漢書·儒林傳·贊》「至元帝世，又立《京氏易》」，《後漢書·范升傳》則曰：「京氏雖立，轉復見廢」。然黃彰健先生曰：

似京氏易在漢成帝即位，石顯罷歸家，憂悶道死後，又復立於學官。⋯⋯

則元帝時博士，應爲十三人〔註28〕。

《漢書·儒林傳·贊》：「平帝時又立《左氏春秋》、《毛詩》、《逸禮》、《古文尚書》」。〈王莽傳〉：「元始四年，立《樂經》，益博士員，經各五人」。荀悅《漢紀》：「劉歆以《周官經》六篇爲《周禮》，王莽時，歆奏以爲《禮經》，置博士」。按平帝及王莽時所增置博士，因禍變相乘，時間短促，未能影響東漢官學。

西漢末年，博士應爲十三人〔註29〕，已如前述。至東漢光武即位，分《禮》爲大、小戴，《公羊》分爲嚴、顏，《左氏》及《穀梁》雖立博士，不久即廢；故光武所立博士爲十四人：

《易》：施、孟、梁丘、京。

《書》：歐陽、大夏侯、小夏侯。

《詩》：魯、齊、韓。

〔註26〕書同註18，頁132。

〔註27〕王國維《王觀堂先生全集》，冊一，卷四，頁166，〈漢魏博士考〉。文華，民國57年出版。

〔註28〕書同註18，頁136。

〔註29〕程發軔〈漢代經學之復興〉曰：「趙岐《孟子題辭》云：『孝文皇帝欲廣文學之路，《論語》、《孝經》、《孟子》、《爾雅》皆置博士；後罷傳記博士，獨立《五經》而已。』又劉子駿〈移太常博士書〉：『孝文時，天下眾書往往頗出，皆諸子傳說，猶廣立於學官，爲置博士。』⋯⋯是西漢之末，《易》、《書》、《詩》、《禮》、《春秋》、《論語》、《孝經》、《孟子》、《爾雅》，除費直、高相二《易》外，皆立於學官。」（《孔孟學報》十四期，頁98）按《論語》、《孝經》、《孟子》、《爾雅》只立於漢文帝「雜學博士」時代，不立於武帝置《五經》博士之時；故西漢末年，當不立於學官。

《春秋》：公羊嚴、顏〔註30〕。

4、博士弟子員

王國維於〈漢魏博士考〉一文中曰：「又〈始皇本紀〉有諸生，〈叔孫通傳〉則連言博士諸生，是秦博士亦置弟子」，又曰：「博士自六國時已有弟子，漢興仍之」。更引《漢書・賈山傳》「祖袪，故魏王時博士弟子也」，及〈叔孫通傳〉之「諸生」爲證。徐復觀先生則以爲：有一定員額、一定待遇，其推選、考覈、任用皆有一定程序，並著爲功令之博士弟子員，始於漢武帝〔註31〕。

武帝元朔五年（公元前124年），採公孫弘建議，爲五經博士置弟子員五十人；每年考課，能通一藝以上者，補文學掌故缺；其高第可以爲郎中者，太常籍奏〔註32〕。

元光元年（公元前134年），武帝從董仲舒之建議，命郡國「察孝舉廉」各一人，推薦至朝廷（元朔元年之後成爲定制），爾後關於察舉之詔令漸多，於政治、軍事、外交、文學、雜伎有特殊才幹或專門知識者，皆可應詔上書。此一基層而廣泛之選拔制度，配合博士弟子員，作培養人才之儲訓機構，兩種措施雙管齊下，使武帝後之中央政權形式起了巨大變革，由功臣集團壟斷進入文治政府之時代〔註33〕。

《漢書・儒林傳・贊》曰：「自武帝立五經博士，開弟子員，設科射策，勸以官祿，訖於元始，百有餘年，傳業者寖盛，支葉蕃滋；一經說至百餘萬言，大師眾至千餘人，蓋祿利之路然也。」因祿利之故，當時儒生之肆經者，莫不遊學京師。皮錫瑞曰：「經學自漢元、成至後漢，爲極盛時代。其所以極盛者，漢初不任儒者，武帝始以公孫弘爲丞相，封侯，天下學士靡然鄉風。元帝尤好儒生，韋、匡、貢、薛，並致輔相。自後公卿之位，未有不從經術進者。青紫拾芥之語，車服稽古之榮。黃金滿籯，不如教子一經。以累世之通顯，動一時之羨慕。……經學所以極盛者，此其一。武帝爲博士官置弟子五十人，復其身。昭帝增滿百人。宣帝末，增倍之。元帝好儒，……更爲設員千人……成帝增弟子員三千人。……漢末太學諸生至三萬人，爲古來未有之盛事。經學所以極盛者，又其一。」〔註34〕

漢朝博士弟子員課試之方法，可謂利弊參半。〈儒林傳〉所謂「則公卿大夫士吏，彬彬多文學之士」，然而，學術與利祿混同，眞正爲學術而努力者鮮矣。學術之虛僞

〔註30〕徐復觀所列東漢十四博士與諸家說法微異，其說如下：《易》：施、孟、梁丘（少《京氏易》）。《書》：歐陽、大小夏侯。《詩》：齊、魯、韓。《禮》：大戴、小戴、慶氏（多慶氏）。《春秋公羊》之嚴氏、顏氏。見《中國經學史的基礎》，頁206。

〔註31〕書同註6，頁77～79。

〔註32〕見《史記・儒林傳》。

〔註33〕書同註25，頁56。

〔註34〕書同註14，頁101。

化、形骸化，爲其可能之弊端。

（二）私　學

　　馬宗霍曰：「若夫私學，據《漢書‧藝文志》，《易》則民間有費、高二家之說，費氏經與古文同。《詩》則有毛公之學，自謂子夏所傳，而河間獻王好之，未得立。《春秋》則有鄒、夾之傳；鄒氏無師，夾氏未有書。據劉歆〈移博士書〉，《古文尙書》、《春秋左氏》民間則有魯國桓公、趙國貫公、膠東庸生之遺。考之〈儒林傳〉，貫公蓋受《左氏傳》於賈誼者，庸生蓋受《古文尙書》於都尉朝，朝又受之於孔安國者也。然河間獻王學舉六藝，嘗立《毛氏詩》、《左氏春秋》博士，而膺博士之選者，即毛公與貫公；則此二家雖曰私學，在當時已顯矣。又〈儒林傳〉稱韓嬰亦以《易》授人，推《易》意而爲之傳。燕趙間好《詩》，故其《易》微，唯韓氏自傳之；斯又一私學也〔註35〕。」又曰：「董鈞習慶氏《禮》，教授門生百餘人。孔僖世傳《古文尙書》、《毛詩》，其子季彥守其家業，門徒數百人。楊倫亦習《古文尙書》，講授於大澤中，弟子至千餘人。穎容善《春秋左氏》，避亂荊州，聚徒千餘人。謝該亦明《春秋左氏》，爲世名儒，門徒數百人。馬融兼通《費氏易》、《古文尙書》、《毛詩》、《周官》、《左氏春秋》，門徒四百餘人，升堂進者五十餘生；此之諸經，在東京皆未得立，殆可謂之私學；而傳授亦頗盛，特不可與官學較耳。然至季世，則《易》之施、孟、梁丘、京氏微而費氏顯，《尙書》之歐陽、大、小夏侯微而古文顯，《詩》之齊、魯、韓三家微而毛詩顯，《禮》之大、小戴、慶氏微而《周官》古禮顯，《春秋》之《公羊》、《穀梁》微而左氏顯；凡東西兩京之官學盛於一時者，轉不逮不得立者之能永其傳，其故何哉？蓋自安帝覽政，薄於藝文，博士倚席不講，朋徒相視怠散。順帝時，學雖增盛，而章句漸疏，多以浮華相尙，儒者之風衰矣，官學既衰，私學自代之而興。重以鄭玄晚出，括囊大典，網羅眾家，既集古今學之大成，而其所注之經，則皆以古學爲主，自是學者咸宗鄭學，鄭學益昌，宜博士之學一蹶而不復振也〔註36〕。」

五、師法與家法

　　師法之名，首見於《荀子‧儒效篇》曰：

　　　　有師法者，人之大寶也，無師法者，人之大殃也；人無師法，則隆性矣！

　　　　有師法，則隆積矣！

又〈修身篇〉曰：

〔註35〕書同註4，頁41。
〔註36〕書同註4，頁53～54。

不是師法而好自用，譬之是猶以盲辨色，以聾辨聲也，舍亂妄無爲也。

徐復觀先生以爲荀子所言師法，與漢儒所言師法不同，其言曰：

> 《荀子・儒效篇》有「有師法者，人之大寶也，無師法者，人之大殃也」的話，沈欽韓們以爲漢代師法的觀念係由此出，這是一種誤解、傳會。荀子是以「師」與「法」爲兩事；所以〈儒效篇〉又說「故人無師無法而知，則必爲盜……有師有法而知，則速通」。荀子之所謂師，固與漢人所說的師無異；他之所謂法，則是指「一制度，隆禮義」的「制度」「禮義」而言，比漢人以師之所言者爲法，範圍廣得多。……但「師法」不是說以師爲法，而是把師所說的，賦予法的權威性，這完全是新的觀念，此一新的觀念，……不能早到設置博士弟子員之前〔註37〕。

又曰：

> 因有固定的弟子員進入到政府各部門各層級中去，博士的影響力加大。所謂「儒林之官，四海淵源」，可能主要由此而來。博士的教授，隨博士在經學中的合法權威地位而亦獲得合法權威的地位，「師法」的觀念遂由此產生。師法觀念，是爲了維繫博士教授的權威而形成的，在學習上是一種限制，恐爲前此所未有〔註38〕。

江乾益先生則曰：

> 論者於師法、家法之嬗遞，每以夤緣利祿權勢言之，實則以家法學者言之則是，於師法則非允論也。蓋學術之發展攸關文化與地理之背景，爭競利祿本學術發展之末弊。……兩漢傳經事業，源遠流長，……戰國諸雄區域畛隔，文化發展之路徑異趨，兼以風俗民情不同，則諸侯之間殊禮異教，由來已久。《史記》稱夫子辛後，七十子之徒散游諸侯。……韓非〈顯學篇〉謂孔子之後，儒分爲八，經嬴秦、項劉之遞變，學術發展之風貌自將無同。漢興之後，《詩》有三家，《春秋》爲五，亦自然之勢也。由此以觀漢初經學之師法，乃得其情，豈以政治一端而可強圄之哉？梁啓超論先秦南北學術變遷之大勢，謂北學崇實際，主力行……南學崇虛想，主無爲……而北學之中，鄒魯、東齊、秦晉與鄭宋之間，復有差異，……是故言漢學，溯承師法之根源，乃知其本先秦之緒業〔註39〕。

〔註37〕 書同註6，頁94。
〔註38〕 書同註6，頁79。
〔註39〕 江乾益《陳壽祺父子三家詩遺說研究》，頁22～23，《師大國研所集刊》三十期，，民國75年6月。

由江先生所言，可知漢朝「師法」觀念得以形成之先決條件，益可見西漢重視師法，實爲不得不然之情勢。而徐先生所言，則在強調設置五經博士及博士弟子員之權威式授受所造成之特有現象。無可否認，先秦已存在種種別異之學派，然而，武帝立五經博士之前，弟子遵從師說，蓋依自然；師法之法制化、權威化，則始於立五經博士之後。杜松柏先生亦曰：「師法之起，始於五經博士之立」〔註40〕。蓋漢武立五經博士之後，師弟傳受，必有憑依，於是師弟篤守，形成師法，如《四庫全書總目》所云：

> 其初專門授受，遞稟師承，非惟訓詁相傳，莫敢同異，即篇章字法，亦恪
> 守所聞。（經部總敘）

《漢書・魏相傳》：「相明《易經》，有師法。」〈李尋傳〉：「治《尙書》，與張孺、鄭寬中同師，寬中等守師法教授。」又〈儒林胡毋生傳〉：「唯嬴公守學，不失師法。」〈魯丕傳〉，丕上疏云：「說經者傳先師之言，非從己出，不得相讓；相讓則道不明，若規矩權衡之不可枉也。難者必明其據，說者務立其義，……法異者，各令說師法，博觀其議。」《後漢書・吳良傳》：「東平王蒼奏薦良治《尙書》，學通師法，後良爲議郎，每處大議，輒據經典，不希旨偶俗以徼譽。」

　　宣帝之後，廣立經學博士官，一經不專一家，如《漢書・儒林傳・贊》所云：「至孝宣帝世，復立大小夏侯《尙書》，大小戴《禮》，施孟梁丘《易》，穀梁《春秋》。至元帝時，復立《京氏易》。平帝時，又立《左氏春秋》、《毛詩》、《逸禮》、《古文尙書》。」《詩》各有家，《書》各有家等，是爲師法。某家之中，有某氏之學，是爲家法〔註41〕。《後漢書》，章帝詔曰：

> 蓋三代導人，教學爲本。漢承暴秦，褒顯儒術，建立《五經》，爲置博士。
> 其後學者精進，雖曰承師，亦別名家。〔註42〕

其所謂「承師」，指師法，「名家」指家法。馬宗霍曰：

> 師法者，魯丕所謂：說經者傳先師之言，非從己出；法異者，各令自說師
> 法，博觀其義是也。家法者，范曄所謂：專相傳祖，莫或訛雜，繁其章條，
> 穿求崖穴，以合一家之說是也。或謂前漢多言師法，而後漢多言家法。……
> 然學必先有所師，而後能成一家之言。若論其審，則師法者溯其源，家法
> 者衍其流。……今以《漢書・儒林傳》證之，凡言某經有某氏之學者，大
> 抵皆指師法；凡言某家有某氏之學者，大抵皆指家法〔註43〕。

〔註40〕同註22，頁36。
〔註41〕同註40。
〔註42〕《後漢書》卷三，〈章帝本紀〉，建初四年十一月。鼎文出版，頁137。
〔註43〕書同註4，頁38〜39。

以《詩經》為例，詩有魯、齊、韓三家，淵源各異，各立博士，是為師法。《魯詩》有韋氏學，有張唐褚氏之學，《齊詩》有翼匡師伏之學，《韓詩》有王食長孫之學，此即詩之家法。且家中更有家，如山陽張生本《魯詩》家，張家又有許氏學，《漢書・儒林傳》所謂「傳業者寖盛，支葉蕃茲。」是也〔註44〕。

《後漢書・儒林傳》云：「立《五經》博士，各以家法教授。」〈宦者蔡倫傳〉云：「帝以經傳之文多不正定，乃選通儒謁者劉珍及博士良史詣東觀，各校讎家法。」〔註45〕是博士守家法也。〈質帝紀〉云：「令郡國舉明經，年五十以上，七十以下，詣太學。自大將軍至六百石，皆遣子受業。……四姓小侯先能通經者，各令隨家法。」〔註46〕是明經必守家法也。〈左雄傳〉云：「雄上言郡國所舉孝廉，請皆先詣公府，諸生試家法。」〔註47〕是孝廉必守家法。

就師法與家法之殊異甚大者而言，師法重在微言大義，家法重在章句解說。師法之弊，在「信口說而背傳記，是末師而非往古（見劉歆〈移讓太常博士書〉）」家法之弊在「分文析字，煩言碎辭，學者罷老不能究一藝」，《漢書・儒林傳》所謂「一經說至百餘萬言」是也〔註48〕。

六、齊學與魯學

就地域而言，漢朝經學有齊學與魯學。《漢書・儒林傳》曰：

> 宣帝即位，聞太子好穀梁《春秋》，以問丞相韋賢、長信少府夏侯勝、及侍中樂陵侯史高，皆魯人也；言：「穀梁子本魯學，公羊乃齊學也，宜興穀梁」。

齊學、魯學始見於此。鄭康成曰：

> 漢承秦焚書，口相傳授，其始書之也，倉卒無其字，或以音類比方假借為之，趣於近之而已。受之者非一邦之人，人用其鄉，同言異字，同字異言，於茲遂生。故一經之學，數家競爽〔註49〕。

據此，則齊魯學之別，初為字音字形之異而衍為異說。然而，究其學說之內涵，齊魯之學實另有大異之處。馬宗霍曰：

> 大抵齊學尚恢奇，魯學多迂謹。齊學喜言天人之理，魯學頗守典章之遺。蓋當戰國時，齊有騶衍善談天，深觀陰陽消息，而作怪迂之變。其語閎大

〔註44〕書同註39，頁23。
〔註45〕〈蔡倫傳〉見《後漢書》卷一〇八，〈宦者列傳〉。
〔註46〕《後漢書》卷六，〈質帝本紀〉，本初元年。
〔註47〕《後漢書》卷九一。
〔註48〕同註22，頁36。
〔註49〕見陸德明《經典釋文敘錄》及馬宗霍《中國經學史》，頁38引，商務出版。

不經，先序今以上至黃帝，因載其禨祥度制，稱引天地剖判以來，五德轉移，治各有宜；於是流風所被，至漢不替。……魯當秦漢之際，陳涉爲王，魯諸儒則持孔氏禮器往歸之。及高帝誅項籍，引兵圍魯，魯中諸儒尚講誦習禮，弦歌之音不絕。所謂聖人遺化，好學之國，愈于它俗；故雖處危亂，猶能守而弗失。……惟其迁謹，故動必依禮。……魯學之勝於齊學處，亦在謹守，是以申公爲《詩經》訓故，疑者則闕弗傳。……〈藝文志〉稱：「齊韓二詩，或取春秋、采雜說，咸非其本義，與不得矣，魯最爲近之。」蓋謂是也。而諳習典章，則亦以魯學爲勝〔註50〕。

　　酈士元論陰陽五行學說之淵源與發展曰：「此種學說之成立，由於語義之演進，與官職之轉化及有關思想等方面而來。就語義之演進而論，在古代，陰陽與五行本是分頭發展，漸漸而形成抽象高深之理論系統，以至兩者之合流。就官職之轉化而論，其時或較前之官職，如掌火之官、五行之官等，其所掌之事與所具備之知識，均足以做成陰陽五行學說成立之憑藉。就有關思想方面而論，我國較早流行之思想如天命、災祥、重時令與封禪等，與其後形成陰陽五行學說思想頗多類似，經過時日之演變，上述各種觀念融爲一體。而正式創立陰陽五行學說的是戰國後期人鄒衍，其創立之地點約在齊國。」又曰：「陰陽五行學說在戰國後期……漸漸滲透到儒、墨、名、道等各家，至漢代漸漸成爲一種普遍盛行之思想。……其後又漸與八卦、姓氏、地支等互相配合，不斷擴充。……對兩漢政治、人事、社會、風俗等影響甚大。」〔註51〕

　　陰陽五行學說之政治原理有三：

1、法天與君主責任觀：當日皇帝之權力可謂獨尊無二，唯有虛無而人格化之「天」得以限制皇帝，不使濫用其權。儒者是以提倡「屈民伸君、屈君伸天」之主張，朝廷一切政治措施必須法天而行〔註52〕；有善政，則天降以祥瑞，有惡政，則懲之以災異〔註53〕。故天人感應與五行災異之學，可範圍、約束漫無限制之君權，進而加強君主責任觀，使之崇尚節儉，以仁義自責。

2、崇德抑法：董仲舒時代，儒者將惡刑與善德分配於陰陽兩邊，陰陽運行一年，四季各居其定位，但陽位所居者是實行，而刑罰則避而不用。換言之，是以陽爲主，

〔註50〕書同註4，頁46～48。

〔註51〕書同註8，頁83～84。

〔註52〕徐彥《春秋公羊傳疏》隱元年傳「元年春王正月」下云：「故《春秋》說云：以元之氣正天之端，以天之端正王者之政。」是「以天統君」之義。

〔註53〕董仲舒對策云：「以觀天人相與之際，甚可畏也。國家將有失道之敗，而天乃先出災害以譴告之；不知自省，又出怪異以警懼之；尚不知變，而傷敗乃至。」

陰爲副；德爲主，刑爲副；當政者之措施亦當如此。

3、人本思想：鄒衍創立陰陽五行之動機在於救世救人，而重點則在天與人之關係。
董仲舒爲提高人之地位，乃先建立一宇宙觀，將人與天、地、陰陽、木火土金水
等視——同爲構成宇宙份子之一，此一思想對儒者造成廣大、長遠之影響〔註54〕。

天人相應之觀念源自上古時代，《尚書‧召誥》曰：

> 肆惟王其疾敬德。王其德之用，祈天永命。

《尚書‧多士篇》：

> 昊天大降喪于殷，我有周佑命，將天明威，致王罰，敕殷命終于帝。……
> 我其敢求位？惟帝不畀，惟我下民秉爲，惟天明畏。

《尚書‧多方篇》：

> 惟帝降格于夏，有夏誕厥逸，不肯感言于民；乃大淫昏，不克終日勸于帝
> 之迪。……厥圖帝之命，不克開于民之麗；乃大降罰，……乃大降顯休命
> 于成湯，刑殄有夏。

《尚書‧立政篇》：

> 嗚呼！其在受德暋，惟羞刑暴德之人，同于厥邦；乃惟庶習逸德之人，同
> 于厥政；帝欽罰之。

《詩經‧周頌‧我將》：

> 我其夙夜，畏天之威，于時保之。

《詩經‧周頌‧敬之》：

> 敬之敬之，天維顯思。命不易哉。無曰：「高高在上」。陟降厥士，日監在
> 茲。維予小子，不聰敬止。日就月將，學有緝熙于光明。佛時仔肩，示我
> 顯德行。

《詩經‧大雅‧雲漢》爲描寫周王憂旱之長詩，《詩序》曰：

> 〈雲漢〉，仍叔美宣王也。……遇災而懼，側身脩行，欲銷去之。

舉凡道德不修、行政失當、任用小人……皆可能招致天罰；此一觀念，由來久矣。
至戰國後期之鄒衍，則正式創立陰陽五行學說，使天人相感之學學術化、學派化。
漢初學者，大多採陰陽家言以解說儒經，深信天道人事相互影響，因此，常以自然
現象附會人事之禍福；董仲舒與劉向尤爲此中大儒。西漢末年，則由早期之天人說、
災異說一變而爲讖緯符命之學。

讖是預言式之文字或圖畫，多以詭奇之隱喻道出未來大事。西周時代之讖語見

〔註54〕本鄺士元《中國學術思想史》頁84、85，而分類稍異。

於《史記・周本紀》：

> 宣王之時，童女謠曰：「檿弧箕服，實亡周國」，於是宣王聞之；有夫婦賣
> 是器者，宣王使執而戮之。逃於道，而見鄉者後宮童妾所棄妖子出於路者，
> 聞其夜啼，哀而收之，夫婦遂亡，奔於褒。褒人有罪，請入童妾所棄女子
> 者於王以贖罪。棄女子出於褒，是爲褒姒。當幽王三年，王之後宮，見而
> 愛之，生子伯服，竟廢申后及太子，以褒姒爲后，伯服爲太子。……褒姒
> 不好笑，幽王欲其笑萬方，故不笑。幽王爲烽燧大鼓，……褒姒乃大笑。
> 幽王說之，爲數舉烽火，其後不信，……西夷犬戎攻幽王。幽王舉烽火徵
> 兵，兵莫至。遂殺幽王驪山下，虜褒姒，盡取周賂而去〔註55〕。

西周宣王時之童女謠實爲讖語。秦始皇時代，亦有讖語，《史記》曰：

> 燕人盧生使入海還，以鬼神事，因奏錄圖書，曰：「亡秦者胡也」。始皇乃
> 使將軍蒙恬發兵三十萬人北擊胡，略取河南地〔註56〕。

始皇見「亡秦者胡也」之讖語，而誤解讖意；裴駰《史記集解》引鄭玄曰：「胡，胡
亥，秦二世名也。秦見圖書，不知此爲人名，反備北胡。」《史記・秦本紀》又載：
「今年祖龍死」，亦讖語也。而符讖大量風行，則始於漢哀、平之際〔註57〕。

　　緯取「與經相輔」之意，是假託經義以推究災祥之書。周予同曰：「緯有廣狹二
義：狹義專指七緯，即《詩》、《書》、《禮》、《樂》、《易》、《春秋》、《孝經》七經之
緯；廣義則混讖及其它術數之書，如『圖』、『候』等而言」〔註58〕。

　　陰陽災異學說對兩漢政治之影響甚鉅，自漢文帝起，每逢天災出現，皇帝往往
下詔罪己，或責免三公；在《漢書》帝紀及列傳中，其例屢見不鮮。漢成帝時，丞
相翟方進因天災遞至，被成帝賜死〔註59〕。王莽更巧妙運用陰陽災異學與儒家禪讓
學說，設計篡漢之程序：（1）專權立威，排除異己。（2）力行惠政，籠絡人心。（3）
獻納符瑞，顯示功績。（4）製造民意，頌揚功德。（5）榮加九錫，攝政稱帝。（6）
杜撰古史系統，製造禪讓理論根據。（7）假借符命讖緯，攘竊漢鼎〔註60〕。及光武
中興，其所倡儒術並不純醇，且十分迷信符讖。學者桓譚諫請光武禁絕讖緯，光武

〔註55〕《史記》卷四，〈周本記〉。鼎文出版，頁147～149。
〔註56〕《史記》卷六，〈秦始皇本紀〉。鼎文版，頁252。
〔註57〕《後漢書・張衡傳》，衡上疏曰：「圖讖成於哀平之際」。雖圖讖起於上古，然普遍風
　　　　行，則從西漢末年開始。
〔註58〕見周予同注皮錫瑞《經學歷史》頁106，「讖緯」條。漢京出版。
〔註59〕《漢書》卷八四，〈翟方進傳〉。
〔註60〕書同註13，頁82～85。

震怒，曰：「桓譚非聖無法」，將下斬之；譚叩頭流血，良久乃得解〔註61〕。其他學者，如鄭興、賈逵、張衡、尹敏、荀悅、王充皆不信讖緯，抨擊迷信。劉申叔《國學發微》曰：

> 及光武以符籙受命，……由是以讖緯爲祕經，頒爲功令，稍加貶斥，即伏「非聖無法」之誅。故一二陋儒，援飾經文，雜糅讖緯，獻媚工諛；雖何、鄭之倫，且沈溺其中而莫反；是則東漢之學術乃緯學盛昌之時代也。

戴君仁先生肯定天人災異學之正面價值，其言曰：

> 董仲舒一類今文經學大師，講天人相與，雖畏天而禍福繫於人們自身的行爲，這在道德觀念上，是有鼓勵的意義的。當然這不免帶一點迷信，但不能以此責備二千年前的人。並且在人生的意義上說，也把人的生命延長了；使人生活得有遠景、有希望，可以使人奮發，竭力向善的方面上進。我們看兩漢國勢強盛，社會穩固，士尚名節，民知義方，有蓬勃的生氣，未始不是這種精神在鼓蕩著。……至於古文派，我們不能說他們完全革除了這種天人相與觀念，但是減輕了這種天人相與的議論，是不成問題的〔註62〕。

至於陰陽災異學說對儒學之影響，皮錫瑞曰：

> 漢有一種天人之學，而齊學尤盛。《伏傳》五行，《齊詩》五際，《公羊春秋》多言災異，皆齊學。《易》有象數占驗，《禮》有明堂陰陽，不盡齊學，而其旨略同〔註63〕。

陳壽祺曰：

> 《易》有孟京卦氣之候，《詩》有翼奉五際之要，《尚書》有洪範災異之說，《春秋》有公羊災異之條，皆明於象數，善推禍福，以著天人之應〔註64〕。

馬宗霍之說尤詳，意謂：《易》孟喜得易家候陰陽災變書，京房亦以明災異得幸，梁丘賀於宣帝時，以善筮有應，由是近幸；別有高相治《易》，專說陰陽災異，自言出於丁將軍。《尚書》則《伏生大傳》，大談洪範五行，夏侯氏衍之于前，劉向敘之于後；歐陽大小夏侯《尚書》，出自伏生。《詩》則《齊詩》五際，翼奉以之言政。《春秋》則有董仲舒言公羊災異之變。凡此，皆齊學也〔註65〕。

〔註61〕《後漢書》卷五八，〈桓譚傳〉。
〔註62〕戴君仁〈兩漢經學思想的變遷〉——《詩經》部分，《孔孟學報》十八期，頁60。
〔註63〕書同註14，頁106。
〔註64〕陳壽祺《尚書大傳箋序》。
〔註65〕書同註4，頁46～47。

　　緯書之名目繁多，且怪異，如《詩》緯：含神霧、汎歷樞、推度災。《尚書》緯：
璇機鈐、考靈曜、刑德放、帝命驗、運期授、帝驗期、五行傳、尚書中候。皆針對
經書而發，故有「內學」之稱。

　　魯學與齊學相對，主張遠紹三代，尊崇禮樂教化，其特色爲迂謹，前已述及，
茲不贅。或謂齊學存微言，魯學明故訓；齊學多今文家言，魯學多古文家言；此言
其大概耳。魯學之中，有今文，有古文，前者如《申培魯詩》、《穀梁春秋》、《高堂
生禮》、《魯論》是也；後者如《古文尚書》、《左氏春秋》、《逸禮》是也；後者皆屬
秘藏古本，故爲古文。

七、今、古文經學

（一）今、古文爭執之經過

　　古文經學並不始於劉歆，但自西漢末年，劉歆始提出「古文」一詞，以與「今
文」相抗衡；而後，古文經學日益壯大，今古文經學壁壘分明。經學史上，劉歆實
居關鍵之地位。

　　劉歆字子駿；後改名秀，字穎叔〔註66〕。少以通《詩》《書》、能屬文召見，成
帝時署爲黃門郎。成帝河平年間，受詔與父劉向領校秘書。成帝綏和二年（公元前
7年），劉向去世，歆任中壘校尉。哀帝即位，王莽舉歆宗室有材行，遷爲騎都尉、
奉車光祿大夫。貴幸，復領校《五經》，卒父前業。歆乃集六藝群書，別爲《七略》，
爲中國最早之目錄書；班固《漢書·藝文志》即根據《七略》寫成。

　　先是向及歆皆治《易》；宣帝時，召向受《穀梁春秋》，十餘年，大明習。及歆
校秘書，見古文《春秋左氏傳》，歆大好之。時丞相史尹咸，以能治左氏，與歆共校
經傳，歆略從咸及丞相翟方進受質問大義。初《左氏傳》多古字古言，學者傳訓故
而已。及歆治左氏，引傳文以解經，轉相發明，由是章句義理備焉。歆以爲左丘明
好惡與聖人同，親見夫子，而公羊、穀梁在七十子後；丘明親見，公、穀傳聞，其
詳略不同；歆數以難向，向不能非間也，然猶自持其穀梁義〔註67〕。

　　及歆親近，欲建立《左氏春秋》及《毛詩》、《逸禮》、《古文尚書》皆列於學官。
哀帝令歆與《五經》博士講論其義，諸博士或不肯置對，歆因移書太常博士，責讓之。

〔註66〕劉歆更改名字，在哀帝建平元年（西元前6年）。
〔註67〕李威熊《中國經學發展史論》頁132曰：「劉歆是劉向的最小兒子，初治《易》，後
　　　　受《穀梁》、《左傳》。成帝時，向、歆父子領校秘書；向死後，歆任中壘校尉。」在
　　　　此，有二事失察：其一，受《穀梁》者乃劉向，非劉歆。其二，《漢書》卷三六曰：
　　　　「及歆校秘書，見古文《春秋左氏傳》，歆大好之」，可知劉歆治《左傳》不在校秘
　　　　書之前，李先生之文失其次序。

其言甚切，諸儒皆怨恨。儒者師丹爲大司空，奏歆改亂舊章，非毀先帝所立。歆由是忤執政大臣，爲眾儒所訕；懼誅，求出補吏，爲河內太守，徙守五原，後轉任涿郡。數年，以病免官。哀帝崩，王莽持政，白太后，太后留歆爲右曹太中大夫，遷中壘校尉，使治明堂辟雍，封紅休侯（以上見《漢書》卷三六）。及王莽篡位，歆爲國師，因其地位顯貴，故能爲四種古文經設立博士。新莽迅即敗滅，古文經學遂受其牽累，罷而不立於東漢之學官。劉歆於西漢末年爭立古文經學，是今古文第一次爭執。

後世學者或指劉歆僞造古文經以媚王莽，此言失當，學者辨之詳矣。黃彰健先生亦曰：

> 認《周官》爲劉歆僞造以媚新莽，其說起於宋代，這是由於厭惡王安石之依《周禮》行新法而引起。及清儒重辨經今古文經說，劉逢祿謂劉歆僞造左氏書法以媚莽。至康有爲遂更謂劉歆僞造古文諸經以媚莽，以佐成莽篡。此均由於不明瞭當時王莽之居攝即眞主要係利用《古文尚書》經說所致。……劉歆在漢哀帝時之議立古文經學，純粹是站在學術的立場。而王莽之於漢平帝時之立古文經學，則顯然欲利用古文經學，以實現他的政治上的野心〔註68〕。

東漢期間，重大之今古文爭執有三：其一，光武建武年間，尚書令韓歆上疏，欲立《費氏易》、《左氏春秋》博士，許淑、陳元贊同其議，博士范升反對。其二，章帝建初年間，賈逵（古文）與李育爭論《左氏傳》與《公羊春秋》之優劣。其三，羊弼、何休師徒與服虔、鄭玄爭論《春秋三傳》之長短。而後，今文學日漸式微。

皮錫瑞評述兩漢今古文經學之爭，多偏祖今文學，故其所論或未臻公允〔註69〕。

（二）今、古文爭執之內涵

漢朝經學，何以形成今、古文兩派之爭？何謂「今文」？何謂「古文」？其內涵不外以下數端：

1、文字之異

漢代通行隸書，諸儒傳經，自必亦以隸體書之，自孔壁經籍出，而今古文之名

〔註68〕書同註18，頁123～125。
〔註69〕徐復觀嘗批評皮錫瑞曰：「劉歆移書，義正詞嚴，是非昭如日月，使當時的博士懾伏而不敢抗一言；龔勝、師丹慚恐而不能置二辯；乃皮錫瑞生近二千年後，正學術自由，久蟄思奮之會，卻悍然倡『義以相反，安可並置？既知其過，又何必存？與其過存，無寧過廢』之謬說，煽學術憑政治以專制的毒焰，搆事實隨己意而有無的謊言；自欺欺人，誣今誣古。康有爲對劉歆所舉的典籍，一概斥之爲出於劉歆的僞造。皮氏知康氏之〈說難〉以成立，只好硬著頭皮講這種蠻橫的話。」（《中國經學史的基礎》，頁204～205）

乃相對而立。所謂古文，其字體當是戰國文字，而非中國最古文字。

　　漢朝人以孔子「信而好古」，而孔壁本諸經又出於孔壁，故劉歆、許慎遂以孔子壁中書爲中國最古之字體。故王莽時所定「六書」，即以「古文」爲孔子壁中書，與壁中書異體之古文則爲「奇字」﹝註70﹞。〈漢志〉僅於得諸孔壁諸經，注明「古」字，此正表示其對孔壁本之重視。黃彰健先生曰：「吳大澂、王國維知壁中書爲戰國時文字，而非我國最古文字，則因研究鐘鼎彝器，所見殷周文字較漢人爲多，故能糾正劉歆、許慎以孔子壁中書爲中國最古文字此一誤說」﹝註71﹞。又曰：「在彰健看來，在漢代，篆書亦係今文」﹝註72﹞。

　　文字之異是今文經學與古文經學區分之第一步。劉歆所欲立之古文經，魯壁本皆書以古文；而《左氏傳》並非出於孔壁，其流佈於民間者，皆書以漢朝文字，劉歆特於秘府中發現古文本。《尚書》、《禮經》亦以流佈於民間與否而類推，徐復觀先生嘗推斷其情況﹝註73﹞。

2、地域之別

　　劉師培先生曰：「西漢學派，祗有兩端，一曰齊學，一曰魯學。治齊學者，多今文家言；治魯學者，多古文家言。……而齊學昌明，則由秦末儒生，抱殘守闕。魯學昌明，則由河間獻王、劉歆之提倡。」﹝註74﹞齊學多今文，魯學多古文，此言其大概耳。以魯學爲例，《古文尚書》、《左氏春秋》、《逸禮》是古文；《申培魯詩》、《穀梁春秋》、《高堂生禮》、《魯論》是今文。

　　廖平曰：今學出齊魯，古學出燕趙。﹝註75﹞蒙文通《經學抉原》曰：「今文之學源於齊魯，而古文之學源於梁趙。」﹝註76﹞昔在六國，魏文侯師子夏，《禮》用段干木、李克。李克傳《毛詩》，魏文侯之相也；吳起傳《左氏春秋》，魏文侯之將也。劉歆〈移讓太常博士書〉曰：「鄒魯梁趙頗有《詩》《禮》《春秋》，先師皆起於建元之間。」《毛詩》傳於趙國毛萇，《左氏》傳於趙國貫長卿，二者並爲河間獻王博士；河間，故趙地也。而「今學出齊魯」一語自有例外，如魯壁所出者，皆爲古文。

3、精神與學說之別

﹝註70﹞見許慎《說文解字・敍》。
﹝註71﹞書同註18，頁545。
﹝註72﹞書同註18，頁5。
﹝註73﹞書同註6，頁203。
﹝註74﹞劉師培《國學發微》，頁7，國民出版社，民國48年。
﹝註75﹞廖平曰：「今古經本不同，人知者多；至於學官皆今學，民間皆古學，則知者鮮矣。知今學同爲齊魯派，十四博士同源共貫，不自相異；古學爲燕趙派，群經共爲一家，與今學爲敵而不自相異，則知者更鮮矣。」（《今古學考》，頁85，學海出版）
﹝註76﹞蒙文通《經學抉原》，頁57，〈晉學楚學第九〉，商務，民國55年。

　　徐復觀先生曰：「漢初的今文皆來自古文，而古文以隸書改寫後即爲今文。凡流佈中的字體是相同的，即同爲隸書。今古文的分別，乃在文字上有出入，及由文字上的出入而引起解釋上的出入。」〔註77〕蓋古籍於流傳之際皆已隸改，漢人已不使用古文書寫，故今古文之殊，當以精神爲主。例如《毛詩》之祖本必爲古文，但入漢而行於世者，必以今文書寫；故四家詩之異同不在文字，而在「推詩人之意」之傳。黃彰健先生曰：

> 王國維先生認爲：在《史記》中，「古文」是指秦統一天下以前六國行用的
> 文字，包括孔子壁中書在內；至王莽時，「古文」始用以專指孔子壁中書；
> 至班固《漢書》、許愼撰《五經異義》時，古文始兼用以指學派〔註78〕。

荀悅《申鑒》曰：

> 秦之滅學也，書藏於屋壁，義施於朝野。逮至漢興，收摭散滯，固已無全
> 學矣。文有磨滅，言有楚夏，出有先後；或學者先意有所借定，後進相放，
> 彌以滋蔓，故一源十流，天水行而訟者紛如也。

就大體而言，今文多明微言大義，古文多詳名物訓詁。至於封建、井田、爵祿、昏、聘、祭祀……等禮制，亦因今古文而有差別。酈士元嘗列舉今古文經學之相異處，凡十五項〔註79〕，李威熊先生依據周紹賢之說，亦列舉十一項〔註80〕。

4、壟斷利益

　　劉歆〈移讓太常博士書〉指責今文博士「抱殘守缺，挾恐見破之私意，而無從善服義之公心；或懷妒嫉，不考情實，雷同相從，隨聲是非。……深閉固拒……欲杜塞餘道，絕滅微學。……專己守殘，黨同門，妒道眞。」指出西漢今文博士之澈底自私心態，竟掩耳盜鈴，「以《尙書》爲備，謂左氏爲不傳《春秋》」。趙制陽先生曰：「今古文詩說，同多於異，其所以各成學派，互不相容者，實爲學術者少，爲利權者多〔註81〕。」杜松柏先生曰：「……係利祿使然，今文經學立官已久，不容古文經學家繼立，分一杯羹也。而其關鍵，則在漢武帝，若今古文並立，則無此爭矣。」〔註82〕。

　　今文學既壟斷利祿官學，然劉歆提倡古文之後，古文經學逐漸抬頭，於民間普遍風行。東漢杜林告誡時人曰：「（古文）雖不合時務，然願諸君子無悔所學。」充分顯示當時治古文學者之熱誠及自信心。

〔註77〕書同註6，頁127。
〔註78〕書同註18，頁5，引言。
〔註79〕書同註8，頁107～108。
〔註80〕書同註12，頁152～153。
〔註81〕趙制陽〈今古文詩說比較研究〉，《孔孟學報》五三期，頁41。
〔註82〕文同註22，頁36。

5、反讖緯

兩漢今文學之中，齊學特以陰陽五行、符讖之說聞名，前文（（六）齊學與魯學）已述及。西漢末年已風行讖緯之學，王莽因之篡漢，光武據以中興。東漢時期，讖緯之風愈熾。《隋書·經籍志》云：

> 王莽好符命，光武以圖讖興，遂盛行於世。漢世又詔東平王蒼正《五經》章句，皆命從讖；俗儒趨時，益爲其學，篇卷第目，轉加增廣，言《五經》者，皆憑讖爲說。唯孔安國、毛公、王璜、賈逵之徒獨非之，相承以妖妄亂中庸之典，故因漢魯恭王、河間獻王所得古文，參而考之，以成其義，爲之古學。

是掃除讖緯妖妄之說，爲古文家之使命之一。章帝建初四年（公元 79 年），命群儒講《五經》異同於白虎觀，帝親稱制臨決；班固奉詔撰《白虎通》，多採今文家言，多據圖讖以正《五經》異說。然建初八年（公元 83 年），章帝下詔曰：

> 《五經》剖判，去聖彌遠，章句遺辭，乖疑難正。恐先師微言將遂廢絕，非所以重稽古、求道眞也。其令群儒選高才生受《左氏》學、《穀梁春秋》、《古文尚書》、《毛詩》，以扶微學，廣異義焉。

古文家雖不得立於學官，而其說平實可信，多退斥妖妄之說，故章帝亦能重視古學。其後，古學日盛，今學日衰，至鄭玄出，古文大獲全勝；然而，鄭玄亦兼治讖緯，乃受今文影響之故。

6、反家法之瑣屑

裴普賢先生引述錢穆先生《今古文評議》云：

> 漢初經師但傳訓詁，通其大義，「疑者則闕弗傳」。至宣帝時，博士官爲：一便於教授，二便於博士弟子應試，三便於應敵起見，漸有章句之學興起。博士講經必分章斷句，具備原文而逐一詳解，遇有不可說處，已不能略去不說，於是不得不左右采獲，往往陷於勉強牽引，以爲飾說〔註83〕。

漢武帝立《五經》博士，一經一博士，以致形成經學研究專門化。因專守一經，師法、家法易明，自易應科設策。宣帝又增置數家，由是崇尚家法，鉤深取極，一門深入，章句滋繁。班固《漢書·藝文志》評章句之學曰：

〔註83〕裴普賢《經學概述》，頁 232，〈經學派別〉。開明，民國 61 年二版。至其所述第三項「應敵」，錢穆曰：「應敵者，如石渠奏議，講《五經》異同，若不分章逐句爲說，但訓故舉大誼，則易爲論敵所乘也。故章句必具文；具文者，備具原文而一一說之。遇有不可說處，則不免於飾說矣。」（《兩漢經學今古文平議》，頁 202，〈兩漢博士家法考〉。三民出版，民國 60 年）

後世經傳既已乖離，博學者又不思多聞闕疑之義，而務碎義逃難，便辭巧說，破壞形體，說五字之文至於二三萬言；後進彌以馳逐。故幼童而守一藝，白首而後能言。

顏師古《漢書・藝文志》注引桓譚《新論》，曰：

秦近君（當作秦延君）能說〈堯典〉篇目兩字之誼，至十餘萬言；但說「曰若稽古」，三萬言。

《漢書》卷八八〈儒林傳〉曰：

信都秦恭延君……恭增師法至百萬言，爲城陽內史。

今文家重微言大義，然病在「不思廢絕之闕，因陋就寡，分文析字；信口說而背傳記，是末師而非往古。」（劉歆〈移讓太常博士書〉）又經層層引伸發揮，終於衍成繁雜瑣屑之章句之學；古文家則反是，特重訓詁，用辭簡潔易了，不憑空臆說。

（三）今古文爭執之影響

1、劉歆影響東漢經學

不僅桓譚「數從劉歆、揚雄辨析疑義」，孔奮「少從劉歆受《春秋左氏傳》」；並且，東漢經學開山大師鄭興，「天鳳中將門人從劉歆講正古義」；賈逵之父賈徽「從劉歆受《左氏春秋》」，馬融、鄭玄之緒，皆由此出〔註84〕。蓋劉歆倡立古文，而後民間研究古文經之風大盛，使今文日漸式微。

2、由古文演成古學

劉歆所倡立之古文爲《尚書》、《毛詩》、《逸禮》、《左氏春秋》。降至東漢，由古文進而演成古學，故《穀梁春秋》遭博士排擠，章帝建初八年「詔諸儒各選高才生受《左氏》、《穀梁春秋》、《古文尚書》、《毛詩》」，由是四經遂行。靈帝光和三年六月「詔公卿舉通《尚書》、《毛詩》、《左氏》、《穀梁春秋》各一人，悉除議郎」，皆以《穀梁春秋》與古文同列。許慎、馬融始將《周官》說成古文，由是，古文學者亦習《周官》。

3、驅除迷信荒誕之經說

今文家多採用陰陽五行、災異圖讖之說，使經學步入怪誕之途，古文家以務實之精神，將經學帶入考據訓詁之路。

4、影響魏晉之學官

歷經東漢時期之競爭，古文經學因其平實可信之特色，加以大儒鄭玄之學術以古文爲主，流風所至，今文潰不成軍。優勝劣敗之形勢既已顯白，故魏晉時代，古

〔註84〕書同註6，頁205。

文經多列入學官，兩漢今文之正統地位遂爲古文學所取代。

5、促進小學之發達

許愼《說文》謂「古文爲孔子壁中書」，魯恭王得古文經於孔壁，今文學派以爲不可信。《爾雅》、《說文》爲文字學之寶典，其說多與古文經合。今文經學多重視微言大義，古文經學則重視名物訓詁；是以古文經學於文字學之發達有促進之功焉。

八、石渠閣與白虎觀會議

漢朝經學盛行，嘗舉辦二次經學討論會，一在西漢宣帝甘露三年（公元前 51年），另一次在東漢章帝建初四年（公元 79 年）。《漢書・卷八・宣帝紀》，甘露三年：

> 詔諸儒講《五經》同異，太子太傅蕭望之等平奏其議，上親稱制臨決焉。

又卷八八，〈儒林傳〉曰：

> 甘露中，與《五經》諸儒雜論同異於石渠閣。

石渠閣位於長安未央殿北，爲西漢藏書之處。此一會議之動機，本在平《公羊》、《穀梁》之同異，有施讎、戴聖等經學大師參與〔註85〕，蕭望之當仲裁官，宣帝「親制臨決」。石渠議奏，有《書》四十二篇、《禮》三十八篇、《春秋》三十九篇，今皆亡佚。會後，增設梁丘《易》、大小夏侯及穀梁博士。《魯詩》學者薛廣德、韋玄成、張長安雖參與盛會，然而此會未討論《詩經》，錢穆先生疑「《詩》分三家，且在石渠議奏後，石渠議奏不及《詩》，乃《詩》之爭議最少」。黃彰健先生則曰：

> 這因爲《詩》分魯齊韓三家，在武帝時均已立博士，故對《詩經》之立學，不再討論〔註86〕。

石渠會議直接助長家法與章句，以其必須應對、辯駁故也。

西漢末年，始有今古文之爭。東漢章帝建初四年，蘭臺校書郎楊終上《疏》云：

> 宣帝博徵群儒，論定《五經》於石渠閣。方今天下少事，學者得成其業，而章句之徒，破壞大體，宜如石渠故事，永爲後世則〔註87〕。

《後漢書・章帝紀》云：

> （建初四年）十一月壬戌，詔曰：「蓋三代導人，教學爲本。漢承暴秦，褒顯儒術，建立《五經》，爲置博士。其後學者精進，雖曰師承，亦別名家：孝宣皇帝……此皆所以扶進微學，尊廣道藝也。（光武帝）中元元年詔書，《五經》章句煩多，議欲減省。……孔子曰：『學之不講，是吾憂也。』又曰：『博學而篤志，切問而近思，仁在其中矣！』於戲，其勉之哉！」

〔註85〕據王先謙《漢書補注》引錢大昭之統計，參與此會而可考者有二十三人。

〔註86〕書同註18，頁135。

〔註87〕《後漢書・楊終傳》。

於是下太常、將、大夫、博士、議郎、郎官及諸生、諸儒會白虎觀，講議
《五經》同異，使五官中郎將魏應承制問，侍中淳于恭奏，帝親稱制臨決，
如孝宣甘露石渠故事，作《白虎議奏》。

刪減章句，始自王莽，然章句之穿鑿附會處尚未解決，分歧之經說亦未趨於一致，
故建初四年有白虎觀會議。白虎觀位於洛陽城北宮，參與此會者，有廣平王羨、魏
應、淳于恭、班固、賈逵、桓郁、李育、魯恭、樓望、成封、丁鴻、張輔、召訓、
趙博、楊終諸人。其中，魏應、魯恭、張輔習《魯詩》，召訓習《韓詩》。《白虎議奏》
之體例當如《石渠議奏》，惜今不傳。當時與議者，多今文經書；今存者，為楊終、
班固所撰集之《白虎通議》（又名《白虎通德論》，簡稱《白虎通》）。當時帝王重讖，
多以讖斷，故《白虎通》引書，即多先引讖緯，而後引經典。夏長樸先生曰：

> 根據清人陳立的《白虎通疏證》的分目，可以發現《白虎通》一書的一些
> 特殊意義：1、這部書達到了宣帝以來統一經說的目的。……至少把今文家
> 的經說統一了，可以說這部書是兩漢今文經說的結晶。2、就政治及社會的
> 眼光而言，《白虎通》是漢代經說架構起來的一部具有法典性質的著作。……
> 從這些大綱及分目看來，上自天文，下至地理；陰陽五行災異，及政治社
> 會的制度，教育學術的定規，鉅細靡遺，無所不包，是一部粗具規模的組
> 織法，也是自天子以至於庶人，立身行世的根本。就這一點而言，這部書
> 的出現，象徵著漢帝國成立以來，定思想於一尊的目標的實現〔註88〕。

石渠閣、白虎觀會議對後世學術研討會有啟發之功。

第二節　魯齊韓毛四家詩

《史記‧儒林傳》曰：「今上即位，趙綰、王臧之屬明儒學，而上亦鄉之。於是
招方正賢良文學之士。自是之後，言《詩》，於魯則申培公，於齊則轅固生，於燕則
韓太傅。」司馬遷指漢武帝時，《詩經》有魯、齊、韓三家，蓋專就官學而言；或馬
遷於《毛詩》，未嘗耳聞目睹歟！

《漢書‧藝文志》曰：「漢興，魯申公為《詩》訓故，而齊轅固、燕韓生皆為之
傳，或取《春秋》，采雜說，咸非其本義；與不得已，魯最為近之；三家皆列於學官。
又有毛公之學，自謂子夏所傳，而河間獻王好之，未得立。」班固謂西漢《詩經》
學有齊、魯、韓、毛四家。但因齊、魯、韓詩於兩漢皆立為官學，宛若詩學正宗，

〔註88〕夏長樸《兩漢儒學研究》，頁 36，〈從石渠議奏到白虎議奏〉，臺大文學院，民國 67 年。

故班氏奉命撰《漢書》，便專就齊、魯、韓三家，較其優劣；而不評《毛詩》。只在文末附帶提及《毛詩》，班氏所言「自謂子夏所傳」，「自謂」也者，其涵意爲「非官方說法」，而非微辭。蓋班氏所撰者，官書也，立於官方立場以發言，乃理所當然；總之，〈漢志〉非但未嘗絲毫褒貶、評價《毛詩》〔註89〕，反而謂三家詩「或取《春秋》，采雜說，咸非其本義，與不得已，魯最爲近之」，此方爲貶辭。

一、《魯 詩》

（一）淵 源

《魯詩》爲申培所傳，申公魯人，故稱其所傳之詩曰《魯詩》。申公曾與白生、穆生、楚元王劉交、夷王郢客，俱學於浮邱伯，浮邱伯爲孫卿門人；故申公之詩，源於孫卿。《史記‧儒林傳》曰：

> 申公者，魯人也。高祖過魯，申公以弟子從師入見高祖於魯南宮。呂太后時，申公游學長安，與劉郢同師。已而郢爲楚王，令申公傳其太子戊。……及王郢卒，……（申公）歸魯，退居家教，……弟子自遠方至受業者百餘人。申公獨以《詩經》爲訓以教，無傳疑，疑者則闕不傳。……今上初即位，……使使束帛加璧，安車駟馬，迎申公，……至，天子問治亂之事，申公時已八十餘，老，對曰：「爲治者不在多言，顧力行何如耳。」……弟子爲博士者十餘人，……其治官民皆有廉節稱，其學官弟子，行雖不備，而至於大夫、郎中、掌故以有數。言詩雖殊，多本於申公。

《漢書‧楚元王傳》曰：

> 元王既至楚，以申公爲中大夫。文帝時，聞申公爲《詩》最精，以爲博士。
> 申公始爲《詩》傳，號《魯詩》。

（二）《魯詩》之重要學者及其傳承〔註90〕

〔註89〕黃彰健以爲〈漢志〉「自謂子夏所傳」一句，是班固對《毛詩》有微詞之現象。（見黃彰健《經今古文學問題新論》，頁54，《中研院史語所專刊》七十九）江乾益先生亦曰：「〈漢志〉於毛氏『自謂』之辭，似未深信，即其爲古文之故：古文乃後起之學，而淵源特早（連按：殆指淵源於子夏），致啓人疑。」（見江乾益《陳壽祺父子三家詩遺說研究》，頁25，《師大國研所集刊》三十期，總頁113）黃、江之說，或有可商。

〔註90〕從《史記》、《漢書》、《後漢書》等史料考索四家詩之傳授源流，並繪成簡圖，已有多位學者嘗試爲之，雖諸文互有詳略，然已毋庸在此贅述史料，故僅繪簡圖以示。此類圖文甚多，茲舉數例如下：
宋‧章如愚《山堂考索》。
明‧朱睦㮮《授經圖》。
清‧甘鵬雲《經學源流考》。

　　通《魯詩》而授受不詳者如下：雷義、陳重、魯丕、魯恭、魯峻、韋孟、李咸、李炳、陳宣、蔡朗。

　　《魯詩》傳至韋賢為最盛。據《漢書・韋賢傳》，賢字長孺，魯國鄒人也。為人質樸少欲，篤志於學，兼通《禮》、《尚書》，以《詩》教授，號稱鄒魯大儒。徵為博士，給事中；進授昭帝詩，稍遷光祿大夫。宣帝時，以先帝師，甚見尊重，本始三年為丞相。少子元成，復以明經歷位至丞相；故鄒魯諺曰：「遺子黃金滿籯，不如一經」。

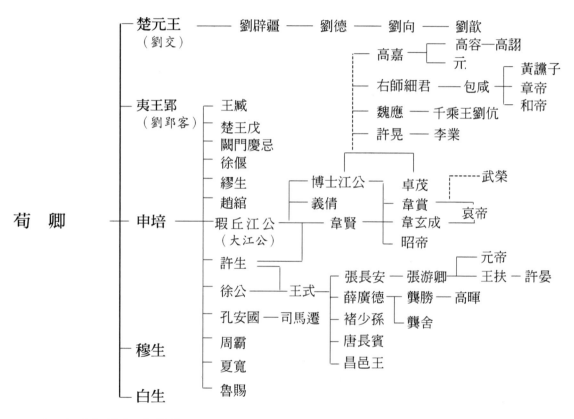

（三）《魯詩》之著作

　　〈漢志〉著錄「《詩經》二十八卷」，署「魯、齊、韓三家」。《史記・卷一二一・

民・裴普賢《經學概述》，開明書局（民國 61 年二版）。

民・程發軔〈漢代經學之復興〉，《孔孟學報》十四期。（民國 56 年）

民・黃振民〈漢魯齊韓毛四家詩學考〉，《中華文化復興月刊》五卷七期。（民國 61 年）

民・李新霖《清代經今文學述》，第一章，《師大國研所集刊》二二期。（民國 66 年）

民・徐復觀《中國經學史的基礎》，頁 133～161，學生書局。（民國 71 年）

民・江乾益《陳壽祺父子三家詩遺說研究》，第三章，《師大國研所集刊》三十期（民國 75 年）

民李威熊《中國經學發展史論》，第四章之附錄，文史哲出版（民國 77 年）

儒林傳》曰：

> 申公獨以《詩經》為訓以教，無傳疑；疑者則闕不傳。

《漢書・卷八八・儒林傳》則曰：

> 申公獨以《詩經》為訓故以教，亡傳，疑者則闕弗傳。

司馬貞《史記索隱》曰：

> 謂申公不作《詩》傳，但教授，有疑則闕耳。

申公果有著作乎？果無著作乎？今觀《漢書・藝文志・詩類小序》有「魯申公為《詩》訓詁」之語，《漢志》並載《魯故》二十五卷、《魯說》二十八卷；《魯故》當為申公所作，《魯說》則申公弟子所作。

此外，劉交著《詩傳》，韋氏著《魯詩韋君章句》〔註91〕，許晏著《魯詩許氏章句》。明豐坊有《詩說》一卷，題申培撰，實豐氏偽作。

《魯詩》亡於西晉，其著作皆已亡佚。今人可由古籍中考得若干遺說，黃振民先生曰：

> 例如《魯詩》詩說雖已失傳，然《魯詩》既源於荀卿，故荀書言《詩》，自為魯訓所本。太史公受業於孔安國，而安國又屬申公弟子，《史記》言《詩》，自當多屬《魯詩》之說。劉向為元王之後，而元王習《魯詩》，則向所著《列女傳》、《說苑》、《新序》諸書所引諸詩說，自亦皆屬《魯說》無疑。以同理推知，其它古籍若王逸《楚辭章句》、蔡邕《獨斷》、王符《潛夫論》、徐幹《中論》等所引《魯詩》之說，亦所在多有〔註92〕。

（四）《魯詩》之特色

魯學之特色為謹守，「疑則闕不傳」；而諳習典章，亦以魯學為勝；是以三家詩雖「咸非其本義」，而「與不得已，魯最為近之」。

今文家解《詩》，多注重微言大義之闡發，徐復觀先生曰：

> 申公純厚，轅固剛正，王式嚴謹；而其出處之間，未嘗措心於利祿，則是完全一致的。申公在武帝前言為政不至多言，其弟子之官民者「皆有廉節稱」。轅固在景帝前言湯武革命，戒公孫弘（原作宏）無曲學以阿世。儒家的微言大義，凜然如可捫觸，則訓傳的後面，實有真精神的躍動；與宋明的程、朱、陸、王，實有血脈上的流注，而因時代關係，氣象的博大，

〔註91〕《經義考》著錄，作《韋賢魯詩章句》；清王仁俊輯《魯詩韋氏說》一卷，題韋玄成撰。

〔註92〕黃振民〈漢魯、齊、韓、毛四家詩學考〉（上），《中華文化復興月刊》五卷七期，頁17，民國61年。

或且過之〔註93〕。

司馬遷學於孔安國，當屬《魯詩》，其運用詩義於《史記》，如〈外戚世家〉云：

> 自古受命及繼體守文之君，非獨內德茂也，蓋亦有外戚之助焉。夏之興也
> 以塗山，而桀之亡也以妹喜；殷之興也以有娀，紂之殺也嬖妲己；周之興
> 也以姜原及大任，而幽王之禽也，淫於褒姒。故詩始〈關雎〉，夫婦之際，
> 人道之大倫也。

劉向採《詩》《書》所載婦道貞義之事，著爲《列女傳》，以戒天子。其《說苑》亦
引詩釋政，言治國理民之方；例如〈君道篇〉曰：

> 周公踐天子之位，布德施惠，遠而逾明，十二牧方三人出舉。遠方之民，
> 有饑寒而不得衣食者，有獄訟而失職者，有賢才而不舉者，以入告乎天子；
> 天子於其君之朝也，揖而進之曰：「意朕之政教有不得者與？何其所臨之民
> 有饑寒不得衣食者，有獄訟而失職者，有賢才而不舉者也。」其君歸也，
> 乃召其國大夫，告用天子之言，百姓言之，皆喜曰：「此誠天子也，何居之
> 深遠而見我之明也，豈可欺哉？」故牧者所以辟四門、明四目、達四聰也，
> 是以近者親之，遠者安之。《詩》曰：「柔遠能邇，以定我王」，此之謂矣。

所引詩句，出自〈大雅‧民勞〉。王充曰：「儒生不習於職，長於匡救」〔註94〕，所
謂匡救，即是諫諍。《漢書‧卷八八‧儒林傳》云：

> （王）式爲昌邑王師。昭帝崩，昌邑王嗣立，以行淫亂廢，昌邑群臣皆下
> 獄誅，……式繫獄當死，治事使者責問曰：「師何以無諫書？」式對曰：「臣
> 以《詩》三百五篇朝夕授王，至於忠臣孝子之篇，未嘗不爲王反復誦之也；
> 至於危亡失道之君，未嘗不流涕爲王深陳之也。臣以三百五篇諫，是以無
> 諫書。」使者以聞，亦得減死論。

諷喻美刺，詩經時代已十分風行。儒家肯定諫諍之正面功能，故《孝經‧諫諍章》
如是記載：

> 天子有爭臣七人，雖無道，不失其天下，諸侯有爭臣五人，雖無道，不失
> 其國；大夫有爭臣三人，雖無道，不失其家；士有爭友，則身不離於令名；
> 父有爭子，則身不陷於不義。

漢朝人非常重視孝道，亦能認同《孝經》所主張之諫諍精神。夏長樸先生曰：

> 《孝經》在漢代……和《論語》一樣，同爲人所必習的基本書。漢自武帝

〔註93〕徐復觀《中國經學史的基礎》，頁145，〈四家詩的經文及分卷問題〉。學生，民國71
　　　　年出版。
〔註94〕王充《論衡‧程材篇》。

起選吏舉孝廉，平帝元始三年，序庠置《孝經》師，而漢帝諡號上莫不冠以「孝」字，更充分顯示漢人的重視孝道。在孝道思想深入人心的情況下，「諫諍」的觀念亦勢必爲君臣上下所接受，如昭帝元平元年，霍光等廢昌邑王賀時，王即持「聞天子有爭臣七人，雖無道，不失天下」語爲自辯解；哀帝元壽元年，帝益封董賢二千戶，及賜孔鄉侯、汝昌侯、陽新侯國時，爲丞相王嘉封還詔書，王嘉所堅持的理由也是「天子有爭臣七人，雖無道，不失其天下。」足見君臣之間的「諫諍」關係，已是人所公認的、牢不可破的觀念。桓帝延熹八年，劉瑜上書陳事，建言「設置七臣，以廣諫道」，更可爲漢人有這種觀念的重要佐證〔註95〕。

徐復觀先生曰：

> 一般知識分子的活動，……（漢）宣帝以後，則主要表現爲儒生的奏議；在這些奏議中，氣象博大剛正，爲人民作了沈痛的呼號，對弊政作了深切的抨擊，這都是由經學教養中所鼓鑄而出，爲以後各朝代所難企及。此正說明：經學的意義已由社會的層面升到政治的層面。……沒有經學，便不能出現這些擲地有聲的奏議。……兩漢經學，除死守章句的小儒外，乃是由竹帛進入到他們的生命，再由生命展現爲奏議，展現爲名節的經學；這除宋代的理學家外，與一般人所了解的經學，尤其是與兩部正續《皇清經解》所代表的清代經學，有本質上的差異〔註96〕。

三家詩中，《魯詩》嚴謹，最近其眞，故學者如薛廣德、龔勝、魯恭等，皆因在位之便，引詩直諫。他如王符、王逸、蔡邕、徐幹、高誘等，皆承繼以三百篇爲諫書之精神，善於忠諫。

二、《齊　詩》

（一）創始及發展

《史記・儒林傳》曰：

> 清河王太傅轅固生者，齊人也。以治詩，孝景時爲博士。……竇太后好《老子》書，召轅固生問《老子》書。固曰：「此是家人言耳。」太后怒，……今上初即位，復以賢良徵固。諸諛儒多疾毀固，曰「固老」，罷歸之。時固已九十餘矣。固之徵也，薛人公孫弘亦徵，側目而視固。固曰：「公孫

〔註95〕夏長樸《兩漢儒學研究》，頁95，〈經學在政治上的應用〉。臺大文學院，民國67年出版。

〔註96〕書同註93，頁223～224。

子，務正學以言，無曲學以阿世！」自是之後，齊言《詩》皆本轅固生也。
諸齊人以《詩》顯貴，皆固之弟子也。

轅固諸弟子中，以夏侯始昌尤著；始昌明於陰陽，以《齊詩》、《尚書》教授。

《齊詩》傳至匡衡，臻於極盛。《漢書·匡衡傳》曰：

匡衡字稚圭，東海承人也。……諸儒爲之語曰：「無説詩，匡鼎來；匡説
詩，解人頤。」……學者多上書薦衡經明，當世少雙，……（蕭）望之奏
衡經學精習，説有師道，可觀覽。……元帝即位……爲太子少傅數年，數
上疏，陳便宜；及朝廷有政議，傅經以對，言多法義。……建昭三年，
代韋玄成爲丞相，封樂安侯，食邑六百戶。

《西京雜記》曰：

（匡）衡能説詩，時人爲之語曰：「無説詩，匡鼎來。匡説詩，解人頤。」
鼎，衡小名也；時人畏服之如是，聞者皆解頤懽笑。衡邑人有言詩者，衡
從之與語質疑，邑人挫服，倒屣而去，衡追之曰：「先生留聽，更理前論。」
邑人曰：「窮矣！」遂去不返〔註97〕。

其勝概可見一斑。翼奉與匡衡同師后蒼，然翼氏好律曆陰陽之占，將《齊詩》之陰
陽災異學往前推進，導入奇異而不可知之境界。

（二）重要學者及其傳承

通《齊詩》而授受不詳者如下：

荀爽——荀悦

陳實——陳紀

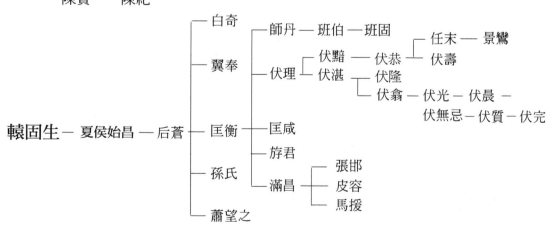

樂恢——趙牧

崔發——申屠建

鄧禹、王烈、賈彪、李膺、韓融。

（三）《齊詩》之著作

〈漢志〉著錄《齊詩》著作如下：

《詩經》二十八卷　　（魯、齊、韓三家）

《齊后氏故》二十卷（〈漢志〉不著撰者，當是后蒼授。）

《齊孫氏故》二十七卷

《齊后氏傳》三十九卷

《齊孫氏傳》二十八卷

《齊雜記》十八卷

此外，又有如下著作：

1、《齊詩轅氏內外傳》　轅固撰

見清姚振宗《漢書藝文志拾補》。按〈漢志〉，詩類小序云：「漢興，魯申公為《詩》訓詁，而齊轅固、燕韓生為之傳。」又荀悅《漢紀》曰：齊人轅固生為景帝博士，作詩外內傳。今傳清黃奭輯本一卷。

2、《齊詩伏氏章句》　伏理撰　佚

亦見姚振宗《漢志拾補》。姚氏原不著撰者，惟按語下引陸機《詩疏》卷末言四家詩源流云：伏黯傳伏理家學，改定章句以傳嗣子伏恭；因謂伏黯所據為藍本者，伏理章句也。

3、改定《齊詩章句》　伏黯撰　佚

見後漢志。

4、減定《齊詩章句》　伏恭撰　佚

見〈後漢志〉。伏恭，伏黯之子，少傳父學，以父章句繁多，乃減省浮詞，定為二十萬言。清錢大昭《補續漢書藝文志》作《齊詩章句》，顧櫰三《補後漢書藝文志》作「刪定《齊詩章句》」。

5、《詩解文句》　景鸞撰　佚

見〈後漢志〉。清侯康《補後漢書藝文志》作「《齊詩解》」。

黃振民先生曰：

《齊詩》詩說亦早失傳，然班固家習《齊詩》，《齊詩》之說間或可於班固所著《漢書》、《白虎通論》中考知；又董仲舒、桓寬雖治公羊之學，然其學與《齊詩》相近，故於董所著《春秋繁露》、桓所著《鹽鐵論》中，亦

可考知《齊詩》之說〔註98〕。

（四）《齊詩》之特徵

1、《齊詩》學者兼通禮學

齊學原尚恢奇，魯學多謹守，故魯學較能諳習舊章；言《詩》學，〈漢志〉曰：「與不得已，魯最爲近之」。然入漢之後，由於師承之故，使《齊詩》學者亦兼通禮學。江乾益先生曰：

> 《史記・儒林傳》謂，禮本自魯高堂生，而魯徐生善爲容，傳子至孫延、襄，以授瑕丘蕭奮。《漢書・儒林傳》：孟卿事蕭奮，以授后蒼，蒼說禮數萬言，號曰《后氏曲臺記》，授大小戴及慶普。《漢書・藝文志》謂魯高堂生傳士禮十七篇，訖孝宣世，后蒼最明，戴德、戴聖、慶普皆其弟子，后蒼爲禮家之宗也。復由《齊詩》之授受源流觀之，后蒼師事夏侯始昌，通詩、禮，爲博士；而《齊詩》與禮學因而合爲一流。陳喬樅曰：「詩禮師傳既同出后氏，則《儀禮》及二戴《禮記》中所引佚詩，當皆爲《齊詩》之文矣。」今傳《禮記》與《儀禮》、《周禮》注皆出鄭玄，鄭氏注《三禮》與《詩箋》異義，蓋禮家舊說，多本《齊詩》之義，而鄭據以爲解者也〔註99〕。

2、亦以《詩三百》爲諫書

《齊詩》亦極富諷諫精神，徐復觀先生曰：「(《齊詩》) 其遺說見於《漢書》蕭望之、匡衡、師丹各傳奏疏中的，多爲 (《齊詩》) 諸家之通義。」〔註100〕例如匡衡上疏：

> 「又聞室家之道修，則天下之理得。故《詩》始國風，《禮》本冠昏；始乎〈國風〉，原情性而明人倫也；本乎冠昏，正基兆而防未然也。福之興，莫不本乎室家，道之衰，莫不始乎梱內；故聖人必慎后妃之際，別適長之位。」(〈治性正家疏〉)「臣又聞之師曰，匹配之際，生民之始，萬福之泉。婚姻之禮正，然後品物遂而天命全。孔子論詩，以〈關雎〉爲始，言太上者民之父母，后夫人之行，不侔乎天地，則無以奉神靈之統，而理萬物之宜。故《詩》曰：『窈窕淑女，君子好逑。』言能致其貞淑，不貳其操；情欲之感，無介乎容儀；宴私之意，不形於動靜，夫然後可以配至尊而爲宗廟王。此綱紀之首，王教之端也。」(〈戒妃匹勸經學威儀之則疏〉)

〔註98〕同註92。

〔註99〕江乾益《陳壽祺父子三家詩遺說研究》，頁71，《師大國研所集刊》三十期，總頁159，〈齊詩與禮樂之淵源〉。

〔註100〕書同註93，頁148。

3、雜陰陽五行之說

有關《齊學》受陰陽五行說影響之概況，參見本章第一節「（六）、齊學與魯學」。

援詩諷諫，乃《齊詩》之通義；而夏侯始昌以陰陽五行附會〈洪範〉言災異，其後學多採用緯書，假經立義，依託象類，發怪異之論；因有「四始」、「五際」、「六情」之說，翼奉爲此中之尤著者。

《詩緯汎歷樞》曰：「〈大明〉在亥，水始也；〈四牡〉在寅，木始也；〈嘉魚〉在巳，火始也；〈鴻雁〉在申，金始也〔註101〕。」又曰：「卯，〈天保〉也；酉，〈祈父〉也；午，〈采芑〉也；亥，〈大明〉也。然則亥爲革命，一際也；亥又爲天門出入候聽，二際也；卯爲陰陽交際，三際也；午爲陽謝陰興，四際也；酉爲陰盛陽微，五際也。」（同上）

翼奉上封事曰：「知下之術，在於六情十二律而已。北方之情，好也，好行貪狼（狼），申子主之。東方之情，怒也，怒行陰賊，亥卯主之。……南方之情，惡也，惡行廉貞，寅午主之。西方之情，喜也，喜行寬大，巳酉主之。……上方之情，樂也，樂行姦邪，辰未主之。下方之情，哀也，哀行公正，戌丑主之。辰未屬陰，戌丑屬陽，萬物各以其類應。今陛下明聖虛靜以待物至，萬事雖眾，何聞而不諭，豈況乎執十二律而御六情！……乃正月癸未日加申，有暴風從西南來。未主姦邪，申主貪狼，風以大陰下抵建前，是人主左右邪臣之氣也。……以律知人情，王者之祕道也〔註102〕。」

《漢書》又載：

> 上以（翼）奉爲中郎，召問奉：「來者以善日邪時，孰與邪日善時？」奉
> 對曰：「……察其所緣，省其進退，參之六合五行，則可以見人性，知人
> 情。難用外察，從中甚明，故《詩》之爲學，情性而已。五性不相害，六
> 情更興廢。觀性以曆，觀情以律，明主所宜獨用，難與二人共也。……露
> 之則不神，獨行則自然矣；惟奉能用之，學者莫能 行〔註103〕

此種參雜讖緯之詩學，清儒孔廣森、迮鶴壽、陳喬樅、魏源……皆嘗闡發其凡。徐復觀先生曰：

> 〈翼奉傳〉所載翼奉「四始五際六情」之說，乃受夏侯始昌以陰陽五行傅
> 會〈洪範〉言災異的影響，他把這一趨向，拓展於《詩》的領域，而更向
> 旁枝曲徑上推演，以成怪異不經之說，既無與於詩教，亦非轅固之所及料。

〔註101〕《詩汎歷樞》，見《守山閣叢書》，第二函，《古書微》，冊四，藝文百叢本。

〔註102〕《漢書》，卷七五，〈翼奉傳〉。鼎文版，冊四，頁 3167～3168。

〔註103〕書同註 102，卷同，頁 3170。

《史記・孔子世家》中所稱四始，與《毛詩》四始之義相合；史公不習《毛詩》，蓋此乃諸家的通義；可知翼奉以「水始、木始、火始、金始」爲四始，史公時尚未出現。乃有的清儒竟以此爲《齊詩》的特徵，可謂誣妄之甚〔註104〕。

又曰：

班固把眭孟、夏侯始昌、夏侯勝、京房、翼奉、李尋六人彙爲一傳，這是與緯書有密切關連，要把經學與天道從以陰陽災異爲橋梁，演出各種奇特構想的歧途、別派。班固在贊中本張禹之意謂「……夫子之言性與天道，不可得而聞已矣」，又謂這種構想，是由「假經設義，依託象類」而來，作這種構想的人，得不到好結果，所以「仲舒下吏，夏侯囚執，眭孟誅戮，李尋流放，此學者之大戒也」，這不是班氏一個人的意見，而是西漢末期在經學發展上必須有的迴轉〔註105〕。

三家詩，《齊詩》亡佚最早（亡於魏），其學說大量參雜陰陽五行讖緯，殆所以速其亡也。

4、《齊詩》與風俗地理學之關聯

江乾益先生曰：「鄒子受禹貢之影響，創大九州之說，其法則先列中國名山大川，物類所珍，因而推及海外人所不能睹者，陰陽家好相陰陽消長之外，並好言地理；天文地理之學，實出自《齊學》之畛域也。……班固著《漢書》，即據之以爲〈地理志〉。……陳喬樅謂班氏家治《齊詩》，〈地理志〉皆據《齊詩》之文。……《漢書・地理志》顯受《尚書》及《齊詩》之影響，漢初傳《尚書》之伏勝，其後皆傳《齊詩》；地理學本出自齊說，固不必從班伯說起也。……因詩樂合流而治，樂風與民俗相與爲一，早在《左傳》季札觀周樂，即論治道與樂詩之攸關。《漢書・藝文志》曰：『古有釆詩之官，王者以之觀風俗，知得失，自考正。』民受上教，以成爲俗，政之美惡，發爲歌詩；釆詩之官採之，王者即據詩以考邦國之政教，爲陟黜之所據，此《齊詩》並言地理風俗之另一因由也。……三家詩中，《齊詩》開闢風俗與地理之學說，影響後世者甚鉅」〔註106〕。

5、篇名、篇數、章數、句數、用字與《毛詩》之差異

《齊詩》篇名，有與《毛詩》異者，例如〈齊風・還〉，《齊詩》名〈營〉，見於《地理志》。今文家以三百五篇爲定本，無笙詩六篇，《毛詩》則增列六篇。章數與《毛

〔註104〕書同註93，頁149，〈四家詩的經文及分卷問題〉。
〔註105〕書同註93，頁233，〈奏議中所直接提出的經學意義〉。
〔註106〕書同註99，頁74，總頁162。

詩》異者，如〈小雅·都人士〉，無「狐裘黃黃」之章。句數與《毛詩》異者，如〈周頌·般〉，有「於繹思」之句。至於用字，三家多用本字，毛多假借，陳奐《毛詩說》：「革作靯，喬作鷮，宛作蜿，里作悝，皆毛用假借，而三家用其本義，此常例也。《毛詩》「考槃在澗」，三家「澗」作「干」；澗本義，干假借。《毛詩》「百卉具痱」，三家詩「痱」作「腓」；痱本義，腓假借，此又變例，百不居一矣。它如有靖家室，陽如之何？碩大且篤，獷彼淮夷；三家字義俱異者，彼各有其師承也。」〔註107〕

三、《韓　詩》

（一）創　始

　　《韓詩》創始於燕人韓嬰，見《史記》及《漢書·儒林傳》。韓嬰在《漢書》中有「嬰」、「韓生」、「燕韓生」三種稱謂，而「涿郡燕生」，是其後也〔註108〕。《漢書·儒林傳》曰：

　　　　韓嬰，燕人也。孝文時爲博士，景帝時至常山太傅。嬰推詩人之意，而作內外傳數萬言，其語頗與齊、魯間殊，然歸一也。淮南賁生受之。燕趙間言《詩》者由韓生。韓生亦以《易》授人，推易意而爲之傳。燕趙間好《詩》，故其《易》微，唯韓氏自傳之。武帝時，嬰嘗與董仲舒論於上前，其人精悍，處事分明，仲舒不能難也。後其孫商爲博士。孝宣時，涿郡韓生其後也，以《易》徵，待詔殿中，曰：「所受《易》即先太傅所傳也。嘗受《韓詩》，不如《韓氏易》深，太傅故專傳之。」

徐復觀先生曰：

　　　　韓嬰在文帝時爲博士，魯申公與楚元王之子郢，在呂后時同事浮丘伯；而轅固生在景帝時爲博士；是韓的年輩，在魯申公、齊轅固生之上，而與荀卿弟子浮丘伯的年輩相先後〔註109〕。

若欲溯其本源，則四家詩有同源之跡象。徐復觀先生曰：

　　　　在先秦以逮漢初，典籍因傳抄的分佈流傳，而文字上有所出入，有如帛書《老子》甲本乙本的情形，乃意料中事。至於訓詁上的不一致，即《五經》博士成立以後，同說一經，博士間亦不能無異說。所以三家詩在傳本上文字訓詁的小有異同，決不能成爲分門立戶，各成一家的根據。……以象徵意義言《詩》，各家可以不同；就本義以言《詩》，魯齊韓毛四家，並無可

〔註107〕陳奐《毛詩說》，《皇清經解續編》，冊十二，頁9424，藝文印書館。
〔註108〕徐復觀《中國經學史的基礎》，頁144，學生書局。
〔註109〕徐復觀《兩漢思想史》，卷三，頁7，〈韓詩外傳的研究〉，學生書局。

以分門立戶的畛域〔註110〕。

徐先生又舉述若干詩篇，證明四家詩同出一源，應屬可信。

（二）重要學者及傳承

【西　漢】

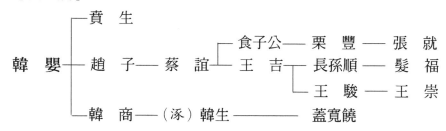

【東　漢】

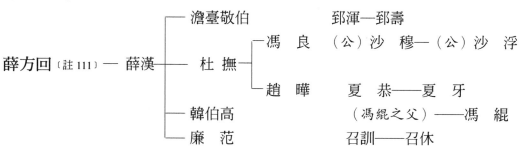

至於通習《韓詩》而授受不詳，見於古籍可考者，列舉如下：尹勤、張匡、楊仁、李恂、唐檀、廖扶、陳囂、杜喬、梁商、朱勃、韋著、胡碩、崔炎、杜瓊、張紘、何隨、祝睦、梁景、侯苞、田君、武梁、丁魴、馬江、樊安、閻葵廉、定生、王阜、馮煥、劉寬、陳修、濮陽闓、順烈梁皇后、董景道〔註112〕。

〔註110〕書同註109，頁10～18。

〔註111〕《唐書・宰相世系表》謂薛漢之父名方回，薛廣德之曾孫也。或謂薛漢之父名方邱（一作方丘），字夫子。見《中國歷代藝文總志》，經部，頁133，中央圖書館，民國73年11月。

〔註112〕參賴炎元《韓詩傳考徵》，上冊，頁9～23。及黃振民〈漢魯、齊、韓、毛四家詩學考〉（上），《中華文化復興月刊》五卷七期。

（三）《韓詩》之著作

〈漢志〉著錄《韓故》三十六卷，《韓內傳》四卷，《韓外傳》六卷，以上三種，韓嬰撰；又有《韓說》四十一卷，疑係韓嬰傳授，其門人編撰而成。

此外，另見於其它史籍記載者，尚有：薛氏《韓詩章句》二二卷（見〈隋志〉）杜撫《韓詩章句》（見〈後漢志〉）杜撫《詩題約義通》（見〈補續漢志〉、侯氏〈補後漢志〉、顧氏〈後漢志〉、〈補後漢志〉）趙曄《詩細》（見〈後漢志〉；顧氏〈補後漢志〉題趙煜撰，作煜者，避清聖祖諱也。）趙曄《韓詩譜》（見〈後漢志〉）趙曄《歷神淵》（同上）張匡《韓詩章句》（見〈補續漢志〉、侯氏顧氏〈補後漢志〉、〈後漢志〉）侯芭《韓詩翼要》十卷（見〈隋志〉，或作侯苞）杜瓊《韓詩章句》（見顧氏〈補後漢志〉、〈補三國志〉、〈三國志〉）。

韓嬰之詩學著作，今唯存外傳，《四庫提要》之「《韓詩外傳》十卷」下，載《韓詩》亡佚之情形，曰：

> 歲久散佚，惟《韓故》二十二卷，《新唐書》尚著錄。故劉安世稱：嘗讀《韓詩》〈雨無正篇〉。然歐陽修已稱：今但存其外傳。則北宋之時，士大夫已有見有不見。范處義作《詩補傳》，在紹興中，已不信劉安世得見《韓詩》，則亡在南北宋間矣！惟此外傳，至今尚存。

《漢志》載《韓詩外傳》，凡六卷，〈隋志〉所載，則有十卷；《四庫題要》曰：「蓋後人所分也。」近人楊樹達以為：《內傳》於隋朝以前已合併於《外傳》之中，蓋〈漢志〉《內傳》四卷，《外傳》六卷，其合數恰與〈隋志〉所載十卷本相合，故《韓詩內傳》未曾亡佚。徐復觀先生贊同楊說，曰：

> 按《韓非子》之〈內儲說〉、〈外儲說〉，及《晏子春秋》之內篇外篇，在性質與形式上，並無分別。以意推之，或者先成的部分，稱之為內；補寫的部分，便稱之為外。所謂內外者，不過僅指寫成的先後次序而言。據〈儒林傳〉「嬰推詩人之意而作內外傳數萬言」的話加以推測，《韓詩》內外傳，在性質上完全相同。……內外傳合併後，應正名為「《韓詩傳》」；編〈隋志〉的人，只援用未合併以前〈漢志〉名稱之一，遂引起不少誤解〔註113〕。

雖屬猜測之辭，然不無此種可能，是以聊備一說。

考輯《韓詩》，昉自宋王應麟。比及有清，臧庸、范家相、宋縣初、阮元、馮登府、丁晏、王謨、陳喬樅、陶方琦、沈清瑞、顧震福等，或考證遺文，或采摭異義，使《韓詩》稍能重現於世。而周庭寀、周宗杭、趙懷玉、陳士珂、吳棠、俞曲園先

生，或拾遺、或校釋，皆嘗用心於《韓詩外傳》〔註114〕。

（四）《韓詩》之特色

江乾益先生曰：

> 三家詩中，《韓詩》並無先秦傳承，與《齊》、《魯》不同，故博采爲義，廣納爲長，《韓詩》與《魯詩》多有相襲之處者，即著《薛君章句》之薛漢，《唐書·宰相世系表》且謂漢父名方回，薛廣德之曾孫也。薛廣德以魯《詩》教授，則魯、韓《詩》說必有相通可知也，觀劉向著《列女傳》、《新序》、《說苑》，多有與《外傳》文同者；而《外傳》引《荀子》說詩之文四十有四，視此，《韓詩》之采雜說之性質可見矣〔註115〕。

黃振民先生曰：

> 其《內傳》已遺，不可稽考，惟就今存《外傳》而言，……係引敘周代種種故實，用以推演詩義，如以班志所稱「或取《春秋》，採雜說，咸非其本義」之語，批評《外傳》說詩，實屬至當〔註116〕。

徐復觀先生曰：

> 他（韓嬰）在《外傳》中，共引用《荀子》凡五十四次，其深受《荀子》影響，可無疑問。即《外傳》表達的形式，除繼承《春秋》以事明義的傳統外，更將所述之事與詩結合起來，而成爲事與詩的結合，實即史與詩互相證成的特殊形式，亦由《荀子》發展而來。……《韓詩外傳》，未引詩作結者僅二十八處，而此二十八處，可推定爲文字的殘缺。其引詩作結時，也多援用荀子所用的格式。……《韓詩外傳》，乃韓嬰以前言往行的故事，發明詩的微言大義之書。此時，詩與故事的結合，皆是象徵層次上的結合。……韓氏乃直承孔門「詩教」，並不否定其本義，但不僅在本義上說詩，使詩發揮更大的教育意義〔註117〕。

《韓詩外傳》說詩之歷史淵源有三：1 以周代言語引詩爲遠祖。2 以孔孟著述論詩爲中祖。3 以《荀子》引詩說詩爲近祖。其說詩之類型，或說《詩經》全書之義，或說《詩經》單篇之義，或說《詩經》單章之義，或說《詩經》數句之義，或說《詩經》單句之義，或說《詩經》單字之義。林耀潾先生〈韓詩外傳說詩研究〉一文論

〔註114〕見賴炎元《韓詩外傳考徵》，頁 1，〈緒言〉。

〔註115〕江乾益《陳壽祺父子三家詩遺說研究》，頁 32，《師大國研所集刊》三十期，民國75 年 6 月。

〔註116〕黃振民〈漢魯、齊、韓、毛四家詩學考〉（上），《中華文化復興月刊》五卷七期，頁 19。

〔註117〕書同註 109，頁 7～9。

述頗詳。至於《韓詩外傳》說詩之融合特色，有三：1「詩」與「史」、「理」融合。2「詩」與「禮」融合。3「詩」與「學」融合。

陳喬樅曰：

> 今觀《外傳》之文，記夫子之緒論與《春秋》雜說，或引《詩》以證事，或引事以明《詩》，使「爲法者章顯，爲戒者著明」。雖非專於解經之作，要其觸類引伸，斷章取義，皆有合於聖門商、賜言《詩》之義也。況夫微言大義往往而有，上推天人性理，明皆有仁義禮智順善之心，下究萬物情狀，多識於鳥獸草木之名，考風雅之正變，知王道之興衰，固天命性道之蘊而古今得失之林邪？〔註118〕。

林耀潾先生曰：

> 梁任公曾有「情感哲學」、「理性哲學」之說，以爲戴震之《孟子字義疏證》一書乃「以情感哲學代理性哲學」者，吾人觀《韓詩外傳》一書之兼融「詩」、「理」，則「情感哲學」、「理性哲學」兼而有之矣〔註119〕。

四、《毛　詩》

（一）著成時代與淵源

漢朝四家詩，《齊》、《魯》、《韓》是今文，唯《毛詩》爲古文經。有關《毛傳》著成時代之舊說，不外以下三端：

1、成於西漢初葉說

《漢書・藝文志》曰：

> 漢興，……又有毛公之學，自謂子夏所傳，而河間獻王好之，未得立。

又曰：

> 毛公，趙人也。治《詩》，爲河間獻王博士。（〈儒林傳〉）

按《漢書・河間獻王傳》及〈景帝紀〉，均謂河間獻王於孝景帝前二年立，是《毛傳》之成，當在景帝之時。

2、成於先秦說

《詩・關雎》正義引鄭玄《詩譜》曰：

> 魯人大毛公爲詁訓傳於其家，河間獻王得而獻之，以小毛公爲博士。

又引鄭氏《六藝論》曰：

> 河間獻王好學，其博士毛公善說《詩》，獻王號之曰《毛詩》。

〔註118〕陳喬樅《韓詩遺說考・序》。
〔註119〕林耀潾〈韓詩外傳說詩研究〉，《孔孟學報》五八期，頁81。

陸璣《毛詩草木鳥獸蟲魚疏》曰：

> 荀卿授魯國毛亨，亨作詁訓傳，以授趙國毛萇。時人謂亨爲大毛公，萇爲
> 小毛公〔註120〕

陳奐曰：

> 卜子夏親受業於孔子之門，遂隱括詩人本志，爲三百十一篇作序。數傳至
> 六國時，魯人毛公依序作傳。……授趙人小毛公〔註121〕

3、成於西漢末年

廖平《古學考》曰：

> 初以《毛詩》爲西京以前古書；考之本書，徵之《史》《漢》，積久乃知其
> 不然。使《毛傳》果爲古書，移書何不引以爲證？《周禮》出於歆手，今
> 《毛傳》、《序》全本之爲說；劉歆以前，何從得此偏說？〈藝文志〉之《毛
> 傳》、〈劉歆傳〉、〈河間獻王傳〉、《後漢書·儒林傳》之「毛詩」字，皆爲
> 六朝以後校史者所誤羼，原文無此〔註122〕。

康有爲《新學僞經考》曰：

> 《史記·河間獻王世家》、〈儒林傳〉無毛詩，此是鐵案；南山可移，此文
> 不可動也。歆僞《漢書》，處處稱獻王，所以實《毛詩》、《周官》之事……。
> 其云「毛公」者，眞託於「無是公」也〔註123〕。

又曰：

> 《毛詩》僞作於歆，付囑於徐敖、陳俠，傳授於謝曼卿、衛宏〔註124〕。

至於有關《毛詩》之傳授源流，除上述康有爲之說外，另有二說。《經典釋文》引吳
徐整曰：

> 子夏授高行子，高行子授薛倉子，薛倉子授帛妙子，帛妙子授河間人大毛
> 公。毛公爲故訓傳於家，以授趙人小毛公。小毛公爲河間獻王博士〔註125〕。

陸璣《毛詩草木鳥獸蟲魚疏》云：

> 孔子刪詩，授卜商，商爲之序，以授魯人曾申，申授魏人李克，克授魯人

〔註120〕陸璣《毛詩草木鳥獸蟲魚疏》，卷下，頁18；《四庫全書》冊七十，頁21。毛亨誤
　　　　作毛享。
〔註121〕陳奐《詩毛氏傳疏》，〈序〉。《皇清經解續編》冊十二，頁9030。
〔註122〕廖平《古學考》，頁51，開明書店，民國58年。
〔註123〕康有爲《新學僞經考》，頁138，〈漢書·儒林傳辨僞衛宏〉，世界書局，民國51年。
〔註124〕書同註123，頁193，〈後漢書儒林傳糾謬〉。
〔註125〕《經典釋文》，頁10，漢京文化事業公司。

孟仲子，孟仲子授根牟子，根牟子授趙人荀卿，荀卿授魯國毛亨〔註126〕。
兩說大有差別。皮錫瑞曰：

> 《史記・儒林傳》述漢初經師，……惟詩有三人……故漢初分立三博士……
> 《史記》不及毛公，若毛公爲六國時人，所著有《毛詩故訓傳》，史公無
> 緣不知：此《毛傳》不可信者一。《漢書・藝文志》雖列《毛詩》與《毛
> 詩故訓傳》，而云：「與不得已，魯最爲近之；三家皆列於學官。又有毛公
> 之學，自謂子夏所傳，而河間獻王好之，未得立。」「自謂」者，人不謂
> 然也。……班氏初不信毛……此《毛傳》不可信者二也。徐整、陸璣述《毛
> 詩》傳授源流，或以爲出荀卿，兩漢以前皆無此説，此《毛傳》不可信者
> 三。荀卿非十二子，有「子夏之賤儒」，是荀卿之學非出子夏，……祖子
> 夏，不應祖荀卿；祖荀卿，不應祖子夏，此《毛傳》不可信者四。……《魯
> 詩》實出荀卿矣，若《毛詩》亦荀卿所傳，何以與《魯詩》不同？此《毛
> 傳》不可信者五。〈漢志〉但云毛公之學，不載毛公之名，亦無大、小毛
> 公之分。鄭君《詩譜》曰：「魯人大毛公爲詁訓傳於其家，河間獻王得而
> 獻之，以小毛公爲博士」。陸璣曰：「荀卿授魯國毛亨，毛亨作詁訓傳以授
> 趙國人毛萇。時人謂亨爲大毛公，萇爲小毛公。」……鄭（玄），漢末人，
> 不應所聞詳於劉（歆）班（固）；陸璣，吳人，不應所聞又詳於鄭；此《毛
> 傳》不可信者六〔註127〕。

儘管皮氏不信《毛傳》，而《毛詩》爲古文經，與齊魯韓詩相對而存在，卻是不爭之
事實。至於《荀子・非十二子篇》譏子夏氏爲賤儒，不足爲兩人理論不同之根據，
見孔祥驊〈子夏氏西河學派初探〉一文。今人杜其容先生曰：

> 自來言《詩毛氏傳》成書之時代者，多就史傳中之記載推論，罕有就其內
> 容作客觀之探討者；重以今古文門户之見，與夫師法之爭，故其結論多不
> 能中肯，未足憑信〔註128〕。

又曰：

> 今作《詩毛氏傳引書考》，歸納《毛傳》所引成文，及其立説所本之書；
> 然後分別考證其所引與所本各書之成書年代，以推斷《毛傳》確爲何時何
> 人所作；蓋就其本身之直接材料，以解決其本身之問題〔註129〕。

〔註126〕同註120。
〔註127〕《經學通論》，頁18，商務印書館，民國58年。
〔註128〕杜其容撰〈詩毛氏傳引書考〉，《學術季刊》，四卷二期，頁10。
〔註129〕同註128。

杜先生詳加考證後，得一結論：《毛傳》成書當在西漢初葉。其言曰：

> 《毛傳》引書，既及漢初之作；其言事，又涉秦漢之制。據是二證，則《毛傳》成書，其不得早於秦末漢初，夫復何疑？此言其上至也。《毛傳》既引古逸之學（指《仲梁子》、《孟仲子》等爲〈漢志〉所未著錄之專書），其學說既不見載於《漢書‧藝文志》，亦即劉向所未見；劉向校書，始於漢成帝河平三年乙未，則是《毛傳》成書，必不至遲於是年；此言其下至也。（同前）

又曰：

> 劉向……至校書之歲，年已五十有四。向等校書，除據中秘之本外，復廣搜私家藏本，倘《孟仲子》、《仲梁子》等逸說，劉向曾於未校書以前，知有其書，亦必設法求得，以入於錄；觀乎朝廷命陳農求天下之書，則其事可見也。以此言之，是此類逸書，即劉向幼時，亦未嘗知見。……《毛詩》出於河間獻王之說，證以《毛傳》引書之實際情形，其情勢恰合。知漢儒舊說，固信而有徵也。（同前）

徐復觀先生以爲《毛詩》淵源甚早，其言曰：

> 〈漢志〉談到《毛詩》時，說「自謂出於子夏」，後人多以此爲傳疑之詞。但從先秦已可找到《毛詩》的蹤影；河間以外，也有《毛詩》的蹤影的事實來說，其源遠流長，是無可置疑的。《晏子春秋》、賈誼《新書》已有數處援引，《韓詩外傳》、《新序》、《說苑》、《列女傳》所援引有數十條之多；其爲先秦舊典，應無疑問。《晏子春秋》中有十六次引詩，王先謙以著者爲齊人，故即以所引者爲《齊詩》。但《晏子春秋集釋》的吳則虞，認爲「晏子引詩，多與毛合，而與齊、魯之說不同」，實較王先謙之說爲有據；則是在先秦已可找到《毛詩》的蹤影。《淮南子》係集體著作，其中引詩者非僅出於一人。但〈泰族訓〉：「〈關雎〉興於鳥，而君子美之，爲其雌雄之不乖居也。〈鹿鳴〉興於獸，君子大之，取其見食而相呼也」；這便不能不說是出於《毛詩》。河間、淮南兩王，均活躍於景、武之際，而聲氣不相及，則是在河間以外，尚可找到《毛詩》的蹤影。惜淮南一支，隨淮南的冤獄而被消滅了。若更推而上之，孔孟及《春秋內外傳》言《詩》，多與《毛詩》義合，前人多有言及。由此也可以說，傳《毛詩》的人，自謂其出於子夏，不可謂其無此可能〔註130〕。

〔註130〕徐復觀《中國經學史的基礎》，頁150，學生，民國71年5月。

向熹曰：

> 在沒有更加可靠的材料來確定《毛詩詁訓傳》的作者是別的人以前，我們
> 姑且相信鄭玄、陸璣等人的說法，即《毛詩詁訓傳》作於毛亨大毛公，而
> 傳於毛萇小毛公；或者如孔穎達《正義》所說：「大毛公爲其傳，由小毛
> 公而題毛」。大約在西漢初年，《毛詩》還只是私家之詩，沒有得到漢王朝
> 的承認，不曾立爲學官，所以司馬遷在《史記》裡不曾提到它〔註131〕。

至於廖平、康有爲之說，以爲《毛傳》出於西漢末年，後人又有誤從其說者，如戴
君仁先生曰：

> 尋常認爲《毛詩》是毛亨作傳，他是荀卿弟子，所以《毛詩》早於三家，
> 這是靠不住的。清人崔述云：「《詩序》好取《左傳》之事附會之。蓋三家
> 之詩，其出也早，《左傳》尚未甚行，但本其師所傳爲說。《毛詩》之出也
> 晚，《左傳》已行於世，故得以取而牽合之。」近代廖平也以爲《毛詩》
> 出於東漢。……他們的眼光是非常銳的！……《毛詩》和《周官》《左
> 傳》相應，卻是事實。《周官》、《左傳》至東漢始大行，那麼《毛詩》之
> 出也晚，崔、廖所斷，是確鑿不易的〔註132〕。

（二）重要學者及傳承

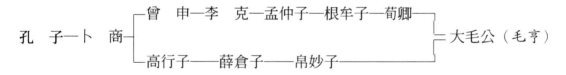

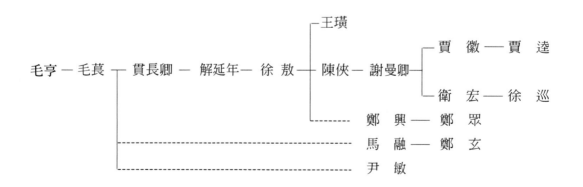

〔註131〕向熹〈「毛詩傳」說〉，《語言學論叢》第八輯，頁177～178，北京商務印書館1981
　　　　年8月。
〔註132〕戴君仁〈兩漢經學思想的變遷〉——《詩經》部分。《孔孟學報》十八期，頁51。

（三）著　作

〈漢志〉著錄《毛詩》二十九卷、《毛詩故訓傳》三十卷，不著撰人。〈隋志〉著錄《毛詩》二十卷，云：「漢河間太傅毛萇傳，鄭氏箋」。〈新、舊唐志〉則著錄《毛詩毛萇傳》十卷。按：《詩·關雎》正義引鄭玄《詩譜》曰：「魯人大毛公為詁訓傳於其家，河間獻王得而獻之，以小毛公為博士。」是《毛詩故訓傳》之作者當是毛亨。

《毛傳》之音義僅存於鄭玄箋注中，其餘《毛詩》諸家著作，多已亡佚。列述如下：呂叔玉著《詩說》（見〈漢志拾補〉、〈補續漢志〉），謝曼卿著《毛詩訓》（見侯氏〈補後漢志〉、〈後漢志〉），鄭眾著《毛詩傳》（同上），賈逵著《毛詩雜議難》十卷（見〈隋志〉、侯氏〈補後漢志〉），又著《詩同異》、《毛詩傳》（〈後漢志〉），馬融著《毛詩注》十卷（見〈隋志〉、〈補續漢志〉、顧氏〈補後漢志〉），荀爽著《詩傳》（見〈補後漢志〉、侯氏〈補後漢志〉、顧氏〈補後漢志〉、〈後漢志〉），鄭玄著《毛詩箋》二十卷、《詩譜》三卷（〈隋志〉、〈補續漢志〉、顧氏〈補後漢志〉、侯氏〈補後漢志〉）。齊、魯、韓、毛四家詩之著作中，尤以《毛傳》、《鄭箋》影響後世最鉅。

（四）《毛詩》之特色

1、《毛傳》依《序》解詩

姚際恆《詩經通論》曰：

> 《毛傳》不釋《序》，且其言亦全不知有《序》者。……大抵《序》之首一語為衛宏講師傳授，即謝曼卿之屬；而其下則宏所自為也。毛公不見《序》。

姚氏之言差矣，毛公非但見《序》，並多依《序》解詩。以〈周南·關雎〉為例，《詩序》曰：「〈關雎〉，后妃之德也，〈風〉之始也，所以風天下而正夫婦也。」毛公如未見《詩序》，必將直據詩篇之文句內涵以釋之，曰：「祝賀新婚之詩」；而《毛傳》不然，乃曰：

> 興也。……后妃說樂君子之德，無不和諧，又不淫其色，慎固幽深，若〈關雎〉之有別焉，然後可以風化天下。夫婦有別，則父子親；父子親，則君臣敬；君臣敬，則朝廷正；朝廷正，則王化成〔註133〕

又如〈周南·卷耳〉：「嗟我懷人，寘彼周行」，近人直據字面，殆將解釋為：「嘆我所想念之人，留置於周之國道上」〔註134〕。然而，《詩序》曰：

> 〈卷耳〉，后妃之志也。又當輔佐君子，求賢審官，知臣下之勤勞，內有

〔註133〕《毛詩注疏》，頁20，「關關雎鳩，在河之洲」下，藝文印書館。
〔註134〕參屈萬里《詩經釋義》，頁28，文化大學，民國72年出版。

進賢之志，而無險詖私謁之心，朝夕思念，至於憂勤也。

毛公闡揚《詩序》，故解前述詩句曰：

……思君子，官賢人，置周之列位。

毛公苟未見《詩序》，斷不作如此解釋。黃季剛先生嘗舉傳、序相應之例如下：

（1）〈召南·羔羊·序〉：「〈鵲巢〉之功致也，召南之國化文王之政。在位皆節
儉正直，德如羔羊也。」《傳》：「小曰羔，大曰羊。古者素絲以英裘，不失
其制。大夫羔裘以居（此說『節儉』也）。委蛇，行可從跡也（此說『正直』
也）。」

（2）〈鄘風·君子偕老·序〉：「刺衛夫人也。夫人淫亂，失事君子之道。故陳人
君之德（鄭曰：『人君，小君也。』）服飾之盛，宜與君子偕老也。」（《序》，
倒敘）。《傳》：「能與君子俱老，乃宜居君位、服盛服也。」（《傳》，順敘）。

（3）〈曹風·鳲鳩·序〉：「刺不壹也。在位無君子，用心之不壹也。」《傳》：「執
義一則用心固。」

（4）〈鄭風·出其東門·序〉：「憫亂也。公子五爭，兵革不息，男女相棄，民人
思保其室家焉。」《傳》：「思不存乎相救急（此說『男女相棄』），願室家得
相樂也（此說『思保其室家』）。」〔註135〕

而毛公亦有不依從《詩序》者，如〈豳風·狼跋〉，《詩序》曰：

〈狼跋〉，美周公也。周公攝政，遠則四國流言，近則王不知，周大夫美
其不失其聖也。

依《詩序》之說，則文中「公孫碩膚，赤舄几几」之「公孫」當指周公而言。然而，
《毛傳》曰：「公孫，成王也，豳公之孫也」，與《詩序》不同。

有關《毛詩序》，請參閱第七章第三節之「三、朱熹」，茲不贅述。

2、釋義精當，可取者多

古人所用詞語有其特殊之解釋，苟無《毛傳》，後人爭論必多。如〈鄘風·定之
方中〉，《毛傳》於「定之方中，作于楚宮。揆之以日，作于楚室」下曰：「定，營室
也」。按，營室乃星座名。又〈衛風·淇奧篇〉，「有匪君子，如切如磋，如琢如磨」
下，《毛傳》曰：「治骨曰切，象曰磋，玉曰琢，石曰磨。」《毛傳》亦引用上古軼事，
使詩旨更加顯白，如〈大雅·綿〉，「虞芮質厥成，文王蹶厥生」，《傳》曰：

質，成也。成，平也。蹶，動也。虞芮之君相與爭田，久而不平；乃相謂
曰：「西伯，仁人也，盍往質焉？」乃相與朝周，入其竟，則耕者讓畔，

───────────────

〔註135〕黃季剛先生遺著〈詩經序傳箋略例〉，《蘭州大學學報》1982～3，頁75，1982年7
月。

行者讓路。入其邑，男女異路，斑白不提挈。入其朝，士讓爲大夫，大夫讓爲卿。二國之君感而相謂曰：「我等小人，不可以履君子之庭。」乃相讓，以其所爭田爲閒田而退。天下聞之而歸者四十餘國。

本節史事，《史記・周本紀》、《說苑・君道篇》等皆有記載，《書大傳》云：「文王受命一年，斷虞芮之訟」，即其事也。

《毛詩傳》共做注釋四千八百餘條，其中八百六十餘條用以解釋句意、章旨與詩之表現手法；此外，用以解釋詞義者，達三千九百餘條。向熹嘗歸納《毛傳》解釋詞義之方法與體例，共分十六類。向氏謂《毛詩詁訓傳》之內容與價值可由三方面言之：1、《毛傳》釋義爲研究詞之本義與古詞義提供豐富之資料。2、爲上古漢語同義詞之研究提供了資料。3、爲上古語言研究提供了某些材料。〔註136〕

3、不信荒誕神奇之說

王莽及東漢諸帝皆好符命圖讖之學，俗儒趨時，蔚成風氣；甚至鄭玄大儒之箋《毛詩》，亦頗雜讖緯思想。試溯其源，《毛傳》實有務實、反妖妄之特色，例如〈大雅・生民〉，「履帝武敏歆」下，《毛傳》曰：

履，踐也。帝，高辛氏之帝也。武，跡。敏，疾也。從於帝而見于天，將事齊敏也。歆，饗。

又如〈商頌・玄鳥〉，「天命玄鳥，降而生商」下，《傳》曰：

玄鳥，鳦也。春分，玄鳥降。湯之先祖，有娀氏女簡狄，配高辛氏帝，帝率與之祈于郊禖，而生契。故本其爲天所命，以玄鳥至而生焉。

《毛傳》固有崇實徵信之精神，然抹煞上古神話傳說，不惜曲解詩義，是其弊也；請參第四章第二節「（五）鄭、王學派爭執」。

4、獨標興體

《毛傳》釋詩，標「興」者116篇，但言興而不及賦、比；因賦、比明白易曉，而興義較爲隱晦故也。《文心雕龍・比興篇》曰：

毛公述傳，獨標興體，豈不以風通而賦同，比顯而興隱哉！故比者，附也；興者，起也。附理者切類以指事，起情者依微以擬議。起情，故興體以立；附理，故比例以生。比則蓄憤以斥言，興則環譬以寄諷。……觀夫興之託諭，婉而成章，稱名也小，取類也大。〈關雎〉有別，故后妃方德；尸鳩貞一，故夫人象義。義取其貞，無疑于夷禽；德貴其別，不嫌於鷙鳥；明而未融，故發注而後見也。……至如麻衣如雪，兩驂如舞，若斯之類，皆

比類者也。

潘師石禪曰：

> 讀詩的人，是從《詩經》全部篇什分析得到三種寫作藝術：一是賦，如〈豳風·七月〉：「七月流火，九月授衣」，是據事直書，平鋪直敘；這種方法，就叫做賦。二是比，如〈衛風·碩人〉：「手如柔荑，膚如凝脂」，柔荑比手，凝脂比膚，用物相比；這種修辭的方法，就叫做比。三是興，如〈豳風·鴟鴞〉，周公以鳥子比管蔡，以鳥巢比周室，以興起愛護周室之志，這種修辭的方法，就叫做興。……詩人遭遇特殊的時事，懷著堅強意志，鬱結滿腔感憤，非要吐露發抒不可，但是眼前環境，不容許他明白說出來；在這樣不許說而非說不可的情況下，迫使詩人創造出一種表現情感意志的方法，他將他的情志，寄託在事物身上，……解經家說的「比顯而興隱」，即是說，詩人所興起的事情，是隱藏在詩詞中；修辭家說興是隱喻，即是說，詩人的情事是用暗示的方法使人明白。……因此《詩序》說：「上以風化下，下以風刺上，主文而譎諫，言之者無罪，聞之者足以戒。」鄭玄以「譬喻不斥言」解釋「風化」、「風刺」，可見興是寫詩抒情的最高藝術〔註137〕。

又曰：

> 由於詩興的特點，是觸物起興，託事於物，故詩文多舉草木鳥獸以見意。《爾雅》是一部孔門教學的辭書，因此《爾雅》十九篇中，有釋草、釋木、釋魚、釋鳥、釋獸、釋畜的專篇。這些都是爲輔助《詩》三百篇教學而編撰的教材，孔子鄭重叮囑學生要多識草木鳥獸之名，因爲通曉草木鳥獸之名，然後才能通曉三百篇託物起興的意義〔註138〕。

高師仲華曰：

> 我們現在可以綜合各說，而得出如下的結論：(1) 賦、比、興皆是體認事物而抒情寫志的方法。(2) 賦爲直陳鋪敘（兼事、義、文采而說），依事物以直寫其情志。(3) 比爲比方譬喻，借事物以比類其情志。(4) 興爲觸起興發，託事物以觸發其情志〔註139〕。

　若以現代修辭學術語相對照，六義之「比」，近於「譬喻」、「比方」，舉例如下〔註140〕：

〔註137〕潘師石禪著〈詩經興義的新觀察〉，《孔孟月刊》二二卷十二期，民國73年8月。

〔註138〕潘師石禪〈孔門詩教初講〉，頁16。《孔孟月刊》二十卷十二期。

〔註139〕高師仲華〈詩六義說與詩序問題〉，頁14。《孔孟月刊》二三卷五期。

〔註140〕黃慶萱《修辭學》，頁233，〈譬喻〉。三民，民國78年修訂三版。

這的確是一雙令人難以了解的眼睛，像太空裡的星辰閃爍著寂寞的光芒。
（逯耀東：揮手）

我的心像一座噴泉，在陽光下湧溢著七彩的水珠兒。（張曉風：地毯的那一端）

六義之「興」，則近於「象徵」、「影射」，黃慶萱先生曰：

> 無論神話或者寓言，都是把整個故事作爲象徵；因此，象徵幾乎可視一種體製，而不純爲一種方法。把象徵當作一種修辭的方法，在漢語文學作品中，以《詩》最普遍。《詩經》六義中有「興」一法，《文心雕龍·比興篇》說得好：「觀夫興之託諭，婉而成章，稱名也小，取類也大。〈關雎〉有別，故后妃方德；尸鳩貞一，故夫人象義。義取其貞，無從（王更生先生依范注，改「從」爲「疑」）于夷禽；德貴其別，不嫌於鷙鳥。明而未融，故發注而後見也。」把「貞一」、「有別」等抽象概念，透過〈關雎〉、尸鳩等具體意象而表達，這種「興」，就是我們所說的象徵了。劉勰認爲「興」是「明而未融，故發注而後見」，表明了象徵具有高度的曖昧性〔註 141〕。

程俊英曰：

> 至於比興的作用，我個人認爲可歸納爲如下三點：（一）比興是一種形象思維，是塑造形象的一種傳統的常用的藝術手法。運用形象的語言刻劃詩中的人物與意境，可以增加詩的美與魅力。（二）比興手法可以加強作品的曲折性與深刻性，加強作品的感人力量。當然這種曲折性與深刻性是建築在詩人現實生活的基礎上與思想感情的基礎上的。（三）比興手法可以通過特殊以反映一般，可以增加作品的思想意義和社會意義。
>
> 比興之所以和賦不同，因爲後者是直接的鋪敘，不一定通過具體的形象來表達；而前者是必須通過具體的形象的。形象這個客體和我這個主體，又必須取得有機的內在聯繫。清代吳喬《圍爐詩話》中有一段極其精闢的話，他說：
>
> 文之辭達，詩之辭婉。書以道政事，故宜辭達；詩以道性情，故宜辭婉。意喻之米，飯與酒所同出，文喻之炊而爲飯，詩喻之釀而爲酒。文之措辭必付乎意，猶飯之不變米形，噉之則飽也。詩之措辭不必付乎意，猶酒之盡變米形，飲之則醉也。
>
> 吳喬的話，雖不全面，但他分析文（應指非文藝性散文）與詩的區別，同

〔註 141〕書同註 140，頁 341，〈象徵〉。

是表達思想（意），而方法不同：前者是採取直接表達的方式，後者則運用比興，通過形象來間接地表達。而這種形象，又不限形象本身的意義，而能夠通過個別以反映一般，也就是寄託。這種經過物我交融後的形象，就像米釀成酒一樣，已不是原來的形象，而是一個使人為之陶醉的、具有很強感染力的創造了。……唐末農民起義領袖黃巢有〈菊花詩〉二首：

颯颯西風滿院栽，蕊寒香冷蝶難來。他年我若為青帝，報與桃花一處開。（〈題菊花〉）

待到秋來九月八，我開花後百花殺。沖天香陣透長安，滿城盡帶黃金甲。（〈不第後賦菊〉）。

……菊花這個形象，在後來的農民革命領袖黃巢手下，卻能反映遠為廣闊的社會內容，這就說明比興手法的重要作用。……這首詩不但刻劃了「蕊寒香冷蝶難來」的菊花形象，而且通過了物，反映了人——掌握陰陽、旋轉乾坤的英雄形象。不第後賦菊，更洋溢著革命的浪漫主義氣息。……他是在想像著農民起義軍攻克長安，所以說「滿城盡帶黃金甲」，在此再聯繫「沖天」一句，就知道這的確是對起義隊伍的「力」與「美」的頌歌了。這種通過特殊以反映一般的比興手法，是比較隱約、比較含蓄的。但這必須決定於作者的生活與思想感情，不是能夠虛造的〔註142〕。

張海珊曰：

中國人善於形象思維，中華民族是善於形象思維的民族。這也正是中國成為《詩》國的首要原因。……《尚書·盤庚》……其中就以「顛木之有由蘗」比喻舊都和新都，以「予若觀火」比己之洞察，以「網之在綱」比君臣關係，以「火之燎原」比浮言惑眾，以「射之有志」比行事之難，以「乘舟弗濟」比猶豫不決。……在西周春秋時期，這個歷史性發展有兩大標志，第一個大標志便是成書於西周初年的《易經》。……第二個大標志是《詩經》，……其首要的藝術特徵是大量運用比興，被取象為喻的動植物極多，故孔子說學《詩》可以「多識草木鳥獸之名」，……這個事實生動表明，中國人從自己地大物博的國情出發，已經創造了一個慣用的形象思維模式，並且已經在全國範圍內熟練地掌握了它。……不妨從《詩經》的第一篇談起，它是用鳥為興的。以鳥而言，《詩經》裡就用了三十多種，而且各種鳥的比喻意義固定不變，如鳩比女子，鵲比男人，野雞比好人，貓頭

〔註142〕程俊英〈略談詩經「興」的發展〉，《華東師範大學學報》1980～4，頁 43～48，1980 年 8 月。

鷹比壞人，脊令比兄弟，鳳凰比國王等等，全書都是一致〔註143〕。
張氏統言比興，實則，隱喻屬六義之「興」。趙沛霖敘述近年大陸學者對比興之新界說，分爲六種，見《詩經研究反思》，頁二八九至二九○，其說與潘師石禪之主張大致相合，茲不贅。

以〈關雎篇〉爲例，姚際恆不明其「興」義，其《詩經通論》遂曰：

> 《毛傳》云「摯而有別」，夫曰「摯」，猶是雎鳩食魚，有搏擊之象。然此但釋鳩之習性，不必于正意有關會也。若云「有別」，則附會矣。孟子述契之教人倫，曰「夫婦有別」，此「有別」字所從出，豈必以夫婦字加于雎鳩上哉！詩人體物縱精，安能擇一物之有別者以比夫婦，而後人又安知詩人之意果如是耶！

而駱賓基舉述六項論證，斷定雎鳩爲今日大雁之古稱，並證明其「摯而有別」之習性，其言曰：

> 這裡有往事三憶：1、少年時期讀〈關雎章〉的回憶：大約是一九二八年，……我開始讀《詩經》，只「號書」，卻不開講，但年在二十左右的讀《尚書》的同學，卻依據《詩經》的釋注爲我講過雎鳩，是一種吃魚的老雕，但爲甚麼拿深目而性猛烈的老雕來開頭？這和君子、淑女也連不上呀！……2、在吉林蛟河縣的見聞……一九五三年秋天，在蛟河韓恩農業社，碰到這個社的業餘獵手，談天當中，有人進來喝水，興奮的告訴他拖拉機在北草甸子墾荒，驚起一隻大雁來，是隻孤雁，向南飛了，飛的也不高，沒出半里路就「扎」到那片沼澤地裡去了！說：「你要是背上槍，管保到沼澤地那邊的『柳茅通』裡還能攆起來！」我說：「不會飛走了麼？」
>
> 「不會！」他抽著煙，還吐著一口一口煙圈，心不在焉的說：「孤雁難飛，總在這一左一右的草甸子裡轉，攆起來，從南飛到北；再攆，又會從北往南飛，算是飛不出咱們左右這塊草原了！」
>
> 「這是爲甚麼呢？」
>
> 「離了群的雁，有翅難展呀！」
>
> 他突然思索著甚麼，說：「說不定原來就是雁奴，流落下來了！」「甚麼是雁奴呢？」
>
> 「走，咱們到拖拉機開墾區看看去！」……
>
> 在路上，他說：「你沒聽見說過夜裡去摸雁窩的事吧？不用槍，帶一條口

袋和一盒洋火就行了！你知道，大雁是最喜歡在江心島上的石頭灘上露宿的；雁奴呢？就是失掉了對兒的孤雁。因爲牠不小心失落了牠的那一口子，在群雁裡就被那些公母成對的大雁瞧不起，淪爲雁奴。夜裡，群雁都一對一對棲息了，孤雁得打更巡邏！」

「爲甚麼不找另外的雁配對呢？」

「大雁的特性，母的失掉了公的，再不會和別的公雁去配對；公的失落了母的也一樣，可仁義啦！」

於是，我突然想到「摯而有別」的雎鳩。

關於獵人半夜潛伏在江流的中心島上，劃火以使打更巡邏的孤雁長鳴報警以後再立即吹熄，以離間群雁與「雁奴」的信任關係。不久，驚醒的群雁重新安頓下來，再次入睡。等島中心的河灘上在星空底下又完全恢復沈寂之後，獵人再二次劃火，而引起雁奴第二次長鳴告警的那瞬間再次吹熄。這一次在受驚的雁群四周觀察，毫無值得驚異的聲響和跡象之後就對打更巡邏的孤雁，群起圍攻，又嚙又叨。以至第三次獵人劃火，打更的孤雁再也不敢告警了。獵人就可以潛行近前，用手掐住雁脖子往口袋裡裝了。自然眼要看得準，手要靈，還得會把雁脖子盤到翅膀底下去，使牠叫不出聲來。原本是孤雁，自然經此一場災難，雖然還是長鳴告警，但再也不敢隨群飛了！而且從此，在雁群中就又出現喪失配偶的幾隻孤雁，填補雁奴空出來的位置了。……

3、「情摯」一例：不久，我又到蛟河縣另一個區裡去採訪了，還記得區委書記名丁信。……晚飯過後，……這個久久不語的女委員就說……在動物中，還有一種飛禽，公母之間的感情超過生死，與人類沒有差別，或者說，還勝於人們的夫婦關係呢！於是，在我的懇求下，她要求自己的愛人，年輕的「老趙」講，老趙就說：「妳是說，那年我撿回來的大雁嗎？那妳講好了，我回頭還得到飼養場去幫著老于頭兒鋤草呢！」……她說：「那還是秋後，豆子打過場了。……他從新墾區回來，抱著一個大雁，是個母雁，一隻腿壞了，不知是給甚麼打的。我就想留著等等看，說不定養好傷，明年春天還會下蛋呢！……一個冬天，這個母雁不但養好傷啦，和人也熟了！隨著雞鴨進進出出，彷彿還合群兒，吃的也挺胖。誰想到，第二年一開春，半夜就過大雁，半天空呱呱地一聲高一聲低的叫著，彷彿有呼有應似的。……不知怎麼一來，突然聽見我們窗外的雞窩裡，那隻母雁也喳喳地向空中叫起來了！還聽到雞窩裡鬧騰聲，鬧騰一陣，又聽見喳喳地叫，

彷彿那隻母雁撞開雞窩門跑出來了！……小趙也醒了，他說，去看什麼？有鐵絲網圍著，棚子門關的挺嚴，還會跑了牠啦？……天又冷……就沒起來……等雞叫三遍，天亮了，我起來先到窗下去看看，……卻沒想到腳底下差點兒沒踩扁一隻大雁，我奇怪牠怎麼跑出來，給甚麼東西咬死啦？再一看，這個大雁和籠子裡的那隻母雁脖子纏著脖子，繞成一股繩了，它是用力往外拉那隻從鐵絲網裡伸出頭來的母雁呢！天然，這原來是一對兒雁，牠聽到母雁的呼喚聲才一頭扎下來的，……牠們哪裡會想到，兩隻脖子相纏，拉起來固然有力，卻會由於用力過猛窒息而死呢？……扁扁的嘴上都有凍結的血，地下也是有血結的冰珠，而且牠們那兩隻脖子纏繞如繩，同樣緊緊的凍結在一起，我怎樣也掰不開了……。」〔註144〕

由以上駱賓基的觀察，我們相信「摯而有別」的鳥類確實存在，姑且不論雎鳩與大雁是否同類，而《毛傳》說雎鳩「摯而有別」，並非全無道理。

然而，春秋戰國以降，因天命思想之衰落，導致採詩、獻詩、諷誦詩之制度不復存在，「興體諷喻」已無必要，故後世詩道與周朝大異其趣。《文心雕龍‧比興篇》曰：

> 炎漢雖盛，而辭人夸毗，諷刺道喪，故興義銷亡。於是賦〈頌〉先鳴，故比體雲構。日用乎比，月忘乎興，習小而棄大，所以文謝於周人也。

黃季剛先生曰：

> 自漢以來，詞人鮮用興義，固緣詩道下衰，亦由文詞之作，趣以喻人，苟覽者恍惚難明，則感動之功不顯。用比忘興，勢使之然。……用比者，歷久而不傷晦昧；用興者，說絕而立致辨爭。當其覽古，知興義之難明；及其自為，亦遂疏興義而稀用；此興之所以寖微寖滅也〔註145〕。

自漢以來，詩人以隱喻方式作詩之風氣逐漸衰微，季剛先生指出其中因由，說極精當。然而，儘管「興」之作法日趨沒落，而鄭康成、王肅，乃至六朝、隋唐之學者多能明瞭其義，例如唐朝陳子昂曰：

> 僕嘗暇時觀齊、梁間詩，彩麗競繁，而興寄都絕，每以永嘆。思古人常恐逶迤頹靡，風雅不作，以耿耿也〔註146〕。

〔註144〕駱賓基《詩經新解與古史新論》，頁37～42，山西人民出版社，1985年9月。
〔註145〕黃季剛〈文心雕龍〈比興篇〉札記〉，王更生《文心雕龍讀本》〈比興篇〉「解題」引，文史哲出版，下篇，頁144。
〔註146〕郭紹虞〈六義說考辨〉一文引〈陳子昂與東方左史虬修竹篇序〉，《中華文史論叢》第七輯，上海古籍出版社。

夏傳才曰：

他（陳子昂）的詩歌新理論，包括「風骨」和「興寄」兩個主要內容。……所謂「興寄」，就是運用比興寄托的表現手法，通過委婉而形象的抒寫，寄寓對國事民生的意見和理想。從此以後，風雅比興就成為引導唐詩興盛的一面旗幟〔註147〕。

又如白居易〈與元九書〉曰：

故聞「元首明，股肱良」之歌，則知虞道昌矣。聞五子洛汭之歌，則知夏政荒矣。言者無罪，聞者足戒（原作：作戒），言者聞者莫不兩盡其心焉〔註148〕。

洎周衰秦興，採詩官廢，上不以補察時政，下不以歌洩導人情。乃至於謠成之風動，救失之道缺。於時六義始刓矣。（同上）

至於梁、陳間，率不過嘲風雪、弄花草而已。噫！風雪花草之物，三百篇中豈捨之乎？顧所用何如耳。設如「北風其涼」，假風以刺威虐也；「雨雪霏霏」，因雪以愍征役也；「棠棣之花」，感華以諷兄弟也；「采采苯苢」，美草以樂有子也。皆興發於此而義歸於彼。反是者，可乎哉！然則「餘霞散成綺，澄江淨如練」、「離花先委露，別葉乍辭風」之什，麗則麗矣，吾不知其所諷焉。（同上）

至宋朝朱子，於「興」義獨創新解，曰：

本要言其事，而虛用兩句鉤起，因而接續去者，興也。

反指先儒皆不知興義。潘師石禪嘗撰文詳論之〔註149〕，使「興」之真面目重現於世。

興之定義，當以潘師之說為的論。至於「興」之時代背景、起因，已在第一章略作補充。

蓋「興」為古人所命名、所通用；依朱子之說，似以為古時無一人知其定義與用法，甚至為「興」命名者亦不自覺其非真知也，可乎？如此，則好比父母不識其子矣！

古人所謂「興」，乃隱喻之義；今人將隱喻歸入「比」類，另將「聯想式」、「戴帽式」取名為興〔註150〕，難免〈鵲巢〉鳩佔之嫌。試想，在一風行「諷喻」之社會

〔註147〕夏傳才《詩經研究史概要》，頁120，中州書畫社1982年9月。
〔註148〕白居易《白氏長慶集》，卷二八，大本原式《四部叢刊正編》，冊三六，頁313，商務。
〔註149〕同註137。
〔註150〕劉德漢〈詩經概述〉，《詩經研究論集》，頁67，黎明文化事業公司。

裡，隱喻式之表達受詩人最大之重視，寧不爲之命一專名乎？乃至於將隱喻附屬於「比」類乎？

譬如關公被奉爲武聖，人所皆知；今人或將關公與岳飛做一比較，遂曰：「關爲敗將，岳爲勝將」，於是擬將「武聖」之美譽轉奉岳飛，可乎？曰：使不得。其一，關羽被奉爲武聖，實因其懍然正義；此一特點，他人無可取代。其二，自古以來，「武聖關公」不僅成爲民間不移之信仰，而且載於典籍者，不知凡幾；後人若以「武聖」轉奉岳飛，則將爲歷史典籍製造不可勝數之混淆與誤解。其三，岳飛盡忠勇武，今人可於「武聖」之外，另覓美譽以奉之。

有此認識，即可明瞭：何以朱子以前之學者一概被指爲「不確知『興』之定義」。今人多附和朱子，殊不知已將「武聖」轉奉岳飛矣！

「聯想式」、「戴帽式」確可成立，故寧可擴充「六義」爲「七義」或「八義」爲得也。

（五）東漢時期，三家日微，《毛詩》代興

西漢爲今文學獨盛時期，東漢則《毛詩》代興，然東漢官學仍舊是三家今文學。

1、賈　逵

《後漢書・卷三六・賈逵傳》云：「逵數爲帝言《古文尚書》與經傳《爾雅》詁訓相應。詔令撰歐陽、大小夏侯《尚書》古文同異。逵集爲三卷，帝善之。復令撰齊、魯、韓詩與毛氏異同。并作《周官解故》。遷逵爲衛士令。八年，乃詔諸儒各選高材生，受《左氏》、《穀梁春秋》、《古文尚書》、《毛詩》，由是四經遂行於世。皆拜逵所選弟子及門生爲千乘王國郎，朝夕受業黃門署，學者皆欣欣羨慕焉。」據黃彰健先生研究，賈逵撰《尚書今古文同異》、《齊魯韓毛詩同異》，當在建初元年至八年間〔註151〕，惜今已失傳。

賈逵卒於永元十三年（公元 101 年），《後漢書・賈逵傳・贊》云：「論曰：鄭（鄭興、鄭眾）賈之學，行乎數百年中，遂爲諸儒宗。」東漢時，古文經學之復興，賈逵之功甚偉。康有爲《新學僞經考・卷八》云：「鄭眾傳《費易》、《毛詩》、《周官》、《左傳》，而不光大。」又云：「蓋自劉歆僞經之後，今古水火，至賈逵乃始行焉。鄭玄之前，創業祖功，守成宗德，應推逵矣。」康氏此言，除「僞經」外，頗得情實。

2、許　慎

《後漢書・儒林傳》曰：「許慎，字叔重，汝南召陵人也；性淳篤，少博學經籍。

〔註151〕黃彰健《經今古文學問題新論》，頁 175，〈賈逵與古文經學〉。《中研院史語所專刊》七九。

馬融常推敬之，時人爲之語曰：『《五經》無雙許叔重』。……初慎以《五經》傳說臧否不同，於是撰爲《五經異義》，又作《說文解字》十四篇，皆傳於世。」許慎另有《淮南子注》、《孝經古文說》，但除《說文》外，皆已亡佚，僅存清人輯本。

　　許慎曾參與章帝建初四年白虎觀會議，得聞諸儒講論《五經》異同。又章帝建初八年，下詔：「扶微學，廣異義」；而《白虎通》多以讖斷，並未廣錄《五經》家異說，故許慎有《五經異義》之作。《舊唐書·經籍志》及《新唐書·藝文志》著錄「許慎《五經異義》十卷，鄭玄駁。」鄭玄駁《五經異義卷》，似由後人鈔附於許氏原書之後。陳壽祺考評其輯本，曰：

> 許君《五經異義》，今學古學粲然眉列，……洵所謂博問通人，允而有證，解謬誤，達神恉者也〔註152〕。

西漢劉向撰《五經通義》，通論《五經》，而當時學者以專守一經爲主。班固撰《白虎通》、許慎撰《五經異義》，而後，兼治各經之風氣始開，如馬融著《三傳異同說》，鄭玄著《駁五經異義》、《六藝論》，魏邯鄲綽著《五經析疑》，譙周撰《五經然否論》……。

　　許慎《說文解字》，不僅功在文字學，亦爲解經不可或缺之寶典。其解《詩經》，或從今，或從古，不尚偏解，亦無門戶之見，舉例如下〔註153〕：

（1）《毛詩》爲假借字，三家爲正字，《說文》字從三家，義本《毛傳》：

> 《說文·士部》「墫，舞也。從士，尊聲。《詩》曰：墫墫舞我。」考〈小雅·伐木〉，《毛傳》云：「蹲蹲，舞貌。」《毛詩》作蹲。王先謙曰：「《魯》蹲作墫，說曰：墫墫，喜也。」可知許君字從《魯詩》，訓則仍本《毛傳》。《說文》蹲，踞也，非舞之本義。而墫，《釋文》引《說文》原作「士舞也」，士舞爲其本義。

（2）《說文》中，有一詩兩引，從毛而並存三家之例，蓋因毛與三家皆非假借字，故兼存三家：

> 《說文·永部》，「羕，水長也。從永，羊聲。《詩》曰：江之羕矣。」考〈周南·漢廣〉《毛傳》云：「永，長也。」《毛詩》作永。王先謙曰：「《魯》永作羕。」蓋《爾雅·釋詁》云：「羕，長也。」與《毛傳》正合，許必曰水長者，以字形從永也。永，大徐本訓長也，小徐本及《韻會》引亦訓水長。許於永下引《毛詩》，於羕下引三家詩，蓋永、羕於水長之義俱非假借，故兩引之。

（3）若三家與毛有異文，《說文》列以爲重文者，則不別字之正借，許君雖引三家

〔註152〕陳壽祺《五經異義疏證》，〈自序〉。
〔註153〕黃永武《許慎之經學》，中華，民國61年出版。

之文，亦不以《毛詩》爲假借：

> 《說文・蓐部》，「薅，拔去田艸也。從蓐，好省聲。茠，籀文薅省。茠，薅或從休。《詩》曰：既茠荼蓼。」考〈周頌・良耜篇〉，《毛詩》：「以薅荼蓼」，作薅字，許引詩在茠下作茠，王先謙曰：「魯薅作茠」。毛於薅字無訓，《鄭箋》云：「薅，去荼蓼之事。」是《鄭箋》與許意合。《說文》薅、茠爲重文，凡許君引爲重文者，則不別字之正借。然茠從休聲，與去義較近。

（4）三家詩爲本字本義，許書有字、義並從三家者，以其較《毛詩》爲長也；而《毛詩》之字，必非本字本義。《說文・禾部》，「穎，禾末也。從禾，頃聲。《詩》曰：禾穎穟穟。」考〈大雅・生民〉《毛傳》云：「役，列也。穟穟，苗好美也。」《毛詩》穎作役。王先謙曰：「三家役作穎。」許氏所引爲三家之文，字與義均不同毛。段玉裁曰：「役者，穎之假借字，古支耕合韻之理也。列者，梨之假借，禾穰也，此穎通穰言之。」段氏欲牽合毛許之說，謂役即穎之入聲，然《毛傳》當云役，穎也，何必訓爲列，而列又爲梨之假借，梨爲黍穰，始與穎意相近，展轉迂曲，說恐非是。而下章「實穎實栗」，毛又訓穎爲垂穎也，不言同列或同役，若穎即役，傳例何必分訓？龔自珍曰：「穎與役大異，足見詩不專稱毛，凡同義異文，可云假借，此實異義，非假借，乃經師各家耳。」（《說文段注札記》）。按龔說是也，此乃字、義皆從三家之例也，以三家爲長也。

3、馬　融

馬融字季長，東漢扶風茂陵人（公元 79 至 166），才高學博，爲世通儒，共注十一經，生徒四百餘人，盧植、鄭玄等皆出其門下。馬氏所注各經，今皆不傳，諸書偶有徵引，但爲數寥寥。其研經特色，李威熊先生列舉如下：〔註154〕

（1）集東漢古文經學之大成。

（2）精於訓詁，成爲說經之鵠的。

（3）雜糅今古文說，爲鄭玄注經融會今古文之先導。

（4）深受讖緯之影響。

（5）並採陰陽五行學說。

（6）馬氏注經，博採群書之說。

（7）歸本人事，以發經義之微旨。

（8）舉史實以證經義之不誣。

〔註154〕李威熊《中國經學發展史論》，頁 143～148，〈馬融在經學上的成就〉。文史哲，民國 77 年。

（9）師法、家法已混而難分。

4、鄭　玄

　　鄭玄，字康成，北海高密人（公元 127 至 200），是東漢最偉大之經學家。《後漢書・本傳》曰：

> 玄少爲鄉嗇夫，得休歸，常詣學官，不樂爲吏。遂造太學受業，師事京兆
> 第五元先，始通《京氏易》、《公羊春秋》、《三統歷》、《九章算術》。又從
> 東郡張恭祖受《周官》、《禮記》、《左氏春秋》、《韓詩》、《古文尚書》。以
> 山東無足問者，乃西入關，因涿郡盧植，事扶風馬融。

靈帝建寧二年，玄與同郡孫嵩等四十餘人俱被禁錮。玄遂杜門，隱修經業，「思述先聖之玄意，整百家之不齊。」自述云：「遭黨錮之事，逃難注禮。黨錮事解，注《古文尚書》、《毛詩》、《論語》。爲袁譚所逼，來自元城，乃注《周易》〔註155〕。」其治經以古文學爲主，兼採今文，可謂集兩漢經學之大成。章權才謂兩漢經學實際分三派，即：今文學派，以董仲舒爲代表；古文學派，以劉歆爲代表；綜合學派，以鄭玄爲代表。綜合學派之特色有三：（1）混淆家法。（2）突出《禮》教。（3）詳於訓詁〔註156〕。茲略述鄭玄之《詩經》學如下：

（1）刪裁繁蕪，力求簡約

　　《後漢書・鄭玄傳・論》曰：

> 自秦焚六經，聖文埃滅。漢興，諸儒頗修藝文；及東京，學者亦各名家。
> 而守文之徒，滯固所稟，異端紛紜，互相詭激，遂令經有數家，家有數說，
> 章句多者，或乃百餘萬言，學徒勞而少功，後生疑而莫正。鄭玄囊括大典，
> 網羅眾家，刪裁繁蕪，刊改漏失，自是學者略知所歸。

西漢末年，秦延君釋《尚書》一經即有萬言，釋〈堯典〉：「曰若稽古」即三萬言。王莽時，省《五經》章句皆爲二十萬言。及王莽死，章句字數又復繁多，後又漸趨減省。光武時，博士伏黯改定《齊詩》章句，其辭仍繁多，其子伏恭省改浮辭，爲二十萬言。光武時，博士薛漢習《韓詩》，以章句著名，而其弟子杜撫定《韓詩章句》，於《薛漢章句》字數，或有減省。凡此，雖從減省，然一經有數家，家有數說，章句繁多，「學徒勞而少功，後生疑而莫正」。及鄭氏出，折衷今古文經說作注，其文辭力求簡約，是以風行一時，學者有所歸，而前人蕪雜之章句多廢。

（2）兼用四家

　　鄭玄初從張恭祖受《韓詩》之學，間亦雜治《齊》、《魯》。其《六藝論》曰：「注

〔註155〕黃彰健《經今古文學問題新論》，頁 297，〈鄭玄與古文經學〉。
〔註156〕章權才〈論兩漢經學的流變〉，《學術研究》1984〜2，頁 73，廣東人民出版社。

《詩》宗毛爲主。毛義若隱略,則更表明;如有不同,更下己意,使可識別。」是其箋《詩》,以《毛傳》爲宗。陳壽祺曰:

> 鄭君箋《詩》,其所易傳之義,大抵多本之齊、魯、韓三家。如「讀素衣朱繡」爲綃,讀「他人是愉」爲偷,解豔妻爲厲王后,解阮、徂、共爲三國名,此魯說也。讀「邦之媛也」爲援助之援,讀「可以樂饑」爲療饑,此韓說也。詩緯多用《齊詩》,《漢書‧翼奉傳》曰:「臣奉竊學《齊詩》,聞五際之要,〈十月之交〉篇,如日蝕地震之效。」又引《詩緯汎歷樞》云云,皆《齊詩》也。《詩緯汎歷樞》曰:「十月之交,氣之相交;周之十月,夏之八月。」〈十月之交〉《箋》云:「周之十月,夏之八月也。日爲君,辰爲臣;辛,金也,卯,木也。」是《箋》亦用《齊詩》說〔註157〕。

賴炎元先生著《毛詩鄭氏箋釋例》,於第三章〈鄭箋用三家詩說例〉詳述鄭玄採三家詩說以改毛、申毛、補毛之例,說極詳備。

(3)鄭氏箋詩之方法

學者恆言《鄭箋》有破字不破字之辯,《毛傳》例不破字,但通其訓詁而已,《箋》則常破字以釋義。〈關雎〉詩「君子好逑」,《箋》本《魯詩》之義,破「逑」爲「仇」以易之,此即破字之理也,而《毛傳》本身,或有義同字異,前後互表者,《箋》亦破字以釋之。〈菀柳〉詩:「上帝甚蹈」,《傳》云:「蹈,動。」〈檜風〉《傳》:「悼,動也。」鄭以「蹈」、「悼」原本一字,故於〈菀柳〉下云:「蹈讀爲悼」,《箋》爲申《傳》而非易《傳》也。〈長發〉:「幅隕既長」,《傳》云:「隕,均也。」〈玄鳥〉《傳》:「員,均也」是《毛傳》〈長發〉之「隕」字,即〈玄鳥〉《傳》之「員」字之假借,故《箋》於〈長發〉之下云:「隕當爲圓,圓周也。」圓員爲一字,故《箋》破「隕」爲「圓」亦爲申毛,非易毛也。學者於此等處探析鄭氏箋詩之方法,乃知鄭氏箋詩原本訓辭,不出軌範,《鄭箋》爲有方法也〔註158〕。

近人蔣善國原著《鄭氏箋詩十四條例》,江乾益先生據蔣氏《三百篇演論》,得九條條例,加以段玉裁「周禮漢讀考序」一條,共計十條。

(A)引群經訓義以釋詩:《鄭箋》引據群書,或引述原文,或據經意而爲文,其所引據之經傳,有《周禮》、《儀禮》、《禮記》、《尚書》、《周易》、《論語》、《孟子》、《孝經》、《春秋經》並及《三傳》、《國語》,與雜家著作、圖讖之文,可謂網羅竟蒐,並能刪裁繁誣、刊削漏失。此所謂「以經解經」之法也。

〔註157〕江乾益《陳壽祺父子三家詩遺說研究》,頁178引。
〔註158〕書同註157,頁181。

（B）《箋》用三家詩以易毛、申毛、補毛〔註159〕。

（C）古今字異，《箋》皆從今字爲釋：鄭氏於古今字異，皆從今字爲訓，〈野有死
麕〉：「白茅純束」，《傳》云：「純束，猶包之也。」純爲絲名而無包束之義，《箋》
云：「純讀如屯。」純爲古文假借，屯始有屯束之義，故《箋》讀純爲屯，即
明其爲屯束也。

（D）經文一字，《箋》往往重言以釋之：〈谷風〉：「有洸有潰」，《毛傳》：「洸洸，
武也；潰潰，怒也。」陳奐曰：「凡經文一字，傳用疊字者，一言不足，則重
言之，以盡其形容也。」蓋經文約簡，傳《箋》之申明，借重言之語以盡形容
也。〈殷其雷〉，《箋》云：「猶雷殷殷然。」〈菁莪〉：「我心則休」，《箋》云：「休
者，休休然」者是也。

（E）引漢制以證古制：今制常爲古制之留傳，以今證古，雖不能無失，要在愼其
所擇也。〈君子偕老〉：「副笄六珈」，《箋》云：「珈之言加也。副既笄而加飾，
如今步搖上飾，古之制所有未聞。」鄭即以漢制之步搖況詩中之副，而又謹爲
擇取，故謂「古制所有未聞」也。〈采菽〉：「邪幅在下」，《箋》云：「邪幅，如
今行縢也。」〈有瞽〉：「簫管備舉」，《箋》云：「簫，編竹小管，今賣餳者所吹
也」，皆以今制喻古制，而得其彷彿之似。

（F）以今語釋古語：〈庭燎〉：「夜未央」，《箋》云：「未央者，猶云夜未渠央也。」
「未渠央」爲漢時語，鄭引以解詩。〈終風〉：「願言則嚔」，《箋》云：「女思我
心如是，我則嚔也。今俗人嚔，云：『人道我』，此古人之遺語也。」

（G）經中大義往往與群經注相互發明：鄭學閎通，故治經能深明群經之大義，箋
《詩》在注《禮》之後，詩禮固能相互發闡，而群經逸注，亦往往相通。〈長
發〉：「帝立子生商」，《箋》云：「帝，黑帝也」。商以水德色黑，《周禮・小宗
伯》注曰：「五帝，蒼曰靈威仰，赤曰赤熛怒，黃曰含樞紐，白曰白招拒，黑
曰汁光紀。」箋《詩》之際，與群經注相互照應，此鄭學所以宏雅通貫之處。

（H）箋詩詳略互表：或文具於前而略於後，如〈青蠅〉：「豈弟君子」，《箋》云：「豈
弟，樂易也。」而〈旱麓〉、〈泂酌〉、〈卷阿〉之「豈弟」即不加注。或文具於
後而略於前，〈頍弁〉：「實維伊何」，《箋》云：「實，猶是也。」〈韓奕〉：「實
畝實藉，實畝實藉」，《箋》云：「實當是寔，趙魏之間實寔同聲是也。」文已
具於〈韓奕〉，於〈頍弁〉則不詳加注。又或前後俱詳者，如〈雄雉〉：「自貽
伊阻」，《箋》云：「伊當爲繄，繄猶是也。」〈蒹葭〉：「所謂伊人」，〈東山〉：「伊

〔註159〕詳見賴炎元《毛詩鄭氏箋釋例》，頁166～184，師大國研所碩士論文。

可懷也」,〈白駒〉:「所謂伊人」,《箋》皆詳注而不厭,是也。

（I）經文相同,而《箋》義往往而異:如〈召南·草蟲〉,《箋》云:「草蟲鳴,阜螽躍而從之。異種同類,猶男女嘉時以禮相求呼。」〈出車〉:「喓喓草蟲,趯趯阜螽」,《箋》云:「草蟲鳴,阜螽躍而從之,天性也。喻近西戎之諸侯,聞南仲既征玁狁,將伐西戎之命,則跳躍而鄉望之,如阜螽之聞草蟲鳴焉。草蟲鳴,晚秋之時也。此亦以其時所見而興之。」治經貴通大義,適時體會,不可拘泥一說,此〈召南·草蟲〉以男女嘉時而會,《周禮》謂「仲春之月,令會男女」,非晚秋之時甚明,故鄭箋《詩》亦以〈召南〉阜螽與〈出車〉之經文相同,《箋》義亦因文而異也。

（J）箋詩常訂正經文之誤:段玉裁云:「鄭君之學,不主於墨守,而主於兼綜;不主於兼綜,而主於《獨斷》。其於經字之當定者,必相其文義之離合,審其音韻之遠近,以定眾說之是非,而己為之補正。凡擬其音者,例曰讀如、讀若,音同而義略可知也;凡易字者,例曰讀為、讀曰,謂易之以音相近之字,而義乃瞭然也;凡審知為聲相近,形相似二者,則曰當為,謂非六書假借,而轉寫紕繆者也。漢人作注,皆不離此三者,惟鄭君獨探其本源。」古籍流傳,輾轉抄寫,訛舛不少,後人復以意改,書遂不可讀。鄭於箋《詩》之際,於字或以形近而誤,或聲近而訛者,並據群經用字,或審上下文義而改訂之,使文義豁然通貫,而古籍遂完也。若〈曹風·鳲鳩〉:「其弁伊騏」,《箋》云:「騏當作璂,以玉為之」,此以聲近而字誤,鄭以正字改之也;〈魯頌·泮水〉:「戎車孔博」,《箋》云:「博當作傅,甚傅緻者,言安利也。」此以形近而誤,鄭據文義而改之也。

（4）《詩　譜》

《文心雕龍·書記篇》曰:「總領黎庶,則有譜、籍、簿、錄……譜者,普也。注序世統,事資周普,鄭氏譜詩,蓋取乎此。」孔穎達曰:

> 鄭於《三禮》、《論語》,為之作序,此譜亦是序類,避子夏序名。以其列諸侯世及詩之次,故名譜也〔註160〕。

《漢書·地理志》云:

> 凡民含五常之性,而其剛柔緩急,音聲不同,繫水土之風氣,故謂之風;好惡取舍,動靜無常,隨君上之情欲,故謂之俗。孔子曰:移風易俗,莫善於樂。

〔註160〕孔穎達《毛詩正義》,藝文出版,頁7,第一欄。

風與俗交織成一地之政治環境，推廣詩教，可使民風溫柔敦厚。鄭玄上推孔子刪正之意，以爲詩有諷諭君上、移風易俗之作用，故列述三百篇之國土、世次、風物，製爲《詩譜》，以建立完整之詩學理論；使《詩三百》之正變、美刺得以昭鑒後世。

　　《詩譜》爲《詩經》三百篇之敘言，十五國風分國列譜，小大雅合譜，三頌分譜，譜前有序，即《詩譜序》是也。《詩譜》本勒爲一書，至孔穎達作《毛詩正義》，始拆置各國詩之前。至其形式，可由〈周南〉〈召南〉譜爲例，見其一斑：1、先揭一國地理之宜。2、次顯一國始封之主。3、論國勢盛衰，與詩上下。4、標舉詩篇，作爲典型。5、論詩之用。6、分譜作結〔註161〕。

第三節　阜陽漢簡《詩經》

　　安徽省文物工作隊、阜陽地區博物館、阜陽縣文化局於一九七七年發掘阜陽縣雙古堆一號墓，發現銅器、漆器、鐵器、陶器等文物二百餘件，又有竹簡、木簡、木牘等，內容相當豐富，《詩經》簡片，是其中之一。墓主是西漢開國功臣夏侯嬰之子夏侯灶，卒於文帝十五年（公元前 165 年）。因此，阜陽漢簡之下限不得晚於此年。

　　阜陽漢簡《詩經》（簡稱阜詩，資料編號冠以 S，《詩經》之意也。）殘存長短不一之簡片一百七十餘條，包含〈國風〉、〈小雅〉。〈國風〉共有殘詩六十五首，或僅存篇名，〈檜風〉未見。〈小雅〉則僅存〈鹿鳴之什〉中四首詩之殘句。

　　阜詩與齊、魯、韓、毛四家詩頗有異文，故胡平生、韓自強曰：

> 〈漢志〉並沒有將漢初治《詩經》各家囊括。阜詩既不屬於魯、齊、韓、
> 毛四家，是否與元王詩（楚元王劉交）有關也無從考證，我們只好推想它
> 可能是未被〈漢志〉著錄而流傳於民間的另外一家〔註162〕。

　　王先謙以爲邶、鄘、衛三國不分，《毛傳》誤分之，今考阜詩，邶、鄘、衛分爲三。阜詩有若干殘簡，編入〈附錄〉，其〈附錄二〉收錄三殘簡：

1、后妃獻

2、風（諷）□□□（刺？）風□

3、風（諷）君□□□

與《毛詩序》之風、刺格式相類，曾一度被懷疑是阜詩《詩序》殘文。胡平生、韓自強曰：

〔註161〕詳見江乾益〈鄭康成毛詩譜探析〉，《中華文化復興月刊》十七卷六期，頁 38～39。

〔註162〕胡平生、韓自強〈阜陽漢簡詩經簡論〉，《文物》1984～8，頁 17，1984 年 8 月。

因爲阜詩的下限爲漢文帝十五年（前 165），所以《詩序》作者的時代自然不能晚於這一年；而阜詩的《詩序》同《毛詩序》相比，儘管文字不能全同，但體例和基本的意思仍相當接近，這就說明它們的淵源應當是相同的，可能出自一位老師。……（《詩序》）大概是春秋戰國以來儒家學派傳授時所用的統一提綱。至於後來，老師多講幾句，學生多記幾句，《詩序》也就越來越長。（同上）

公元 1993 年 8 月，詩經國際學術研討會在河北石家莊召開，胡平生於會上發表其研究阜詩概況，對於阜詩疑似「序」之部分，仍覺遺憾，未有證據證明其爲「詩序」。

第四章　魏、晉《詩經》學

第一節　經學中衰之原因與歷史背景

王國維曰：

> 自董卓之亂，京洛爲墟。獻帝託命曹氏，未遑庠序之事。博士失其官守，垂三十年〔註1〕。

黃彰健先生引《通典・卷一三》曰：

> 獻帝建安中，侍中鮑衡奏：按：〈王制〉立大學小學，……故能致刑措之盛，立太平之化。……今學博士並設，表章而無所教授。兵戎未戢，人並在公，而學者少。可聽公卿二千石子弟在家，及將校子弟見爲郎舍人，皆可聽詣博士受業。其高才秀達，學通一藝，太常爲作品式。從之〔註2〕。

王氏之說與《通典》鮑衡之奏不符。但由於時局混亂，「兵戎未戢，人並在公，而學者少」，亦可知漢末經學確已十分寥落。《三國志・魏志・卷一三》裴松之注引魚豢《魏略》云：

> 正始中，有詔議圜丘，普延學士。是時郎官及司徒領吏二萬餘人，雖復分佈，見在京師者尚且萬人，而應詔與議者，略無幾人。又是時朝堂公卿以下，四百餘人，其能操筆者未有十人，多皆相從飽食而退。

此去漢靈帝熹平四年（公元 175），《熹平石經》立於太學，僅七十年；離一代經學

〔註1〕王國維《觀堂集林・卷四・漢魏博士考》。《王觀堂先生全集》，冊一，頁171，文華，民國57年 。

〔註2〕黃彰健《經今古文學問題新論》，頁445，《中研院史語所專刊》七九。今按：《通典・卷十三》無黃先生所引鮑衡奏章，殆誤標出處。

大師鄭玄之死（公元 200），亦不過四五十載。東漢末年，以及魏、晉時期，經學由昔日極盛之景況迅速中衰，究其原因與歷史背景，約有如下數端：

一、經學極盛而衰之必然規律

兩漢四百多年，經師輩出，今文、古文各放異彩，至鄭玄，而「括囊大典，網羅眾家；刪裁繁蕪，刊改漏失；自是學者略知所歸〔註3〕。」可謂集今、古文之大成，兩漢經學，臻於登峰造極之境。「於是《鄭易注》行，而施、孟、梁丘、京之《易》不行矣；《鄭書注》行，而歐陽、大小夏侯之《書》不行矣；《鄭詩箋》行，而魯、齊、韓之《詩》不行矣；《鄭禮注》行，而大小戴之《禮》不行矣；《鄭論語》行，而齊、魯《論語》不行矣〔註4〕。」李威熊先生曰：

> 任何事情，由發生一直到過了高原期以後，勢必會走下坡。……兩漢四百多年間，出了不少的經學大師，在他們的努力下，給經學建立了崇高的地位。但事窮則變，經學過了此期，在傳注的工夫上可說是成了強弩之末，開始慢慢走向衰境〔註5〕。

二、漢末黨錮之禍打擊學術界

東漢光武帝提倡經學，表彰氣節，頗能造就貞烈之士。然中葉以降，政治逐漸腐敗，自命清流之學者於是起而抨擊宦官群小，衝突劇增。桓帝延熹九年（166 年），「司隸校尉李膺等二百餘人受誣為黨人，並坐下獄，書名王府。」靈帝建寧二年（169），「中常侍侯覽諷有司奏前司空虞放、太僕杜密……皆為鉤黨，下獄。死者百餘人，妻子徙邊。諸附從者，錮及五屬。制詔州郡，大舉鉤黨，於是天下豪傑及儒學行義者一切結為黨人。」熹平元年，又拘捕太學生一千餘人，熹平五年，再申黨禁。〔註6〕學界遭受嚴重打擊，學者飽受戕害，造成學術風氣低落不振。士族破落，使社會失去道德瞻依。

三、曹魏重法輕儒之風

東漢末年，曹操當權，於建安十年至廿二年之間，陸續下達「魏武三詔令」〔註7〕，聲明但求治術，不重名節，冀圖以「循名責實」之法家精神建立其新政權。曹操〈舉士令〉曰：

〔註3〕見范曄《後漢書·卷六五》，〈鄭玄傳·論〉。
〔註4〕皮錫瑞《經學歷史》，頁149，漢京出版。
〔註5〕《中國經學發展史論》，頁201，文史哲出版社。
〔註6〕《後漢書》卷七、卷八，〈桓、靈本紀〉，及卷九七，〈黨錮列傳〉。
〔註7〕傅樂成主編、鄒紀萬著《中國通史——魏晉南北朝》，頁22、頁104，眾文圖書公司。

夫有行之士，未必能進取；進取之士，未必能有行也。

曹丕〈與吳質書〉云：

觀古今文人，類不護細行，鮮能以名節自立。

此皆不合儒家思想。因缺乏一高層次之政治理想，以致曹魏一代無忠貞守節之士，群臣競尚功利。曹操以「權術」自喜，刻薄寡恩，其子孫承之，尤以「苛待皇族」著名。其「禁防壅隔，同於囹圄」，以致骨肉悲哀，欲降身爲布衣而不能得。〔註8〕

傅玄〈舉清遠疏〉曰：

近者魏武好法術，而天下貴刑名；魏文慕通達（原作遠），而天下賤守節。

其後綱維不攝，而虛無放誕之論，盈於朝野。〔註9〕

魚豢《儒宗傳·序》曰：

從初平之元至建安之末，天下分崩，人懷苟且，綱紀既衰，儒道尤甚。

〔註10〕

魏董昭上疏云：

竊見當今年少，不復以學問爲本，專更以交游爲業。國士不以孝弟清修爲首，乃以趨勢游利爲先。〔註11〕

杜恕上疏曰：

今之學者，師商、韓而尚法術，競以儒家爲迂闊，不周世用，此則風俗之流弊。〔註12〕

四、政局混亂與恐怖

東漢黨錮之禍造成社會不安，已見前述。此外，外戚宦官爭權奪利，兼併土地，壓榨百姓；水利不修，水旱連年，使民眾陷入饑餓流亡之絕境，終於爆發黃巾之亂。董卓、曹操舉兵，各地軍閥互相攻伐，形成三國混亂之局。及至晉朝，賈后干政、八王之亂、永嘉之禍、五胡亂華接踵而來。造成中國史上空前之人口流動及死亡、土地荒蕪、生產凋敝之景象。

東晉劉裕北伐之前〔註13〕，佔據中原之胡族國家四分五裂，爭戰、掠奪、殘殺

〔註8〕同註7，頁23。

〔註9〕《傅玄集·舉清遠疏》，見《漢魏六朝百三家集·卷三九》，頁27。《四庫全書薈要》，冊四六九，世界出版。

〔註10〕魚豢《魏略》輯本，卷十六，頁1，〈儒宗傳〉。《三國志·附編》，頁65，鼎文，民國75年三版。

〔註11〕《三國志·卷十四·魏志董昭傳》。

〔註12〕《三國志·卷十六·魏志杜畿傳》，杜恕乃杜畿之子。

〔註13〕劉裕兩次北伐，一在義熙六年（公元410年），一在義熙十二年（公元416年）。

不斷，形同人間鬼域，史書謂「百姓死幾絕」、「關中人皆流散，道路斷絕，千里無煙」，殘破至極〔註14〕。

戰亂篡奪之環境下，文人動輒得咎，命如雞犬，如孔融、禰衡、楊修、丁儀、丁廙、何宴、嵇康、張華、石崇、陸機、陸雲、潘岳、劉琨、郭璞相繼遇害。使人心漸趨於厭世與消極，學風轉向無為而治、超世絕俗之道家、黃老思想；而講究積極經世之儒家學說，於焉中衰。

五、清談與玄學盛行

清談是拋開現實，專尚理辯之談論。清談淵源於東漢大學中之清議，東漢學者叢聚，相互品題，激揚名聲，自必兼顧談吐與言論措辭、音節之美妙。《三國・魏志・武帝紀》注引張璠《漢記》鄭泰談董卓云：「孔公緒能清談高論，噓枯吹生。」李賢注《後漢書・鄭泰傳》曰：「枯者，噓之使生；生者，吹之使枯。」言談論有所抑揚也，亦即臧否人物之意。《抱朴子・疾謬篇》提及清談者三條：

「不聞清談論道之言，專以醜辭嘲弄為先。」

「雖不能三思而後吐清談，猶可息謔調以防禍萌也。」

「俗閒有戲婦之法……或清談所不能禁……。」

在此，「清談論道」與「醜辭嘲弄」為對比，可見《抱朴子》之所謂清談，是一種非常嚴肅之學問；因《抱朴子》乃反對老莊玄虛之談最力者，故其所讚美之清談，自然與玄學無涉〔註15〕。

清議、清談之原貌略如上述。然自黨錮禍起，名士不敢明白抨擊時政，於是談論之風遂由評論時事、臧否人物變為脫離實際而趨於抽象事物之探討。政治腐敗、戰爭不斷、社會混亂、民生疾苦，而東漢繁瑣之訓詁考據學已無義理可言，曹操重法術、用人唯才之主張，在在迫使儒學走入窮極必變之境地。輕訓詁、重義理，乃成為學術之主流。魏正始年間，王弼、何晏出而提倡玄理虛勝之言，祖述《老》《莊》，參以《周易》，通稱「三玄」，為清談之主要內容。故就內容所代表之意義而言，此時之清談即玄學；就形式而言，則清談為名士生活間盛行之一種風氣。東晉以降，佛學亦滲入清談之領域中。清談之風對政治之影響，是苟且偷安，不務實際；對社會之影響，是造成消極頹廢之人生觀；對學術之影響，則認《六經》為蕪穢，以仁義為臭腐，所謂教育，實非人性之自然要求，《六經》亦非人生必然之準則。嵇康之〈難自然好學論〉，曰：

〔註14〕傅樂成主編、鄒紀萬著《中國通史——魏晉南北朝》，頁63，眾文圖書公司。
〔註15〕鄔士元著《中國學術思想史》，頁270，里仁書局。

故吾子謂《六經》爲太陽，不學爲長夜耳！今若以講堂爲丙舍，以諷誦爲鬼語，以《六經》爲蕪穢，以仁義爲臭腐；睹文籍則曰嚔，修揖讓則變傴，襲章服則轉筋，譚禮典則齒齬；於是兼而棄之，與萬物爲更始，則吾子雖好學不倦，猶將闕焉！則向之不學，未必爲長夜，《六經》未必爲太陽也。

此玄論派之清談也。此外，另有才性名理派之清談，則主張尊儒崇學，應另當別論〔註16〕。

清談與玄學之風對經學亦有補裨之處，使學者改變治經之態度，從漢儒之偏重訓詁考據，一變而爲自由申述義理之學，另闢經學新途徑。

六、唯美文風之負面作用

兩漢以經學爲重，文學處於次要地位，實則，文學觀念尚未成熟。至魏晉六朝，文學理論逐漸成熟，文學與經、子始分道揚鑣。魏晉文章，漸有駢儷體裁，講究技巧；至南北朝，而唯美文風極盛。文人既專意於詞章華藻，經學成績自然無法與文學相埒。

第二節　魏晉《詩經》學概況

一、有關經學博士之制度與兩漢不同

《三國志·魏書·杜畿傳》裴注引《魏略·儒宗傳》云：

樂詳，字文載。……黃初中，徵拜博士。於時太學初立，有博士十餘人。學多褊狹，又不熟悉，略不親教，備員而已；惟詳五業並授。

又《魏書·高堂隆傳》：

景初中（公元237～239年），（魏明）帝以蘇林、秦靜等並老，恐無能傳業者，乃詔……科郎吏高才解經義者三十人，從光祿勳隆、散騎常侍林、博士靜，分受四經三禮。主者具爲設課試之法。

可知當時博士，每人所授，不止一經。所謂「有博士十餘人，學多褊狹」，當指今文經學博士〔註17〕。

魏、西晉時，鄭學與王肅之學並行，而東晉（元帝）立博士九人，置《周易》王氏、《尚書》鄭氏、《古文尚書》孔氏、《毛詩》鄭氏、《周官》鄭氏、《禮記》鄭氏、

〔註16〕晉朝傅玄、裴頠、袁瓌、范甯皆屬才性名理派之清談者，見鄺士元《中國學術思想史》，頁280。

〔註17〕黃彰健著《經今古文學問題新論》，頁448，《中研院史語所專刊》七九。

《春秋左傳》杜氏、服氏、《論語》、《孝經》鄭氏博士各一人，僅立鄭注，而無王肅注，因王肅竄改《孔子家語》，作《聖證論》以譏短鄭玄，不獲學者同情，是以王學浸衰。黃彰健先生曰：

> 魏、晉博士十九人，……並不規定一經一家一博士。東晉元帝時，立博士九人，一經一家一博士，《論語》《孝經》合置一博士，這是東晉偏安時臨時所定。其後增為「博士十六人，不分掌《五經》」，則係恢復魏、晉初年博士制度，惟員額少三人而已。

> 由於不分掌《五經》，博士可就自己所長予以講授，而不需守家法。這與東漢時博士講授需依家法不同〔註18〕。

二、今文經學衰退，古文經學縣延不絕

王國維撰〈漢魏博士考〉，曰：

> 自董卓之亂，京洛為墟，……今文學日微，而民間古文之學乃日興月盛，逮魏初，復立太學博士，已無復昔人；其所以傳授課試者，亦絕非曩時之學，……魏時所立諸經，已非漢代之今文學，而為賈、馬、鄭、王之古文學矣。

又曰：

> 魏之時，……十九博士中，惟《禮記》、《公》、《穀》三家為今學，餘皆古學，……齊、魯、韓之《詩》……皆廢於此數十年之間；不待永嘉之亂，而其亡可決矣。學術變遷之在上者，莫劇於三國之際，而自來無能質言之者〔註19〕。

皮錫瑞曰：

> 晉所立博士，無一為漢十四博士所傳者，而今文之師法遂絕〔註20〕。

《隋書·經籍志》曰：

> 《齊詩》魏代已亡，《魯詩》亡於西晉，《韓詩》雖存，無傳之者。

黃彰健先生曰：

> 在黃初五年，立太學於洛陽，定制博士十九人，其時博士「學多褊狹」，則其時今文經學並未廢於學官，亦正因其時無博士一經一家一人之硬性規定，亦正因其時古文經學盛行，故博士弟子研習今文經學者少，故當永嘉之亂，今文諸家之書遂亡；即不亡，亦「有書無師」，或「殆無師說」。這

〔註18〕同註17，頁467。
〔註19〕王國維《觀堂集林》卷四，頁12～13。河洛，民國64年。
〔註20〕《經學歷史》，頁160，漢京出版。

完全是今古文經學俱立於學官，自由競爭之結果〔註21〕。

又曰：

> 由於就立於學官的經注自由講授，不限定遵依家法，故今文經學，遂因年
> 久，講授傳習者稀，經亂而散失不傳，或有書無師。這也是由於魏晉博士
> 制度與東漢博士制度不同使然。而魏晉博士制度與東漢博士制度不同，此
> 則由魏晉時人尊重古文經學所致〔註22〕。

三、學術重鎮轉移

自漢末，學校制度廢弛，博士傳授之風止息，學術之傳，遂以門第、家族爲中
心。馬宗霍曰：

> 兩漢經學之盛，初本皆在官學，官學掌之博士，博士傳之太學諸生。及桓
> 靈之間，黨議禍起，太學首罹其難，……官學之徒，一時幾盡。……從初
> 平之元，至建安之末，天下分崩，人懷苟且，綱紀既衰，儒道尤甚；於是
> 學乃不在朝而在野，教乃不在官而在師。先是鄭玄亦坐黨錮，教授不輟，
> 弟子數百人。訖黨禁解，而玄已年近六十，最爲大師〔註23〕。

降至三國，孫吳朝廷並非眞正獎掖學術，《會稽典錄》曰：

> （盛）憲素有高名，策深忌之。初，憲與少府孔融善，融憂其不免禍，乃
> 與曹公書曰：……由是徵爲騎都尉，制命未至，果爲權所害，子匡奔魏〔註
> 24〕。

〈張昭傳〉曰：

> 昭忿言之不用，稱疾不朝。權恨之，土塞其門。昭又於內以土封之。……
> 權因出過其門，呼昭，昭辭疾篤；權燒其門，欲以恐之，昭更閉戶，權使
> 人滅火〔註25〕。

曹魏屢發興學重儒之令〔註26〕，然口是心非，不過虛應故事而已。

〔註21〕同註17，頁459。

〔註22〕同註17，頁467。

〔註23〕《中國經學史》，頁61，商務印書館。

〔註24〕《三國志・卷五一・孫韶傳》裴注引《會稽典錄》。

〔註25〕同上，卷五二。

〔註26〕建安八年，曹操下令曰：「喪亂以來，十有五年，後生者不見仁義禮讓之風，吾甚傷
之。其令郡國各修文學，（按：此「文學」指經術，與「文章」有別）……庶幾先王
之道不廢，而有以益於天下。」（《三國志・卷一・武紀》）曹丕即位，改元黃初，即
開太學，招生徒，魚豢《魏略》云：「黃初元年之後，新主乃復始掃除太學之灰炭，
補舊石碑之缺壞，備博士之員錄，依漢甲乙以考課，申告州郡，有欲學者，皆遣詣
太學；太學始開，有弟子數百人。」（《三國志・卷一三・王肅傳》裴注引《魏略》）。

樂詳，字文載。……黃初中，徵拜博士。於時太學初立，有博士十餘人，……略不親教，備員而已〔註27〕。

太學始開，有弟子數百人。至太和、青龍中，中外多事，人懷避就，雖性非解學，多求請太學；太學生有千數，而諸博士粗疏，無以教弟子，弟子亦避役，竟無能學習，冬去春來，歲歲如是〔註28〕。

董昭上《疏》云：

竊見當今年少，不復以學問爲本，專更以交游爲業；國士不以孝悌清修爲首，乃以趨勢游利爲先〔註29〕。

正始中，劉靖上《疏》云：

自黃初以來，崇立太學二十餘年，而寡有成者，蓋由博士選輕，諸生避役，高門子弟，恥非其倫；故爲學者，雖有其名，而無其人，雖設其教，而無其功〔註30〕。

陳寅恪曰：

……一爲自漢末亂後，魏世京邑太學博士傳授學業之制，徒爲具文，學術中心已不在京邑公立之學校矣。二爲當東漢末，中原紛亂，而能保持章句之儒業，講學著書，如周生烈、賈洪、薛夏、隗禧之流，俱關隴區域之人，則中原章句之儒業，自此之後，還逐漸向西北轉移，其事深可注意也〔註31〕。

故所謂學術重鎮之轉移，一則中央官學形同虛設，學術傳遞之重責大任多由私家講學肩負。二則因中原地區，戰亂頻仍，或王室崇儒不力，是以儒者四處遷徙〔註32〕，

太和二年，明帝下詔曰：「尊儒、貴學，王教之本也。……其高選博士，才任侍中、常侍者，申敕郡國，貢士以經學爲先。」（《三國志·卷三·明帝紀》）太和四年，又詔曰：「兵亂以來，經學廢絕，……其郎吏學通一經，才任牧民，博士課試，擢其高第者，亟用。其浮華不務道本者，皆罷退之。」（《三國志·卷三·明帝紀》）

〔註27〕《三國志·卷十六·杜畿傳》裴注引《魏略·儒宗傳》。
〔註28〕《三國志·卷十三·王肅傳》裴注引《魏略》。
〔註29〕同註11。
〔註30〕《三國志·卷十五·劉馥傳》。
〔註31〕《陳寅恪先生論文集》，頁19，〈隋唐制度淵源略論稿〉，三人行出版社，民國63年。
〔註32〕汪惠敏〈三國時代之經學〉曰：
由於戰亂而轉徙四方者，大抵可分如下數地區：
一、或北走幽、冀，或遠渡遼東。
二、或入河西、涼州。
三、西入巴蜀、漢中。
四、或南渡江左，或入揚州。
五、或入荊州，或下交阯。

「除蜀之外，魏、吳二國之學術中心，皆不在京師，而在州郡」〔註33〕

四、北學、南學漸有分野

湯錫予先生《魏晉玄學論稿》曰：

> 魏晉時代，思想界頗為複雜，表面上好像沒有甚麼確切的「路數」，但是，
> 我們大體上仍然可以看出其中有兩個方向，或兩種趨勢：即一方面是守舊
> 的，另一方面是趨新的。前者以漢代主要學說的中心思想為根據，後者便
> 是魏晉新學。……新學就是通常所謂「玄學」。當時「舊學」的人們，或
> 自稱儒道。……新學則用《老》《莊》的「虛無之論」作基礎，……漢朝
> 末年，中原大亂，上層社會的人士，多有避難南來，比較偏於保守的人們
> 大概仍留居在北方。所以新學最盛的地方，在荊州和江東一帶；至於關中、
> 洛陽乃至燕齊各處，仍是舊學佔優勢的地方。〔註34〕

自永嘉之禍發生，東晉偏安，北方由胡人割據，史稱十六國時期。此期中，一則由
於胡族缺乏統治中國之經驗，並意圖消滅漢人反胡心理，於是必須借重漢族之知識
分子鞏固其政權：後趙石勒重用張賓，前秦苻堅尊崇王猛，即其顯例。碩學名儒與
高門士族皆是胡族政權籠絡之對象，後趙、前秦、後燕皆明令予以士族免役與仕進
之特權，石勒曾將漢族衣冠人物集為「君子營」，特加保護，並頒布「不得侮易衣冠
華族」之令〔註35〕。二則由於中國文化雍容平和之精神、衣冠文物之盛，使胡人產
生欽仰之心，故皆提倡禮教，酷愛儒學〔註36〕。馬宗霍《中國經學史》曰：

> 考《晉書》載記，劉曜立太學於長樂宮東，小學於未央宮西，簡百姓年廿
> 五以下十三以上、神志可教者千五百人，選朝賢宿儒明經篤學以教之。……
> 石勒在襄國立太學……又以裴憲、傅暢、杜嘏領經學祭酒，勒親臨大小學，
> 考諸生經義，立秀孝試經之制；既稱帝，命郡國立學官，……石季龍又令
> 諸郡國立《五經》博士，……又遣國子博士詣洛陽寫石經，校中經于祕
> 書。……慕容廆以平原劉讚儒學該通，引為東庠祭酒，命世子皝率國胄束
> 脩受業；皝尚經學，及即位，立東庠于舊宮，學徒甚盛，至千餘人，復親
> 臨考試學生。……苻堅廣修學宮，……親臨太學，考學生經義優劣，品而
> 第之，問難《五經》博士，禁《老》《莊》圖讖之學。……韋逞母宋氏，家
> 世以儒學稱，……傳其父業，得《周官音義》，……就宋氏家立講堂，置生

〔註33〕汪惠敏著〈三國時代之經學・結論〉。《輔仁學誌》（文學院之部）九期，頁291。
〔註34〕《魏晉玄學論稿》，頁132，〈魏晉思想的發展〉，盧山出版社。
〔註35〕同註7，頁128。
〔註36〕李威熊著《中國經學發展史論》，頁234，文史哲出版社。

員百二十人,《周官》學復行于世。姚萇立太學,下書令留臺諸鎮各置學官,勿有所廢。姚興時,天水姜龕、東平淳于歧、馮翊郭高等,皆耆儒碩德、經明行修,各門徒數百;教授長安,諸生自遠而至者萬數千人,……興敕關尉曰:諸生諮訪道藝,往來出入,勿拘常限,于是學者咸勸,儒風盛焉。……乃至馮跋據燕,規模已隘,亦營建太學,……禿髮據涼,祚爲尤促……:亦建立學官,簡公卿以下子弟及二品士門二百人爲太學生。〔註37〕

馬氏又曰:

如石趙之寫石經,符秦之禁《老》《莊》,則知微尚所契,猶在漢學,玄虛之習,無自而染,僞託之書,不得而亂也。其後,南學、北學各異其趣,蓋已肇端於此時矣。(同前)

自東晉元帝立博士九人,用鄭玄,摒王肅,而後無論南學、北學,《詩經》皆宗毛、鄭。《詩經》既非三玄之一,又一統於毛、鄭,似乎南、北學之分野與《詩經》全不相干;實則不然,研究風氣已因地域之或南或北而有差。汪惠敏曰:

魏晉之時,玄學思想興盛,清談流行……除《老》、《莊》、《易》時謂之三玄……其餘經書,多未染玄風;然時代風尚,其影響於經說者,蓋重於義理之發揮,適足以補訓詁之弊,可謂予經學以新生力,而經學亦得以更上層樓〔註38〕。

五、鄭、王學派爭執

王肅字子雍,東海郯人,王朗之長子,生於漢獻帝興平二年(公元195年),卒於魏高貴鄉公甘露元年(公元256年),享年六十二。嘉平初,爲光祿勳,徙河南尹。後遷中領軍,加散騎常侍,卒後追贈〈衛〉將軍,諡曰景侯。

《三國志‧魏志‧本傳》云:「肅善賈、馬之學,而不好鄭氏,采會同異,爲《尚書》、《詩》、《論語》、《三禮》、《左氏解》,及撰定父朗所作《易傳》,皆列於學官。」其著作著錄於《隋書‧經籍志》及侯康《補三國藝文志》者,計二十餘種;《詩經》方面,有:《毛詩注》二十卷、《毛詩義駁》八卷、《毛詩奏事》一卷、《毛詩問難》二卷,以申毛駁鄭,今皆佚,惟存清人所輯之殘卷。

漢朝今、古文之爭,至此變爲鄭、王之爭。王肅之女適司馬〈文王〉,即文明皇后,生晉武帝司馬炎,政治影響學術,勢所難免。王肅所撰《尚書》、《詩》、《論語》、《三禮》、《左氏解》,及其父朗所作《易傳》,魏時皆列於學官,王學形成一股極大

〔註37〕馬宗霍著《中國經學史》,頁70,商務印書館。
〔註38〕汪惠敏著《南北朝經學初探》,頁52。嘉新水泥基金會出版,民國68年。

之勢力；然鄭學素已根基穩固，未可輕易駁倒。

　　王肅集《聖證論》以譏短鄭玄，孫叔然則駁而釋之；肅改易鄭玄舊說，而王基作《毛詩駁》，以申鄭難王。晉孫毓作《毛詩異同評》，黨於王；陳統作《難孫氏詩評》，又申鄭義。蜀李譔治《詩》，「皆依準賈、馬，異於鄭玄，與王氏殊隔，初不見其所述，而意歸多同。」〔註39〕

　　歐陽修引王肅釋〈衛風·擊鼓〉五章，謂鄭不如王〔註40〕。清胡承珙《毛詩後箋》、馬瑞辰《毛詩傳箋通釋》，間亦採擇王說。今考釋其佚文，知其言確有不可廢者。

　　茲略述王肅《詩經》學如下：

（一）毀譽參半

　　王肅詩學，似乎以攻鄭為目的，其於《孔子家語·序》云：「鄭氏學行五十年矣，是以奪而易之」，可見其用心。既欲奪鄭玄之席，恐不相勝，乃偽造《孔子家語》、《孔叢子》以為其《聖證論》之根據，此固難辭其咎者也。陳澧《東塾讀書記》曰：「肅之病，在有意奪易，此其心術不端；雖有學問，徒足以濟其奸耳。」姚姬傳《儀鄭堂記》曰：「學者由是習為輕薄。自鄭、王異術，而風俗人心之厚薄以分。」此悠關治學態度，失足之憾，足為學者戒。本田成之曰：

> 趙宋傑出的學者出，後來的元明諸儒，悉不能脫其範圍；同樣，三國時代，大體不過是追隨前後漢諸儒的，……王肅、何晏、王弼例外，在某種意味上，是不為兩漢所囚的，寧說對於六朝以後的學問思想界開一新方向的人物〔註41〕。

酈士元曰：

> 假令王肅祖述鄭玄，恰如元明諸儒宋儒之說作纂疏，愈是成為沒有生命的學術，同樣，鄭學反而更衰是無疑的。王肅所以出詭曲的異說，是由易代革命不得已，與個性敏銳，不堪立於人下所致。……啟示自由研究的風氣，實後來經學上偉大的功績〔註42〕。

（二）解詩兼採古、今文

　　今古文家法，自馬、鄭之後已混而難分，鄭、王注《詩》，皆不為今、古文所拘限；古文是則取古文，今文是則取今文。如〈小雅·雨無正〉：「淪胥以鋪」，《鄭箋》：

〔註39〕《三國志·卷四二·李譔傳》。

〔註40〕見歐陽修著《詩本義·卷二》，頁9，《通志堂經解本》。

〔註41〕本田成之《中國經學史》，頁185，古亭書屋。

〔註42〕《中國學術思想史》，頁142，里仁書局。

「胥，相；鋪，偏也。」王肅曰：「鋪，病也」，即從今文《韓詩》說〔註43〕。《詩·大雅·生民》：「厥初生民，時維姜嫄。生民如何？克禋克祀，以弗無子。履帝武敏，歆，攸介攸止，載震載夙，載生載育，時維后稷。」《鄭箋》依今文說，以爲后稷無父感天而生，云：

> 「祀郊禖之時，時有大神之跡，姜嫄履之，足不能滿。履其拇指之處，心體歆歆然，其左右所止住，如有人道感己者也。於是遂有身，而肅戒不復御。後則生子而養，名之曰棄。」

王肅從《毛詩》古文說，以后稷爲帝嚳之子，而反對感生說，其言曰：

> 帝嚳有四妃，上妃姜嫄，生后稷。……帝嚳崩後，十月而后稷生，蓋遺腹也。雖爲天所安，然寡居而生子，爲眾所疑，不可申說。姜嫄知后稷之神奇，必不可害，故棄之以著其神，因以自明。」

（三）鄭信讖緯，王退妖妄

《隋書·經籍志》曰：

> 王莽好符命，光武以圖讖興，遂行於世。漢世又詔東平王蒼正《五經》章句，皆命從讖；俗儒趨時，益爲其學；篇卷第目，轉加增廣。言《五經》者，皆憑讖爲說；唯孔安國、毛公、王璜、賈逵之徒獨非之，相承以爲妖妄，亂中興之典。故因漢魯恭王、河間獻王所得古文，參而考之，以成其義；謂之古學。當世之儒又非毀之，竟不得行。魏代王肅推引古學，以難其義；王弼、杜預從而明之，自是古學稍立。

漢朝《五經》章句已參雜讖緯，大師鄭玄亦不能免。前述〈大雅·生民〉一例，《毛傳》、《王注》皆反對無父感生說，與《鄭箋》不同，毛、王二氏殆以爲「妖妄之說」一概不可信。試再舉一例：〈商頌·玄鳥〉：「天命玄鳥，降而生商」。《毛傳》曰：

> 玄鳥，鳦也。春分，玄鳥降。湯之先祖有娀氏女簡狄，配高辛氏帝。帝率與之祈於郊禖而生契。故本其爲天所命，以玄鳥至而生焉。

《鄭箋》於此不從《毛傳》，改從三家，其言曰：

> 降，下也。天使鳦下而生商者，謂鳦遺卵，有娀氏之女簡狄吞之，而生契。

據此，似可將毛、王二氏與鄭玄區分爲退妖妄、信讖緯二種。實則，《鄭箋》勝毛、王，理由如下：

1、「無父感生」說、「簡狄吞鳦卵生契」說，其來有自，應是源自上古之神話，非鄭玄曲解詩義，只毛、王二氏不之信耳。《史記·殷本紀》記載商之始祖契：「母曰

簡狄，有娀氏之女，爲帝嚳次妃，三人行浴，見〈玄鳥〉墮其卵，簡狄取吞之，因孕生契。」

2、上古民智未開，謠傳易售，詩人載之篇章，正是「迷信」之痕跡。

3、此「妖妄」之傳言，正迎合王者之心態，王者樂於宣揚之。因君權神授之說亟需證據，方可取信於民，進而使民心不敢蠢動。然證據不易從王者本身覓得，故徒託空言，神化其祖先；如此一來，王者便能自異於天下百姓，而人民稱臣矣。

4、古代，一民族之興起，常有此類傳說。如蒙古之始祖，傳說寡婦夢金色神人而有身；滿洲之始祖，則爲天女吞朱果而孕〔註44〕。《禮緯》亦曰：「禹母脩己吞薏苡而生禹，因姓姒氏。」皆可旁證。

5、〈大雅·生民篇〉，王肅之說自相矛盾。既欲退妖妄，然其言曰：「姜嫄知后稷之神奇，必不可害，故棄之以著其神，因以自明。」較之《鄭箋》，值五十步笑百步耳。

6、鄭玄之解說正符合《孟子》「知人論世」之主張。

（四）鄭依禮制，王本人情

王應麟《困學紀聞》曰：「鄭學長於禮，以禮訓詩，是案跡而議情性也〔註45〕。」《詩》《禮》互爲表裡，《鄭箋》多能發揮其長處，然亦有泥禮過度，以致不惜改字之例，如〈邶風·綠衣〉：「綠兮衣兮，綠衣黃裡。」《毛詩正義》引王注曰：「夫人正嫡而幽微，妾不正而尊顯是也。」《鄭箋》改「綠」爲「緣」，曰：

> 緣兮衣兮者，言緣衣自有禮制也。諸侯夫人祭服之下，鞠衣爲上，展衣次之，緣衣次之。次之者，眾妾亦以貴賤之等服之，鞠衣黃，展衣白，緣衣黑，皆以素紗爲裡；今緣衣反以黃爲裡，非其禮制也。故以喻妾上僭。

此王說得之，「綠」字不必改。

（五）王氏翼《傳》有功

簡博賢先生曰：「鄭氏箋《詩》，多以三家易毛。陳喬樅著《毛詩鄭箋改字說》四卷，考得一百二十二條，皆以三家今文改毛之古文也。子雍述毛，故凡《箋》之所改，必據毛與奪。毛氏古義篡亂於三家，而釐然可徵者，子雍翼《傳》之功也〔註46〕。」

（六）對於《詩序》與「興」之見解與鄭同

王肅信從《詩序》，一如鄭玄。有關《詩序》之作者，《經典釋文》引沈重曰：

〔註44〕戴君仁〈兩漢經學思想的變遷──《詩經》部分〉《孔孟學報》十八期，頁59。
〔註45〕《困學紀聞》卷三，頁5，《四部叢刊續編》，商務。
〔註46〕見簡博賢著〈王肅詩學及其難鄭大義〉，《孔孟學報》三八期，頁131。

按鄭《詩譜》意，〈大序〉是子夏作，《小序》是子夏、毛公合作。卜商意
有不盡，毛更足成之。

然今存《鄭譜》並無子夏、毛公合作《詩序》之意，沈重臆測之言不可信。鄭玄主
張《詩序》是子夏所作，《詩·常棣》疏引《鄭志》曰：「此《序》子夏所爲，親受
聖人。」王氏亦然，其言曰：「子夏所序詩，即今《毛詩序》也。」（家語注）

至於六義之「興」，鄭玄、王肅亦有一致之解釋，興乃隱喻，朱子及後人失察耳，
茲不贅。

六、《詩經》學家舉例

（一）魏

王肅：（已見前述）。

隗禧：字子牙，京兆人，治齊、魯、韓、毛四家義。〔註47〕

王基：子伯興，東萊曲城人，著《毛詩駁》五卷，持玄議，與王肅抗衡。

（二）蜀

杜瓊：字伯瑜，成都人。著《韓詩章句》十餘萬言。（《三國志》卷四二）

許慈：字仁篤，南陽人，善《毛詩》鄭氏學。（同上）

李譔：字欽仲，梓潼涪人。治《毛詩》，依準賈馬，異於鄭玄，多與王肅同。（同
上）姚振宗《補三國藝文志》著錄其《毛詩注》，亡佚。

（三）吳

諸葛瑾：字子瑜，琅琊陽都人。治《毛詩》。（《三國志·卷五二》裴注引《吳書》）

張紘：字子綱，廣陵人，學《韓詩》。（《三國志·卷五三》裴注引《吳書》）

韋昭、朱育：韋昭字弘嗣，吳郡雲陽人；朱育，山陰人。合著《毛詩答雜問》
七卷。

（四）晉

孫毓：字仲，泰山人，著《毛詩異同評》一〇卷。本書辨析毛、鄭、王三家異
同，屬申王派。

陳統：字元六，著《難孫氏毛詩評》四卷，屬申鄭派。

陸璣：字元恪，與詩人陸機（字士衡）並非同一人。著《毛詩草木鳥獸蟲魚疏》
二卷，以釋《毛傳》之名物爲主，是《毛詩》博物學派之開端；後世所
謂辨證名物派，如宋蔡卞《毛詩名物解》、清俞樾《詩名物證古》，皆受
其影響。

〔註47〕《三國志·卷十三·王肅傳》裴注引《魏略》。

第五章 南北朝《詩經》學

南北朝承魏、晉以來混亂之局面，戰事頻傳，社會動盪不安；如梁朝侯景之亂，死傷極為慘烈，台城男女十餘萬口、甲士二萬餘盡遭屠戮，史稱「橫屍滿路」、「爛汁滿溝」，絢爛之健康名城，化為一片廢墟。

此期之政治，可謂混亂而衰弱，然其學術卻能蓬勃發展；據錢穆先生之統計，此時代經、史、子、集著作之數量，超乎其前、後代〔註1〕。尤須注意者，其學術實居承先啟後之地位，經學亦不例外。

有關南北朝之經學環境與《詩經》學之概況，舉述如后：

第一節　各種文體欣欣向榮，使經學旁落一隅

由於語言技巧與聲律觀念之進步，又逢形式主義抬頭、文學理論建立……使南北朝之學術繁榮發展。

蕭統《昭明文選》辨別經史諸子與文學之差異，採錄「其讚論之綜緝辭采，序述之錯比文華，事出於沈思，義歸乎翰藻」之文，不僅樹立選文之里程碑，而偏重形式技巧、華藻辭采之文風亦蒙受莫大之鼓舞。昔日漢賦，至此發展為俳賦。沈約四聲八病之說，創為永明體。昔日詩歌，多是全篇一韻，沈約諸人，變為兩句、四句或八句換韻，於平仄、音調，日趨講究。詩中長短句雜用之體裁，亦在此時以「有規律」之長短體出現，如同詞體之雛形。又有小詩興起，與唐人絕句相類。此外，講究韻律與對偶之律體，逐漸形成，為唐詩之先聲。

謝靈運、謝朓、酈道元……則促使山水文學蔚然興起。南朝荒淫無度之宮廷、

〔註1〕錢穆著〈略論魏晉南北朝學術文化與當時門第之關係〉，《新亞學報》五卷二期。

貴族生活，當然產生無數色情文學。

由於文學觀念日益明晰、文學形式日漸講求，文學批評之著作乃應運而生，劉勰《文心雕龍》、鍾嶸《詩品》為當日文學批評之尤著者。

清談類、志怪類之小說頗能反映此一時代現況；前者記述士大夫之生活言行，如宋劉義慶之《世說新語》，後者伴隨宗教之流行而昌盛。

各種文體宛如百花齊放，於是，經學幾為形式主義之洪流所吞沒。例如朝廷所選派往來南北之使臣，齊有斐昭明、蕭琛、范縝、范雲；梁有劉潛、徐陵、沈炯、諸葛穎、顏之推、蕭愨、劉璠、蕭撝、蕭圓肅、庾信、蕭大圜、王褒、宗懍、裴政、庾季才、何妥、蕭吉；陳有毛喜、周弘正、江德藻、劉師知、傅縡、江總、許善心；後梁有蕭詧、蕭巋、蕭琮、劉臻、沈重、柳譬；北魏有李彪；東魏陽休之、李諧、盧元明、魏收。此諸人中，僅范縝與沈重以經學見長，其餘均以文學知名〔註 2〕，可見此時大勢之所趨。

第二節　南學、北學各有淵源、各具特色

南朝沿襲魏晉經學，一脈相承，受清談、玄風、佛學之影響，治經側重義理之發揮。北朝承繼東漢學風，說經著重章句訓詁，未染玄風。

王夫之謂永嘉亂後，經學傳統猶延一脈於河西〔註 3〕。陳寅恪《隋唐淵源略論稿》云：

> 西晉永嘉之亂，中原魏晉以降之文化轉移，保存於涼州（今甘肅省）一隅，至北魏取涼州，而河西文化遂輸入於魏。

又曰：

> 河隴一隅，所以經歷東漢末、西晉、北朝長久之亂世，而能保存漢代中原之學術者，不外前之所言家世與地域二點。易言之，即公立學校之淪廢，學術之中心移於家族；太學博士之傳授，變為家人父子之世業。……當中原擾亂，京、洛丘墟之時，苟邊隅之地尚能維持和平秩序，則家族之學術亦得藉以遺傳不墜。劉石紛亂之時，中原之地，悉為戰區，獨河西一隅，自前涼張氏以後，尚稱治安；故其本土世家之學術，既可保存，外來避亂之儒英，亦得就之傳授。……此河隴邊隅之地所以與北朝及隋唐文化學術

〔註 2〕汪惠敏《南北朝經學初探》頁 61，考諸史書本傳，謂李彪、劉璠、蕭大圜、何妥、周弘正、蕭巋等皆有經學著作；然諸人既以文學見長，經學或其餘事耳。
〔註 3〕王夫之《讀通鑑論》，卷十五，頁 497，〈劉宋文帝之十三〉，河洛，民國 65 年。

之全體有如是之密切關係。

魏晉混戰時代，河西一隅保存東漢中原學術，下開北朝經學。汪惠敏曰：

> 因河西地理上之獨立性，故雖屬漢廷直轄，而中原爭戰，鮮遭波及。……
> 漢末、西晉間，中原鼎沸，征戰連年，人民疲弊已極。黃河下流，連歲饑
> 饉，加以蝗害頻仍，人民流亡失所，斃於匪，死於饑者，不可勝數（《晉
> 書・卷三十・食貨志》）。繼之五胡亂華，兵戈不息，「人皆流散，道路斷
> 絕，千里無煙」（同上）。而此際之河西，史傳載長安歌謠云：「秦川中，
> 血沒腕，惟有涼州倚柱觀。」又稱「于時，天下喪亂，秦雍之民，死者十
> 有八、九，惟涼州獨全。」（《晉書・卷六八・張寔傳》）蓋有如世外之桃
> 源也〔註4〕。

又曰：

> 如張軌、李暠皆漢族世家，即以經學、文藝著稱（各見《晉書・本傳》），
> 張、李等先後出任涼州刺史，立學校，崇儒術，故漢之儒學得滋長於河西。
> 且河西由於地居東西要衝，爲貿易中心，西域諸國，皆詣涼土販貨，經由
> 商業之往還，胡族得與漢文化接觸。……北地質樸保守，較易墨守舊說，
> 故經學多採漢之章句，而師承漢之家法〔註5〕。

佛教盛行於北朝，然不與儒學之義理混雜。牟潤孫曰：

> （北魏）孝文重儒術而善談老莊，尤精釋義，並能講說。……然湯用彤謂
> 北方朝野上下之奉佛，仍首在建功德求福田饒益，與南朝之重在談義理者
> 異趣，是也。其時北土之儒生未習乎清談，使言名理，則格格不能入；引
> 之信佛，亦惟有以章句之傳統訓解釋典；其所以與僧徒契合者，蓋不在義
> 學，而在訓詁。因之，其所受於佛徒，移而治經者，亦祇爲章疏之學，取
> 沙門訓釋佛經名相義旨之法以解儒書之訓詁名物〔註6〕。

《南齊書・劉巘傳》云：「晉尙文章，故經學不純」。南朝治經，多承襲魏晉；而玄
談風氣，更勝往日，加以佛學流行、唯美文風如日中天；故其經學與北朝迥異。皮
錫瑞曰：

> 如皇侃之《論語義疏》，名物制度，略而弗講；多以《老》、《莊》之旨，
> 發爲駢儷之文，與漢人說經相去懸絕。此南朝經疏之僅存於今者，即此可

〔註4〕《南北朝經學初探》，頁1，〈前言〉。嘉新水泥基金會。
〔註5〕同註4。
〔註6〕牟潤孫著〈論儒釋兩家之講經與義疏〉，《新亞學報》四卷二期，頁353。

見一時風尚〔註7〕。

此言南朝經學受老、莊思想及駢儷文風之影響也。本田成之曰：

> 在南朝諸儒之間，玄學流行；只此，經學可說是不純粹了。北朝其所用的
> 經注，皆用兩漢之不雜《老》、《莊》趣味的；只此，可說有一種不染當時
> 風調的醇處。……皇侃底《論語義疏》，在中國雖佚，而獨傳於日本，……
> 其文駢儷整齊，當時底如何重文藻，可以知道。同時，又可據此以考知當
> 時底時代思潮哩！例如《論語》「季路問事鬼神」（〈先進〉），皇侃底《疏》：
> 「外教無三世之義，見乎此句也。周孔之教，唯說現在，不明過去未來」，
> 自以儒教爲外教。這因爲是《疏》，不是皇氏一家言，當時一般以佛教爲
> 內教，以儒教爲外教，很可明白了。講經書的儒者這樣說，所以世間一般
> 佛教怎樣旺盛，僅此語已昭然若揭了〔註8〕。

车潤孫曰：

> 梁武帝蓋以儒書與莊、老、涅槃等視之，……其所繼承而發揚者，實爲清
> 談家彙合儒、玄、釋爲一之傳統。《顏氏家訓・勉學篇》曰：「洎乎梁氏，
> 茲風復闡。《莊》、《老》、《周易》總謂三玄，武皇、簡文躬自講論」當爲
> 實錄〔註9〕。

又曰：

> 宋明帝置總明館，有儒、玄、文、史四科，……夫宋文帝立儒學館，以雷
> 次宗主之，無論次宗受業慧遠，爲儒釋兼修之士，即以儒玄同立館言，已
> 足見其非專崇儒。……宋齊兩代非無儒，無純一不雜之儒也。……梁武帝
> 所用以講學授徒之人物，與其自身大抵皆類似；以此而提倡儒學，其不能
> 一反清談玄學之風而納之於兩漢之舊軌，自爲必然者矣。陳氏之學，承自
> 梁代，儒林人物，均無異蕭梁〔註10〕。

顯然，南朝經學大受玄學、佛學影響。馬宗霍曰：

> 要之，南方水土和柔，兼被清談之風，其學多華。北方山川深厚，篤守重
> 遲之俗，其學多樸。華，故侈生新意；樸，故率由舊章〔註11〕。

潘師石禪亦曰：

〔註 7〕皮錫瑞《經學歷史》，頁 176，漢京出版。

〔註 8〕本田成之《中國經學史》，頁 210，古亭書屋。

〔註 9〕同註 6。

〔註 10〕同註 6。

〔註 11〕馬宗霍《中國經學史》，頁 78，商務出版。

據《北史》(〈儒林傳・序〉)《隋書》(〈經籍志〉)《釋文》之言，知兩漢經學行於北朝，魏晉經學盛於南朝。大抵北朝崇舊，篤守師說；南朝趨新，頗矜博采。北學以鄭玄為宗師，南學採王、杜之新變〔註12〕。

《北史・儒林傳・序》曰：「南人約簡，得其精華；北學深蕪，窮其枝葉。」所謂「約簡」、「深蕪」，指南、北學在傳統經學之治學態度、方法皆有所不同。皮錫瑞有進一步之說明，其言曰：

> 經本樸學，非顓家莫能解，俗目見之，初無可悅。北人篤守漢學，本近質樸；而南人善談名理，增飾華詞，表裡可觀，雅俗共賞〔註13〕。

鄺士元曰：

> 唐人謂「南人約簡，得其精華」，不過明言清談已滲入經學，及其創新風格而已。北學的「窮其枝葉」，實指認入仍篤守鄭服一派的名物訓詁之經學而已，殊非指北方經學缺點而言〔註14〕。

第三節　士族門閥維繫經學

衣冠世族享有免徭役之特權，經濟實力非常雄厚，東漢末年已然，後世愈演愈烈。鄒紀萬描述南北朝時期之門閥曰：

> 占山封澤、兼併土地之外，世族又挾蔭戶口以作私附，他們私有的部曲賓客、佃戶奴婢數量驚人已極；部曲是私屬軍隊，奴隸在必要時可改編為軍隊；所以世族不但經濟力量雄厚，便是軍事上也極具勢力，並以此實力維護其政治、法律、婚姻的特權；因此，南渡以後，世族勢力整個籠罩江南新土，成為牢不可破的門閥社會〔註15〕。

既有特權與厚利，門閥亟需鞏固其既得利益。錢穆先生曰：

> 蓋當時人所采於道家言者，旨在求處世；而循守儒科，則重在全家保門第。政府治亂、朝代更迭，已群感其非力所及，亦遂置之不問，而所資退守自保者，則為各自之門第。欲保門第，不得不期有好子弟……欲求家庭有好子弟，則儒家所傳禮法教訓便不得放棄〔註16〕。

〔註12〕潘師石禪〈五經正義探源〉，《華岡學報》一期，頁13。
〔註13〕書同註7，頁193～194。
〔註14〕鄺士元《中國學術思想史》，頁288，里仁出版。
〔註15〕傅樂成主編，鄒紀萬著《中國通史——魏晉南北朝》，頁107，眾文出版。
〔註16〕同註1。

毛漢光嘗列舉五十個大夫族，「除少數例外，似乎皆經學文章相繼，道德品性傳家；以別的途徑發展成功為士族者，若要欲長久維持家聲，都從學業與品德下功夫，因此成為當時士族的特性了〔註17〕」《顏氏家訓‧勉學第六》曰：「士大夫子弟數歲以上，莫不被教，多者或至禮傳，少者不失詩論」。由是觀之，於政治混亂、儒學衰微之南北朝時期，經學猶能緜延不絕者，士族門閥實有維繫之功焉。

第四節　北朝較南朝重視經學

南朝與北朝之國勢相比，北朝勝於南朝，鄒紀萬曰：

> 北方世族歷經動亂艱苦的磨勵，精神反而轉為新健。北方諸胡也因長期受漢文化的浸染，能與北方士大夫們合作，因此其政治教化能夠日上軌道；比起南朝諸帝及臣僚忙於淫亂奢侈的生活，自然要勝上一籌〔註18〕。

經學之流行與其國勢之強弱一致，亦北盛而南衰。鄒紀萬又曰：

> 南方的氏族，因為具有優越的政治、經濟及社會地位，所以不屑於再竭智盡心，經營世務，彼此互以老莊玄虛之學相高，而崇尚「清談」。……北方的世族，因為不能驅逐異族，只有隱忍合作，勉立功業以圖存全，所以相率以經術政務為尚；通過參與胡人政權的機會，逐漸將中國傳統文化及文物制度灌注給異族。不但使中國的儒統未曾中斷，反而比南方所保存的，發揚了更廣大的精神〔註19〕。

焦循曰：

> 迄晉南渡，經學盛於北方。大江以南，自宋及齊，遂不能為儒林立傳。梁天監中，漸尚儒風，於是《梁書》有〈儒林傳〉。《陳書》嗣之，仍梁所遺也。（北）魏儒最隆，歷北齊、周、隋，以至唐武德、貞觀，流風不絕，故《魏書‧儒林傳》為盛〔註20〕。

《宋書》、《南齊書》無〈儒林傳〉；《梁》、《陳》二書雖有傳，然其源流授受，亦未如《魏書》、《北齊書》之詳也。《南史‧儒林傳‧序》云：

> 自中原橫潰，衣冠道盡，江左草創，日不暇給。以迄宋齊，國學時或開置，

〔註17〕毛漢光《兩晉南北朝士族之研究》，頁63，中國學術著作獎助委員會出版。
〔註18〕同註15，頁71。
〔註19〕同註15，頁8118。
〔註20〕焦循《雕菰集》，卷十二，頁181，〈國史儒林文苑傳議〉。《叢書集成新編》，冊六九，新文豐，民國74年。

而勸課未博，建之不能十年，蓋取文具而已。是時鄉里莫或開館，公卿罕通經術。朝廷大儒，獨學而弗肯養眾；後生孤陋，擁經而無所講習〔註21〕。

南朝初年，經學積衰不振，由此可見。稍後，偶有曾提倡儒學之君主，如南朝宋文帝元嘉十五年（公元438年）尚能立儒學，以雷次宗為教授。南齊高帝建元四年（公元482年）立國子學，有生員二百人，以王儉為祭酒。梁武帝天監四年（公元505年），詔開五館，建立國學，總以五經教授，置《五經》博士各一人。館有數百生，給其餼廩；其射策通明經者，即除為吏，於是懷經負笈者雲會。然武帝晚年崇信佛法，政治腐敗，竺乾之典日密，周孔之言日疏。及陳武創業，時經喪亂，敦獎未遑；天嘉以後，稍置學官，雖博延生徒，成業蓋寡。故皮錫瑞曰：

> 南朝以文學自矜，而不重經術；宋、齊及陳，皆無足觀。惟梁武起自諸生，知崇經術……四方學者靡然向風；斯蓋崇儒之效。而晚惑釋氏，尋遘亂亡〔註22〕。

至於北朝，自拓跋珪建立北魏後，即下詔提倡經學，並將經義應用於政治世務上。《北史·儒林傳·序》曰：

> 魏道武初定中原，……始建都邑，便以經術為先。立太學，置《五經》博士，生員千有餘人。天興二年春，增國子太學生員至三千人。……明元時，改國子為中書學，立教授博士。太武始光三年春，起太學於城東。後徵盧玄、高允等，而令州郡各舉才學。於是人多砥尚，儒術轉興。天安初，詔立鄉學。……太和中，改中書學為國子學，建明堂辟雍，尊三老五更，又開皇子之學。及遷都洛邑，詔立國子太學、四門小學。……劉芳、李彪諸人以經書進。……宣武時，復詔營國學，樹小學於四門，大選儒生以為小學博士，員四十人。雖黌宇未立，而經術彌顯。時天下承平，學業大盛；故燕、齊、趙、魏之間，橫經著錄，不可勝數；大者千餘人，小者猶數百。……周文（宇文泰）受命，雅重經典；……明皇纂歷，敦尚學藝。內有崇文之觀，外重成均之職。……徵沈重於南荊。及定山東，降至尊而勞萬乘，待熊安生以殊禮。是以天下慕嚮，文教遠覃〔註23〕。

蓋北人俗尚純樸，未染清言之風、浮華之習，故能專宗漢學。考其成效，《北史·儒林傳·序》曰：

> 衣儒者之服，挾先王之道，開黌舍、延學徒者比肩；勵從師之志，守專門

〔註21〕《南史》卷七一。
〔註22〕同註7，頁179。
〔註23〕《北史》卷八一。

之業，辭親戚、甘勤苦者成市。雖通儒盛業，不逮晉魏之臣，而風移俗變，抑亦近代之美也。（同上）

《魏書・目錄序》云：

拓跋氏乘後燕之衰，蠶食并、冀，……其始也，公卿方鎮，皆故部落酋大，……不貴禮義，故士無風節；貨賂大行，故俗尚傾奪。遷洛之後，稍用夏禮，……其文章儒學之流，既無足紀述；將帥功名，又不可希望〔註24〕。

《北史・儒林傳・序》所謂：「雖通儒盛業，不逮晉魏之臣，而風移俗變，抑亦近代之美也」，《魏書・目錄序》所謂：「其文章儒學之流，既無足紀述」，可見經學之於北朝，確有移風易俗之功效；然純守漢學，卻未見超越漢學而能自成一家者，故皆「無足紀述」。而北朝力崇經學、因而改善風俗、其國力亦凌駕南朝之上，皆為不可否認之事實。至於南朝，民風奢侈浮華，儒學受玄學之影響，不默守漢儒瑣碎之訓詁學，而邁入推闡義理之途，此固經學發展之必然途徑。故南朝經學具有趨新、活潑之特質，北朝經學則呈現守舊、拘謹之特質；以致北朝經學雖比南朝盛行，而政治上，當北朝統一南朝之後，經學反而南朝統一北朝。

第五節　《詩經》方面，《毛傳》、《鄭箋》一支獨秀

南朝與北朝之經學，除《詩》、《禮》之外，各有所尚，《北史・儒林傳・序》云：

江左，《周易》則王輔嗣，《尚書》則孔安國，《左傳》則杜元凱；河洛，《左傳》則服子慎，《尚書》、《周易》則鄭康成，《詩》則並主於毛公，《禮》則同遵於鄭氏。

又曰：

漢世鄭玄並為眾經注解，服虔、何休各有所說，（鄭）玄《易》、《詩》、《書》、《禮》、《論語》、《孝經》，虔《左氏春秋》，休《公羊傳》，大行於河北。

皮錫瑞曰：

北學，《易》、《書》、《詩》、《禮》皆宗鄭氏，《左傳》則服子慎。鄭君注《左傳》未成，以與子慎，見於《世說新語》，是鄭、服之學本是一家；宗服即宗鄭，學出於一也。南學則尚王輔嗣（弼）之玄虛，孔安國之偽傳，杜

〔註24〕《魏書》，冊四，頁3063，鼎文書局。

元凱（預）之臆解，此數家與鄭學枘鑿，亦與漢儒背馳〔註25〕。

自東晉元帝廢王肅之學〔註26〕，南北朝承其制，王學遂一衰再衰。《詩經》亦不例外，魏、西晉時代之鄭、王相爭，已成歷史陳跡，毛、鄭《詩》學，定於一尊；而《鄭箋》特重於北方〔註27〕。

北朝《詩》學專崇鄭氏，南朝《詩》學，雖主毛、鄭，然間或雜採王說，如伏曼容、郭璞、虞喜、劉和、劉宣、阮侃、徐邈、蔡謨、江惇、裴松之、徐爰、劉孝孫、許懋、嚴植之、賀瑒、陸雲、劉敳、關康之、劉瓛、全緩、龔孟舒、許亨、江熙、殷仲堪、徐廣、孫暢之、何偃、謝曇濟、何允、張機、顧越、舒援、梁武帝、梁簡文帝，皆出入鄭、王二家者也〔註28〕。《隋書·經籍志·序詩》云：「唯《毛詩》《鄭箋》至今獨立」，可知，王肅《詩》學至隋代而日益沈淪。唐陸德明撰《經典釋文》、孔穎達撰《毛詩正義》，皆嘗引用王肅注，則上述南朝《詩經》學者，於王學之留傳，實有功焉。

第六節　義疏之學興起

南北朝時期，義疏之學大興；溯其來源，則為漢人章句、晉人經義，兼採佛典疏鈔之體製。

漢初經師但傳訓詁，通其大義，「疑者則闕弗傳」。至宣帝時，博士官為：一便於教授，二便於博士弟子應試，三便於應敵起見，漸有章句之學興起。應敵者，如石渠奏議，講《五經》異同，若不分章逐句為說，但訓故舉大義，則易為敵所乘也。故章句必具文，即分章斷句，具備原文而逐一詳解，遇有不可說處，已不能略去不說，於是不得不左右采獲，往往陷於勉強牽引。以為飾說〔註29〕。清沈欽韓曰：

> 章句者，經師指括其文，敷暢其義，以相教授。《左·宣二年傳》疏，服虔載賈逵、鄭眾、或人三說，解「叔祥曰：子之馬然也」，此章句之體。……

〔註25〕同註7，頁170。
〔註26〕東晉元帝立博士九人，用鄭學，廢王學，前章已述及。
〔註27〕甘鵬雲《經學源流考》，頁98，學海出版社。然周浩治《清代詩經學》頁15曰：「南北朝崇鄭崇王，唐代兼重毛鄭」，此言待商，蓋南北朝崇鄭而不崇王，至於學者所言「北朝崇鄭學，南朝採杜、王之新變」一語，乃指杜預《左傳》與王弼《周易》，與王肅《詩經》固不相涉，周氏失察耳。
〔註28〕同註27，頁99。
〔註29〕裴普賢《經學概述》，頁232，開明，民國61年二版。又錢穆《兩漢經學今古文平議》，頁202，三民，民國60年。

　　　　章句各師具有，煩簡不同耳〔註30〕。

戴君仁先生曰：

　　　　章句不是——或不僅是——零星的詞和字的解釋，而是整段逐句的文義解
　　　釋。至於解故，現存漢人經注，……《毛傳》多爲單詞隻字的解釋，而沒
　　　有逐句文義的說明；何休解詁也不逐句解釋，只是微言大義的申發。據此，
　　　解故想是預備傳世之作，不是講的；而章句則是對弟子們講的，如現在學
　　　校中的講義。講義可以印出來，章句也可以寫定。我想漢儒的章句，應是
　　　南北朝義疏之祖〔註31〕。

桓譚《新論》曰：

　　　　秦近君（當作：延君）能說〈堯典〉篇目兩字之說至十餘萬言，但說「曰
　　　若稽古」三萬言〔註32〕。

又如《漢書・藝文志》謂「說五字之文，至於二三萬言」，皆指漢朝章句之學過於繁
瑣。南北朝義疏之體，不似漢朝傳注之精簡，而近於漢之章句。

　　《漢書・藝文志》有《歐陽尙書說義》二篇，以「義」名篇，殆以此爲最早。
魏劉璠著《毛詩義》，晉釋遠亦著《毛詩義》；《易經》方面，晉人以「易義」名書者
甚夥〔註33〕，戴君仁先生曰：「這些所謂『義』者，是講義理的著作，不是訓詁字
義的著作〔註34〕。」

　　義疏之著作，始於晉朝，如伊說著《尙書義疏》，謝沈著《毛詩義疏》是也。至
南北朝而義疏之學大盛，其著作見於《隋書・經籍志》者約三十種，然只皇侃《論
語義疏》爲僅存。

　　義疏之文體，儒釋有類似之點，一爲其書之分章段，二爲其書中之有問答。皇
侃《論語義疏》，〈學而第一〉，《疏》云：

　　　　《論語》是此書總名，〈學而〉爲第一篇別目。中間講說，多分爲科段矣。

皇氏首言中間多分科段，則其講《論語》時，分科段之處自當不少；至唐宋人著正
義，分章分段則又轉詳。分章分段之法，或始於漢朝章句辯駁講論之時。

　　至於問答形式，尤以《公羊義疏》尤爲顯著，戴君仁先生以爲此一形式起源於
漢朝經師之辯難。

〔註30〕王先謙《漢書藝文志補注》轉引。
〔註31〕戴君仁〈經疏的衍成〉，《經學論文集》，頁108，黎明，民國70年。
〔註32〕《漢書・藝文志》顏注引。
〔註33〕據朱彝尊《經義考》所載，以「易義」名書者，有衛瓘等十餘家。
〔註34〕書同註31，頁118。

　　湯用彤謂「梁世皇侃作《論語集解》義疏，其行文編制，頗似當世佛經注疏。」〔註35〕此爲儒家義疏受佛典影響之證據。

第七節　《詩經》學家舉例

　　1、周續之　《毛詩注》

　　周續之字道祖，劉宋鴈門廣武人。其《毛詩注》爲謹守《毛傳》之作，蓋南朝風氣如此。

　　2、梁簡文帝　《毛詩十五國風義》二十卷

　　名綱，字世纘，此書僅剩佚文一條。

　　3、何胤　《毛詩隱義》十卷

　　何胤字子季，梁廬江人。是精於《鄭箋》之學者。

　　4、崔靈恩　集注《毛詩》二十二卷

　　崔靈恩，梁清河東武城人。其著作以宗毛申傳爲主。

　　5、劉宋雷次宗著《毛詩義》一卷、張氏著《毛詩義疏》五卷、舒援著《毛詩義疏》二十卷。北周沈重著《毛詩義疏》二十八卷，此外〈隋志〉著錄佚名之《毛詩義疏》，有四卷至二十九卷等六種，今皆亡佚。

〔註35〕湯用彤《漢魏兩晉南北朝佛教史》，下冊，頁39。

第六章 隋唐《詩經》學

第一節 隋朝《詩經》學

中國歷史，自東漢末年，而後三國鼎立，經兩晉、南北朝，至隋文帝南下滅陳，統一南北，方結束近五百年之混亂局面。隋朝之歷史地位與秦朝相類，秦有統一之功，十五年而亡，漢朝盛世繼其後；隋朝亦有統一之功，二十九年而亡，大唐盛世代之而起；故秦、隋兩朝均爲混亂通往太平之過渡時期。

有關隋朝之經學背景與《詩經》學之概況，略述如下：

一、隋皇輕視教育、猜忌兇殘、奢侈放蕩，因而國祚短促

隋文帝初年，頗能倡導儒學，然虎頭蛇尾，成效不彰；煬帝之於儒學，其情況大致與文帝相同。《北史・儒林傳・序》曰：

> 隋文……平一寰宇，頓天網以掩之，……於是四海九州強學待問之士靡不畢集。……《齊》、《魯》、趙、魏，學者尤多。負笈追師，不遠千里。講誦之聲，道路不絕。中州之盛，自漢、魏以來，一時而已。及帝暮年，……不悅儒術，……遂廢天下之學，……煬帝即位，復開庠序，國子郡縣之學盛於開皇之初。徵辟儒生，遠近畢至，使相與講論得失於東都之下。……既而外事四夷，……其風漸墜。……方領矩步之徒亦轉死溝壑。凡有經籍，因此湮沒於煨燼矣。

又《隋書・經籍志》稱，文帝開皇三年（公元 583 年），秘書監牛弘表請分遣使人搜訪異本書，每書一卷，賞絹一匹，校寫既定，本即歸主。於是民間異書，往往間出；及平陳以後，經籍漸備，內外之閣，凡三萬餘卷。煬帝即位，祕閣之書，限寫五十副本，分爲三品，於東都觀文殿東西廂構屋以貯之。然二帝之晚年，皆荒廢儒學。

　　論者以爲隋皇無宏遠之政治理想，崇尙功利主義，輕視教育，資性刻薄兇殘，加以煬帝之奢侈放蕩，勞民傷財，是隋朝迅速亂亡之原因〔註1〕。

二、北學併於南學

　　南朝與北朝經學，各有所承，各有所主，各具特色，已見前述。本田成之曰：

> 所謂南學北學，因是從學問地性質上說，不是從地域上說的。不待說，南人也有習北學的，北人也有習南學的。崔靈恩原是北人，而歸於南；沈重原是南人，而歸於北者。顏之推也是南人，而仕於北的。……褚暉、顧彪、魯世達、張沖皆南人，爲隋之煬帝所重。《僞孔古文》底費魁底《義疏》，……是北魏時輸入於北方的。據《隋書·經籍志》，《易》在南朝有鄭、王二注，列於國學，但在北齊唯傳《鄭義》；至隋而《王注》始盛行，鄭學浸微矣。書在南方講鄭孔二家，在北齊只傳鄭義；至隋雖鄭孔並行，然鄭氏甚微。《春秋》北方唯傳《左氏》服義，至隋而杜氏盛行，服義浸微。鄭、服衰而僞孔、王、杜之所以盛行的，皆是隋時〔註2〕。

隋朝不僅統一南北政治，亦統一南北經學。政治方面，北併南；經學方面，北併於南。

　　隋唐經學，北學亡而爲南學所統一，究其原因，約有如下三端：

（一）南方佔心理優勢

　　自永嘉之亂，晉室南遷，中原衣冠、禮樂、文物齊集江左，中原淪落胡人手中，故士人大夫每以南方爲正朔所在。南人文采風流，北人常稱羨之。南儒往北，一致見推；北儒來南，不免依違。如南方沈重入周〔註3〕，甚爲周武所禮重，諸儒共推之；北儒崔靈恩、孫詳、蔣顯之入梁〔註4〕，崔靈恩所治《左氏》服解，不爲江東所喜，乃遷就南人，改說杜義；孫、蔣音革楚夏，學徒不至。唐張鷟《朝野僉載》云：

> 溫子昇作〈韓陵山寺碑〉，（庾）信讀而寫其本。南人問信曰：「北方文士何如？」信曰：「惟有韓陵山一片石堪共語；薛道衡、盧思道少解把筆，自餘驢鳴狗吠，聒耳而已。」〔註5〕

〔註1〕傅樂成《中國通史——隋唐五代史》，頁18、頁33～34，眾文出版，民國74年。

〔註2〕本田成之《中國經學史》，頁216，古亭書屋，民國64年。其說源自皮錫瑞《經學歷史》，頁196，漢京版。

〔註3〕沈重初仕梁，爲《五經》博士，北周武帝禮聘至京師，詔令討論《五經》，授驃騎大將軍，露門博士。傳見《周書·卷四五·儒林傳》及《北史·卷八二·儒林傳》。

〔註4〕崔靈恩，初仕魏，後入梁。傳見《南史·卷七一·儒林傳》及《梁書·卷四八·儒林傳》。

〔註5〕張鷟《朝野僉載》卷六，頁80，《叢書集成新編》，冊八六，新文豐出版，民國74年

可見當時文人心理，多輕視北方學術。

（二）南學、北學之特色所致

皮錫瑞曰：「經本樸學，非顓家莫能解，俗目見之，初無可悅。北人篤守漢學，本近質樸；而南人善談名理，增飾華詞，表裡可觀，雅俗共賞。故雖以亡國之餘，足以轉移一時風氣，使北人舍舊而從之。」〔註6〕南朝經學具有趨新、活潑之特質，北朝經學則呈現守舊、拘謹之特質，特色不同，勝敗斯分。

（三）唐朝所修正義，重南輕北

唐太宗命孔穎達等撰修《五經正義》，以爲考試定本；因諸經正義多沿南學，遂令南學獨尊天下。

三、劉焯與劉炫

劉焯與劉炫是隋朝最具代表性之經學家。劉焯字士元，信都昌亭人，生於東魏孝靜帝武定二年（公元 544 年），卒於隋煬帝大業六年（公元 610 年），享年六十七。文帝開皇中，劉焯被舉爲秀才，對策甲科，除員外將軍，於國子與諸儒共論古今滯義，以精博著稱，曾奉敕與劉炫等考訂洛陽石經。後與炫議論，深挫諸儒，遂爲飛章所謗，除名歸里。煬帝時，又舉爲太學博士。撰有《尚書義疏》、《毛詩義疏》、《五經述義》、《稽極》、《曆書》〔註7〕。

劉炫字光伯，河間景城人，少以聰敏見稱，與劉焯結爲盟友，閉戶讀書，十年不出。炫眸子精明，視日不眩，強記默識，左畫方，右畫圓，口誦，目數，耳聽，五事同時並行，無所遺失。吏部《尚書》韋世康問其所能，答曰：「《周禮》、《禮記》、《毛詩》、《尚書》、《公羊》、《孝經》、《論語》，孔、鄭、王、何、服、杜等之注凡十三家，雖義有精粗，並堪講授。《周易》、《儀禮》、《穀梁》，用功稍少。史、子、文集、嘉言美事，皆誦於心。天文律曆，窮覈微妙。至於公私文翰，未嘗假手。」〔註8〕吏部竟不詳試。時牛弘奏請購求天下逸書，炫遂僞造書百餘卷，題《連山易》、《魯史記》等，錄上送官，後爲人發覺，論死罪，幸經赦免。劉炫之經學著述如下：《尚書述議》、《毛詩述議》、《毛詩集小序》、《毛詩譜注》、《春秋述議》、《春秋規過》、《春秋攻昧》、《孝經述議》、《孝經去惑》、《孝經稽疑》、《論語述議》、《五經正名》等十二種，又有其它著作七種。二劉著作，大多亡佚，只劉焯之《尚書義疏》，劉炫之《尚書述議》、《毛詩述議》、《春秋述議》、《春秋規過》、《春秋攻昧》、《孝經述議》有佚

---

3 月。

〔註 6〕皮錫瑞《經學歷史》，頁 193～194，漢京版。

〔註 7〕陳金木《劉焯劉炫之經》學，頁 1503，政大博士論文，民國 78 年。

〔註 8〕《隋書・劉炫傳》。

文存焉；而《孝經述議》猶有東瀛古鈔本殘卷見存於世。

《隋書・儒林傳・序》曰：

> 二劉拔萃出類，學通南北，博極今古，後生鑽仰，莫之能測。所製諸經義疏，搢紳咸師宗之。

傳後「史臣曰」有云：

> 劉焯道冠搢紳，數窮天象，既精且博，洞幽究微，鈎深致遠，源流不測；數百年來，斯人而已。劉炫學實通儒，才堪成務，九流、七略無不該覽。雖採賾索隱，不逮於焯，裁成義說，文雅過之，並道亞生知。〔註9〕

即對二劉推崇備至，論劉焯「數百年以來，斯人而已」，劉炫為「並道亞生知」。陳熙晉曰：

> 竊謂集兩漢之大成者，康成也；集六朝之大成者，光伯也〔註10〕。

二劉學通南北，其《尚書經疏》、《毛詩經疏》是唐修《尚書正義》、《毛詩正義》所據之藍本。劉炫《春秋左傳》經疏為唐修《春秋正義》所據之藍本。劉炫《孝經述議》可供輯佚校勘研究之取資。此乃二劉對經學之四大貢獻〔註11〕。

陳金木先生嘗評述二劉撰作經疏之態度，曰：

> 二劉先生於撰述時，乃以謹慎小心之態度，忠於學術之良心；於諸經之異，或以秦火燔書，或以師有異讀，（因而不擅改經文），其治學之態度令人感佩；於前賢之注解，亦能擇善而從，不專主一家，不曲為解說；於其所不知，不妄加臆測，以闕疑待考存之〔註12〕

潘師石禪頗推崇二劉，云：

> 間嘗反覆遺疏，深覺劉君忠於學術之心，實足卓絕千古。《左氏・文十三年》「其處者為劉氏」《疏》云：「討尋上下，其文不類，深疑此句或非本旨。蓋以為漢室初興，損棄古學，左氏不顯於世，先儒無以自申，劉氏從秦從魏，其源本出劉累，插注此辭，將以媚於世。」又〈襄二十四年〉「在周為唐杜氏」《疏》云：「炫於『處秦為劉』，謂非丘明之筆，『冢韋唐杜』，不信元愷之言。己之遠祖，數自讖訐，或聞此義，必將見嗤；但傳言於人，懼誤後學，意之所見，不敢有隱，唯賢者裁之。」檢此兩疏，互相證明，知

〔註 9〕《隋書》，卷七五，頁 1707，1726～1727，鼎文書局。

〔註10〕陳熙晉，《春秋述議拾遺・自序》，頁 1。光緒十七年廣雅書局校刻，台大文學院圖書館藏。

〔註11〕同註 7，頁 1516～1521。

〔註12〕同註 7，頁 901，又頁 1511。

皆光伯之筆。觀其識解之卓，用心之公，雖與日月爭光可也。舊說塵埋，
古人之精意鬱而不宣者何限，溫故知新，舊疏之考求其又曷可緩乎？〔註13〕
《北史·儒林傳》歷敘北朝《詩經》學之傳授源流，曰：「通《毛詩》者，多出於魏
朝劉獻之。獻之傳李周仁。周仁傳董令度、程歸則。歸則傳劉敬和、張思伯、劉軌
思。其後能言《詩》者，多出二劉之門。」又《隋書·儒林傳》謂江左、河洛之經
學，《詩》並主毛公，劉焯、劉炫同受《詩》於劉軌思；劉軌思為劉獻之之三傳弟子，
是當時言《詩》之專家。二劉得名家之裔傳，且能相互鑽研切磋，故《隋書·儒林
傳》謂二劉「所製諸經義疏，搢紳咸師宗之」。孔穎達《毛詩正義·序》載二劉以前
為義疏者，雖有全緩、何胤、舒瑗、劉軌思、劉醜等五人、然獨推二劉，曰：

> 焯、炫並聰穎特達，文而又儒，握秀幹於一時，騁絕轡於千里，固諸儒之
> 所揖讓，日下之所無雙，其於作疏內，特為殊絕。

而孔氏所撰《正義》之體例，堅守疏不破注之原則，故評二劉之經疏曰：

> 然焯、炫等負恃才氣，輕鄙先達，同其所異，異其所同，或應略而反詳，
> 或宜詳而更略，準其繩墨，差忒未免，勘其會同，時有顛躓。今則削其所
> 煩，增其所簡；唯意存於曲直，非有心於愛憎。（《毛詩正義·序》）

《毛詩正義》四十卷之作，乃據二劉經疏為底本。孔穎達亦不諱言，故曰：

> 今奉敕刪定，故據以為本。……今則削其所煩，增其所簡。（同上）

《四庫全書總目提要》於《毛詩正義》下曰：

> 其書以劉焯《毛詩義疏》、劉炫《毛詩述義》為稿本。

陳金木先生評《毛詩正義》曰：

> 此書實為剿襲二劉先生之經疏，僅削刪去其姓氏而已，劉文淇、劉毓崧、
> 劉師培、潘重規四氏辨之，舉證歷歷，似成定論。……評論《毛詩正義》
> 者，亦可謂之評論二劉先生之經疏也〔註14〕。

《毛詩正義》歷經二次修訂，於疏家名氏多所刪削，孔氏之於二劉疏詩，既稱「據
以為本」，而全書僅有二處為二劉經疏，是以二劉學說之存於《毛詩正義》者，必然
難以勝數，卻又不易明白指出。今紹承馬國翰之後，陳金木先生嘗重輯二劉之《毛
詩經疏》，其中輯自《毛詩正義》者有三十五條，輯自《左傳正義》者亦有三十五條，
輯自《孝經述議》者有十二條，共計八十二條；其中為馬氏所輯者二條，為劉文淇
所揭出者十四條〔註15〕。

〔註13〕潘師石禪〈尚書舊疏新考〉，《學術季刊》四卷三期，頁1，民國45年3月。
〔註14〕同註7，頁906。
〔註15〕同註7，頁783。

今存敦煌《毛詩音》殘卷中，潘師石禪取倫敦藏斯二七二九號，與列寧格勒藏一五一七號相校，適相吻合，蓋一卷分裂為二，而又散在異域也。潘師嘗取《釋文》與此〈周南音〉一百三十五字互校，且推及全卷一千一百餘字，而作如下結論：

> 比較觀之，知此卷為劉炫一家之音，而《釋文》則陸德明集眾家音義之作，二者系統不同，而體製亦顯然異趣。

詳見潘師所撰〈巴黎倫敦所藏敦煌詩經卷子題記〉、〈倫敦藏斯二七二九號及列寧格勒藏一五一七號敦煌卷子毛詩音殘卷綴合寫定題記〉二文。

四、其他《詩經》學家

隋朝重要《詩經》學家，除劉焯、劉炫外，《隋書・卷七五・儒林傳》記載如下數家：

元善：河南洛陽人，通《五經》。

辛彥之：隴西狄道人，撰《五經異義》。

蕭該：蘭陵人，通《詩》。

包愷：東海人，明《五經》。

房暉遠：恆山真定人，治《詩》。

魯世達：餘杭人，撰《毛詩章句義疏》四十二卷。

王孝籍：平原人，徧治《五經》，注《詩》。

第二節　唐朝《詩經》學

唐繼隋後，政治與學術更臻統一、穩定；因其經學大多淪為科舉之附庸，科舉明經，考生作答不能與正義學說相違背；此一拘束，妨礙經學研究之進步、故缺乏卓異之經學作品。更由於佛學發達，才智之士群趨研究佛學，以致正統儒家思想呈現衰落現象。

一、唐朝之學術風氣

唐高祖即位之初，即致力於文教。《新唐書・卷一九八・儒學傳》載：

> 高祖始受命，鉏類夷荒，天下略定，即詔有司立周公、孔子廟于國學，四時祠；求其後，議加爵土。國學始置生七十二員，……太學百四十員，……四門學百三十員，……上郡學置生六十員，……上縣學置生四十員，……又詔宗室、功臣子孫就書外省，別為小學。

武德七年（公元 624 年），又詔諸州、縣及鄉並置學校；明經之士皆訂獎勵，如有明

一經以上者，經有司測試則加以階敘。

　　唐初中央官學，有所謂「六學二館」。六學是國子學、太學、四門學、律學、書學、算學，均由國子監管轄；二館是弘文館與崇文館，不隸於國子監。

　　諸學之中，太學始創於漢代，國子學始創於西晉武帝，四門學創立於北魏孝文帝時。弘文、崇文等館，始置於唐代；唐高祖武德四年（公元 621 年）於門下省置修文館，九年，改名弘文館；崇文館設於貞觀十三年（公元 639 年）。學館生徒之錄取資格，不在學生之教育程度，而在其父祖之政治地位。父祖政治地位最高者，入崇文館及國子學，其次，入弘文館及太學；再次入四門學，低級官吏及平民子孫則入律、書、算學。國子學生名額三百人，太學生名額五百人，四門學生名額一千三百人，律學生名額五十人，書學及算學各三十人。六學之教師，有博士、助教、直講等〔註16〕。課程方面，國子、太學、四門三學，弘文、崇文館（及廣文館）皆以經學為主。

　　高祖武德四年（公元 621 年），太宗為天策上將軍，即開設文學館，招聘杜如晦、房玄齡、虞世南、褚亮、姚思廉、李玄道、蔡允恭、薛元敬、顏相時、蘇勗、蓋文達、于志寧、蘇世長、薛收、李守素、陸德明、孔穎達、許敬宗等為十八學士，與議天下事〔註17〕。

　　《新唐書·儒學傳》曰：「嘗論之，武為救世砭劑，文其膏粱歟！亂已定，必以文治之」〔註18〕。唐太宗深明此理，《資治通鑑》載貞觀元年，春，正月丁亥，上宴群臣：

　　　　上曰：戡亂以武，守成以文，文武之用，各隨其時〔註19〕。

太宗極力推崇儒學，《資治通鑑》載其言：

　　　　上曰：……朕所好者，唯堯、舜、周、孔之道，以為如鳥有翼，如魚有水，
　　　　失之則死，不可暫無耳〔註20〕。

《貞觀政要》載太宗之學政曰：

　　　　太宗初踐祚，即於正殿之左置弘文館，精選天下文儒，令以本官兼署學士
　　　　給以五品珍膳，更日宿直。以聽朝之隙，引入內殿，討論墳典，商略政事，

〔註16〕書同註1，頁 151～152。

〔註17〕《新唐書·卷一○二·褚亮傳》。武德七年（公元 624），薛收卒，以劉孝孫補之。

〔註18〕《新唐書》卷一九八，鼎文出版，冊七，頁 5637。

〔註19〕司馬光《資治通鑑·卷一九二·唐紀》。蒲公英出版社（內頁題：藍燈文化事業公司），
　　　　冊八，頁 6030。

〔註20〕書同註19，卷同，頁 6054。

或至夜分乃罷。……貞觀二年〔註21〕，詔停周公爲先聖，始立孔子廟堂於
國學，稽式舊典；以仲尼爲先聖，顏子爲先師。……是歲大收天下儒士，
賜帛給傳，令詣京師，擢以不次；布在廊廟者甚眾，學生通一大經以上，
咸得署吏。……太宗又數幸國學，令祭酒、司業、博士講論畢，各賜以束
帛。四方儒生負書而至者，蓋以千數。俄而吐蕃及高昌、高麗、新羅等諸
夷酋長，亦遣子弟請入于學，……儒學之興，古昔未有也〔註22〕。

《新唐書·卷一九八·儒學上》曰：

帝又讎正《五經》繆缺，頒天下示學者，與諸儒稡章句爲《義疏》，俾久
其傳。因詔前代通儒梁皇侃、褚仲都，周熊安生、沈重，陳沈文阿、周弘
正、張譏，隋何妥、劉炫等子孫，並加引擢。二十一年，詔「左丘明、卜
子夏、公羊高、穀梁赤、伏勝、高堂生、戴聖、毛萇、孔安國、劉向、鄭
眾、杜子春、馬融、盧植、鄭玄、服虔、何休、王肅、王弼、杜預、范甯
二十一人，用其書，行其道，宜有以褒大之，自今並配享孔子廟廷。」於
是唐三百年之盛，稱貞觀，寧不其然！

唐代官學，以太宗時爲最盛，當時四方儒士，雲集京師；四裔諸國，相繼派遣子弟
來中國求學；六學二館之學生，多至八千餘人，此即史上著名之貞觀之治。然自高
宗嗣位，重文吏而薄儒術，提倡進士科考試，學校日就衰敗。武后時，學校隳廢殆
盡。玄宗即位，亦積極倡導經術，造成開元之治。〈儒學傳上〉又云：

玄宗詔群臣及府郡舉通經士，而褚无量、馬懷素等勸講禁中，天子尊禮，
不敢盡臣之。置集賢院部分典籍，乾元殿博彙群書至六萬卷，經籍大備，
又稱開元焉。

及安史亂起，官學生徒盡散，而後，官學仍在奄奄一息境況下，維持至唐末。

二、科舉明經

隋文帝於開皇中取消九品中正制，改採薦舉法，命京官及地方官保舉人才。至
煬帝，置進士科，始依考試任官，但其時尚不甚盛；是科舉制度之萌芽階段。

及至唐初，科舉制度已臻完備。唐代取士之主要途徑有三：一是禮部主持之各
地士人之考試，名爲鄉貢。二是中央官學畢業生之考試，名爲生徒。三是皇帝下詔
徵求，名爲制舉。前兩種考試經常舉辦，制舉則依需要舉行，並無定期。所謂科舉，

〔註21〕《舊唐書·卷一八九·上·儒學傳》、《唐會要·卷三五》亦作「貞觀二年」，《新唐書·
卷一九八·儒學上作》「貞觀六年」。

〔註22〕（唐）吳兢《貞觀政要·卷七·崇儒學》。《四部叢刊廣編》冊十二，頁126，商務印
書館。

主要指鄉貢而言。由於參加鄉貢之士人不拘資格，故鄉貢爲平民進身之階〔註23〕。

鄉貢之科目甚多，有秀才、明經、進士、明法、明字、明算、道舉、童子等八科，其中以明經、進士二科最爲士人所好。明經之試題以經義爲主，《新唐書‧卷四四‧選舉志》云：

> 凡《禮記》、《春秋左氏傳》爲大經，《詩》、《周禮》、《儀禮》爲中經，《易》、
> 《尚書》、《春秋公羊傳》、《穀梁傳》爲小經〔註24〕。

凡通二經者，即可爲明經；二經是一大經、一小經，或兩中經。考試之法，先行筆試，謂之「帖經」。帖經者，以其所習經，掩其兩端，中間唯開一行，裁紙爲帖，凡帖三字，隨時增損，可否不一，或得四，或得五，或得六，爲通〔註25〕。帖經及格後，再行口試，謂之「經問大義」，凡十條。口試及格，再試時務策，凡三題〔註26〕。

明經考試多重記憶注疏，忽略經書之義理旨趣，加以朝廷提倡文學，故高宗永徽之後，進士科獨盛。

李威熊先生以爲科舉明經對唐代治經取向之影響有六：一、促成經籍標準本之出現。二、擴大讀經風氣。三、造成前代群經注、疏之亡佚。四、群經未能平衡發展。五、未見有深度經學著作。六、開宋儒以義理解經之先河〔註27〕。

三、陸德明《經典釋文》

陸元朗字德明，以字行，蘇州吳人。善名理言，受學於周弘正。陳太建中，後主爲太子，集名儒入講承光殿，德明始冠，與下坐。國子祭酒徐孝克敷經，倚貴縱辯，眾多下之，獨德明申答，屢奪其說，舉座咨賞。陳亡，歸鄉里。隋煬帝大業間，遷國子助教。唐滅隋，高祖召博士徐文遠、浮屠慧乘、道士劉進喜各講經，德明隨方立義，徧析其要；帝大喜曰：「三人者誠辯，然德明一舉輒蔽，可謂賢矣！」賜帛五十匹，遷國子博士，封吳縣男，卒。後太宗閱其書，嘉德明博辯，以布帛二百段賜其家〔註28〕。

陸德明於陳後主至德元年（公元583年）著手撰述《經典釋文》，凡三十卷，《釋文‧序》曰：

〔註23〕同註1，頁150。
〔註24〕據此，《儀禮》爲中經，《公羊》爲小經。皮錫瑞《經學歷史》以《公羊》爲中經，《儀禮》爲小經，蓋偶誤。見《經學歷史》，頁210，漢京出版。
〔註25〕見杜佑《通典‧卷一五‧選舉三》，宋鄭樵《通志‧卷五八，選舉略》、元馬端臨《文獻通考‧卷二九‧選舉考》亦轉錄。
〔註26〕書同註1，頁151。
〔註27〕李威熊《中國經學發展史論》，頁276～280，文史哲出版，民國77年。
〔註28〕《新唐書‧卷一九八‧儒學上》。鼎文出版，冊七，頁5639～5640。

> 癸卯之歲（公元 583 年），承乏上庠，循省舊音，苦其太簡，況微言久絕，
> 大義愈乖，攻乎異端，競生穿鑿。……遂因暇景，救其不逮，研精六籍，
> 采掇九流，搜訪異同，校之蒼雅，輒撰集《五典》、《孝經》、《論語》及《老》
> 《莊》、《爾雅》等音，……古今並錄，括其樞要，經注畢詳，訓義兼辯，
> 質而不野，繁而非蕪，示傳一家之學。

儒家經典歷經魏晉南北朝長期之動亂，有關經籍之異文、音讀、訓義等，學者各師成心，異說紛如；陸氏之作，「古今並錄，括其樞要，經注畢詳，訓義兼辯」，為經學求一定是。《釋文・序》又曰：

> 漢魏迄今，遺文可見，或專出己意，或祖述舊音，各師成心，製作如面；
> 加以楚夏聲異，南北語殊，是非信其所聞，輕重因其所習，後學鑽仰，罕
> 逢指要；夫筌蹄所寄，唯在文言，差若毫釐，謬便千里。

陸氏是南方人，故《釋文》《易》主王弼，《書》主偽孔傳，《左傳》主杜預，皆屬南學；於北方大儒如徐遵明諸人，皆不一引，蓋未見北儒之書也。馬宗霍對《經典釋文》備極推崇，曰：

> 其書本主於作音，然前此為諸經音者……皆止於音，且止於音經；而陸氏
> 則不惟作音，兼釋經義，不惟音經，亦且音注，故體例獨別，而能集諸家
> 之成。……又陸氏夙以《易》稱，故〈周易釋文〉尤為精博，雖主於輔嗣，
> 而所采有子夏、孟喜、京房、馬融、荀爽、鄭玄、劉表、虞翻、陸績、董
> 遇、王肅、姚信數十家。餘如《詩》之韓嬰、《書》之馬融，亦存其概。
> 獨惜服之《春秋》，鄭之《書》、《易》，江左不行，不得賴以流傳。然漢魏
> 古音古注，片義單言，藉此而存者，已如碎金屑玉，嘉惠來學，良非淺鮮，
> 固不得以南學而忽之也。

四、訂正群經文字

（一）顏師古《五經定本》

顏師古字籀，唐京兆萬年人，（公元 581 至 645 年），顏之推之孫。少博覽，精訓詁學。高祖時，累遷中書舍人。太宗時，晉秘書少監，封琅邪縣男。

貞觀四年（公元 630 年），太宗詔顏師古考訂《五經》文字，《舊唐書・卷七三・本傳》曰：

> 太宗以經籍去聖久遠，文字訛謬，令師古於秘書省考定《五經》，師古多
> 所釐正。既成，奏之。太宗復遣諸儒重加詳議，于時諸儒傳習已久，皆共
> 非之。師古輒引晉、宋以來古今本，隨言曉答，援據詳明；皆出其意表，

諸儒莫不歎服。

七年，頒其書於天下，命學者習焉，是爲新定《五經》。而諸經定本之名，昉自六朝，並非創自唐代。顏師古之新定《五經》雖爲「唐《五經》定本」之創始，然非「《五經》定本」之創始。王重民先生敦煌古籍敍錄曾以「定本章句在篇後」，而謂英倫所藏斯七八九、斯三三三〇、斯六三四六號三殘卷，題爲「《毛詩》定本（？）」〔註29〕。潘師石禪則據伯二六六九號之〈大雅〉、伯二六九號之〈國風〉、斯六三四六號《毛詩·大雅》殘卷，得知六朝唐人《毛詩》卷子，章句或在經文前，或在經文後，紛見錯出，非如王重民先生所言「定本章句在篇後」。潘師又曰：

> 齊隋以前，六朝人已多定本，……倘據《正義》所云定本以當顏籀之書，其去眞實至遠〔註30〕

蘇瑩輝先生曰：

> 《釋文》、《正義》兩書所引之《詩》定本，……《釋文》所引之定本，必非顏氏定本，則可斷言。蓋師古受詔考定《五經》，在貞觀四年（公元630年），至七年（公元633年）始頒行，……若《釋文》，則成於貞觀（公元627年）以前，其時師古尚未承詔，遑論定本？故余謂《毛詩·釋文》所引之「定本」，決非顏氏定本，而確爲隋以前之定本也。

顏師古之祖之推，初亦南人，晚始歸北；師古承其家學，故新定《五經》，斷從南本。

（二）字樣學及其相關作品

當中國文字從隸而楷，曾造成書寫之混亂，據顏之推《顏氏家訓·雜藝篇》，當時北朝「以百念爲憂，言反爲變，不用爲罷，追來爲歸，更生爲蘇，先人爲老；如此非一，遍滿經傳」，故顏氏有「從正則懼人不識，隨俗則意嫌其非，略是不得下筆也。」之歎〔註31〕。於此歷史背景下，俗字學與字樣學乃應運而生，前者如服虔《通俗文》、王義《小學篇》、阮孝緒《文字集略》是也。至於字樣之學，則在確定楷書之筆劃，如顏師古《字樣》、杜延業《群書新定字樣》、顏元孫《干祿字書》、唐玄度《九經字樣》是也。唐宋以後，儒家典籍之雕板，字體都依《開成石經》、張參《五經文字》、唐玄度《九經字樣》爲準，中國字體不致隨「俗」浮沈，而獲致穩定統一，此皆字樣學之功績〔註32〕。

〔註29〕王重民《敦煌古籍敍錄》，頁44，木鐸出版，民國70年。

〔註30〕潘師石禪〈巴黎倫敦所藏敦煌詩經卷子題記〉，《新亞書院學術年刊》十一期，民國58年9月。

〔註31〕顏之推《顏氏家訓·卷下·書證篇十七》，頁29，（新頁39），大本原式《四部叢刊正編》，冊二二，商務。

〔註32〕林師景伊《文字學概説》，頁35，正中，民國66年。

朱彝尊《五經文字‧跋》云：「唐大曆十年（公元 775 年），有司上言經典不正，取舍莫準，乃詔儒官校定經本，送《尙書》省並國子司業張參，辨齊魯之音，考古今之字，詳訂《五經》，書於論堂東西廂之壁。」〔註33〕《五經文字》舊題張參撰，或謂本書乃顏傳經所作，王昶《五經文字‧跋》曰：

> 參所刊定《五經文字》，既書於壁，慮其歲久泯沒，（顏傳經）因撮其要領，撰成此書，即《五經文字》也。

今考《古經解彙函》所蒐《五經文字》，前有張參序例，末署「大曆十一年六月七日司業張參序」；是《五經文字》爲張參奉代宗之詔而撰訂，而後，顏傳經加以重修。

唐文宗開成年間，唐玄度撰《九經字樣》，其〈序〉曰：

> 大曆中，司業張參掇眾字之謬，著爲定體，號曰《五經文字》，……臣今參詳，頗有條貫，傳寫歲久，或失舊規；今刪補冗漏，以正之。又於《五經文字》本部之中，採其疑誤舊未載者，撰成新加《九經字樣》一卷，凡七十六部，四百二十一文。

朱彝尊《九經字樣》跋亦曰：

> 唐玄度依司業舊本，參詳改正，撰新加《九經字樣》一卷，請附《五經文字》之末。

是《九經字樣》乃正補《五經文字》之著作。

《開成石經》始刊於唐文宗太和七年（公元 833 年），成於開成二年（公元 837 年），《舊唐書‧卷十七‧文宗本紀》曰：

> 開成二年，……宰臣判國子祭酒鄭覃進石壁《九經》一百六十卷。時上好文，鄭覃以經義啓導，稍折文章之士，遂奏置《五經》博士，依後漢蔡伯喈刊碑列於太學，創立石壁《九經》，諸儒校正訛謬。

《開成石經》只採各家注本之經文，而未刊注文，所刻經典有《周易》、《古文尙書》、《毛詩》、《周禮》、《儀禮》、《禮記》、《左傳》、《公羊傳》、《穀梁傳》、謂之《九經》；又有《孝經》、《論語》、《爾雅》，合稱爲《十二經》；末附《五經文字》、《九經字樣》。刻成之後，當日學者並無佳評，前引〈文宗本紀〉又曰：

> 上又令翰林勒字官唐玄度復校字體，又乖師法。故石經立後數十年，名儒皆不窺之，以爲蕪累甚矣。

雖唐儒不置佳評，但北宋刊印群經，經文多依據《開成石經》。而今人所見《開成石

〔註33〕朱彝尊《曝書亭集》，卷四九，頁 9，《五經文字‧跋》。大本原式《四部叢刊正編》，冊八一，商務，民國 70 年。

《經》，已非原貌〔註34〕，苟有誤字，未可盡咎唐人。

《五經文字》、《九經字樣》、《開成石經》之主旨皆在求得群經文字之一致，爲經書求一標準本。

五、群經義疏

唐太宗命顏師古考訂《五經》文字，又命孔穎達等撰修《五經正義》，由文字之統一，進而要求經義一致。《貞觀政要》曰：

> 貞觀四年，太宗以經籍去聖久遠，……又以文學多門，章句繁雜，詔師古
> 與國子祭酒孔穎達等諸儒撰定《五經》疏義，凡一百八十卷，名曰《五經
> 正義》，付國學施行〔註35〕。

纂修《五經正義》之動機，約有以下數端：1、典籍散佚。2、篇卷錯亂。3、儒學多門，章句繁雜。4、以便提倡文教〔註36〕。《五經正義》雖出眾儒之手，而孔穎達以位高望重，故專其名。

孔氏字仲達（亦作沖遠），冀州衡水人，（公元574至648年）。八歲就學，誦記日千餘言，闇記《三禮》義宗。及長，明服氏《春秋》、鄭氏《尚書》、《詩》、《禮記》、王氏《易》。嘗造同郡劉焯，焯名重海內，初不之禮。及請質所疑，遂大畏服。隋大業初，舉明經高第，授河內郡博士。唐太宗時，穎達與顏師古、司馬才章、王恭〔註37〕、王琰受詔撰《五經義訓》，凡百餘篇，號義贊，詔改爲《正義》云〔註38〕。

《五經正義》於貞觀十六年完成，據《唐書・藝文志》，其內容如下：《周易正義》十六卷（〈孔序〉云十四卷，與《唐書・藝文志》微異）《尚書正義》二十卷、《毛詩正義》四十卷、《禮記正義》七十卷、《春秋正義》三十六卷。孔氏卒後，博士馬嘉運指摘《正義》之缺失，至相譏詆，高宗詔令修正，功未就。永徽二年（公元651年），詔長孫無忌等增損考正之；永徽四年（公元653年），頒行天下。自此，經義以《五經正義》爲標準，每年明經，依此考試。

〔註34〕顧炎武撰《金石文字記》，其卷五考校唐石經，謂繆戾頗多。然馮登府《唐石經誤字辨・自序》曰：「開成去古未遠，猶爲純備，幾經後人之手，一誤于乾符之修改，再誤於後梁之補刊，三誤于北宋之添注，四誤于（王）堯惠之謬作，遂失鄭、唐之舊狀。」嚴可均撰《唐石經校文》十卷，亦辨正顧說。

〔註35〕書同註22，頁129。至於《舊唐書・卷一八九・儒學列傳》謂《五經義疏》凡一百七十卷，蓋偶誤，當作一百八十卷。（鼎文版，冊六，頁4941）

〔註36〕鄺士元《中國學術思想史》，頁289～290，里仁書局，民國69年。

〔註37〕李威熊《中國經學發展史論》，頁257，作「司馬才、章王恭」，點斷未妥。文史哲出版，民國77年。

〔註38〕書同註28，卷同，頁5643～5644。

義疏之學，盛行於南北朝時代，唐朝諸儒修纂群經正義，可謂集南北朝義疏學之大成。本田成之曰：

> 如果沒有六朝諸儒底義疏，在唐要新作正義，恐怕是不容易的事。總之，唐之正義成，六朝底義疏就枯了〔註39〕。

然而，承南北朝之經學，《五經正義》側重南學，馬宗霍曰：

> 穎達正義本奉敕而作，觀貞觀十四年表章先儒之詔，為梁皇侃、褚仲都，周熊安生、沈重，陳沈文阿、周弘正、張譏，隋何妥、劉炫等。中惟熊安生純為北學，餘多南人，或北人而兼通南學者；此《五經正義》所以亦多從南學也〔註40〕。

有關《五經正義》之得失，鄺士元謂其優點有二：1、國定標準之教科書。2、統一師說宗派之紛紜。又謂其缺點有三：1、導致鄭、服之學衰微。2、經學精神之硬化。3、著作少而膚淺〔註41〕。皮錫瑞曰：

> 議《孔疏》之失者，曰彼此互異、曰曲徇注文、曰雜引讖緯。案著書之例，注不駁經，疏不駁注；不取異義，專宗一家；曲徇注文，未足為病。讖緯多存古義，原本今文；雜引釋經，亦非巨謬。惟彼此互異，學者莫知所從；既失刊定之規，殊乖統一之義。……官修之書，不滿人意，以其雜出眾手，未能自成一家〔註42〕。

劉文淇曰：

> 襄二十九年傳：「為之歌頌」。《疏》云：……。此疏似前為唐人之說，及檢詩〈關雎·序〉「頌者，美盛德之形容」疏，文義與此大同，惟刪去「劉炫又云」四字；據詩疏知此疏皆光伯語，據此疏知詩疏皆非沖遠筆也〔註43〕。

劉申叔先生曰：

> 沖遠正義非惟排黜舊說也，且掩襲前儒之舊說以諱其所從來。……沖遠說經，無一心得之說矣。以雷同勦說之書，而欲使天下士民奉為圭臬，非是則黜為異端，不可謂非學術之專制矣〔註44〕。

二先生指孔穎達掩襲前儒舊說而又諱其所從來，然潘師石禪曰：「觀沖遠諸《正義》

〔註39〕本田成之《中國經學史》，頁231，古亭書屋，民國64年。
〔註40〕馬宗霍《中國經學史》，頁94，商務，民國68年。
〔註41〕書同註36，頁293。
〔註42〕書同註6，頁201。
〔註43〕劉文淇《左傳舊疏考正》，《皇清經解續編》，冊十二·卷七四七，頁8635。復興書局，民國62年2月。
〔註44〕劉師培《國學發微》，在《劉申叔先生遺書》中。

序，實皆明言所本」，又曰：

> 沖遠《五經正義》，本名《義贊》，蓋即依據前人《義疏》而贊明之。故其
> 序皆臚陳六朝舊疏之目，而加以評騭，且一一明言「今據以爲本」，即其
> 《正義》所據之主要藍本。然後刪其所短，博取諸家之長以補之。如覺舊
> 說皆違，則特申己見，今《疏》中有云今贊、今刪定知不然者，即沖遠之
> 新說。……沖遠尊崇前人，故書名《義贊》；朝廷矜尚體制，故改名《正
> 義》也。永徽諸儒刊改沖遠之書，於徵引舊說名氏，多所刊削，使後之讀
> 者誤以爲沖遠有意攘竊，要亦非沖遠之咎也〔註45〕。

是孔穎達無心攘竊，學者毋需苛責。

《毛詩正義》四十卷，以《毛傳》、《鄭箋》爲作《疏》之依據，本劉焯《毛詩
義疏》、劉炫《毛詩述議》之說，詳見「隋朝《詩經》學（三）劉焯與劉炫」。《四庫
提要·卷一五》評《毛詩正義》「能融貫群言，包羅古義，終唐之世，人無異詞。」
可謂推崇備至。馬宗霍曰：

> 其實唐人義疏之學，雖得失互見，而瑕不掩瑜。名宗一家，實採眾說，固
> 不無附會之弊，亦足破門戶之習。……《詩》則訓詁本諸《爾雅》，而參
> 以犍爲舍人、樊光、李巡、孫叔然諸家之注，使《爾雅》古義賴是以存。
> 陸璣《毛詩草木蟲魚疏》亦間及焉。制度本諸群經，而益之以王肅之難、
> 王基之駁、孫毓之評、崔靈恩之集注，佐之以鄭氏《易》注、《書》注，
> 賈服《左傳》注。他若《鄭志》、《駁五經異義》諸書，亦咸萃焉。雖有二
> 劉在前，足備採擇，而取舍之間，實具卓識；終唐之世，人無異詞，固其
> 宜也〔註46〕。

至於《毛詩正義》之乖謬處，簡博賢先生嘗試言之，曰：一則以爲毛氏傳《詩》，大
抵依文立解；鄭玄作《箋》，多本《魯、韓詩》詩說；其間差異，實不容混同。而孔
氏《詩疏》，依回二家，強而同之；有強毛從鄭，有依《箋》改經，又有從鄭義而改
《箋》字，致滅裂詩義而乖乎古訓。二則以詩疏中二南后妃夫人說、詩之四始說、
笙詩六篇說中有雜以五行五際，或附會穿鑿者也。三則有引書之誤、句讀之誤、師
心之誤、訓詁之誤、回護一家而曲爲申說之誤者。故其結論爲「孔穎達《五經義疏》，
大抵瑕瑜互見，未可一端論也。惟《五經義疏》之爲後世詬病不已者，厥爲割裂舊
疏，橫加刪削截取，致首尾不貫，此《五經義疏》之所以多形柄鑿，而前後義舛也」

〔註45〕潘師石禪〈五經正義探源〉，《華岡學報》一期，頁19。
〔註46〕書同註40，頁98～99。

〔註47〕。

清儒以漢學植名，魏晉六朝以至唐人義疏之說，多遭排詆，如馬宗霍所引閻若璩、戴震、段玉裁、江聲、江藩、沈欽韓之說，莫不眾口一詞，貶抑唐人《正義》〔註48〕。而潘師石禪則頗重唐人《義疏》之價值，曰：

> 余嘗以爲六朝義疏之學，百川並流，而以唐人正義爲壑谷。蓋六朝義疏之製，實漢學之津梁；而唐人經疏，又六朝經說之總匯。唐疏之底蘊明，而後六朝之經說出〔註49〕。

繼《五經正義》而作者，有賈公彥《周禮》、《儀禮義疏》，並宗鄭注。公彥禮學，傳自張士衡；士衡禮學，來自劉軌思、熊安生、劉焯，是淵源於北學。又有楊士勛《穀梁傳疏》，宗范甯注；徐彥《公羊傳疏》，宗何休注。此四經皆非奉敕而作。至於《孝經》，賈公彥嘗作《孝經疏》，孔穎達嘗作《孝經義疏》；而唐玄宗自注《孝經》後，詔元行沖作《御注孝經疏》，立於學官；此爲宋邢昺《孝經正義》之所本。

朱子論群經《正義》，《周禮》最好，《詩》、《禮》次之，《書》、《易》爲下。蓋《詩》、《禮》、《周禮》皆主鄭氏，義本詳實；名物制度，疏解亦明，故以爲優；而賈疏《周禮》，成於一手，牴牾便少，是以特稱精審。《易》主王弼，本屬清言；《書》主僞孔，亦多空詮，故以爲下。

六、反群經義疏及其它重要《詩經》學著作

皮錫瑞《經學歷史》曰：「自《正義》、《定本》頒之國胄，用以取士，天下奉爲圭臬。唐至宋初數百年，士子皆謹守官書，莫敢異議矣。故論經學，爲統一最久時代」〔註50〕，此就官學與經學主流言之也。

《五經正義》頒行後，科舉明經，準此考試；考生作答，不能與《正義》學說相違，以致只求背誦，不重義理，學術思想爲之沈滯；因此，衍生一支「反《正義》」之旁流。

《舊唐書・儒學傳》曰：

> （武后）長安三年，（王元感）表上其所撰《尚書糾繆》十卷、《春秋振滯》二十卷、《禮記繩愆》三十卷，並所注《孝經》、《史記稿草》，請官給紙筆，寫上秘書閣。詔令弘文、崇賢兩館學士及成均博士詳其可否。學士祝欽明、郭山惲、李憲等專守先儒章句，深譏元感掎摭舊義；元感隨方應答，竟不

〔註47〕簡博賢《今存唐代經學遺籍考》，頁47～57。師大國研所碩士論文，民國59年。
〔註48〕書同註40，頁97～98。
〔註49〕文同註45，頁22。
〔註50〕書同註6，頁207。

之屈。……尋下詔曰：王元感質性溫敏，博聞強記，手不釋卷，老而彌篤。
掎前達之失，究先聖之旨，是謂儒宗，不可多得。……魏知古嘗稱其所撰
書曰：信可謂《五經》之指南也。〔註51〕

王元感首開反對《正義》之例，其後，玄宗刊定《禮記・月令》，命李林甫、陳希烈、徐安貞等注解，即擅改舊本次第。元澹（行沖）曾疏《禮》，勇於樹立新說，然意諸儒間己，而作釋疑以自辯〔註52〕。代宗大曆以降，經學多標新立異，不守舊說。《新唐書》曰：

大曆時，（啖）助、（趙）匡、（陸）質以《春秋》，施士丏以《詩》，仲子陵、袁彝、韋彤、韋茝以《禮》，蔡廣成以《易》，強蒙以《論語》，皆自名其學。……贊曰：……啖助在唐，名治《春秋》，摭訛三家，不本所承，自用名學，憑私臆決，尊之曰：「孔子意也」，趙、陸從而唱之，遂顯于時〔註53〕。

《舊唐書》曰：

陸質，……本名淳，避憲宗名改之。質有經學，尤深於《春秋》，少師事趙匡，匡師啖助；助、匡皆為異儒，頗傳其學，由是知名〔註54〕。

葉國良先生謂孔穎達《五經正義》成，而當代學者說經，已有異論，有致疑於作者與著成時代者，如韓愈以為《孟子》非軻自著之書，啖助、趙匡以為《左傳》非左丘明所作等是也。其謂經書編次不當者，如唐宣宗年間，《毛詩》博士沈朗進新添《毛詩》四篇，置〈關雎〉之前；沈氏不僅移易〈風〉、〈雅〉之次，且以新作補經。其刪經文者，如林慎思著《續孟子》，寓刪於續是也。其逸補佚書者，如白居易補《湯征》、陳黯補《語誥》等是也。其謂《春秋》有必非聖人之文者，如司空圖是也。然唐人之疑經改經，猶不成風氣〔註55〕。

其它如盧仝撰《春秋摘微》，主張解經不用傳，成伯璵《毛詩指說》，李翱《易詮》，陸希聲《易傳》，高重《春秋經傳要略》，陳岳《春秋折衷論》等，都好以己意解經，或擅改經文；與正義相對，形成經學新派，故馬宗霍曰：「蓋自大曆而後，經學新說日昌，初則難疏，繼則難注，既則難傳，於是離傳言經」〔註56〕。

成伯璵生平不可考，撰《毛詩指說》一卷，旨在探討作詩之大旨、文體措辭、

〔註51〕《舊唐書・卷一八九下・儒學》。鼎文版，冊六，頁4963。
〔註52〕《新唐書・卷二○○・儒學下》。鼎文版，冊七，頁5690～5693。
〔註53〕書同註52，卷同，頁5707～5708。
〔註54〕書同註51，卷同，頁4977。
〔註55〕葉國良《宋人疑經改經考》，頁167～168，台大中研所，民國67年碩士論文。
〔註56〕書同註40，頁105。

以及齊魯韓毛之師承源流。書凡四篇，一曰興述，二曰解說，三曰傳受，四曰文體。成氏以爲眾詩之《小序》，子夏惟裁初句，其餘爲毛公所續；宋人或疑《詩序》非一人所作，成氏實有以啓之。成氏又撰《毛詩斷章》，久已亡佚，《崇文總目》謂：大抵取《春秋》賦詩斷章之義，抄取詩語，彙而出之。

施士丏爲代宗大曆年間人，韓愈爲志墓，言士丏明毛鄭《詩》，通《春秋左氏傳》。所著《春秋傳》與《施氏詩說》，今已亡佚；馬國翰《玉函山房輯佚書》輯其《詩說》四條。《新唐書》謂其說詩「自名其學」（見前引），蓋一家之說也。因其說詩頗多新義，一時不少名流趨往聽講。宋朝王讜《唐語林・卷二》載劉禹錫「與柳八韓七詣施士丏聽《毛詩》」一事，劉禹錫敘述施士丏解〈甘棠詩〉「勿翦勿拜」如下：「〈甘棠詩〉勿拜，召伯所說，『拜』言如人身之拜，小能屈也，上言勿翦，終言勿拜，明召伯漸遠，人思不得見也」〔註57〕，施士丏反對鄭玄「拜之言拔也」之說，實有劃時代之意義；後世學者逐漸推闡，眞相終能大白於世，參見拙著〈釋召南甘棠「勿翦勿拜」〉一文〔註58〕。

許叔牙，潤州句容人，少精於《毛詩》、《禮記》，著《毛詩纂義》。當時御史大夫高智同嘗謂人曰：「凡欲言《詩》者，必須先讀此書」，惜其書已亡佚。

七、敦煌學之《詩經》資料

中、英、法、蘇所收藏之敦煌本《詩經》卷軸，計三十餘卷，論其種類，可分爲詁訓傳、疏、音釋、白文等。

茲表列敦煌《詩經》寫卷如下，有關其寫定朝代，暫時依專家意見標出，以便參考。

（一）斯〇〇一〇　《毛詩詁訓傳》〈國風〉殘卷

　　從〈邶風・燕燕〉起，至〈靜女〉止，存九一行，屬六朝或隋朝卷子，卷背作音。

（二）斯〇一三四　《毛詩詁訓傳》〈豳風・七月〉殘卷

　　〈豳風・七月〉。唐卷子。

（三）斯〇四九八　《毛詩正義》殘卷　　（疏）

　　〈大雅・民勞篇・正義〉。三七行。凡「民」字皆作「人」，潘師石禪云：「此殘卷蓋唐寫《毛詩正義》之僅存者」。

（四）斯〇五四一　《毛詩・邶風・詁訓傳》殘卷

〔註57〕馬國翰《玉函山房輯佚書》所輯《施氏詩說》云：「拜言人心之拜，小低屈也；上言勿翦，終言勿拜，明召伯漸遠，人思不忘也。」文字與《唐語林》略有出入。

〔註58〕〈釋召南甘棠「勿翦勿拜」〉一文，載於拙著《詩經論文》一書中。

從〈邶風‧匏有苦葉〉起，至〈旄丘〉止。殘存三九行。唐寫本。

（五）斯〇七八九　《毛詩》〈國風〉殘卷　（白文）

從〈周南‧漢廣〉起，至〈鄘風‧干旄〉止。七四行。或以爲初唐寫本，黃瑞云以爲晚唐人所寫〔註59〕。

（六）斯一四四二　敦煌〈豳風〉殘卷

從〈豳風‧鴟鴞〉起，至〈狼跋〉止。經文大字行十三、四字不等；傳箋夾行，行十五、六、七字不等。章句在經文後。

（七）斯一七二二　《毛詩‧周南‧關雎詁訓傳》　（白文）

從〈周南‧關雎〉起，至〈麟趾〉止。可能是南朝卷子。不諱世字、民字、治字。

（八）斯二〇四九　《毛詩詁訓傳》殘卷

從〈豳風‧七月〉起，至〈小雅‧鹿鳴之什‧杕杜〉止。

（九）斯二七二九　《毛詩音》殘卷　（音）

從〈周南‧關雎〉起，至〈唐風‧蟋蟀〉止。存一六九行，或說存一二九行〔註60〕。世字、民字不諱。潘師石禪認爲是劉炫所作，並謂可與列寧格勒一五一七號綴合。

（十）斯三三三〇　《毛詩詁訓傳》〈小雅〉殘卷

從〈小雅‧鴻雁之什‧庭燎〉起，至〈十月之交〉止。唐寫本。

（十一）斯三九五一　《毛詩》〈周南〉殘卷　（白文）

從〈周南‧卷耳〉起，至〈汝墳〉止。存二八行。不諱民字，或以爲是六朝卷子；黃瑞云以爲可與伯二五二九綴合，並以爲是晚唐卷子。

（十二）斯五七〇五　《毛詩詁訓傳》〈周頌〉殘卷

〈周頌‧臣工之什〉。存八行。六朝或初唐卷子。

（十三）斯六三四六　《毛詩》〈大雅〉殘卷　（白文）

從〈大雅‧棫樸〉起，至〈公劉〉止。唐寫本。

（十四）伯二一二九　《毛詩》殘卷

〈小雅‧鴻雁之什〉。僅存標題。

（十五）伯二五〇六　《毛詩詁訓傳》〈小雅〉殘卷

從〈小雅‧南有嘉魚之什‧六月‧序〉起，至〈南有嘉魚之什〉末止。八紙。治字不諱，或以爲六朝卷子。背記殘日曆一節，有詞四首，中有武后

〔註59〕黃瑞云〈敦煌古寫本詩經校釋札記〉（二），《敦煌研究》1986～3。
〔註60〕王利器〈跋敦煌唐寫本劉炫毛詩述議〉，《文獻》十七期，1985年。

新字——「國」寫成「圀」。

（十六）伯二五一四　《毛詩詁訓傳》〈小雅〉殘卷

　　從〈小雅・鹿鳴之什・鹿鳴〉起，至〈南陔〉、〈白華〉、〈華黍・序〉止。十三紙。六朝卷子。不諱世字、民字。

（十七）伯二五二九　《毛詩詁訓傳》〈國風〉殘卷

　　從〈周南・汝墳〉起，至〈陳風・宛丘〉止。五八一行。黃瑞云以為可與斯三九五一號綴合，並以為是晚唐卷子〔註61〕。

（十八）伯二五三八　《毛詩詁訓傳》〈國風〉殘卷

　　從〈邶風・柏舟〉起，至〈匏有苦葉〉止。一一一行。唐卷子。

（十九）伯二五七〇　《毛詩詁訓傳》〈小雅〉殘卷

　　〈小雅・鹿鳴之什・出車〉。三紙另二行。六朝卷子。治字不諱。

（二十）伯二六六〇　《毛詩詁訓傳》〈周南〉殘卷

　　從〈周南・螽斯〉起，至〈桃夭〉止。僅存八行。民字不諱。

（二一）伯二六六九　《毛詩詁訓傳》〈大雅〉〈國風〉殘卷

　　〈大雅〉，從〈文王之什・文王〉起，至〈文王有聲〉止；〈國風〉，從〈齊風・雞鳴〉起，至〈魏風〉末止。〈大雅〉八紙，〈國風〉五紙。此卷〈大雅〉之章句在經文前，並於卷背作音，蓋六朝音隱之遺製。

（二二）伯二九七八　《毛詩詁訓傳》〈小雅〉殘卷　（白文）

　　從〈小雅・節南山之什・小旻〉起，至〈甫田之什・瞻彼洛矣〉止。三紙半，行三十至三十五字不等。

（二三）伯三三八三　《毛詩》音殘卷　（音）

　　從〈大雅・文王之什・旱麓〉起，至〈蕩之什・召旻〉止。存九六行。潘師石禪以為是徐邈之後、《經典釋文》之前，專家之舊音。

（二四）伯三七三七　《毛詩詁訓傳》〈三頌〉殘卷

　　從〈周頌・清廟之什〉起，至〈商頌・那〉止。八紙半。

（二五）伯四〇七二四　《毛詩小雅〈北山〉〈鼓鐘〉詁訓傳》殘卷

　　〈小雅・谷風之什・北山〉、〈鼓鐘〉。存九行。

（二六）伯四六三四 B　〈周南・關雎詁訓傳〉殘卷　（白文）

　　從〈周南・關雎〉起，至〈召南・采蘩〉止。存四二行。

（二七）伯四九九四　《毛詩詁訓傳》〈小雅〉殘卷

從〈小雅・鹿鳴之什・杕杜〉起，至〈鹿鳴之什〉末。一紙，共一六行。世字、治字不諱。

（二八）列寧格勒一五一七　《毛詩音》殘卷

存一七行。潘師石禪謂此卷可與斯二七二九號卷子末九行綴合〔註62〕。

（二九）敦煌北魏寫本《毛詩》殘葉

從〈小雅・節南山之什・巧言〉起，至〈何人斯〉止。存一三行，一八七字。此卷發現於民國三三年八月。國立敦煌藝術研究所修建職員宿舍時，於後園土地祠殘塑中發現經卷雜文等六六種，此乃斯、伯兩氏攜敦煌卷子去後之第一次發現。其《毛詩》寫卷無年月題記，但同時發現之其它經卷多為北魏寫本，又根據書體相近，故斷為北魏寫本。蘇瑩輝先生推斷此卷為王肅本子〔註63〕。

八、敦煌《詩經》卷子之價值

潘師石禪嘗撰文評介敦煌《詩經》卷子之價值〔註64〕，茲簡要敘述如下：

（一）可覘六朝、隋、唐《詩經》學之風氣

據《北史・儒林傳・序》、〈隋志〉、《經典釋文・敘錄》，知六朝隋唐《詩經》學，呈現《毛傳》《鄭箋》大一統之局面；今巴黎、倫敦、列寧格勒《詩經》卷子皆可印證此說，因以上殘卷無一非《毛詩詁訓傳》，即使是白文，亦皆標題「鄭氏箋」。至於前述第二九敦煌北魏寫本《毛詩》殘葉，雖蘇瑩輝先生指為王肅本子，但《經典釋文・敘錄》謂王肅「述毛非鄭」，可見敦煌《詩經》卷子均符合《北史・儒林傳・序》「詩則並主於毛公」之現象；《齊、魯、韓詩》，或佚或隱，乏人問津。

（二）可覘六朝隋唐傳本之舊式

1、置《序》於每篇經文之前

《詩經》〈南陔〉、〈白華〉、〈華黍〉「有其義而亡其辭」，依《鄭箋》之說，此一現象乃是由於《詩序》原本合編，與《詩》分立，故得以保存；至毛公為《詁訓傳》，方置《詩序》於各詩之前。今所見敦煌《詩經》卷子，序文與經文每篇皆相連屬，

〔註62〕潘師石禪〈倫敦藏斯二七二九號暨列寧格勒藏一五一七號敦煌卷子《毛詩音》殘卷綴合寫定題記〉，《新亞學報》九卷二期，頁1～47，民國59年9月。

〔註63〕蘇瑩輝〈從敦煌北魏寫本論《詩序》真偽及孝經要義〉及〈敦煌六朝寫本《毛詩》注殘葉斠記〉兩文，載於《孔孟學報》一期、三期。

〔註64〕潘師石禪〈敦煌《詩經》卷子研究論文集序〉及〈巴黎倫敦所藏敦煌詩經卷子題記〉兩文，前文載於《華學月刊》五二期，頁1～3，民國65年4月。後文載於《新亞書院學術年刊》十一期，頁259～290，民國58年9月。

承《詁訓傳》之舊式。

2、章句或在篇前，或在篇後

段玉裁《毛詩詁訓傳定本小箋》據孔穎達所言「定本章句在篇後」，因而認爲《孔氏正義》本之章句置於篇前。王重民先生於《敦煌古籍敘錄》卷一著錄英倫所藏斯七八九、斯三三三〇、斯六三四六號殘卷時，依「定本章句在篇後」之主張，題爲《毛詩定本》，實有未當。因六朝時代已有「定本」，「定本」之名非顏著所得專〔註65〕；況且，敦煌卷子之章句，或在經文之前，如伯二六六九號之〈大雅〉；或章句在經文後，伯二六六九號之〈國風〉；故難斷言師古之定本，其章句究在經文前，或在經文後。可見，此一體式足資考證之用。

3、《五經正義》原本與經注別行

《五經正義》，自唐迄宋，皆與經注別行，斯四九八號〈毛詩·大雅·民勞篇〉正義殘卷，即其舊式。

4、詩音位置不一

敦煌《詩經》卷子之詩音，以別行者居多，如斯二七二九號《毛詩音》、伯三三八三號《毛詩音》是也。亦有書於卷背者，如斯一〇號、伯二六六九號是也。亦有書於字側者，如斯五七〇五號〈周頌〉殘卷是也。注音於字側，最便誦讀；此蓋宋人注疏本與《釋文》合刻之先河。

5、《毛詩詁訓傳》分爲二十卷

段玉裁《毛詩詁訓傳定本小箋》題辭受〈漢志〉「《毛詩》經三十九卷，《毛詩詁訓傳》三十卷」之影響，遂因〈周南·關雎〉故訓傳第一至〈那〉故訓傳第三十之舊，定爲三十卷，以復〈漢志〉。羅振玉以爲段氏如此分卷，未必遂合〈漢志〉。依潘師石禪之考證，《詁訓傳》之約爲二十卷，當始於後漢馬融，而爲鄭玄、王肅所承用〔註66〕；今敦煌《詩經詁訓傳》皆分爲二十卷，可資佐證；益知段氏分卷之不妥。

（三）可覘六朝隋唐人抄寫字體之情況

由《顏氏家訓·雜藝篇》、張守節《史記正義》論字例，可知六朝以來寫本，訛字紛飛。觀現存敦煌卷子，及潘師石禪主編之《敦煌俗字譜》〔註67〕，可見當時之俗字訛文，變體簡寫，盈目滿紙，與顏、張所言若合符節。唐代字樣學實非無端而起，學者之於字體流變之緣由，至此了然於心。

〔註65〕參本章「（四）、訂正群經文字，1、顏師古《五經》定本」條。
〔註66〕文同註64所引第二文，伯二五二九號題記。
〔註67〕潘師石禪《敦煌俗字譜》，石門圖書公司，民國67年出版。金師榮華《敦煌俗字索引》，石門圖書公司，民國69年。

第七章　宋朝《詩經》學

　　宋太祖建隆元年（公元 960 年）至恭帝德祐二年（公元 1276 年），南北宋總計三一七年。此期間，外患頻仍，初有契丹、遼、金、西夏，後有蒙古；強敵壓境，國土分裂。然其學術卻能獨創新局，蓬勃發展，「宋學」與「漢學」遂分庭抗禮。

第一節　宋朝經學背景

一、重文輕武之政策

　　唐代之亡，亡於藩鎮；武人坐大，國君力弱，造成尾大不掉之弊端，此宋太祖親歷而深知者也。唐末五代，兵燹不斷，無暇修文，將門子弟亦不好學，故後唐明宗有「將家子，文非素習，徒取人竊笑」之語〔註1〕。後漢樞密使楊邠，素不喜書生，常言：

> 國家府廩實，甲兵強，乃為急務。至於文章禮樂，何足介意〔註2〕！

宋太祖即位，便抑制武將兵權，削弱地方勢力，並積極提倡文治。《宋史》曰：

> 乾德元年，先諭宰相曰：「年號須擇前代所未有者。」三年，蜀平，蜀宮人入內，帝見其鏡背有志「乾德四年鑄」者，召竇儀等詰之。儀對曰：「此必蜀物，蜀主嘗有此號。」乃大喜曰：「作相須讀書人。」由是大重儒者〔註3〕。

又曰：

> （趙）普少習吏事，寡學術，及為相，太祖常勸以讀書。晚年手不釋卷，

〔註1〕《資治通鑑・卷二七八・後唐紀七》。蒲公英（藍燈）出版社，冊十一，頁9077。
〔註2〕書同註1，卷二八八，〈後漢紀三〉。冊十二，頁9392。
〔註3〕《宋史・卷三・太祖本紀》。鼎文版，冊一，頁50。

每歸私第，闔戶啓篋取書，讀之竟日〔註4〕。

又曰：

> 五季亂極，宋太祖起介冑之中，踐九五之位，……名藩大將，俯首聽命；四方列國，次第削平，……建隆以來，釋藩鎮兵權，繩贓吏重法，以塞濁亂之源。……治定功成，制禮作樂。……遂使三代而降，考論聲明文物之治，道德仁義之風，宋於漢、唐，蓋無讓焉〔註5〕。

范文瀾曰：

> 趙匡胤看到了奪帝位的容易，他想了許多辦法來維護自己的統治。宋代對外是最屈辱的，但對內部的辦法則很多。拉攏地主階級的知識分子，這是宋代維護自己統治的基本辦法。唐代進士及第的名額，一榜最多只有三十名；五代時，一榜只有十八名，宋代大大放寬進士及第名額，多到四五百名。做官的道路很多，不只是科舉一途。……宋代的大官，不管犯甚麼罪，都不殺頭，只是充軍邊地；這些措施都是爲了爭取士的擁護〔註6〕。

然重文輕武政策使宋朝國力積衰不振，無法抗敵，遺害甚大。葉適〈上孝宗皇帝箚子〉曰：

> 國家規模特異前代，本緣唐季陵夷，藩方擅命，其極爲五代廢立、士卒斷制之禍，是以收攬天下之權，銖分以上，悉總於朝。上獨專操制之勞，而不獲享其富貴之逸，故內治柔和，無狡悍思亂之民……此其得也。然外網疏漏，有驕橫不臣之虜，雖聚重兵勇將而無一捷之用，不免屈意損威以就和好，此其失也〔註7〕。

其〈奏議紀綱二〉曰：

> 譬如一家，藩籬垣墉所以爲固也，堂奧寢處所以爲安也；固外者宜堅，安內者宜柔；使外亦如內之柔，不可爲也。唐失其道，化他地爲藩鎮，內外皆堅而人主不能自安；本朝反其弊，使內外皆柔，雖欲自安，而有大不可者〔註8〕

又其〈兵總論〉曰：

〔註4〕《宋史・卷二五六・趙普》。鼎文版，冊十一，頁 8940。下文又謂趙普所讀者，《論語》二十篇也。

〔註5〕《宋史・卷三・太祖本紀》。鼎文，冊一，頁 50～51。

〔註6〕范文瀾〈經學史講演錄〉，《歷史學》1979～1，頁 14，1979 年 3 月。

〔註7〕《葉適水心先生文集・卷一》，頁 7，（大本原式）《四部叢刊正編》，冊五九，商務，民國 70 年。

〔註8〕書同註7，卷五，頁 59。

自府衛變爲召募，召募之法壞，而邊兵始重，於是藩鎭之亂起。收藩鎭之重勢，而人主聚兵，以自將爲名，竭天下之力以養之；及人主不能自用，而柄任已不專於諸將矣，則四顧茫然，無所統一；於是，內則常憂其自爲變，而外不足以制患，至於有莫大之兵，而受夷狄無窮之侮〔註9〕。

二、崇尚氣節

自隋唐五代以來，社會風尙，只求榮利，不講行誼，如五代時馮道，歷仕四姓十君，不以爲恥，反自命爲「長樂老人」，士人亦多不重氣節。宋太祖即位，力圖移風易俗，扭轉前代頹風；表彰韓通之忠節，尊崇种放之高隱。程運先生曰：

> 宋代士風中特別崇尙氣節，……《宋史》言士大夫忠義之氣，至於五季變化殆盡。藝祖首褒韓通，次衛融，以示意嚮。後范仲淹矯厲尙風節，胡瑗、孫復以師道明正學，田錫、王禹偁、歐陽修以直言讜論倡於朝。於是風氣一變，士存正氣，知以名節爲高，廉恥相尙，盡去五季之陋〔註10〕。

如程先生所舉，北宋末年，太學生徐揆爲營救徽、欽二帝，以身殉國。吳革等密結軍民，謀襲敵營以救二帝，事敗，殉難者百餘人。至南宋，死節者尤多，如李誠之受學於東萊，嘗謂眞西山曰：「篤信好學，守死善道，吾輩八字箴也」，金人來犯，力戰而死〔註11〕。文天祥兵敗被執，囚於燕京，四年不屈，從容就義；衣帶中有贊曰：

> 孔曰成仁，孟曰取義，惟其義盡，所以仁至。讀聖賢書，所學何事？而今而後，庶幾無愧。

謝枋得死節事見《宋元學案‧卷八四‧存齋晦靜息庵學案》，謝氏〈與李養吾書〉曰：

> 人可回天地之心，天地不能奪人之心。大丈夫行事，論是非，不論利害；論逆順，不論成敗；論萬世，不論一生。志之所在，氣亦隨之，氣之所在，天地鬼神亦隨之〔註12〕。

此外，宋儒死節者尙有伊川之子程端中，晦翁之孫朱浚，南軒後人張唐（即張鐘），雙峰高弟趙良淳，鶴山高弟許月卿，及唐震呂大圭之徒，實更僕難數。又長治之陷，嶽麓諸生荷戈登陴，死者十九，惜姓名多無考〔註13〕。

〔註9〕書同註7，卷五，頁68。

〔註10〕〈程運兩宋學術風氣之分析〉，《政大學報》二一期，頁120。

〔註11〕《宋元學案》，重編本，冊三，卷六六，頁832，〈麗澤諸儒學案〉。正中，民國43年。

〔註12〕《謝枋得疊山集》，卷五，頁24上欄，《四部叢刊廣編》，冊四二，商務，民國70年。

〔註13〕書同註11，卷冊同，頁831，「麗澤諸儒學案傳授表」之末，全祖望之語。

宋儒尊崇孔孟之學，勉人進德修業。張載曰：「爲天地立心，爲生民立命，爲往聖繼絕學，爲萬世開太平」，證諸宋人死節事，孰謂斯言大而無當哉！

三、刊印經書

唐朝已有雕版印刷，然所刻書籍，多爲佛經、曆書，與私人文集。據《五代會要》，後唐明宗長興三年（公元 932 年），馮道、李愚奏請依石經文字刻《九經》，此爲雕板經書之始；後漢、後周繼續其事，至後周太祖廣順三年（公元 953 年），《九經》皆成。此項工作係由國子監任之，故所刻本曰「監本」；所刻內容，係據唐石經刻經文〔註 14〕，又附以經注本之注文〔註 15〕；今皆亡佚。

因雕板印刷術之改良，宋人大量翻刻經書，普遍流傳，直接帶動經學研究之風氣。

北宋太宗端拱元年（公元 988 年），司業孔維等奉敕校勘孔穎達《五經正義》百八十卷，詔國子監鏤板行之；其中，詩則「李覺等五人再校，畢道昇等五人詳勘，孔維等五人校勘，淳化三年（公元 992 年）壬辰四月以獻」〔註 16〕，至淳化五年（公元 994 年），前後歷七年，《五經正義》刊刻完成。眞宗咸平元年（公元 998 年），劉可名上言諸經板本多誤，上令崔頤正詳校劉可名所奏《詩、書正義》差誤事，孫奭等改正九十四字；咸平二年（公元 999 年），《五經正義》始畢。咸平四年（公元 1001年），又續刻《周禮》、《儀禮》、《公羊》、《穀梁》、《孝經》、《論語》、《爾雅》等《七經正義》。故北宋所刻單疏本凡十二種；此十二經單疏本，南宋紹興十五年，臨安府有重刻本（取入國子監中，即南宋監本也）。

宋朝單疏本傳世甚少，《毛詩正義》有日本內藤虎次郎藏本，缺首七卷。

至於經注本，五代刊刻之後，一因田敏臆改，頗傷穿鑿，二因摹印歲深，字體訛缺，故宋眞宗時再行刊刻。

北宋經注本並非一時刻成，而是因舊本之訛缺，陸續刊刻而成。兩宋所刻經注本，除《十二經》外，又附刻《五經文字》、《九經字樣》、《經典釋文》，甚至《孟子》亦有單刻本，凡十四卷，用趙岐注。以上經注本，皆爲「八行本」。

經、注、疏（或又加《經典釋文》）合刻本，始於南宋高宗紹興年間，以黃唐「茶鹽司本」所刻八經（《周易》、《尚書》、《毛詩》、《周禮》、《禮記》、《春秋》、《論語》、

〔註 14〕唐石經惟刻經文，無注文。

〔註 15〕王國維〈五代兩宋監本考〉，《王觀堂先生全集》，冊十一，頁 4311，文華，民國 57年出版。

〔註 16〕王應麟《玉海》，冊二，卷四三，頁 15，〈端拱校五經正義〉。華文（華聯），民國 56年再版。

《孟子》，後三種爲茶鹽司續刻）爲最佳。黃唐本仍是「八行本」，其本雖善，但流傳不廣。宋代書坊所刻者，多應科舉考試之需，對《正義》、《釋文》任意刪削；又益以纂圖、互註、重言、重意等名目，愈出愈濫，去古愈遠；此等板本，名曰監本，實非監本；尤以「十行本」影響後世最大〔註17〕。

　　儘管刻本之優劣不一，然較之傳鈔本，實有過之。馬宗霍曰：

　　　蓋自有鏤板，學者無復筆札之勞，經籍流布，由是益廣，斯實文藝上一大發明。且各經皆詳加校定而後頒行，則舛誤亦自較傳鈔爲少；宋槧之見寶於後世，實在於此。是故唐以前但有官學，宋以來又有官書，其於扶翼聖道，豈曰小補之哉〔註18〕！

四、學校與書院

　　宋初，太祖曾增築國子監學舍。仁宗慶曆四年（公元1044年），范仲淹極力批評當時不重教而重選之政策，主張廣設學校，凡應科舉者，須先受學校教育。仁宗下令於地方設置學校，詔「有司其務嚴訓導，精察舉；學者其務進德修業，無失其時」；中央亦擴充學生員額。神宗時，王安石建議改革教育，興辦學校；命諸州置學官，給田贍士，置小學教授，創立大學三舍法，增太學生至千人，使教育更平民化、普及化〔註19〕。

　　宋朝之官學，有所謂京師四學，即國子學、太學、四門學、宗學；此外，尚有小學、廣文館、諸王宮學、內小學等。中央官學以太學爲最盛，太學生於兩宋學術、政治上，佔重要地位。

　　地方學校則有府、州、軍、監、縣各立之學校，宋初不甚完備，仁宗時始大興地方之學。南宋中葉以後，地方學校漸衰〔註20〕。

　　而宋朝最負盛名者，則是書院教育。

　　秦漢時，已有所謂「精舍」、「精廬」、「講堂」，爲學子講學之處。較具規模之書院，約始於唐代；入宋之後，書院蓬勃發展，北宋有湖南衡陽之石鼓書院、江西廬山之白鹿洞書院、湖南長沙之嶽麓書院、河南商丘之應天府書院（又稱睢陽書院）河南嵩山之嵩陽書院（又名太室書院），是爲五大書院。南宋書院更盛，總計南北《宋書》院近五百所〔註21〕。兩《宋書》院有官立、私立之分，如白鹿洞、嶽麓皆爲官

〔註17〕于大成〈經書的板本〉，《孔孟月刊》十二卷十一期，頁29，民國63年7月。
〔註18〕馬宗霍《中國經學史》，頁109，商務，民國68年。
〔註19〕李威熊《中國經學發展史論》，頁287～288，文史哲出版，民國77年。
〔註20〕傅樂成主編《中國通史》王明蓀著《宋遼金元史》，頁121，眾文出版，民國75年。
〔註21〕吳萬居《宋代書院與宋代學術之關係》，民國75年政大中研所碩士論文。

立，應天府則由私立改爲官立〔註22〕。

書院教育除經藝傳授之外，更重品德修養，教席皆以經師而兼人師，言教而兼身教。程運先生以爲：重人倫之精神、重實踐之精神、重禮節之精神、重組織之精神、合作之精神等五項，是書院教育之特點〔註23〕。李威熊先生曰：

> 後人對書院制度雖有許多的批評，但不可否認的，它是融學術於生活最佳的教育方式，也培養出不少人格修養極高的大師。更爲政府訓練政治人才，並對時政提供一些建言，及促進平民教育的普及，這些都是書院的正面作用。又它主要的教材是中國的經書，因此，書院對經籍的整理、研究和弘揚，都有相當大的貢獻〔註24〕。

五、理學發達

宋代之傳統經學爲理學之聲勢所掩蓋，因而相形失色。《宋史》於〈儒林傳〉之外另立〈道學傳〉，所傳即兩宋之理學家。

宋儒治學之精神，與前人大異其趣者，即不再斤斤於文字之考訂與訓釋，而從事思想之探討與批評；注重經籍中心思想，重視義理，講究精微，故稱「理學」或「宋學」。理學以韓愈、李翱爲濫觴，宋初胡瑗、孫復爲先河。宋朝理學，以儒學爲主，並受佛、道二家之影響，由宇宙論，談及人生心性。范文瀾曰：

> （宋學）以倫常爲基礎，同時又與佛、道結合。宋學內容很多是佛老的東西，漢學是漢人的東西〔註25〕。

仁宗時，胡瑗講學於南方，孫復授業於北方。范仲淹之學與孫復相近，而傳予張載，稱爲關派。周敦頤繼胡瑗而講學於南方，傳予程顥、程頤兄弟，稱爲洛派。周敦頤、張載、程顥、程頤是「北宋理學四大家」，與邵雍合稱「北宋五子」。

理學至二程時，更加發揚光大，至南宋而愈臻頂峰。朱熹受張載、程頤之影響，偏於道問學，又集宋代理學之大成。陸九淵受周敦頤、程顥之影響，偏於尊德性，見解與朱子略有不同。此外，呂祖謙、薛季宣、陳亮、陳傅良、葉適諸人，講儒家之道，但不恥言利，爲理學開一「浙東學派」〔註26〕；而呂祖謙屬文獻派，葉適則屬事功派。

顧炎武以爲捨經學則無理學，理學乃從經學發展而出；而理學大盛之後，頗影響治經之內涵。如陸九淵提出心即宇宙、心即是理、心即是道，以《六經》皆我註

〔註22〕同註20。
〔註23〕文同註10，頁129～121。
〔註24〕文同註19，頁288。
〔註25〕范文瀾遺作〈經學史講演錄〉，《歷史學》1979～1，頁17。
〔註26〕浙學功利思想，北宋仁宗時，即有李覯發其端；王安石之思想可說是承李覯之緒。

腳；以爲當先發人之本心，若不明心，雖爲學日益，反爲道日損。而朱子主張即物窮理以致其知，既求理於外，故亦以讀書爲窮理致知之要。朱子注釋群經，不遺餘力；雖重義理，亦兼及訓詁名物；此與漢唐經師差異不大。至於朱子退《五經》，進《四書》，是其獨到之見解。

六、科舉制度與王安石變法

宋代科舉制度大體分爲二大類：

（一）常　舉

即經常性之貢舉，名目甚多，有進士、九經、五經、開元禮、三禮、三史、三傳、學究、明經、明法等科；另有武舉，其中以進士科爲尤著。

（二）特　選

即非常科，有制舉、童子舉、道舉等。

考試方式，先經地方州郡之取解試，再經京師禮部之省試，而後參加殿試；殿試及格者，謂之及第。宋初科舉考試並無定制，至英宗後始定爲三年一試〔註27〕。

唐朝科舉明經考試，多重記憶注疏，而不求其義。唐高宗永徽以後，形成進士科獨盛之局；至唐玄宗時，進士考試始尚詩賦，應試者若帖經成績過差，亦可以詩代替，謂之「贖帖」〔註28〕。宋仁宗慶曆三年（公元 1043 年），范仲淹進改革之議，主張重策論，抑詩賦，主經義以裁士〔註29〕；此爲日後王安石變法所取則。

仁宗嘉祐三年〔註30〕，王安石〈上仁宗皇帝言事書〉曰：

夫課試之文章，非博誦強學、窮日之力則不能；及其能工也，大則不足以用天下國家，小則不足以爲天下國家之用。……然明經之所取，亦記誦而略通於文辭者則得之矣；彼通先王之意，而可以施於天下國家之用者，顧未必得與於此選也〔註31〕。

安石別有〈取材〉一文，指當日科舉之缺失，曰：

然其策進士，則但以章句聲病，苟尚文辭，類皆小能者爲之；策經學者，徒以記問爲能，不貴大義，類皆蒙鄙者能之〔註32〕。

〔註27〕書同註20，頁 121。
〔註28〕傅樂成主編《中國通史——隋唐五代史》，頁 150～151，眾文，民國 74 年出版。
〔註29〕《宋史‧卷三一四‧本傳》曰：「進士先策論，後詩賦；諸科取兼通經義者賜第以上，皆取詔裁。」
〔註30〕清蔡上翔《王荊公年譜考略》及于大成《王荊公年譜》皆繫是年。
〔註31〕王安石《臨川先生文集》卷三九，頁 246 下欄，及頁 249 上欄。《四部叢刊初編》，冊五一，商務。
〔註32〕書同註31，卷六九，頁 443，上欄。

故主張：

> 策進士者，……使之以時務之所宜言之，不直以章句聲病累其心。策經學
> 者，……各傳經義以對，不獨以記問傳寫為能。（同上）

神宗熙寧四年（公元 1071 年），依安石意，詔定貢舉新制：

> 進士罷詩賦、帖經、墨義，各占治《詩》、《書》、《易》、《周禮》、《禮記》
> 一經，兼以《論語》、《孟子》。每試四場——初本經，次兼經並大義十道，
> 務通義理，不須盡用注疏；次「論」一首；次「時務策」三道、禮部五道，
> 中書撰大義式頒行〔註33〕。

程元敏先生論其事曰：

> 新制專以經義裁士，雖有他書，應舉人皆得束之高閣矣。試經義「不須盡
> 用古注舊疏」，是《五經正義》等書亦非必讀矣。又因策學者以大義，令
> 務通義理，造作策論，舊經解已不足以適應需要，故新經義之修撰，勢在
> 必行；而求致「道德一於上，習俗成於下」，應舉人讀經有定本，典試評
> 卷不患無所依據，則新經解若由朝廷命學者撰修頒行，以為天下準式，最
> 稱宜當〔註34〕。

於是熙寧六年（公元 1073 年），建官設局，修撰新經義。王安石任提舉，呂惠卿任修撰，王雱、呂升卿為同修撰，余中等十二人任檢討官。所撰《尚書義》十三卷、《詩經義》二十卷，據二書安石序，皆王雱訓辭，而安石訓義，其實雜出眾手也；唯《周官新義》二十二卷，由安石親筆獨撰〔註35〕，合稱《三經新義》。

《尚書新義》於熙寧七年（公元 1074 年）即已上進，八年六月，又進《周禮》與《詩》，隨即頒行，作為取士之標準。于大成先生曰：

> 《周官新義》為安石手撰，《尚書新義》則熙寧七年四月，安石第一次罷
> 相之前，即已上進，以故二者皆未發生問題。獨《詩義》自安石第一次罷
> 相後居金陵，雖仍提舉經義局，而呂惠卿在京同提舉。惠卿小人，借機會
> 打擊安石，凡所以下石焉者無不為，所以對於安石父子的《詩義》，也大
> 事改竄；安石再相，對此事頗不懌〔註36〕。

熙寧八年九月，安石上劄請改復《詩義》，重加論定，即因惠卿兄弟之改竄也。元豐三年（公元 1080 年）八月，安石劄乞改正三經誤字，於《詩義》則為二改。

〔註33〕李燾《續資治通鑑長編》，卷二二○，頁 1，世界書局。
〔註34〕程元敏〈三經新義修撰通考〉，《孔孟學報》三七期，頁 138，民國 68 年。
〔註35〕同註 34。
〔註36〕于大成〈王安石三經新義〉，《孔孟月刊》十一卷一期，頁 25。

　　《三經新義》外，王安石尚有《字說》二四卷、《易解》二十卷、《論語解》十卷、《孟子解》四二卷，並科場要籍。當時，如蔡卞著《尚書解》及《毛詩名物解》，陸佃著《爾雅新義》、《詩物性門類》及《禮記解》，王昭禹著《周禮詳解》，林之奇著《周禮講義》，方愨、馬晞孟（各）著《禮記解》，皆援王學以解經；故陳振孫曰：

　　　　王氏學獨行於世者六十年，科舉之士，熟于此乃合程度，前輩謂如脫墼然，
　　　　按其形模而出之爾〔註37〕。

蘇軾〈答張文潛書〉曰：

　　　　文字之衰，未有如今日者也；其源實出於王氏（安石）。王氏之文未必不
　　　　善也，而患在於好使人同己。自孔子不能使人同；顏淵之仁，子路之勇，
　　　　不能以相移；而王氏欲以其學同天下。地之美者，同於生物，不同於所生；
　　　　惟荒瘠斥鹵之地，彌望皆黃茅白葦；此則王氏之同也〔註38〕。

呂祖謙曰：

　　　　熙寧中，王安石以《新義》頒天下，其後章、蔡更用事，概以王氏說律天
　　　　下士，盡名老師宿儒之緒言餘論為曲學，學輒覆斥。當是時，內外校官非
　　　　《三經義》、《字說》不登几案；它書雖世通行者，或不能舉其篇帙〔註39〕。

陳師道曰：

　　　　王荊公改科舉，暮年乃覺其失，曰：「欲變學究為秀才，不謂變秀才為學
　　　　究也。」蓋舉子專誦王氏章句而不解義〔註40〕。

朱子曰：

　　　　《經義》大不便，分明是侮聖人之言〔註41〕。

蘇軾之言是也，「王氏之文未必不善也，而患在於好使人同己」，以新經義取士，獨行於世六十年，其影響不可謂不巨。然而哲宗即位，用司馬光、呂公著為相，安石新法，廢毀淨盡，國子司業黃隱，妄意迎合當政，竟焚其書板，每見生員試卷引用，輒加排斥。自是之後，安石之書，遂佚不傳；《周官新義》原本二二卷，清初從永樂大典中輯出，僅存十六卷；《詩》、《書》二種，並輯本亦不得矣。故當日崇安石者太過，後之反安石者亦太過。

〔註37〕陳振孫《直齋書錄解題》，卷二，頁5，「書義十三卷」條。中文出版社，民國67年。
〔註38〕蘇軾《蘇東坡全集》，前集卷三一，上冊頁376，河洛出版，民國64年。
〔註39〕馬宗霍《中國經學史》，頁118引。商務印書館，民國68年。
〔註40〕陳師道《後山叢談》，卷一，頁5，《叢書集成新編》，冊八六，新文豐出版。
〔註41〕黎靖德編《朱子語類》，卷一〇九，頁2697，華世出版，冊七。

第二節　宋朝經學之發展趨勢

一、宋初為唐學之餘響

　　北宋初年，治經者多信守注疏。太宗時，刊刻《五經正義》；眞宗咸平年間，除校正《五經義疏》外，又續刻《七經正義》，使群經義疏多達十二種；鏤板國學，著爲功令，而經筵進講，亦依傍注疏。楊安國在仁宗經筵爲侍講二十七年，講說一以注疏爲主，無它發明〔註42〕，孫復爲邇英殿說書，講說多異先儒，楊安國即說於上而罷之〔註43〕。眞宗景德二年（公元 1005 年），考生賈邊論「當仁不讓於師」，解「師」爲「眾」，參知政事王旦議曰：「捨注疏而立異論，輒不可許，恐士子從今放蕩，無所準的」，遂取李迪而黜賈邊〔註44〕。眞宗大中祥符二年（公元 1009），詔曰：

　　　　讀非聖之書及屬辭浮靡者，皆嚴譴之〔註45〕。

在此，宋初朝野之治經取向，已昭然可見。至於太祖時，王昭素著《易論》，不守注疏〔註46〕，若此之類，蓋寥寥耳。

二、慶曆以降之變革

（一）捨訓詁而趨義理

　　司馬光〈論風俗箚子〉曰：

　　　　新進後生，未知臧否，口傳耳剽，翕然成風。讀《易》未識卦爻，已謂
　　　　《十翼》非孔子之言；讀《禮》未知篇數，已謂《周官》爲戰國之書；
　　　　讀《詩》未盡〈周南〉、〈召南〉，已謂毛、鄭爲章句之學；讀《春秋》未
　　　　知十二公，已謂《三傳》可束之高閣。循守注疏者謂之腐儒，穿鑿臆說
　　　　者謂之精義〔註47〕。

可見慶曆以後，學者大多輕忽章句、注疏，而偏於義理。如歐陽修《易童子問》、程頤《易傳》、蔡沈《書集傳》、陳大猷《尚書集傳或問》、歐陽修《毛詩本義》、王質《詩總聞》、王安石《新經周禮義》、衛湜《禮記集說》、孫復《春秋尊王發微》、王皙《春秋皇綱論》等，均不止於典章文物制度之訓詁考證，亦十分著力於義理之闡揚〔註48〕。

〔註42〕《宋史》卷二九四，本傳。
〔註43〕書同註33，卷四六。
〔註44〕書同註33，卷五九。
〔註45〕《宋史》卷七，〈眞宗本紀二〉。
〔註46〕晁公武《郡齋讀書志・卷一上》曰：「（王）昭素，居酸棗。太祖時，嘗召令講《易》，
　　　　其書以注疏異同，互相詰難，蔽以己意。」
〔註47〕司馬光《傳家集》，頁 390，《四庫全書》，冊一〇九四，商務。
〔註48〕書同註19，頁 343，〈兩宋的新經學〉。

宋人輕訓詁而趨義理之原因，約有四端：其一，經學內部自然演變。訓詁名物等考據之學盡，則義理之學代興，是以東漢一變而爲魏晉六朝，唐正義一變而爲宋學〔註49〕。其二，經世致用之思想盛行。儒家思想經漢代之陰陽化，及魏晉六朝之玄虛化，已頗失本眞。自唐韓愈「原道」、李翱「復性」之作，使儒家思想邁入新境界；講究修己治平之道，著力於做人之功夫；此一觀念，至宋儒而發揚光大。《宋元學案》載胡瑗門人劉彝之言曰：「臣師當寶元、明道之間，……以明體達用之學授諸生，……故今學者明夫聖人體用，以爲政教之本，皆臣師之功。」〔註50〕范仲淹曰：「蓋聖人法度之言存乎《書》，安危之幾存乎《易》，得失之鑒存乎《詩》，是非之辯存乎《春秋》，天下之制存乎《禮》，萬物之情存乎《樂》。故俊哲之人，入乎《六經》，則能服法度之言，察安危之幾，陳得失之鑒，析是非之辯，明天下之制，盡萬物之情；使斯人之徒，輔成王道，復何求哉？」〔註51〕經世致用之思想既已盛行，儒者遂不務訓詁考據，而趨向義理之探索。其三，受外學影響。宋儒治經，多非純儒。試觀熙寧五年（公元1072年），王安石與神宗之對話，可見一斑：

> 安石曰：「『柔遠能邇』，《詩》、《書》皆有是言，別作言語不得。臣觀佛書，乃與經合；蓋理如此，則雖相去遠，其合猶符節也。」上曰：「佛西域人，言語即異，道理何緣異？」安石曰：「臣愚以爲苟合於理，雖鬼神異趣，要無以易。」上曰：「誠如此。」〔註52〕

安石喜佛書，常援釋典說儒經；及其罷相，歸老鍾山之定林，著有《楞嚴經疏解》若干卷〔註53〕。朱子稱宋朝解經者有三，即儒者之經、文人之經、禪者之經〔註54〕，分別受道學、文學、佛學之影響，是其捨訓詁而趨義理，固無足怪也歟！其四，象山學派主於尊德性，不以道問學爲事。象山曰：

> 蓋心，一心也。理，一理也。至當歸一，精義無二；此心此理，實不容有二〔註55〕。

心、理爲一，則一己之道德行爲，即此心之展開，而無需任何外在條件；故不以讀書爲必然。據《象山年譜》：

> 鵝湖之會，論及教人，元晦之意，欲令人泛觀博覽，而後歸之約。……此

〔註49〕 參〈結論〉章，茲不贅。

〔註50〕 （重編）《宋元學案》，卷一，〈安定學案〉，頁8。正中，民國43年。

〔註51〕 《范文正公集》，卷九，頁73，〈上時相議制舉書〉。《四部叢刊初編》，冊四五，商務。

〔註52〕 書同註33，卷二三三，頁14。

〔註53〕 于大成〈王安石著述考〉，《國立中央圖書館館刊》，新一卷三期，頁44。

〔註54〕 書同註41，卷十一，頁193。

〔註55〕 陸九淵《陸象山全集》，卷一，頁3，〈與曾宅之〉。世界書局。

頗不合，先生更欲與元晦辯，以爲堯舜之前，何書何讀？復齋止之〔註56〕。

象山嘗曰：「學苟知道，《六經》皆我註腳。」或勸象山著書，答曰：「《六經》註我？我註《六經》？」此一學派以發明本心爲主，既以泛觀博覽爲次要，遑論斤斤於瑣碎之訓詁考據學！

（二）喜好新奇，好以己意解經

陸游曰：

> 唐及國初，學者不敢議孔安國、鄭康成，況聖人乎？自慶曆後，諸儒發明經旨，非前人所及〔註57〕。

吳曾曰：

> 國史云：慶曆以前，學者尚文辭，多守章句注疏之學，至劉原父爲《七經小傳》，始異諸儒之說〔註58〕。

王應麟曰：

> 自漢儒至於慶曆間，談經者守訓故而不鑿。《七經小傳》出而稍尚新奇矣。至《三經義》行，視漢儒之學若土梗〔註59〕。

宋朝經學，論者咸以仁宗慶曆年間（公元 1041 至 1048 年）爲從墨守變爲趨新之轉型期。宋儒好逞己意，發爲新說，究其原因，容有三端：其一，繼續唐末反《義疏》之風，而發揚興盛。其二，與科舉制度有關。皮錫瑞曰：

> 科舉取士之文而用《經義》，則必務求新異，以歆動試官；用科舉經義之法而成說經之書，則必創爲新奇，以煽惑後學。……一代之風氣成於一時之好尚，故立法不可不愼也。……安石自撰《周禮義》，使雱撰《詩、書義》，名爲《三經新義》，頒行天下。夫既名爲新義，則明教人棄古說，以從其新說〔註60〕。

其三，與新興之理學有關，而禪學亦有以啓發之。鄺士元曰：

> 漢儒、宋儒雖皆宗孔子，崇經籍；但前者重在書本，重在章句訓詁，是客觀的，是偏於道問學的；後者重在心性，重在義理修養，是主觀的，是偏於尊德性的。由經學一變而爲理學，是由外而內的，由客觀的記誦箋注之「博」而反之於主觀的存養省察之「約」。而學風之轉變則由外來的佛教

〔註56〕書同註55，卷三六，頁 323，年譜，淳熙二年條。
〔註57〕語見王應麟《困學紀聞》，卷八，頁 22，〈經說〉。《四部叢刊廣編》，冊二八，商務。
〔註58〕吳曾《能改齋漫錄》，卷二，頁 26，〈注疏之學〉。《叢書集成新編》，冊十一，頁 426，新文豐。
〔註59〕書同註57，頁 21。
〔註60〕皮錫瑞《經學歷史》，頁 277，〈經學積衰時代〉。

之禪學以重大的啓示〔註61〕。

趨新之風旣開，孫復〈上范仲淹書〉曰：

> 執事亟宜上言天子，廣詔天下鴻儒碩老，……取諸卓識絕見大出王、韓、
> 左、穀、公、杜、何、毛、范、鄭、孔之右者，重爲註解，俾我《六經》
> 廓然瑩然，如揭日月於上，而學者庶乎得其門而入也；如是，則虞夏商周
> 之治，可不日而復矣〔註62〕。

陳經撰《尙書詳解》，自序曰：

> 以古人之心求古人之書，吾心與是書相契而無間，然後知典謨訓誥誓命皆
> 吾胸中之所有，亦吾日用之所能行。

陳氏所謂「以古人之心求古人之書」，固無可厚非；然而，若撥棄諸經傳注，自我爲
法，前無古人，（如孫復之主張），而欲求「吾心與是書相契而無間」，則不啻緣木求
魚。朱子序《呂氏家塾讀詩記》曰：

> 唐初諸儒，爲作疏，因訛踵陋，百千萬言，而不能有以出乎二氏（毛、鄭）
> 之區域。至於本朝，劉侍讀、歐陽公、王丞相、蘇黃門、河南程氏、橫渠
> 張氏，始用己意，有所發明；雖其淺深得失，有不能同，然自是之後，三
> 百五篇之微詞奧意，乃可得而尋繹；蓋不待講於齊魯韓氏之傳，而學者已
> 知詩之不專於毛、鄭矣。

宋儒解詩，多發明創新之精神，朱子對此一現象頗表嘉許。始則歐陽修《詩本義》，
辨毛、鄭之失，而斷以己意。朱子《詩集傳》，亦不主毛、鄭，以鄭、衛爲淫詩。而
有關《詩序》之存廢，尤爲宋儒所爭論不休之問題。

宋朝之前，鄭玄、王肅、陸璣皆主張子夏作《詩序》〔註63〕。沈重曰：「案《鄭
詩譜》意，《大序》是子夏作，《小序》是子夏、毛公合作。」〔註64〕，今考鄭玄《詩
譜》，並無子夏、毛公合作《詩序》之意，沈氏之言不確。《隋書·經籍志》曰：「先
儒相承，謂《毛詩序》子夏所創，毛公及衛敬仲又加潤益。」成伯璵《毛詩指說·
小序辨》，謂眾篇之《小序》，「子夏惟裁初句耳，至『也』字而止。『〈葛覃〉，后妃
之本也』、『〈鴻雁〉，美宣王也』，如此之類是也；以下皆大毛公自以詩中之意而繫其

〔註61〕鄺士元《中國學術思想史》，頁 387～388，〈宋明理學發展與影響〉。里仁，民國 69
　　　年出版。
〔註62〕孫復《孫明復小集》，〈寄范天章書二〉。《四庫全書》，冊一○九○，頁 172，商務。
〔註63〕《詩·常棣》疏引《鄭志》曰：「此《序》子夏所爲，親受聖人。」此鄭玄之說也。
　　　王肅《家語》注曰：「子夏所序《詩》，即今《毛詩序》也。」陸璣《草木鳥獸蟲魚
　　　疏》云：「孔子刪詩授卜商，商爲之序。」
〔註64〕《經典釋文》，卷五，頁 1，《毛詩》音義「之德也」下引，鼎文版。

辭也」。凡此，皆以爲子夏與《詩序》有關。而韓愈〈詩之序議〉曰「子夏不序《詩》」，其主張對宋儒不無影響。

宋儒歐陽修《詩本義》「序問」曰：「《詩》之《序》，非子夏之作。」王安石以爲《詩序》乃詩人所自製〔註65〕。二程以爲〈大序〉是孔子所作，《小序》是國史所爲〔註66〕。蘇轍《詩集傳》，以詩之《小序》反覆繁重，類非一人之辭，疑爲毛公之學，衛宏所集錄；因惟存其一言，以下餘文，悉從刪汰。王得臣以爲《詩序》首二句是孔子所題，其下「乃毛公發明之」〔註67〕。曹粹中以爲《毛傳》初行，尚未有《序》，其後門人互相傳授，各記其師說〔註68〕。程大昌以爲開頭兩語是古序，不可廢；二語之外，爲衛宏所續申〔註69〕。章如愚以爲：《詩序》非子夏所作，實出於漢之諸儒也。〔註70〕鄭樵則主張《詩序》乃村野妄人所作〔註71〕。朱子《詩序辨說》云：「《詩序》之作，說者不同。……皆無明文可考，惟《後漢書・儒林傳》以爲衛宏作《毛詩序》，今傳於世，則《序》乃宏作明矣」〔註72〕。至於王柏，則曰：「愚不敢觀《序》，止熟讀正文」〔註73〕，所作《詩疑》，極斥《詩序》。

自歐陽修首開宋朝議《序》之風氣，又經歷代推衍，《詩經》學不得不一改舊觀。程元敏先生曰：

> 《詩序》自歐公疑之，王雪山去之，朱紫陽辨之，明、清諸子爭之；其間，宋李樗、黃櫄稱首句爲上序，餘爲下序；云下序本於上序。明朱朝瑛僅取首句，其下稱衍序。清吳汝綸稱首一語爲古序，餘爲續序；續序，衛宏攙入。計由十二世紀晚葉朱子《詩集傳》成，至十八世紀後期崔述《讀風偶識》著，六百年間，賴諸家力揭《序》短，《序》幾爲詩絕去，遁不爲世知〔註74〕。

〔註65〕朱彝尊《經義考》，卷九九，頁4引。《四庫全書》，冊六七八，頁304，商務。
〔註66〕參本章第三節呂祖謙之「（三）、尊崇《詩序》」條。
〔註67〕同註65。
〔註68〕書同註65，卷同，頁9引。
〔註69〕程大昌《考古編》，卷二，頁11，〈詩論十〉。《叢書集成新編》，冊十一，（新頁539），新文豐。
〔註70〕王允莉〈詩序之時代與作者〉一文引《山堂考索》，載《孔孟月刊》二二卷三期。（又參：書同註65，卷同，頁22～27引。）
〔註71〕書同註41，卷八十，冊六，頁2076，詩一，〈綱領〉，引鄭漁仲詩辨妄。
〔註72〕見《叢書集成新編》，冊五五，頁344，新文豐。
〔註73〕王柏《書疑》，卷七，頁3，多士多方疑。
〔註74〕程元敏〈兩宋之反對詩序運動及其影響〉，《中山學術文化集刊》，第二集，頁14，總632。民國57年。

無怪乎清人偶見《詩序》，卻以爲奇貨祕笈〔註75〕。

　　然有關《詩序》作者之各種說法，「子夏說」來自鄭玄、王肅，時代最古，應屬可信。其它說法，多經學者辯駁而不能成立〔註76〕。

　　宋儒好以己意說經，新則新矣，實則得失互見。就諸經而言，皮錫瑞之論，正中其缺失：

　　　　宋人盡反先儒，一切武斷；改古人之事實，以就我之義理；變三代之典禮，
　　　　以合今之制度；是皆未敢附和以爲必然者也〔註77〕。

又曰：

　　　　宋人說經之書傳於今者，比唐不止多出十倍，乃不以爲盛而以爲衰者，唐
　　　　人猶守古義而宋人多矜新義也。……又自宋末元、明，專用宋儒之書取士，
　　　　注疏且束高閣，何論注疏之外！於是唐以前古籍之不亡於兵燹者，盡亡於
　　　　宋以後。所以唐人經說傳世寥寥〔註78〕。

（三）疑經、改經之風盛行

　　疑經、改經，漢儒已然，但皆偶一爲之耳，皮錫瑞曰：

　　　　世譏鄭康成好改字，不知《鄭箋》改毛，多本魯、韓之說；尋其依據，猶
　　　　可徵驗。……《儀禮》之〈喪服〉，《禮記》之〈玉藻〉、〈樂記〉，雖明知
　　　　爲錯簡，但存其說於注，而不易其正文。先儒說經，如此其慎，豈有擅改
　　　　經字者乎？〔註79〕

宋學之懷疑精神，唐代經師如啖助、趙匡、陸質、施士丐……等已開其端緒；唐人甚至有移易、刪補經文者，（參前章第二節之（六）「反群經義疏及其它重要著作」條），然而，疑經、改經猶不成風氣。

　　宋太宗時，樂史疑《儀禮》，舉五證疑《儀禮》非周公作〔註80〕，則宋儒疑經有非聖人所作之第一人也。眞宗天僖年間，范諤昌著《易證墜簡》，以爲《十翼》之部分乃文王、周公作，啓宋儒疑《十翼》非孔子作之端〔註81〕。陸游曰：

〔註75〕崔述《讀風偶識》曰：「余見世人讀《詩》，……偶見衛宏《詩序》，輒據以爲奇貨祕
　　　　笈。」（卷一，頁4，〈自序〉）
〔註76〕參見潘師石禪〈詩序明辨〉、王禮卿〈詩序辨〉、姚榮松〈詩序管窺〉、趙制陽〈詩序
　　　　評介〉、王允莉〈詩序之時代與作者〉；但後兩文之結論，以《詩序》爲衛宏作，誤；
　　　　參本章第三節「朱熹」篇。
〔註77〕皮錫瑞《經學歷史》，頁257，〈經學變古時代〉，漢京，民國72年出版。
〔註78〕書同註77，頁280，〈經學積衰時代〉。
〔註79〕書同註77，頁264，〈經學變古時代〉。
〔註80〕葉國良《宋人疑經改經考》，第四章第二節，台大中研所，民國67年論文。
〔註81〕書同註80，第一章第一節。

唐及國初，學者不敢議孔安國、鄭康成，況聖人乎？自慶曆後，諸儒發明經旨，非前人所及。然排《繫辭》，毀《周禮》，疑《孟子》，譏書之〈胤征〉、〈顧命〉，黜詩之《序》，學者不難於議經，況傳注乎？〔註82〕

屈萬里先生曰：

北宋初年的學者，對於經學的解釋，還謹守著漢唐人的注疏。到慶曆年間，風氣漸變，像劉敞的《七經小傳》，和王安石的《三經新義》，都能獨抒己見，不再受漢唐人的拘束。……他們固然是懷疑古人經說，而不是懷疑經文；可是，懷疑經文的風氣也恰好起於此時〔註83〕。

慶曆以後，朝廷功令亦帶動疑經風氣，葉國良先生曰：

慶曆而後，主文者則往往以辨偽（此處只指經書）策問學子，其最先行者，蓋爲歐陽修，以爲《周禮》可疑者二，策題雖未明言其偽，學子依其文意而推之，甚易得《周禮》爲偽之結論。楊簡曰：「時文習尚順，罕有駁議。」（《慈湖遺書》卷十四）足資證明。蘇軾、蘇轍兄弟，歐陽修所取士也，其後皆著論以爲《周禮》非周公之書，以此例觀之，則其影響不可謂非鉅也〔註84〕。

又曰：

歐公而後，策問士子以學術資料之審定，亦蔚爲風氣，……如王十朋問〈中庸〉，林之奇問《孟子》與〈王制〉、《周禮》之不同等是也。……宋代朝廷之措施，助長疑經之風氣者，蓋以此爲最大。吾人觀宋代疑經改經者，大抵爲進士出身，則其中消息，明眼人自能洞悉也。（同上）

此外，宋儒講學，多倡導「疑」字。張載曰：

在可疑而不疑者，不曾學，學則須疑。譬之行道者，將之南山，須問道路之出自；若安坐，則何嘗有疑〔註85〕。

袁燮曰：

學者讀書，不可無所疑，所謂疑者，非只一、二句上疑也，要當疑其大處〔註86〕。

〔註82〕同註57。

〔註83〕屈萬里〈宋人疑經的風氣〉，《大陸雜誌》二九卷三期，頁23，民國53年。

〔註84〕書同註80，頁182。

〔註85〕張載《張橫渠集》，卷八，頁130，〈經學理窟四，學大原下〉。《叢書集成新編》，冊七四，新文豐。

〔註86〕袁燮《絜齋家塾書鈔》卷四，頁29。見張壽鏞輯《四明叢書》第七集，冊二五，新頁177，新文豐，民國77年。

朱子曰：

> 看文字，須是如猛將用兵，直是鏖戰一陣；如酷吏治獄，直是推勘到底，
> 決是不恕他，方得。〔註87〕
>
> 讀書無疑者，須教有疑；有疑者，卻要無疑；到這裡，方是長進。〔註88〕
>
> 讀書有所疑，有所見，自不容不立論。其不立論者，只是讀書不到疑處耳。
> 〔註89〕
>
> 讀書，始讀未知有疑，其次則漸漸有疑，中則節節是疑；過了這一番後，
> 疑漸漸解以至融會貫通，都無所疑，方始是學。

王柏曰：

> 讀書不能無疑，疑而無所考，缺之可也，可疑而不知疑，此疏之過也〔註
> 90〕。

就地域特色而言，南學多倡新說，晁說之曰：

> 南方之學，異乎北方之學，古人辨之屢矣，……師先儒者，北方之學也；
> 主新說者，南方之學也〔註91〕。

又曰：

> 今南方之學，辭必論，句必議，字必辨，最爲穿鑿傅會之端〔註92〕。

朱弁曰：

> 慶曆間，人材彬彬，號稱眾多，不減武、宣者，蓋諸公實有力焉，然皆出
> 於大江之南。信知山川之氣，蜿蜒磅礡，眞能爲國產英俊也〔註93〕。

據葉國良先生研究，宋人疑經，可分爲七方面：一是懷疑經書全部或部分非前儒所公認聖賢之書，二是懷疑經書非古本原貌而予以復原，三是考訂錯簡，爲一較有系統之整理，四是疑《經義》之不合理，五是考史實之誤謬，六是論章句之分合，七是校字句之脫衍等〔註94〕。又據葉先生之統計，凡兩宋曾疑經改經者，檢得一百三十人；若分別南北宋，北宋得四四人，南宋得八六人，是南宋疑經改經承繼北宋而烈於北宋。若以一人一經爲一單位，則北宋得八二單位，南宋得一七三單位，是亦

〔註87〕書同註41，冊一，頁164，〈讀書法上〉。

〔註88〕書同註87，冊一，頁186，〈讀書法下〉。

〔註89〕書同註87，冊一，頁190，〈讀書法下〉。

〔註90〕王柏《詩疑》，卷二，〈風序辨〉。

〔註91〕晁說之《景迂生集》，卷十三，頁17，〈南北之學〉。《四庫全書》，冊一一一八，商務。

〔註92〕書同註91，卷十五，頁25，〈答錢申伯書〉。

〔註93〕朱弁《曲洧舊聞》，卷一，頁8，《叢書集成新編》，冊八四，新文豐。

〔註94〕書同註80，頁1。

可見南宋疑經改經之風盛於北宋〔註95〕。

宋人疑改《詩序》，已見前述，因《詩序》並非《詩經》之本身。此外，有關宋儒疑詩改詩之例，葉國良先生言之詳矣，略述如下：〔註96〕

1、謂《詩三百》中雜有僞篇：車似慶、方岳、王柏、金履祥、車若水、陳鵬飛等主之。王柏議刪〈召南·野有死麕〉、〈邶風·靜女〉、〈鄘風·桑中〉、〈衛風·氓〉、〈有狐〉、〈王風·丘中有麻〉、〈大車〉、〈鄭風·將仲子〉、〈遵大路〉、〈有女同車〉、〈山有扶蘇〉、〈蘀兮〉、〈狡童〉、〈褰裳〉、〈東門之墠〉、〈丰〉、〈風雨〉、〈子衿〉、〈野有蔓草〉、〈溱洧〉、〈秦風·晨風〉、〈齊風·東方之日〉、〈唐風·綢繆〉、〈葛生〉、〈陳風·東門之池〉、〈東門之枌〉、〈東門之楊〉、〈防有鵲巢〉、〈月出〉、〈株林〉、〈澤陂〉等三十一篇。又指出〈召南·行露〉首章、〈小雅·小弁〉「無逝我梁」以下四句亦是漢儒竄入。方岳指〈牆茨〉、〈桑中〉之類爲漢儒僞纂。陳鵬飛著《詩解》二十卷，不解〈商〉、〈魯〉二頌，以爲〈商頌〉當闕，而〈魯頌〉可廢。王柏等非謂淫詩乃漢儒僞作，而謂漢儒取孔子刪詩之餘以補秦火後之殘缺；其說不可信。

2、考訂標卷、篇什、篇名、篇第：標卷方面，程大昌謂「國風」之名不古；以爲依樂而言，古詩有南、雅、頌三類，而無「國風」。篇什方面，《毛詩》〈小雅·鹿鳴之什〉、〈南有嘉魚之什〉各有十三篇，〈魚藻之什〉有十四篇，與「什」義不協。蘇轍《詩集傳》，自〈南陔〉至〈湛露〉，凡十篇，爲〈南陔之什〉；以下每十篇爲一什，依次爲〈彤弓之什〉、〈祈父之什〉、〈小旻之什〉、〈北山之什〉、〈桑扈之什〉、〈都人士之什〉。呂祖謙著《呂氏家塾讀詩記》，依〈六月·後序〉，改〈南陔之什〉之篇第爲：〈南陔〉、〈白華〉、〈華黍〉、〈由庚〉、〈南有嘉魚〉、〈崇丘〉、〈南山有臺〉、〈由儀〉、〈蓼蕭〉、〈湛露〉；於〈小雅〉篇什，則從蘇轍所改。朱子本《儀禮》爲說，以爲〈南陔〉當在〈杕杜〉之後，爲〈鹿鳴〉之什之最後一篇；而〈白華〉、〈華黍〉、〈魚麗〉、〈由庚〉、〈南有嘉魚〉、〈崇丘〉、〈南山有臺〉、〈由儀〉、〈蓼蕭〉、〈湛露〉十篇當稱〈白華之什〉；以下則同於蘇、呂二氏所改。朱子弟子輔廣著《詩童子問》，篇什從朱子所改。篇名方面，王柏以爲〈桑中〉、〈權輿〉、〈大東〉三篇篇名，當以取篇首字爲題之例，改爲〈采唐〉、〈廈（夏）屋〉、〈小東〉。孔穎達嘗謂名篇之例，義無定準，以作非一人，故名無定目〔註97〕；王柏必欲求其劃一，殆未必然。篇第方面，宋儒或以爲世傳《毛詩》篇第有非孔子刪定之舊者，如蘇轍曰：

列國之詩，皆以世爲先後，……今〈載馳〉之一章曰：「言至于漕」，戴公

〔註95〕書同註80，頁177～178。
〔註96〕書同註80，頁99～116。
〔註97〕《毛詩正義》「周南關雎詁訓傳第一」下《孔疏》。

－160－

之詩也，而列於文公之下；〈王〉之〈兔爰〉，桓王之詩也，而列於平王之上；〈鄭〉之〈清人〉，文公之詩也，而列於莊、昭之間；皆非孔氏之舊也，蓋傳者失之矣。（《詩集傳》卷三）

蘇轍主張〈載馳〉、〈兔爰〉、〈清人〉皆失次，爲李樗、黃櫄所探信。李樗考〈周頌·閔予小子之什〉，謂〈桓〉、〈賚〉亦失次。項安世著《毛詩前說》，考定〈風〉、〈雅〉篇次，今已亡佚。王柏承諸儒之後，改易最多，除刪「淫詩」之外，又勇於變更篇次先後，程元敏先生所著《王柏之生平與學術》第伍編考述甚詳；王柏之結論如下：

（1）〈召南〉：

〈鵲巢〉、〈采蘩〉、〈草蟲〉、〈江有汜〉、〈小星〉、〈摽梅〉、〈羔羊〉、〈采蘋〉、〈行露〉、〈殷其靁〉、〈騶虞〉。

（2）〈邶〉、〈鄘〉、〈衛〉（王柏未論及三衛詩全部篇第）：

（鄘）〈柏舟〉、（衛）〈淇澳〉、〈碩人〉、（邶）〈綠衣〉、〈終風〉、〈日月〉、〈燕燕〉、〈柏舟〉、（鄘）〈載馳〉、（衛）〈竹竿〉、〈河廣〉、（邶）〈泉水〉、〈雄雉〉、（鄘）〈定之方中〉、〈干旄〉。

（3）〈文王之什〉：

〈文王〉、〈大明〉、〈緜〉、〈皇矣〉、〈棫樸〉、〈旱麓〉、〈思齊〉、〈靈臺〉、〈下武〉、〈文王有聲〉。

（4）〈清廟之什〉：

〈維天之命〉、〈清廟〉。

3、考訂錯簡：王質謂〈文王有聲〉有錯簡，以爲「王后烝哉」二章爲頌文王，而「皇王烝哉」二章爲頌武王；主張「皇王烝哉」二章當移「武王烝哉」二章之後。王柏以爲〈碩人〉之第三、四章當互易，〈下泉〉之第四章乃〈小雅·黍苗〉之錯簡重出者，「小東大東」一章當與「有饛簋飧」一章先後互易。王柏又謂〈閟宮〉有錯簡，前後爲改本二，其後說以爲〈閟宮〉雖魯僖公之詩，而所述征荊、舒、徐、淮之事，乃美伯禽之武功，當接於伯禽受賜山川土田一段之後。

然而，在此疑經、改經風氣下，亦有志在恢復古經書原貌者，如朱震著《漢上易集傳》，薛季宣著《書古文訓》，陳傅良著《詩解詁》，是爲主流外之旁支。

綜觀宋人疑經改經之風氣，可謂得失參半，馬宗霍曰：

夫有秦火而後，經有殘脫，本是事實，《史》《漢》所言，昭昭可考；故劉歆、荀悅皆有不全之歎。必謂經無可疑，未免失之過拘；惟當疑而不改，付諸蓋闕，或如漢儒作注，遇有可疑者，但存其說於注下，而不更易正文，以俟學者之心通其意，則自無誣古之嫌。宋儒不此之效，往往喜奮私意，

矜爲創獲，輕肆翦伐，盡變面目，至王魯齋（柏）輩而已極；縱極補綴之工，其能免割裂之誚乎〔註98〕！

葉國良先生曰：

《十三經》義理宏深，所載史實又多不一，先儒於其難通、矛盾處，往往委曲穿鑿。宋儒本懷疑精神以觀其可疑之處，因而推考其作者或著成時代，實有「實事求是，不作調人」之精神。吾人若以此著眼，則不忍以宋人疑經改經爲病，矧後人能辨別經書之僞，不惑於所謂聖人之言，多賴宋人啓發乎？竊嘗以爲宋人疑經，所以尊經也；疑此經，所以尊它經；疑此經之一部分，所以尊此經之它部分〔註99〕。

經文苟有不當，疑之改之，非但不可厚非，甚且有功於經學。然而，「目不見睫」，古有明訓，學者不可過分自信；故擅改經書者，當附註其原貌，使後世學者有跡可考。

三、宋朝《詩經》學著作之分類

宋代《詩經》學著作，依其特色，可分爲八派：

（一）議論《毛傳》《鄭箋》派

歐陽修著《詩本義》，論正《毛傳》、《鄭箋》之不通處。劉宇著《詩折衷》，凡毛、鄭異義，折衷從一。項安世著《毛詩前說》，考定風雅篇次而爲之說。

（二）刪削唐人注疏派

魏了翁著《毛詩要義》，取《毛詩正義》之文而刪節之，存其簡當，去其煩冗；於《毛傳》、《鄭箋》則間取之。析其辭爲各條，據事列類而錄之。魏氏所見《正義》，猶是善本，可正今本之訛；惜阮氏校勘，未之見也。又魏氏刪削唐人義疏之繁冗，啓後學一新途徑，如清人臧琳《九經小疏》便是〔註100〕。

（三）廢《小序》派：

程大昌著《詩論》、鄭樵著《詩辨妄》、王質著《詩總聞》、朱熹著《詩序辯說》、楊簡著《慈湖詩傳》、輔廣著《詩童子問》、朱鑑編《詩傳遺說》，皆主張廢《小序》。

（四）存毛鄭《小序》派

范處義著《詩補傳》、呂祖謙著《呂氏家塾讀詩記》、陳傅良著《詩解詁》、嚴粲著《詩緝》、段昌武著《毛詩集解》、林岊著《毛詩講義》、李公凱著《毛詩句解》，多宗毛、鄭與《詩序》。

〔註98〕書同註18，頁126，〈宋之經學〉。
〔註99〕書同註80，頁185。
〔註100〕莫伯驥《五十萬卷樓藏書目錄初編》，冊一，原刻頁68，新頁156，廣文書局，民國56年。

（五）名物訓詁派

　　蔡卞著《毛詩名物解》、陸佃著《毛詩名物性門類》、楊泰之著《詩名物編》、王應麟著《詩地理考》、錢文子著《詩訓詁》、吳良輔著《詩重文說》、吳棫著《毛詩叶韻補音》、輔廣著《詩經協韻考異》、鄭庠著《詩古音辨》。

（六）圖譜派

　　歐陽修著《補注毛詩譜》、楊甲著《毛詩正變指南圖》、馬和之著《毛詩圖》。

（七）藉詩寓意派

　　謝枋得著《詩傳註疏》。謝氏生板蕩之朝，抱黍離之痛，說詩見志，於〈小雅〉憂傷哀怨之什，恆致意焉。解〈無衣〉之「與子同仇」，寓高宗南遷之失；論〈皇父〉之「不遺一老」，刺似道誤國之姦；至疏〈蓼莪〉之四章，詳明愷惻，令人讀之欲淚〔註 101〕。

（八）三家詩派

　　王應麟著《詩考》，專輯齊、魯、韓三家詩遺說。

四、《詩經》學著作簡介

（一）歐陽修　《詩本義》十六卷

　　（後有專文）

（二）蘇轍　《詩解集傳》二十卷

　　字子由，一字同叔，自號潁濱遺老，眉山人，卒諡文定（公元 1039 至 1112 年）。著《詩解集傳》二十卷；《授經圖》作「《詩集傳》二十八卷」；《藝續》、《四庫》皆作「《詩集傳》二十卷」；《叢子》著錄兩蘇經解，作「《潁濱先生詩集傳》十九卷」；《郡讀》作「《蘇氏詩解》二十卷」；元脫脫等《宋史・藝文志》作「《蘇轍詩解集傳》二十卷」；馬端臨《文獻通考》作「《蘇子由詩解》二十卷」，頗多異名。蘇轍以為《小序》乃毛公之學，衛宏所集錄，又因《小序》反復繁重，類非一人之詞；故惟存其首一言，以下餘文，悉從刪汰。《詩解集傳》，於經文之說解，多採自《毛傳》、《鄭箋》；毛、鄭有未安處，乃以己意說之。《四庫提要》評之曰：「轍於毛氏之學，亦不激不隨，務持其平者。」周中孚評之曰：「其所為集解，亦不過融洽舊說，以就簡約，未見有出人意表者」〔註 102〕。

（三）陸佃　《詩物性門類》八卷

　　字農師，號陶山，越州山陰人（公元 1042 至 1102 年）；著《詩物性門類》八卷，

〔註 101〕書同註 100，新頁 166。
〔註 102〕周中孚《鄭堂讀書記》，卷八，頁 6～7。世界，民國 54 年。

旨在藉名物訓詁以通《詩義》。據陳振孫《直齋書錄解題》，本書不著名氏，多取《說文》，乃陸佃所作《埤雅稿》也，後易名《埤雅》。

（四）蔡卞　《毛詩名物解》二十卷

字元度，興化仙遊人（公元 1058 至 1117 年）。爲蔡京之弟，王安石之婿。所著《毛詩名物解》，又名《詩學名物解》，多用王安石《字說》，書凡十一類，曰釋天、釋百穀、釋草、釋木……等，大略似《爾雅》，陳振孫評之曰：「瑣碎穿鑿，於經無補也」〔註103〕，然《四庫提要》以爲因安石變法，「卞則傾邪姦憸，犯天下之公惡，因其人以及其書，群相排斥」，故陳氏之評，或有「因人廢言」之嫌；蔡氏之作，實亦有出於孔穎達《正義》及陸璣《草木蟲魚疏》之外者。

（五）李樗　《毛詩詳解》三六卷

字迂仲，自號迂齋，學者稱迂齋先生，閩縣人，受業於呂本中。《直齋書錄解題》著錄其《毛詩詳解》三十六卷，《宋志》作四十六卷。疑係字之訛。至於《四庫全書》所收「《毛詩集解》四十二卷」，不知何人所編，集李樗、黃櫄兩家《詩解》爲一編，《四庫提要》曰：「疑是書爲建陽書肆所合編也」。《通志堂經解》亦收有「《李迂仲黃實夫毛詩集解》四十二卷，首一卷」，與《四庫全書》所收者同，皆非李、黃之原著。李樗著《毛詩詳解》三十六卷；黃櫄著《詩解》二十卷，總論一卷，本自分行也。《直齋書錄解題》稱李書「博取諸家說，訓釋名物文意，末用己意爲論以斷之」。論及《詩序》，樗取蘇轍之說，以爲毛公作而衛宏續。

（六）吳棫　《毛詩叶韻補音》十卷等

字才老，福建建安人（公元？至 1154 年）。所著《毛詩叶韻補音》，又名《詩補音》；創叶韻說，爲朱子所採用。孔廣森《詩聲類・序》曰：

> 吳才老大暢叶音之說，而作《韻補》。要其謬有三：一者，若「慶」之音「羌」，「皮」之讀「婆」，此今音訛，古音正，而不得謂之叶。二者，古人未有平聲仄聲之名、一東三鍾之目，苟聲相近，皆可同用，而不必謂之叶。三者，凡字有一定之部類，豈容望文改讀，漫無紀理，以至行露「家」字二章音「谷」，三章音「公」，於嗟乎騶虞首章「五加反」，次章「五紅反」，抑重可嗤已！

吳氏又著《韻補》五卷，乃古音學有專書之始，吳氏專就《廣韻》二百六韻，注明「古通某」、「古轉聲通某」、「古通某或轉入某」是謂《韻補》之三例。依吳氏所注通轉歸類，得東、支、魚、眞、先、蕭、歌、陽、尤，爲古韻九類；其分合頗疏，

〔註103〕陳振孫《直齋書錄解題》，頁 96，廣文出版，民國 57 年。

蓋草創故也。陳師伯元曰：

> 其最爲後世所詬病者，乃在其所采材料，漫無準則。陳振孫《書錄解題》
> 評之云：「自《易》、《書》、《詩》而下，以及本朝歐、蘇，凡五十種，其聲
> 韻與今不同者，皆入焉。」雖然吳氏之書缺失甚多，然畢竟有其功勞。錢
> 大昕云：「才老博考古音，以補今韻之闕，雖未能盡得六書之原本，而後儒
> 因是知援《詩》、《易》、《楚辭》以求古音之正，其功已不細。古人依聲寓
> 義，唐、宋人久失其傳，而才老獨知之，可謂好學深思者矣。」〔註104〕

（七）鄭樵 《詩辨妄》六卷等

字漁仲，人稱夾漈先生，興化莆田人（公元 1104 至 1162 年），著《六經奧論》、
《夾漈詩傳》二十卷、《詩辨妄》六卷。鄭氏以爲《詩序》乃村野妄人所作，陳振孫
評之曰：

> 專指毛、鄭之妄，謂《小序》非子夏所作，可也；盡削去之，而以己意爲
> 之序，可乎？樵之學雖自成一家，而其師心自是，殆孔子所謂「不知而作」
> 者也〔註105〕。

（八）程大昌 《詩論》一卷

字泰之，卒諡文簡，休寧人（公元 1123 至 1195 年），所著《詩論》一卷，《經
義考》作「詩議」，《江南通志》作「毛詩辨正」。是書，曹溶本作十八篇，朱彝尊引
陸元輔之言，作十七篇，其差別在於末兩篇之合併與否。《四庫提要》評《詩論》曰：

> 近時蕭山毛奇齡據〈樂記〉……〈表記〉引《詩》……又引《詩》……以
> 駁詰大昌；不知大昌之意，惟在求勝於漢儒，原不計《經義》之合否。……
> 觀其於左氏所言季札觀樂，合於己說者，則以傳文爲可信；所言「風有采
> 蘩采蘋」，不合己說者，則又以傳文爲不可信；顛倒任意，務便己私，是
> 尚可與口舌爭乎？

黃忠愼先生曰：

> 《左傳》實乃程氏新解之主要憑據，然傳中若有不利於己之記載，程氏必
> 找理由，曲爲之說，此益可見程氏《詩論》之破綻迭見也。……程氏之新
> 解不尠，其勇於建立新說之治學態度是否可取，見仁見智；而其新說之提
> 出，使吾人不得不對傳統之說予以重新檢討，乃至於適度修正；此則程氏
> 即令有不得焉，而吾人亦已有所得矣〔註106〕。

〔註104〕陳師伯元《音略證補》，頁 84，〈古韻〉。文史哲，民國 68 年再版。
〔註105〕陳振孫《直齋書錄解題》，卷二，頁 15。廣文，民國 57 年。
〔註106〕黃忠愼《南宋三家詩經學》，頁 152～153，商務，民國 77 年 8 月。

（九）王質　《詩總聞》二十卷

　　字景文，其先鄆州人，後徙興國（公元 1127 至 1188 年），紹興三十年進士，官至樞密院編修，出通判荊南府，改吉州。錢曾《讀書敏求記》載黃丕烈之說云：

　　　　陳振孫曰：其書有聞音，謂音韻；聞訓，謂字義；聞章，謂分段；聞句，

　　　　謂句讀；聞字，謂字畫；聞物，謂鳥獸草木；聞用，謂凡器物；聞跡，謂

　　　　凡在處山川土壤、州朝、鄉落之類；聞事，謂凡事類；聞人，謂凡人姓號，

　　　　共十聞，每篇爲總聞；又有聞風、聞雅、聞〈頌〉等〔註107〕。

南宋之初，廢《詩序》者三家，鄭樵、朱子、王質是也；王質廢《小序》與朱子同，說則各異；自稱覃精研思三十年始成是書。瞿鏞《鐵琴銅劍樓藏書目》曰：「雪山（王質）登第，後於朱子十二年，其著此書，亦當在朱子後」〔註108〕，因朱子《詩集傳》所採，未嘗及於雪山，故瞿說可信。《詩總聞》成書之後，櫝藏於家，且五十年，韓公從其孫宗旦求此書，淳祐癸卯（公元 1243 年），始由吳興陳日強鋟版於富川〔註109〕。《四庫提要》評此書曰：

　　　　然其冥思研索，務造幽深，穿鑿者固多，懸解者亦復不少；故雖不可訓，

　　　　而終不可廢焉。

（十）范處義　《詩補傳》三十卷等

　　號逸齋，金華人，紹興中登進士第。著《詩補傳》三十卷、《詩學》一卷、《解頤新語》十四卷。《詩補傳·序》曰：

　　　　《補傳》之作，以《詩序》爲據，兼取諸家之長，揆之情性，參之物理，

　　　　以平易求古詩人之意；文義有闕，補以《六經》史傳；詁訓有闕，補以《說

　　　　文》篇韻。

范氏之作，淳實嚴謹，尊崇《詩序》；與鄭樵廢《序》之論迥異。至其引據僞書《孔叢子》；信《序》太過，必以爲尼山之筆，是其瑕疵。

（十一）朱熹　《詩集傳》二十卷等

　　　　（後有專文）

（十二）呂祖謙　《呂氏家塾讀詩記》三十二卷等

　　　　（後有專文）

（十三）戴溪　《續呂氏家塾讀詩記》三卷

　　字肖望，永嘉人，淳熙五年（公元 1178 年）爲別頭省試第一，歷官工部尚書，

〔註107〕錢曾《讀書敏求記》，頁 136，廣文書局。
〔註108〕瞿鏞《鐵琴銅劍樓藏書目》，頁 183，廣文出版。
〔註109〕錢曾《讀書敏求記》，頁 136，及《四庫總目提要》「《詩總聞》二十卷」條。

文華閣學士，理宗紹定閒賜諡文端。所著又名《岷隱續讀詩記》、《戴溪續讀詩記》、《續讀詩記》，原本久佚，今所見者，輯自《永樂大典》，存十之七八，仍釐爲三卷。此書以《毛傳》爲宗，折衷眾說，於名物訓詁尤爲詳悉。謂呂氏於字訓章旨已悉，而篇意未貫，故以續記爲名；其實自述己意亦多，不盡用《小序》。例如〈有狐〉爲國人憫鰥夫；〈摽有梅〉，父母之心也；求我庶士，乃擇婿之辭；其新說若此。

（十四）嚴粲　《詩緝》三十六卷

字明卿，一字坦叔，邵武人。所作《詩緝》，或稱《詩輯》、《詩集》、《詩緝略》。《善本書室藏書目》載明味經堂翻刊本，曰：

> 前有竹溪林希逸序，次淳祐戊申夏華谷嚴粲自序，謂鋟之木，便於童習。次袁蒙齋手帖，云〈黍離〉、〈中谷有蓷〉、〈葛藟〉不用舊說，獨能得詩人優柔之意，其它時出新意，可與言詩也已矣！次條例，次清濁音圖，次十五國風地理圖，次《毛詩》綱目。其書以《呂氏讀詩記》爲主，而雜採諸說以發明之；舊說未安，則斷以己意；而於音訓疑似，名物異同最爲精覈。卷中之字，往往與今本不同，猶存宋刻之舊〔註110〕。《四庫提要》稱此書：

> 宋代說詩之家，與呂祖謙書並稱善本，其餘莫得而鼎立，良不誣矣。

（十五）李公凱　《毛詩句解》二十卷

字仲容，宜春人。所著又名《東萊毛詩句解》，尊尚《小序》，以東萊《讀詩記》爲宗，而檃括其意。

（十六）楊簡　《慈湖詩傳》二十卷

字敬仲，學者稱慈湖先生，卒諡文元，慈谿人（公元1140至1225年）。《慈湖詩傳》二十卷，朱彝尊《經義考》注曰：已佚。清館臣自《永樂大典》鈔出，已非全書。《四庫提要》曰：

> 是書大要，本孔子無邪之旨，反覆發明。而據《後漢書》之說，以《小序》爲出自衛宏，不足深信。篇中所論，如謂《左傳》不可據，謂《爾雅》亦多誤，謂陸德明多好異音，謂鄭康成不善屬文。甚至自序之中，以〈大學〉之釋〈淇澳〉爲多牽合，而詆子夏爲小人儒。蓋簡之學出陸九淵，故高明之過，至於放言自恣，無所畏避。……然其於一名一物一字一句，必斟酌去取，旁徵遠引，曲暢其說……可謂折衷同異，自成一家之言。

（十七）林岊　《毛詩講義》五卷

字仲山，古田人（公元1154至1241年），所著《毛詩講義》五卷，已佚，清人

〔註110〕丁丙《善本書室藏書志》，頁70，廣文出版。

從《永樂大典》輯出，釐爲十二卷。《福建通志》稱林氏在郡九年，頗多惠政，重建清湘書院，與諸生講學，勉教實行，郡人祀之柳宗元廟。《四庫提要》曰：

> 是編皆其講論《毛詩》之語，觀其體例，蓋在郡時所講授，而門人錄之成帙者。大都簡括《箋》《疏》，依文訓釋，取裁毛、鄭，而折衷其異同；雖範圍不出古人，然融會貫通，要無枝言曲說之病。當光宵之際，廢《序》之說方盛，臣獨力闡古義，以詔後生，亦可謂篤信謹守者矣。

（十八）朱鑑　《詩傳遺說》六卷

字子明，徽州婺源人（公元 1190 至 1258 年）。所編《詩傳遺說》，又名《朱氏詩說補遺》。是編乃朱鑑於理宗端平乙未，重槧《朱子集傳》，而取文集、語錄所載論詩之語足與《集傳》相發明者，彙而編之；以朱子之說，明朱子未竟之義。

（十九）王柏　《詩辨說》二卷等

字會之，一字仲會，自號長嘯，爲朱熹三傳弟子，宋金華人（公元 1197 至 1274年）。王氏著《詩可言》二十卷、《詩辨說》二卷，後者又名《詩疑》。共提出〈毛詩辨〉、〈風雅辨〉、〈王風辨〉、〈二雅辨〉、〈賦詩辨〉、〈豳風辨〉、〈風序辨〉、〈魯頌辨〉、〈詩亡辨〉、〈經傳辨〉等十辨。攻駁毛、鄭，以及《詩序》；不僅攻駁經文，進而刪削之；此自有六籍以來，第一怪變事也。

（二十）王應麟　《詩地理考》六卷　《詩考》五卷等

字伯厚，號深寧，又號浚儀遺民，鄞縣人（公元？至 1296 年）。《詩地理考·序》曰：

> 據《傳》、《箋》、《義疏》，參之《禹貢》、職方、《春秋》、《爾雅》、《說文》、地志、《水經》，網羅遺文古事，傅以諸儒之說，列〈鄭氏譜〉十首，爲《詩地理考》。

此書兼採異聞、徵引賅洽，足爲考證之資；然皆採錄遺文，得失往往並存，兼持兩端，而不作決斷。王氏另有《詩考》五卷，或題《韓魯齊三家詩考》；乃檢諸書所引三家詩逸文，集以成帙；對三家詩遺文之蒐採、考徵，實有篳路藍縷之功。此外，王氏尚有《玉海紀詩》一卷、《困學紀詩》一卷、《詩辨》、《詩草木鳥獸蟲魚廣疏》六卷等著作。

第三節　歐、呂、朱之《詩經》學

一、歐陽修

歐陽修字永叔，自號醉翁，晚號六一居士，宋廬陵人。生於眞宗景德四年（公

元 1007 年），卒於神宗熙寧五年（公元 1072 年），享年六十六歲，諡文忠。

仁宗天聖八年（公元 1030 年），舉進士，試南宮第一，擢甲科，調西京推官。始從尹洙游，爲古文，議論時事，迭相師友。又與梅堯臣游，爲歌詩相倡和，遂以古文冠天下。慶曆三年（公元 1043 年）知諫院，後歷任龍圖閣直學士、禮部侍郎、翰林院侍讀學士、樞密副使、參知政事，進封開國公，……。以其議論正直剴切，爲小人所忌，故屢遭貶遷。神宗熙寧年間，因反對王安石之新法，遂以觀文殿學士太子太師致仕，歸居潁州，次年卒。

歐陽修所著《詩本義》，又名《毛詩本義》；古籍著錄其卷帙亦有十四卷、十五卷、十六卷之不同。〔註 111〕

《詩本義》之內容如下：卷一至卷十二爲本義一百十四篇，卷十三爲一義解及取舍義，卷十四爲〈時世論〉、〈本末論〉、〈豳問〉、〈魯問〉、〈序問〉，卷十五爲〈統解〉九篇，卷十六又稱附錄，包含〈詩圖總序〉、〈鄭氏詩譜補亡〉及〈詩譜補亡後序〉。

《詩本義》應以十四卷爲正，卷十五〈統解〉九首又見於《歐公外集》卷十；《外集》於卷末有編集者之案語曰：「公墓誌等皆云《詩本義》十四卷，江、浙、閩本亦然，仍以〈詩圖總序〉、〈詩譜補亡〉附卷末。惟蜀本增〈詩解統序〉，並《詩解》凡九篇，共爲一卷；又移〈詩圖總序〉、〈詩譜補亡〉自爲一卷，總十六卷；故錦州於集本收此九篇，它本則無之，今附此卷中。」今考其卷十五〈詩解〉九首，與前十四卷或內容重複，或立論矛盾。宋沈作喆所著《寓簡·卷八》曰：「歐陽公晚年，嘗自竄平生所爲文，用思甚苦。其夫人止之曰：『何自苦如此！當畏先生嗔耶？』公笑曰：『不畏先生嗔，卻怕後生笑。』」〔註 112〕何澤恆曰：「竊疑《詩解》九篇爲歐公早年之作，《本義》則作於嘉祐四年，歐公五十三歲，編次是書時，其說已多見更易，故不復錄入。江、浙、閩諸本皆無此九篇，獨蜀本增入，蓋後人編輯刊行時所加也。即如《居士集》五十卷，乃公親訂，亦不收此九篇；而後人編集，特將蜀本所增者抽出，附於外集耳。……《詩解》九篇……應爲較早年之作。蓋歐公於毛鄭所疑既多，而晚年論詩，態度愈見審慎謹嚴，必詳其終始而牴牾，質諸聖人而悖理者，始爲之改易也。……夫《詩解》九篇，歐公自訂文集、《本義》時，皆所不取，殆以其

〔註 111〕如吳充所撰行狀，韓琦所撰墓誌銘，及歐陽修之子歐陽發所撰先公事跡，宋神宗實錄，神宗舊史等，皆題《詩本義》十四卷。晁公武《郡齋讀書志》作：「歐陽《詩本義》十五卷」。陳振孫《直齋書錄解題》作：「《詩本義》十六卷，圖譜附。」脫脫《宋史·藝文志》云：「歐陽修《詩本義》十六卷，又《補注毛詩譜》一卷。」清《四庫全書》所錄，題曰：「《毛詩本義》十六卷」。

〔註 112〕沈作喆《寓簡》，卷八，頁 61。《叢書集成新編》，冊十一，新文豐出版。

說仍多見牽強，倘傳後世，怕遭後生之笑歟？」〔註113〕

茲概述歐陽修之《詩》學如下：

（一）倡詩有本末論

歐陽修謂學詩者不出四類：詩人之意、太師之職、聖人之志、經師之業。其言曰：「詩之作也，觸事感物，文之以言；善者美之，惡者刺之，以發其揄揚怨憤於口，道其哀樂喜怒於心，此詩人之意也。古者國有采詩之官，得而錄之，以屬太師，播之於樂；於是考其義類，而別之以爲風雅頌；而比次之以藏於有司，而用之宗廟朝廷，下至鄉人聚會，此太師之職也。世久而失其傳，亂其雅頌，亡其次序，又采者積多而無所擇。孔子生於周末，方修禮樂之壞，於是正其雅頌，刪其繁重，列於《六經》，著其善惡以爲勸戒，此聖人之志也。周道既衰，學校廢而異端起；及漢，承秦焚書之後，諸儒講說者，整齊殘缺以爲之義訓；恥於不知，而人人各自爲說，至或遷就其事以曲成其己學；其於聖人有得有失，此經師之業也。」〔註114〕

而四者之中，又分本末，其言曰：「何謂本末？作此詩，述此事，善則美，惡則刺，所謂詩人之意者，本也。正其名，別其類，或繫於此，或繫於彼，所謂太師之職者，末也。察其美刺，知其善惡，以爲勸戒，所謂聖人之志者，本也。求詩人之意，達聖人之志者，經師之本也；講太師之職，因其失傳而妄自爲之說者，經師之末也。今夫學者，得其本而通其末，斯盡善矣；得其本而不通其末，闕其所疑，可也。」又曰：「蓋詩人之作詩也，固不謀於太師矣；今夫學《詩》者，求詩人之意而已，太師之職有所有不知，何害乎學《詩》也？」此乃歐陽修之重要主張，影響深遠。所謂《詩本義》，即在求得詩人之本意，以明聖人之志。朱子曰：「歐陽公有《詩本義》二十餘篇，煞說得有好處。〔註115〕有〈詩本末論〉，又有論云：『何者爲《詩》之本？何者爲《詩》之末？詩之本，不可不理會；詩之末，不理會得也無妨。』其論甚好。」

（二）改易毛鄭之說

《四庫全書總目提要》評《詩本義》云：「自唐以來，說《詩》者莫敢議毛鄭，雖老師宿儒，亦謹守《小序》。至宋而新義日增，舊說幾廢，推原所始，實發於修。……修作是書，本出於和氣平心，以意逆志。故其立論，未嘗輕議二家（毛、鄭），亦不曲徇二家。」

歐陽修〈詩譜補亡後序〉曰：「先儒之論，苟非詳其終始而牴牾，質諸聖人而悖

〔註113〕見何澤恆著〈歐陽修之詩經學〉《孔孟月刊》十五卷三期。

〔註114〕見《詩本義》卷十四。

〔註115〕歐陽修《詩本義》，改易毛鄭之說凡一百十四篇，而朱子於此，特謂二十餘篇說得好。

理，害經之甚，有不得已而後改易者；何以徒爲異論以相訾也？毛鄭於詩，其學亦
已博矣，予嘗依其《箋》《傳》，考之於經而證以序譜，惜其不合者頗多。」陳振孫
《直齋書錄解題》曰：「其書先爲論以辨毛鄭之失，然後斷以己見。……大意以爲毛
鄭之已善者皆不改，不得已乃易之，非樂求異於先儒也。」《詩本義》一一四篇，皆
爲評論毛鄭之錯誤、探求詩之本義而作；其體例，每篇分前後兩段，前段論毛鄭之
失，首冠以「論曰」兩字；後段申述一篇本義，則冠以「本義曰」三字；然亦有僅
發論而無本義者，此乃因論而見義者也。

　　《詩本義》有所謂「一義解」，其意在辨毛鄭說詩之局部不妥之處，而不及全部，
以其餘毛鄭已得其是，故不復言之也。如〈召南·甘棠〉：「蔽芾甘棠，勿翦勿伐，
召伯所茇。」毛鄭訓蔽芾爲「小皃」，惟此一義不妥，歐陽修云：「蔽，能蔽風日，
俾人舍其下也；芾，茂盛皃。蔽芾乃大樹之茂盛者也。」〔註116〕

　　一義解外，復有「取舍義」；取舍義者，或舍鄭而取毛，或舍毛而從鄭也。

　　賴炎元先生歸納《詩本義》所評毛鄭之失如下：

1、誤解美刺

　　如〈邶風·靜女〉、〈曹風·鳲鳩〉，毛鄭以爲贊美詩，歐陽修據《詩序》，以爲
諷刺詩。

2、誤解賦比興

　　如〈衛風·竹竿〉，毛鄭以爲興之作法，歐陽修以爲賦之作法。

3、誤分章句

　　如〈小雅·巧言〉，毛鄭分六章，歐陽修依據詩義，分爲七章。斷句之誤，如〈小
雅·車舝〉「雖無德與女式歌且舞」，《鄭箋》于「德」字斷句，歐陽修于「女」字斷
句。

4、誤解詩之寫作時代

　　如〈周頌·昊天有成命〉、〈執競〉，毛鄭以爲成王時詩；歐陽修以爲〈昊天有成
命〉乃康王以後之詩，〈執競〉爲昭王以後之詩。

5、解釋迂疏

　　如〈鄘風·相鼠〉、〈鄭風·叔于田〉、〈小雅·正月〉，詩義原本簡易明白；毛鄭
迂曲解釋，反而遠離本義。

6、解釋穿鑿

　　如〈陳風·衡門〉，毛鄭無所依據，以己意解釋詩文。

〔註116〕見《詩本義》卷十三。

7、各篇相同詞句之解釋不一致

如〈王風〉、〈鄭風〉、〈唐風〉皆有〈揚之水〉,而毛鄭解釋〈揚之水〉之意義不一致。又如〈大雅·板〉、〈蕩〉兩篇,毛鄭釋其「上帝」兩字,與它篇不同。

8、一篇之中,前後章句之解釋,文意不相連貫:

如〈周南·卷耳〉,毛鄭解釋第一章,與二、三章之解釋不連貫。又如〈召南·野有死麕〉,毛鄭之解釋,亦前後文意不相貫〔註117〕。

《詩本義》於毛鄭之中,較推崇《毛傳》,是以批評毛鄭之共同錯誤外,又指出《鄭箋》之瑕疵,曰:改字以就己說、以禮說附會詩義、以讖緯汨亂詩義〔註118〕。

(三)說詩重視人情常理

《詩本義·卷六·出車》篇云:「詩文雖簡易,然能曲盡人事,而古今人情一也,求《詩義》者,以人情求之,則不遠矣。然學者常至於迂遠,遂失其本義。」晁公武《郡齋讀書志》云:「歐陽公解詩,毛鄭之說已善者,因之不改;至於質諸先聖則悖理,考於人情則不可行,然後易之;故所得比諸家最多。」例如卷一〈螽斯篇〉云:「〈螽斯〉,大義甚明而易得,惟其《序》文顛倒,遂使毛鄭從而解之失也。螽斯,蝗類微蟲耳,詩人安能知其心不妒忌?此尤不近人情者。螽斯,多子之蟲也,大率蟲子皆多,詩人偶取其一以爲比爾。所比者,但取其多子似螽斯也。據《序》宜言:不妒忌,則子孫眾多如螽斯也。今其文顛倒,故毛鄭遂謂螽斯有不妒忌之性者,失也。」又如卷十三取舍義云:「玄鳥,祀高宗也。其詩曰:天命玄鳥,降而生商。……古今雖相去遠矣,其爲天地人物,與今無以異也。毛氏之說,以今人情物理推之,事不爲怪,宜其有之;而鄭謂吞鳦卵而生契者,怪妄之說也。」

說詩重視人情常理,此乃秉承孟子「以意逆志」之法;《詩本義》卷一〈關雎〉、卷五〈破斧〉、〈詩解統·十月之交〉下均引用孟子之語。

(四)以文學家之立場解經,故能擺脫泥滯

《朱子語類》卷八十論《詩本義》云:「毛鄭所謂山東老學究,歐陽會文章,故詩意得之亦多。但是不合以今人文章如他底意思去看,故皆局促了詩意。古人文章有五七十里不回頭者,蘇黃門詩說疏放覺得好。」歐陽修精於文章、詩、詞,爲唐宋古文八大家之一。與晏殊並稱宋初詞壇領袖。又嘗與梅聖俞、蘇子美輩歌詩唱和,蔚成流派。故朱子以「會文章,故詩意得之亦多」稱許之,然歐陽修將《詩經》當今人文章去看,或有局促詩意之弊端。

〔註117〕以上八項,見賴炎元〈歐陽修的詩經學〉,《中國國學》六期,頁228。
〔註118〕同註117。

以文學家之立場論經學，時或免於純粹經學家泥滯不通、穿鑿附會之缺失。舉例如下：

〈小雅·鹿鳴之什·皇皇者華〉二章：「周爰咨諏」。《毛傳》云：「忠信為周。訪問於善為咨。咨事為諏。」《鄭箋》云：「見忠信之賢人，則於之訪問，求善道也。」三章至五章，咨謀、咨度、咨詢，《毛傳》云：「咨事之難易為謀」、「咨禮義所宜為度」、「親戚之謀為詢」。歐陽修以為毛鄭之失，在於用魯穆叔之說為箋傳，故穿鑿泥滯，於義不通，乃辨之曰：「其（指毛鄭）忠信為周，訪問為咨，意謂大夫出使，見忠信之賢人，就之訪問。今詩文乃曰：『周爰咨諏』，是出見忠信之賢人，止一周字，豈成文理？若直以周為周詳、周徧之周，則其義簡直，不解自明也。又曰：『訪問為咨』，則所問何者非事？而獨以咨諏為咨事，其下『咨謀』、『咨度』、『咨詢』，非事而何？其又以謀事之難易為咨謀，而穆叔直謂咨難為謀；若《書》曰：『汝有大疑，謀及卿士庶人』，則凡問於人，皆可曰謀矣。又《書》云：『爾有嘉謨，入告於君』，則又不止問於人為謀，以事告人亦曰謀矣。其又以咨禮義所宜為度，而穆叔止云咨禮，二說亦自不同；且度，忖度也，施於何事不可？奚專於咨禮哉？其又以親戚之謀為詢，《書》曰：『詢于眾』，豈皆親戚乎？若此之類甚多，故可知其穿鑿泥滯，於義不通，亡德之說可廢也。」此先引《書》以明毛鄭訓詁之失，繼而言其本義曰：「……諏、謀、度、詢，其義不異，但變文以叶韻爾。詩家若此，其類甚多。」

（五）多引用《詩序》

《詩本義·卷十四·本末論》曰：「作此詩，述此事，善則美，惡則刺，所謂詩人之意者，本也。……今夫學者，知前事之善惡，知詩人之美刺，知聖人之勸戒，是謂知學之本而得其要，其學足矣，又何求焉。」歐陽修堅信美、刺乃作詩之本意，故多採信《詩序》以說詩；《詩本義·卷十四》曰：「自聖人沒，《六經》多失其傳，一經之學，分為數家，不勝其異說也。當漢之初，《詩》之說分為齊魯韓三家，晚而毛氏之詩始出；久之，三家之學皆廢，而《毛詩》獨行，以至於今不絕。……自漢以來，學者多矣，其卒舍三家而從毛公者，蓋以其源流所自，得聖人之旨多歟！今考《毛詩》諸《序》，與孟子說詩多合，故吾於詩常以《序》為證也。」

（六）以淫詩之說為可信

歐陽修謂〈邶風·靜女〉乃述〈衛風〉俗男女淫奔之詩，以「城隅」為偷會之所，以「彤管」為美色之管，男女相悅，互遺以通情結好之物。又謂〈陳風·東門之枌〉亦為淫奔之詩。至如《本義》卷二解〈野有死麕〉，云：「紂時男女淫奔以成風俗，……彼女懷春，吉士遂誘而污以非禮。吉士猶然強暴之男可知矣。」錢竹汀

云：「歐陽永叔解『吉士誘之』爲挑誘，後世遂有詆〈召南〉爲淫奔而欲刪之者。」
然而《四庫提要》爲之辨駁曰：「修作是書，本出於和氣平心，以意逆志，故其立論
未嘗輕議二家（指毛鄭），而亦不曲徇二家；其所訓釋，往往得詩人之本志。後之學
者，或務立新奇，自矜神解。至於王柏之流，乃併疑及聖經，使〈周南〉、〈召南〉
俱遭刪竄；則變本加厲之過，固不得以濫觴之始，歸咎於修矣。」

二、呂祖謙

　　呂祖謙字伯恭，學者稱東萊先生〔註119〕，生於宋高宗紹興七年（公元 1127 年）
卒於孝宗淳熙八年（公元 1181 年），享年四十五歲。寧宗嘉定八年，諡曰「成」。關
於《詩經》，著有《呂氏家塾讀詩記》。

　　呂氏自幼長於外家，十至二十歲之間，常侍父赴任各地。師事張九成〔註120〕、
林之奇、汪應辰、胡憲，紹興二七年（公元 1157 年）娶韓元吉之女，兩家皆爲士林
之望，故傳爲佳話。孝宗隆興元年（公元 1163 年），試禮部，奏名第六人，賜進士
及第，改左迪功郎；又中博學鴻詞科，轉授左從政郎，改差南外郭宗院宗學教授〔註
121〕。乾道五年（公元 1169 年），張栻守嚴州，祖謙爲州學教授，二人相與論學，
交誼甚篤；次年，祖謙爲太常博士，張栻亦召爲吏部郎兼侍講，兩人聯舟赴臨安，
嚴州人士特建「嚴州二先生祠堂」以爲紀念。陳傅良入太學，得於祖謙、張栻爲多
〔註122〕。一時張、呂、朱熹齊名，人稱「三君子」或「東南三賢」，陳亮云：「乾道
間，東萊呂祖謙、新安朱元晦及荊州鼎立，爲一世學者宗師。」〔註123〕孝宗淳熙二
年（公元 1175 年），朱子送祖謙於信州鵝湖寺，陸九齡、陸九淵及江浙諸友皆會；
鵝湖論學，祖謙實主其事。至此，朱、呂與江西陸學鼎立而三。

　　祖謙出自林之奇、汪應辰門下，林、汪之學出於呂本中，本中則承繼其祖父呂
希哲之學，希哲爲歐陽修之再傳弟子，又爲程頤之門人。故呂祖謙之《詩經》學頗
受歐陽修、程頤之影響，尊崇《詩序》。朱子初與祖謙相得，其長子朱塾，於乾道九

〔註119〕呂祖謙之先世居東萊（漢置郡名，在今山東半島），又宋高宗建炎三年（1129），呂
　　　　氏之曾祖呂好問封爲東萊郡侯，子孫尊好問爲東萊公，《宋史》有傳。好問之子本
　　　　中，爲《江西詩社宗派圖》之作者，學者稱之爲東萊先生，有《東萊先生詩集》，《宋
　　　　史》有傳。呂本中之從子大器，大器之子祖謙；當日通國皆稱祖謙曰「東萊」，故
　　　　後人以本中爲大東萊，祖謙爲小東萊。
〔註120〕《祖謙年譜》及《宋史》本傳未載，其師事無垢居士（張九成），當在年少時；見
　　　　陳傅良著《止齋文集‧卷四二‧跋陳求仁所藏張無垢帖》。
〔註121〕見年譜。
〔註122〕見全祖望〈奉臨川帖子〉，《宋元學案‧卷五三》。
〔註123〕見陳亮著《龍川文集‧卷二一》，〈張定叟侍郎〉。《四庫全書本》。

年（公元 1173 年）從學祖謙。淳熙四年（公元 1177 年），朱子完成《詩集傳》初稿，多依據《詩序》立說，是以祖謙援引以入《讀詩記》。及至朱子決意廢《序》，爭議遂起，二人書信往還討論，終是各執己見。黎靖德所編《朱子語類》，論東萊凡卅一條。《呂氏讀詩記》於淳熙三年草創既就，六年起，間作修訂，淳熙八年七月二十七日修訂〈大雅・公劉〉第一章，二十九日祖謙與世長辭〔註 124〕。《讀詩記》駁斥朱子，主要見於卷五〈桑中〉篇，全文四二七字，朱子撰〈讀呂氏詩記桑中篇〉以反駁祖謙，凡一〇二一字，然此時（淳熙十一年）祖謙已謝世四年矣，辯論不得不中止。故朱子撰《呂氏家塾讀詩記・序》曰：

> 此書所謂朱氏者，實熹少時淺陋之說，而伯恭父誤有取焉。其後歷時既久，自知其說有所未安，如雅鄭邪正之云者，或不免有所更定，則伯恭父反不能不置疑於其間，熹竊惑之。方將相與反復其說，以求真是之歸，而伯恭父已下世矣！

所謂「方將相與反復其說，以求真是之歸」也者，朱子深以未辯得定論爲憾也。《朱子語類・卷八〇》曰：「如呂伯恭《讀詩記》，人只是看這箇，它上面有底便看，無底更不知看了。」《四庫總目提要》曰：「祖謙沒後，朱子作是書序……蓋雖應其弟子約之請，而夙見深，有所不平。然迄今兩說相持，嗜呂氏者終不絕也。」又曰：「陳振孫稱其博采諸家，存其名氏；先列訓詁，後陳文義；翦截貫穿，如出一手；有所發明，則別出之；詩學之詳正，未有逾於此書者。魏了翁作〈後序〉，則稱其能發明詩人『躬自厚而薄責於人』之旨。二人各舉一義，已略盡是書所長矣。了翁〈後序〉，乃爲眉山賀春卿重刻是書而作，時去祖謙沒未遠，而版已再新，知宋人絕重是書也。」茲概述呂祖謙之《詩經》學如下：

（一）注重傳注訓詁

呂祖謙經學根柢紹承家緒，韓淲云：「呂居仁舍人、晁以道詹事，皆故家，見聞元祐學術，晁復精於訓傳。後來，汪聖錫內翰曾接呂舍人講論，最爲平正，有任重之

〔註 124〕《讀詩記・卷一・條例》曰：「諸家或未備，頗以己說足之，錄於每條之後，比諸家解低一字格。」此呂氏修訂後之條例也。〈公劉〉訖末，呂氏未及修訂，於祖謙之解按以「東萊曰」，而未低一字格。明陸鈇撰序遂曰：「〈公劉〉以後，編纂未就，其門人續成之。」祖謙之弟祖儉於〈公劉〉章末附記云：「先兄己亥（淳熙六年）之秋，復修是書，至此而終。自〈公劉〉之次章訖於終篇，則往歲所纂輯者，皆未及刊定──如《小序》之有所去取，諸家之未次先後，與今編條例多未合──今不敢復有所損益，姑從其舊，以補是書之闕云」。可知〈公劉〉之後，爲祖謙之舊稿，並非其門人續成之作。

意，伯恭得於汪爲多〔註125〕。」呂本中宅設「九經堂」，爲研習「六藝《三傳》」之所；呂祖謙從林之奇、汪應辰求學，林、汪之學出於呂本中。晁說之（以道）精於訓傳，與本中爲世交，故祖謙承父祖庭訓之習，研經注重傳注。晁說之儒言曰：「南方之學異乎北方之學……師先儒者，北方之學也；主新說者，南方之學也〔註126〕。」祖謙〈與朱子論學〉：「晁景迂（說之）其學固雜，然質厚而句法少穿鑿，可取者固多也。大抵北方前輩議論雖各有疵，然要可養忠厚，革囂浮，自當兼存也〔註127〕。」呂氏沿襲北方儒者治學習氣，師先儒，不主新說，以爲北學「質厚而句法少穿鑿」、「可養忠厚，革囂浮」。此一主張，與當日治學風氣迥然不同，王應麟曰：「自漢儒至於慶曆間，談經者守訓詁而不鑿，《七經小傳》出而稍尚新奇矣！至《三經義》行，視漢儒之學若土埂〔註128〕。」皮錫瑞曰：「宋人不信注疏而各自爲說，實者皆如孔蔡謬悠，議瓜驪山，良無一是也。」〔註129〕又曰：「宋人說經之書傳於今者，比唐人不只多出十倍，乃不以爲盛而以爲衰者，唐人猶守古義，而宋人多矜《新義》也。」〔註130〕呂祖謙嘗慨然曰：「學者每舉伊川語，云：『漢儒泥傳注』，伊川亦未嘗令學者廢傳注，近時每忽傳注而求新說，此極害事。後生於傳注中須是字字參考始得。」〔註131〕

　　呂祖謙之學，開浙東學派之先聲。明宋濂於〈凝道記〉中述金華之學，曰：

> 中原文獻之傳，幸賴此不絕耳。蓋粹然一出於正，稽經以該物理，訂史以
> 參事情，古之善學者亦如是耳！其所以尊古傳而不敢輕於變易，亦有一定
> 之見，未易輕訾也。〔註132〕

宋濂〈凝道記〉所述學派，及於金陵、眉山、東嘉、永康、金溪、橫浦等，而獨傾心金華之學；其「粹然一出於正」、「尊古傳而不敢輕於變易」，道出呂氏經學之特色。朱子則批評呂氏曰：「伯恭凡百長厚，不肯非毀前輩，須要出脫回護。」〔註133〕可謂言過其實，然由此可見呂氏治經之慎重，不輕易批評。

　　呂氏重視先儒傳注訓詁之見解，至清朝而發揚光大。惠棟曰：

> 漢人通經有家法，故有《五經》師。訓詁之學皆師所口授，其後乃著竹帛，
> 所以漢經師之說立於學官，與經並行。《禮經》出於屋壁，多古字古音，

〔註125〕韓淲著《澗泉日記》卷中，《四庫全書本》，商務印書館。
〔註126〕《儒言》頁27，《昌平叢書》。
〔註127〕《太史別集》卷一六，頁6，〈答朱侍講所問〉。《續金華叢書》。
〔註128〕《困學紀聞》卷八，頁21，《四部叢刊》本，商務印書館。
〔註129〕《經學通論》卷二，頁52。商務印書館。
〔註130〕《經學歷史》頁280。漢京文化事業公司。
〔註131〕《太史外集》卷五，拾遺，頁25，〈己亥秋所記〉。《續金華叢書》。
〔註132〕見《宋文憲公全集》卷五二，頁1。藝文印書館。
〔註133〕《詩傳遺說》卷二，《通志堂經解本》。

非經師不能辨。經之義存乎訓，識字審音乃知其義。是故古訓不可改也，經師不可廢也。〔註134〕

盧文弨曰：

凡文之義，多生於形與聲。漢人去古未遠，其所見多古字，其習讀多古音，故其所訓詁，要於本旨爲近，雖有失焉者寡矣。〔註135〕

錢大昕曰：

國朝通儒若顧亭林、陳見桃、閻百詩、惠天牧諸先生，始篤志古學，研覃經訓，由文字聲音訓詁而得義理之眞……《六經》者聖人之言，因其言以求其義，則必自訓詁始。謂訓詁之外別有義理，如桑門（沙門）不立文字爲最上乘者，非吾儒之學也。〔註136〕

孫星衍曰：

訓詁之學不明，則說經不能通貫。〔註137〕

焦循曰：

說者分別漢學宋學，以義理歸之宋。宋之義理誠詳於漢，然訓詁明，乃能識義、文、周、孔之義理。〔註138〕

阮元曰：

古今義理之學必自訓詁始。〔註139〕

聖人之道，譬若宮牆。文字訓詁，其門徑也。門徑苟誤，跬步皆岐，安能升堂入室乎？〔註140〕

《讀詩記》引用漢代以來四十多家之注解，而以《毛傳》、《鄭箋》爲主；各家如有不當，頗以己說正之。吳春山先生嘗歸納其訓詁實例，凡六項：（1）《毛傳》訓義不當，按以己說。（2）鄭氏箋義不當，加以解說。（3）先儒議論可疑，加以解說。（4）或祖先世之說，加以發揮。（5）呂氏不肯闕疑，自加訓義。（6）看《詩》當與《書經》合看。〔註141〕賴炎元先生嘗舉述《讀詩記》所做注解，或考釋單字詞語，或串解一句、數句詩文，或解釋一句、數句之大意，或總釋一章大意，或通釋兩章

〔註134〕惠棟著《松崖文鈔》卷一，頁4，〈九經古義述首〉，《聚學軒叢書》本。
〔註135〕盧文弨著《抱經堂文集》卷二，頁30，《九經古義》序。《四部叢刊》本。
〔註136〕錢大昕著《潛研堂文集》卷二四，頁218，〈臧玉琳經義雜說序〉。《四部叢刊》本。
〔註137〕孫星衍著《五松園文稿》卷一，頁6，〈孫忠愍侯祠堂藏書記〉。《叢書集成》本。
〔註138〕焦循著《雕菰集》卷十三，〈寄朱休承學士書〉。《叢書集成》本。
〔註139〕阮元著《揅經室續集》卷一，頁48，〈馮柳東三家詩異文疏證序〉。《叢書集成》本。
〔註140〕阮元著《揅經室一集》卷二，頁31，〈擬國史儒林傳序〉。《叢書集成》本。
〔註141〕吳春山《呂祖謙研究》，頁103，臺大中研所論文，民國67年。

大義，或於末章總述全詩各章大意；〔註142〕頗多精闢之見。

（二）涵養性情與經世致用並重

詩主於發抒感情，吟詠之，自能涵養性情，正心修身。呂祖謙極重視《詩經》之益於涵養之功能，其言曰：

> 詩者，人之性情而已。必先得詩人之心，然後玩之易入。〔註143〕

> 義例訓詁之學，至詩而盡廢；是學既廢，則無研索擾雜之私以累其心，一吟一諷，聲轉機回，虛徐容與，至理自遇，片言有味而五經皆冰釋矣！是聖人欲以詩之平易而救《五經》之支離也。〔註144〕

〈大雅·行葦篇〉，《讀詩記》「東萊曰」：

> 學者讀此詩，當深挹順弟和樂之風，以自陶冶，若一一拘牽禮文，則其味薄矣！

《呂氏詩說》同篇之解曰：

> 〈行葦〉一篇，見仁之全體。「方苞方體，其葉泥泥」，其生生之意，蓋自然而然，詳緩涵泳忠厚和藹之氣，見於言外；當此之時，仰觀俯察，莫非吾仁，千百載之下，猶可想見，況身親之乎？〔註145〕

> 〈采薇〉、〈出車〉、〈東山〉之詩，雨雪寒燠、草木禽獸、僕馬衣裳、室家婚姻，曲盡人情，呢呢如兒女語。〔註146〕

然呂氏深受二程之影響，治經極重視致用。二程曰：

> 窮經將以致用也，如誦《詩》三百，⋯⋯今世之號為窮經者，果能達於政事專對之間乎？則其所謂窮經者，章句之末耳，此學者之大患也〔註147〕。

> 治經，實學也。如《中庸》一卷書，自至理便推之於事。如國家有《九經》及歷代聖人之跡，莫非實學也〔註148〕。

呂氏曰：

> 今人讀書，全不作有用看，且如人二三十年讀聖人書，及一旦遇事，便與閭巷人無異，⋯⋯只緣讀書不作有用看故也〔註149〕。

〔註142〕見賴炎元〈呂祖謙的詩經學〉，《中國學術年刊》六期，頁23。
〔註143〕《呂東萊先生文集》卷十五，〈詩說拾遺〉，頁1，《金華叢書》，藝文印書館。
〔註144〕《東萊左氏博議》，頁417，廣文書局。
〔註145〕書同註143，卷十五，頁24。
〔註146〕《東萊博議》，頁229。廣文書局。
〔註147〕《二程遺書·卷四》，頁63，《四庫全書》冊六九八。
〔註148〕《二程遺書·卷一》。《四庫全書》本。
〔註149〕《麗澤論說集錄·十》，頁2，《續金華叢書》。

又曰：

> 世之儒者以嘗以《六經》之學而竊見之於用，如以〈禹貢〉行河，如以《春
> 秋》斷獄，如以《三百五篇》諫。噫！《六經》之用，果止於是歟？《六
> 經》之用，果止於是，則儒者之責何其易塞也！《六經》所載者，堯舜禹
> 湯文武未備之法，用《六經》者當有堯舜禹湯文武未用之效〔註150〕。

《朱子語類》卷一三二曰：「問：東萊之學。曰：伯恭於史分外仔細，於經卻不甚理
會。」蓋朱子最重《四書》，而呂氏側重《左氏傳》；朱子抨擊江浙史學功利之風，
遂涉及呂氏。實則伯恭之學乃「宗經重史」、致用之學。呂氏曰：

> 看《詩》即是（看）史〔註151〕。
>
> 如看衛文公之詩，須知衛之興；讀〈王·黍離〉之詩，須知周之亡，其氣
> 象可知〔註152〕。
>
> 廣谷大川異制，民生其間異俗，剛柔輕重遲緩異齊，五味異和，器械異制，
> 衣服異宜，皆學者所當觀也〔註153〕。

清儒陳澧鑑於當時考據學瑣屑之弊，嘗曰：「百年以來，講經學者，訓釋甚精，考據
甚博，而絕不發明義理，以警覺世人。其所訓釋考據，又皆世人所不能解。故經學
之書汗牛充棟，而世人絕不聞經書義理，此世道所以衰亂也。」〔註154〕陸寶千先生
〈論清代經學〉一文曰：「清儒之學，瑣屑纖細，乃其本色，本無宗旨之可言也。究
其本質，是術而非學。」又曰：「考據者，術也，非學也。」〔註155〕呂祖謙之經學
則無此弊，賴炎元先生〈呂祖謙的《詩經》學〉一文曰：「呂祖謙是一位理學家，因
此，他有時依據詩文來說明人倫的道理，例如〈小雅·常棣〉二章，……藉〈常棣〉
詩文來闡發兄弟朋友相處的道理。呂祖謙也是一位歷史評論家，因此，他也常常依
據詩文來評論史實，例如〈周南·樛木〉第一章，……充分發揮了詩的教化功用，
這是《呂氏家塾讀詩記》的特點。」〔註156〕魏了翁撰〈讀詩記後序〉曰：

> 今觀其所編《讀詩記》，于其處人道之常者，固有以得其性情之正：其言
> 天下之事，美盛德之形容，則又不待言而知。至於處乎人之不幸者，其言
> 發于憂思哀怨之中，則必有以考其性情，參總眾說；凡以厚於美化者，尤

〔註150〕《太史外集》卷二，頁4，〈策問二〉。《續金華叢書》。
〔註151〕《太史外集》卷五，拾遺，〈己亥秋所記〉。《續金華叢書》。
〔註152〕同上。
〔註153〕《讀詩記》卷九。
〔註154〕《嶺南學報》二卷三期，頁182。
〔註155〕《師大歷史學報》三期，頁1。
〔註156〕同註142。

切切致意焉。

（三）尊崇《詩序》

程頤曰：

> 學《詩》而不求《序》，猶欲入室而不由戶也。
>
> 問：《小序》何人作？曰：但看〈大序〉即可見矣。……〈序〉中分明言國史明乎得失之跡，……如非國史，則何以知其所美所刺之人？使當時無《小序》，雖聖人亦辨不得〔註157〕。
>
> 〈詩大序〉，孔子所爲，文似《繫辭》，其義非子夏所能言也。《小序》，國史所爲，非後世所能知也〔註158〕。
>
> 《詩序》必是同時所作，然亦有後人添者，如〈白華〉只是刺幽王，其下更解不行……〔註159〕

呂祖謙遙承程頤之說，尊崇《詩序》，又以爲《小序》之首句是當時國史所作；首句之下，則有後人附加者。呂氏曰：

> 魯、齊、韓、毛，師讀既異，義亦不同，以魯、齊、韓之義尚可見者較之，獨《毛詩》率與經傳合。……是則《毛詩》之義，最爲得其眞也。間有反覆煩重，時失經旨，如〈葛覃〉、〈卷耳〉之類，蘇氏（蘇轍）以爲非一人之辭，蓋近之。（《讀詩記》卷二，〈關雎〉）
>
> 三百篇之義，首句當時所作，或國史得詩之時，載其事以示後人；其下則說詩者之辭也。說詩者非一人，其時先後亦不同。以《毛傳》考之，有毛氏已見其說者，時在先也；有毛氏不見其說者，時在後也。……意者，後之爲毛學者，如衛宏之徒附益之耳。（《讀詩記》卷三，〈鵲巢〉）

由上述可知呂氏採信蘇轍之言，以爲《詩序》間有「反覆煩重，時失經旨」者，遂斷定《詩序》非一人之辭；然呂氏反對蘇轍僅保留《詩序》首句、刪去下文之作法。

朱子初亦信從《詩序》，後改從鄭樵廢《序》之主張，由是與呂祖謙展開書信辯論。朱子嘗曰：

> 東萊不合只因《序》講解，便有許多牽強處，熹嘗與之言，終不肯信。從《讀詩記》中，雖多說《序》，然亦有說不行處亦廢之；熹因作《詩序辨說》，其他謬戾，亦辨之頗詳。（《詩傳遺說》卷二）
>
> 《東萊詩記》卻編得仔細，只是大本已失了，更說甚麼！……熹因云：「今

〔註157〕《二程遺書‧卷十八》，頁185，《四庫全書》冊六九八。
〔註158〕同註157，卷二四，頁250。
〔註159〕同註157，頁77。

人不以詩說詩，卻以《序》解詩，是以委曲牽合，必欲如序者之意，寧失
詩人之本意不恤也，此是序者大害處。」（同上）

伯恭專信《序》，又不免牽合。伯恭凡百長厚，不肯非毀前輩，要出脫回
護。不知道只爲得箇解經人，卻不曾爲得聖人本意。是，便道是；不是，
便道不是，方得〔註160〕。

呂祖謙〈與朱子書〉云：「唯太不信《小序》一說，終思量未通也。」〔註161〕終其
一生，尊崇《詩序》而無悔。實則，朱子廢《序》之說多有可商，詳見以下朱子之
篇，茲不贅。

三、朱　熹

朱熹字元晦，一字仲晦，徽州婺源人。高宗建炎四年（公元1130年）生於福建
尤溪城外毓秀峰下之鄭氏草堂，寧宗慶元六年（公元1200年）卒，享年七十一歲，
謚文。

其父朱松，字喬年，號韋齋，嘗爲福建尤溪縣縣尉。朱熹自幼穎悟，從其父習
河洛之學。〔註162〕韋齋疾篤，謂熹曰：「籍溪胡原仲（胡憲）白水劉致中、屏山劉
彥沖（劉子翬），此三人者，吾友也。其學皆有淵源，吾所敬畏；吾即死，汝往父事
之，而惟其言之聽，則吾死不恨矣。」熹飲泣受言，不敢忘。既孤，則奉以告於三
君子，而稟學焉。〔註163〕三君子中，獨胡原仲得享高壽，熹追隨近二十年。

紹興十七年（公元1147年）貢於鄉，十八年中進士第，任泉州同安主簿。紹興
二十三年，朱熹二十四歲，始見李侗於延平，三十一歲，師事李侗。李侗〈與羅博
文書〉云：「元晦進學甚力，樂善畏義，吾黨鮮有。晚得此人，商量所疑，甚慰。」
又云：「此人極穎悟，力行可畏，講學極造其微處，某因此追求有所省，渠所論難處，
皆是操戈入室，須從原頭體認來，所以好說話。」〔註164〕朱熹於同安簿秩滿後，專
心追隨延平先生〔註165〕，游心於道，習聞周敦頤、張載、二程、邵雍之學。其爲學，
大抵窮理以致其知，反躬以踐其實，而以居敬爲主。歷仕高、孝、光、寧四朝，累
官寶文閣待制。寧宗慶元元年，韓侂胄擅權蔽主，朱熹極表不滿，故遭誣陷，貶職；

〔註160〕《朱子語類》，卷八十，冊六，頁2074，〈詩一〉，〈綱領〉。華世出版。
〔註161〕《太史別集》，卷三，頁14，〈與朱侍講書〉。
〔註162〕朱松文仿荊公、蘇、黃，學本《六經》、子、史，至二十七八歲後，轉治二程子之
　　　　學。見趙效宣著〈朱子家學與師承〉，《新亞學報》九卷一期。
〔註163〕見《朱子大全文·卷九十·屏山先生劉公墓表》。
〔註164〕見《李延平先生文集》卷一，《正誼堂全書》。
〔註165〕《宋史·卷四百廿九·道學傳》云：「熹之學，既博求之經傳，復遍交當世有識之士。
　　　　延平李侗老矣，嘗學於羅從彥，熹歸自同安，不遠數百里，徒步往從之。」

侂冑黨攻其學爲僞學，而朱熹仍講學不輟。

朱熹著作等身，四部具備，其《詩經》學著作尚存於世者，有《詩集傳》八卷〔註 166〕、《詩序辨說》一卷、《文公詩傳遺說》六卷〔註 167〕。亡佚者，有《毛詩集解》〔註 168〕、《詩風雅頌》四卷、《序》一卷。

朱子門人綦夥，今人陳榮捷先生著《朱子門人》一書，計敘六百二十九人。其中，當以蔡元定、蔡沈、黃榦、陳淳四人爲代表。

錢賓四先生曰：「他（朱熹）不僅是南渡一大儒，宋以下的學術思想史，他有莫可與京的地位。後人稱之爲致廣大，盡精微，綜羅百代，他實當之而無愧。」〔註 169〕又曰：「在中國歷史上，前古有孔子，近古有朱子；此兩人，皆在中國學術思想史及中國文化史上發出莫大聲光，留下莫大影響。曠觀全史，恐無第三人堪與倫比；孔子集前古學術思想之大成，開創儒學，成爲中國文化傳統中一主要骨幹。北宋理學興起，乃儒學之重光。朱子崛起南宋，不僅能集北宋以來理學之大成，並亦可謂其乃集孔子以下學術思想之大成。此兩人，先後矗立，皆能匯納群流，歸之一趨。自有朱子，而後孔子以下之儒學乃重覆新生機，發揮新精神，直迄於今。」〔註 170〕可謂推崇備至，然朱子之《詩經》學，頗有可商。

朱子研治經學，於《四書》用力最勤，《詩經》次之。於《詩經》研究之後期，因確認衛宏爲《詩序》作者，故安於廢《序》；此乃造成後世爭論紛紜之一大關鍵。朱子若知《詩序》遠成於衛宏之前，則是否堅持其廢《序》之論，誠未可知。茲述其《詩經》學如下：

（一）《大序》、《小序》

〔註 166〕朱子於孝宗淳熙四年完成《詩集傳》初稿（或稱《毛詩集解》，今佚。）淳熙十一年，〈答潘文叔書〉云：「《詩》亦再看舊說，多所未安，見加刪改，別作一小書，庶幾簡約易讀。若詳考，即自有伯恭之書矣。」此刪改本，即廢《序》本《詩集傳》二十卷。光宗紹熙五年之後，又事修改，其〈與李公晦書〉云：「近修得〈國風〉數卷，舊本且未須出。」又〈與葉彥忠書〉云：「《詩傳》兩本，煩爲以新本校舊本，其不同者，依新本改正。」此新本，即八卷本《詩集傳》。詳見糜文開著《詩經朱傳本經文異字研究》。載於《詩經欣賞與研究》第三冊，三民書局印行。《四庫提要》曰：「《詩集傳》八卷，宋朱子撰。《宋志》作二十卷，今本八卷，蓋坊刻所併。」乃臆測之詞耳。

〔註 167〕文公《詩傳遺說》六卷，乃朱子適孫朱鑑蒐集《朱子語錄》與文集中論《詩經》之話語，編輯而成。

〔註 168〕朱子早年信從《詩序》，作《毛詩集解》；後廢《詩序》，修訂而爲《詩集傳》，《毛詩集解》遂亡佚。

〔註 169〕錢穆著《宋明理學概述》，頁 103，中華文化出版事業委員會，民國 42 年。

〔註 170〕錢穆著《朱子新學案》第一冊，頁 1，《朱子學提綱》，自印本。

　　《詩序》分爲〈大序〉、〈小序〉，實始於六朝經生〔註171〕。陸德明《經典釋文》引舊說曰：「『〈關雎〉，后妃之德也』，至『用之邦國焉』，名〈關雎序〉，謂之《小序》；自『風，風也』訖末，名爲〈大序〉」。〔註172〕朱子《詩序辨說》則以「詩者，志之所之也」至「是謂四始，詩之至也」爲〈大序〉，其餘爲《小序》。朱子之意，〈大序〉通論全部詩篇，《小序》則分論各篇。

　　婺源潘師石禪著〈詩序明辨〉一文，曰：「六朝人沈重、劉炫之流，自有大《小序》之說，而實於古無徵，故陸德明正之曰：『今謂此《序》止是〈關雎〉之序，無大小之異。』孔穎達辨之尤爲明審，其《毛詩·關雎正義》曰：『諸序皆一篇之義，但詩理深廣，此爲篇端，故以詩之大綱，併舉於此。』陸孔之論，最達古人屬文之體〔註173〕，故不以六朝分析大小爲然。」

　　《詩序》出於子夏，此漢儒相傳之舊說，亦爲鄭玄、王肅所信從。沈重謂《鄭詩譜》意，《小序》是子夏、毛公合作，今按鄭玄《詩譜》，並無子夏、毛公合作《詩序》之意，沈氏臆測之說，不可據信。南宋鄭樵謂《詩序》是村野妄人所作，其說影響朱子頗鉅。

　　朱子論《小序》曰：「《詩序》，東漢〈儒林傳〉分明說道是衛宏作。後來經意不明，都是被他壞了，某又看得亦不是衛宏一手作，多是兩三手合成一序，愈說愈疏。」〔註174〕又曰：「看來《詩序》當時只是個山東學究等人做，不是個老師宿儒之言，故所言都無一事是當。」〔註175〕「因論詩，歷言《小序》大無義理，皆是後人杜撰，先後增益湊合而成。」〔註176〕至其論〈大序〉，則曰：「〈大序〉未知果誰作也。」

〔註171〕見潘師石禪著〈詩序明辨〉，《學術季刊》四卷四期，頁20。
〔註172〕《經典釋文》又曰：「今謂此序止是〈關雎〉之序，總論詩之〈綱領〉，無大小之異。」可知陸德明不以《詩序》分大小爲然。
〔註173〕潘師石禪曰：「『〈關雎〉，后妃之德也』，只這一句談到〈關雎〉篇的本身，其下『風之始也，所以風天下而正夫婦也，……』繞一個大圈，到末尾才又拉回〈關雎篇〉的本身：『是以〈關雎〉樂得淑女以配君子，憂在進賢，不淫其色，哀窈窕，思賢才，而無傷善之心焉，是關雎之義也。』從一篇小詩而漫談到整部《詩經》的問題；這種情形，和《宋書·謝靈運傳》類似。它雖然是謝靈運的傳，『論』的部分，應該是批評謝靈運本身，但作者並不如此，而是大論其它內容；眞正談到謝靈運本身的，只有『爰逮宋氏，顏謝騰聲，靈運之興會標舉』、『潘、陸、謝、顏，去之彌遠』，寥寥幾字而已。因爲《宋書》沒有〈文苑傳〉，而謝靈運『文章之美，江左莫逮』（〈本傳〉），所以沈約在此總論文學，發表自己在文學方面的新發現，所謂『自騷人以來，此秘未睹』，他對此一發現十分自負。」（摘自七十七年度上課筆記。）可見《詩序》與《宋書·謝靈運傳》同類，不宜視之爲怪異不倫或幾手拼湊之文章。
〔註174〕見《朱子語類》卷八十。
〔註175〕同註174。
〔註176〕同註174。

〔註177〕又曰：「〈大序〉亦不是子夏作，煞有礙義理誤人處。」〔註178〕然其間又有優劣之分，朱子曰：「《小序》，漢儒所作，有可信處絕少；〈大序〉好處多，然亦有不滿人意處。」

　　〈詩大序〉亦只是後人作，其間有病句。（《朱子語類》，卷八十。）

　　〈大序〉亦有未盡，如『發乎情，止乎禮義』，又只是說正詩，變風何嘗
　　止乎禮義？（同右）

　　「國史明乎得失之跡」這一句也有病，《周禮》《禮記》中，史並不掌詩，
　　《左傳》說自分曉；以此見得〈大序〉亦未必是聖人做。（同右）

朱子以為〈大序〉有二項缺失，其一，變風中有淫詩存在，豈可謂之「發乎情，止乎禮義」？其二，考諸《周禮》、《禮記》，大史之屬掌書，而非掌詩；誦詩進諫，乃大師之屬瞽矇之職責。《左傳‧襄公十四年》亦曰：「史為書，瞽為《詩》。」可知，詩與國史毫不相干。〈詩大序〉乃曰：「國史明乎得失之跡，傷人倫之廢，哀刑政之苛，吟詠情性，以風其上；達於事變，而懷其舊俗者也。」一若國史非但掌詩，甚且成為作詩、獻詩、諷誦之人，可證作《序》者之無知，亦可知作《序》者必非子夏聖人之輩。按：朱子所謂淫奔之詩，謬誤不可信，前人言之詳矣。其指摘〈大序〉「國史明乎得失之跡」云云，值吹毛求疵耳；蓋明乎盛衰消長之理、得失成敗之跡者，莫若國史，是以《史記‧老莊申韓列傳》謂老子為「周守藏室之史也」，〈漢志〉謂：道家者流，蓋出於史官，歷記成敗禍福古今之道。〔註179〕朱子之說，有二事未

〔註177〕見晦庵先生《朱文公文集》卷五五。
〔註178〕見《詩傳遺說》卷二。
〔註179〕《史記‧老莊申韓列傳》所述老子生平，可疑者多。勞思光先生探究《老子》一書之作者，曰：「有道家之老聃，莊子所稱者是也；有習禮之老聃，《禮記》所載者是也；又有為周史官或名『李儋』之太史儋，《史記‧老子傳》文中之世系屬之；因『李儋』與『老聃』同音也。」無論老子是何人，其身歷目睹人世間之種種盛衰消長之理、得失成敗之跡，則為不爭之事實。勞思光先生又曰：「總之，老子之學起於觀變思常。萬象無常，常者唯道，於是『道』為老子思想之中心。」（見《中國哲學史》，三民書局）張起鈞、吳怡先生所著《中國哲學史話》曰：「《道德經》這部書不是完成在一個人手中，它是由許多道家思想的人物輾轉抄寫，而且隨時隨地添加、刪節而成的，……我說『老子就是老子』，就是說，這個老子沒有固定的生平。這個老子可能代表張三、李四等好幾個人，也可能代表王五一個人。總之，這是一位有智慧的老人。他……閱盡滄桑，飽經憂患，他曾眼看別人建造了高樓大廈，眼看別人在大廈內歌舞歡笑，同時又眼看別人的高樓大廈變成斷井殘垣，眼看別人走進墳墓，變成枯骨。」（自印本）試觀《老子》一書，其於宇宙道體之深究，對天下諸般紛擾之慨歎與關懷，進而提出柔弱清虛之主張，則此一「老子」斷非孤陋寡聞之鄉野小民。《漢書‧藝文志》曰：「道家者流，蓋出於史官，歷記成敗存亡禍福古今之道，然後知秉要執本，清虛以自守，卑弱以自持，……曰：獨任清虛，可

安：（1）作《序》者不知瞽矇主誦詩進諫之事，進而誤以為國史掌獻詩、諷誦，其淺陋如是，則《詩序》作者不惟非子夏聖人之輩，甚且「山東老學究」亦不如也；此必無之事也〔註180〕。可知，作《序》者之意，必不以為國史掌獻詩、諷誦。（2）「情動於中，而形於言；言之不足，故嗟歎之；嗟歎之不足，故永歌之。」凡觸物心感者，皆可吟詠情性，以風其上；瞽矇吟詠，乃職責所在；常人吟詠，亦心聲之自然發抒，有何不可？〈大序〉實無病句，朱子不察耳。

朱子謂《小序》之作者為衛宏、或山東學究、或其他不知名之「兩三手」。潘師石禪曰：

> 今為訂之曰：今《詩序》必非衛宏作也。何以明之？《後漢書·儒林傳》曰：「衛宏，字敬仲，東海人也。少與河南鄭興俱好古學。初，九江謝曼卿善《毛詩》，乃為其訓。宏從曼卿受學，因作《毛詩序》，善得風雅之旨，於今傳於世。……中興後，鄭眾、賈逵傳《毛詩》，後馬融作《毛詩傳》，鄭玄作《毛詩箋》。」據此傳所云，則衛宏之《序》尚行於蔚宗（范曄）之世，則賈、馬、二鄭寧有不見之理！既見之矣，烏得削敬仲（衛宏）之名，易西河（子夏）之號？雖淺學所易辨，而謂康成顛倒至此耶？假令康成有意作偽，同輩後生固當起而攻之矣，此一事也。又案《後漢書·鄭玄傳·論》曰：「自秦焚《六經》，聖文埃滅。漢興，諸儒頗修藝文，及東京學者亦各名家，而守文之徒，滯固所稟，異端紛紜，互相詭激，遂令經有數家，家有數說，章句多者，或乃百餘萬言：學徒勞而少功，後生疑而莫正。鄭玄囊括大典，網羅眾家，刪裁繁蕪，刊改漏失，自是學者略知所歸。王父豫章君每考先儒經訓而長於玄，常以為仲尼之門不能過也。及傳授生徒，並專以鄭氏家法云。」據此論，知范氏世崇鄭學，其於康成之說，鑽研自必精詳。假令同代之著述（指衛宏《詩序》），遽指為子夏之遺言，顛頂至此，何以說經！乃謂每考先儒經訓而長於玄耶？此二事也。王肅之徒，日攻鄭學，蹈瑕伺隙，無微不至。假令康成有此巨謬，一腐儒攻之，如摧枯拉朽耳，又何勞子雍輩之攻堅也！此三事也。以此數事衡之，知今之《詩序》，斷非衛宏所作明矣。《後漢書》稱衛宏作《毛詩序》者，蓋偶與今序同名；猶之稱馬融為《毛詩傳》，亦與今常言《毛詩傳》相混。當

以為治。」道家出於史官，殆可信從。《左傳·襄公十四年》曰：「史為書，瞽為詩。」，可知〈詩大序〉所言「國史明乎得失之跡，傷人倫之廢，哀刑政之苛」云云，信然不誣。

〔註180〕〈關雎序〉能闡明微言大義，其作者必非素無學植之輩。

時，書並行世，不虞混淆。及衛宏所作《詩序》後亡，朱子乃拾其言爲攻《序》之利器，其亦未之深察也。……鄭玄曰：「此《序》子夏所爲，親受聖人。」（《詩·常棣》《疏》引《鄭志》）王肅曰：「子夏所序詩，即今《毛詩序》也。」（《家語注》）重規按，上來諸家之議，惟子夏序詩爲漢儒相承之舊說；蓋子夏親受於孔子而筆之於篇，而孔子則得之於國史之傳，故能不失作詩之本意也。〔註181〕

石禪師所言，精確不可移易。茲補述若干資料，以明衛宏《詩序》非今人所見之《詩序》。

1、必須探究《後漢書》「（衛宏）因作《毛詩序》」云云之來源

《後漢書》之說，實節錄自陸璣《毛詩草木鳥獸蟲魚疏》，《陸疏》之文如下：

孔子刪詩，授卜商，商爲之序，以授魯人曾申。……（東漢）時九江謝曼卿亦善《毛詩》，乃爲其訓。東海衛宏從曼卿受學，因作《毛詩序》，得風雅之旨。

《後漢書·衛宏傳》抄襲《陸疏》，而省卻前半，曰：

初，九江謝曼卿善《毛詩》，迺爲其訓。宏從曼卿受學，因作《毛詩序》，善得風雅之旨，於今傳於世。

朱子誤解《後漢書》所謂「（衛宏）因作《毛詩序》」之眞意，證據確鑿。

2、衛宏曾作《毛詩衛氏傳》，陸璣與范曄所言衛宏「《毛詩序》」，或即「《毛詩衛氏傳·序》」之簡稱〔註182〕

《經典釋文》曰：「芣苢，音浮，苢，本亦作苡，……芣苢，馬舄也，又名車前。……《衛氏傳》及許慎並同。」此乃衛宏曾作《毛詩傳》之證。嚴可均《鐵橋漫稿》卷四「對丁氏問」遂曰：「以范書與《釋文》合訂之，蓋『《毛詩序》』即在《衛氏傳》中。《衛氏傳》，《梁七錄》、〈隋志〉，及《釋文敍錄》無之。芣苢一條，殆從他書采獲。范（曄）在劉宋時，猶及見《衛氏傳》與其〈序〉，故云：『善得風雅之旨，於今傳於世』也。然而，宏作《毛詩序》，別爲之序耳，非即〈大序〉〈小序〉。猶之孟喜序卦，鄭氏序《易》，非即十翼之〈序卦〉；馬融〈書序〉，非即百篇《序》也。」

關於衛宏「《毛詩傳》序」題名「《毛詩序》」之假設，黃彰健先生於《經今古文學問題新論》中提出類似之證據：

（1）今本《尚書僞孔傳》，書首有僞孔安國「〈尚書序〉」，不作「〈尚書傳序〉」。

〔註181〕見潘師石禪著〈詩序明辨〉，《學術季刊》四卷四期。
〔註182〕說本黃彰健《經今古文學問題新論》，頁312，《中研院史語所專刊》七九。

（2）何晏「《論語集解》」之序曰「〈論語序〉」，見《經典釋文》卷二十四。

（3）《經典釋文》卷十五：「〈春秋序〉，此元凱（杜預）所作，既以釋經，故依例音之。本或題爲『〈春秋左傳序〉』者，沈文何以爲『（《春秋》）釋例序』，今不用。」

（4）孔穎達《左傳正義》，開頭便曰：「此序題目，文多不同，或云『〈春秋序〉』，或云『〈左氏傳序〉』，或云『〈春秋經傳集解序〉』，或云『〈春秋左氏傳序〉』」。

可知陸璣、范曄所謂衛宏「《毛詩序》」，當指衛宏《毛詩傳》之序文。

3、由六篇「有其義而亡其辭」之詩篇探索之〔註183〕

《鄭箋》於亡詩〈南陔〉、〈白華〉、〈華黍〉三篇序下云：「孔子論詩，雅頌各得其所，時俱在耳，篇第當在於此，遭戰國及秦之世而亡之，其義則與眾篇之義合編，故存；至毛公爲《詁訓傳》，乃分眾篇之義，各置於其篇端云。又闕其亡者，以見在爲數，故推改什首，遂通耳，而下非孔子之舊。」按，其下又有〈由庚〉、〈崇丘〉、〈由儀〉三篇序，並云：「有其義而亡其辭」。此六篇並見《儀禮・鄉飲酒禮》，其次第與〈六月・序〉總論〈小雅〉諸篇合，與毛推改者異，（〈鹿鳴〉至〈華黍〉同，〈南有嘉魚〉以下異）；然則作序者當與《儀禮》作者所見篇次同，其辭不當亡在《毛傳》以後；而衛宏安能見未亡之詩而知其義，並爲之序耶？

4、由《漢書・藝文志》探索

《漢書・藝文志》著錄《齊魯韓三家詩》二十八卷，《毛詩》二十九卷，王引之、陳奐以爲《毛詩》多出一卷，係《毛詩序》。黃彰健先生曰：古文書序多附於書末，如壁中本《尚書》，百篇《書序》即附於書末。〔註184〕

5、由特殊用辭探討：

〈周頌・般〉，《詩序》曰：「〈般〉，巡守而祀四嶽河海也。」徐復觀先生曰：「秦以前皆稱四嶽，秦統一天下以後，五嶽之名開始出現。至西漢，則除援引先秦古典，如〈堯典〉之四嶽外，無不稱五嶽。由《序》中『四嶽』一辭，即可反映出《詩序》豈僅非魏宏所作，亦非出於趙毛公之手。」〔註185〕

（二）由尊崇《詩序》至揚棄《詩序》

朱子曰：「熹向作詩解文字，初用《小序》，至解不行處，亦曲爲之說；後來覺得不安，第二次解者，雖存《小序》，間爲辨破，然終是不見詩人本意；後來方知盡

〔註183〕見姚榮松〈詩序管窺〉，《孔孟學報》二十五期，頁59。
〔註184〕同註182。
〔註185〕徐復觀《中國經學史的基礎》，頁154，學生出版。

去《小序》，便自可通，於是盡滌蕩舊說，詩意方活。」〔註186〕又曰：「《詩序》實不足信，向來見鄭漁仲（樵）有《詩辨妄》，力詆《詩序》，其間文字雖太甚，以爲皆是村野妄人所作，始者不疑之，後來仔細看一兩篇，因質之《史記》、《國語》，然後知《詩序》之果不足信。」〔註187〕又曰：「《詩序》，《東漢·儒林傳》分明說道是衛宏作，後來經義不明，都是被他壞了。熹又看得不是衛宏一手，多是兩三手合成一序，愈說愈疏。」〔註188〕又曰：「某自二十歲時讀《詩》，便覺《小序》無意義……當初亦嘗質問諸鄉先生，皆云《序》不可廢，而某之疑終不能釋。後到三十歲，斷然知《小序》之出於漢儒所作，其爲繆戾有不可勝言。」〔註189〕

由上述可知朱子研治《詩經》，可分三時期，最初尊崇《小序》，後來辨破《小序》，終至揚棄《小序》。茲錄其廢《序》之說如下：

> 今人不以詩說《詩》，卻以《序》解《詩》，是以委曲牽合，必欲如序者之意，寧失詩人之本意不恤也，此是序者大害處。（《詩傳遺說》卷二）
>
> 後世但見《詩序》巍然冠於篇首，不敢復議其非，至有解說不通，多爲飾辭以曲護之者，其誤後學多矣。（同右）
>
> 大率古人作詩，與今人作詩一般。其間亦自感物道情，吟詠情性，幾時盡是譏刺他人！只緣序者立例，篇篇要作美刺說，將詩人意思，盡穿鑿壞了。（同右）

《詩集傳》完成之後，又經朱子多次修正，實與廢《序》有關。朱子續作《詩序辨說》一書，以批評《小序》爲主。賴炎元先生歸納朱子所論《小序》之缺失，凡三：妄生美刺、隨文生義、穿鑿附會。〔註190〕

潘師石禪主張說詩必宗《詩序》，其言曰：

> 夷考其實，《詩序》出於子夏，乃漢儒相傳之舊說。朱子據《後漢·儒林傳》，指爲衛宏所作，乃朱子之誤解。至於朱子譏《詩序》「篇篇要作美刺說」，亦未明古詩之情狀。蓋歌謠吟詠，雖本於自然，而采詩入樂之旨，必取有關政治得失之作。良以三百篇皆具有政治性、教育性之詩篇。上古縱多自抒性情之詩歌，苟無關於政治教化得失者，固無暇掇取，以播之樂章，用之鄉人邦國也。古者簡冊寫錄艱難，其有吟詠性情之什，要不過任

〔註186〕同註178。
〔註187〕同註178。
〔註188〕同註178。
〔註189〕同註178。
〔註190〕賴炎元〈朱熹的詩經學〉，《中國學術年刊》二期，頁43。

其口語流傳，自生自滅；雖欲著錄，而工具不易得也。試觀漢世，揚、馬之徒，作賦擒文，猶須上書縣官，請給筆札，其情可知已。即就古代歌謠載於典籍者而論，亦皆義含美刺，如《左傳》所錄之鄭輿人誦〔註191〕、宋城者謳〔註192〕之類是已。〔註193〕

胡義成曰：

商鞅、韓非和李斯等人，對《詩經》均持嚴屬批判態度。他們在不同的鬥爭境遇中，異口同聲地批判《詩經》，指出它對新興制度的危害，主張堅決禁絕。……無論如何，《詩經》在春秋戰國時期，是帶有強烈的政治色彩的詩選集。把《詩經》看成完全超階級、超政治的東西，上述歷史事實將難以解釋。……《商君書》中，……《詩經》的傳播，會造成「民離上」、「輕其君」、「非多」的結果，……如果說，在孔子關於《詩經》「可以怨」等話中，還不能明顯地看出《詩經》誹謗新興封建制的實質的話，那麼，《商君書》的上述論斷，會使我們看出這一點，這就與孔子關於《詩經》矛頭所向的那些話遙相對比，爲《詩經》中許多所謂「刺詩」的進一步解剖，提供了一條比較完整的線索。……《詩經》中的作品，從政治觀點來看，無非是讚頌和諷刺兩大類。李斯的以上判詞（連案：指「語皆道古以害今，飾虛言以亂實，人喜其所私學，以非上之所建立。……聞令下，則各以其學議之，入則心非，出則巷議。非主以爲名，異趣以爲高，率群下以造謗。……臣請……悉詣守尉雜燒之。」），實際上，把這兩類詩在當時階級鬥爭中所起的惡劣作用，從他的立場出發，給予了無情回擊。對這樣的東西，當時秦始皇、李斯等人果斷地一火全焚，不是沒有理由的〔註194〕。

潘師石禪又曰：

宋儒程頤有云：「學《詩》而不求《序》，猶欲入室而不由戶也。」清陳奐《詩毛氏傳疏·序》曰：「讀《詩》不讀《序》，無本之教也。」……毛公傳子夏《序》，故其言有本；今文家不見《序》，故立說紛紜，……欲明《詩》之意旨，必以《序》爲主。假令無《序》，誰能摸索詩意於千載之下？雖唐人詩，苟失其題，亦難知本意之所在。如朱慶餘〈近試上張水部〉云：「洞房昨夜停紅燭，待曉堂前拜舅姑。妝罷低聲問夫婿，畫眉深淺入時

〔註191〕　《左傳》襄公三十年。
〔註192〕　《左傳》宣公二年。
〔註193〕　潘師石禪著〈朱子詩序舊說敘錄〉，《新亞書院學術年刊》九期，頁1。
〔註194〕　胡義成〈先秦法家對詩經的批判〉，《江淮論壇》1982～4，頁69～73，1982年8月。

無？」如就詩觀之，明明爲閨意新婚之辭。但作者題爲「近試上張水部」，張水部爲張籍，作者應試進士前，獻《詩考》官；唐人有此風氣，號爲溫卷，作者託辭新婦，……決非詠新婚之作。……如謂後世考試制度，防制考生甚嚴，不應有上試官之作，斥爲題誤，或如朱子所云「今但信詩，不必信序」，寧得謂此詩爲新婚之詠？……馬端臨《文獻通考》辨《詩序》曰：「風之爲體，比興之辭多於敘述，風諭之意浮於指斥。蓋有反覆詠歎，而無一言敘作者之意者，而序者乃一言以蔽之曰，爲某事也。苟非其傳授之有源，探索之無舛，則孰能臆料當時旨意之所歸以示千載乎？」〔註195〕

黃永武先生曰：

吾人要想了解周代的詩，自然應該本著「周道」去認識，倒不是依仗什麼孔子的權威，也不是戴上道學主義的面具，而是必須站回周代的時空架構上，以及周代社會著重禮樂教化的架構上，才能掌握《詩經》中的意識型態。否則就像刻舟求劍一樣，尋不著寶劍的下落。〔註196〕

上古社會爲一非常注重禮《樂》教化之社會，此種精神，充斥於古籍經典之中；《詩》、《書》、《禮》、《易》、《春秋》有其一致之時代背景，何以惟獨《詩經》能擺落禮樂政教之時代枷鎖，而獨立存在、流傳至今〔註197〕，並與活潑潑之現代社會、現代思想消除距離與隔閡？假令信從朱子之言，「今但信詩，不必信序」，則各朝代之讀者皆可依自身所處之時代背景與思想，鑿空冥思，則漢、唐、宋、清之詩本義將迥然不同，資本主義國家之讀者與共產主義國家之讀者，亦將有不同之領會。董仲舒曰：「詩無達詁」，此言並不盡然。

以一般學者指《詩序》爲「大謬不然」之〈鄭風·子衿〉爲例：

青青子衿，悠悠我心。縱我不往，子寧不嗣音？

青青子佩，悠悠我思。縱我不往，子寧不來？

挑兮達兮，在城闕兮。一日不見，如三月兮。

《詩序》曰：「〈子衿〉，刺學校廢也。亂世，則學校不脩焉。」此〈子衿篇〉之本義也。朱子曰：「此亦淫奔之詩」，乃朱子身居宋代理學之大環境中使然。屈萬里先生《詩經釋義》曰：「此女子思其所愛者之詩」，屈先生身處民主自由、男女平等、自

〔註195〕潘師石禪〈詩經研究略論〉，《孔孟月刊》十九卷十一期，頁9。
〔註196〕黃永武〈釋思無邪〉，《中華文化復興月刊》十一卷九期，頁26。
〔註197〕上古並非無自抒性情、平民男女相與詠歌之作品，然因受教權爲貴族所壟斷，書寫工具亦十分缺乏，只能口語流傳，任其自生自滅。《詩經》乃當政者爲推行禮樂教化之產品，苟無關於政治教化得失者，固無暇掇取也。近人以純文學眼光視之，謂《詩經》兼含貴族典雅之詩篇與一般平民之文藝創作，此乃執今慮古之病。

由戀愛之時代，是以如此臆測：登城闕，往來徘徊，以望其所思之人。這般落落大方之舉止「不在乎別人看法」之作風，酷似現代女性，是以今人見此解說，只覺怡然理順；實則，與古代禮教社會中女子保守之實情天差地別。黃永武先生嘗依據《詩序》，略作解說〔註198〕，引述於後：

> 〈子衿〉一詩，描寫亂世的學校廢弛，學生罷課，穿著青色襟領的學生服，到處遊蕩，卻不來學習詩樂。留守在學校的師長，仍本著「非我求童蒙，童蒙求我」的教學原則，候望著學生能自動向學，前來習業。學生們遊蕩到城闕上面，曠業廢時，卻不知道城闕門關是古代政令布告的檔案室（孔子曾出遊於觀之上，因為「大道之行」與「三代之英」的典章記載都保存在裡邊，才喟然歎息，可以為證明），到城闕上挑達狎玩，應當猛然警省，想起禮樂來才對。學如逆水行舟，一日不來學習禮樂，就像隔了三月之久，生疏了許多〔註199〕！廢學失時，說來痛心，但師長的語氣仍是如此充滿著鼓勵與期望，溫慰之中，自然也帶著切責，非常含蓄。

《易經・蒙》：「匪我求童蒙，童蒙求我」，《禮記・曲禮》云：「禮聞來學，不聞往教」，在禮教環境下，人師莫不秉此原則；及見學子嬉戲遊蕩，曠業廢時，只得感歎道：「縱我不往，子寧不來？」而學子所挑達狎玩之城闕門關，是古代政令布告之處，為師者殷切期待放蕩之學子皆能猛然警醒，收心向學。〈子衿篇〉之溫馨婉轉，正是《禮記・經解》篇「溫柔敦厚，《詩》教也」之最佳寫照。

　　《詩集傳》所闡述之詩旨，按其與《小序》之關係，可歸納為五種情況〔註200〕：

1、說明採取《小序》。

2、不提《小序》，而全襲其說。

3、與《小序》大同小異。

4、與《小序》不同。

5、認為《小序》之說不易理解，應予存疑。

上述五種情況，與三百零五篇詩之對應情形如下：

〔註198〕黃永武〈釋詩無邪〉，《中華文化復興月刊》十一卷九期，頁26。

〔註199〕宋人黃庭堅亦曰：「三日不讀書，便覺面目可憎，言語乏味。」與此「一日不見，如三月兮」有異曲同工之妙；蓋好學者之共同心聲也。

〔註200〕此五種情況及其下之圖表，均據莫礪鋒著〈朱熹詩集傳與毛詩的初步比較〉，見《中國古典文學論叢》第二輯，頁140，1985年，北京人民出版社。

類　別　＼　篇數　＼　詩體	風	大雅	小雅	頌	總計
《詩集傳》采用《小序》說	16	5	5	3	29
《詩集傳》不提《小序》而全襲其說	36	10	0	7	53
《詩集傳》與《小序》大同小異	41	18	15	15	89
《詩集傳》與《小序》說不同	64	39	11	12	26
《詩集傳》認為應存疑	3	2	0	3	8
合　　計	160	74	31	40	305

一、二兩類合計八十二首，可見朱子贊同《小序》者佔《詩經》總數二七％，清姚際恆評朱子曰：

> 朱仲晦作為《辨說》，力詆《序》之妄，由是自為《集傳》，得以肆然行其說，而時復陽違序而陰從之；而且違其所是，從其所非焉。〔註201〕

又曰：

> 其（《集傳》）從《序》者十之五，又有外示不從而陰合之者，又有意實不然之而終不出其範圍者，十之二三，故愚謂：遵《序》者莫若《集傳》。〔註202〕

夏傳才評朱子：「反《詩序》不徹底」〔註203〕，石文英則曰：「表面上雖然廢《序》，骨子裡並未擺脫《詩序》的束縛」〔註204〕謝謙曰：「他（朱熹）是經學家，即『以詩為經』，於是須求『聖人編詩之意』；他又是文學家，即『以詩為《詩》』，於是要見個『詩人作詩之意』。……朱熹詩說的真知灼見時為其妄言謬說所掩蓋。」〔註205〕賴炎元先生曰：「根據《詩序辯說》統計：朱熹採用《小序》解說的，有三十四首；認為《小序》的解說還算妥當的，有六十九首；《小序》得詩的大旨的，有五首；《小序》略得詩義的，有四十一首；《小序》解釋詩義正確，而時世或作者不正確的，有三十三首；姑且採用《小序》的，有九首；指明《小序》錯誤的，有一百零七首；不詳的，有七首。從以上的統計，可見朱熹的確是大半採用《小序》的解說。我們試看看〈國

〔註201〕見姚際恆著《詩經通論·序》。廣文書局。
〔註202〕見姚際恆著《詩經通論》卷前，〈詩經論旨〉。廣文書局。
〔註203〕見夏傳才著論〈宋學詩經研究的幾個問題〉，《文學遺產》1982年二期，頁97。
〔註204〕石文英〈宋代學風變古中的詩經研究〉，《廈門大學學報》1985年四期，頁109。
〔註205〕謝謙〈論朱熹詩說與毛鄭之學的異同及歷史意義〉，《四川師院學報》1985～3，頁42。1985年8月。

風〉中的詩篇，儘管朱熹攻擊《小序》有許多不對的地方，但在《詩集傳》裡，他的解說仍然不能超出《小序》的範圍。」〔註206〕趙制陽先生曰：「朱子反對《詩序》，是由此《詩序》把詩旨說壞了。他說〈國風〉是『民俗歌謠之詩』，這一大方向原已被他找到了。可是我們讀他的《詩集傳》，仍不免於失望；因為他喊的是反《序》的口號，說詩時，卻常常比《詩序》更附會。……所以姚際恆說：遵《序》者莫如《集傳》。」又曰：「作詩唱詩的人，用心在「情」；采詩、獻詩的人，用心在「政」；說詩教詩的人，用心在「教」。《詩序》、《傳》、《箋》之失，即是以政教的目的為詩旨，抹殺了詩人原有的情意。朱子說詩，在三者之間徘徊。他有心從詩人的本意上說，但受傳統思想的束縛，徬徨卻顧，走不了幾步，即轉入另一條又路上去了。」〔註207〕

近人對於朱子解詩頗與《序》同之現象多所指責，而所謂「陽違陰奉」也者、「喊反《序》口號，實附會《詩序》」也者、「受《詩序》束縛」也者、「受傳統思想束縛，而徘徊，而徬徨卻顧」也者，皆為近人錯誤之臆測。愚以為朱子當時之思想已徹底解放，不受《詩序》及傳統思想之束縛；後期治詩，亦未嘗徘徊，或徬徨卻顧。試讀《詩傳遺說》，便覺朱子於其治《詩》之成績，昂首得意、信心十足。然何以近人交相指責朱子「陽違陰奉」乎？究其原因，當在朱子所標舉之「今但信詩，不必信《序》」，以及朱子所標舉之讀詩法，其言曰：「熹當時解詩時，且讀本文四五十遍，已得六七分，卻看諸人說與我意思如何，大綱都得之，又讀三四十遍，如此卻義理流通自得矣。」〔註208〕又曰：「讀詩且只將做如今人做底詩看，或令人誦讀，卻從旁聽之。其訓詁有未通者，略檢注解看；卻時時誦其本文，便見其語脈所在。」〔註209〕又曰：「要人虛心靜氣，本文之下打疊交，空蕩蕩地不要留一點先儒舊說，莫問他是何人所尊、所親、所憎、所惡，一切莫問，而唯本文是求，則聖賢之旨得矣。」〔註210〕朱子教人「空蕩蕩地不要留一點先儒舊說」、「一切莫問，而唯本文是求」，或可謂之「熟讀冥思」法；欲經由熟悉本文，通其脈絡，進而心領神會，獲知古詩之本義。然此「熟讀冥思」法最易落入時代陷阱；朱子以其徹底解放之心，思索三百篇，近人亦各自以其徹底解放之心，思索三百篇，而後交相指責朱子，實不若指責朱子迄今之八百多年時間隔閡也。故曰：時間之罪，非朱子之罪。而追根究底，實乃廢《序》之罪。

〔註206〕賴炎元〈朱熹的詩經學〉，《中國學術年刊》二期，頁43。
〔註207〕兩小段並見趙制陽著〈朱子詩集傳評介〉，《中華文化復興月刊》十二卷十二期，頁71。
〔註208〕見《詩傳遺說》，卷一。
〔註209〕同註208。
〔註210〕見《詩傳遺說》，卷四。

　　何謂「時代造成之差距」？何謂「執今慮古」？試舉二實例以明之：民國七十六年，筆者嘗於課堂上賞析晚唐詩，背誦杜牧、李商隱之佳作，體會「夕陽無限好，只是近黃昏」〔註211〕、「更持紅燭賞殘花」〔註212〕等充滿遲暮情調、月缺花殘之詩篇，只覺師生皆能沈醉於其間。而後，筆者背誦杜牧〈山行〉：「遠上寒山石徑斜，白雲生處有人家。停車坐愛楓林晚，霜葉紅於二月花。」並問道：「這詩很美，是不是？」霎時，舉座肅然，筆者頗感訝異，忽有一女生大喊道：「不好」。為何「不好」？蓋為師者，意在晚唐，故覺其美；而學生則意在民國，只連想到某些情侶，駕駛轎車，於風景幽雅之野外「停車作愛」，故以為小杜此詩有「語病」。由此可見，今人讀杜牧〈山行〉，顯然有兩項時代差距：（1）「停車作愛」之風盛行於今日，唐人或絕無，或僅有。（2）「作愛」兩字於唐代尚未成詞，故小杜無需避嫌。又有一例：講授大一國文董作賓先生〈中國文字〉一課時，分析會意字「名」——從口夕。筆者命學生說其道理，全班學生竟百思不得其解，終有一位自告奮勇者，說道：

　　「眾人夜間所共同談論者，其為人知名度必甚高，必為『名人』」。
　　「何以白晝所談論者不算名人？」
　　「白晝是工作時間，無暇閒談。」

考諸許慎《說文》：

　　名，自命也，從口夕。夕者冥也，冥不相見，故以口自名。

於伸手不見五指之夜間，以口自白身分，是「名」從口夕之本義；在古時，此為常人所能領會，今則不然，豈非時間造成之差距乎？

　　古人施行一夫多妻制，男尊女卑，今日則一夫一妻制，男女平等；古人以為女子無才便是德，今日女子多受高等教育；古人嘗以女子「弱不禁風」、「多愁多病」、「人比黃花瘦」為優點，今人則愛好健美、樂觀進取之女子。由此可見，語言、字詞、政治制度、社會風俗、時代觀念……皆可造成莫大之時代差距，以致居後代，視前代，輒感扞格不入或不可思議。尤有荒謬至極者，如裹小腳、指腹為婚、拋繡球招親之風氣，竟能廣泛而長久流行。至如《詩經·關雎》，《詩序》以為后妃樂得淑女以配君子，今人多謂《詩序》之說為違背「人之常情」，而不之信；然而，〈關雎〉篇《詩序》之說，實乃順乎古之常情，卻違背今之常情，如此而已。潘師石禪於〈詩序明辨〉一文中，嘗就〈關雎〉篇詳加闡釋〔註213〕，又在〈詩經研究略論〉

〔註211〕李商隱〈樂遊〉。
〔註212〕李商隱〈花下醉〉。
〔註213〕《學術季刊》四卷四期，頁20。此外，有關〈關雎〉的意旨，請參〈詩經的愛情教育〉，載於拙著《詩經論文》中。

〔註214〕諸文中指出學詩之正途；必須以古還古，不可執今慮古。

至於歐陽修所言：「古今人情一也，求詩者以人情求之，則不遠矣。」〔註215〕之主張，學者或譽之爲高見，實則似是而非。茲引《中國通史》之一段，以證古今人情不同：

> 世族與寒門通婚，在當時（南朝）是駭人聽聞的事。「婚宦失類」，不僅是世族本身的恥辱，同時也會被同階層的世族所排斥。梁武帝時，侯景初降，備受寵遇，惟獨對景的求婚王、謝，無法答應，命他：「於朱、張以下訪之」。這可看出南朝世族對婚姻的重視，即皇帝也不敢爲寒門做月老。……東海王源的女兒嫁給富陽財主滿氏，但這種行爲，在南朝爲清議所不容，甚至因此而遭彈劾，……結果王源非但丟了官職，並且被剔出世族而禁錮終身。〔註216〕

朱子淫奔之說，曾引起莫大之震撼與影響。近年，美國常有成千上百之同性戀者展開示威遊行，爲爭取同性戀合法化。八百年後之社會，尚難逆料，假令西風東漸，同性戀亦能在中國合法化，國人亦已對同性戀司空見慣；屆時，讀者秉持「今但信詩，不必信《序》」之方法，只顧讀詩四五十遍、七八十遍，任其徹底解放之心，思索體會，再參考孔子「鄭聲淫」之主張，又信從歐陽修「古今人情一也，求詩者以人情求之，則不遠矣。」之指示，而後確指三百篇中頗多同性戀之詩篇；彼時學者，殆將譴責先儒與今人皆漠視活潑潑之同性戀文學、受禮教之束縛、徬徨卻顧而不敢或不能道出《詩經》之本義，可乎？

試以〈邶風‧凱風〉爲例。《詩序》曰：「〈凱風〉，美孝子也。衛之淫風流行，雖有七子之母，猶不能安其室；故美七子，能盡其孝道，以慰其母心，而成其志爾。」就詩之本文觀之，乃感念母恩，不克報答，因而自責之詩。而《詩序》指出作詩之背景，乃「衛之淫風流行，雖有七子之母，猶不能安其室」，值此情況，人子用「不克盡孝以報母恩」自責，或將足以感化其母之情志，此非孝子而何？然魏源《詩古微》云：

> 〈凱風〉，《序》以爲淫風流行，雖有七子之母，猶不能安其室，如其說，則宜爲千古母儀所羞道。……若身有七子，不安其室，淫風流行，是於先君無婦道，於七子無母道。昔人言餓死事小，失節事大，矧無餓死之迫，且有公養之道，不辭婁豬之行；此其過，等諸天地之閉、日月之食矣！……

〔註214〕《孔孟月刊》十九卷十一期，頁9。
〔註215〕《詩本義》卷六，〈出車篇〉。
〔註216〕傅樂成主編、鄒紀萬著《中國通史——魏晉南北朝》，頁109，眾文圖書公司。

或又謂:《序》言美七子能慰其母心,而成其志,謂成其母守節之志。……
果如是,則是衛母過在未形,七子已諭親於道;閨門泯然無跡,序詩者乃
追訐其當初一念之陰私,坐以淫風流行之大惡,以傷孝子之心於千載之
下,……豈《春秋》「成人之美」、「爲賢者諱」之誼乎?豈詩人忠厚、不
以曖昧污人、不於無過中求有過之誼乎?〔註218〕

魏氏立論之前提已差,掉入時代陷阱,以爲婦人改嫁乃罪大惡極之過失;此時代思想
之牢籠實爲魏氏所無法逃脫者。吳敬梓《儒林外史》嘗譏諷當時之社會思想,有一編
《禮書》之王秀才,女婿病死,女兒便要殉夫,其翁姑拼命阻攔,王秀才謂其女曰:

我兒,妳既如此,這是青史上留名的事,我難道反攔阻妳?妳竟是這樣做
罷!〔註219〕

在這道學已走火入魔之「禮教食人」之社會中,魏氏焉能脫離此一思想牢籠?其思
想焉能與周人趨於一致?故其說解與《毛詩序》扞格不入,良有以也。潘師石禪嘗
指出古代禮俗,實不禁再嫁,其言曰:

第一:我們看中國禮教是否禁止再嫁?談到禮教,自然應該根據禮經。具
體規定中國禮教的經典是《儀禮》。《儀禮·喪服篇》有一段規定:「出妻
之子爲母,期。父卒,繼母嫁,從爲之服報。《傳》曰:何以期也?貴終
也。」這段文字的意義是說,兒子對他離了婚的母親,或者是再嫁了的繼
母,依照禮教,必須戴一年的孝。經典明文規定兒子對再嫁之母服喪,我
們還能說中國禮教是反對女子再嫁的嗎?還有,《周禮》是中國古代一部
政治典範。《周禮》上有一個管理人民婚姻叫做「媒氏」的官,《周禮》載
明他的職務說:「媒氏司男女之無夫家者而會之。」《鄭玄注》:「無夫家,
謂男女之鰥寡者。」根據這段記載,我們可以知道中國古代不但不反對再
嫁,而且,替斷絃喪偶的鰥夫寡婦從中撮合,還是官吏應盡的公務。看清
楚了這種事實,還能說古代政治是禁止再嫁的嗎?

第二:我們再看過去中國社會是否蔑視再嫁婦女?我們首先看儒家宗師孔
子,孔子的兒子伯魚,即是替他離婚的母親遵禮戴孝的(事見《禮記·檀
弓篇》)。再看二千年前建國的漢朝;漢文帝的母親薄太后是再嫁的,景帝
王皇后是再嫁的,漢宣帝的長公主也是再嫁的。還有,由大學出身做皇帝
的漢光武,他的阿姊湖陽公主剛寡居不久,他就忙著給她介紹婚姻,選擇

〔註218〕魏源《詩古微》八,頁19～20,《皇清經解續編》,冊十九,藝文出版。
〔註219〕吳敬梓《儒林外史·第四十八回·徽州府烈婦殉夫,泰伯祠遺賢感舊》,頁450。聯
　　　　經,民國78年出版。

對象，他和她懇談，他把朝廷大臣一個一個介紹給她聽，來探測她屬意的人物。最後，公主認為大司空宋弘的品貌雙全，在朝中是獨一無二的。於是光武就代她積極進行。但是，宋弘老早就有了妻室，光武想勸宋弘離婚，來完成公主的好事。有一天光武把宋弘單獨召進宮內，叫公主坐在屏風後面，靜聽他倆談判的結果。光武帝很技巧的諷示宋弘道：「俗話說：『貴了換批朋友，富了另娶嬌妻』，這真是貼切人情的話吧？」宋弘回答道：「我聽見的俗話是『貧賤之交不可忘，糟糠之妻不下堂』，和陛下的卻不一樣啊！」光武聽了這針鋒相對的答案，知道這樁婚事不能成功，便轉身到屏風後面，悄悄的對公主說：「事不諧矣！」由這些事實看來，雖是帝王之家，娶妻嫁女，對於再嫁，都是堂堂正正，沒有絲毫怍怩蔑視的意思。乃至魏蜀吳三國開國之君，娶的皇后都是再嫁之婦，魏文帝的甄后，原是袁紹的媳婦；劉先生的吳后，本是劉瑁的妻子。孫權的徐夫人，本是陸尚的妻室。他們都是一代人豪，如果有蔑視再嫁的觀念，該不至沒有佳偶可求吧？直到北宋，范仲淹便是隨母再嫁到朱家去的。顯達之後，對繼父家的親屬，恩禮非常周到。赫赫一世的王荊公，他兒子王雱也曾做過大官，不幸王雱早死，荊公就把他的寡媳再嫁。這些都是清清楚楚的事實，誰也不能偽造，誰也不能抵賴。由此，我們知道制定禮教的古代哲人，對於再嫁的婦女，只有同情她的「不幸」，決不會認為是她的「不德」。至於對再嫁的婦女的歧視和侮辱，乃是由於後代一二理學家的偏見，和不懂禮教真義的人過份提倡守節所演成的流弊，決不能歸罪於禮教的本身。〔註220〕

是魏氏之謬昭然可辨。假令，必欲以今日普遍風行之人情觀念解釋〈凱風〉，則將產生另一新解，曰：

> 《毛詩序》以道學扼殺感情，荒唐之至。人人需要配偶以照料一己之生活起居：人子在外創業，多無暇奉養其寡母。《毛詩序》之「七子」不為其母擇偶以照顧其母，反而從中阻攔，違逆若此，孝心何在？

或問：「讀唐人詩，不必《詩序》；讀三百篇《詩經》，何以不可無《序》？」答曰：《詩經》之時代，盛行比興之作法故也。（六義之「興」乃暗喻，或稱象徵，詳見第三章第二節「四、《毛詩》」。）欲明瞭《詩經》之本義，萬萬不得將創作環境及其時代思想拋諸腦後，而純就詩文內容加以推敲。

　　朱子解詩有與《詩序》恰恰相反者；《詩序》以為刺，朱子以為美，舉例如下：

〔註220〕潘師石禪〈儒家禮學之精義〉，《人生》二二卷四期，頁7，民國50年7月。

1、〈鄭風・羔裘〉：

　　《詩序》曰：「〈羔裘〉，刺朝也。言古之君子，以風其朝焉。」

　　朱子曰：「美其大夫之詞。」

2、〈鄭風・女曰雞鳴〉：

　　《詩序》曰：「〈女曰雞鳴〉，刺不說德也。陳古義以刺今不說德而好色也。」

　　朱子曰：「此詩人述賢夫婦相警戒之詞。……其相警戒之言如此，則不留

　　於宴昵之私可知矣。」

3、〈小雅・甫田之什・瞻彼洛矣〉：

　　《詩序》曰：「〈瞻彼洛矣〉，刺幽王也。思古明王能爵命諸侯，賞善罰惡

　　焉。」

　　朱子曰：「此天子會諸侯於東都以講武事，而諸侯美天子之詩；言天子至

　　此洛水之上，御戎服而起六師也。」

4、〈小雅・甫田之什・車舝〉：

　　《詩序》曰：「〈車舝〉，大夫刺幽王也。褒姒嫉妒，無道並進，讒巧敗國，

　　德澤不加於民；周人思得賢女以配君子，故作是詩也。」

　　朱子曰：「此燕樂其新昏之詩。」

5、〈小雅・魚藻之什・魚藻〉：

　　《詩序》曰：「〈魚藻〉，刺幽王也。言萬物失其性，王居鎬京，將不能以

　　自樂，故君子思古之武王焉。」

　　朱子曰：「此天子燕諸侯，而諸侯美天子之詩也。」

6、〈小雅・魚藻之什・采菽〉：

　　《詩序》曰：「〈采菽〉，刺幽王也。侮慢諸侯，諸侯來朝，不能錫命以禮；

　　數徵會之，而無信義；君子見微而思古焉。」

　　朱子曰：「此天子所以答〈魚藻〉也。采菽采菽，則必以筐筥盛之，君子

　　來朝，則必有以錫予之。又言今雖無以予之，然已有路車乘馬玄袞及黼之

　　賜矣；其言如此者，好之無已，意猶以為薄也。」

7、〈小雅・魚藻之什・瓠葉〉：

　　《詩序》曰：「〈瓠葉〉，大夫刺幽王也。上棄禮而不能行，雖有牲牢饔餼，

　　不肯用也；故思古之人不以微薄廢禮焉。」

　　朱子曰：「此亦燕飲之詩。……言物雖薄，而必與賓客共之也。」

8、〈秦風・無衣〉：

　　《詩序》曰：「〈無衣〉，刺用兵也。秦人刺其君好攻戰，亟用兵而不與民

同欲焉。」

朱子曰：「秦俗強悍，樂於戰鬥，故其人平居而相謂曰：『豈以子之無衣而與子同袍乎？』蓋以王于興師，則將脩我戈矛而與子同仇也；其懽愛之心足以相死如此。」

9、〈小雅・甫田之什・裳裳者華〉：

《詩序》曰：「〈裳裳者華〉，刺幽王也。古之仕者世祿，小人在位，則讒諂並進，棄賢者之類，絕功臣之仕焉。」

朱子曰：「此天子美諸侯之辭。」

10、〈小雅・甫田之什・桑扈〉：

《詩序》曰：「〈桑扈〉，刺幽王也。君臣上下動無禮文焉。」

朱子曰：「此亦天子燕諸侯之詩。言交交桑扈，則有鶯其羽矣；君子樂胥，則受天之祜矣；頌禱之詞也。」

以上所舉，1 至 7 條，《詩序》皆明言「以古諷今」，8 至 10 條則否，然二者必屬同類。朱子直就詩篇字句判斷詩義，《詩序》則憑據作詩之背景、動機，而後道出詩篇本義。《詩序》之論斷並無不當，而朱子之說，則險而又險。此一問題，試從〈關雎篇〉談起……司馬遷習《魯詩》，《史記・十二諸侯年表・序》曰：「周道缺，詩人本之衽席，〈關雎〉作。仁義陵遲，〈鹿鳴〉刺焉。」然《毛詩序》曰：「〈關雎〉，后妃之德也」、「〈鹿鳴〉，燕群臣嘉賓也」，皆毛以為美，三家以為刺。後世學者遂據此矛盾現象，斷定《詩序》為無根之胡言亂語。徐復觀先生之言，足以解此心結，其言曰：

> 每一《詩序》，都有教誡的用心在裡面，此之謂藉《序》以明詩教。就文意的解釋上說，較朱子多繞了一個圈子。但正因為如此，視線的角度放寬了，反映的歷史、社會背景也比較擴大了。其中有的《詩序》與詩的文意不太切合，……尤以〈小雅〉中指為刺幽王之詩，有如〈楚茨〉以次，約有十五首，詩中並無刺意，《序》則以為「故君子思古焉」，即是陳古之義，以與今之惡相對照，乃以古諷今，故仍為「刺詩」；此點尤為攻擊《詩序》者眾矢之的。但若了解上述各詩成立的時代，及陳詩編詩的目的，則《詩序》的思古以諷今，正符合詩教的傳統。且〈關雎〉《毛詩序》以為詠后妃之德，三家詩則以為刺康王宴起之詩。合而觀之，則正是思后妃之德，以刺康王宴起，知周室將衰，與《詩序》的基本用心正合。……許多詩，賴《詩序》述其本事，而使後人得緣此以探索詩的歷史背景、政治社會背景；更為對詩義的了解，提供一種可以把握的線索；這與詩教互相配合，也有莫大的價值。攻擊《詩序》的人，對上兩端，可謂毫無理解。我

應再進一步指出，《詩序》的作者，曾經作了一番努力，想把各篇之詩，組合貫通，使成為一有系統的詩教。……〈關雎詩·序〉……統論詩教的成立，及全部《詩經》的大旨；這是極有系統的一篇文章，在中國文學批評史上佔有非常重要的地位。……有人以韓、柳古文運動以後的文章格局去了解它，而譏諷它凌亂沒有條理，乃非常可笑的。其次，《詩序》中，有的是以事為主題加以組合，……還有以義為主題而貫通成為系統的，……作者所以這樣做，乃出於以政治教育為目的的詩教；因教學上有此要求，使受教者容易接受〔註221〕。

單憑詩中文句，實不足以透徹了解詩人本意，為了證明此一論點，筆者於民國七十九年三月十九日，以不具名之詩篇測驗中文系大一學生，令學生寫出以下三首詩之主旨：

1、乘蹻追術士，遠之蓬萊山。靈液飛素波，蘭桂上參天。玄豹游其下，翔鷗戲其顛。乘風忽登舉，彷彿見眾仙。

2、明月照高樓，流光正徘徊。上有愁思婦，悲歎有餘哀。借問歎者誰？言是宕子妻。君行踰十年，孤妾常獨棲。君若清路塵，妾若濁水泥。浮沈各異勢，會合何時諧？願為西南風，長逝入君懷。君懷良不開，賤妾當何依！

3、洞房昨夜停紅燭，待曉堂前拜舅姑。妝罷低聲問夫婿，畫眉深淺入時無？

測驗結果如下，顯示學生錯答之機率偏高：

詩　篇	主　　　旨	人　數	百分比	備　　　註
第一首	遨遊自如之遊仙詩。	31	74%	
	受現實壓迫，故寄情於遊仙詩。	11	26%	
第二首	婦人獨守空閨，思夫之作。	29	69%	
	臣子懷才不遇之作。	13	31%	
第三首	詠新婚。	36	86%	
	請他人評判自己之成就。	5	12%	一同學答曰：唐溫卷制度，考生寫給主考官之詩。」此份不列入統計。

〔註221〕徐復觀《中國經學史的基礎》，頁155～157，學生，民國71年。

　　以上三道題目，前兩首皆是曹植所作，名曰〈升天行〉、〈七哀〉〔註222〕；第三首是唐朱慶餘所作，作者自題「〈近試上張水部〉」〔註223〕，其篇旨已無需爭論。

　　曹植〈升天行〉共二首，其一已見前述，其二曰：「扶桑之所出，乃在朝陽谿。中心陵蒼昊，布葉蓋天涯。日出登東幹，既夕殁西枝。願得紆陽轡，回日使東馳。」「願得紆陽轡，回日使東馳」隱約道出「不遂心」之感慨。考諸歷史，魏文帝即位，誅丁儀、丁廙，并其男口。植與諸侯並就國。黃初二年，監國謁者灌均希旨奏植醉酒悖慢，劫脅使者。有司請治罪，帝以太后故，貶爵安鄉侯。其年改封鄄城侯。三年立爲鄄城王，邑二千五百戶。四年徙封雍丘王。太和元年，徙封浚儀。二年，復還雍丘。六年二月，以陳四縣封植爲陳王。植每欲求別見獨談，論及時政，幸冀試用，終不能得。既還，悵然絕望。時法制待藩國既自峻迫，寮屬皆賈豎下才，兵人給其殘老，大數不過二百人；又植以前過事復減半。十一年中而三徙都，常汲汲無歡，遂發疾薨，時年四十一〔註224〕。《世說新語·尤悔·第三十三》曰：

　　　　魏文帝忌弟任城王驍壯，因在卞太后閤共圍棋，並噉棗。文帝以毒置諸棗
　　　　蔕中，自選可食者而進。王弗悟，遂雜進之。既中毒，太后索水救之。帝
　　　　預敕左右毀瓶罐。太后徒跣趨井，無以汲。須臾，遂卒。復欲害東阿。太
　　　　后曰：「汝已殺我任城，不得復殺我東阿！」

鄒紀萬曰：

　　　　曹操本人一生以權術自喜，沒有兼人之量，……這些刻薄寡恩與不信用臣
　　　　下的措施，爲他的子孫所承襲。曹丕篡漢後，……「苛待皇族」非常著名。
　　　　他設有輔監國的官職伺察諸兄弟的封地，其屬烈的程度，據說是「禁防壅
　　　　隔，同於囹圄」，以致骨肉悲哀，都想降身爲布衣而不能得〔註225〕。

孫盛曰：

　　　　異哉！魏氏之封建也，不度先王之典，不思藩屏之術，違敦睦之風，背維
　　　　城之義。漢初之風，或權侔人主，雖云不度，時勢然也。魏氏諸侯，陋同
　　　　匹夫，雖懲七國，矯枉過也〔註226〕。

曹植〈琴瑟調歌〉（又名：〈吁嗟篇〉）：

　　　　吁嗟此轉蓬，居世何獨然！長去本根逝，夙夜無休閒。東西經七陌，南北

〔註222〕《曹子健集》，卷六，頁25，及卷五，頁18，《四部叢刊初編》，商務。
〔註223〕金性堯《唐詩三百首新注》，卷八，頁346，里仁，民國70年。
〔註224〕《三國志·魏志》，卷十九，〈陳思王植傳〉。
〔註225〕書同註216，頁23。
〔註226〕《三國志》，冊一，頁576，鼎文新校本。

越九阡。卒遇回風起,吹我入雲間。自謂終天路,忽焉下沈淵。驚飆接我出,故歸彼中田。當南而更北,謂東而反西。宕若當何依,忽亡而復存。飄飆周八澤,連翩歷五山。流轉無恆處,誰知吾苦艱?願爲中林草,秋隨野火燔。糜滅豈不痛,願與根荄連〔註227〕。

葉慶炳先生舉曹植〈七哀詩〉詩等四首,評之曰:

或託思婦,或寄遊子,或擬轉蓬,所詠實皆身世之痛,而出之以纏綿忠愛〔註228〕。

又曰:

曹植樂府詩中,頗多詠神仙之作,如〈升天行〉,〈仙人篇〉、〈遊仙〉……

曹植遊仙各篇,無非現實痛苦煎熬下聊求自慰之作,並非眞信其事。(同上)

鍾嶸《詩品》曰:「魏陳思王植,其源出於〈國風〉。」蓋曹植之作品,以興託諷喻表現者,實不勝枚舉,謂其源出於〈國風〉應爲的論。觀其〈升天行〉諸作,得謂曹植快樂逍遙乎?觀其〈七哀詩〉,「君若清路塵,妾若濁水泥」,字面上,是愁思婦想念其浪宕之丈夫,實則,「君」況曹丕,「妾」以喻己;誰將不贊同此說,而以爲穿鑿附會乎?而曹植〈升天行〉與《詩經·衛風·考槃》、〈王風·君子陽陽〉,豈非同類乎?〈考槃〉之字面意義,純爲舒適安閒之景象,故馬持盈先生斷言曰:「這是隱者無地而不自樂之詩。」〔註229〕《詩序》則曰:

〈考槃〉,刺莊公也。不能繼先公之業,使賢者退而窮處。

〈考槃〉之歷史背景,惟《詩序》能言之。而曹植〈七哀詩〉,以興託諷喻之法,委婉道出其情志,豈非《詩經·邶風·柏舟》之流亞?〈柏舟〉之篇旨,參見後文。

今存《詩經》學之著作,琳琅滿目,依文解義者與信《序》解詩者不妨相輔相成;前者賞析詩句,後者考究歷史。惟有能澈底賞析字面意義者,當其配合《詩序》之後,方能獲得淋漓盡致之體會。段熙仲之評《史記》,頗具參考價值,其言曰:

(司馬遷《史記》)在自序中慷慨地寫出:「詩三百篇,大抵聖賢發憤之所爲作也。」又說:「夫《詩》、《書》隱約者,欲遂其志之思也」。所謂微文刺譏,是一部《史記》的特點〔註230〕。

〔註227〕同註225,又見《曹子健集》卷六,文字微異。

〔註228〕葉慶炳《中國文學史》,上冊,頁133,學生,民國76年8月。

〔註229〕馬持盈《詩經今註今譯》,頁94,商務,民國77年修訂四版。

〔註230〕段熙仲〈詩三百與顯學爭鳴、經師異義〉載於江磯所編《詩經學論叢》,頁293。關於《史記》微文刺譏之實例,同書,頁282,段氏曰:「《史記·儒林傳》中就突出地留下眞情畢露的記錄。治《齊詩》的轅固生和道家的黃生爭論於漢景帝前。黃生爲繼承皇位者服務,公然說湯武非革命,乃弒君。不識時務的轅固生急了,就說出:

假令讀者對《史記》之微文刺譏不能深刻體會，馬遷之良苦用心，豈非枉然！同理，讀者對於《詩》三百篇之美、刺，何嘗可以置若罔聞？

　　朱子淫詩之說，不足採信，前人辨之詳矣；此外，試觀察數例，以見朱子廢《序》之不當：

1、〈邶風・柏舟〉

　　《詩序》曰：「〈柏舟〉，言仁而不遇也。衛頃公之時，仁人不遇，小人在側。」朱子曰：「（《小序》）傅會書史，依託名諡，鑿空妄語，以逛後人。……且如〈柏舟〉，不知其出於婦人，而以爲男子；不知其不得於夫，而以爲不遇於君；此則失矣。」〔註231〕又曰：「如〈衛・柏舟〉之刺衛頃公之棄仁人，今觀《史記》所述，竟無一事可記；頃公固亦是衛一不美之君，序詩者但見其有棄仁用佞之跡，便指爲刺頃公之詩，此例甚多，皆是妄生美刺，初無其實。」〔註232〕又《詩集傳・柏舟篇》下曰：「婦人不得於其夫，故以柏舟自比。……《列女傳》以此爲婦人之詩，今考其辭氣，卑順柔弱，……豈亦莊姜之詩也歟！」

　　按：嚴粲曰：「此詩皆憂國之言，身雖不遇，而惓惓於國；今誦其詩，猶想見其藹然仁人之氣象也。」〔註233〕姚際恆曰：「此詩是賢者受譖於小人之作。」〔註234〕潘師石禪曰：「朱子受今文家（指劉向《列女傳》）影響，說它是婦人所作，而且辭氣卑順柔弱。試就詩文內容加以檢覈，朱子所言，並不確當。『微我無酒，以敖以遊』，是男子的口吻，不是婦人的辭氣。〈柏舟篇〉與屈原〈離騷〉合觀，其感情非常類似；當中都有稱讚自己的語句，〈柏舟篇〉說：『我心匪石，不可轉也；我心匪席，不可卷也。威儀棣棣，不可選也。』〈離騷〉寫道：『紛吾既有此內美兮，又重之以修能』，一般人不敢這麼寫，因怕別人說他太驕傲；而這兩位作者，爲了慍于群小，爲了報效國家，幾乎到了忘我的境界，才敢這麼寫。而劉向上封事，寫道：『小人成群，誠足慍也。』可見劉向或不以爲這首詩是婦人所作。」〔註235〕王靜芝先生《詩經通釋》亦曰：「此懷才不遇者自詠也。」

2、〈陳風・防有鵲巢〉

　　　　『必若所言，是高帝代秦即天子之位，非耶！』這本是一招殺手鐧，卻犯了忌諱。景帝赤裸裸地説出：『食肉不食馬肝，不爲不知味；言學者無言湯武受命，不爲愚！』太史公加上了一句：『是後，學者莫敢明受命放殺者』，多末雋永知味！」

〔註231〕《詩序辯說・邶風・柏舟篇》。
〔註232〕《詩傳遺説》，卷二。
〔註233〕嚴粲《詩緝》，卷三。
〔註234〕姚際恆《詩經通論》・卷三。
〔註235〕民國75年度上課筆記。

〈防有鵲巢〉，邛有旨苕。誰侜予美？心焉忉忉。

中唐有甓，邛有旨鷊。誰侜予美？心焉惕惕。

從字面觀之，讒賊小人編造不實之謊言，作者引以深憂。《詩序》曰：「〈防有鵲巢〉，憂讒賊也。宣公多信讒，君子憂懼焉。」《鄭箋》謂詩中「予美」是「予所美之人」，隱喻宣公；故此詩乃極標準之「興」。而朱子以爲隱喻宣公之說無據，《詩集傳》曰：「予美，指所與私者也，……此男女之有私而憂或間之之詞。」使詩義從一官員之憂讒畏譏降而爲一對男女憂心左鄰右舍之七嘴八舌，境界殊淺；先民之詩境造詣，應不至如此。

3、〈檜風‧匪風〉

《詩序》曰：「〈匪風〉，思周道也。國小政亂，憂及禍難，而思周道焉。」黃忠慎先生曰：「匪風之詩，因有《詩序》，而使詩旨甚明。歐陽修曰：『詩人以檜國政亂，憂及禍難，而思天子治其國政，以安其人民。〔註236〕』其說甚佳，而仍本之《詩序》。詩中有『顧瞻周道，中心怛兮』之語，周道一詞，《鄭箋》釋爲『周之政令』，朱子以爲『適周之路』，似以朱說爲長，然不能因此而謂序者不達此意。且朱子於《詩集傳》謂〈匪風〉之詩『當是關中之人爲山東之客者，其知友送歸，以此寄懷抒情』，於詩意更不切合，實不如《序》說之平正也。」〔註237〕屈萬里先生《詩經釋義》曰：「此（〈匪風〉）當是檜人憂國思周之詩，蓋作於平王東遷之初，檜將被滅於鄭之時也。」其說亦本於《詩序》。

近世學者，或據史傳以指《詩序》之若干謬誤，皆功在《詩經》學，然不宜就此苛責《詩序》，甚或倡言廢《序》。試想，今日傳播工具十分發達，而報紙猶難免於刊載訛誤之消息，尤以民國七十八年（公元 1989 年）六月四日前後，大陸天安門事件爲尤著〔註238〕；矧《詩序》成於文化工具匱乏，傳播管道闕如之周朝；吾輩豈能對《詩序》消息求全責備乎？

鄭樵殆曾發現《毛詩序》有若干差舛。遂以爲《詩序》出於村野妄人所作，不免矯枉過正矣！而鄭氏之於《毛詩》，則推崇備至，其《六經奧論》曰：

> 至武帝時，《毛詩》始出，自以源流出於子夏。其書貫穿先秦古書，惟河
> 間獻王好古，博見異書，深知其精。時齊、魯、韓三家皆列於學官，獨毛

〔註236〕《詩本義》，卷五。

〔註237〕黃忠慎《南宋三家詩經學》，頁 225，商務印書館。

〔註 238〕天安門六四事件期間，報載學生死亡人數多達數千人，學運領袖吾爾開希舉槍自殺，柴林等亦死亡或被補，李鵬腿部中彈，鄧小平已死，兩軍夜間激戰……等，皆屬錯誤之傳聞。

氏不得立。中興後，謝曼卿、衛宏、賈逵、馬融、鄭眾、康成之徒，皆宗
毛公，學者翕然稱之。今觀其書所釋〈鴟鴞〉與〈金縢〉合，釋〈北山〉
〈烝民〉與《孟子》合。釋〈昊天有成命〉與《國語》合。釋〈碩人〉、〈清
人〉、〈皇矣〉、〈黃鳥〉，與《左氏》合。而序〈由庚〉六篇與《儀禮》合。
當毛公之時，《左氏傳》未出（指未出於孔壁），《孟子》、《國語》、《儀禮》
未甚行，而毛氏之說，先與之合；不謂之源流子夏，可乎？漢興，三家盛
行，毛最後出，世人未知毛氏之密，其說多從齊、魯、韓氏。迨至魏晉，
有《左氏》、《國語》、《孟子》諸書證之，然後學者捨三家而從毛氏。故《齊
詩》亡於魏，《魯詩》亡於西晉，《韓詩》雖存，無傳之者。……從毛氏之
說，則《禮記》、《左氏》無往而不合。此所以《毛詩》獨存於世也〔註239〕。
《毛詩序》與《毛傳》，大致相合；而鄭樵褒贊《毛傳》既若此，詆毀《詩序》乃如
斯其甚，可怪也歟！《四庫提要》曰：

> 《詩序》，本經師之傳，而學者又有所附益，中間得失，蓋亦相參〔註240〕。

允爲持平之論。

（三）落實治詩方法，非空衍大義

朱子曰：「詩中頭項多，一項是音韻，一項是訓詁名件，一項是文體；若逐一根
究，然後討得些道理，否則殊不濟事。」〔註241〕又曰：「或讀〈關雎〉，問其訓詁名
物，皆不能言，便說樂而不淫，哀而不傷云云者。余告之曰：若如此讀詩，則只消
此八字，更添思無邪三字，成十一字後，便無話可說，三百五篇皆成渣滓矣。」〔註
242〕又曰：「學者之於經，未有不得於辭而能通其意者。」〔註243〕《朱子語類》卷
七二云：「某尋常解經，只要依訓詁說字。」宋朝學者研究學問，多空衍大義，不重
視訓詁名物（參見本章第二節之「（二）慶曆以降之變革」）。而朱子一反潮流，十分
重視訓詁名物等基本工夫。馬宗霍述朱子治學之態度曰：

> 其平居教人治經宜先看注疏，尤非空談性命、屏漢唐之學爲不足取、假道
> 學以自飾其淺陋者所可同日而語〔註244〕。

然而，當朱子探索詩人本義時，則刻意擺落許多先儒舊說，實因朱子誤以爲《詩序》
乃衛宏所作，故應以「特例」視之。

〔註239〕鄭樵《六經奧論》，卷三，《四庫全書》，冊一八四，頁58，商務。
〔註240〕《四庫提要·詩補傳》三十卷（逸齋范處義撰）條下。
〔註241〕《詩傳遺說》，卷一。
〔註242〕《詩傳遺說》，卷四。
〔註243〕〈書中庸后〉一文，《四部叢刊》本《朱文公文集》。
〔註244〕馬宗霍《中國經學史》，頁115～116，商務，民國68年。

（四）博采眾說

朱子曰：「熹舊時看詩數十家之說，一一都從頭記得，……先儒解經，雖未知道，然其盡一生之力，縱未說得七八分，也有三四分，且須詳讀熟究，以審其是非，而為吾之益。」〔註245〕又曰：「先儒訓詁，直是不草草。」又曰：「漢魏諸儒，正音讀、通訓詁、考制度、辨名物，其功博矣；學者苟不先涉其流，則亦何以用力於此？」〔註246〕

《四庫全書總目提要》曰：「朱子從鄭樵之說，不過攻《小序》耳；至於詩中訓詁，用毛、鄭者居多。」關於朱子《詩集傳》引用毛、鄭之情形，近人莫礪鋒、朱小健皆有專文研究，左師松超嘗撰文歸納其大綱〔註247〕。除采毛鄭外，朱子亦廣蒐博採，賴炎元先生曰：「朱熹曾打算蒐集三家詩遺文和異義，……他在《詩序辨說·關雎篇》下引用杜欽說，杜欽是研究《魯詩》的；在《詩集傳·關雎篇》下引用匡衡說，而匡衡是研究《齊詩》的；在〈溱洧篇〉，他又引用《韓詩內傳》文，可知朱熹注釋《詩經》，不僅採用《毛傳》《鄭箋》的解說，同時也採用了三家詩。王應麟《詩考·序》說：『諸儒說詩，一以毛鄭為宗，未有參考三家者，獨朱文公《集傳》，閎意眇指，卓然千載之上。言〈關雎〉，則取〈匡衡〉；〈柏舟〉，婦人之詩，則取劉向；笙詩有聲無辭，則取《儀禮》；上天甚神，則取〈戰國策〉；何以恤我，則取《左氏傳》；〈抑戒〉自儆，〈昊天有成命〉，道成王之德，則取《國語》；陟降庭止，則取《漢書》注；〈賓之初筵〉，飲酒悔過，則取《韓詩序》；不可休思，是用不就，彼岨者岐，皆從《韓詩》；禹敷下土方，又證諸《楚辭》，一洗末師專己守殘之陋。』」〔註248〕考《詩集傳》引用古籍，除以上王應麟所列舉者外，尚有《爾雅注》、《周禮》、《史記》、《禮記》、《宋玉賦》、《莊子》、《孟子》、《論語》、《易》、《公羊》、《說文》、《字林》、《荀子》、《老子》、《書大傳》、《呂覽諸書》，非常豐富〔註249〕。賴炎元先生同文又云：「朱熹……也採用當代學者的解說，如歐陽修、張載、二程、蘇轍、曾鞏、劉安世、董逌、楊時、鄭樵、呂祖謙、呂叔玉等，其中採用蘇轍和呂祖謙的最多，約有三十多條。」馬宗霍《中國經學史》謂朱子之於同時學者，「莫不擇善而從，

〔註245〕《詩傳遺說》，卷一。

〔註246〕〈語孟集義序〉，《朱文公文集》，卷七五，頁1390，《四部叢刊》本。

〔註247〕莫礪鋒著〈朱熹詩集傳與毛詩的初步比較〉，載於《中國古典文學論叢》第二輯，頁140，1985年，北京人民出版社出版。朱小健著《從四書章句集注詩集傳看朱熹的訓詁成就》，作者影印本。左師松超著〈朱熹論詩主張及其所著詩集傳〉，《孔孟學報》五五期，頁73。

〔註248〕同註206。

〔註249〕見左師松超之文，同註246。

絕無門戶之見。」，此外，朱子亦引用彝器銘文以證己訓〔註250〕，殊爲可貴。

（五）對注釋經文之見解

羅大經《鶴林玉露》曰：「朱文公每病近世解經者推測太廣，議論太多。曰：『說得雖好，聖人從初卻原不曾有此意。雖以呂成公之書解，亦但言熱鬧而已。』蓋不滿之辭也。後來文公作《易傳》、《書傳》，其辭極簡。」

試將孔穎達《毛詩正義》與朱子《詩集傳》作一比較，前者卷帙浩繁，後者極爲簡潔。朱子對於注釋經文，有其獨到之見解〔註251〕，簡述如下：

1、注文宜明白易曉：

解經當取易曉底語句解釋難曉底，不當反取難曉底解易曉者。(《語類》卷四六）

今之談經者，往往有四者之病：本卑也，而抗之使高；本淺也，而鑿之使深；本近也，而推之使遠；本明也，而必使至於晦。(《語類》卷十一）

大率說經使人難曉，不是道理有錯處時，便是語言有病；不是語言有病，便是移了步位。(《語類》卷十六）

漢儒注書，只注難曉處，不全注盡本文，其辭甚簡。(《語類》卷一三五）

2、注不可成文：

凡解釋文字，不可令注腳成文，成文則注與經各爲一事，人唯看注而忘經。(〈記解經〉)〔註252〕

漢儒可謂善說經者，不過只說訓詁，使人以此訓詁玩索經文；訓詁、經文不相離異，只作一道看了，眞是意味深長也。(〈答張敬夫書〉)

某集注《論語》，只是發明其辭，使人玩索經文，理皆在經文內。(《語類》卷一九）

蓋經解不必做文字，止合解釋得文字通，則理自明，意自足。今多去上做文字，少間說來說去，只說得他自一片道理，經意卻蹉過了。(《語類》卷一○三）

3、依古籍訓釋，不可出以己意：

漢初諸儒，專治訓詁，如教人，亦只言某字訓某字，自尋義理而已。(《語類》卷一三七）

自晉以來，解經者，卻改變得不同，王弼、郭象輩是也。漢人解經，依經

〔註250〕如〈大雅・行葦〉「酌以大斗，以祈黃耇」下。詳見朱小健之文，同註246。
〔註251〕見胡楚生著〈朱子對於古籍訓釋的見解〉，《大陸雜誌》五五卷二期，頁92。
〔註252〕《朱文公文集》卷七四，頁1370，《四部叢刊》本。

演繹，晉人則不然，捨經而自作文。〔註253〕（《語類》卷六七）

大抵某之解經，只是順聖賢語意，看其血脈貫通處，爲之解釋，不敢自以己意説道理。（《語類》卷五二）

4、會通大義，以定確詁：

大凡理會義理，須先剖析得名義界分，各有歸著。（〈答吳晦叔書〉）

解經不可便亂説，當觀前後文字。（《語類》卷五九）

某釋經，每下一字，真是稱輕等重，方敢寫出。（《語類》卷一〇五）

5、不可添字爲釋：

解書之法，只是不要添字。（《語類》卷八一）

解書，須先還他的成句，次還他文義，添無緊要字卻不妨，添重字不得；今人所添者，恰是重字。（《語類》卷十一）

且如解《易》，只是添虛字去迎過意來便得。今人解《易》，乃去添他實字，卻是借他做己意説了。又恐或者一説有以破之，其勢不得不支離更爲一語以護吝之，説千説萬，與《易》全不相干。（《語類》卷六七）

如〈邶風・終風〉：「終風且暴」。終猶既也，言既風且暴，而《毛傳》曰：「終日風爲終風」，於終字下增日字爲釋。王引之《經義述聞》曰：「於文句間增字以足之，多方遷就，而後得申其説，此強經以就我，而究非經之本義也。」

6、於所不知，要當闕疑：

經書有不可解處，只得闕，若一向去解，便有不通而謬處。（《語類》卷十一）

若説不行而必強立一説，雖若可觀，只恐道理不如此。（《語類》卷七九）

（六）採叶韻之説

朱子《詩集傳》於古今音異者，隨文改叶，是爲「叶音」（或稱「叶韻」）。如〈召南・行露〉二章「誰謂雀無角，何以穿我屋？誰謂女無家，何以速我獄？雖速我獄，室家不足。」以「家」音「谷」，以與「角」、「屋」、「獄」、「足」叶韻；然於三章「誰謂鼠無牙，何以穿我墉？誰謂女無家，何以速我訟？雖速我訟，亦不女從。」則以「家」音「各空反」，使能與「墉」、「訟」、「從」叶韻。

《詩集傳》之叶韻説，源自吳棫〔註254〕。明焦竑《筆乘》評之曰：

〔註253〕例如宗杲引其弟子無著説：「曾見郭象注《莊子》，識者云：卻是莊子《郭象》。」見《大慧普覺禪師語錄》卷二二，《大藏經》四七卷。

〔註254〕《詩傳遺説》卷六曰：「問《詩集傳》叶韻有何據而言？曰：叶韻乃吳才老所作，熹又續添減之。」（周謨錄）

如此，則東亦可以音西，南亦可以音北，上亦可以音下，前亦可以音後，
凡字皆無正呼，凡詩皆無正字矣。

陳師伯元曰：

顧炎武云：「一家也，忽而谷，忽而公。……此其病在乎以後代作詩之體，
求《六經》之文，而厚誣古人以謬悠忽怳、不可知、不可據之音也。」叶
韻說之所以為人詬病者，乃以今律古，強古以適今，以致字無定音，音無
正字，與研究古音之觀念，根本相背〔註255〕。

左師松超曰：

朱熹在《詩集傳》中大量運用叶韻（原文作協韻）的方法，就是臨時改讀
字音，以求押韻。這是他不了解語音是隨著時代改變的道理。《詩經》中
有些本來押韻的韻腳，到了宋代，變得不押，正是語音隨著時代改變的結
果，實在用不著臨時改讀字音〔註256〕。

〔註255〕陳師伯元《音略證補》，頁84～85，〈古韻〉。文史哲出版，民國68年增訂再版。
〔註256〕文同註246。

第八章 元、明《詩經》學

第一節 元朝《詩經》學

皮錫瑞以元、明爲經學積衰時代，曰：「論宋、元、明三朝之經學，元不及宋，明又不及元。」〔註1〕

宋學集大成於朱子；然宋室偏安，南北道絕，北人雖聞朱子，未能盡見其書；故「程（朱）學盛於南，蘇（三蘇）學盛於北」。〔註2〕及元兵南下，姚樞求得儒士趙復以歸，樞與楊惟中建太極書院，請趙復教授其中；立周子祠，以二程、張、楊、游、朱六君子配食，選取遺書八千餘卷；以是北方始知程、朱之學。〔註3〕宋室既亡，倡導儒學者，如王應麟、金履祥、許謙、胡一桂之流，相與教授講習，使華夏文化得以傳承不絕。金履祥之貢獻尤著，姚樞、楊惟中即其弟子，許衡、竇默亦間接受益。姚樞之輩爲忽必烈幕府中重要人物，影響鉅大。〔註4〕新朝既重其學，禮而褒之，是以宋元之交，朱學幾如日中天。許衡講授漢學於蒙古國子學，蒙古弟子得以接受漢文化。虞集曰：「許文正公一倡，朱子之書遂衣被海內。」蘇天爵曰：「國家初有中夏，士踵宋金餘習，以記誦詞章相誇尙。許文正公始以孔孟之書、程朱之訓倡明斯道。」〔註5〕殆謂是也。

〔註1〕《經學歷史》，頁283，漢京文化事業公司。
〔註2〕同註1，頁281。
〔註3〕《元史》卷一八九。
〔註4〕姚樞從世祖征大理，陳述宋太祖遣曹彬取南唐不殺一人事。及破大理，民得完。凡元初內修外攘之政，樞皆與焉。許衡、竇默皆以道學爲已任，世祖即位，召入議事、侍講。傳見《元史》卷一五八。
〔註5〕虞集、蘇天爵之語俱見馬宗霍著《中國經學史》，頁128引。商務印書館。

　　元仁宗延祐年間，定科舉之法，《易》用《朱子本義》，《書》用《蔡沈集傳》，《詩》用《朱子集傳》，《春秋》用《胡安國傳》，《學》、《庸》、《語》、《孟》并爲一經，用《朱子章句集註》，惟《禮記》猶用《鄭注》。皮錫瑞曰：「自宋末元、明，專用宋儒之書取士，注疏且束高閣，何論注疏之外！〔註6〕」然元朝科舉，《易》、《書》、《詩》、《春秋》猶兼用古註疏〔註7〕——惟惻重朱學耳——是元人尙不廢漢唐之學。

　　元朝科舉，取士以德行爲本，試藝以經術爲先。其試經義，本於宋熙寧中王安石所立墨義之法，但亦兼用古注疏；而學者著作，則株守宋儒之書，於注疏所得甚淺；是以元不及宋。甘鵬雲曰：

> 自鄭樵、周孚以後，詩家之爭端大起。紹興、紹熙間之所爭執，要其派別，不出兩家。〔註8〕迄宋末，而古義牿亡，新學遂立。元代承之，理詩之家，衹箋疏朱傳。延祐頒制，而《朱傳》遂在學官；宋之兩派，至元遂一派孤行矣！〔註9〕

程元敏先生曰：

> 元代九十年間，沒有甚麼了不起的學術論著；有的話，無非述朱。因爲仁宗元祐初年，朝廷以朱子經註爲主，命題取士，一時輔翼朱註名爲「彙編」、「纂疏」的書籍，便充斥於坊肆。……這類著作，只便於獵取功名；非但不能述朱，有時正足以賊朱；非但無關實學，反而導致空疏。……坊間有了輯釋、纂疏等書，讀書人不必細讀朱註；有了「經疑」、「經問」諸書，學者甚至連《六經》本文也可不看，就能考試及格〔註10〕。

茲略舉元朝重要《詩經》著作如下：

一、許謙撰《詩集傳名物鈔》八卷

　　許氏受學於王柏，而醇正則遠過其師。所考名物音訓，頗有根據，足以補《詩集傳》之闕遺。惟王柏作〈二南〉相配圖，移〈甘棠〉、〈何彼襛矣〉於〈王風〉，而去〈野有死麕〉；許氏則篤守師說，信之不疑，未免門戶之見。卷末譜作詩時世，其例本之康成，其說則改從《集傳》，蓋淵源授受，各尊所聞也〔註11〕。

二、劉瑾撰《詩傳通釋》二十卷

　　劉瑾字公瑾，安福人，其學問淵源出於朱子，故是書大旨在於發明《集傳》。與

〔註6〕同註1，頁280。
〔註7〕馬宗霍著《中國經學史》，頁128。商務出版。
〔註8〕指尊《詩序》、廢《詩序》兩派。
〔註9〕甘鵬雲《經學源流考》，頁105，學海出版社。
〔註10〕程元敏〈程敬叔的讀經法〉，《孔孟月刊》八卷五期，頁17～18，民國59年1月。
〔註11〕《四庫總目提要》卷十六，頁347，藝文印書館。

輔廣《詩童子問》相同。《儀顧堂續跋》曰：

> 其書以《朱子集傳》爲主，而採諸經及《毛傳》、《鄭箋》、《史記》、《漢書》……
> 數十家之說以釋之。《詩小序》次每篇之後〔註12〕。

瞿鏞《鐵琴銅劍樓藏書目》志其書曰：

> 此書專宗《集傳》，博採眾說以證明之。其所輯錄諸家，互相援引，習見
> 者多，惟李寶之、劉辰翁爲諸家所未及。諸《序》辨說，……分列各章之
> 後，其爲例亦獨殊〔註13〕。

劉氏此作，徵實之工夫不足，故陳啓源《毛詩稽古編》多所駁詰。《吉安府志》稱瑾
肆力治詩，能發朱子之蘊云云，不免鄉曲私譽，未足爲信。《四庫提要》曰：

> 然漢儒務守師傳，唐疏皆遵注義。此書既專爲《朱傳》而作，其委曲遷就，
> 固勢所必然，亦無庸過爲責備也。

明朝胡廣等奉敕撰《詩經大全》，全襲此書。

三、梁益撰《詩傳旁通》十五卷

此書仿孔賈之疏證明注文之例，凡《詩集傳》所引故實，一一引據出處，辨
析源委。或朱子所未詳者，亦旁引諸說以補之。亦閒有與朱子之說稍異者。《四庫
提要》曰：「是是非非，絕不堅持門戶。視胡炳文等之攀附高明、言言附合，相去
遠矣〔註14〕。」

此書前有「至正四年秋，九月十三日……翟思忠序」，明朱睦㮮《授經圖》、清
黃虞稷《千頃目》、倪燦及盧文弨《補遼金元·藝文志》遂誤以此書爲翟思忠所撰。

四、朱公遷撰《詩經疏義》二十卷

是書爲發明《朱子集傳》而作，如注有疏，故曰疏義。其後，同里王逢及逢之
門人何英又采眾說以補之；逢所補，題曰「輯錄」；英所補，題曰「增釋」。雖遞相
附益，其宗旨一也。其說墨守朱子，不踰尺寸。

五、劉玉汝撰《詩纘緒》十八卷

其大旨專以發明朱子《集傳》，故名纘緒，體例與輔廣《童子問》相近。其論六
義，謂有有取義之興，有無義之興；有一句興通章，有數句興一句；有興兼比、賦
兼比之類。又明用韻之法。於朱子比興叶韻之說，皆能反覆體究，縷析條分。雖未
必盡合詩人之旨，而於《集傳》一家之學，則可謂有所闡明矣〔註15〕。

〔註12〕陸心源《儀顧堂續跋》，頁79，廣文書局。
〔註13〕瞿鏞《鐵琴銅劍樓藏書目》，頁194，廣文書局。
〔註14〕《四庫總目提要》卷十六，頁348，藝文版。
〔註15〕同註14，頁350。

六、梁寅撰《詩演義》

是書推演《朱子詩傳》之義，〈自序〉云：此書爲幼學而作，故內容淺顯易見。朱彝尊《經義考》載此書作八卷，注曰：未見。此本至〈小雅・苕之華〉篇止，以下皆闕，而已有十五卷矣，則朱氏八卷之說未確。

綜觀元朝《詩經》學，率皆發揚朱子《詩集傳》之著作耳〔註16〕。降至明朝，益形積衰不振之勢。

第二節　明朝《詩經》學

明朝學術環境與經學之疲弱不振有密切之關係，略分爲如下數端：

一、科舉之風壓倒學校教育與薦舉制度〔註17〕

明初最重學校，太祖於京師設國子監，又詔令地方各府州縣皆設學校。地方學校之優秀分子，及品官子弟均能入監讀書，由政府供給生活費。監中規矩甚嚴，循序漸進，完成學業；成績滿八分者方算及格，便能派任官職，出路十分優越。

學校之外，太祖好薦舉制；遣使四處訪求賢才，赴京任職。洪武六年，甚至廢除科舉，因太祖以爲科舉所得之人才，多半缺乏經驗與實學，未若學校與薦舉之篤實可靠也。

然而，太祖崩逝後，科舉之風大熾，學校不講授學術，徒然成爲研習八股文之場所。生員甚且不需在學肄業，學校有名無實，空空落落，闃無一人。因學校供奉孔子神位，此時人士以文廟視之。昔日薦舉制亦只偶一爲之，點綴昇平而已。

明英宗天順（公元 1457 至 1464 年）以前之科舉文式，經義之文，敷衍傳注，或對或散，初無定格。憲宗成化二十三年（公元 1487 年）會試，乃以反正、虛實、淺深扇扇立格，八股之制，創立於此；實沿元制之「經疑」〔註18〕而稍加改變者也〔註19〕。

明朝科舉，出題限於《四書》《五經》，以八股文格式寫作，文分八段，起承轉合須按規矩，最初三段與末一段可採散文形式，中間四段皆須用排偶句。考生作文

〔註16〕甘鵬雲《經學源流考》，頁 104，曰：「元呂公凱《句解》……黃震《讀詩一得》……篹圖互注之《毛詩傳》，亦多收古義，是宗毛、鄭一派者也。」然著錄家多將呂公凱、黃震歸入宋朝。參見《中國歷代藝文總志》、《叢書子目類編》。
〔註17〕見傅樂成主編姜公韜著《中國通史——明清史》頁 21。眾文圖書公司。
〔註18〕見《元史・選舉志・科目篇》，仁宗皇慶二年所定科場事宜。
〔註19〕顧炎武《日知錄》卷十六，〈試文格式〉。

必須本諸聖賢之意，不許自發議論。

　　明代功名富貴在時文，全段精神，俱在時文用盡。二百七十年間，鏤心刻骨於八股，經學研究之風銷聲匿跡。文人學子徒記誦其預撰之「考題」，應付考官。顧炎武曰：「愚以爲八股之害，等於焚書；而敗壞人材，有甚至咸陽之郊所坑者但四百六十餘人也〔註20〕。」

二、《五經大全》自欺欺人，貽誤學子

　　明成祖篡位成功，即展開編纂群籍之工作，藉以籠絡知識分子，亦能博得稽古右文之美名。首先，編成《永樂大典》，永樂十二至十三年間，命胡廣等編成《四書大全》三六卷、《五經大全》一五四卷〔註21〕、《性理大全》七○卷；皆雜抄宋元儒者之成說，並無學術價值。顧炎武評《四書五經大全》曰：

　　《春秋大全》則全襲元人汪克寬《胡傳纂疏》。……《詩經大全》則全襲元人劉瑾《詩傳通釋》，而改其中「愚按」二字爲「安成劉氏曰」，……當日儒臣奉旨修《四書五經大全》，頒餐錢，給筆札；書成之日，賜金遷秩；所費於國家者，不知凡幾。……而僅取已成之書，抄謄一過，上欺朝廷，下誑士子；唐宋之時，有是事乎？……一時人士盡棄宋、元以來所傳之實學，上下相蒙，以饕祿利，而莫之問也〔註22〕。

《四庫提要》更加考訂，謂《周易大全》割裂董楷，董眞卿、胡一桂、胡炳文四家之書，餖飣成編。《書傳大全》亦勦襲陳櫟《尚書集傳纂疏》、陳師凱《書蔡傳旁通》。《禮記大全》采諸儒之說凡四十二家，而以陳澔集說爲主。《四庫總目提要》曰：

　　廣等是書，亦主於羽翼《朱傳》，遵憲典也。然元人篤守師傳；有所闡明，皆由心得。明則靖難以後，耆儒宿學，略已喪亡。廣等無可與謀，乃剽竊舊文以應詔，……其書本不足存〔註23〕。

馬宗霍曰：

　　自是而後，經義試士，奉此爲則；不惟古注疏盡廢，即宋儒之書，學者亦不必寓目矣〔註24〕。

皮錫瑞曰：

〔註20〕《日知錄》卷十六，「擬題」條。
〔註21〕據明成祖實錄，永樂十二年十一月甲寅，命行在翰林院學士胡廣、待講楊榮、金幼孜、翰林編修葉時中等三十九人，修《五經四書大全》；十三年九月告成。成祖親製序，弁之卷首。命禮部刊賜天下，賜胡廣等鈔幣有差，仍賜宴於禮部。
〔註22〕《日知錄》卷十八，「《四書五經大全》」條。
〔註23〕《四庫總目提要》，頁351，藝文印書館。
〔註24〕《中國經學史》，頁133，商務印書館。

案官修之書，多勦舊說，唐修正義，已不免此。惟唐所因者，六朝舊籍，故該洽猶可觀。明所因者，元人遺書，故謭陋爲尤甚。……故經學至明爲極衰時代〔註25〕。

三、王陽明學說盛行，其末流專事游談，束書不觀

此項詳見第九章「清朝《詩經》學」，茲不贅。

四、流行造僞、勦竊之學術歪風

明朝學界流行勦竊、造僞之歪風，究其原因，或與胡廣等勦竊前人書籍以成《四書五經大全》有關。由於朝廷不僅不加罪責，反而賜金遷秩。故上行下效，舉國不以爲恥。顧炎武喟然歎曰：「若有明一代之人，其所著書，無非竊盜而已。」又曰：「吾讀有明弘治以後經解之書，皆隱沒古人名字，將爲己說而已〔註26〕。」其或自力鑽研者，則又不能崇尚篤實，故《四庫總目提要》評季本曰：

孫復諸人之棄傳，特不從其褒貶義例而已；程端學諸人之疑傳，不過以所記爲不實而已；未有二千餘年之後，杜撰事蹟以改易舊文者。蓋講學家之恣橫，至明代而極矣！

《四庫提要》評郝敬曰：

蓋敬之解經，無不以私意穿鑿。

楊愼爲學甚博，雜著至一百餘種，然好作僞欺人，近世所傳〈岣嶁碑〉（即〈禹碑〉），疑爲愼所僞造。豐坊僞造《子貢詩傳》，時人莫能明辨，使豐氏得售其欺；如凌濛初著《傳詩適冢》，鄒忠徹著《詩傳闡》，姚允恭著《傳說合參》〔註27〕；一者顯示明朝學者無行之一斑，再者顯見明人欠缺考證、求眞之精神——此與清朝崇實考據之風大異其趣。

五、《詩經》學家舉例

明人《詩經》學，多附和朱子，或申或補而已；如朱善《詩解頤》四卷之類是也。其有不爲朱所囿者，不過寥寥數家：

季本著《詩說解頤》四十卷，大抵多出新意，不肯勦襲前人；而徵引該洽，亦頗足以自申其說。李先芳著《讀詩私記》二卷，所釋大抵多從毛鄭，毛鄭有所難通，則參之《呂氏讀詩記》、嚴氏《詩緝》諸書；蓋不專主一家，故無門戶之見。朱謀㙔撰《詩故》十卷，其說以漢學爲主，與《朱子集傳》多所異同：《小序》以首句爲主，

〔註25〕《經學歷史》，頁289，漢京版。
〔註26〕《日知錄》卷十八，「竊書」條。
〔註27〕見姚際恆《古今僞書考》，頁10，開明書店。「鄒忠徹」疑「鄒忠胤」之誤。

略同《蘇轍詩傳》之例。姚舜牧撰《詩經疑問》十二卷，釋詩兼用《毛傳》、《朱傳》及嚴粲《詩緝》，時亦自出新論。何楷撰《詩世本古義》二八卷，其論詩專主孟子知人論世之旨，依時代爲次，故名曰「世本古義」。其書不依《毛詩》次第，略本《鄭氏詩譜》而雜以已意；取三百五篇，敘其時世，始夏少康之世〈公劉篇〉，迄周敬王之世〈下泉篇〉，凡二十八王。各於序引於前，末屬引一首，仿序卦傳體，以韻語明所以比屬牽綴之義，不免穿鑿附會；而援據極博，考證極詳，亦可謂萃一生之精力者矣〔註28〕。郝敬撰《毛詩原解》三六卷，以爲不讀古序，則不達作者之志與聖人刪定之旨，蓋詰難朱子之作也。呂柟撰《毛詩說序》六卷，以《小序》爲主，而設爲門人問答以明之，爲嚴謹之作。袁仁撰《毛詩或問》一卷，主於申《小序》，抑《集傳》，設爲問答以明之。名物專著方面，馮復京撰《六家詩名物疏》〔註29〕五四卷，取《齊》、《魯》、《韓》、《毛》、《鄭箋》、《朱傳》六家釋名物之說，輯爲一書，列釋天、釋神、釋時……釋草、釋雜物三十二門，意在廣陸璣、蔡卞之書也。文字音義方面，陳第撰《毛詩古音考》四卷，大旨謂古人之音與今異，凡今所謂叶韻，皆古人之本音。定爲本證、旁證二例；本證者，《詩經》中所有；旁證者，秦漢以下與《三百》合者也。古韻學之興，實自第始；顧炎武等，遞相推闡，皆以此爲祖本也。

〔註28〕見清彭元瑞、于敏中等編《欽定天祿琳琅書目續目》，頁1476，廣文書局。
〔註29〕《六家詩名物疏》五四卷，《四庫總目》題馮應京撰，誤，應作馮復京；此兩人之生平、著作常爲著錄家混淆。喬衍琯於《欽定天祿琳琅書目》書前題識曰：「《六家詩名物疏》爲馮復京撰，《四庫總目》題馮應京，雖未明斥其誤，覽者自知之。」

第九章　清朝《詩經》學

第一節　清初《詩經》學發展之趨勢與時代背景

　　清朝經學不但超越唐宋，且有過於兩漢者，堪稱經學之復興時代。梁啓超《清代學術概論》云：

> 綜觀二百餘年之學史，其影響及於全思想界者，一言蔽之，曰：「以復古為解放」。第一步，復宋之古，對於王學而得解放。第二步，復漢唐之古，對於程朱而得解放。第三步，復西漢之古，對於許鄭而得解放。第四步，復先秦之古，對於一切傳注而得解放。夫既以復先秦之古，則非至對於孔孟而得解放焉不止矣。

又於《中國學術思想變遷之大勢》云：

> 本朝二百年之學術，實取前此二千年之學術，倒影而繹演之。如剝春筍，愈剝而愈近裡。如啖甘蔗，愈啖而愈有味，不可謂非一奇異之現象也。

此皆道出清代學術逐步發展、節節復古，終而開拓新局之特色。今人言清代學術，則分之為三期：清初至雍正，為清學醞釀期，學者致力於讀書明經、經世致用之學。乾嘉為清學全盛期，舉國重視經學，訓詁、考據、輯佚之成就燦然可觀。嘉道以降，為清學轉變期，經今文學復興，講求微言大義，重振經世濟民之抱負。

　　清代學術以考據學為主流，主張從古經書中尋求真理；厭棄主觀，傾向客觀；排斥理論而提倡實踐，故稱「樸學」。又因其治學方法，宗法兩漢經師，以名物訓詁為主，注重考據，故又稱「漢學」或「考據學」。〔註1〕有關此一學風興盛之原因，

〔註1〕見鄺士元著《中國學術思想史》，頁413，里仁書局。

眾說紛紜，綜述如下：

一、受明朝前、後七子提倡文章復古之影響

　　明永樂至成化年間，政治安定，文學上出現由宰輔權臣所領導之臺閣體，其作品率皆歌功〈頌〉德、雍容典麗之應酬詩文，內容非常貧乏。是以弘治、嘉靖年間，李夢陽、何景明、李攀龍、王世貞等前、後七子為挽救當日文壇之淺陋，倡言復古，提出「文必秦、漢」之主張。《四庫提要》曰：「成化以後，安享太平，多臺閣雍容之作，愈入愈弊，陳陳相因，遂至嘽緩冗沓，千篇一律。夢陽振起痿痹，使天下復知有古書，不可謂之無功。」於字摹句擬之擬古風氣下，文人必將發現古書之文字難讀；因此，陳第撰《毛詩古音考》、《屈宋古音義》，顧炎武撰《音學五書》，可謂應運而起，頗受復古運動之激發；而其考證方法，則影響清朝考據學。故朱希祖曰：「清代考據之學，其淵源實在乎明弘治、嘉靖間前後七子文章之復古〔註2〕。」

二、遠紹楊愼、焦竑、方以智之尚博雅

　　明代擬古主義風靡之時，楊愼卓然自立、反對摹擬，並以尚博雅著稱〔註3〕，然好僞說〔註4〕，《列朝詩集小傳》丙集評其詩文，亦曰：「援據博則舛誤良多。」〔註5〕焦竑為文，以反擬古著稱，論學宗羅汝芳，亦尚博雅〔註6〕；然喜以佛語解經，欲調和儒釋思想，治學失之蕪雜。故楊、焦二氏之學駁雜而不精、不純，離清朝考據學實事求是之精神尚遠。至於方以智，撰《通雅》五十二卷，仿《爾雅》體例，辦證詞語訓詁，以經史為本，旁及諸子百家、方志、小說；體例嚴謹，考據精核。《四庫全書總目》曰：「惟以智崛起崇禎中，考據精核，迥出其上；風氣既開，國初顧炎武、閻若璩、朱彝尊等沿波而起。」〔註7〕

三、對明朝時文取士之不滿

　　吳喬〈答萬季埜詩問〉曰：「明代功名富貴在時文，全段精神，俱在時文用盡。」吳梅《詞學通論》曰：「明人科第，視若登瀛。」焦循《易餘籥錄》曰：「有明二百

〔註2〕見蕭一山著《清代通史》上卷，頁941引。商務印書館。

〔註3〕楊愼著有《古音獵要》、《古音餘》、《古音略例》、《轉注古音略》、《古音後語》……等關於考據之著作。

〔註4〕明世記誦之博，著述之富，首推楊愼；但學無根柢，不足以稱碩儒。其雜著多至一百餘種，而好作僞，近世所傳〈岣嶁碑〉（即〈禹碑〉），或疑愼所僞造。傳見《明史》卷一九二。

〔註5〕見劉大杰著《中國文學發展史》，頁943，華正書局，民國73年8月版。

〔註6〕焦竑於小學類，著有《俗書刊誤》；典故類、類書之屬，則著有《焦氏類林》。

〔註7〕《四庫全書總目》卷一一九，子部雜家類三，頁11，方以智通雅條。藝文印書館印行本，頁2384。

七十年，鏤心刻骨於八股。」顧炎武《日知錄》曰：

> 今日科場之病，莫甚乎擬題。且以經文言之，初場試所習本經義四道；
> 而本經之中，場屋可出之題不過數十。富家巨族，延請名士，館於家塾，
> 將此數十題各撰一篇，計篇酬價，令其子弟及僮奴之俊慧者記誦熟習。
> 入場命題，十符八九；即以記之文抄謄上卷。……發榜之後，此曹便爲
> 貴人。年少貌美者多得館選，天下士靡然從風，而本經亦可以不讀矣。……
> 百年以來，〈喪服〉等篇皆刪去不讀，今則並〈檀弓〉不讀矣。《書》則
> 刪去〈五子之歌〉、〈湯誓〉、〈盤庚〉、〈西伯戡黎〉、〈微子〉、〈金縢〉、〈顧
> 命〉、〈康王之誥〉、〈文侯之命〉等篇不讀。《詩》則刪去淫風、變雅不讀。
> 《易》則刪去〈訟〉、〈否〉、〈剝〉、〈遯〉、〈明夷〉、〈睽〉、〈蹇〉、〈困〉、
> 〈旅〉等卦不讀，止記其可以出題之篇及此數十題之文而已。……成於
> 勦襲，得於假倩，卒而問其所未讀之經，有茫然不知其爲何書者。故愚
> 以爲八股之害，等於焚書；而敗壞人材、有甚於咸陽之郊所坑者但四百
> 六十餘人也。〔註8〕

皮錫瑞曰：「顧炎武謂：八股之害，甚於焚書。閻若璩謂：不通古今，至明之作時文
者而極。一時才俊之士，痛矯時文之陋，薄今愛古，棄虛崇實，挽回風氣，幡然一
變。」〔註9〕

四、清初四大學者力矯王學末流之空疏

朱子之學，承襲程頤之緒餘，集北宋諸儒之大成，雖不廢主敬之工夫，而尤偏
重即物窮理。陸象山以朱子爲驚外支離，倡爲心即理說，主張發明人之本心，不需
向事物上求理。王陽明繼承象山之心即理說，以爲充乎宇宙間者，只是一靈明，亦
即人心。離開我心，離開靈明，便無所謂天地萬物鬼神。換言之，客觀事物之存在，
全然由於人之主觀知覺作用之結果。凡不被人心知覺之物，皆不存在。故天理也者，
不外人心。

此天理發露於人心，即是良知。良知「不待學而有，不待慮而得」，實乃人類與
生俱來之知善知惡之天賦本性。人人有良知，良知莫非出於自然。王陽明提倡致良
知，是使人除去私欲之昏蔽，恢復良知之本來面目，並擴充到底。

除去私欲、恢復本然、擴充到底，在在說明「致良知」是一種工夫，一種實踐，
一種「行」，所行何事？曰：行仁，萬物一體之仁。〔註10〕

〔註8〕見《日知錄》卷十六，「擬題」條。
〔註9〕見《經學歷史・經學復興時代》，頁299。漢京文化事業公司。
〔註10〕見傅樂成主編，姜公韜著《中國通史——明清史》頁144，眾文圖書公司。

羅整菴曰：「象山之教學者，顧以爲此心但存，則此理自明，當惻隱處自惻隱，當羞惡處自羞惡，當辭遜處自辭遜，是非在前，自能辨之。」〔註11〕鵝湖之會，象山曾欲問：「堯舜之前，何書何讀？」〔註12〕

陽明教人，原不重視書本與知識見聞，其言曰：「心，一而已。以其全體惻怛而言，謂之仁。以其得宜而言，謂之義。以其條理而言，謂之理。不可外心以求仁，不可外心以求義，獨可外心以求理乎？外心以求理，此知行之所以二也。」〔註13〕故主張直接認取良知，依良知之指示做去，即使愚夫愚婦亦有成聖成賢之可能。

王氏致良知之說、知行合一之教，本有勉人躬行實踐、經世致用之義蘊；然既不重視知識事物之研究，易啓空疏之弊。各自以良知衡量是非善惡，易陷於主觀，使人各是其是，各非其非，始終不得定論。

明朝後期，王學風靡一世，空疏浮陋、束書不觀。習舉業者、談性命者、習古文者，除少數經史而外，咸以讀書爲戒。間有一二博洽之士，則又蕪雜枝蔓，不得立言之本。〔註14〕故《四庫提要·經部總敘》曰：「自明正德、嘉靖以後，其學各抒心得，及其弊也肆。（原注：如王守仁之末派，皆以狂禪解經之類）」

明萬曆後，東林學派欲矯挽王學末流，然閹寺弄權，東林之徒惟盡忠效死耳。迨及清初，禾黍之恨方長，學者或承東林遺風，或繼姚江餘緒〔註15〕，或託程朱之徒，要皆能去短截長，日趨篤實。梁啓超謂清初之學術「厭棄主觀的冥想，傾向客觀的考察。」至於摧陷廓清，有所建樹，爲清學之先導者，必推顧炎武、黃宗羲、王夫之、顏元諸大師。

顧炎武絕口不言心性，攻擊王學甚力。主張經學即理學，捨經學則無理學〔註16〕，使學者擺脫王學之羈絆。提倡「博學於文，行己有恥」八字，以矯正王學末流之空疏、虛僞。朱子遍注群經，讀書窮理，格物致知，爲顧炎武所推崇。顧氏治學，從通經入手，歸極於明道救世；其尊重證據、脫略依傍之治學態度，使之成爲清代考據學之開山。《清史稿·卷四八一·儒林傳》曰：

（顧炎武）自少至老，無一刻離書。所至之地，以二贏二馬載書，過邊塞

〔註11〕見羅欽順著《羅整菴先生困知記》卷二，頁10，《叢書集成》本。
〔註12〕《陸象山全集》卷三六，〈年譜〉，頁323，淳熙二年條。世界書局。
〔註13〕《王陽明全書》（一），〈傳習錄〉中，〈答顧東橋書〉，頁35，正中書局。
〔註14〕同註10，頁146。
〔註15〕承姚江者，有孫奇逢之重實用，李顒之重實踐，及姚江書院一派。詳見蕭一山，《清初之理學》，《清代通史》（一），頁996～1005。
〔註16〕顧炎武〈與施愚山書〉曰：「古之所謂理學，經學也。」見《亭林文集》卷三。全祖望申之曰：「古今安得別有所謂理學也？自有捨經學以言理學者，而邪說以起。」見〈亭林先生神道表〉，《鮚埼亭集》卷十二。

亭障，呼老兵卒詢曲折，有與平日所聞不合，即發書對勘；或平原大野，
則於鞍上默誦諸經注疏。……炎武之學，大抵主於斂華就實。凡國家典制、
郡邑掌故、天文儀象、河漕兵農之屬，莫不窮原究委，考正得失。

所著《日知錄》，涉及範圍甚廣，書中對歷代風俗隆污與天下治亂之關係，致意再三。
其《音學五書》，是清代聲韻學奠基之作。其《天下郡國利病書》，與同時顧祖禹之《讀
史方輿紀要》，並爲沿革地理之名著〔註17〕。其金石文字記，爲金石學之先河〔註18〕。

黃宗羲受學劉宗周，爲姚江嫡派，然於其末流之弊，亦顯言不諱，謂：「明人講
學，襲語錄之糟粕，不以《六經》爲根柢，束書而從事於游談。故問學者必先窮經，
經術所以經世；不爲迂儒，必兼讀史〔註19〕。」又曰：「讀書不多，無以證斯理之
變化；多而不求於心，則爲俗學〔註20〕。」所著明儒學案、宋元學案，爲我國學術
史之祖。其《明夷待訪錄》，攻擊君主專制政體，提倡民權，爲清末革命黨人所推崇
〔註21〕。

王夫之亦講程朱之學，力斥主觀之玄談，著《讀通鑑論》、《宋論》，藉史論形式，
發揮其政治與哲學之見解；又著《黃書》，強調夷夏之防，語至峻切。〔註22〕故其
學以切實而致用爲主。

顏元於朱陸漢宋俱無所取，以爲學問不在講說，不在明心見性，必須在世務上
不斷實習或實行，以見其得失，方爲有益之學問；著有《四存篇》。鄺士元曰：「顏
元之重考據，爲樸學興盛之基礎，顏習齋的學問，根本是在禮教，……所以考核功
夫不可廢。」〔註23〕

皮錫瑞曰：「國初諸儒治經，取漢、唐注疏及宋、元、明人之說，擇善而從。由
後人論之，爲漢、宋兼采一派；而在諸公當日，不過實是求是，非必欲自成一家也。」
〔註24〕此言極是。

五、胡渭、閻若璩喚起求眞之觀念

閻若璩撰《古文尚書疏證》，力辨梅本《古文尚書》之非。胡渭撰《易圖明辨》，
指宋以來理學家所講究之河、洛、太極諸圖，實出自道士，乃修鍊、術數二家旁分

〔註17〕同註10，頁150。
〔註18〕見梁啓超著《中國學術思想變遷之大勢》，頁82。
〔註19〕《清史·卷四九九·遺逸傳一》。
〔註20〕見全祖望撰〈黃黎洲先生神道碑〉。
〔註21〕同註10，頁150。
〔註22〕同前。
〔註23〕鄺士元著《中國學術思想史》，頁396。
〔註24〕《經學歷史》，頁305。

《易》學之支流，非作《易》之根柢。又有《禹貢錐指》，力辨漢、唐二孔、宋蔡氏於地理之疏舛，因啓學者求實、正訛之心。〔註25〕

六、清廷懷柔、高壓並用之政策

多爾衰入據北京之後，下令爲崇禎帝后發喪禮葬，明臣死難者，遣人祭祀，追贈諡號；降附者，加級任用。順治三年，正式開科取士，辦法全仿明朝。

清初，朝廷最虐民之措施，首推圈地與處理逃人事件，繼而厲禁士子訂盟結社。爲消除士大夫之民族意識，更屢興文字獄，康熙年間，如莊廷鑨、戴名世、方孝標；雍正時期，汪景祺、查嗣庭、陸生柟、呂留良、曾靜、張熙；乾隆一朝，文字獄最多，前後凡數十起，如胡中藻、徐述夔、蔡顯、王錫侯，皆因文字而招來殺身之禍，或開棺戮屍。至此，明末遺臣所倡導之經世致用思想，一概化爲烏有，諸儒箝口結舌，不敢再言政治，以致考據之學大興〔註26〕。

施行高壓、恐怖政策之外，清廷對士人卻又極盡獎掖之能事，康熙十七年，詔開博學鴻儒科，取中五十人，授予翰林院官職，負責編修《明史》。又敕撰《佩文韻府》、《淵鑑類函》、《康熙字典》、《數理精蘊》、《朱子全書》、《性理精義》。雍正年間，擴編《古今圖書集成》一萬卷，遂成定本。乾隆亦敕撰巨籍，如《續三通》、《皇朝三通》、《大清會典》、《四庫全書》〔註27〕。清廷修書之原意有二：其一，消滅反清文獻。其二，扭轉學風，使由排滿復漢、經世致用之思想，一變而爲訓詁考據之學。

鄺士元曰：「社會方面，君主的提倡考據學，上好下隨，社會上之有識人等，均追隨此學風，遂致學術上之轉變。其流風所被，成爲學者社會之一般嗜好。顯官如王旭、畢沅、朱筠、阮元等均喜好此學；又當時才智之士，既以此爲好尚，相與淬勵精進，闒冗者猶希聲附和，以不獲廁於其林爲恥，於是『家家許鄭，人

〔註25〕林師景伊《中國學術思想大綱》，頁245，自印本。

〔註26〕陸寶千謂王（陽明）學之反動、文字獄之怵心、遠紹楊愼、焦竑之尚博雅，三者只是考據興起之外緣，評之曰：「未可謂能探其本也」，進而主張：「清初經學之盛，由於晚明以來之經世要求所致」。（見《師大歷史學報》三期，頁1）其說與當日之政治背景、時代心理不合，故有可商。姜公韜曰：「等到清朝在中國的統治漸趨穩固之後，朝廷開始採取高壓手段，……使得文人學者從此對於經世濟民、與時代的忌諱有關係的學問噤若寒蟬，不敢講求。……在另一方面，當時天下太平，帝王又都好古右文，極力獎勵純學術的工作，……在這樣的政治、社會條件之下，爲學問而學問的考據學，得到了萌芽茁壯的溫床。過去亭林只是把考據當作學問的手段，目的在於通經、明道、救世；如今他們不敢奢言明道救世，直接從事於學問本身的探討，以實事求是的態度，以科學歸納的方法，對於古書從事訓詁、校勘、箋釋、輯逸、辨僞各方面的整理研究。」（《明清史》，頁150，眾文出版社）姜說是也。

〔註27〕同註10，頁95～100。

人賈馬』。同時富商大賈，亦趨於時髦，遂使清初之經世致用的學風，一轉而變成乾嘉之樸學。」〔註 28〕

七、清朝表彰程、朱，列爲官學

程朱與陸王之治學態度迥異，象山謂「此心但存，此理自明」，陽明亦不重視書本與知識見聞，主張直接認取良知，擴充到底，即可成爲聖賢。有問晦菴曰：象山說克己，不但克利、欲之私，只有一念要做聖賢便不可。晦菴曰：

> 聖門何嘗有這般説話。然則堯舜兢兢業業，周公思兼三王，孔子好古敏求，顏子有爲若是，孟子願學孔子之念，皆當克去矣。他（象山）只是禪〔註 29〕。

羅整菴評陸、王曰：

> 執靈覺以爲至道，謂非禪學而何？〔註 30〕
> 學而不取證於經書，一切師心自用〔註 31〕

陸、王之末流，皆空談心性，甚至以讀書爲戒；然而，陸王亦非不入世積極。陸寶千曰：

> 晦庵之所謂心，非象山、陽明之所謂心；象山、陽明之所指乃形而上的本心，而晦庵所指乃形而下的實然之心。實然之心，有一特性，即必須撲向一對象。故晦庵曰：「人心無不思慮之理，若當思而思，自不當苦苦排抑，卻反成不靜也」。程朱之學以作聖賢爲目的，於是此實然之心乃以經書爲對象〔註 32〕。

宗程朱之學，則讀書敏求，守陸王學說，則束書空談，此其異也。考之《清通典》，順治二年所定試士之例，《四書》主朱子《集注》，《易》主程朱二《傳》，《詩》主朱子《集傳》，《書》主《蔡傳》……。禮親王昭槤《嘯亭雜錄》曰：

> 仁皇（康熙）夙好程朱，嘗出禮學眞僞論以試詞林，又刊定《性理大全》、《朱子全書》等書，特命朱子配祀十哲，故當時宋學昌明。

不僅清廷表彰程朱，著之功令，使天下學子群起鑽研程朱之學，而反陸王、兼反清廷之大儒，如顧炎武、王夫之，皆精於程朱之學〔註 33〕；至此，陸王末流束書不觀、

〔註 28〕同註 1，頁 398。
〔註 29〕鄭端輯《朱子學歸》，頁 61，《叢書集成》本。
〔註 30〕同註 11，卷二，頁 11。
〔註 31〕同註 11，卷二，頁 13。
〔註 32〕陸寶千《論清代經學》，《師大歷史學報》三期，頁 1。
〔註 33〕李新霖《清代經今文學述》第二章第一節探討清朝訓詁考證之學興盛之原因。曰：「清廷爲絕其排滿復明之思，遂頻興文字之獄，……且株連坐罪，死者甚眾，告訐紛起，

空談心性之弊，乃一掃而光。

八、受兩部自然科學著作之影響

鄺士元曰：「晚明有兩部自然科學巨著，一爲徐霞客之《霞客遊記》，是一部中國實際調查的地理書；一爲宋長庚之《天工開物》，那是一部研究技藝用具的科學書。這兩部科學的巨著，不獨一洗明人不讀書，尚空談的流弊，而且更開清代重研究、喜踏實的風氣。『樸學』的形成，不能不說與這兩部書籍有關。」〔註34〕

九、經濟安定繁榮，助長樸學興盛

清朝考據學之鼎盛時期，適值其經濟最安定繁榮之年代。蓋考據學爲一超脫實務之純粹學術，必須在昇平安樂之社會，方得以成長茁壯；若逢戰亂荒災，人人朝不保夕，何暇從事考據乎？姜公韜曰：

> 揚州適當長江與運河絪合之會，爲南北轉輸的咽喉，又爲兩淮鹽商麇集的中心。在十八世紀時，揚州的繁華富庶，幾爲全國之冠。……蘇州更成爲清朝中葉最重要的食米集散中心，直到上海開埠時止〔註35〕。

江浙一帶之富庶冠全國，考據學在此發祥、壯大。乾隆朝《四庫全書》凡七本，內廷佔其四，而江浙佔其三，可見當時學術偏聚在江浙之一斑。

十、西學之影響

明朝末年，西方傳教士源源來華，如利瑪竇、湯若望、龐迪我等，皆是曆算專家；李之藻、徐光啓、王徵、方以智皆結交西士、閱讀西籍，吸收科學新知。李之藻撰《新法算書》、《天學初函》，筆錄《同文算指》。徐光啓撰《農政全書》，王徵撰《諸器圖說》，方以智撰《物理小識》。故西學輸入中國，使中國學風由蹈虛轉爲務實；儒學亦受其激勵，遂揚棄王學，轉爲樸學。

學者益惴惴焉不自保。既對統治者不能正面發洩，乃轉而攻擊宋儒，排斥程朱。……故學者於宋學，初以帝王之玩弄而厭之，後以學有所歸（指歸於漢學）而棄之。」（見《師大國研所集刊》二二號，頁146）按：其說與事實不符。清廷固然是滿人，而程朱是華夏先儒，若清初學者「既對統治者不能正面發洩，乃轉而攻擊宋儒」、「以帝王之玩弄而厭之」，則牽連無辜孰甚焉？況且，清初學者雖極力反清，卻多鑽研程朱之學，如顧炎武、王夫之等，皮錫瑞曰：「王、顧、黃三大儒，皆嘗潛心朱學，而加以擴充。」（《經學歷史》，頁300，漢京出版）馬宗霍曰：「江藩作《國朝漢學師承記》，乃登閻（若璩）、胡（渭）、張爾歧」于卷首，而附黃（宗羲）、顧（炎武）於冊末，謂兩家之學，皆深入宋儒之室，但以漢學爲不可廢，多騎牆之見。」（《中國經學史》，頁144，商務印書館。）

〔註34〕同註23，頁412。
〔註35〕同註10，頁123。

十一、得力於精良之研究法

清代考據學，顧、閻、胡、惠、戴、段諸大師實闢出一新途徑，俾人人共循，賢者識其大，不賢者識其小，皆可勉焉。其研究法頗近科學性，如：

（一）凡立一義，必憑證據，其無證而臆度者，在所必擯。

（二）孤證不爲定說，其無反證者，姑存之，遇有力之反證，則棄之。

（三）羅列事項之同類者，爲比較之研究，而求得其公則。

（四）所見不合，則相辯詰，雖弟子駁難本師，亦所不避〔註36〕。

來新夏曰：

> （顧炎武）并主張「采銅於山」，涉獵於最原始的資料。〔註37〕
>
> 顧炎武即曾自述其考據方法說：「列本證、旁證二條。本證者，詩自相證也；旁證者，兼之他書也。二者俱無，則宛轉以審其音，參伍以譜其韻。」這段話具體提出了考據的三種基本方法，即除本證、旁證已明標其目外，最後所說的以「宛轉」、「參伍」之法來審音譜韻，實際上就是一種理證法。本證、旁證與理證構成考據方法的基本內容。他還提出「讀《九經》自考文始，考文自知音始」的考據門徑，成爲後來考據學家所遵循的從聲音、訓詁以求經義的入門手段。不僅如此，顧炎武還把書證與物證，即文獻與實物緊密結合起來考察。《清史稿・本傳》曾記其事說：「所至之地，以二贏二馬載書，遇邊塞亭障，呼老兵卒詢曲折，有與平日所聞不合，即發書對勘；或平原大野，則於鞍上默誦諸經注疏。」（同上）
>
> 顧炎武還反對孤證，主張必須以足夠的原始論據來求得確當的解釋。他的學生潘耒就推重其事說：「有一疑義，反復參考，必歸於至當；有一獨見，援古證今，必暢其說而後止。」（同上）
>
> 王氏（念孫）父子在考據方法上，比前人有所豐富，梁啓超曾爲之歸納爲六步，即注意、虛己、立說、搜證、斷案、推論。（同上）

乾嘉學者，執科學方法治經，對古籍從事訓詁、校勘、箋釋、輯佚、辨僞等工作，成果豐碩。

清前期，考據學興盛之原因已如上述。《詩經》方面之代表作是陳啓源《毛詩稽古編》、馬瑞辰《毛詩傳箋通釋》、胡承珙《毛詩後箋》、陳奐《詩毛氏傳疏》。其它如戴震《毛鄭詩考正》、段玉裁《毛詩故訓傳》、惠周惕《詩說》亦皆聞名。

漢學派《詩經》學者，初以毛、鄭攻朱學，繼而以《毛傳》攻《鄭箋》。論此派

〔註36〕同註1，頁413。
〔註37〕來新夏〈清代考據學論述〉，《南開學報》1983～3，頁1～9，1983年5月。

之特色，約有三項：

（1）尊崇《詩序》：主張不可去《序》言詩，「讀《詩》不讀《序》，無本之教也」，蓋合於《孟子》「誦其詩，不知其人可乎？」之說法。

（2）重視文字音義等訓詁之學：漢學派極重考證之功夫，有關文字音義、名物制度皆作詳實之考索，成績輝煌，如段玉裁著《詩經小學》，顧炎武著《詩本音》，孔廣森《詩聲類》，……是也。

（3）以毛攻鄭：鄭玄箋毛，而雜采今古文家之說；頻頻破毛，不守師法，此其一。鄭玄深於禮學，據《禮》解《詩》，然或失於太泥，致生輮輵，此其二。鄭玄好改字以解《詩》，為學者所不許，此其三。是以清儒多崇毛抑鄭。

第二節　今文經學之復興

嘉道以後，漢學派漸衰，今文家蒸蒸日上。其原因如下：

一、樸學本身之缺點及流弊

曾國藩曰：

> 嘉道之際，學者承乾隆季年之流風，襲為破碎之學。辨析名物，梳文櫛字，刺經典一二字，解說繁稱，雜引流衍，而不知所歸〔註38〕。

乾嘉時期，考證之學極盛一時，昌言「治經必先識字」，而學者於六書音韻之學，非窮畢生之力，無以得其要領。其研究方法日益精密，所習卻日漸狹窄；其末流陷於細碎零瑣，窮其枝葉，而義鮮宗極，語乏歸宿。梁啟超《清代學術概論》曰：

> 乾嘉以來，家家許鄭，人人賈馬，東漢學爛然如日中天矣。懸崖轉石，非達於地不止，則西漢今古文舊案，終必須翻騰一度，勢則然矣。

蓋東漢盛行古文，重名物訓詁，西漢盛行今文，重微言大義；古文學既以煩瑣破碎見譏，今文學代興，乃勢所必然。

莊存與是清代今文經學之開創者，約與戴震同時，而治學途徑卻不相同，「不專專為漢、宋箋注之學，而獨得先聖微言大義於語言文字之外」；治《詩經》則詳於變雅，發揮大義，多可陳之講筵。湯志鈞曰：

> 莊存與重在「取法致用」，重在經世，從而對漢學、宋學之有經世者曾予采掇；而對漢學、宋學之無助經世者，則加揚棄。……為了經世的需要，特重經書的大義。……既講微言大義，那就必然崇奉今文，因為今文經學

〔註38〕《曾文正集》，卷一，〈朱慎甫遺書敘〉。

是以「微言大義」見稱的。今文經學盛於西漢，也是漢代之學，只不過東漢以後漸趨湮沒而已。莊存與把它揭櫫提倡，可以稱爲清代復興今文經學的創始人。……到了他的外孫劉逢祿，發揮外家「莊氏之學」，今文經學才卓然成家，稱爲「常州學派」了〔註39〕。

二、學術脫離現實社會

鄺士元先生曰：

樸學之所以興盛，皆因得到清廷和君主的大力提倡，而學者的精神，遂完全與現實脫離。科舉覓仕宦的，只爲做官，沒有絲毫以天下爲己任的觀念存在，故清初諸大師之學問旗幟，竟由通經史而致用，一變而化爲通經史於讀書也。清初提倡的是「彼空而我實」的學問，但訓詁名物之學，皆屬於「空」之學，因此，清學以提倡一「實」字而盛，以不能貫徹一「實」字而衰〔註40〕。

三、內亂外患激起經世致用思想

姜公韜先生曰：

清朝中葉，各地民變迭生。湘黔苗亂，起乾隆六十年，歷十餘年始定。嘉慶初元，川楚白蓮教徒，揭出「官逼民反」的口號，煽惑農民作亂，蔓延五省，歷時九年方平。同時稍後，東南有海盜之亂，歷時亦十載。未幾，華北天理教徒又起。……及至道光以降，長江中下游有太平軍之役，大河南北亦爲捻匪竄擾殆遍，西南、西北地區復有回亂猖獗〔註41〕。

又曰：

鴉片戰爭的失敗，更啓西人窺伺之心。此後，英法德美各國進擾我國東南海疆，靡日而寧，帝俄……入寇我國西北與東北邊，更形積極。即便東方的日本，……亦步武西方列強，開始侵略中國。清廷一再喪權割地，瓜分之禍，迫於眉睫，……以荒謬的排外之舉，更釀成八國聯軍的奇恥大禍〔註42〕。

在中國社會杌陧不安之際，學術不得不變，而首遭攻擊者，厥爲終日疲精費神，徒事擘績補苴，流於餖飣瑣碎，無裨實際，反致人才汩沒之考證學。故左宗棠《吾學

〔註39〕湯志鈞〈清代經今文學的復興〉，《中國史研究》1980～2，頁147，1980年6月。
〔註40〕鄺士元《中國學術思想史》，頁399，〈清代學術得失與轉變〉，里仁，民國69年。
〔註41〕傅樂成主編姜公韜著《中國通史——明清史》，頁116～117，眾文出版。
〔註42〕書同註41，頁118。

錄序》、孫鼎臣《畚塘芻論》，皆有「天下不亂於髮賊，而亂於漢學」之說〔註43〕。

乾嘉之際，舉世皆風靡於餖飣瑣碎之考據學，而章學誠《文史通義》提出「《六經》皆史」之主張〔註44〕，謂古代經書原本皆是有關國家政典之檔案文獻，分別掌於朝廷各衙門之史官。又以爲經書之可貴，在於其具有明道之功用，史書之寫作應以經書爲榜樣，使之具有明道作用。顯然，章氏「《六經》皆史」一義，欲用以矯正當時爲學問而學問、知古而不知今之態度，矯正當時彌以馳逐之細微末節、支離分析之考證工夫，使學問之途徑趨向明道致用之正軌。學誠在世時，其說未見效用，及其卒後，國事日非，變亂紛乘，於是，今文學家承其餘緒，高唱微言大義、經世致用，漢學派遂微。

四、樸學重鎮毀於兵禍

樸學之發祥地及根據地江浙一帶，咸同間毀於太平天國之亂，文物蕩然，後起者轉徙流離，更無餘裕以自振其業；而一時英拔之士，奮志事功，更不以學問爲重，故樸學從此不能再振。

五、今文輯佚之助瀾

漢朝今文十四博士之學，久已亡佚，清儒於輯佚工作，用力甚勤。今文經學，既得以稍復其舊，因而助長今文經學之研究風氣。當時，三家詩之輯佚，作品甚多，列舉如下：范家相之《三家詩拾遺》，馬國翰之《魯詩故》、《齊詩傳》、《韓詩故》、《韓詩內傳》、《韓詩說》、《韓詩薛君章句》，邵晉涵之《韓詩內傳考》，宋縣初《韓詩內傳徵》，丁晏之《三家詩補注》，馮登府《三家詩異文疏證》、《三家異義遺說》，阮元之《三家詩補遺》，迮鶴壽之《齊詩翼氏學》，陳壽祺父子之《三家詩遺說考》，陳喬樅之《詩四家異文考》、《齊詩翼氏學疏證》，林柏桐之《王氏三家詩考補注》，周邵蓮之《詩考異字箋餘》，王先謙之《詩三家義集疏》等皆是。

考據之學既衰，宋學與今文經學遂代之而起。一則主張超越毛、鄭，依三家佚文，直探《齊、魯、韓詩》之眞面貌，並肯定《三家詩》優於《毛詩》；再則摒棄繁瑣之訓詁考證，闡揚微言大義，以達成經世濟民之理想。光緒時，今文經學底於極盛階段。三則並今、古文《詩序》一概摒除，採用《孟子》「以意逆志」之說，冀能索得「作詩者之心」，如姚際恆、方玉潤等是也。

〔註43〕蕭一山《清代通史》（二），頁595，〈漢學隆盛時期之先聲〉。

〔註44〕「《六經》皆史」之觀念，淵源甚古，老子、孟子、隋朝王通，明王世貞皆有類似之言。明清之際，提出「《六經》皆史」者，首推王陽明；至清朝章學誠，始大力推闡此說。見倉修良、夏瑰琦：〈明清時期「六經皆史」說的社會意義〉，《歷史研究》1983～6。

第三節　《詩經》學家舉例

　　朱守亮先生於《詩經評釋‧緒論》中分清朝《詩經》學者〔清初學者不計入〕
為十一類，略述如下：

1、研治漢學，並採毛鄭者：

　　陳啓源著《毛詩稽古篇》，李黼平著《毛詩紬義》，戴震著《毛鄭詩考》，馬瑞辰
　　著《毛詩傳箋通釋》，胡承珙著《毛詩後箋》。

2、舍鄭用毛，為古文派正宗者：

　　陳奐著《毛詩傳疏》。

3、調和毛鄭，不專主一家者：

　　戴震著《毛鄭詩考》，朱珔著《毛傳\鄭箋破字不破義辨》。

4、治《三家詩》者：

　　莊存璵著《毛詩說》，范家相著《三家詩拾遺》，魏源著《詩古微》，丁晏著《王
　　氏詩考補注補遺》，馮登府著《三家詩異文疏證》，阮元著《三家詩補遺》，陳喬
　　樅著《三家詩遺說考》，迕鶴壽著《齊詩翼奉學》，王先謙著《詩三家義集疏》。

5、治《詩經》譜序者：

　　戴震考正《詩譜》，呂驟著《詩譜補亡後訂》，丁晏著《詩譜考正》，胡元儀《毛
　　詩譜》，姜炳璋著《詩序補義》，龔鑑著《毛詩序說》，汪大任著《詩序辨正》，夏
　　鼎武著《詩序辨》。

6、治《詩經》小學者：

　　段玉裁著《詩經小學》，陳喬樅著《毛詩鄭箋改字說》、《四家詩遺文考》，李富孫
　　著《詩經異文釋》，周邵蓮著《詩考異字箋餘》，顧炎武著《詩本音》，孔廣森著
　　《詩聲類》，苗夔著《毛詩韻訂》，江有誥著《詩經韻讀》，丁以此著《毛詩正韻》。

7、治《詩經》博物者：

　　毛奇齡著《續詩傳鳥名》，姚炳著《詩識名解》，牟應震著《毛詩名物考》，陳大
　　章著《詩傳名物集覽》。

8、治《詩經》地理者：

　　朱右曾著《詩地理徵》，尹繼美著《詩地理考略》。

9、治《詩經》禮教者：

　　包世榮著《毛詩禮徵》，朱廉著《毛詩補禮》。

10、識其旨歸，品評析論者：

　　牛運震著《詩志》，于祉著《三百篇詩評》，龍起濤著《毛詩補正》，王鴻緒奉敕

撰《詩經傳說彙纂》。

11、自立門戶，不囿漢宋者：

姚際恆《詩經通論》，崔述著《讀風偶識》，方玉潤著《詩經原始》。

欲詳究清朝《詩經》學著作，誠可依準上述綱領。本篇因受限於篇幅及撰寫之時日，故僅略及一二名家，不成系統。至如崔述、陳喬樅等，一則由於無暇，二則由於其重要主張（或反駁意見）多已分述於各章之中，故不立專篇。

一、陳啓源

陳啓源，字〈長發〉，江蘇吳江人。康熙時諸生，生年無考，卒於康熙年間。晚歲精研經學，尤深於《詩》，與同里朱鶴齡友善，鶴齡爲《詩經通義》，互爲商榷，深服其援據博洽。生平事蹟不詳，蓋一隱君子也。著《毛詩稽古編》三十卷。

《四庫提要》評《毛詩稽古編》曰：「是書成於康熙丁卯（26年），卷末自記，謂閱十有四載，凡三易稿乃定。……啓源此編，則訓詁一準諸《爾雅》，篇義一準諸《小序》，而詮釋經旨，則一準諸《毛傳》，而《鄭箋》佐之，其名物則多以《陸璣疏》爲主，題曰「毛詩」，明所宗也。曰「稽古編」，明爲唐以前專門之學也。所辨正者，惟朱子《集傳》爲多，歐陽修《本義》、呂祖謙《讀詩記》次之，嚴粲《詩緝》又次之。所掊擊者，惟劉瑾《詩集傳通釋》爲甚，輔廣《詩童子問》次之〔註45〕。」

《稽古編》前有敘例，所謂稽古者，大抵爲考傳義，通字訓、明詩情也；至於典禮名物之辨，亦自謂有一得焉。斯編以駁宋申毛爲主，專崇古義，自云以補《通義》未備，欲兩書相輔而行。蓋長發引據古書，參酌舊說，不立異創新，而朱鶴齡之《詩經通義》，則參停今古之間，此其異趣也。朱鶴齡爲之序曰：「悉本《小序》注疏，爲之交推旁通。……宣幽決滯，劈肌中理，即考亭見之，亦當爽然心開，欣然頤解。」

《毛詩稽古編》之重要主張如下：

（一）《詩序》不可廢

「歐陽永叔言《孟子》去詩世近，而最善言詩，推其所說詩義，與今敘意多同，斯言信矣。源因考諸孟子所論讀詩之法，其要不外二端：一曰誦其詩，不知其人，可乎？是以論其世。一曰說詩者，不以文害詞，不以詞害志。然則學詩者，必先知詩人生何時？事何君？且感何事而作詩？然後其詩可讀也。誠欲如此，舍《小敘》

〔註45〕周駿富〈清代詩經著述考〉（見輔大·《人文學報》三）曰：「其辨證者爲《朱傳》及《詩經》大全爲多，然則《四庫》之說非矣。」其意蓋以爲《四庫提要》所云劉瑾《詩傳通釋》應改爲胡廣《詩經大全》，殊不知胡廣等所奉敕撰寫之《詩經大全》乃抄襲劉瑾《詩傳通釋》而成之欺世之作，故《四庫提要》之說甚是。

奚由入哉？何則？凡記載之文，以詞紀世，議論之文，以詞達意，故觀其詞而世與意顯然可知；獨《詩》則不然，除〈文王〉、〈清廟〉、〈生民〉數篇外，其世之見於詞者，寥乎罕聞！又寓意深遠，多微詞渺旨，或似美而實刺，或似刺而實美，其意不盡在詞中，尤難臆測而知。夫論世方可誦詩，而詩不自著其世。得意方可說詩，而詩又不自白其意，使後之學詩者，何自而入乎？……故有《詩》必不可以無《敘》也。舍《敘》而言《詩》，此《孟子》所謂害意者也，不知人、不論世者也；不如不讀詩之愈也。」又曰：

> 「朱子《辯說》，力詆《小敘》，而於〈國風〉尤甚。謂其傅會書史，依託
> 名諡，鑿空妄說，以欺後人。源竊怪其言之過也，……《詩敘》與他書史
> 皆秦以前文字，而漢世諸儒傳之者也。安見他書史可信，而《詩敘》獨不
> 可信乎？至依託名諡之語，尤屬深文；〈邶·柏舟〉之刺頃，〈唐·蟋蟀〉
> 之刺僖，猶與諡義相近也。若宣非信讒之名，昭非好奢之號，而陳之〈防
> 有鵲巢·敘〉，以爲刺宣公；曹之〈蜉蝣·敘〉，以爲刺昭公，何所依託乎？
> 朱子又謂《小敘》之說，必使詩無一篇不爲美刺國君時政而作，不切於情
> 性之自然。又使讀者疑當時之人絕無『善則歸君，惡則歸己』之意，非溫
> 柔敦厚之教。斯語尤不可解。夫詩之有美刺，總迫於好善嫉邪、忠君愛國
> 之心而然耳。……況刺時之詩，大抵是變風變雅，傷亂而作也。處汙世，
> 事暗君，安得不怨？怨則安得無刺？孔子曰：可以怨。孟子曰：不怨則愈
> 疏。未嘗以怨爲非也。惟其怨，所以爲溫柔敦厚也。而朱子大譏之。是貢
> 諛獻媚，唯諾取容，斯謂之忠愛；而厲王之監謗、始皇之設誹謗律足稱盛
> 世之良法矣，有是理哉？史遷有言，《詩》三百篇，大抵聖賢發憤之作。
> 朱子所見，何反出遷下也？」〔註46〕

（二）四始乃王道興衰之所由始

〈詩大序〉謂〈風〉、〈大雅〉、〈小雅〉、〈頌〉爲四始，乃「詩之至也」，《鄭箋》曰：「始者，王道興衰之所由。」《正義》引鄭答張逸云：「人君行之則爲興，廢之則爲衰。」然司馬遷《史記·孔子世家》云：「〈關雎〉之亂，以爲〈風〉始；〈鹿鳴〉爲〈小雅〉始；〈文王〉爲〈大雅〉始；〈清廟〉爲〈頌〉始。」指出〈風〉、〈小雅〉、〈大雅〉、〈頌〉之首篇〈關雎〉、〈鹿鳴〉、〈文王〉、〈清廟〉爲四始〔註47〕。《齊詩》亦有四始，《詩緯推度災》云：「建四始五際而八節通。卯酉之際爲改政，午亥之際

〔註46〕見《稽古編》卷二五，《皇清經解》卷八四。
〔註47〕司馬遷學《魯詩》，故學者推測此爲《魯詩》之四始。

為革命。」《詩緯汎歷樞》云：「〈大明〉在亥，水始也；〈四牡〉在寅，木始也；〈嘉魚〉在巳，火始也；〈鴻雁〉在申，金始也。」以〈大雅〉之〈大明〉、〈小雅〉之〈四牡〉、〈嘉魚〉、〈鴻雁〉四篇為水始、木始、火始、金始。《韓詩外傳・五》，子夏問曰：「〈關雎〉何以為〈國風〉始也？」孔子曰：「〈關雎〉至矣乎！」云云，論者以為《韓詩》亦有四始，《毛詩稽古編》贊同鄭康成之說，其言曰：「觀〈大敘〉歷言風雅頌之義，而總斷之曰：『是謂四始』，則風雅頌正是始，非更有為風雅頌之始者，鄭說得之矣〔註48〕。」魏源評其說云：「陳啟源謂風雅頌四者即是始，更無有為〈風〉雅頌之始者。如其言，曷不謂之四體，而乃謂之四始乎？」然二雅風頌四者，人君能行之則興，不行則衰，故為王道興衰之所由始，乃就其作用而論，非辨其體裁也。

（三）風兼三義

「詩有六義，其首曰風。〈大敘〉論之，語最詳複，約之止三意焉。云風天下而正夫婦；又云風以動之，教以化之；又云上以風化下；此風教之風也。云下以風刺上，主文而譎諫；又云吟詠情性，以風其上；此風刺之風也。云美教化，移風俗；又云以一國之事，繫一人之本，言天下之事，形四方之風；此風俗之風也。餘所言風，則專目〈國風〉。要之，風俗之風，正當〈國風〉之義矣。然必有風教而後風俗成，有風俗而後風刺興，合此三者，〈國風〉之義始備。〔註49〕」胡樸安評其說云：「陳氏此言頗晰，惟當其朔也，風俗之成，由於風教，風刺之興，由於風俗；及其後也，必上下相與有成，而後風俗美焉。吾故謂風俗之風，實風教、風刺之所養也。」

（四）釋比興

「毛公獨標興體，朱子兼明比賦。然朱子所判為比者，多是興耳。比興雖皆託喻，但興隱而比顯，興婉而比直，興廣而比狹，……朱子釋詩新例，凡興義之明白者，即判為比，如〈螽斯〉、〈綠衣〉、〈匏有苦葉〉諸篇本興也，而以比目之，由是比興二體疑溷而難分。」又云：「興、比皆喻而體不同，興者，興會所至，非即非離，言在此，意在彼；其詞微，其旨遠。比者，一正一喻，兩相比況；其詞決，其旨顯；且與賦交錯而成文，不若興語之用以發端，多在首章也。〔註50〕」

按：其所釋比興之義與宋鄭樵之說略同。至其「興語之用以發端，多在首章也。」一句，並非主張興皆用於首章，例如，前引陳氏主張〈螽斯〉、〈綠衣〉、〈匏有苦葉〉諸篇為興詩，而非局限於該三篇之首章。然近人顧頡剛協韻起頭說，及朱自清、劉

〔註48〕同註46。
〔註49〕同註46。
〔註50〕同註46。

大白之以興爲起頭〔註51〕蓋淵源於此。

（五）詩樂分敎說

「詩與樂分爲二敎。〈經解〉云：『《詩》之敎，溫柔敦厚；《樂》之敎，廣博易良』；是《詩》敎、《樂》敎，其旨不同也。〈王制〉云：『樂正立四敎以造士，春秋敎以《禮》《樂》，多夏敎以《詩》《書》』；是敎《詩》敎《樂》，其時不同也。故敘詩止言作詩之意，其用爲何樂，則弗及焉。……意歌詩之法，自載於樂經，元無煩敘詩者之贅；及《樂經》不存，則亦無可考矣。……古人用詩於樂，不必與作詩之意相謀，如鄉射之奏〈二南〉，兩君相見之奏〈文王〉、〈清廟〉，何嘗以其詞哉？況舍詩而徵樂，亦異乎古人之《詩》敎矣。〔註52〕」

按：魏源《詩古微》評其說曰：「陳氏不知祖述，橫生異端，欲回護〈大雅〉諸《序》空衍之失，遂謂古人詩樂分爲二敎。故序詩者，不必言其所用。用於樂者，不必與詩相謀。反斥後人舍詩徵樂爲異乎古人之詩敎。噫！詿甚矣！」何定生曰：「從三百篇與禮樂的原始關係看來，我們可以做如此的結論：原始意義的三百篇，實在就是樂的一部分，故在用途上，根本就和禮樂分不開。換個講法，在禮樂用途上，三百篇只有聲音的存在，卻沒有辭義的存在；在禮樂過程中，詩所表現的就是樂章，離了樂章就沒有意義。再說具體些，用作正歌正樂的詩，那只是個以禮意相示的樂；用於散歌散樂的詩，也不過是些娛賓的樂。所以竹添光鴻引臧琳云：『詩者，古之樂也』，這話是對的。」又曰：「春秋以前的《詩經》，只有樂章的用途——專主聲音，不涉文義。……到了『言敎』興起，公卿大夫交接之際，必『賦詩』以見志，或引詩以足言，『詩』的觀念，才實質地從『樂』分出來。這個時期，詩文雖已用來代替辭令，而義取『斷章』，對原詩本意，仍保持隔離，這是春秋時代用詩方法的特色。……（戰國時代）引詩方式，不但已由原始的『斷章』轉爲詩文合理化的引用，且有更進一步以引詩爲說詩的傾向，……漢興以後，因環境的劇轉和漢廷的尙儒，儒術既成官學，《詩經》乃進入『諫書』時代；這是三百篇之用的最後階段，也是漢儒（乃

〔註51〕顧頡剛採集各地山歌、民歌，觀其組合形式，因謂《詩經》之興句（起首句）與承接句僅憑聲韻而毫無意義可尋。（見《古史辨》第三冊·〈起興〉）。朱自清云：「因爲初民心理簡單，不重思想地聯繫而重感覺的聯繫，所以〈起興〉的句子與下文常是意義不相屬，即是沒有理論的聯繫，卻在音韻上（韻腳上）相關連著。……這種〈起興〉的句子多了，漸漸會變成套句。」（見《古史辨》第三冊·〈關於興詩的意見〉）。劉大白云：「興就是起一個頭，藉著合詩人底眼耳鼻舌身意相接構的色聲香味觸法起一個頭。換句話講，就是把看到聽到嗅到嘗到碰到想到的事物，借來起一個頭，這個起頭，也許合下文似乎有關係，也許完全沒有關係。」（見《古史辨》第三冊·〈六義〉）

〔註52〕同註46。

至宋、明、清以至今日之儒）所憧憬的詩教最高境界。」〔註 53〕

原始詩、樂誠然不分，何氏之說，若就詩之應用而言，尚稱其實；若就詩之《本義》而言，則萬萬不可取；詩之文辭絕非如何氏所言「只有樂章的用途，專主聲音，不涉文義」。先民藉憤悶感懷之篇，抒發其喜怒哀樂之情，吾等豈能視而不見，比諸無意義之音符哉？陳氏詩、樂分教之說，兼顧其辭義與音樂性，可謂的論。

（六）訓釋《毛詩》，當首重《爾雅》與《毛傳》

「讀書須識字，讀古人書，尤須識古人字。……執今世字訓，解古人書，譬猶操蠻粵鄉音譯中州華語，必不合也。……古人字訓，其存於今者，僅有《爾雅》之〈釋詁〉、〈釋言〉、〈釋訓〉三篇。《爾雅》之書，固爲六藝之指歸，尤屬四詩之準的。……其《爾雅》所未備，又賴《毛傳》釋之，……實相表裡也。自漢迄唐，悉遵此爲繩尺。宋人厭故喜新，各逞臆見，盡棄儒先雅訓，易以俗下庸詮；《爾雅》之文，既庋置高閣，《毛氏傳》義稍不諧俗目者，亦以己意易之。近世學者，溺於所聞，古人字訓，幼未經見，執而語之，反驚怪而弗信，固其宜矣！」〔註 54〕

按：以〈邶風・柏舟〉「耿耿不寐，如有隱憂」爲例，若執今義解之，則「隱」乃幽而不顯之意；然《毛傳》曰：「隱，痛也。」此乃古義，不容置疑。《楚辭・九章・悲回風》曰：「孰能思而不隱兮。」，《孟子・告子上》曰：「惻隱之心，人皆有之。」是陳氏之說，信而不誣也。

（七）古音、正音、俗音之辨

「有古音，有正音，有俗音。古音邈矣，然《易》、《詩》、古歌謠、楚騷、漢詩賦樂府之協韻，及《說文》之讀若、諧聲，《釋名》、《白虎通》諸書之解字，猶可考驗而知也。正音則《九經釋文》、《玉篇》、《廣韻》、徐氏《韻補》諸書之音反是已。至俗音，不知何自而始，率皆沿訛襲陋，莫知所返。既乃稍入字書，如『不』之逋骨切，見溫公《指掌圖》，『副』、『富』之列遇韻，見黃氏韻會，又如《洪武正韻》，一代同文之書也，乃大取舊韻紛更之。『虞』本韻首，收在魚韻，而立模韻以代虞。其所統字，亦多改易，刪去元韻，而所統字散入眞寒刪先韻中，……俱甚諧俗吻，而於雅音則乖矣。竊意人之喉舌脣齶，因地氣而殊，亦隨天時而變，其修短、厚薄、洪纖、鈍銳不同，則所出之音亦異，故古今異音，猶胡越之不相通，不可以人力彊齊也。」〔註 55〕

按：陳氏研究詩音，兼顧古音、正音、俗音。茲舉其辨析土語、俗讀之例如下：

〔註 53〕何定生・〈從言教到諫書看詩經的面貌〉，見《孔孟學報》十一期。
〔註 54〕見《稽古編》卷二七，《皇清經解》卷八六。
〔註 55〕同註 54。

「『成』，是征切，日母，俗讀如程，澄母，土語得之。」、「『牙』本五加切，疑母，《正韻》讀如邪，喻母，土語得之。」、「『宜』本魚羈切，疑母，《正韻》誤延之切，音匜，喻母，俗讀得之。」、「『越』本王伐切，《正韻》與『月』同魚厥切，俗讀得之。」可知陳氏頗能發揮土語、俗讀之價值。

（八）稽疑之精神

《稽古編》卷二十九有稽疑專章，計有：他注引《傳》疑誤、《正義》引《爾雅》疑誤、監本經注疑誤、《釋文》疑誤、《集傳》疑誤，羅列豐富之資料，足見陳氏好學深思之精神，對後學者亦將有莫大之啟發。

此外，《稽古編》尚有可議者，《四庫總目提要》曰：「是則於《經義》之外，橫滋異學；非惟宋儒無此說，即漢儒亦豈有是論哉？白璧之瑕，固不必為之曲諱也。」其所謂「異學」，即皮錫瑞《經學歷史》所指「間談佛教」也。〔註56〕

二、惠周惕

惠周惕，原名恕，字元龍，號研溪（硯谿），自號紅豆主人，江蘇吳縣人。生年無考，約卒於康熙三三年後。其父以《九經》教授鄉里，元龍少承家學；後從汪琬，工詩古文詞，為汪氏入室弟子。及壯，阨於貧，遍遊四方，交當世名流，朱竹垞極稱許之。後閉戶十年讀書，乃成通儒。康熙十八年舉博學鴻儒科，丁父憂，未與試。三十年成進士，授翰林院庶吉士；嗣以不練習國書，外調直隸密雲縣令，有善政。因勞瘁卒於官。〔註57〕

東吳惠氏，三世傳經，元龍創始人也。於《詩經》，著《詩說》三卷，〈附錄〉一卷。

田雯序《惠氏詩說》曰：「朱紫陽刪去《小序》，另為一端，……然不廢注疏也。同時鄭夾漈、王雪山各自立說，并傳注去之；比朱子則加甚矣，然猶有去取也。自是以後，學者厭常喜新，屏去一切訓詁，而鑿空臆造；雖悖于經，畔於道，弗顧也。嗚乎！《詩》學之廢久矣。惠子元龍常讀《詩》而病之，因著《詩說》三卷；其旨本于《小序》，其論采于《六經》，旁搜博取，疏通證據，雖一字一句，必求所自，而考其義類，晰其是非；蓋有漢儒之博，而非附會；有宋儒之醇，而非膠執。庶幾得詩人之意，而為孔子所深論者與！」《四庫總目提要》論之曰：「是書於《毛傳》、《鄭箋》、《朱傳》無所專主，多自以己意考證。……然其餘〔註58〕類皆引據確實，

〔註56〕《稽古篇》卷三十，「西方美人」、「捕魚之器」兩條，陳氏以佛教思想說之，論者視之為白璧之瑕。

〔註57〕周駿富撰〈清代詩經著述考〉，（輔大）《人文學報》三期，頁529。

〔註58〕惠氏《詩說》謂頌義通於誦，又謂證以《國策》，禮無歸寧之文，訓歸寧父母為無父

樹義深切，與枵腹說經徒以臆見決是非者，固有殊焉。」汪琬序曰：「然博而不蕪，達而不詭，亦可謂毛、鄭之功臣，紫陽氏之諍子矣。」

茲列舉《惠氏詩說》之主要見解如下：

（一）大小雅以音別，不以政別

《詩序》曰：「雅者，正也，王政所由廢興也；政有小大，故有〈小雅〉焉，有〈大雅〉焉。」大小雅之名以政之大小爲別，故後世辨論紛紛，指其矛盾；朱晦翁、嚴華谷、章俊卿各有主張〔註59〕，以朱氏之說爲長，然猶未離乎《序》之所謂政也。惠氏曰：「按樂記，師乙曰：『廣大而靜，疏達而信者，宜歌〈大雅〉；恭儉而好禮者，宜歌〈小雅〉。』季札觀樂，爲之歌〈小雅〉，曰：『美哉思而不貳，怨而不言。』爲之歌〈大雅〉，曰：『廣哉熙熙乎，曲而有直體。』據此，則大小二雅，當以音樂別之，不以政之大小論也；如律有大小呂，詩有大小，明義不存乎大小也。」

（二）釋〈頌〉

「《公羊傳》曰：『什一而稅，〈頌〉聲作。』《序》曰：『美盛德之形容，以其成功告於神明者也。』然……刺亦可言頌矣。……諫亦可言頌矣。……比音曰歌，舉其辭曰頌也；豈宗廟之詩，既歌之，而復誦之與！抑歌者工，而誦者又有工與！既比其音，復誦其辭，俾在位者皆知其義，所以彰先王之盛德，故曰頌。……〈樂記〉曰：『清廟之瑟，朱弦而疏越，一唱而三歎。』又曰：『君子于是語，于是道古』，豈即〈頌〉之義也與！」

按：《四庫提要》評《詩說》曰：「至謂〈頌〉兼美刺，義通於誦，則其說未安。考鄭康成注《儀禮》『正歌備』句曰：『正歌者，升歌及笙各三終，閒歌三終，合樂三終，爲一備。』核以經文，無歌後更誦，及一歌一誦之節。……歌、頌是兩事，知頌、誦亦爲兩事，周惕合之，非矣。」惠氏所言「宗廟之詩，既歌之，而復誦之。」《四庫提要》駁之曰：「核以經文，無歌後更誦，及一歌一誦之節。」至於惠氏所引〈樂記〉之言，則誤合歌、誦爲一事矣。試言諷、誦、歌之異如下：鄭康成注《周禮·大司樂》：「倍文曰諷，以聲節之曰誦。」賈公彥《疏》：「倍文謂不開讀之，直言無吟誦。誦亦背文，又爲吟誦，以聲節之。」鄭康成注《禮記·文王世子》曰：「誦

母遺罷之義；《四庫提要》以爲兩說皆未安。《四庫提要》，頁362，藝文印書館。

〔註59〕《詩說》云：「朱晦翁則謂〈小雅〉燕饗之樂，〈大雅〉朝會之樂、受釐陳戒之辭。嚴華谷則謂明白正大、直言其事者，雅之體；純乎雅之體者，爲雅之大；雜乎風之體者，爲雅之小。章俊卿則謂：〈風〉，體語皆重複淺近，婦人女子能道之，〈雅〉則士君子爲之也；〈小雅〉非復風之體，然亦間有重複，未至渾厚大醇；〈大雅〉則渾厚大醇矣。」見《詩說》卷一頁1，《皇清經解》三冊。

謂歌樂，弦謂以絲播詩。」孔穎達《疏》云：「誦謂歌樂，口誦歌樂之篇章，不以琴瑟歌。以絲播詩，以琴瑟播詩之音節。」故知：諷者，直背其文。誦者，以抑揚頓挫、高下徐疾之音節所作之吟謳也；以其不配合琴瑟絲竹等樂器，故與歌有別。

總之，釋頌為誦，不若釋頌為容也。

（三）正變猶美刺也

「正變猶美刺也。詩有美，不能無刺；故有正，不能無變。以其略言之：如美衛武、美鄭武、美周公、美宣王、刺衛宣、刺鄭莊、刺時、刺亂、刺宣王、刺幽厲，此顯言美刺者也。如莊姜傷己、閔無臣、思周道、大夫閔周、衛女思歸、思君子南征、復古，此隱言美刺者也。美者，可以為勸；刺者，可以為懲；故正變俱錄之。編詩先後，因乎時代，故正變錯陳之。若謂詩無正變，則作詩無美刺之分，不可也；謂〈周〉〈召〉為正，十三〈國風〉為變，〈鹿鳴〉以下為變，則《序》所謂美與刺者，俱無以處之，亦不可也。」

按：惠氏反對以國次、世次定詩之正變，主張以詩之美刺定其正變，與馬瑞辰之說相近；馬氏曰：「風雅之正變，惟以政教之得失為分；政教誠失，雖作於盛時，非正也；政教誠得，雖作於衰時，非變也。」馬、惠二說，實相輔相成，俱勝舊說。

（四）風雅頌者，詩之名也；賦比興者，詩之體也

「風雅頌者，詩之名也；賦比興者，詩之體也；名不可亂，故雅頌各有其所體，不可偏舉，故興比賦合而後成詩；自三百篇以至漢唐，其體猶是也。毛公傳《詩》，獨言興，不言比賦，以興兼比賦也；人之心思必觸于物而後興，即所興以為比而賦之，故言興而比賦在其中，毛氏之意，未始不然也。然三百篇惟〈狡童〉、〈褰裳〉、〈株林〉、〈清廟〉之類，直指其事，不假比興，其餘篇篇有之；傳獨於詩之山川草木鳥獸起句者，始為之興，則幾于偏矣。……文公傳《詩》，又以興比賦分而為三，無乃失之愈遠乎？《文心雕龍》曰：毛公述《傳》，獨標興體，以比顯而興隱。……朱氏又于其間增補十九篇，而摘其不合于興者四十八條……則析義愈精，恐未然也。」

按：風雅頌乃詩之體裁，賦比興乃詩之作法，惠氏之說未安。至其論賦比興，以為興兼比賦，不可分而為三，尤屬大謬不然。

（五）二南不可繫諸太姒

「二南二十二篇皆述太姒之事，然一太姒也，何以為后妃？何以為夫人？一〈文王〉也，何以為王者？何以為諸侯？或曰：文王于商為諸侯，及受命追王，則為王者；太姒亦然，時有先後故也。然追王後于諸侯，則〈周南〉宜後于〈召南〉矣，有是理乎？……按《小序》曰：〈關雎〉，后妃之德也；〈葛覃〉，后妃之本也；〈卷耳〉，

后妃之志也云云，未嘗指言后妃夫人爲何如人；後之訓詁家，推跡其自始，以爲太姒耳。……〈小雅・鹿鳴〉，燕群臣；〈四牡〉，勞使臣；〈常棣〉，燕兄弟；〈伐木〉，燕朋友，何嘗謂如何群臣，如何兄弟、使臣、朋友邪？……難者曰：然則〈周南〉〈召南〉與文王太姒無與邪？曰：不然也。作詩之意，或本於文王太姒，……周自姜嫄兆祥，至太王有姜女，王季有太任，文王有太姒；累世婦德，至太姒而始大，而文王又有刑於寡妻之詩，故說者據是爲文王耳，其實不可考矣。」

　　按：惠氏之說，與馬瑞辰之說相近，可以合觀。其勝於舊說者，在「關如」之義也。

（六）何以魯無風？何以魯有頌？

　　「魯之無風也，鄭曰：『周尊魯，故巡狩述職，不陳其詩。』其果然者邪？幽厲以後，王者之不巡狩久矣；十三〈國風〉，誰采而錄之邪？天子賞罰，視其詩之貞淫；天子尊魯，何妨采其詩之貞者以示異于天下？乃并其美而掩蔽之，安在其尊魯邪？縱天子不采魯，亦不當自廢；何季札觀樂，遍及諸國，而魯乃寂無歌詩，又何邪？魯之有頌也，鄭曰：『孔子錄之，同于王者之後』，蓋言褒也；朱子曰：『著之于篇，所以見其僭』，蓋言貶也。是皆泥〈風〉爲諸侯之詩，〈雅〉〈頌〉爲天子之詩，故致論說之紛紛也。余聞之師曰：『十五國之中有二南，是天子之詩也；〈雅〉〈頌〉之中，〈小雅〉有〈賓之初筵〉，〈大雅〉有〈抑〉，〈頌〉有魯，是皆諸侯之詩也。不得以〈風〉詩專屬之諸侯，〈雅〉〈頌〉專屬之天子也。』足以破眾說之紛紛矣！」

　　按：惠氏所引〈小雅・賓之初筵〉，《詩序》以爲衛武公刺時之詩，朱子以爲衛武公飲酒悔過而作此詩，馬瑞辰以爲諸侯大射之詩，然其爲諸侯之《詩》則一也。所引〈大雅・抑〉，《詩序》曰：「〈抑〉，衛武公刺厲王，亦以自警也。」屈萬里先生以爲厲王之世，武公未立，故引用《國語・楚語》：「左史倚相曰：『昔衛武公年數九十五矣，……於是乎作〈懿戒〉以自儆。』懿、抑古通用，遂主張〈大雅・抑〉乃衛武公自儆之詩，非爲刺厲王之作〔註60〕然《詩序》、屈氏之說皆無礙於惠氏以〈抑〉爲諸侯之詩之主張。「何以魯無風？何以魯有〈頌〉？」欲解之者，當知「不得以〈風〉詩專屬之諸侯，〈雅〉〈頌〉專屬之天子」，惠氏之說信然。

三、胡承珙

　　胡承珙，字景孟，號墨莊，安徽涇縣人。生於乾隆四十一年，卒於道光十二年（公元 1776 至 1832 年），享年五十七歲。幼異稟，年十三補博士弟子。嘉慶六年，以拔貢中式江南鄉試，十年成進士。選翰林院庶吉士，散館授編修；十五年充廣東

〔註60〕見屈萬里《詩經釋義》，頁 264，文化大學出版部出版，民國 72 年。

鄉副考官，後遷御史，轉給事中。以身居言路，陳奏民生利病，吏治得失，多見施行。十六年居京師，常與郝蘭皋、胡竹邨、張阮林聚談經義。二十四年出巡福建，後調補台灣兵備道，在台三年，清莊弭盜。成效卓著。旋乞假歸，遂不復出。歸田後，閉戶著書；其論詩，與長洲陳奐往復討論。所著《毛詩後箋》凡四易稿，至卷二十九〈魯頌·泮水〉而疾作，未卒業，囑陳奐補之，全書三十卷。

　　胡承珙〈與胡竹邨書〉曰：「承珙爲《後箋》，主明《毛傳》，爲之久，然後知《箋》之於《傳》，有申毛而不得毛意者，有異毛而不如毛義者。蓋毛公秦人，去周近，其語言文字名物訓詁已有後漢人所不能盡通者。鄭學長於徵實，短於會虛，前人謂其按跡而語情性者此也。唐人作《疏》，晰義不審，或《箋》本申毛，而以爲易《傳》；或鄭自爲說，而被之毛義；至毛義難明，不能旁通曲鬯，輒謂傳文簡質。承珙所著，從毛者蓋十八九，……而從鄭者亦一二焉。」

　　馬瑞辰評其書云：「今墨莊已作古人，令嗣仲池持其書，請序於余，余受而讀之。其書主于申述毛義，自注疏而外，于唐宋元諸儒之說，有與《毛傳》相發明者，無不廣徵博引，而于名物訓詁及毛與《三家詩》文有異同，類皆剖析精微，折衷至當。」吉川幸次郎所著《中華六十名家言行錄》云：「胡承珙之《後箋》與陳奐之《傳疏》，究竟以孰爲勝？二書本來體裁不一；胡之《後箋》乃箚記隨錄體，而陳之《傳疏》乃有始有終之疏體。《陳書》不僅體裁潔淨，其所說亦堅栗，不負誇稱爲段玉裁、王念孫二大師名副其實之入室弟子；但其潔淨與堅栗，有時不無峭刻之感。吾人勿寧喜愛胡氏之《後箋》，溫潤而富有解頤之妙，時揚餘波而饒於風趣。」

　　胡承珙精於考證、訓釋之學，成績卓著，舉例如下：

（一）〈鄘風·載馳〉

　　〈鄘風·載馳〉：「載馳載馳，歸唁衛侯。」《鄭箋》曰：「衛侯，戴公也」。胡承珙以爲衛侯指文公，而非戴公。其言曰：

> 范氏《詩瀋》曰：「《春秋·閔公二年》（公元前 660 年），狄入衛，冬十二月，宋桓公隨立戴公以廬于漕。是年，戴公卒，立甫一月耳。文公繼立，夫人之思歸，當在此時矣。周之十二月，夏十月也。詩芃芃其麥，言采其蝱，豈十月所有乎？蓋唁衛，或在次年，或戴公未立之前。」承珙案：戴公未立以前，不容有唁，況狄滅衛在二年冬，亦非麥蝱之候。考〈定之方中〉，文公營室詩也，在夏之十月，爲周之十二月，此蓋魯僖公元年之十二月。至僖二年，諸侯乃城楚邱，而封衛焉。則當僖元年春夏之間，戴公已卒，文公雖立而尚無寧居，許穆夫人所爲賦〈載馳〉以弔失國歟！揆之情事，衛侯似指文公爲近，蝱邱麥野，雖皆係設詞，亦不宜取非時之物而

漫爲託興也。

（二）〈鄘風・柏舟〉

「髧彼兩髦，實爲我特」。《毛傳》：「特，匹也」。胡承珙曰：

> 特本牛父之稱，通言之，則羊豕及馬皆有特名。《周禮》校人：「凡馬，特居四之一。」鄭眾注云：「三牝一牡也」。〈生民〉《傳》云：「羝，牡羊也。」《眾經音義》引《三倉》云：「羝，特羊也。」《爾雅》：「豕生三豵二師一特。」是凡畜之牡者皆可謂之特，反言之，則孤特者必有偶，故又爲匹偶之稱。至因其獨立之義，則爲雄俊之稱。〈黃鳥〉「百夫之特」，《傳》云：「乃特百夫之德」是也。又單獨之意，男女皆可通，故〈小雅〉「求爾新特」，《傳》《箋》以爲外婚無俟之女也。凡一義之反覆引申者如此，但其施之各有當耳。

（三）〈衛風・有狐〉

「有狐綏綏，在彼淇厲。」《傳》曰：「厲，深可厲之旁」，胡承珙曰：

> 此厲當爲瀨之借字，《史記・南越傳》：「爲戈船下厲將軍」，《漢書》作「下瀨」。《說文》：「瀨，水流沙上也。」《楚辭》：「石瀨兮淺淺」，是瀨爲水流沙石間，當在由深而淺之處。上章，石絕水曰梁，爲水深之所。次章言厲，爲水淺之所。三章言側，則在岸矣：立言次序如此。

（四）〈大雅・皇矣〉

「臨衝閑閑，崇墉言言，執訊連連，攸馘安安。……臨衝茀茀，崇墉仡仡，是伐是肆，是絕是忽，四方以無拂。」胡承珙曰：

> 「臨衝閑閑，崇墉言言」，《傳》：「閑閑，動搖也；言言，高大也。」「臨衝茀茀，崇墉仡仡」，《傳》：「茀茀，彊盛也；仡仡，猶言言也。」《正義》曰：「《傳》唯云高大，不說其高大之意。王肅云：『言其無所壞』，《傳》意或然。若城無所壞而得有訊馘者，美文王以德服崇，不致破國壞城耳。於時非無拒者，故有訊馘。」《箋》以言言猶孽孽，爲將壞貌。《釋文》於「崇墉仡仡」引《韓詩》「仡，搖也。」鄭意蓋本於此。《疏》申之曰：「詩言衝，則是用以攻城，故知言言仡仡皆爲將壞之貌。」承珙案：僖十九年《左傳》：司馬子魚曰：「文王聞崇德亂，而伐之，軍三旬而不降，退修教而復伐之，因壘而降。」襄三十一年《傳》：衛北宮文子曰：「文王伐崇，再駕而降爲臣。」《漢書・伏湛傳》：「崇國城守，先退後伐，所以重人命。」《說苑・指武篇》亦云：「文王伐崇，令毋殺人，毋壞室，毋填井，毋伐

樹木，毋動六畜；有不如令者，死無赦。」據此，則文王師以順動，未嘗
破壞其城，可知當以《傳》義爲勝。

此申毛糾鄭之例也。

四、馬瑞辰

馬瑞辰字元伯，一字獻生，安徽桐城人。生於乾隆四十七年，卒於咸豐三年（公
元 1782 至 1853 年），享年七十二歲。嘉慶十年進士，改翰林院庶吉士，散館授工部
營繕司主事。官京師，與胡培翬、劉逢祿、郝懿行相善；胡氏治《儀禮》，劉氏治《公
羊春秋》，郝氏治《爾雅》，馬氏則治《毛詩》，其學並成。馬氏嘗以精研律文見忌，
坐事遭貶謫，亦嘗歷任書院講席。咸豐三年，洪軍至桐城，勸之降，不屈，遂守節遇
害。〔註61〕著《毛詩傳箋通釋》三十二卷。馬氏有關《詩經》之主要見解，敘述如下：

（一）詩入樂說

「《詩》三百篇，未有不入樂者。〈虞書〉曰：『詩言志，歌永言，聲依永，律和
聲。』歌、聲、律皆承詩遞言之。《毛詩序》曰：『在心爲志，發言爲詩。』又曰：『言
之不足，故嗟歎之，嗟歎之不足，故永歌之。』此言《詩》所由作，即〈虞書〉所
謂『詩言志，歌永言』也。又曰：『情發於聲，聲成文謂之音。』此言詩播爲樂，即
〈虞書〉所謂『聲依永，律和聲』也。若非詩皆入樂，何以被之聲歌，且協諸音律
乎？《周官》大師教六詩，而云『以六德爲之本，以六律爲之音』，是六詩皆可調以
六律已。《墨子・公孟篇》曰：『誦詩三百，弦詩三百，歌詩三百，舞詩三百。』〈鄭
風・青衿〉，《毛傳》云：『古者教以詩樂，誦之，歌之，弦之，舞之』，其說正本墨
子，是三百篇皆可誦歌弦舞已。若非詩皆入樂，則何以六詩皆以六律爲音？又何以
同是三百篇，而可誦者即可弦可歌可舞乎？《左傳》吳季札請觀周樂，使工爲之歌
〈周南〉〈召南〉，並及於十二國；若非入樂，則十四國之詩不得統之以周樂也。《史
記》言『《詩》三百五篇，孔子皆弦歌之，以求合於〈韶〉〈武〉〈雅〉〈頌〉。』若非
入樂，則《詩》三百五篇，不得皆求合於〈韶〉〈武〉〈雅〉〈頌〉也。《六藝論》云：
『詩，弦歌諷諭之聲也』。《鄭志》答張逸云：『國史採眾詩時，明其好惡，令瞽矇歌
之。其無所主，皆國史主之，令可歌。』據此，則鄭君亦謂詩皆可入樂矣。程大昌
謂：『南雅頌爲樂詩，自〈邶〉至〈豳〉，皆不入樂，爲徒詩』。其說非也。或疑詩皆
入樂，則詩即爲樂，何以孔子有刪詩訂樂之殊？不知詩者載其貞淫正變之詞；樂者，

〔註61〕見《清史・卷四八一》，《清史列傳・卷六九》，《續碑傳集・九三》，《經學博采錄・
卷三》，〈原任工部員外郎馬公墓表〉（馬其昶《抱潤軒文集・卷十五》，又石印本卷
六），記馬元伯死事（方宗誠《柏堂集次編・卷九》）。

訂其清濁高下之節。古詩入樂，類皆有散聲疊字以協於音律，即後世漢魏詩入樂，其字數亦與本詩不同。則古詩之入樂，未必即今人誦讀之文一無增損，蓋可知也。古樂失傳，故詩有可歌，有不可歌；《大戴禮・投壺篇》曰：『凡〈雅〉二十六篇，其八篇可歌，……所謂可歌者，謂其聲律猶存；不可歌者，僅存其詞，而聲律已不傳也。若但以其詞言之，則三百五篇俱在，豈獨〈鹿鳴〉、〈鵲巢〉諸篇爲可歌哉！〔註62〕」

　　按：馬氏謂「詩者，載其貞淫正變之詞；樂者，訂其清濁高下之節。」以今日曲詞、曲譜證之，尤爲了然。至於「古詩入樂，類皆有散聲疊字，以協於音律；即後世漢魏詩入樂，其字數亦與本詩不同；則古詩之入樂，未必即今人誦讀之文，一無增損，蓋可知也。」爲其創見。

（二）《魯詩》有傳

　　「《漢書・儒林傳》曰：『申公獨以《詩經》爲訓故以教，無傳；疑者則闕弗傳。』顏師古以『無傳』爲『不爲解說之傳』，其說誤也。《漢書・楚元王傳》言：『申公始爲《詩傳》，號《魯詩》。』《太平御覽・二百三十二卷》引《魯國先賢傳》曰：『漢文帝時，聞申公爲《詩》最精，以爲博士。申公爲《詩傳》，號爲《魯詩》。』《何休・公羊傳》注、班固《白虎通義》、《文選》李善注皆引《魯詩傳》，是《魯詩》有傳之證。考《史記・儒林傳》曰：『申公獨以《詩經》爲訓故以教，無傳疑，疑者則闕弗傳。』……《漢書》說本《史記》而誤脫一『疑』字；顏師古遂讀無傳爲句，而以『無解說之傳』釋之，誤矣！陸德明《經典敘錄》……蓋承《漢書・儒林傳》之誤。《史記索隱》亦謂申公不作《詩傳》，則誤以《史記》無傳疑，疑字爲衍文耳。」〔註63〕

（三）詁訓與章句之別

　　「漢儒說經，莫不先通詁訓。《漢書・揚雄傳》言：『雄少而好學，不爲章句，訓故通而已。』〈儒林傳〉言丁寬作《易說》二萬言訓詁，舉大義而已。而《後漢書・桓譚傳》亦言譚『遍通《五經》，皆詁訓大義，不爲章句。』」則知詁訓與章句有辨。章句者，離章辨句，委曲支派，而語多傅會，繁而不殺；蔡邕所謂：前儒特爲章句者，皆用其意傳，非其本旨；劉勰所謂：秦延君之注〈堯典〉十餘萬字，朱普之解《尙書》三十萬言，所以通人惡煩，羞學章句也。詁訓則博習古文，通其轉注假借，不煩章解句釋，而奧義自闡。」〔註64〕

〔註62〕見《毛詩傳箋通釋》卷一頁1，《皇清經解續編》，冊六。
〔註63〕同註62，頁2。
〔註64〕同註62，頁3。

　　按：戴君仁先生曰：「解故想是預備傳世之作，不是講的；而章句則是對弟子們講的，如現在學校中的講義。講義可以印出來，章句也可以寫定。我想，漢儒的章句，應是南北朝義疏之祖。……章句是解說經的文義為主，而不是訓詁經的字義為主。……章句之繁重，和解詁之簡約，體製迥不相同。」〔註65〕馬氏雖未將漢朝章句之學與六朝義疏之體源流一貫，〔註66〕然已能明辨詁訓與章句之別。

（四）十五〈國風〉次序論

　　「〈國風〉次序，當以所訂《鄭譜》為正，周、召、邶、鄘、衛、王、檜、鄭、齊、魏、唐、秦、陳、曹、豳也。其先後次第，非無意義，但不得以一例求之。蓋於二南、邶、鄘、衛、王，可以見殷周之盛衰焉；二南，周王業所起也；邶、鄘、衛，紂舊都也；王，東遷以後地也。首二南見周之所以盛，次邶、鄘、衛，見殷之所以亡，次王，見周之所以始盛而終衰也。於檜、鄭、齊、魏、唐、秦，可以覘春秋之國勢焉。春秋之初，鄭最稱強，檜則滅於鄭者也，故檜鄭為先。鄭衰而齊桓創霸，故齊次之。齊衰而晉文繼霸，魏則滅於晉者也，故魏唐次之。晉霸之後，秦穆繼霸，故秦又次之。若夫陳、曹、豳，則又詩之廢興所關焉，陳滅於淫，曹滅於奢，而豳則起於勤儉者也。以陳、曹居變風之末，見詩之所以息；以〈豳風〉居〈周雅〉之先，見詩之所以興。至豳之後於陳曹，則又有反本復古之思焉。大抵十五國之風，其先後皆以國論，不得以一詩之先後為定也〔註67〕。邶鄘滅於衛，檜滅於鄭，魏滅於唐，皆附乎衛、鄭、唐以見，又以見一國之廢興焉。不得以國之小大為定也〔註68〕；而采得之先後，載籍無徵，其不足以定次序，更無論矣。」〔註69〕

　　按：歐陽修以《左傳》季札所觀樂之次序為周太師樂歌之次序，謂鄭康成《詩譜》誤以王列豳後；馬氏則主鄭說。然歐陽修曰：「大抵國風之次，以兩而合之，分其次，以為比。則賢善者著，而醜惡者明矣。」馬氏曰：「大抵十五國之風，其先後皆以國論，不得以一詩之先後為定也。」兩說皆以《詩經》篇目次第為有意之排列。

（五）〈風〉〈雅〉之正變，以政教之得失為分：

〔註65〕戴君仁·〈經疏的衍成〉，見《孔孟學報》十九期。

〔註66〕戴君仁於〈經疏的衍成〉一文中，亦贊同梁啟超、牟潤孫之主張，認為義疏之體亦受佛典疏鈔之影響。

〔註67〕齊哀先於衛頃，鄭武後於檜國，而衛在齊先，檜處鄭後；是不由作之先後也。見孔穎達《毛詩·國風正義》，藝文版，頁11。（下同）

〔註68〕鄭小於齊，魏狹於晉，而齊後於鄭，魏先於唐；是不由國之大小也。見孔穎達《毛詩·國風正義》。

〔註69〕欲以采得為次，則〈雞鳴〉之什遠在〈緇衣〉之前，鄭國之風必處檜詩之後，何當後作先采，先采後作乎？是不由采得先後也。見孔穎達《毛詩·國風正義》。

「〈風〉〈雅〉正變之說，出於〈大序〉，即以〈序〉說推之而自明。〈序〉云：『風，風也、教也』，又云：『上以風化下』，蓋君子之德風，故風專以化下為正。至云：『下以風刺上』，『風』，沈重音福鳳反，讀如諷，云自下刺上，感動之名。變風也，蓋變『化下』之名為『刺上』之什，變乎風之正體，是謂變風。〈序〉云：『雅者，正也，言王政之所廢興也』，此兼雅之正變言之。蓋雅以述其政之美者為正，以刺其政之惡者為變也。文武之世，不得有變風變雅；夷厲宣幽之世，有變風，未嘗無正風；有變雅，未嘗無正雅也。蓋其時，天子雖無道，而一國之君有能以風化下，如〈淇奧〉、〈緇衣〉之類，不得謂非正風也。宣王中興，雖不得為聖主，而有一政之善足述，如〈車攻〉、〈吉日〉之類，不得謂非正雅也。風雅之正變，惟以政教之得失為分；政教誠失，雖作於盛時，非正也；政教誠得，雖作於衰時，非變也。」〔註70〕

（六）南為古國名

「周、召分陝，以今陝州之陝原為斷，周公主陝東，召公主陝西，而各繫以南者，南蓋商世諸侯之國名也。……周、召二公分陝，蓋分理古二南國之地。……周、召皆為采邑，不得名為〈國風〉，故編詩必繫以南國之舊名也。……《毛傳》泛指南土、南方，並失之。」〔註71〕

按：文幸福先生曰：「若必釋南為南國，則〈二南〉之詩亦如列國之〈風〉矣；然則列國皆以國名稱，而二南卻獨綴之以南，恐非「以其非專一國，故以南統之」可釋也。且考之二南之地望，亦唯〈漢廣〉、〈汝墳〉、〈江有汜〉三篇之言及江漢汝旁而已，若以之以例他詩，其意恐有未安！……以南國釋南，亦未為妥善也。」又曰：「余意以為『南』殆『鐃』之象形，即鐃字。」（《詩經周南召南發微》，頁102，114）文說可存商。

（七）〈二南〉后妃夫人為泛稱

「〈周南〉序言后妃，〈召南〉序言夫人，《孔疏》謂一人而二名，各隨其事立稱，其說非也。〈周南〉，王者之風，故稱后妃；〈召南〉，諸侯之風，故稱夫人，皆泛論后妃夫人之德。……即鄭君《詩譜》，歷舉大姜、大任、大姒之德，……未嘗專美大姒也。……后妃夫人皆泛言，故〈召南〉序又由夫人而言及大夫妻，亦謂大夫妻之以禮自防，能循法度者，皆當如詩〈草蟲〉、〈采蘋〉之所歌耳；若以后妃夫人為指太姒，則所謂大夫妻者，又將何指乎？……《序》言后妃夫人，則並未言及〈文王〉，何得謂其專美太姒乎？讀詩者惟以為后妃夫人之詩不必實指后妃夫人為何人，可

〔註70〕同註62，頁8。
〔註71〕同註62，頁8。

也。」〔註72〕

　　按：馬氏此言，針對《孔疏》之謬誤而發，實因《孔疏》誤解漢儒之說也。馬氏之說，足以回復漢儒解詩之原意。至於主張〈周南〉、〈召南〉之后妃夫人非但不專美太姒，甚且可視之爲泛稱，不實指其爲何人，較諸鄭康成《詩譜》之歷指后妃人名，堪稱一大進境。

（八）〈豳雅〉〈豳頌〉非〈豳風・七月〉

　　「《周官》籥章掌土鼓豳籥，又言中春吹〈豳詩〉逆暑，中秋迎寒亦如之。凡國祈年於田祖，吹〈豳雅〉；國祭蜡，則吹〈豳頌〉。〈豳雅〉〈豳頌〉之名，始見於此。後《鄭注》以〈豳雅〉〈豳頌〉皆指〈七月〉詩。……而鄭君獨謂〈七月〉一詩兼備三體，先儒嘗駁之矣。……先鄭謂豳籥，豳國之地竹，其說非也。《禮記・明堂位》：土鼓葦籥，伊耆氏之樂也。蓋籥，後世始用竹，伊耆氏止以葦爲之；豳籥即葦籥也。〈郊特牲〉正義謂伊耆即神農。籥章『祈年於田祖』，鄭注：『田祖，始教耕者，謂神農也。』……祈年所以祭神農，祭蜡亦行神農之禮，故仍其舊樂，祭以土鼓葦籥。籥章既言土鼓，則知豳籥即葦籥；不曰葦，而曰豳，蓋豳人習之，因曰豳籥。……籥章專主吹籥，則統下〈豳詩〉、〈豳雅〉、〈豳頌〉三者，皆吹以豳籥也。……〈豳詩〉指〈七月〉之詩，籥章特言〈豳詩〉以別之，將以明乎〈豳雅〉〈豳頌〉之不爲〈七月〉詩也。祈年吹〈豳雅〉，祭蜡吹〈豳頌〉，蓋祈年用雅，以豳籥吹之，因曰〈豳雅〉；祭蜡用頌，以豳籥吹之，因曰〈豳頌〉。總之，觀籥章言祭田祖，言祭蜡，言土鼓，則知豳籥即葦籥矣。」〔註73〕

　　按：鄭康成以〈豳風・七月〉一篇爲備風、雅、頌三體，而後儒議論紛紛，朱子《詩集傳》採其說之一端，而不全從；顧炎武由是分南、豳、雅、頌爲四詩〔註74〕；胡承珙評鄭氏一詩而分三體，是「割裂穿鑿」之過〔註75〕；王先謙則曲爲迴護，其《詩三家義集疏》謂：三分〈七月〉者，實疏家之誤，鄭未嘗言是。陳喬樅則謂鄭康成受《齊詩》據禮說詩風氣之影響，故有如是主張〔註76〕。然方玉潤贊同鄭說，其《詩經原始》曰：「〈豳・七月〉，實兼風、雅、頌三體。蓋記風土，譜農政外，又可以爲祭

〔註72〕同註62，頁10。
〔註73〕同註62，頁10。
〔註74〕見《日知錄》卷三，四詩條。
〔註75〕見胡承珙《毛詩後箋》卷十五，頁2，《皇清經解續編》冊七。
〔註76〕陳喬樅曰：「《周官》籥章，有〈豳詩〉、〈豳雅〉、〈豳頌〉之文，禮家以〈七月〉一篇爲備風、雅、頌，故言《齊詩》者，據以爲說；鄭君此注即用其義。《毛詩箋》分首章、二章爲〈豳風〉，三章至六章爲〈豳雅〉，七章、八章爲〈豳頌〉，亦從齊說也。」見《齊詩遺說考・四》，《皇清經解續編》卷千百四十一。

實用，故曰頌。《周官》不得其解，妄分為三，曰：〈豳風〉、〈豳雅〉、〈豳頌〉，致啓漢宋諸儒疑議。」馬瑞辰以為豳籥即葦籥，論證〈七月〉詩不兼三體，其說可信。

（九）〈豳〉非變風說

「〈豳風〉，周公述祖德之詩也，……意主於美周公，不得以為變風也。以《詩序》證之，《序》云：王道衰，禮義廢，政教失，國異政，家殊俗，而變風變雅作矣，〈豳〉豈作於王道衰、政教失之時乎？以《鄭譜》言之，譜云：孔子錄懿王、夷王時詩，訖於陳靈公，謂之變風、變雅，〈豳〉豈作於懿夷及陳靈之世乎？據《鄭志》張逸問：『〈豳·七月〉專詠周公之德，宜在〈雅〉，今在〈風〉何？』……是鄭君以〈豳〉居〈風〉、〈雅〉之間，未嘗遂目為〈風〉，豈得謂之變風乎？……或以〈豳詩〉作於周公遭亂之時，故為變風，然〈常棣〉之詩，亦為閔管蔡作，胡不以為變雅也？」〔註77〕

按：由前述（五），馬氏曰：「〈風〉〈雅〉之正變，惟以政教之得失為分。」以此言為出發點，故力主〈豳〉非變風說。

（十）〈王〉降為風辨

「《周官》大師教六詩，一曰風，是風乃詩之一體。《詩序》：『以一國之事繫一人之本，謂之風；言天下之事，形四方之風，謂之雅。』亦謂其體有不同耳，非謂風為諸侯之詩，雅為天子之詩也。〈小雅〉有〈賓之初筵〉，〈大雅〉有〈抑〉，則諸侯未嘗無雅；十五國之風，前有〈二南〉，後有〈王〉，則天子未嘗無風。〈王風〉蓋采風畿內，其詩合乎風之體，故列於〈風〉。……十五國之風，皆國名也，周平王遷於王城，故名其風為〈王〉，稱其地，非稱其爵；陸德明謂猶《春秋》稱王人，非也。《春秋傳》季札觀樂，已為歌〈王〉，與邶鄘衛為一例，皆以其國名其風；《詩譜》謂貶而為〈風〉，亦非也。」〔註78〕

按：鄭康成《王城譜》曰：「晉文侯、鄭武公迎宜咎於申而立之，是為平王；以亂，故徙居東都王城。於是，王室之尊與諸侯無異，其時不能復雅，故貶之，謂之王國之變風。」馬氏則以為其詩合乎風之體，故列於〈風〉，而非「貶雅為風」。姚際恆《詩經通論》曰：「風雅自有定體，其體風，即系之〈風〉；其體雅，即系之〈雅〉；非以王室卑之，故不為〈雅〉而為〈風〉也。」方玉潤亦以為〈風〉雅之分在體裁，而非時勢之盛衰、國家之強弱；其《詩經原始》曰：「然則，〈王〉何以不列於〈二南〉之後？而序於三衛之末？三〈衛〉者，殷故都也；首之，見變風所由始。王城者，周東轍也；次之，識王政所由衰。是二者皆變風之首，而世道之升降亦寓焉。」

〔註77〕同註62，頁12。
〔註78〕同註62，頁12。

（十一）〈邶〉〈鄘〉〈衛〉三國考

「蓋周封武庚於殷，實兼有邶、鄘、衛之地；二監〔註79〕別有封國，而身作相於殷，並未嘗分據邶、鄘、衛之地也。(《漢書》)〈地理志〉及鄭康成《詩譜》、皇甫謐《帝王世紀》謂三分其地，置三監者，皆臆說耳。竊考《逸周書》世俘解⋯⋯《說文·邶》，⋯⋯則邶、衛皆商之舊國，不因置三監始分其地，不得附會三國爲三監也。《詩》邶鄘衛所詠皆衛事，不及邶鄘。漕邑，鄘地也，而〈邶詩〉曰：『土國城漕』；泉水，衛地也，而〈邶詩〉曰：『毖彼泉水』；又《左傳》衛北宮文子引〈邶詩〉威儀棣棣二句，而稱爲〈衛詩〉；吳季札觀樂，爲之歌邶鄘衛，季子曰：『吾聞衛康叔武公之德如是，是其〈衛風〉乎？則古蓋合〈邶鄘衛〉爲一篇，至毛公以此詩之簡獨多，始分〈邶〉〈鄘〉〈衛〉爲三。故〈漢志〉，《魯》、《齊》、《韓詩》皆二十八卷，惟《毛詩》故訓傳分〈邶〉〈鄘〉〈衛〉爲三卷，始爲三十〈卷耳〉。』〔註80〕

按蔣伯潛《經學纂要》云：「邶：今河南省湯陰縣東南邶城鎮，即古邶國；一說在今淇縣。鄘：武王克商，封管叔於此，季氏《詩譜》曰：『自紂城而南謂之鄘』，今河南新鄉縣西南有鄘城，相傳即古鄘國；一說在今汲縣。衛：武王弟封，初封於康，改封於衛，都今河南省淇縣東北之朝歌，即紂之故都。文公遷楚丘，在今河南之滑縣。」屈萬里先生曰：「武庚及管蔡之亂既平，乃以衛封康叔，而兼領邶、鄘之地，都於朝歌。至懿公爲狄所滅，戴公東徙渡河，處於漕邑，文公又徙居楚丘：其地皆在衛之本土。王國維以爲邶爲後之燕地，鄘疆及於魯境，其說蓋可信也。」又曰：「《漢書·地理志》云：『邶鄘衛三國之詩，相與同風。〈邶詩〉曰：、"在浚之下"〈鄘〉曰："在浚之郊"；〈邶〉又曰："亦流于淇"、"河水洋洋"，〈鄘〉曰："送我淇上"、"在彼中河"，〈衛〉曰："瞻彼淇奧"、"河水洋洋"』三國之詩，言城邑及河流，所同既如此，而其詩所詠者，又皆衛事。且《左傳》衛北宮文子⋯⋯故馬瑞辰、朱右曾諸家，皆以爲古〈邶鄘衛〉乃一篇，後人分而爲三，其說殆是。蓋衛地既括邶鄘，則衛之詩亦即邶鄘衛之詩；編詩者欲存邶鄘舊名（如唐、魏等），而其詩又不易分，故統名之曰『邶鄘衛』云耳。後世析而三之，一若〈邶詩〉即採自邶，〈鄘詩〉採自鄘，〈衛詩〉採自衛者，實不然也。」〔註81〕

（十二）詩人義同字變例

「三百篇中，⋯⋯有上字用本字，而下字改用假借字者。如〈王風·君子于役〉詩，羊牛下括之『括』，即曷其有佸之『佸』；故《韓詩》於佸訓至，《毛詩》於括亦

〔註79〕馬氏同文指三監當爲二監之訛。

〔註80〕同註62，頁13。

〔註81〕見屈萬里·《詩經釋義》·頁49，〈邶風〉，文大出版。

訓至，（原注：《毛詩》訓佸為會，會亦至也。《廣雅》：會，至也。）乃上用本字為括，下則假借佸字矣。（原注：《說文》：括，絜也；此括之本義。）……〈小雅‧正月〉詩，裒姒威之，即『滅』字，故《毛傳》、《說文》並曰：威，滅也，乃上言『甯或滅之』，下即改用『威』字矣。〈大雅‧皇矣〉詩，此維與宅，宅、度古通用。《書》『五流有宅』，《史記》作『度』；《詩》『宅是鎬京』，《禮記》引作『度』，可證。《詩》意蓋言：天始維四國是圖度，今乃西顧我周，維此是度也；乃上言爰究爰度』，下即借『宅』作『度』矣。有下用正字，而上改用假借字者，如〈召南‧草蟲〉詩，喓喓草蟲，即《爾雅》草螽負蠜也，乃下言『趯趯阜螽』，上即借『蟲』為『螽』矣。」〔註82〕

按：馬氏自言此「詩人義同字變之例」來自阮宮保《揅經室文集》，《詩‧大雅‧桑柔》「進退維谷」，阮氏解曰：「谷乃穀之假借字，本字為穀；進退維穀，穀，善也；以其近在『不胥以穀』之下，嫌其二穀相並為韻，即改一假借之谷字當之。」今案：進退維谷，《毛傳》云：谷，窮也。毛、鄭之說，為學者所採信，然馬氏「詩人義同字變之例」仍可成立；前引馬氏論證之例，率皆可信。至其所引〈大雅‧皇矣〉「此維與宅」，《毛傳》云：宅，居也。毛氏之說，於今通行；然馬氏以為「宅」乃「度」之假借，立論有據，勝於毛、鄭舊說。

（十三）《毛詩》古文多假借考

「《毛詩》為古文，其經字類多假借。《毛傳》釋詩，有知其為某字之假借，因以所假之正字釋之者；有不以正字釋之，而即以所釋正字之義釋之者。說詩者必先通其假借，而經義始明。齊魯韓用今文，其經文多用正字，經傳引詩釋詩，亦多有用正字者，正可藉以考證《毛詩》之假借。如《毛詩‧汝墳》『惄如調饑』，《傳》：調，朝也。據《韓詩》作『惄如朝饑』，知『調』即『朝』之假借也。……《毛詩‧芄蘭》『能不我甲』，《傳》：甲，狎也。據《韓詩》作『能不我狎』，知『甲』即『狎』之假借也。……凡此皆《毛傳》知其為某字之假借，即以所假借之正字釋之者也。如《毛詩‧葛覃》『害澣害否』，《傳》：害，何也。據《爾雅‧釋言》：曷，盍也。《廣雅》：曷、盍，何也，是知害即曷之假借，《傳》正以釋曷者釋害也。〈采蘋〉『于以湘之』，《傳》：湘，烹也。據《韓詩》作『于以鬺之』，是知湘即鬺之假借。……凡此皆《傳》知為某字之假借，而因以所釋正字之義釋之者也。」〔註83〕

按：詳見陳奐（二）9，茲不贅。

〔註82〕同註62，頁15。
〔註83〕同註62，頁19。

（十四）釋「鄭聲淫」

「古者聲音之道與政通，……顧衛宣淫烝，行同禽獸，〈牆茨〉濟惡，〈桑中〉刺奔；淫風流行，較鄭滋甚，而夫子獨曰：『鄭聲淫』何哉？……凡事之過節者爲淫，聲之過中者亦爲淫，不必其淫於色也。……衛詩之淫在色，鄭聲之淫不專在色也。鄭自叔段好勇，兵革相尋，公子五爭，弒奪疊見，逆氣成象，而淫樂興焉。……男女之奔爲淫，君臣之亂，未始非淫也：風俗之偷爲淫，師旅之危，未始非淫也：陰陽之過爲淫，風雨晦明之疾，未始非淫也。……鄭夾漈於《詩序》刺莊、刺忽、刺時閔亂之詩，悉改爲淫奔之詩，蓋誤以鄭聲之淫，惟在於色；不知鄭之淫，固在聲，而不在詩也。蔓草零露之詠、秉蘭贈藥之歌，鄭未嘗無淫奔之詩，然固不可謂鄭聲之淫必皆淫奔詩也。」〔註84〕

按：自何晏、皇侃以〈樂記〉「鄭音好濫淫志」立說，流弊所及，宋儒鄭樵、朱子、王柏……等遂有淫奔之說，終至不可收拾之地步。清儒姚際恆、方玉潤嘗力詆朱子淫詩之說，然未若馬氏所論之精當也。

五、陳　奐

陳奐，字碩甫，號師竹，晚自號南園老人，江蘇長洲人。生於乾隆五一年，卒於同治二年（公元 1786 至 1863 年），享年七十八歲。諸生，咸豐元年，舉孝廉方正。少從江沅遊，精研小學，遂通六書音韻；後從段玉裁治《毛詩》、《說文》。遊京師，謁王念孫父子，並獲交胡承珙、郝懿行、胡培翬、金鶚等名流。王引之著《經義述聞》，每成一卷，必出相質；胡承珙撰《毛詩後箋》，至〈魯頌‧泮水〉而疾作，囑陳氏補之；郝氏《爾雅義疏》、胡氏《儀禮正義》、金氏《求古錄》，皆爲校刊以行。出都，主錢塘汪氏振綺堂，先後凡二十年。同治二年，曾國藩重其名，敦聘，未就道，以疾卒。

陳氏精於訓詁考證，其《詩經》學之著作如下：《詩毛氏傳疏》三十卷（末附：釋《毛詩音》四卷、《毛詩說》一卷、《毛詩傳義類》一卷、《鄭氏箋考徵》一卷）《毛詩九穀考》一卷、補《毛詩後箋》。

《詩毛氏傳疏》，陳氏自序云：「齊魯韓可廢，毛不可廢。……鄭康成殿居漢季，初從東郡張師（張恭祖）學《韓詩》，後見《毛詩》義精好，爲作《箋》，亦復閒雜《魯詩》，并參己意，固作《箋》之旨實不盡同毛義。……二千年來，毛雖存而若亡，……奐不揣檮昧，沈研鑽極，畢生思慮，薈萃於茲。竊以《毛詩》多記古文，倍詳前典；或引申，或假借，或互訓，或通釋，或文生上下而無害，或辭用順逆而不違。要明

〔註84〕見《毛詩傳箋通釋》卷八，頁 1，《皇清經解續編》冊六。

乎世次得失之跡，而吟詠情性有以合乎詩人之本志。故讀《詩》不讀《序》，無本之教也；讀《詩》與《序》，而不讀《傳》，失守之學也。文簡而義贍，語正而道精，洵乎爲小學之津梁，群書之鈐鍵也。初放《爾雅》，編作《義類》，……分別部居，各爲探索，久乃刈除條例章句，揉成作疏。……今分三十卷者，仍《毛詩》舊也。……今置《箋》而疏《傳》者，宗《毛詩》義也。」陳氏撰述此書，歷十八載而成，洵毛氏之功臣也。其所以專毛廢鄭者，以《鄭箋》雜揉今文家說，不守師法，箋毛而復破毛；且鄭康成本《齊詩》風氣，據《禮》說詩〔註85〕，多生糾葛；故陳氏撰此篤守《詩序》、推崇《毛傳》之作。清代漢學家之《詩經》學，至陳奐《詩毛氏傳疏》，集其大成。茲概述其學說如下：

（一）《釋毛詩音》

陳奐乃段玉裁之入室弟子，段玉裁《六書音韻表》依諧聲系統分古韻爲十七部，曰：「一聲可諧萬字，萬字而必同部，同聲必同部。」又創古本音、古合韻之說。陳奐《釋毛詩音》，多應用其師之學說；以下若干實例，可知其說之一斑。

1、同部音變，異部音轉

〈周南・關雎〉逑字下，《釋毛詩音》曰：「音仇。〈小雅〉《箋》：仇讀曰斛。此猶州讀曰淤，皆方俗之音轉。凡古諧聲，多斂少侈，有同部字而與今音侈斂不同者，謂之音變；異部者，則謂之音轉。」以同部、異部爲區分，遂有「古今音變」、「古今音轉」之名目，見《釋毛詩音・卷一・葛覃》。

2、廣泛運用雙聲、疊韻之理於訓詁學

〈周南・關雎〉《毛傳》「流，求也」下，《釋毛詩音》曰：「諧聲同部。凡詁訓，每於疊韻、雙聲得之。同部，疊韻也；異部，雙聲也。不知音者，不可與言學。」

3、古本音

〈周南・葛覃〉「歸寧父母」，《釋毛詩音》曰：「母，古音如某，與否韻，在十五海；今展轉音變，同一母聲，每在海韻，悔晦在隊韻，敏在軫韻，晦痗在厚韻；然以古諧聲諧之，則同諧聲者必同部；此古今音變之異。」此誠段玉裁古本音之說也。

4、古合韻

〈秦風・小戎〉「騧驪是驂」，《釋毛詩音》曰：「參聲，與中合韻。段云：驂本

〔註85〕兩漢三家詩中，《齊詩》與禮樂之淵源最深；就師傳言之，《齊詩》與禮學之師承同一；就學說內容言之，《齊詩》最守禮樂之傳統。詳見江乾益所著《陳壽祺父子三家詩遺說研究》第五章第二節，載於《師大國研所集刊》三十期。至於鄭康成本《齊詩》風氣，據禮說詩，觀其解〈豳風・七月〉，以爲一詩兼風雅頌三體，即其顯例；此乃《毛傳》所無，鄭氏據《周禮》言之。

音在第七部，〈七月〉陰韻沖，〈公劉〉飲韻宗，〈蕩〉諶韻終，〈雲漢〉臨韻蟲、宮、宗、躬，皆東侵合韻之理。」此乃段玉裁古合韻之例也。

5、古無四聲

〈周南・汝墳〉「不我遐棄」，《釋毛詩音》曰：「《六書音韻表》云……古有入聲，而無去聲。陸法言定韻之前，無去不可入；至法言定韻之後，而謹守者不知古四聲矣。奐案：段氏以爲古有平上入，而無去。孔廣森《聲韻表》以爲有平上去，而無入；孔就今人北音無入不去，不可以定古音也。近江有誥《唐韻四聲》正以爲古有四聲。段氏悉依六書諧聲繹之，以三百篇細意審情；則古無四聲，確不可易。」

（二）《毛詩說》

《毛詩說》一卷，爲陳氏治詩條例，包含文字、訓詁、制度、名物，凡十七例。

1、本字借字同訓說

「義，善本字；儀：善，假儀爲義也。仇，匹本字；逑：匹；假逑爲仇也。宴，安本字；燕：安；假燕爲宴也。疧，病本字；祇：病；假祇爲疧也。」

2、一義引申說

「逑、儀、特、仇，匹也；匹，配也；配，媲也。夷、均、成，平也；平，正也。息、處、定、濟、集、弭、懲、沮、遏、按、承，止也；止，至也。」

3、一字數義說

「穀，善也、生也、祿也。時，善也、是也。逑，匹也、合也。悠，思也、遠也。懷，思也、和也、傷也、來也、歸也。」

4、一義通訓說

「〈卷耳〉：陟，升也；凡陟訓同。〈苤苢〉：采，取也；凡采訓同。〈采蘋〉：尸，主也；凡尸訓同。〈甘棠〉：說，舍也；凡說訓同。」

5、古《字說》

「〈兔爰〉：造，爲也；爲，古僞字。〈檜・羔裘〉：悼，動也；動，古慟字。〈鴻雁〉：宣，示也；示，古視字。〈斯干〉：冥，幼也；幼，古窈字。」

6、古義說

「〈北山〉：賢，勞也；古義也，今訓賢才。〈簡兮〉：簡，大也；古義也，今訓簡擇、簡略。〈白駒〉、〈巧言〉：愼，誠也；古義也，今訓愼謹。」

7、《毛傳》章句讀例

（1）統釋全章之例：有見於首章者，〈甘棠〉言召伯聽訟，國人被德之類是也。有見於末章者，〈木瓜〉引孔子說苞苴之禮之類是也。若夫〈國風・關雎〉傳，夫婦有別，直說到朝廷正、王化成，總論〈周、召二南〉二十五篇之

義，⋯⋯此又統全部而言之矣。

（2）探下作訓之例：〈十月之交〉《傳》：「之交，日月之交會」，探下文「朔月辛卯，日有食之」句。〈維天之命〉《傳》：「大哉，天命之無極」，探下文「文王之德純」句。

（3）蒙上文作訓之例：〈汝墳〉《傳》：「魴魚勞則尾赤」，雖釋「魴魚赬尾」本句，其實從「遵墳、伐條」生義，故著一「勞」字，則注上注下，文義貫通。

（4）上章語未盡，而下章足其義之例：〈鶴鳴〉：可以為錯、可以攻玉，《傳》云：「攻，錯也。」上章言錯，下章言錯玉。

（5）依文義之殊而變更訓釋之例：詩二章，有下章不與上章同義者，如〈君子陽陽〉之敖、〈遵大路〉之醜、〈褰裳〉之士。詩三章，有末章不與一二章同義者，〈桃夭〉之宜、〈螽斯〉之揖揖、〈鵲巢〉之成、〈羔羊〉之縫、〈考槃〉之軸，毛公作《傳》，尋辭之變，本義之殊，往往不作一律解釋，《箋》不然矣。

（6）經文一字，《傳》文用疊字之例：〈邶‧谷風〉「有洸」，《傳》：洸洸，武也；「有潰」，《傳》：潰潰，怒也。一言不足，則重言之，以盡其形容矣。

（7）益其辭以申其義之例：「有女如玉」，《傳》：德如玉；益德字。「可以樂飢」，《傳》：可以樂道忘飢；益道字、忘字，以申補經義。

（8）常語不傳，不限於首見也。

（9）釋語助詞之例；〈蕩〉：「侯作侯祝」，《傳》：「作、祝，詛也。」上侯字為發聲，下侯字為助語，無實義。〈文王〉：「思皇多士」，《傳》：「思，詞也。」此思字為句首之發聲。《漢廣》：「不可休思」，《傳》：「思，詞也」此思字為句末之語助。〈關雎〉：「寤寐思服」，《傳》：「服，思之也。」此思字又為句中之助，無實義矣。

（10）以今語通古語之例：〈草蟲〉：忡忡猶衝衝也。〈柏舟〉：耿耿猶儆儆也。

（11）以今義通古義之例；〈版〉：殿屎，呻吟也。〈小弁〉：荓蜂，癱曳也。

8、轉注說

「古無四聲，讀者以方俗語言有輕重緩急，遂音殊而義別。故同是造為也，為作為之為，亦為詐為之為。同是正長也，長為長幼之長，亦為長短之長。同是將行也，行為行路之行，亦為行列之行。一字必兼數音，一訓可通數義，展轉互訓，同意相受，六書之轉注也。」

按：其師段玉裁注《說文‧敘》曰：「轉注猶互訓也；注者，灌也，數字展轉互相為訓，如諸水相為灌注，交輸互受也。」又曰「建類一首，謂分立其義之類，而

一其首，如《爾雅‧釋詁》第一條說『始』是也；同意相受，謂無慮諸字意愷略同，義可互受，相灌注而歸於一首。如初、哉、首、基、肇、祖、元、胎、俶、落、權輿，蓋於其義，或近或遠，皆可互相訓釋而同謂之『始』是也。」段氏所言，乃廣義之轉注，又稱訓詁之轉注，與前述陳奐之主張皆非六書轉注之正解。〔註86〕

9、假借說

「凡字必有《本義》，古人字少，義通乎音，有讀若某某之例；此東漢人假借法也。毛公尚在六國時，而假借之法即存乎轉注，故〈汝墳〉『肄肄』，則直云：『肄，餘也』，東漢人必云：『肄讀若欁』矣。〈采蘋〉『湘之』，則直云：『湘，烹也。』東漢人必云：『湘讀若鬺』矣。」又曰：「〈葛覃〉之害，〈綠衣〉之曷，皆訓何；曷本字，害假借字也。段先生曰：害本不訓何，而曰『何也』，則可以知害爲曷之假借也。此一例也。若假干爲扞，直云：干，扞也；假輈爲朝，直云：輈，朝也；此直指假借之例。《毛傳》言假借，不外此二例。」

按：段玉裁《說文解字‧敘》注云：「大氐假借之始，始於本無其字；及其後也，既有其字矣，而多爲之假借；又其後也，且至後代，譌字亦得自冒於假借；博綜古今，有此三變。」前述陳奐之假借說，屬段說之第二類，稱爲廣義之假借，又稱通假〔註87〕。試分析如下：

（1）肄與欁

《說文》：「肄，習也。」羊至切，喻母，古韻在沒部。《說文》：「欁，伐木餘也，從木獻聲。……欁，欁或從木辥聲。」五剖切，疑母，古韻在月部。可知肄與欁並無雙聲或疊韻關係，陳說可商。

（2）湘與鬺

《說文》：「湘，湘水。出零陵縣陽海山，北入江。」息良切，心母，古韻在陽部。《史記‧封禪書》：「禹收九牧之金，鑄九鼎。皆嘗享鬺上帝鬼神。」《廣雅‧釋言》：「鬺，飪也。」尸羊切，審母，古韻在陽部。可知湘與鬺乃疊韻通假。

（3）曷與害

〔註86〕六書之轉注，以章太炎先生《國故論衡》中之解釋最爲精當。因文字非一人、一時、一地所造，受時間、空間影響，勢必有若干語根相同、意義相同而形體不同之文字，且已普遍使用，遂不能取消某一形體文字，只得以轉注之法釋之。《說文‧敘》之「建類一首」，指文字之聲韻屬於同一語基，包括雙聲、疊韻與同音。「同意相受」乃文字之意義相同，可以互相容受。故轉注者，即語基相同、意義相同而形體不同之文字間之轉相注釋。

〔註87〕假借可分爲假借正例與廣義假借兩大類，正例即本無其字之假借，又包括有義之假借與無義之假借；廣義之假借即本有其字之假借，又稱通假。詳見林師景伊《文字學概說》，頁182，正中書局。

《說文》：「曷，何也。」胡葛切，匣母，古韻在月部。《說文》：「害，傷也。」胡蓋切，匣母，古韻在月部。故曷與害乃同音通假。

（4）輖與朝〔註88〕

《說文》：「輖，重也。」職流切，照母，古韻在幽部。《說文》：「翰，旦也。」陟遙切，知母，古韻在宵部。因古聲紐知母、照母與端母無異，故輖、朝乃雙聲通假。

10、《毛傳》淵源通論

「言六藝者，折衷孔子，司馬遷論之篤矣。子夏善說《詩》，數傳至荀卿子；而大毛公生當六國，猶在暴秦燔書之先，又親受業荀氏之門，故說《詩》取義於《荀子》書者，不一而足；漢諸儒未興，要非漢儒之所能企及。……子夏《詩序》：〈桑中〉、〈鶉之奔奔〉、〈載馳〉、〈碩人〉、〈清人〉、〈黃鳥〉、〈四牡〉、〈常棣〉、〈湛露〉、〈彤弓〉、〈行葦〉、〈泂酌〉與《左氏春秋》悉吻合；故毛公說《詩》，其義取諸《左傳》者，亦不一而足。〈葛覃〉『服之』、〈天作〉『荒之』、〈旱麓〉『干祿』、〈皇皇者華〉『六德』、〈新臺〉『籧篨』、『戚施』，以及〈既醉〉、〈昊天有成命〉等篇，義皆取諸《國語》。其時《左氏》未立學官，而毛公作《詁訓傳》，同者，用師說也。……《魯詩》亦出《荀子》，《韓詩》引《荀卿子》以說詩者四十有四，《齊詩》雖用讖緯，而翼奉、匡衡，其大旨與《毛詩》同。然而，三家往往與內外傳不合符節者，何也？蓋七十子歿，微言大義各有指歸，唯《毛詩》之說，篤守子夏之詩文發揮焉，而不凌雜。……毛公說詩，與《穀梁春秋》合。《公羊春秋》亦出於子夏，漢初，董仲舒及莊彭祖、顏安樂說犧說舞，與《毛詩》合，而與何休解不合；其流派異，其本源同矣。毛公說詩，〈葛覃〉、〈草蟲〉、〈簡兮〉、〈淇奧〉、〈子衿〉、〈揚之水〉、〈東山〉、〈伐柯〉、〈采芑〉、〈正月〉、〈采叔〉、〈采綠〉、〈行葦〉、〈既醉〉、〈瞻卬〉、〈良耜〉、〈泮水〉、〈那〉，義見諸《小戴》。〈節南山〉、〈小宛〉、〈下武〉，義見諸《大戴》。……《大戴》〈勸學〉，《小戴》〈樂記〉、〈三年問〉，皆出於《荀子》。而《荀子·大略》，其門弟子所雜錄之語，皆逸禮名言；蓋荀卿子長於禮，毛公說禮，用師說也。〈七月〉說狐貉，〈無衣〉說征伐，〈抑〉說愚知，義皆取諸《論語》。孔子釋〈關雎〉『樂而不淫，哀而不傷』，子夏乃因之作《序》，毛公又依之作《傳》。……荀子之學出於子夏、仲弓，毛亦用師說也。《史記》載孟子受業於子思之門人。鄭玄《詩譜》云：『孟仲子，子思之弟子。』趙岐注《孟子》云：『孟仲子，孟子之從昆弟，學於孟子者也。』而毛公〈維天之命〉、〈閟宮〉《傳》兩引孟仲子說。徐整云：『子夏授高行子』，高行

〔註88〕輖，馬瑞辰作調。

子即高子；《孟子・告子篇》、子夏〈絲衣・序〉、毛公〈小弁〉《傳》，有高子說。其說舜之大孝（〈小弁〉）大王遷豳（〈緜〉）士者世祿、盛德不爲眾（〈文王〉）從事獨賢（〈北山〉）泄泄猶沓沓（〈板〉），義皆取諸《孟子》。……孟荀一家，先後同揆；故毛公說《詩》，與孟子說《詩》之意同，用師說也。」

11、《毛傳》《爾雅》字異義同說

　　《爾雅》：「摰，聚。」〈長發〉《傳》：「遒，聚。」秋、酉同聲。又如《爾雅》：「愗，懼。」〈時邁〉《傳》：「疊，懼。」愗、疊同聲；凡通借者，必諧聲也。《爾雅》：「愸，利。」〈載芟〉《傳》：「略，利。」愸、略一字。又如《爾雅》：「訾，過。」〈氓〉《傳》：「愆，過。」訾、愆一字；凡或體者，必諧聲也。陳氏又曰：「至若《毛傳》多古文，《爾雅》則迳六朝後人改竄，破俗之體不勝枚舉，定作頿，里作瘇之類者，無論矣。字之所異，義之所同也。」

12、《毛傳》《爾雅》訓異義同說

　　「毛公《詁訓傳》，傳者，述經之大義；詁訓者，所以通名物象數、假借轉注之用。其言詁訓也，具法乎《爾雅》，亦不泥乎《爾雅》。《爾雅》：『翢，纛也。』〈宛丘〉《傳》：『翿，翳也。』《說文》作翳，翢、翿皆俗字。《爾雅》以爲纛，《毛傳》以爲翳，其解釋不同，而指歸則一也。『寫，憂也。』釋『以寫我心』句；『峨峨，祭也。』釋『奉璋峨峨』句；『嫈嫈，耡也。』釋『嫈嫈良耡』句；《爾雅》但望文生義，《毛傳》必審聲定訓。『流，擇也。』、『流，求也』，釋詩『左右流之』句；『肇，勤也。』、『肇，齊也』，釋詩『實始肇商』句；《毛傳》用流求，不用流擇；用肇齊，不用肇勤，此皆有以考索精詳，而義優乎三家者也。」

13、《毛傳》不用《爾雅》說

　　「〈式微〉：『式微，式微』，〈釋訓〉曰：『式微式微者，微乎微者也。』……〈新臺〉：『籧篨不鮮』、『得此戚施。』〈釋訓〉曰：『籧篨，口柔也』、『戚施，面柔也。』……若此之類，皆《毛詩》不用《爾雅》〔註89〕，而《鄭氏箋》用之；或謂：《爾雅・釋訓篇》多迳後人改竄矣。」

14、《毛傳》用《爾雅》說

　　「〈淇奧〉：『治骨曰切，象曰瑳，玉曰琢，石曰摩』，此〈釋器〉文也；『如切如瑳（原注：四字今補），道其學之成也；聽其規諫以自修，如玉石之見琢摩』，此〈釋訓〉文也。〈魚麗〉、〈苕之華〉《傳》：『罶，曲梁也』，此〈釋訓〉文也；『寡婦之笱也』，此〈釋器〉文也。」

〔註89〕《毛傳》於〈式微〉下曰：「式，用也。」於〈新臺篇〉曰：「籧篨，不能俯者。」、「戚施，不能仰者。」《鄭箋》皆採《爾雅・釋訓》，與《毛傳》不同。

15、毛用借字，三家用本字；亦有三家用借字，毛用本字者說

「《毛詩》用古文，三家詩用今文：革作靮，喬作鷮，宛作薠，里作悝，皆毛用假借，而三家用其本義；此常例也。《毛詩》『「考槃在澗」』，三家澗作干；澗，本義；干，假借。《毛詩》『「百卉具痱」』，三家詩痱作腓；痱，本義；腓，假借；此又變例，百不居一矣。他如『有靖家室』、『陽如之何』、『碩大且鬖』、『獷彼淮夷』，三家字義俱異者，彼各有其師承也。」

16、三家詩不如《毛詩》義優說

「騶虞，五獸之一，〈召南〉之騶虞，猶〈周南〉之麟止；三家以虞爲田官。〈載馳〉爲許穆夫人作，〈碩人〉爲國人美莊姜作；而三家以〈載馳〉衛懿公詩，〈碩人〉傅母說莊姜詩。其時《左氏傳》未列學官，故多歧說。〈黍離〉，王國變風之首；三家以爲伯封作。詩終於陳靈，而〈燕燕〉則以爲衛定姜詩。〔註90〕〈小、大雅〉始於文武，終於幽厲；而〈鼓鐘〉則以爲周昭王詩。〔註91〕〈商頌〉紀商祀廟樂歌，而或以爲宋襄公詩。此皆三家之不如毛，三家廢而毛存，蓋源流有獨眞也。」

17、圖　表

包含宮室圖、宗廟圖、年表、禮制名物圖、地圖。

（三）《毛詩傳義類》

陳氏自〈序〉曰：「大毛公生當六國，去周初未遠，孔子歿，而七十子微言大義，殆未掃滅，故其作《詩故訓傳》，傳義有具於《爾雅》，有不盡具於《爾雅》；用依《爾雅》，編作義類。」陳氏欲存漢以前訓詁，故有《毛詩傳義類》之作；仿《爾雅》體例，共分十九類：釋故、釋言、釋訓、釋親、釋宮、釋器、釋樂、釋天、釋地、釋丘、釋山、釋水、釋草、釋木、釋蟲、釋魚、釋鳥、釋獸、釋畜。鑽研古籍古義之學者，可於此得檢尋之便。

（四）《鄭氏箋考徵》

陳氏〈序〉曰：「鄭康成習《韓詩》，兼通《齊》《魯》，最後治《毛詩》。箋詩乃在注禮之後；以禮注詩，非墨守一氏；《箋》中有用三家申毛者，有用三家改毛者，例不外此二端。三家久廢，姑就所得如干條；毛古文，鄭用三家，從今文；于以知毛與鄭固不同術也。」

茲摘錄陳氏之《考徵》如下：

1、《鄭箋》同《韓詩》之例

〔註90〕《詩序》曰：〈燕燕〉，衛莊姜送歸妾也。
〔註91〕《詩序》曰：〈鼓鐘〉，刺幽王也。

〈鄘風・鶉之奔奔〉:「〈鶉之奔奔〉,鵲之彊彊。」《毛傳》但曰:「鶉則奔奔,鵲則彊彊然。」《鄭箋》曰:「奔奔彊彊,言其居有常匹,飛則相隨之貌。刺宣姜與頑非匹耦。」案:《釋文》《韓詩》云:「奔奔彊彊,乘匹之貌。」

2、《鄭箋》同《魯詩》之例

〈唐風・蟋蟀〉:「無已大康,職思其憂。」《毛傳》但曰:「憂,可憂也。」《鄭箋》曰:「憂者,謂鄰國侵伐之憂。」案:《列女傳・仁智篇》,周共王滅密,君子謂密母為能識微,即引此詩;《箋》用《魯詩》義。

3、《鄭箋》同《齊詩》之例

《周頌・閔予小子・序》:「〈閔予小子〉,嗣王朝於廟也。」《鄭箋》曰:「嗣王者,謂成王也。除武王之喪,將始即政,朝於廟也。」案:《漢書・匡衡傳》:「《詩》云:煢煢在疚,言成王喪畢,思慕意氣未能平也;蓋所以就文武之業,崇大化之本也。」匡學《齊詩》,《箋》與匡說合。

六、魏　源

魏源字默深,湖南邵陽人。生於乾隆五十九年,卒於咸豐七年(公元 1794 至 1857 年),享年六十三歲。道光進士,曾任高郵州知州;承常州學派之餘緒,經學與龔自珍齊名。於《詩經》學,著《詩古微》十七卷。

《詩古微》成於道光九年(公元 1829 年),魏氏嘗於其初稿自序云:「《詩古微》何以名?曰:所以發揮齊魯韓三家詩之微言大義,補苴其罅漏,張皇其幽渺,以豁除《毛詩》美刺正變之滯例,而揭周公孔子制禮正樂之用心於來世也。蓋自四始之例明,而後周公制禮作樂之情得;明乎禮樂,而後可以讀〈雅〉〈頌〉。自跡熄詩亡之誼明,而后夫子《春秋》繼《詩》之誼章;明乎《春秋》,而後可以讀〈國風〉。正變之例不破,則〈雅〉〈頌〉之得所不著,而禮樂為無用也;美刺之例不破,則〈國風〉之無邪不彰,而《春秋》可不作也。禮樂者,治平防亂,自質而之文;《春秋》者,撥亂返治,由文而返質。故詩之道必上明乎禮樂,下明乎《春秋》,而後古聖憂患天下來世之心不絕於天下。」蓋魏氏以為《毛詩》正變、美刺之說適足以使讀者不知周公制禮作樂之情,以及《春秋》之大義;故《詩古微》之作,旨在抑毛而宗三家,以便闡明周、孔《禮》《樂》《春秋》之微學。

胡承珙專治《毛詩》,於魏氏治詩之態度頗持異議,惟讀《詩古微》,亦多所稱許,在其〈與默深書〉中云:「發難釋滯,迥出意表。所評四家異同〔註92〕,亦多持平,不愧通人之論。至於繁徵博引,縱橫莫尚。古人吾不敢知,近儒中已足與毛

〔註92〕《詩古微》卷一有〈齊魯韓毛異同論〉。

西河、全謝山並驅爭先矣！」梁啓超評《詩古微》云：「魏源著《詩古微》，始大攻《毛傳》及《大小序》，謂爲晚出僞作；其言博辯，比於閻氏之《書疏證》，且亦時有新理解。其論詩不爲美刺而作，⋯⋯此深合『爲文藝而作文藝』之旨，直破二千年來文家之束縛。又論詩樂合一，謂『古者樂以《詩》爲體，孔子正樂即正詩』，皆能自創新見，使古書頓帶活氣。」〔註93〕

《詩古微》十七卷，內分〈齊魯韓毛異同論〉、〈夫子正樂論〉、〈四始義例〉、〈毛詩義例〉、〈二南義例〉、⋯⋯〈詩序集義〉等三十餘篇；所論頗有可議之處。茲概述其主張如下：

（一）今文家並無三大缺失

「漢興，詩始萌芽，齊魯韓三家盛行，毛最後出，未立博士。⋯⋯鄭康成氏少習《韓詩》，晚歲舍韓箋毛；及鄭學大昌，毛遂專行於世；人情黨盛則抑衰，孤學易擯而難輔，於是《齊詩》魏代即亡，《魯詩》亡於西晉，《韓詩》唐宋尚存，⋯⋯而久亦亡於北宋。⋯⋯要其矯誣三家者，不過三端，曰：齊魯韓皆未見古序也；《毛詩》與經傳諸子合，而三家無證也；《毛序》出子夏、孟、荀，而三家無考也。請一一破其疑，起其墜，以質百世。程大昌曰：『三家不見古序，故無以總測篇意，毛惟有古序以該括章旨，故訓詁所及，會全詩以歸一貫。』然考《新唐書・藝文志》：『《韓詩》二卷，卜商序，韓嬰注』⋯⋯至諸家所引《韓詩》，如〈關雎〉，刺時也；〈漢廣〉，說人也；〈汝墳〉，辭家也；⋯⋯皆與《毛詩》首語一例，則《韓詩》有序明矣。《齊詩》最殘缺，而張揖魏人，習《齊詩》，其〈上林賦〉注曰：『〈伐檀〉，刺賢者不遇明王也』，其爲《齊詩》之序明矣。劉向，楚元王孫，世傳《魯詩》，其《列女傳》以〈芣苢〉爲蔡人妻作，〈汝墳〉爲周南大夫妻作，⋯⋯是《魯詩》有序明矣。⋯⋯鄭樵曰：『毛公時，《左傳》、《孟子》、《國語》、《儀禮》未盛行，而先與之合；世人未知《毛詩》之密，故俱從三家；及諸書出而證之，諸儒得以考其異同得失，長者出，而短者自廢，故皆舍三家而宗毛。』應之曰：《齊詩》先〈采蘋〉而後〈草蟲〉，與《儀禮》合；〈小雅〉四始五際次第與樂章合；《魯、韓詩》說〈碩人〉、〈二子乘舟〉、〈載馳〉、〈黃鳥〉與《左氏》合；說〈抑〉及〈昊天有成命〉與《國語》合，⋯⋯其不合諸書者安在？而《毛詩》則動與牴牾，其合諸書者又安在？顧謂西漢諸儒未見諸書，故舍毛而從三家，則太史公本《左氏》、《國語》以作《史記》，何以宗《魯詩》而不宗毛？賈誼、劉向博極群書，何以《新書》、《說苑》、《列女傳》宗魯而不宗毛？謂東漢諸儒得諸書證合，乃知宗毛而舍三家，則班固評論四家詩，何以獨許

〔註93〕見梁啓超《清代學術概論》，頁55，中華書局。

魯近？《左傳》由賈逵得立，服虔作解，而逵撰《齊魯韓毛詩異同》，服虔注《左氏》，鄭君注《禮》，皆顯用《韓詩》。即鄭箋毛，亦多陰用韓義。許君《說文·序》自言《詩》稱毛氏，皆古文家言；而《說文》引《詩》，十九皆三家。《五經異義》論疊制，論〈鄭風〉，論〈生民〉，亦並從三家說；豈非鄭、許之用毛者，特欲專立古文門戶，而意實以魯韓爲勝乎？若云『長者出而短者自廢』，則鄭、荀、王、韓之《易》賢於施、孟、梁邱，梅賾之《書》賢於伏生、夏侯、歐陽，《韓詩外傳》賢於《韓詩內傳》，《左氏》之杜預注賢於賈、服，而逸《書》十六篇、逸《禮》七十篇皆亡所當亡耶？……姜氏炳璋曰：『漢四家詩，惟毛公出自子夏，淵源最古；且〈魯頌〉《傳》引孟仲子之言，〈絲衣·序〉列高子之言，〈北山·序〉同《孟子》之語，則又出於《孟子》。而大毛公親爲荀卿弟子，故《毛傳》多用《荀子》之言，非三家所及。』應之曰：《漢書·楚元王傳》言浮邱伯傳《魯詩》於荀卿，則亦出荀子矣。《唐書》載《韓詩·卜商序》，則亦出子夏矣，……且《外傳》屢引七篇之文，則亦出《孟子》矣。故《漢書》曰：『又有毛公之學，自言子夏所傳，自言云者，人不取信之詞也。』至《釋文》引徐整云：『子夏授高行子，高行子授薛倉子，薛倉子授妙帛子，妙帛子授河間人大毛公；毛公爲《詩故訓傳》於家，以授趙人小毛公；小毛公爲河間獻王博士。』一云：『子夏授曾申，申傳魏人李克，克傳魯人孟仲子，孟仲子傳根牟子，根牟子傳趙人孫卿子，孫卿子傳魯人大毛公。』夫同一《毛詩》傳授源流，而姓名無一同；且一以爲出荀卿，一以爲不出荀卿；一以爲河間人，一以爲魯人；輾轉傅會，安所據依？豈非《漢書》『自言子夏所傳』一語已發其覆乎？以視三家源流，孰傳信，孰傳疑？」〔註94〕

按：以上篇章，魏氏所論者凡三事：其一，舉證齊魯韓三家有序，以駁程大昌無序之譏。其二，證明三家詩與《儀禮》，《左傳》、《國語》，諸子合；西漢學者已知《詩》有四家，然著書作注皆宗三家；東漢以降，毛盛而三家衰，乃因「人情黨盛則抑衰，孤學（指三家之學）易擯而難輔」，無關乎詩學本身之優劣長短；凡此，皆駁斥鄭樵之說者也。其三，三家詩淵源於子夏、孟、荀；而關於《毛詩》之傳授源流，有迥殊之異說，令人置疑；以駁斥姜炳璋「漢四家詩，惟毛公出自子夏，淵源最古」之主張。

東漢末年，鄭康成少習《韓詩》，何以轉習古文？何以三家日微，《毛詩》獨盛？魏氏以爲此乃「人情黨盛抑衰」所致，其說未安。四家詩之盛衰消長，自有客觀因素存乎其間，例如《齊詩》屬雜陰陽五行、怪誕離奇之說，是以亡佚最早，魏氏曾

不能領會其中道理乎？

（二）《毛詩》主於採詩編詩之義，三家主於作詩之義

「甚哉，美刺固《毛詩》一家之例，而說者又多歧之，以與三家燕越也。夫詩有作詩者之心，而又有采詩編詩者之心焉；有說詩者之義，而又有賦詩引詩者之義焉。〔註95〕……請舉三家詩例與《毛詩》之例質之：今所存《韓詩序》，自〈關雎〉、〈蟋蟀〉、〈雨無正〉、〈那頌〉四篇爲美刺外，餘皆自作之詞；《新序》、《列女傳》載《魯詩》諸序，亦無一篇爲美刺。詩以言志，百世同揆，豈有懽愉哀樂專爲無病代呻者耶？然毛以〈二南〉皆美文王后妃之化，而韓則以〈漢廣〉爲說人，〈汝墳〉爲辭家，〈苤苢〉傷夫有惡疾；毛以變雅皆刺幽厲，而魯韓則以〈抑〉及〈賓筵〉爲衛武自儆，〈白駒〉爲賢者招隱，是三家特主於作詩之意，而《毛序》主於采詩編詩之意。」

按：魏氏以爲《毛詩》主於采詩編詩之意，故多美刺之說，於詩文之外求義，偏重詩之政教影響、社會功能。又以爲三家詩罕見美刺之說，故多得作詩之義。然《毛詩》多言美刺，並非於詩文之外求義，而是詩人以興（即隱喻）之手法，委婉道出其胸中之讚美或諷刺，除少數誤說訛傳致有差舛外，其美刺大多爲作詩之《本義》；魏氏之說可商。至於詩之美刺功用，爲魏氏所贊許，茲舉《詩古微·卷十七·詩序集義》之例如下：

1、贊同《毛序》美刺之例

〈桑中〉，刺奔也。

〈女曰雞鳴〉，刺不說德也。述古賢夫婦相警戒之詞。〔註96〕

〈木瓜〉，美齊桓公也。衛敗於狄，出處於漕，齊桓公救而封之，遺以車馬器服。衛人得之，而作是詩。

2、贊同三家美刺之例

〔註95〕魏氏此說本於歐陽修。《詩本義·卷十四》謂學詩者不出四類，即：詩人之意、太師之職、聖人之志、經師之業。《詩本義·卷一》「麟之趾」下，歐陽修曰：「然則《序》（指〈麟之趾·序〉）之所述，乃非詩人作詩之本義，是太師編詩假設之義也。毛鄭遂執序意以解詩（指〈麟之趾〉），是以太師假設之義解詩人之本義，宜其失之遠也。」在此，已有作詩之義與編詩之義之區別。然《詩本義》卷十四，〈本末論〉云：「何謂本末？作此詩，述此事，善則美，惡則刺；所謂詩人之意者，本也。」可知歐陽修認爲作詩之義，不外乎「美」與「刺」。

〔註96〕《毛詩序》曰：「〈女曰雞鳴〉，刺不說德也。陳古義以刺今不說德而好色也。」與魏氏所訂之序微異，因魏氏以《毛序》之首句（如「女曰雞鳴，刺不說德也。」）爲古序，其餘字句（如「陳古義以刺今不說德而好色也」）爲續序，乃衛宏所附益；以爲古序較續序可信，故任意更改續序之字句。

〈關雎〉，刺時也。(《韓詩》說) 魏氏曰「三家詩以〈關雎〉、〈葛覃〉、〈卷耳〉皆為刺詩。」

〈免罝〉，刺紂時所任小人非干城腹心也。(《鹽鐵論》、《三家詩》)

〈行露〉，美貞女也。〈召南〉申女許嫁于酆，夫家六禮不備而迎之，不行；則訟之，女終不苟從也。聘則為妻，奔則為妾，棄禮急情，君子賤之；故嘉申女之守禮。(《列女傳》、《韓詩外傳》)

3、《毛詩》與三家同以美刺為說之例

「〈甘棠〉，美召伯也。」(《毛序》)「詩人見召伯所休息樹下，美而歌之。」(《韓詩外傳》)

「〈野有死麕〉，惡無禮也。」(《毛序》)「平王東遷，諸侯侮法，男女失冠昏之節，野麕之刺興。」(《韓詩》說)

4、魏氏自訂美刺之例

「〈羔裘〉，刺朝也。言古之君子，以風其朝焉。」(《毛序》) 魏氏曰：「美三良也。文公之時，三良為政，所謂三英粲兮也。」

「〈載驅〉，齊人刺襄公也。」(《毛序》) 魏氏曰：「刺哀姜也。」

（三）《詩三百》不能無邪，三百篇中有淫詩（釋「鄭聲淫」）

「《魯詩》《白虎通義》曰：『孔子謂〝鄭聲淫〞何？鄭國土地人民山居谷浴，男女錯雜，為鄭聲以相說懌，故邪僻聲皆淫色之聲也。』此班固本《魯詩》說，故其作《地理志》亦同之。而許慎《五經異義》亦曰：『今論說鄭俗有溱洧之水，男女聚會，謳歌相感，故云鄭聲淫。』《左傳》說煩乎淫聲謂之鄭聲者，言煩乎躑躅之聲使淫過矣。謹按《鄭詩》二十一篇，說婦人者十九，故鄭聲淫也。……是三家詩未嘗以詩皆無邪，而必為刺邪也。《毛詩·野有蔓草·序》為『男女思不期相會』，〈東門之墠〉《箋》為『女欲奔男之詞』，……是《毛詩》《序》、《箋》之例，亦未嘗以詩皆無邪而盡出於刺邪也。」〔註97〕

按：蔣凡曰：「至於『淫』之義，本指淫溢、過度之意。如『淫雨』之『淫』，指雨下得太多，影響人們的生產與生活。……與男女『淫奔』之『淫』卻是兩碼事。孔子的『鄭聲淫』，即謂鄭國的這種『新樂』太過分了，並無朱熹所說的斥責『淫奔』之意。……孔子曰：『非禮勿視，非禮勿聽，非禮勿言，非禮勿動。』一切違反《禮》《樂》制度的，他都認為是僭越，是過分、過甚，因而加以譴責。他所提倡的『樂』，是『立於禮』的基礎上的。……孔子的所謂『鄭聲淫』，就是對以鄭國的『世俗之樂』

〔註97〕見《詩古微》卷二，頁8，《續皇清經解》冊十九。

爲代表的新興流行音樂的批評與譴責。……這種音樂，沒有經過樂官嚴格的整理與挑選，自然不合『先王之樂』的《禮》《樂》規範，因此可能會破壞現行制度的安寧。……他的所謂『鄭聲淫』原是從『樂』的角度立論，與《詩》中的〈鄭風〉無涉。」〔註98〕蔣氏之說本於馬瑞辰，二者皆能矯魏說之缺失。蓋「淫」者，過甚之謂，不局限於男女色情，故宋儒淫奔之說不可信。孔子所謂「鄭聲淫」，乃就鄭國音樂而說，魏氏以「鄭《詩》淫」解之〔註99〕，失之偏頗。

（四）美刺與無邪之關係

孔子曰：「《詩》三百，一言以蔽之，曰思無邪。」魏氏以爲三百篇中有淫詩，然「思無邪」當作何解？魏氏曰：「夫美刺之例，本謂出於淫者自賦則邪，出於刺淫則無邪。」又曰：「至於《左傳》所載卿大夫燕享賦詩，……是賦詩者之心，不必用作詩者之本意也。」又曰：「春秋列國賦詩，雜取不倫，而歌詩奏詩則未有及變風一篇者，正符祭祀弗用之例。……且奏之皆〈韶〉〈武〉中聲，則季札何以聞聲而譏政？子夏何以謂祭祀有弗用耶？吾故曰：賦詩或篇取其章，章取其句，句取其字也；奏詩則變風止列於無算樂，不列於宗廟正歌；而鄭衛淫詩則祭祀、無算樂亦弗用，況可合於〈韶〉〈武〉之音耶？使有王者巡守，陳詩以觀民風，行慶讓，於列國之哀怨流蕩者，其將匿之不陳乎？抑陳而讓之、貶之，削之乎？後世誦詩論世，至〈桑中〉、〈溱洧〉，其於鄭衛之君，將賢之乎？抑歎息痛恨之乎？夫惟國史序詩，上奉先王之典訓，以下治其子孫臣庶；於是以陳詩之賞罰爲美刺，以編詩之鑒戒爲美刺，使誦其詩者如先王之賞罰黜陟臨其上，而思無邪之義，與天地終始焉。《詩》亡然後《春秋》作，彼夫人姜氏會齊侯于禚、于祝邱、于防、于穀，與〈桑中〉、〈溱洧〉何異？聖人備書之於策，邪乎？不邪乎？」〔註100〕

按：《朱子語類》曰：「詩有是當時朝廷作者，〈雅〉〈頌〉是也；若〈國風〉乃採詩者採之民間，以見四方民情之美惡，〈二南〉亦採民言而被樂章爾。……若變風又多是淫之詩，故班固言男女相與歌詠以言其傷是也。聖人存此，亦以見上失其教訓，則民欲動，情勝其弊至此。」魏氏之說與朱子略同，以爲採詩者兼收淫詩入〈國風〉，以見風俗之淳薄，可獲致勸懲黜陟之功用；然所謂淫奔之詩，實來自誤解，誤解孔子所謂「鄭聲淫」爲「鄭《詩》淫」，詳見前述（三）。

皮錫瑞發揮魏氏「有作詩者之心，又有採詩編詩者之心」之主張，因而提出調停之說，以爲淫詩乃作詩時之本意，用之于《詩》教，則是採詩者之意。何定生《詩

〔註98〕見蔣凡〈「思無邪」與「鄭聲淫」考辯〉，載於《詩經學論叢》，頁 323。

〔註99〕將「鄭聲」視同「鄭詩」，宋儒已然。

〔註100〕同註 97。

經今論》主張變風屬無算樂，既是散歌散樂，不關儀節，但取娛賓，有如今日之餘興節目，自不必用禮儀尺度來衡量淫詩；可以放蕩形骸之外，不必深辯。皮、何兩家之缺失同前，蓋「淫奔」之說，未可採信也。試觀皮氏，將作詩、採詩之義分開；解〈周南・野有死麕〉篇，所說男女私情，猥褻較鄭衛之風有過之而無不及，如何作義爲吉士誘女，而定詩之義爲闢邪存誠乎？皮說之穿鑿，顯而易見。

　　黃永武先生〈釋「思無邪」〉一文曰：「其實孔子以『思無邪』三字標明其詩觀以後，……子夏在〈詩大序〉中說：『變風發乎情，止乎禮義』，『發乎情』就是『思』，『止乎禮義』就是『無邪』。變風尚且『思無邪』，則推論之，正風乃是『發乎情，合乎禮義』，不必『止』，而自然能『合』，更是思無邪。〈雅〉〈頌〉也可以類推，所以三百篇都可以用『思無邪』三字來涵蓋了。……荀子說：『詩者，中聲之所止也』，所謂『中聲』，就是孔子說的『樂而不淫，哀而不傷』，哀樂都是『思』，不淫不傷即是『無邪』。……孔子、子夏、《荀子》的說法先後互證，到了毛公作《傳》，《小序》與《毛傳》就本著這種道德的詩觀去解釋每一首詩；這種闢邪歸正、止乎禮義的詩觀，與其說是孔子的詩觀，實則是周代人正統的詩觀。自周初周公制禮作樂以後，賢士大夫通於詩教者，看法大抵相同，所以在《左傳》中所載孔子以前歌詩、賦詩的涵意，與《小序》《毛傳》的說解最爲符合。……吾人要想了解周代的詩，自然應該本著『周道』去認識，倒不是依仗甚麼孔子的權威，也不是戴上道學主義的道具，而是必須站回周代的時空架構上，以及周代社會著重禮樂教化的架構上，才能掌握《詩經》中的意識型態。……『思無邪』三字經孔子拈出，實則是周代人正統的詩觀，……然而思無邪的積極意義是『發乎情，合乎禮義』，表現爲詩，就是正風正雅；思無邪的消極意義是『發乎情，止乎禮義』，表現爲詩，就是變風變雅。……朱熹說：『凡詩之言善者，可以感發人之善心，惡者可以懲創人之逸志，其用歸於使人得其情性之正而已。』朱熹用這幾句話來解釋『思無邪』，與上所說，大致印合。……『止於禮義』的積極作法既是導向一條適宜可行的路，這條可行的路就是指『先王之澤』，先王之澤是指其教化與遺法，具體地說，即『經夫婦，成孝敬、厚人倫，美教化、移風俗』，那麼，『思無邪』的積極標準，是詩歌須合乎這五方面的心理建設。」其說是也。

（五）批評《毛序》

1、將《毛序》劃分爲二

　　魏氏以爲《毛序》之首句（如：「〈盧令〉，刺荒也。」）較可信，稱「毛序」，或「古序」。其下（如「襄公好田獵畢弋，而不脩民事，百姓苦之，故陳古以風焉。」）爲「衛序」，或稱「續序」，多不可信，以其出於衛宏所附益故也。

2、《毛序》頗有失誤：

　　魏氏曾舉證《毛序》之誤，凡十八例〔註101〕，茲略舉數例於後，以見其梗概：

　　「千古皆謂《毛詩》以〈關雎〉爲后妃求賢之詩，……然序首但曰：『〈關雎〉，后妃之德也，所以風化天下而正夫婦也』，《傳》曰：『關關，和聲。雎鳩，摯而有別，言后妃說樂君子之德，無不和諧，又不淫其色，愼固幽深，若雎鳩之有別焉，而後可以風化天下。』又曰：『后妃有關雎之德，是窈窕幽閒之淑女，宜爲君子之好匹』、『后妃有關雎之德，乃能共荇菜以事宗廟』；鐘鼓樂之，言『德盛者，宜有鐘鼓之樂』；始終皆主后妃之德，明爲求賢妃之詩，無一言及于后妃之求嬪御。自衛宏因《毛傳》中『不淫其色』，以傅會于《論語》哀樂之云，而于〈大序〉中增入『關雎樂得淑女以配君子，憂在進賢，不淫其色，哀窈窕，思賢才，而無傷善之心』，然其意尚以淑女即后妃。至《鄭箋》遂訓左右爲佐助，謂后妃欲得賢女能和眾妾之怨者，助己共祭祀之職。《孔疏》因改序中『關雎樂得淑女』爲『后妃樂得淑女』。《毛傳》既不得夫子之意（原注：如以『樂而不淫』屬后妃，則『哀而不傷』當屬君子，于義乖隔。）「續序」又不得《毛傳》之意，（原注：毛以樂屬后妃，「續序」則以樂屬關雎，《詩序》明出二手，且憂在進賢，不淫其色，與樂相牾。至哀窈窕而無傷善，于文不詞，故鄭破『哀』爲『衷』，又背《論語》。）鄭孔又不得「續序」之義，（原注：《序》謂詩人求賢妃，非謂后妃求賢妾。）烏焉三寫，屢變離宗；而祖毛者皆以墨守，諍毛者皆以藉口，豈知與毛絕無交涉。」

　　按：魏氏此說或許可信。今分別試讀〈關雎篇〉之《毛傳》與《鄭箋》，毛、鄭主題不一，各說各話。毛謂詩人求賢妃，鄭謂后妃求賢妾。《詩·大序》末尾「哀窈窕，思賢才，而無傷善之心焉」，合於鄭說，於毛說則不可解；魏氏分《詩序》爲「古序」、「續序」，其劃分之界限雖未必如此死板，然《詩序》曾經後儒竄補，殆非虛言〔註102〕，此魏氏觀察入微之例也，然而，《詩序》偶有疏失應屬難免，不可因此輕言廢《序》。至其所評其它《詩序》，多有可商之處。（如評〈凱風·序〉、〈考槃·序〉，第七章第三節「三、朱熹」篇已試申相反見解。）至其所指《詩序》第十七失，謂《史記》有〈世家〉者，則《詩序》實指其人；無〈世家〉者，因無資料可求，故《詩序》未實指其人，只作蹈虛之語；似欲藉此反證《詩序》附會史實。然而，曹

〔註101〕見《詩古微》卷二，頁1，《續皇清經解》冊十九。

〔註102〕黃季剛先生謂：「《序》有子夏後、毛公前所足」者，如〈周頌·絲衣·序〉有「高子曰」是也。又謂：「《序》有毛公所足」者，如〈小雅·南陔〉、〈白華〉、〈華黍〉、〈由庚〉、〈崇丘〉、〈由儀〉之序，著「有其義而亡其辭」一句，是毛公所加。（見〈詩經序傳箋略例〉，《蘭州大學學報》1982～3，頁74）

無〈世家〉，《詩序》卻能明指其人，又當作何解釋？

（六）小處反毛，大處奉毛

魏氏雖言反毛，實多信毛。如正變、美刺之名出於《毛序》，〈二南〉王化之說、相應之道，亦出於《毛序》；《毛序》有此一說，魏氏即視爲《詩》學之大經大法，窮篇累牘，詳加論述。原本以美刺之說爲《毛序》一家之例，違背詩人本意；然於〈詩序集義〉一文中，不僅多從《毛序》，詳列三家，並於四家不以爲美刺者，自創美刺；故趙制陽先生曰：「魏氏不僅不能擺脫《毛序》美刺之說，而且有爲之強化的現象，與其原有反《毛詩序》的態度不免背道而馳矣！」〔註103〕

七、姚際恆

姚際恆，字立方，一字首源，安徽新安人，後遷居浙江杭州。生於順治四年（公元 1647 年），約卒於康熙五十四年（公元 1715 年）。諸生，少折節讀書，泛覽百家，好辨僞之學，復專研經術。年五十，屏絕人事，《九經通論》，《詩經通論》是其中之一。

姚氏不信《詩序》，其言曰：

> 《詩序》者，《後漢書》云：「衛宏從謝曼卿受學，作《毛詩序》。」〔註104〕

此言顯然錯誤，詳見第七章第三節「（三）朱熹」。姚氏又曰：

> 《毛傳》不釋《序》，且其言亦全不知有《序》者。（同上）

此言又差矣，毛公不僅見《序》，而且多依《序》解詩，詳見第三章第二節「（四）《毛詩》」。姚氏對於《毛傳》之訓詁價值頗表肯定，其言曰：

> 《毛傳》依《爾雅》作詩詁訓，不論詩旨，此最近古。其中雖不無舛訛，
> 然自爲三百篇不可少之書〔註105〕。

然對《鄭箋》，深加指摘，曰：

> 《鄭箋》鹵莽滅裂，世多不從。〔註106〕

人謂鄭康成長於禮，詩非其所長，多以《三禮》釋詩，故不得詩之意。予謂康成詩固非長，禮亦何長之有！……況其以禮釋詩，又皆謬解之理。〔註107〕

其反《朱子集傳》尤烈，一則反「淫詩」之說，二則評朱子「陽違《序》而陰從之，而且違其所是，從其所非焉。武斷自用，尤足惑世。」

〔註103〕趙制陽〈魏源詩古微評介〉，《孔孟學報》四九期，頁 91。
〔註104〕姚際恆《詩經通論》，頁 2，〈詩經論旨〉，廣文，民國 50 年。
〔註105〕書同註104，頁 4。
〔註106〕書同註104，〈自序〉。
〔註107〕同註105。

姚氏反對《詩序》，而其解詩，時有矛盾現象，如〈鄭風‧子衿〉，《詩序》云：「刺學校廢也。亂世則學校不脩焉。」《毛傳》於「青青子衿」下云：「青衿，青領也，學子之服。」姚氏曰：

> 《小序》謂「刺學校廢」，無據。此疑亦思友之詩。玩「縱我不往」之言，當是師之于弟子也。《禮》云：「禮聞來學，不聞往教」是也，又《禮》云：「父母在，衣純以青」，故曰「青衿」。其于佩亦曰「青青」者，順承上文也。

好比是非考題，姚氏對錯兩答，使人無所適從。又因心存廢《序》之成見，當其面對《史記》與《詩序》矛盾時——如〈鄘風‧柏舟篇〉——便率爾指《詩序》爲非，實有可商。〈鄘風‧柏舟〉，《詩序》曰：

> 〈柏舟〉，共姜自誓也。衛世子共伯蚤死，其妻守義；父母欲奪而嫁之，誓而弗許，故作是詩以絕之。

而《史記‧衛世家》稱：衛釐侯卒，太子共伯餘立；共伯弟和（即衛武公）襲共伯於墓上，殺共伯自立云云；其說與《詩序》矛盾。胡承珙以爲《詩序》在此可正《史記》之誤，其言曰：

> 《史記》謂衛武公和殺共伯而自立，《索隱》力辨其誣，後之說《詩》者，《呂記》、《嚴緝》，及《李氏集解》皆從其說。姜氏《廣義》曰：此正當宣王之世，宣王能討魯伯御，豈容武公之弒君篡日！今即以詩考之，曰「髧彼兩髦」，知共伯之卒，在釐侯未薨之前，《序》曰「共世子」，知未立爲君也，史遷之說誣矣。《虞東學詩》曰：《序》言「共姜自誓」，而下稱衛世子共伯蚤死，其妻共姜守義云云，《索隱》據之以正子長之失。《序》不獨有功於經，抑且有補於史〔註108〕

姚氏則據史書，斷定《詩序》之說不可信，其言曰：

> ……則〈大序〉謂共伯爲「世子」及「蚤死」之言尤悖矣。故此詩不可以事實之：當是貞婦有夫蚤死，其母欲嫁之，而誓死不願之作也〔註109〕

屈萬里先生探信《詩序》，曰：「詩家多疑《史記》之說不可信。」〔註110〕姚氏時以文藝筆法鑑賞《詩經》，有其獨到之處，趙制陽先生曰：

> 例如〈秦風‧渭陽〉的「我送舅氏，悠悠我思」下說：「情意悱惻動人，往復尋味，非惟思母，兼有諸舅存亡之感。」於〈七月篇〉「女心傷悲，

〔註108〕胡承珙《毛詩後箋》，卷四，頁1。《皇清經解續編》，冊七，藝文。
〔註109〕書同註104，頁71。
〔註110〕屈萬里《詩經釋義》，頁75，文化大學，民國72年新二版。

殆及公子同歸」下，評曰：「閒著淒婉之詞，妙極，妙極！」同首於「七月在野，八月在宇，九月在戶，十月蟋蟀入我床下」之下，評曰：「無寒字，覺寒氣逼人。」於〈邶風・北風篇〉「莫赤匪狐，莫黑匪烏」下，評曰：「變得峻峭，聽其不可解，亦妙！」於〈碩人篇〉「手如柔荑，膚如凝脂」全章之下，評曰：「千古頌美人者無出其右，是爲絕唱。」同首「河水洋洋，北流活活」全章之下，評曰：「閒敘處描摹極工，有珠璣錯落之妙。」於〈王風・君子于役篇〉「雞棲於塒，日之夕矣，羊牛下來」之下，評曰：「落日懷人，眞情實況。」「〈野有蔓草〉」首章有「清揚婉兮」句，次章有「婉如清揚」句，姚氏評曰：「回文之祖。」〈葛生〉第四章首二句是「夏之日，冬之夜」，第五章改爲「冬之夜，夏之日」，姚氏評曰「此換句特妙，見時光流轉。」〈小雅・蓼莪〉第四章「父兮生我，母兮鞠我」全章之下，姚氏評曰：「實言所以劬勞、勞瘁。勾人眼淚，全在此無數『我』字，何必王褒！」〔註111〕

八、方玉潤

方玉潤，字友石，雲南寶寧人（今廣南縣），生卒年不詳，其所著《詩經原始》之自序，署同治辛未年作，是西元1781年。有關方氏《詩經》學，概述如下：

（一）孔子不曾刪詩

《詩經原始・自序》曰：「或又謂古詩三千餘篇，孔子刪之，存三百五篇。……孔子未生以前，三百之編已舊，孔子既生而後，三百之名未更。吳公子季札來魯觀樂，詩之篇次悉與今同。其時孔子年甫八歲，迨杏壇設教，恆雅言《詩》，一則曰『詩三百』，再則曰『誦詩三百』，未聞有三千說也。」

按：《史記・孔子世家》曰：「古者詩三千餘篇，及至孔子，去其重，取可施於禮義。上采契后稷，中述殷周之盛，至幽厲之缺。……三百五篇，孔子皆絃歌之，以求合〈韶〉〈武〉〈雅〉〈頌〉之音。」是司馬遷首先提出孔子刪詩之說。

刪詩之說是否可信？歷代學者有正、反二派。據朱子赤先生之研究〔註112〕，相信「刪《詩說》」之學者如下：班固、陸德明、歐陽修、邵雍、程顥、蘇轍、朱熹、王應麟、馬端臨、顧炎武，王崧。不信「刪《詩說》」之學者，有孔穎達、葉適，朱彝尊、崔述〔註113〕，方玉潤、張壽林、李崇遠。

〔註111〕趙制陽〈姚際恆詩經通論評介〉，《中華文化復興月刊》一三卷十二期，頁82。
〔註112〕朱子赤《詩經關鍵問題異議的求徵》，頁25～78，〈刪詩的求徵〉。文史哲，民國73年10月。
〔註113〕朱子赤謂：崔述早年《讀風偶識》，反對「刪詩說」；而晚年所修正之《洙泗考信錄》

前引方玉潤《詩經原始》之說，誠可證明：孔子之前，已有《詩三百》之定本。而顧炎武《日知錄》所言：「選其辭，比其音，去其煩且濫者，此夫子之所謂刪也」或近於情實；蓋孔子嘗用心整理《詩三百》，此番工夫爲學者所公認。張漢東於〈從左傳看孔子的刪詩痕跡〉一文中，列舉如下數端：1、刪削。2、增補。3、拆篇。4、復舊目。5、排新次。又曰：「孔子確實曾對《詩經》有過一番刪訂，他刪訂的是春秋時期廣爲流行的詩本，並不是漢人所謂直接由三千餘篇古詩選取而來。」〔註114〕

（二）不信《詩序》

方氏〈自序〉曰：「迨秦火既烈，而僞序始出，託名子夏，又曰孔子。唐以前無異議，宋以後始有疑者，歐陽氏、鄭氏（樵）駁之於前，朱晦翁辯之於後，而其學遂微。」又於「凡例」中曰：「今《三百》既無題，復無《序》，而世所傳《大、小序》皆衛宏所託，未可據以爲信。」

（三）循文按義，欲求詩人《本義》

方氏〈自序〉曰：

> 朱雖駁《序》，朱亦未能出《序》範圍也。……愚……乃不揣固陋，反覆涵泳，參論其間，務求得古人作詩本意而止。不顧《序》，不顧《傳》，亦不顧論，唯其是者從，而非者正，名之曰「原始」，蓋欲原詩人始意也。
>
> 雖不知其於詩人本意何如，而循文按義，則古人作詩大旨，要亦不外乎是。

宋朝朱子已明告世人，其著《詩集傳》，乃「廢《序》言詩」，而清姚際恆評朱子曰：

> 朱仲晦作爲《辨說》，力詆《序》之妄，由是自爲《集傳》，得以肆然行其說，而時復陽違《序》而陰從之〔註115〕。

夏傳才評朱子：「反《詩序》不徹底」，石文英曰：「表面上雖然廢《序》，骨子裡並未擺脫《詩序》的束縛。」〔註116〕姚際恆亦已昭告世人，其著《詩經通論》，力排《詩序》，直據詩文以求本義，然趙制陽先生曰：

> 姚氏反對《詩序》、《鄭箋》的人事附會，……都是立論堅實、辨證有得的。……只是他所見有限，常爲舊說所牽，從美、刺、淫、貞上說，從政治人物上說，卻不知從風謠旨趣、詩人本意上說，故仍不免於鑿〔註117〕。

〈辨刪詩之說〉一文，以「故今於刪詩之說悉不敢載」作結，聲明退出刪詩論戰。
參見：書同註112，頁53，頁75。

〔註114〕張漢東從〈左傳看孔子的刪詩痕跡〉，《山東師大學報》1985～6，頁72～77，1985年11月。
〔註115〕姚際恆《詩經通論》，〈序〉，廣文書局。
〔註116〕夏說、石說，參第七章第三節「三、朱熹」。
〔註117〕趙制陽〈姚際恆詩經通論評介〉，《中華文化復興月刊》十三卷十二期，頁86。

方玉潤評朱子曰：「朱雖駁《序》，朱亦朱能出《序》範圍也。」又聲明其著《詩經原始》之用心，乃是：「不顧《序》，不顧《傳》，亦不顧論，……蓋欲原詩人始意也。」而趙制陽先生評方玉潤曰：

> 「方氏信孔子『思無邪』之訓，以駁朱子淫詩之說，採《春秋》卿大夫賦詩的方式以及孔孟的言論來說詩，結果又逼使自己常以美刺爲說，常以史事相附會，走回到漢儒的老路。」〔註118〕
>
> 「方氏好以言外之意說詩，以爲《詩》多寓言，即原屬男女、夫妻之情，就得說成是君臣、朋友之義。……方氏囿於舊說，還常以此自詡，殊不知這正是說詩之魔。」（同上）
>
> 「其實，淫奔、刺淫，都是說詩的死角。……方氏不能自此超越，故其立論終於難臻高格。」（同上）

由此可見，朱子、姚際恆、方玉潤皆嘗痛詆「舊說囿人」，並且反覆聲言其解詩之法，是用徹底解放之心，直據詩文以解詩：然而，其後人卻又執其譏人之言以譏之，誠可怪哉！或謂：「姚氏、方氏之解〈鄭風・子衿〉，曰『傷學校廢』，此爲穿鑿；假令，姚、方二氏以『女思男之民歌』解〈子衿〉，則吾必謂之不穿鑿矣。」此言可行乎？曰：必不可行，孰能逼迫夏蟲語冰乎？好比民選領袖，爲世間可能之事，孔子卻道不出。故曰：時間之過，非朱、姚、方三學者之過；更求其本，則爲廢《序》之過。

　　方氏廢《序》言詩，逞其創意，故新解特多：例如解〈野有死麕〉、〈行露〉、〈靜女〉〔註119〕，何定生先生評之曰：「想入非非，使人啼笑不得」、「直是囈語」、「眞可爲噴飯」〔註120〕。

（四）賞析詩文，常悟運筆之妙

　　以〈豳風・七月〉爲例，方氏曰：

> 今玩其辭，有樸拙處，有疏落處，有風華處，有典核處，有蕭散處，有精緻處，有淒婉處，有山野處，有眞誠處，有華貴處，有悠揚處，有莊重處，

〔註118〕趙制陽〈方玉潤詩經原始評介〉，《中華文化復興月刊》十四卷二期，頁86。

〔註119〕方氏解〈野有死麕〉曰：「拒招隱也」又曰：「愚意此必高人逸士抱璞懷貞，不肯出而用世，故託言以謝當世求才之賢也。」解〈行露〉曰：「貧士欲昏以遠嫌也。」又曰：「愚細繹詩意，雖不敢妄有臆斷，而其中委曲致禍之由，似可得言者：大抵三代盛時，賢人君子守正不阿，而食貧自甘，不敢妄冀非禮。當時必有勢家巨族以女強妻貧士，或前已許字於人，中復自悔，另圖別嫁者。士既以禮自守，豈肯違制相從？則不免有速訟相迫之事，故作此詩以見志。」解〈靜女〉曰：「刺衛宣公納伋妻也。」趙制陽評方氏解〈靜女〉，曰：「這一人事編敍，直如小兒學語，幼稚不堪。」

〔註120〕何定生《詩經今論》，頁258，商務，民國57年6月。

　　無體不備，有美必臻。晉、唐後，陶，謝、王、孟、韋、柳田家諸詩，從
　　未見臻此境。

又以〈關雎篇〉爲例，方氏眉批曰：

　　此詩佳處，全在首四句，多少和平中正之音，細詠自見，取冠三百，眞絕
　　唱也。

又〈關雎〉三章，眉批曰：

　　忽轉繁絃促音，通篇精神扼要在此；不然，前後皆平沓矣。

又末二章，眉批曰：

　　友字、樂字，一層深一層，快足滿意而又不涉於侈靡，所謂樂而不淫也。

此類眉批，使讀者於賞析詩境之際，似有良師在側，獲益匪淺。

九、《詩經》古音諸學者

　　宋鄭庠著《詩古音辨》，分古韻爲東、支、魚、眞、蕭、侵六部，開古韻分部之
先河。其優點是陽聲韻尾之收 ŋ、n、m者，與入聲之收 k、t、p尾者之分部，
條理不紊。至其缺點，江有誥云：「雖分部至少，而仍有出韻，蓋專就唐韻求其合，
不能析唐韻求其分，宜無當也。」段玉裁曰：「其說合於漢魏及唐之杜甫、韓愈所用，
而於周秦未能合也。」

　　清朝聲韻學者，依治學態度不同，可分爲考古派、審音派；前派以顧炎武、
江永、段玉裁、王念孫、江有誥爲代表，後派以戴震、孔廣森爲代表。茲依據民
國六十八年（公元 1979）林師慶勳及七十年（公元 1981）陳師伯元講授之內容，
略述如下：

（一）顧炎武之研究

1、顧氏著《音學五書》，分古韻爲十部：東、支、魚、眞、蕭、歌、陽、耕、蒸、
　　侵。

2、顧氏分韻部之貢獻

　　（1）陽、耕、蒸三部自鄭庠東部獨立：鄭庠東、冬（鍾）江、陽（唐）庚（耕、
　　　　清）青、蒸（登），通爲一部。顧氏析東、冬、鍾、江爲東部，陽、唐與庚
　　　　之半爲陽部，耕、清、青與庚之另半爲耕部，蒸、登爲蒸部；此三部獨立，
　　　　已成定論。

　　（2）歌部自鄭庠魚部獨立：鄭庠以魚、虞（模）歌（戈）麻諸韻通爲一魚部。
　　　　顧氏則以魚、虞、模、麻之半、侯合爲魚部，歌、戈、麻之半，獨立爲歌
　　　　部；歌部獨立，亦已成定論。

3、顧氏於古韻研究方法上之兩大貢獻

    （1）離析唐韻以求古音：其離析步驟有二，首先離析俗韻，返之唐韻，例如：
　　　　從唐韻，而析支、脂、之爲三，不從俗韻合爲一，所謂「齊一變至於魯也。」
　　　　然後，離析唐韻之字，分別歸於所屬之古韻部，例如，析五支韻中之部分
　　　　字，與六脂七之合爲支部；又析五支韻中之另外若干字，與七歌八戈合爲
　　　　歌部，即所謂「魯一變至於道也」。

    （2）變更唐韻之入聲分配：鄭庠之入聲，仍從唐韻配陽聲。顧氏則以爲古音入
　　　　聲恆與陰聲爲韻，故除歌、戈、麻三韻舊無入聲，及侵、覃以下九韻舊有
　　　　入聲外，悉反韻書之次，以入聲配陰聲。此純就古音以言古韻，較之鄭庠
　　　　所配爲合理。

江永《古韻標準・例言》：「細考《音學五書》，亦多滲漏，蓋過信古人韻緩不煩改字
之說，……《古音表》分十部，離合處尚有未精，其分配入聲多有未當，此亦考古
之功多，審音之功淺，每與東原歎息之。」

（二）江永之研究

1、江永著《古韻標準》，實以《詩》三百篇爲主，加以精密之分析與歸納，分古韻
　　爲十三部，比顧氏多元、談、尤三部。

    （1）眞、元分部：顧氏以眞、諄、臻、文、殷、元、魂、痕、寒、桓、刪、山、
　　　　先、仙十四韻通爲一眞部。江氏則以先之半與眞、諄、臻、文、殷、魂、
　　　　痕，合爲眞部（口斂而聲細）。先之另半與元、寒、桓、刪、山、仙，合爲
　　　　元部（口侈而聲大）。故江氏多出元部，元部已成定論。

    （2）侵談分部：顧氏以侵覃以下九韻通爲一部，江氏亦以音之弇侈，別爲二部。
　　　　以侵、覃之半、談之半、鹽之半，合爲侵部（口弇而聲細）。又以添、咸、
　　　　銜、嚴、凡、覃之半、談之半、鹽之半，合爲談部（口侈而聲大）；故多出
　　　　談部。

    （3）尤部獨立：顧氏以魚、虞、模、麻之半、侯爲魚部，又以蕭、宵、肴、豪、
　　　　尤之半、幽爲蕭部。江氏則使虞之半、侯自顧氏魚部分出，又使尤之半、
　　　　幽自顧氏蕭部分出，然後合虞之半、尤之半、侯、幽爲尤部，故又多出一
　　　　部。段玉裁評之曰：「顧氏誤合侯於魚一部，江氏又誤合侯於尤爲一部，皆
　　　　考之未精。」江有誥曰：「顧氏合侯於魚，與三代不合，而合於兩漢；江氏
　　　　合侯於尤，且不合於兩漢矣。」

2、江氏另立入聲八部：江氏以爲「入聲與去聲最近，詩多通爲韻，與上聲韻者間有
　　之，與平聲韻者少，以其遠而不諧也；韻雖通而入聲自如其本音。」因入聲如其

本音，故入聲獨立成八部：

屋：以屋韻爲主。 （k尾）

質：以質、術、櫛、物、迄、沒爲主。 （t尾）

月：以月、曷、末、黠、鎋、薛爲主。 （t尾）

鐸：以藥、鐸爲主。 （k尾）

錫：以錫韻爲主。 （k尾）

職：以職、德爲主。 （k尾）

緝：以緝韻爲主。 （p尾）

葉：以葉韻爲主。 （p尾）

江氏之入聲八部，較顧氏精密。其屋、鐸、錫、職諸部收k尾，質、月二部收t尾，緝、葉二部收p尾，皆分別井然。

3、江氏數韻同一入：顧氏入聲專附陰聲，江氏不爾，江氏入聲八部獨立，不專主某部，兼及今韻之條理，主數韻同一入。

（三）段玉裁之研究

1、段氏《六書音韻表》分古韻爲十七部，較江氏多四部。

（1）支、脂、之分爲三部：廣韻支、脂、之、微、齊、佳、皆、灰、咍諸韻，江氏合爲一部。段氏則以之、咍及入聲職、德合爲第一部之部。以脂、微、齊、皆、灰及去聲祭、泰、夬、廢，入聲術、物、迄、月、沒、曷、末、鎋、黠、屑、薛諸韻合爲第十五部脂部。以支、佳與入聲陌、麥、昔、錫合爲第十六部支部。例如《詩·相鼠》二章，齒、止、俟，第一部也；三章，體、禮、死，第十五部也。〈板〉六章，簁、圭、攜，第十六部也。

（2）眞諄分爲二部：江氏《古韻標準》以《廣韻》眞、諄、臻、文、欣、魂、痕、先之半合爲一部，尚有未審。段氏則析眞、臻、先之半及其入聲質、櫛、屑合爲第十二部眞部。又析諄、文、欣、魂、痕爲第十三諄部。諄部獨立，已成定論。

（3）侯部獨立：江氏以侯與尤、幽合爲一部，段氏則以尤、幽爲第二尤部。侯獨立爲第四部侯部。江有誥云：「段氏以尤、幽爲一部，侯與虞之半別爲一部，雖古人復起，無以易矣。」

2、段氏古韻十七部之次第：段氏以音之遠近，重排十七部之次第。其十七部，共分六類，次第爲：

第一類：一之

第二類：二蕭、三尤、四侯、五魚

　　第三類：六蒸、七侵、八覃

　　第四類：九東、十陽、十一庚

　　第五類：十二眞、十三諄、十四元

　　第六類：十五脂、十六支、十七歌

3、創立古本音與古合韻之說：（詳見本章本節「五、陳奐」）

4、段氏以諧聲系統分部：今韻雖同一諧聲偏旁而互見諸部，然段氏以爲古韻同此諧
　　聲，即爲同部。因類列某聲某聲而成十七部諧聲表。段氏云：「一聲可諧萬字，
　　萬字而必同部，同聲必同部：」

（四）孔廣森之研究

　　孔廣森字眾仲，一字撝約，號顨軒，曲阜人。有《詩聲類》十二卷，分古音爲
十八部。

1、多部獨立：孔氏古韻分部之最大特點，即東、多分立。其多部以《廣韻》多韻爲
　　主，另加東韻、江韻之一部分。其東部，則以鍾韻爲主，另加東韻、江韻之大部
　　分字。多部獨立，已成定論。

2、合部獨立：孔氏以緝、合以下九韻之入聲，併爲一部，使之獨立，稱爲合部。

3、確立陰陽對轉之說：此爲孔氏獨到之創見，其所定東侯、陽魚、蒸之、耕支、眞
　　脂、元歌對轉等，皆非常合於音理。

4、與段氏十七部之異：

　　（1）多多、合兩部。

　　（2）將段氏十二眞、十三諄合爲辰部。

　　（3）將段氏第三部尤部之部分入聲字畫爲侯部之入。

（五）王念孫之研究

　　王念孫字懷祖，號石臞，江蘇高郵人。其《古音譜》二卷（《高郵王氏遺書》改
其名爲：《詩經群經楚辭韻譜》）分古韻爲二十一部，較段氏多四部：

1、至部獨立：將段氏第十二部眞部之入聲質、櫛、黠、屑、薛五韻中之部分字與段
　　氏十五部（脂部）之去聲至、霽兩韻之部分字合併成至部，不與平上同用。

2、祭部獨立：將段氏十五部（脂部）中之祭、泰、夬、廢，及入聲之月、曷、末、
　　鎋、黠、薛諸韻獨立爲祭部。

3、緝、盍分爲二部：將段氏第七部侵部之入聲獨立爲緝部。又將段氏第八部談部之
　　入聲獨立爲盍部。緝部，以緝、合兩韻爲主，另加洽韻之半；盍部，以盍、葉、
　　帖、狎、業、乏爲主，加洽部之另半。

4、將段氏三部（尤部）中屋、沃、燭、覺四韻之部分字，改爲侯部之入聲。

　　王氏緝、盍分二，與侵、覃分開、已成定論。

（六）江有誥之研究

　　江有誥，字晉三，歙縣人，著《音學十書》，分古韻爲二十一部，與王念孫相近。

　　1、祭部獨立：將段氏十五部（脂部）中之祭、泰、夬、廢及入聲月、曷、末、
　　　　鎋、黠、薛諸韻獨立爲祭部。

　　2、緝部、葉部獨立：將段氏第七部侵部之入聲獨立爲緝部，以緝、合兩韻爲
　　　　主，另加洽之半。以盍、葉、帖、狎、業、乏及洽之半爲葉部，從段氏第
　　　　八部（談部）獨立出來。

　　3、侯部有入。

　　4、中部獨立：取孔廣森東、冬分部之理，將孔氏之冬部改稱爲中部。

此外，夏炘著《詩古韻表二十二部集說》，以江有誥之二十一部做基礎，加以王念孫
之至部，以成古韻二十二部。

　　至於審音派之戴震，受審音知識之影響，以爲古韻分部應純就古代韻母系統著
眼，而不完全依靠古人用韻作標準。所著《聲類表》，分古韻爲九類二十五部，以其
將入聲九部完全獨立，故比段玉裁多八部。茲略述戴氏古韻如下：

1、陰聲、陽聲名稱之確立，與陰陽入三分法。使入聲韻部從各陰聲韻部獨立起來。

2、將入聲九部獨立之後，與平上去諸部之分配爲：ŋ－k，n－t，m－p。

3、祭部獨立：戴氏將靄部獨立（即祭、泰、夬、廢諸韻），並以入聲質、術、櫛、
　　物、迄、沒、屑諸韻配脂、微，以月、曷、末、鎋、黠、薛諸韻配祭、泰、夬、
　　廢。此實似密而疏，祭、泰、夬、廢不宜獨立成部，應與月、曷諸韻合成一部方
　　可。

4、戴氏不接受段玉裁尤侯分部及眞諄分部之事實，此因過於自信其審音能力，造成
　　疏漏。

　　民國以來，考古派之章太炎先生得二十三部（因隊部獨立），王力則獨立微部，
計得二十四部。審音派之黃季剛先生，將談、添、盍、帖分四部，加戴震二十五部，
計得三十部。至陳師伯元，以黃季剛先生三十部，加黃永鎮肅部、再加王力微部，
共得三十二部，標目如下：

一、歌　一一、錫　二一、幽　三一、盍
二、月　一二、耕　二二、覺　三二、談
三、元　一三、魚　二三、冬
四、脂　一四、鐸　二四、之
五、質　一五、陽　二五、職
六、真　一六、侯　二六、蒸
七、微　一七、屋　二七、緝
八、沒　一八、東　二八、侵
九、諄　一九、宵　二九、帖
一〇、支　二〇、藥　三〇、添

第十章 結 論

　　《詩經》是上古專制時代之作品，當時書寫工具極度缺乏，而先民智慧之結晶，竟能經由文字篇章流傳後世；此一現象發人深思，未可等閒視之。朱子謂「凡詩之所謂風者，多出於里巷歌謠之作，所謂男女相與詠歌，各言其情者也」〔註 1〕，洵然錯估時代背景。胡念貽曰：

> 在過去剝削階級統治的社會裡，勞動階級被剝奪了學習文化的權利，因此，勞動人民的詩歌創作一般都是口頭創作，在口頭流傳，要經過某些人的整理和文字記錄才開始藉文字流傳的。……以〈國風〉而論，至少可以肯定其中的一大部分是當時的上層貴族或比較上層的人物之作。……真正有計劃地記錄和彙集民間口頭流傳的歌謠的，恐怕從明朝才開始，如馮夢龍編輯的《山歌》等才是這樣，漢代雖有「立樂府，采詩夜誦」的事，但漢代樂府官所採錄的，還是著重在音樂方面，……現在流傳下來的從漢魏樂府它所反映的生活和所反映的觀點感情來看，很多不是勞動人民的作品，雖然有一部分可能是下層人民的作品。……《詩經》以後一千餘年，沒有比較認真的記錄和彙集勞動人民口頭創作的事，《詩經》的時代卻有，這不是很可疑嗎？〔註2〕

清章學誠撰《文史通義》，以為《六經》原是有關國家政典之檔案文獻，分別掌於朝廷各部門之史官；經書之可貴，在於其具備明道之功用。故《詩序》曰：

> 先王以是經夫婦，成孝敬，厚人倫，美教化，移風俗。

視此等詩篇為使人「溫柔敦厚」之政典。王德培曰：

〔註 1〕《詩集傳・序》。
〔註 2〕胡念貽〈關於《詩經》大部分是否民歌的問題〉，《文學遺產》增刊第七輯，頁 4～6，香港聯合出版社。

《毛詩正義》說:「夫《詩》者,論功頌德之歌,止僻防邪之訓,雖無爲而自發,乃有益於生靈。」這是說,《詩經》是自發創作的集匯,沒有有計劃、有目的的創作部分,我認爲實際並非如此。就〈大雅·文王之什〉和〈周頌·清廟之什〉來看,它們當是《詩經》最初始的部分,而且是在周公指導下爲一定的政治目的而創作編輯在一起的。……近代學者往往不願傳統注釋,任意解詩。這種作法,從史料學角度看,很不可取。……所以《毛傳》、《鄭箋》雖有某些錯誤,基本上是有所本的。……《詩經》並不是一部一般的「詩歌總集」,而是反映一整個時代貴族統治者在社會、政治、經濟、倫理、道德各方面意識形態的文獻〔註3〕。

程俊英曰:

周代一切書籍,都由王官保管,只有做官的貴族有學習研究的權利,王官就是他們的老師。至於人民,只有從事農業勞動和服役的義務,沒有識字受教育的權利。《左傳》載史墨說:「物各有官,官修其方,朝夕思之;一旦失職,則死及之。失官不食,官宿其業,其物乃至。」《管子·任法篇》也說:「官無私議,民無私說。」……當時保管教授《詩經》的王官叫做太師,到了《春秋》,王官失守,……從此,社會上才發生私人講學的事〔註4〕。

孔子之前,此數百詩篇未有「《詩經》」之名,卻已普遍風行,發揮其政教功能,如賦詩言志、興觀群怨、多識草木鳥獸之名……。

《詩經》學之成立,起自孔子,孔、孟、荀是儒家領袖,棲棲遑遑,莫非奔走淑世濟民之事,《詩三百》爲其推展教化與闡釋微言大義之教材。

自漢迄清,《詩經》學可分爲三大派〔註5〕,曰:西漢今文學、東漢古文學、宋學。

西漢今文學即西漢時代《齊、魯、韓三家詩》學。今文學以孔子爲政治家,以《六經》爲孔子致治之說,故偏重微言大義,作風趨向功利,其流弊爲狂妄。《韓詩》推詩人之意,廣采博納,爲內外傳數萬言。《齊詩》講究天象人事之相互關係,參雜陰陽五行之說。《魯詩》學者善以三百五篇當諫書。西漢爲今文學獨盛時代,《毛詩》雖出,終不能與《三家詩》並行;此功名利祿使然。東漢爲古文學時代,三家雖未

〔註3〕王德培〈略論詩經的起源、性質、流變和史料意義〉,《天津師大學報》1984～3,頁69～76,1984年6月。
〔註4〕程俊英〈歷代詩經研究評述〉,《華東師範大學學報》1982～3,頁三六,1982年6月。
〔註5〕見皮錫瑞《經學歷史》,〈周予同序〉。

亡，《毛詩》得以大顯，以其近於詩之本義故也。

東漢古文學以孔子爲史學家，以《六經》爲孔子整理古代史料之書，故偏重「名物訓詁」，以考證爲特色，其流弊爲繁瑣。東漢年間，鄭玄主古文經學，兼採今文，由是，鄭學定於一尊。

魏、西晉時代，王肅之學盛行一時，崇毛抑鄭，然與東漢古文經學實爲一派。

東漢立於學官者，亦皆今文學，魏時所立諸經，則代之以賈、馬、鄭、王之古文經學。《齊詩》亡於魏代，《魯詩》亡於西晉，《韓詩》亡於宋前，今唯存《外傳》。

魏、西晉時代，王肅之學大昌，鄭學亦不甘示弱，申駁不斷。東晉、南北朝時代，王學沒落，地無分南北，一歸毛鄭；而北朝守其純，南朝《詩》學則頗受玄風、佛學之影響（佛學影響其義疏之學）。

漢朝章句之學，至六朝時期，受佛教講經之影響，始有義疏之體。唐朝爲科舉功令之需，敕編《毛詩正義》，遂成大一統之局。

唐朝韓愈疑《詩序》非子夏所作，唐末漸有擺脫《毛詩正義》而自由說詩者，爲宋人疑經風氣之先聲。

宋儒歐陽修《詩本義》首開一代風氣，指出毛、鄭之若干缺失；而後，蘇轍於《詩序》唯存首句，鄭樵力主廢《序》之說，影響朱子尤著。由是南宋《詩經》學，形成呂祖謙尊崇《詩序》與朱子廢《序》二派之爭。而祖謙英年早逝，故《朱傳》獨行。元、明、清三代，科舉定制，獨採《朱傳》，毛鄭舊說遂隱而不彰。

清初學者兼採漢、宋，繼而專崇東漢古文經學，宋學由是日微。乾嘉時期，考據學大興，本實事求是之精神，務得其眞。凡文字音義、典章文物……莫不詳加稽考，皆一致以爲《詩序》不可廢。其初，以毛、鄭攻朱學，後則以《毛傳》攻《鄭箋》，以《鄭箋》不守師法故也。

嘉道以後，內憂外患駢臻，時局動盪，考據之學衰落，宋學與今文經學代之而起。一則主張超越毛、鄭，依三家佚文，直探《齊、魯、韓詩》之眞面貌；再則摒棄繁瑣之訓詁考證，闡揚微言大義，以達成經世濟民之理想。光緒時，今文經學底於極盛階段。三則受宋學影響，並今、古文《詩序》一概擯除，徒取《孟子》「以意逆志」之說，冀能索得「作詩者之心」。方玉潤曰：

> 《六經》中唯《詩》易讀，亦唯《詩》難說。固因其無題無序，亦由於詞旨隱約，每多言外意，不比他書明白顯易也。又況說《詩》諸儒，……往往穿鑿附會，膠柱鼓瑟，不失之固，即失之妄，又安能望其能得詩人言外

意哉？〔註6〕

《毛序》今存，而曰「無題無序」，豈非「道在近而求諸遠」乎？

姚際恆曰：

> 予以爲《傳》、《箋》可略，今日折衷是非者，惟在《序》與《集傳》而已。
> 《毛傳》古矣，惟事訓詁，與《爾雅》略同，無關經旨。雖有得失，可備
> 觀而弗論。《鄭箋》鹵莽滅裂，世多不從，又無論已。惟《序》則昧者尊
> 之，以爲子夏作也。〔註7〕

又曰：

> （朱子）作爲《辨說》，力詆《序》之妄，由是自爲《集傳》，得以肆然行
> 其說；而時復陽違《序》而陰從之，而且違其所是，從其所非焉。武斷自
> 用，尤足惑世〔註8〕。

欲求《詩》義，而捨《詩序》、《傳》、《箋》，則將用力愈勤，離道彌遠。

朱子斷言《詩小序》乃魏宏所作，故安於廢《序》；至其誤解「興」義，更與廢
《序》息息相關。

「興」是隱喻（或象徵），實爲《詩經》之最高表現技巧；後人所發現之聯想式、
戴帽式〔註9〕皆不得〈鵲巢〉鳩佔，用以取代「興」。爲今之計，不妨擴增六義，使
成七義、八義……。

考據之學盡，則義理之風起，是以東漢之主流古文經學一變而爲魏晉六朝，唐
正義一變而爲宋學，清樸學一變而爲今文經學。不經訓詁考證，則無以知曉詩義；
徒事考據，則流於瑣碎無用，必然轉而申述義理，故朱子曰：

> 自晉以來，解經者卻改變得不同，王弼、郭象輩是也。漢人解經，依經演
> 繹，晉人則不然，捨經而自作文〔註10〕。

今人湯錫予曰：

> 漢代經學，依於文句，故朴實說理，而不免拘泥。魏世以後，學尚玄遠；
> 雖頗乖於聖道，而因主得意，思想言論乃較自由。漢人所習章句，魏晉所
> 尚者曰通。章句多隨文飾說；通者會通其義，而不以辭害義。〔註11〕

皮錫瑞曰：

〔註 6〕方玉潤《詩經原始》，頁 27，〈卷首凡例〉，藝文，民國 49 年。
〔註 7〕姚際恆《詩經通論》，〈自序〉，廣文書局，民國 50 年。
〔註 8〕同註 4。
〔註 9〕劉德漢〈詩經概述〉，《詩經研究論集》，頁 67，黎明文化事業公司。
〔註 10〕《朱子語類》，卷六七。
〔註 11〕湯錫予著《魏晉玄學論稿》，言意之辨。

宋人不信注疏而各自爲說，實則皆如孔蔡謬悠，議瓜驪山，良無一是也
〔註12〕。

皮氏所言，蓋指宋人學無根柢。然學以致用，方爲可貴，清人章學誠曰：

訓詁章句，疏解義理，考求名物，皆不足以言道也〔註13〕。

又曰：

學者但誦先聖遺言，而不達時王之制度，是以文爲鏧悅絺繡之玩，而學爲
鬥奇射覆之資，不復計其實用也。……君子苟有志於學，則必求當代典章
以切於人倫日用，必求官司掌故而通於經術精微，則學爲實事而文非空
言，所謂有體必有用也〔註14〕。

宋儒二程、呂祖謙皆主張治經致用（見第七章第三節呂祖謙）。以段玉裁之宏博，尚
以偏守爲憾，其〈朱子小學跋〉曰：

余年十三，先君子授以小學，……人事紛糅，所讀之書，又喜言訓詁考據；
尋其枝葉，略其根本；老大無成，追悔已晚。……漢人之小學，一藝也；
朱子之小學，蒙養之全功也〔註15〕。

孔子曰：

不學《詩》，無以言。（《論語‧季氏篇》）
誦《詩》三百，授之以政，不達；使於四方，不能專對；雖多，亦奚以爲？
（《論語‧陽貨篇》）

主張學詩可以通達事理，以爲從政之用。

《詩經》爲研究上古音韻之最寶貴資料，宋吳棫著《韻補》，爲古音學有專籍之
始。其後，鄭庠著《詩古音辨》，分古韻爲六部，開古韻分部之先河。而古韻學有系
統、有條理之研究，則始於清顧炎武，而後名家輩出，使古音學之眞面目發皇於世。

《詩三百》，一言以蔽之，曰：思無邪。詩可以興、觀、群、怨。《禮記‧經解》
曰：「溫柔敦厚，《詩》教也」，是《詩三百》爲涵養修身之極佳教材。至此，不禁想
見呂氏家塾，師生陶然其中，令人欣羨；是則，《詩經》之價值當歷久彌新，永垂不
朽。

近人周予同以反傳統之思想，於民國十五年（公元 1926）十月發表〈殭屍的出
祟——異哉所謂學校讀經問題〉一文，寫道：

〔註12〕皮錫瑞《經學通論》，卷二，頁 52，商務印書館。
〔註13〕章學誠《文史通義》，內篇二，〈原道下〉。
〔註14〕書同註 10，內篇五，〈史釋〉。
〔註15〕見魏源《編經世文編》，卷二，〈學術〉。

經是可以研究的，但是絕對不可以迷戀的；經是可以讓國內最少數的學
者去研究，好像醫學者檢查糞便、化學者化驗尿素一樣；但是絕對不可
以讓國內大多數的民眾，更其是青年的學生去崇拜，好像教徒對於莫名
其妙的聖經一樣。……如果你們頑強的、盲目的來提倡讀經，我敢做一
個預言家，大聲的說：經不是神靈，不是拯救苦難的神靈！只是一個殭
屍，穿戴著衣冠的殭屍！它將伸出可怖的手爪，給你們或你們的子弟以
不測的禍患〔註16〕。

漢朝、宋朝是尊經崇儒之兩大時代，宋朝以其輕武政策導致國力不振；而漢、宋時
期之社會秩序極其良好，人重氣節，風俗淳美，周予同氏豈不之見乎？歷代英主何
以多獎披儒學？假令僅僅少數經學家接受詩教之薰陶，民風豈能臻於溫柔敦厚之善
境？周氏之言，真可謂非愚則誣也。朱維錚謂周氏之經學著作與手稿，曾裝為兩大
麻袋，被人付以一炬，或趁火打劫〔註17〕，豈無端而至哉！近年，又有反溫柔敦厚
之學者，如聞一多曰：

我在「溫柔敦厚」這句古訓裡嗅到了數千年的血腥。……詩的女神善良得
太久了，……她受盡了侮辱和欺騙，而自己卻天天在抱著「溫柔敦厚」的
教條，做賢妻良母的夢〔註18〕。

設如以「反溫柔敦厚」為教，豈是國家社會之福？聞氏之言頗有商榷餘地。至如趙
光賢〈孔子、儒家與傳統文化〉〔註19〕等，則為導人入善之好文章。

總之，中國歷代《詩經》學實牽涉古今學者所辯駁不休之種種問題，如今文經
學與古文經學之爭議、漢學與宋學之差異、尊《序》派與廢《序》派之區別、考據
之學與義理風氣之消長，五四運動之後，更有尊經或廢經之話題。

大陸地區，自改革開放以來，經學逐漸回復其原有之地位，與五四時期視經學
如洪水猛獸之情況迥異。至如《詩經》學上最具爭議之《詩序》存廢問題，亦可望
有漸趨一致之看法，姑不論是否相信《詩經》之微言大義，無庸置疑，《詩序》為古
老之文獻，為研治《詩經》之重要參考資料，不可輕言丟棄。

《詩經》學既有不少見仁見智之爭議問題，連不揣淺拙，敢置喙其間；所言若
有可取之處，皆潘師石禪之恩賜也。

〔註16〕朱維錚編《周予同經學史論著選集》，頁831。
〔註17〕同前注，頁871。
〔註18〕王啓興〈論儒家詩教及其影響引〉，《文學遺產》1987～4，頁14，上海古籍出版社1987
年8月。
〔註19〕趙光賢〈孔子、儒家與傳統文化〉，《北京師範大學學報》1989～1，頁13～18，年月
同。

參考書目

壹、重要史料

二　畫

1. （清）丁丙，《善本書室藏書志》四十卷（善室）（廣文書局，民國 56 年，六冊（《書目叢編》之十））。

2. （清）丁國鈞，《補晉書藝文志》（《叢書集成新編》第一冊，新文豐出版，民國 74 年），頁 75～117。

四　畫

1. （清）方玉潤，《詩經原始》四冊（藝文印書館，民國 49 年）。

2. （唐）孔穎達，《周易正義》十卷（魏王弼、韓康伯注，唐孔穎達正義）《十三經注疏本》（中文出版社），227 頁。

3. （唐）孔穎達，《尚書正義》二十卷（漢孔安國傳，唐孔穎達正義），《十三經注疏本》（中文出版社），317 頁。

4. （唐）孔穎達，《毛詩注疏》（漢毛亨傳、鄭玄箋，唐孔穎達正義），《十三經注疏本》（藝文印書館），809 頁。

5. （唐）孔穎達，《禮記注疏》（漢鄭玄注，唐孔穎達正義），《十三經注疏本》（中文出版社），1036 頁。

6. （唐）孔穎達，《春秋左傳正義》（晉杜預注，唐孔穎達正義），《十三經注疏本》（藝文印書館、中文出版社），1065 頁。

7. （宋）尤袤，《遂初堂書目》（遂初），《說郛本》（廣文書局，民國 57 年），92 頁。

8. （民）王文進，《文祿堂訪書記》五卷（廣文書局，民國 56 年，二冊）。

9. （清）王引之，《經義述聞》三二卷（廣文書局，民國 52 年，二冊）。

10. （清）王夫之，《讀通鑑論》（河洛，民國 65 年），頁 1115。

11. （宋）王安石，《臨川先生文集》一○○卷（商務，民國 65 年，《四部叢刊初編》，冊五一），648 頁。

12. （清）王先謙，《詩三家義集疏》二八卷，《首》一卷（世界書局，民國 46 年，二冊）。

13. （宋）王柏，《詩疑》二卷（開明書店，民國 58 年），80 頁。

14. （宋）王堯臣等編，《崇文總目輯釋》五卷，《補遺》一卷，（清錢東垣等輯釋，錢侗補遺）（廣文書局，民國 57 年，四冊）。

15. （宋）王應麟，《困學紀聞》二十卷（商務印書館，《四部叢刊廣編》第二八冊），220 頁。

16. （宋）王應麟，《玉海》（華文（華聯），民國 56 年再版，八冊）。

17. （宋）王應麟，《詩地理考》六卷（新文豐出版，民國 74 年，《叢書集成新編》第九一冊），頁 656～693。

18. （宋）王應麟，《詩考》一卷（新文豐出版，民國 74 年，書同前第五六冊），頁 12～26。

19. （清）王懋竑，《朱子年譜》四卷，《考異》、《附錄》二卷（世界書局，民國 48 年，二冊）。

五　畫

1. （周）左丘明，《國語》（吳、韋昭注）（漢京，民國 72 年），728 頁。

2. （宋）司馬光，《傳家集》八十卷（商務，民國 72 年，《四庫全書》第一○九四冊），738 頁。

3. （宋）司馬光，《資治通鑑》（蒲公英出版社（內頁署：藍燈文化事業公司），民國 75 年 6 月，十二冊）。

4. （漢）司馬遷，《史記》一三○卷（鼎文書局，民國 71 年，四冊），3322 頁。

5. （清）皮錫瑞，《經學通論》（商務印書館，民國 58 年，《人人文庫》一冊，（頁數龐雜）。

6. （清）皮錫瑞，《經學歷史》（漢京文化事業公司，民國 72 年），362 頁。

7. （清）甘鵬雲，《經學源流考》（學海出版，民國 75 年），296 頁。

六　畫

1. （宋）朱井，《曲洧舊聞》十卷，《叢書集成新編》，冊八四（新文豐，民國 74 年），81 頁。

2. （宋）朱熹，《詩集傳》（藝文印書館，四冊），1012 頁。

3. （宋）朱熹，《朱文公文集》（商務印書館，民國 65 年，《四部叢刊初編》冊五八、五九，共 1960 頁。

4. （宋）朱熹，《四書集註》（文津出版，民國 74 年），918 頁。

5. （宋）朱熹，《詩序辨說》（藝文印書館，《百部叢書集成》第四六種，《學津討

源》第三函），68 頁。

6. （宋）朱熹輯，《二程語錄》十八卷（新文豐出版，民國 74 年，《叢書集成新編》第二一冊），頁 722～795。

7. （清）朱彝尊，《經義考》二九八卷（中華書局，民國 68 年，八冊）。

8. （清）朱彝尊，《曝書亭集》，大本原式《四部叢刊正編》，冊八一（商務），654 頁。

9. （宋）朱鑑編，（文公）《詩傳遺說》六卷，《通志堂經解》冊十七，頁 9969～10046。

10. （清）全祖望，《鮚埼亭集》五十卷（商務印書館，民國 65 年，《四部叢刊初編》第九五冊），1077 頁。

11. （日本）竹添光鴻，《左傳會箋》（廣文書局，民國 50 年，四冊）。

七 畫

1. （明）宋濂，《宋學士文集》七五卷（商務印書館，民國 65 年，《四部叢刊初編》第八十冊），551 頁。

2. （明）宋濂，《元史》二一〇卷（鼎文書局，民國 66 年，七冊，四六七八），頁 472。

3. （宋）沈作喆，《寓簡》十卷，《叢書集成新編》，冊十一（新文豐出版，民國 74 年 3 月。

4. （梁）沈約，《宋書》一〇〇卷（鼎文書局，三冊），2471 頁。

5. （唐）成伯璵，《毛詩指說》一卷（大通書局，《通志堂經解》第十六冊），頁 9103～9110。

6. （唐）李延壽，《南史》八十卷（鼎文書局，民國 65 年，三冊），2027 頁。

7. （唐）李百藥，《北齊書》五十卷（鼎文書局，民國 67 年），705 頁。

8. （宋）李燾，《續資治通鑑長編》五二〇卷（世界書局，民國 53 年再版，十五冊）。

9. （宋）邢昺，《爾雅注疏》十卷（晉郭璞注，宋邢昺疏），《十三經注疏本》（藝文印書館，民國 54 年），206 頁。

10. （宋）吳曾，《能改齋漫錄》十八卷，《叢書集成新編》，冊十一（新文豐），458 頁。

11. （清）吳敬梓，《儒林外史》（聯經，民國 78 年，七印），556 頁。

12. （唐）吳兢，《貞觀政要》十卷，《四部叢刊廣編》，冊十二（商務印書館，《明成化刊本》），頁 176。

13. （宋）呂祖謙，《呂東萊文集》二十卷（新文豐出版，民國 74 年，《叢書集成新編》第七四冊），頁 380～503。

14. （宋）呂祖謙，《東萊呂太史文集》十五卷，《別集》十六卷，《外集》五卷，《附

錄》三卷，《附考異》四卷，《續金華叢書》第十九種。

15. （宋）呂祖謙，《呂氏家塾讀詩記》三二卷（商務印書館，民國70年，《四部叢刊廣編》第四冊，460頁。

16. （宋）呂祖謙，《東萊左氏博議》五卷（廣文書局，民國62年，二冊）。

17. （宋）呂祖謙，《麗澤論說集錄》十卷（商務印書館，《四庫全書》第七〇三冊），頁265～455。

八　畫

1. （清）周中孚，《鄭堂讀書記》七十卷（世界，民國54年，二冊）。

2. （清）金門詔，《補三史藝文志》（補三史志）（新文豐出版，民國74年，《叢書集成新編》第一冊），頁301～308。

九　畫

1. （清）胡承珙，《毛詩後箋》，（藝文，《皇清經解續編》七～八冊），頁5096～5760。

2. （清）范仲淹，《范文正公集》，《四部叢刊初編》，冊四五（商務），頁370。

3. （南朝宋）范曄，《後漢書》九十卷（鼎文書局，民國67年，六冊）。

4. （唐）姚思廉，《梁書》五六卷（鼎文書局，民國67年），870頁。

5. （唐）姚思廉，《陳書》三六卷（鼎文書局，民國67年），502頁。

6. （清）姚際恆，《詩經通論》（廣文書局，民國50年），367頁。

7. （清）姚際恆，《古今偽書考》（開明書局，民國58年），72頁。

8. （清）侯康，《補後漢書藝文志》（新文豐出版，民國74年，《叢書集成新編》第一冊），頁30～52。

9. （清）侯康，《補三國藝文志》四卷，叢書同前，第一冊，頁53～73。

10. （清）紀昀，《四庫全書總目》二〇〇卷（藝文印書館，民國63年，十冊）。

十　畫

1. （漢）班固，《漢書》一〇〇卷（鼎文書局，民國68年，五冊），4273頁。

2. （漢）班固，《白虎通德論》十卷（商務，民國65年，《四部叢刊初編》冊二五），83頁。

3. （清）孫星衍，《尚書今古文注疏》三十卷（新文豐，民國74年，《叢書集成新編》第一〇七冊），頁694～811。

4. （清）孫詒讓，《墨子閒詁》十五卷《附錄》一卷《後語》上下（世界書局，《諸子集成本》，民國69年），頁374又76。

5. （民）孫殿起，《販書偶記續編》二十卷（洪氏，民國71年），541頁。

6. （民）孫殿起，《販書偶記》二十卷（漢京，民國73年），860頁。

7. （清）馬瑞辰，《毛詩傳箋通釋》三二卷（藝文，《皇清經解續編》冊六～七），頁 4616～5095。

8. （元）馬端臨，《文獻通考》三四八卷（新興，民國 52 年，三冊）。

9. （周）荀況，《荀子》（周荀況撰，唐楊倞注，清王先謙集解）（藝文，民國 47 年，二冊）。

10. （宋）晁說之，《景迂生集》，《四庫全書》冊一一一八（商務），405 頁。

11. （宋）晁說之，《晁氏儒言》一卷（新文豐，民國 74 年，《叢書集成新編》冊二二），頁 5～11。

12. （宋）晁公武，《郡齋讀書志》二十卷（《郡齋》）（廣文，民國 56 年，六冊）。

13. （宋）袁燮，《絜齋家塾書鈔》一二卷《附錄》一卷，《四明叢書》第七集（新文豐，民國 77 年），272 頁。

14. （民）徐世昌，《清儒學案》二〇八卷（世界，民國 51 年，八冊）。

15. （清）倪燦、盧文弨，《宋史藝文志補》一卷（《宋志補》）（新文豐，民國 74 年，《叢書集成新編》第一冊），頁 254～269。

16. （清）倪燦、盧文弨，《補遼金元藝文志》一卷（《補遼金元志》），叢書同前，第一冊），頁 270～300。

17. （清）翁方綱，《經義考補正》一二卷（《經義考補》）（廣文，民國 57 年，三冊）。

18. （日本）島田翰，《古文舊書考》四卷（廣文，民國 56 年，三冊）。

十一畫

1. （漢）許慎，《說文解字》（清段玉裁注）（漢京，民國 69 年，五，九八二），102 頁。

2. （清）陳奐，《詩毛氏傳疏》（藝文，《皇清經解續編》第十二冊），頁 9029～9391。

3. （宋）陳師道，《後山叢談》四卷，《叢書集成新編》，冊八六（新文豐出版）。

4. （宋）陳振孫，《直齋書錄解題》（《直齋》）二二卷（廣文，民國 57 年，三冊）。（又中文出版社，民國 67 年）。

5. （清）陳啓源，《毛詩稽古編》三十卷（藝文，《皇清經解》第二冊），頁 809～1138。

6. （明）陳第，《毛詩古音考》四卷（新文豐，民國 74 年，《叢書集成新編》第四十冊），頁 197～245。

7. （宋）陳彭年，（新校正切宋本）《廣韻》（黎明，民國 65 年，五冊，五五四），411 頁。

8. （宋）陳傅良，《止齋先生文集》五二卷（商務，民國 65 年，《四部叢刊初編》第六十冊），272 頁。

9. （清）陳喬樅，《三家詩遺說考》（藝文，《皇清經解續編》第十六～十七冊），

頁 125142～13084。

10. （清）陳喬樅，《毛詩鄭箋改字說》，書同前第十七冊，頁 13085～13114。

11. （晉）陳壽，《三國志》六五卷（鼎文書局，民國 67 年，二冊）。

12. （清）陳鱣，《續唐書經籍志》一卷（《續唐志》）（世界書局，民國 52 年，收入《唐書經籍藝文合志》中），34 頁。

13. （宋）陸九淵，《象山先生全集》三六卷（商務，民國 65 年，《四部叢刊編》第六三冊），347 頁。

14. （清）陸心源，《皕宋樓藏書志》一二〇卷，《續志》四卷（《皕宋》）（廣文，民國 57 年，十二冊）。

15. （清）陸心源，《儀顧堂題跋》十六卷（《儀顧》）、《儀堂續跋顧》十六卷（《儀顧續》）（廣文，民國 57 年，八冊）。

16. （唐）陸德明，《經典釋文》三十卷（鼎文，民國 61 年），456 頁。

17. （三國吳）陸璣，《毛詩草木鳥獸蟲魚疏》二卷（新文豐，民國 74 年，《叢書集成新編》第四三冊），頁 612～620。

18. （清）張廷玉，《明史》三三二卷（鼎文，民國 67 年，十二冊）。

19. （民）張鈞衡編，《適園藏書志》十六卷（繆荃孫撰）（廣文，民國 57 年，四冊）。

20. （明）張萱，《內閣藏書目錄》八卷（內閣）（廣文，民國 57 年，二冊）。

21. （宋）張載，《張橫渠集》十二卷，《叢書集成新編》，冊七四（新文豐），176 頁。

22. （唐）張鷟，《朝野僉載》六卷，《叢書集成新編》，冊八六（新文豐出版，民國 74 年 3 月。

23. （清）莫友芝，《宋元舊本經眼錄》三卷（廣文，民國 56 年），302 頁。

24. （清）莫作驥，《五十萬卷樓藏書目錄初編》二二卷（五十萬）（廣文，民國 56 年，十一冊）。

25. （魏）曹植，《曹子健集》一〇〇卷，《四部叢刊初編》冊三三（商務）。

26. （清）崔述，《讀風偶識》四卷（學海，民國 68 年）。（頁數龐雜）

27. （清）崔述，《考信錄》三六卷（世界，民國 49 年，二冊）。

28. （元）脫脫，《宋史》四九六卷（鼎文，民國 67 年，十八冊，一四二六三），452 頁。

29. （魏）魚豢，《魏略》（輯本）二五卷，《三國志・附編》（鼎文，民國 75 年三版），98 頁。

十二畫

1. （清）惠周惕，《詩說》（藝文，《皇清經解》第三冊），頁 1809～1831。

2. （清）惠棟，《九經古義》，《叢書集成新編》，冊十（新文豐，民國 74 年），180 頁。

3. （清）黃丕烈，《蕘圃藏書題識》十卷（蕘藏）（廣文，民國 56 年，四冊）。

4. （清）黃宗羲，《宋元學案》一○○卷，華世，民國 76 年，六冊；陳叔諒、李心莊重編本，正中，民國 43 年）。

5. （清）黃虞稷，《千頃堂書目》三二卷（《千頃目》）（廣文，民國 56 年，六冊）。

6. （清）彭元瑞、于敏中等，《欽定天祿琳琅書目》十卷（《天祿》）（廣文，民國 57 年，十冊）。

7. （民）彭國棟，《重修清史藝文志》（商務，民國 57 年），頁 338。

8. （宋）程大昌，《詩論》（藝文《百部叢刊》第二四種，《學海類編》第一函），27 頁。（又見於新文豐，《叢書集成新編》，冊十一，頁 537，《考古編》。

9. （宋）程顥、程頤，《二程遺書》二五卷，《附錄》一卷（商務，《四庫全書》第六九八冊），279 頁。

10. （晉）傅玄，《傅玄集》，見《漢魏六朝百三家集》，卷三九（收入《四庫全書薈要》，冊四六九，世界書局）。

11. （民）傅增湘，《藏園群書題識》八卷，《續集》六卷（《藏園》）（廣文，民國 56 年，四冊）。

12. （清）焦循，《雕菰集》二四卷，《叢書集成新編》，冊六九（新文豐出版，民國 74 年，三冊）。

十三畫

1. （唐）賈公彥，《周禮注疏》四二卷（漢鄭玄注，唐賈公彥疏），《十三經注疏本》（中文出版社），667 頁。

2. （唐）賈公彥，《儀禮注疏》五十卷（同前），611 頁。

3. （晉）葛洪，《西京雜記》六卷，《四部叢刊初編》，冊二七（商務），20 頁。

4. （民）董康，《書舶庸譚》（廣文，民國 56 年），308 頁。

5. （民）葉啓勳，《拾經樓紬書錄》三卷（廣文，民國 56 年），364 頁。

6. （宋）葉適，《水心先生文集》二九卷（大本原式），《四部叢刊正編》，冊五九（商務，民國 70 年）。

7. （清）楊守敬，《日本訪書志》十六卷（廣文，民國 56 年，四冊）。

8. （清）楊紹和，《楹書隅錄》五卷《續錄》四卷（廣文，民國 56 年，四冊）。

十四畫

1. （民）趙爾巽，《清史稿》五三四卷（新文豐出版，民國 70 年，二冊）。

十五畫

1. （清）潘祖蔭，《滂喜齋藏書記》三卷（實爲葉昌熾撰）（廣文，民國 56 年），232 頁。

2. （日本）澁江全善、森立之，《經籍訪古志》（《經訪》）（廣文，民國 56 年），247

頁。

3. （漢）鄭玄，《毛詩譜》（清胡元儀輯）（藝文，《皇清經解續編》第二十冊），頁16274～16296。

4. （宋）鄭樵，《詩辨妄》，樸社編輯（北平暴山書社印行二二年），134 頁。

5. （宋）鄭樵，《通志》二〇〇卷（中文出版社，民國 67 年，二冊）。

6. （宋）鄭樵，《六經奧論》六卷，《四庫全書》，冊一八四（商務），121 頁。

7. （民）鄧邦述，《群碧樓善本書目》六卷（廣文，民國 56 年，二冊）。

8. （民）鄧邦述，《寒瘦山房鬻存善本書目》七卷（廣文，民國 56 年，三冊）。

9. （宋）歐陽修，《詩本義》十五卷（商務，民國 70 年，《四部叢刊廣編》第三冊），107 頁。

10. （宋）歐陽修，《歐陽文忠公集》一五八卷（商務，民國 68 年，大本原式《四部叢刊正編》第四四、四五冊），共 1298 頁。

11. （宋）歐陽修、宋祁，《新唐書》二二五卷（鼎文，民國 68 年，八冊）。

12. （宋）歐陽修，《新五代史》七四卷（鼎文，民國 68 年，二冊）。

13. （清）蔣光煦，《東湖叢記》六卷（廣文，民國 56 年），396 頁。

14. （宋）黎靖德，《朱子語類》一四〇卷（正中，民國 51 年，八冊。又，華世出版社，民國 76 年，八冊）。

15. （清）劉文淇，《左傳舊疏考正》，《皇清經解續編》，冊十二（復興書局，民國 62 年 2 月）。

16. （漢）劉向，《新序》十卷（新文豐，民國 74 年，《叢書集成新編》第十八冊），頁 663～685。

17. （漢）劉向，《說苑》二十卷（叢書同前，第十八冊），頁 609～662。

18. （後晉）劉昫，《舊唐書》二〇〇卷（鼎文書局，六冊）。

19. （元）劉瑾，《詩傳通釋》二十卷（商務，《四庫全書》第七六冊），頁 261～787。

20. （南朝梁）劉勰，《文心雕龍》十卷（明倫，民國 60 年），頁 761。又王更生《文心雕龍讀本》（文史哲，民國 74 年）。

十六畫

1. （南朝梁）蕭統，（昭明）《文選》六十卷（藝文，民國 44 年），頁 552。

2. （清）錢大昕，《潛研堂文集》五十卷（商務，民國 65 年，《四部叢刊初編》第九七冊），484 頁。

3. （清）錢大昕，《補元史藝文志》四卷（《補元志》）（新文豐，民國 74 年，《叢書集成編新》第一冊），頁 309～323。

4. （清）錢大昕，《補續漢書藝文志》一卷（補續漢志）（叢書同前，第一冊），頁 21～29。

5. （清）錢泰吉，《曝書雜記》三卷（曝雜）（廣文，民國 56 年），232 頁。

6. （清）錢曾，《讀書敏求記》四卷（讀敏），管庭芬、章鈺校證（廣文，民國 56年，三冊）。

十七畫

1. （宋）謝枋得，《疊山集》十六卷，《四部叢刊廣編》，冊四二（商務印書館，民國 70 年），頁 74。

2. （宋）韓淲，《澗泉日記》三卷（新文豐，民國 74 年，《叢書集成新編》第八九冊），頁 657～667。

3. （漢）韓嬰，《韓詩外傳》十卷（叢書同前，第一八冊），頁 567～607。

十八畫

1. （北齊）顏之推，《顏氏家訓》，大本原式《四部叢刊正編》，冊二二（商務，民國 70 年），頁 45。

2. （漢）戴德，《大戴禮記》十三卷，大本原式《四部叢刊正編》，冊三（商務，民國 68 年），頁 71。

3. （清）瞿鏞，《鐵琴銅劍樓藏書目》二四卷（鐵琴銅劍）（廣文，民國 56 年，五冊）。

4. （清）魏源，《詩古微》十七卷（藝文，《皇清經解續編》，第十九冊），頁 14598～14865。

二十畫

1. （宋）蘇軾，《蘇東坡全集》（河洛圖書出版，民國 64 年，二冊）。

2. （宋）蘇轍，《詩集傳》十九卷（商務，《四庫全書》第七十冊），頁 311～533。

3. （宋）嚴粲，《詩緝》三六卷（商務，《四庫全書》第七五冊），497 頁。

二一畫

1. （清）顧炎武，《日知錄》（集釋）三二卷（中文出版社，民國 67 年），908 頁。

2. （清）顧祖禹，《讀史方輿紀要》一三〇卷（新興，民國 56 年，三冊）。

3. （清）顧櫰三，《補五代史藝文志》一卷（《補五代志》）（新文豐，民國 74 年，《叢書集成新編》第一冊），頁 208～213。

二二畫

（清）龔顯曾，《金史藝文志補錄》（《金志補》）（世界，民國 65 年，收入《遼金元藝文志》一書中，（頁數龐雜），在《金藝文志》，頁 45～68。

不著作者姓名

1. 叢書子目類編（叢子）（文史哲，民國 75 年，正文 1752 頁，索引 791 頁。

2. 《中國歷代藝文總志》（總志）——經部（國立中央圖書館，民國 73 年），422頁。

貳、一般著作者（皆民國）

一、單行本

四　畫

1. 文幸福，《詩經周南召南發微》（學海，民國 75 年 8 月，249 頁）。
2. 王國維，《觀堂集林》（河洛，民國 64 年，1234 頁）。
3. 王國維，《王觀堂先生全集》（文華，民國 57 年，十六冊）。
4. 王夢鷗，《禮記今註今譯》（商務，民國 68 年，二冊，共 841 頁）。
5. 王靜芝，《詩經通釋》（輔大文學院叢書，民國 58 年，667 頁）。
6. 王靜芝等，《經學研究論集》（黎明文化事業公司，民國 70 年，406 頁）。
7. 毛漢光，《兩晉南北朝士族政治之研究》（中國學術著作獎助委員會，民國 55 年，二冊，共 730 頁）。

五　畫

1. 本田成之（日本），《中國經學史》（古亭書屋，民國 64 年，358 頁）。

六　畫

1. 江乾益，《陳壽祺父子三家詩遺說研究》，《師大國研所集刊》三十期，共 204 頁）。（碩士論文）
2. 江磯編，《詩經學論叢》（嵩高書社，民國 74 年，546 頁）。
3. 牟宗三，《荀學大略》（中央文物供應社，民國 42 年 12 月）。
4. 朱子赤，《詩經關鍵問題異議的求徵》（文史哲，民國 73 年 10 月出版，350 頁）。
5. 朱守亮，《詩經評釋》（學生書局，民國 77 年 8 月二版，二冊，962 頁）。
6. 朱維錚編，《周予同經學史論著選集》（上海人民出版社，1983 年 11 月，876 頁）。

七　畫

1. 汪惠敏，《南北朝經學初探》（嘉新水泥基金會，民國 68 年，88 頁）。
2. 李威熊，《中國經學發展史論（上冊）》（文史哲，民國 77 年，352 頁）。
3. 李威熊，《馬融之經學》（政大中研所，民國 64 年，博士論文，889 頁）。
4. 李振興，《王肅之經學》（政大中研所，民國 65 年，博士論文，708 頁）。
5. 吳春山，《呂祖謙研究》（臺大中研所，民國 67 年，博士論文，506 頁）。
6. 呂美雀，《王應麟著述考》（臺大中研所，民國 61 年，碩士論文，54 頁）。
7. 何定生，《詩經今論》（商務，民國 57 年），頁 291。
8. 何澤恆，《歐陽修之經史學》（臺大中研所，民國 65 年，碩士論文，290 頁）。
9. 何澤恆，《王應麟之經史學》（臺大中研所，民國 70 年，博士論文，527 頁）。

八　畫

1. 林尹，《文字學概說》（正中，民國 66 年，270 頁）。
2. 屈萬里，《詩經釋義》（文化大學出版，民國 72 年，450 頁）。
3. 屈萬里，《尚書今註今譯》（商務，民國 66 年，204 頁）。
4. 周浩治，《清代之詩經學》（政大中研所，民國 59 年，碩士論文，329 頁）。

九　畫

1. 施炳華，《毛詩釋例》（政大中研所，民國 63 年，碩士論文，418 頁）。
2. 韋政通，《荀子與古代哲學》（商務，民國 71 年 8 月七版）。
3. 胡樸安，《詩經學》（商務，民國 53 年，168 頁）。

十　畫

1. 高明主編，《群經述要》（黎明，民國 68 年，256 頁）。
2. 高明，《高明孔學論叢》（黎明，民國 67 年，240 頁）。
3. 高明，《高明經學論叢》（黎明，民國 67 年 7 月，364 頁）。
4. 夏長樸，《兩漢儒學研究》（臺大文學院，民國 67 年 2 月，164 頁）。
5. 夏傳才，《詩經研究史概要》（中州書畫社，1982 年 9 月，290 頁）。
6. 馬宗霍，《中國經學史》（商務，民國 68 年，158 頁）。
7. 馬持盈，《詩經今註今譯》（商務，民國 77 年，修訂四版，605 頁）。
8. 徐復觀，《中國經學史的基礎》（學生，民國 71 年，269 頁）。
9. 徐復觀，《兩漢思想史》（卷三）（學生，民國 73 年 2 月再版，629 頁）。

十一畫

1. 梁啓超，《清代學術概論》（中華，民國 45 年，80 頁）。
2. 梁啓超，《中國近三百年學術史》（中華，民國 67 年，364 頁）。
3. 梁啓超，《中國學術思想變遷之大勢》（中華，民國 45 年，104 頁）。
4. 康義勇，《王肅之詩經學》（師大國研所，民國 62 年，論文）。
5. 許秋碧，《歐陽修著述考》（政大中研所，民國 65 年，碩士論文，182 頁）。
6. 陳奇猷，《韓非子集釋》（華正書局，民國 66 年，二冊，1240 頁）。
7. 陳美利，《朱子詩集傳釋例》（政大中研所，民國 61 年，碩士論文，182 頁）。
8. 陳寅恪，《陳寅恪先生論文集》（三人行出版社，民國 63 年，二冊）。
9. 陳榮捷，《朱子門人》（學生，民國 71 年，378 頁）。
10. 陳新雄，《音略證補》（文史哲，民國 68 年再版，466 頁）。
11. 陳新雄，《古音學發微》（文史哲，民國 64 年，1318 頁）。
12. 張起鈞、吳怡，《中國哲學史話》（自印本，民國 59 年，352 頁）。

十二畫

1. 勞思光，《中國哲學史》（三民，民國 70 年，四冊）。
2. 黃永武，《許慎之經學》（中華，民國 61 年，12737 頁）。
3. 黃忠慎，《宋代之詩經學》（政大中研所，民國 73 年，博士論文，598 頁）。
4. 黃彰健，《經今古文學問題新論》（中研院史語所專刊七九，民國 71 年，809 頁）。
5. 黃慶萱，《修辭學》（三民書局，民國 78 年 3 月增訂三版，626 頁）。
6. 程元敏，《王柏之詩經學》（嘉新水泥基金會，民國 57 年，202 頁）。
7. 傅樂成主編，《中國通史》（眾文圖書公司（出版年不一），八冊）。

十三畫

1. 董同龢，《漢語音韻學》（文史哲經銷，民國 74 年，230 頁）。
2. 葉國良，《宋人疑經改經考》（臺大中研所，民國 67 年，碩士論文，208 頁）。
3. 葉慶炳，《中國文學史》（學生，民國 76 年，二冊）。

十四畫

1. 廖平，《今古學考》（學海，民國 75 年，195 頁）。
2. 趙沛霖，《詩經研究反思》（天津教育出版社，1988 年 3 月，563 頁）。
3. 趙制陽，《詩經賦比興綜論》（楓城，民國 64 年，224 頁）。
4. 趙制陽，《詩經名著評介》（學生，民國 72 年，468 頁）。
5. 裴普賢，《詩經研讀指導》（東大，民國 66 年，384 頁）。
6. 裴普賢，《經學概述》（開明，民國 61 年，二版，256 頁）。
7. 裴普賢，《歐陽修詩本義研究》（東大，民國 70 年，188 頁）。
8. 蒙文通，《經學抉原》（商務，民國 55 年，70 頁）。
9. 熊公哲等，《詩經研究論集》（黎明，民國 70 年，506 頁）。

十五畫

1. 鄭寶美，《孔氏詩聲分例正補》（文化中研所，民國 65 年，碩士論文，108 頁）。
2. 潘英，《中國上古史新探》（明文，民國 74 年，二冊，1040 頁）。
3. 潘重規，《敦煌俗字譜》（石門圖書公司，民國 67 年 8 月，480 頁）。
4. 蔡世明，《歐陽修的生平與學術》（文史哲，民國 69 年，282 頁）。
5. 蔣伯潛，《經學纂要》（正中，民國 58 年，205 頁）。
6. 劉大杰，《中國文學發展史》（華正，民國 73 年，1392 頁）。
7. 劉師培，《國學發微》（國民出版社，民國 48 年，50 頁）。

十六畫

1. 駱賓基，《詩經新解與古史新論》（山西人民出版社，1985 年 9 月，257 頁）。
2. 賴炎元，《毛詩鄭氏箋釋例》（師大國研所，民國 47 年，碩士論文，129 頁）。
3. 賴炎元，《韓詩外傳考徵》（師大國研所叢書第一種，民國 52 年，二冊）。
4. 賴炎元，《韓詩外傳今註今譯》（商務，民國 61 年 9 月，439 頁）。
5. 蕭一山，《清代通史》（商務，民國 52 年，五冊）。
6. 錢穆，《兩漢經學今古文平議》（三民，民國 60 年，434 頁）。
7. 錢穆，《朱子新學案》（自印本，民國 60 年，五冊，三民總經銷）。
8. 錢穆，《宋明理學概述》（中華文化出版事業委員會，民國 51 年，二冊）。

十七畫

1. 糜文開、裴普賢，《詩經欣賞與研究》（三民，民國 71 年，517 頁）。

十八畫

1. 鄺士元，《中國學術思想史》（里仁，民國 69 年，630 頁）。
2. 簡博賢，《今存南北朝經學遺籍考》（黎明，民國 64 年，277 頁）。

二、期刊論文

三　畫

1. 于大成，〈經書的版本〉（《孔孟月刊》十二卷十一期，民國 63 年 7 月），頁 29
   ～34。
2. 于大成，〈王安石著述考〉（《國立中央圖書館館刊》，新一卷第三期，民國 57 年
   1 月），頁 42～46。
3. 于大成，〈王安石三經新義〉（《孔孟月刊》十一卷一期，民國 61 年 9 月），頁 23
   ～27。
4. 于維杰，〈鄭玄詩譜考正〉（《大陸雜誌》二八卷九期，民國 53 年 5 月），頁 16
   ～20。

四　畫

1. 文物局古文獻研究室，安徽阜陽地區博物館，阜陽漢簡整理組，〈阜陽漢簡詩經〉
   （《文物》1984～8，1984 年 8 月），頁 1～12。（又一篇：〈阜陽漢簡簡介〉。《文
   物》1983～2），頁 21～23），（又一篇：〈阜陽雙古堆西漢汝陰侯墓發掘簡報〉（《文
   物》1978～8），頁 12～31。
2. 孔祥驊，〈子夏氏西河學派初探〉（《學術月刊》，1985～2，年月同），頁 44～47
   （下轉頁 67）。
3. 王允莉，〈詩序之時代與作者〉（《孔孟月刊》二二卷三期，民國 72 年 11 月），

頁 13〜18。

4. 王啓興,〈論儒家詩教及其影響〉(《文學遺產》1987〜4,上海古籍出版社,1987年 8 月),頁 7〜14。

5. 王德培,〈略論詩經的起源、性質、流變和史料意義〉(《天津師大學報》1984〜3,1984 年 6 月),頁 69〜76。

6. 王禮卿,〈詩序辨〉(《孔孟月刊》八卷四期〜六期,民國 58 年 12 月〜民國 59年 2 月)。

五 畫

1. 石文英,〈宋代學風變古中的詩經研究〉(《廈門大學學報》,1985 年四期),頁109〜117。

2. 白惇仁,〈春秋時代歌詩考〉(《孔孟月刊》十二卷二期,民國 62 年 10 月),頁14〜21。

3. 白惇仁,〈春秋時代誦詩考〉(《孔孟月刊》十二卷十一期,民國 62 年 7 月),頁15〜19。

4. 左松超,〈朱熹論詩主張及其所著詩集傳〉(《孔孟學報》五五期)。

六 畫

1. 江乾益,〈鄭康成毛詩譜探析〉(《中華文化復興月刊》十七卷六期,民國 73 年 6月),頁 31〜40。

2. 牟潤孫,〈論儒釋兩家之講經與義疏〉(《新亞學報》四卷二期,民國 49 年 2 月頁 353〜415。

3. 朱維錚,〈儒術獨尊的轉折過程〉(《上海圖書館建館三十周年紀念論文集》,1982年 7 月),頁 291〜305。

4. 向熹,〈「毛詩傳」說〉(《語言學論叢》第八輯,北大中文系語言學論叢編委會,北京商務印書館,1981 年 8 月),頁 176〜216。

七 畫

1. 汪惠敏,〈三國時代之經學〉(《輔仁學誌》(文學院之部)九期,民國 69 年),頁 291〜321。

2. 汪惠敏,〈唐代經學思想變遷之趨勢〉(《輔仁國文學報》一期,民國 74 年 6 月),頁 257〜287。

3. 李仲立,〈試論西周社會性質〉(《中國古代史論叢》,總第八輯,福建人民出版社,1983 年 12 月),頁 361〜376。

4. 杜其容,〈詩毛氏傳引書考〉(《學術季刊》四卷二期,民國 44 年 12 月),頁 10〜24。

5. 杜松柏,〈博士官與今文經學〉(《中華文化復興月刊》十九卷二期,民國 75 年 2月),頁 33〜37。

6. 何定生，〈從言教到諫書看詩經的面貌〉（《孔孟學報》十一期，民國 55 年 4 月），頁 101～148。

7. 何佑森，〈清代漢宋之爭平議〉（《文史哲學報》二七期，民國 67 年），頁 97～113。

8. 何敬群，〈從三禮春秋傳探討詩在周代之應用〉（《珠海學報》三期，民國 59 年 6 月），頁 70～92。

9. 何澤恆，〈歐陽修之詩經學〉（《孔孟月刊》十五卷三期，民國 65 年），頁 18～25。

八　畫

1. 屈萬里，〈論國風非民間歌謠的本來面目〉（《史語所集刊》三四期下，民國 52 年 12 月），頁 477～491。

2. 屈萬里，〈宋人疑經的風氣〉（《大陸雜誌》二九卷三期，民國 53 年 8 月），頁 23～25。

3. 來新夏，〈清代考據學述論〉（《南開學報》1983～3，1983 年 5 月），頁 1～9。

4. 林葉連，〈還「拜」字真面目〉（《國文天地》四卷六期，民國 77 年 11 月），頁 80～83。

5. 林麗娥，〈晚清今文學之探討〉（《孔孟月刊》十九卷二期，民國 69 年 12 月），頁 58～68。

6. 林耀潾，〈周代典禮用詩之詩教意義〉（《中華文化復興月刊》十八卷五期，民國 74 年 5 月），頁 17～24。

7. 林耀潾，〈周代言語引詩之詩教意義〉（《東方雜誌》，復刊十九卷三期，民國 74 年 9 月），頁 36～40。

8. 林耀潾，〈孟子之詩教〉（《中華文化復興月刊》十八卷九期，民國 74 年 9 月），頁 14～24。

9. 林耀潾，〈韓詩外傳說詩研究〉（《孔孟學報》五八期，民國 78 年 9 月），頁 45～84。

10. 周桂鈿，〈天命論產生的進步意義〉（《北京師範大學學報》1986～51986 年 9 月），頁 56～59（下轉頁 23）。

11. 周駿富，〈清代詩經著述考〉（《人文學報》（輔大）三期，民國 62 年 12 月），頁 529～570。

九　畫

1. 胡平生，〈阜陽漢簡詩經異文初探〉（《中華文史論叢》1986～1，上海古籍出版 1986 年 3 月），頁 1～35。

2. 胡平生、韓自強，〈阜陽漢簡詩經簡論〉（《文物》1984～8，1984 年 8 月），頁 13～21。

3. 胡念貽，〈論漢代和宋代的詩經研究及其在清代的繼承和發展〉（《文學評論》1981～6，1981 年 11 月），頁 58～72。

4. 胡念貽，〈關於詩經大部分是否民歌的問題〉（《文學遺產增刊》第七輯，香港聯合出版社），頁 1～13。

5. 胡義成，〈先秦法家對詩經的批判〉（《江淮論壇》1982～4，1982 年 8 月），頁 69～73。

6. 胡楚生，〈朱子對古籍訓釋的見解〉（《大陸雜誌》五五卷二期，民國 66 年 8 月），頁 92～98。

7. 范文瀾（遺作），〈經學史講演錄〉（《歷史學》1979～1，1979 年 3 月），頁 3～25。

8. 姚榮松，〈詩序管窺〉（《孔孟學報》二五期，民國 62 年 4 月），頁 59～74。

十　畫

1. 高亨，〈詩經引論〉（《文史哲》1956～5，1956 年 5 月），頁 7～17。

2. 高明，〈詩六義說與詩序問題〉（《孔孟月刊》二三卷五期，民國 74 年 1 月），頁 12～19。

3. 高葆光，〈詩賦比興正詁〉（《東海學報》二卷一期，民國 49 年 6 月），頁 75～96。

4. 夏傳才，〈論宋學詩經研究的幾個問題〉（《文學遺產》1982 年二期），頁 97～104。

5. 夏緯瑛，〈毛詩草木鳥獸蟲魚疏的作者——陸璣〉（《自然科學史研究》一卷二期），頁 176～178，1982 年）。

6. 倉修良、夏瑰琦，〈明清時期「六經皆史」說的社會意義〉（《歷史研究》1983～6），頁 75～82，1983 年 12 月）。

十一畫

1. 郭紹虞，〈六義說考辨〉（《中華文史論叢》第七輯（復刊號）（上海古籍出版社，1978 年 7 月），頁 207～238。

2. 章權才，〈論兩漢經學的流變〉（《學術研究》1984～2），頁 73～80，廣東人民出版社。

3. 陳紹棠，〈詩序和「淫詩」〉（《中國學人》一期，民國 59 年 3 月），頁 87～97。

4. 陳新雄，〈古音學與詩經〉（《孔孟月刊》二十卷十二期，民國 71 年 8 月），頁 20～25。

5. 陳槃，〈「論國風非民間歌謠的本來面目」跋〉（《史語所集刊》三四下，民國 73 年 8 月），頁 493～504。

6. 張志哲，〈西漢今文經學評述〉（《華東師範大學學報》1978～5，1987 年 10 月），頁 50～56。

7. 張海珊，〈中華民族是善於形象思維的民族——詩國奧秘之一〉（《天津師大學報》1989～6，1989 年 12 月），頁 54～59。

8. 張漢東，〈從左傳看孔子的刪詩痕跡〉（《山東師大學報》1985～6，1985 年 11 月），頁 72～77。

9. 陸寶千,〈論清代經學——以考據治經之起源及其成就之限度〉(《歷史學報》(師大)三期,民國 64 年 2 月),頁 1〜22。

10. 莫礪鋒,〈朱熹詩集傳與毛詩的初步比較〉(《中國古典文學論叢》二,1985 年 8 月),頁 140〜155。

十二畫

1. 湯志鈞,〈清代經今文學的復興〉(《中國史研究》1980〜2,1980 年 6 月),頁 145〜156。

2. 黃永武,〈從詩經二南看修齊治平之道〉(《孔孟月刊》十六卷四期,民國 66 年 12 月),頁 7〜10。

3. 黃永武,〈釋「思無邪」〉(《中華文化復興月刊》十一卷九期,民國 67 年 9 月),頁 26〜30。

4. 黃侃(遺著),〈詩經序傳箋略例〉(《蘭州大學學報》1982〜3,1982 年 7 月),頁 69〜78。

5. 黃振民,〈論古人之賦詩及引詩〉(《師大學報》十五期),頁 1〜13,民國 59 年 6 月)。

6. 黃振民,〈漢魯、齊、韓、毛四家詩學考〉(《中華文化復興月刊》五卷七〜九期,民國 61 年 7〜9 月),頁 27。

7. 黃振民,〈論古人之賦詩及引詩〉(《師大學報》十五期,民國 59 年 6 月),頁 83〜95。

8. 黃紹海,〈論明清之際經學的復興〉(《江海學刊》1984〜6。

9. 黃錦鋐,〈西漢之孔學(一)〜(六)〉(《淡江學報》2〜8 期。

10. 黃寶實,〈詩在春秋時代〉(《大陸雜誌》七卷八期,民國 42 年 10 月),頁 6〜8。

11. 程元敏,〈程敬叔的讀經法〉(《孔孟月刊》八卷五期,民國 59 年 1 月頁 17〜18。

12. 程元敏,〈三經新義修撰通考〉(《孔孟學報》三七期,民國 68 年 4 月),頁 135〜147。

13. 程元敏,〈兩宋之反對詩序運動及其影響〉(《中山學術文化集刊》第二集,民國 57 年 11 月),頁 619〜636。

14. 程俊英,〈略談詩經「興」的發展〉(《華東師範大學學報》,1980〜4,1980 年 8 月),頁 43〜48。

15. 程俊英,〈歷代詩經研究評述〉(《華東師範大學學報》,1982〜3,1982 年 6 月),頁 36〜43。

16. 程發軔,〈漢代經學之復興〉(《孔孟學報》十四期,民國 56 年 9 月),頁 95〜117。

17. 程運,〈兩宋學術風氣之分析〉(《政大學報》二一期,民國 59 年 5 月),頁 117〜133。

十三畫

1. 楊向時，〈左傳引詩考〉（《淡江學報》三期，民國 53 年 11 月），頁 157～180。

2. 楊承祖，〈詩經正變說解蔽——兼論孔子授詩的態度〉（《孔孟月刊》三卷三期，民國 53 年 11 月），頁 25～28。

十四畫

1. 褚斌杰、章必功，〈詩經中的周代天命觀及其發展變化〉（《北京大學學報》1983～6，1983 年 12 月），頁 50～58（下轉頁 69）。

2. 趙光賢，〈孔子、儒家與傳統文化〉（《北京師範大學學報》1989～1，年月同），頁 13～18。

3. 趙伯雄，〈漢武帝與漢代經學的神秘主義傾向〉（《內蒙古大學學報》1984～2，1984 年 6 月），頁 68～75。

4. 趙制陽，〈詩大序有關問題的討論〉（《中華文化復興月刊》十九卷八期，民國 75 年 8 月），頁 29～41。

5. 趙制陽，〈鄭玄詩譜詩箋評介〉（《中華文化復興月刊》十三卷八期，民國 69 年 8 月），頁 68～78。

6. 趙制陽，〈詩序評介〉（《中華文化復興月刊》十三卷二期，民國 69 年 2 月），頁 63～75。

7. 趙效宣，〈朱子家學與師承〉（《新亞學報》九卷一期，民國 58 年 6 月），頁 225～239。

8. 臧云浦，〈兩漢經學的發展與影響〉（《徐州師範學院學報》1984～4，1984 年 12 月），頁 1～9。

9. 裴普言，〈荀子與詩經〉（《文史哲學報》十七期，民國 57 年 6 月），頁 151～183。

10. 裴普賢，〈孔子以前詩經學的前奏——詩經學歷史概述第一章〉（《幼獅月刊》四四卷三期，民國 65 年 9 月），頁 27～30。

11. 裴普賢，〈鄭玄詩譜圖表的綜合整理〉（《國立編譯館館刊》六卷二期，民國 66 年 12 月），頁 20～34。

12. 裴普賢，〈歐陽修詩本義內容及其對宋代詩經學影響的考察〉（《幼獅學誌》十六卷二期，民國 69 年 12 月），頁 74～123。

13. 熊公哲，〈兩漢經學異同概說〉（《文海》二期，民國 52 年 1 月），頁 3。

十五畫

1. 潘重規，〈詩經研究略論〉（《孔孟月刊》十九卷十一期，民國 70 年 7 月），頁 9～14。

2. 潘重規，〈孔門詩教初講〉（《孔孟月刊》二五卷十二期，民國 76 年 8 月），頁 14～16。

3. 潘重規，〈評介張西堂著詩經六論〉（《中國學人》一期），頁 163～165，民國 59

年3月）。

4. 潘重規，〈詩序明辨〉（《學術季刊》四卷四期，民國45年6月），頁20～25。

5. 潘重規，〈朱子詩序舊說敘錄〉（《新亞師院學術年刊》九期，民國56年9月），頁1～22。

6. 潘重規，〈敦煌詩經卷子研究論文集序〉（《華學月刊》五二期，民國65年4月），頁1～3（按：此論文於，民國64年11月發表於文大中研所之「《木鐸》」）。

7. 潘重規，〈倫敦藏斯二七二九號暨列寧格勒藏一五一七號敦煌卷子詩音殘卷綴合寫定題記〉（《新亞學報》九卷二期，民國59年9月），頁1～47。

8. 潘重規，〈詩經興義的新觀察〉（《孔孟月刊》二二卷十二期，民國73年8月），頁6～11。

9. 潘重規，〈五經正義探源〉（《華岡學報》一期，民國54年6月），頁13～22。

10. 潘重規，〈敦煌詩經卷子之研究〉（《華岡學報》六期，民國59年2月），頁1～20。

11. 潘重規，〈巴黎倫敦所藏敦煌詩經卷子題記〉（《新亞書院學術年刊》十一期，民國58年9月），頁259～290。

12. 潘重規，〈儒家禮學之精義〉（《人生》二二卷四期，民國50年7月），頁2～7。

13. 蔡根祥，〈朱熹詩集傳鄭風淫詩說平議〉，《孔孟月刊》二五卷。

14. 蔣曉華，〈從經學博士看漢代社會〉（《四川大學學報》1989～1），頁93～100，1989年3月）。

15. 蔣勵材，〈孔子的詩教與詩經（上）（下）〉（《孔孟學報》二七期、二八期，民國63年4月、9月）。

16. 劉孔僑，〈略論孔子刪詩之說〉（《文史學報》（珠海學院）二期，民國54年7月），頁126～131。

17. 劉兆祐，〈兩千年來詩經研究的回顧〉（《幼獅學誌》十七卷四期，民國72年10月），頁37～55。

18. 賴炎元，〈歐陽修的詩經學〉（《中國國學》六期，民國67年4月），頁228～234。

19. 賴炎元，〈呂祖謙的詩經學〉（《中國學術年刊》六期，民國73年6月），頁23～39。

20. 賴炎元，〈朱熹的詩經學〉（《中國學術年刊》二期，民國67年6月），頁43～62。

十六畫

1. 賴長揚、劉翔，〈兩周史官考〉（《中國史研究》1985～2，1985年5月），頁97～108。

2. 錢穆，〈略論魏晉南北朝學術文化與當時門第之關係〉（《新亞學報》五卷二期，民國52年8月），頁23～79。

十七畫

1. 謝謙，〈論朱熹詩說與毛鄭之學的異同及歷史意義〉（《四川師院學報》1985～3，1985 年 8 月），頁 35～42。

2. 糜文開，〈孟子與詩經（上、下）〉（《大陸雜誌》三六卷一期、二期，民國 57 年）。

十八畫

1. 戴君仁，〈孔子刪詩說折衷〉（《大陸雜誌》四五卷五期，民國 61 年 11 月），頁 48～49。

2. 戴君仁，〈兩漢經學思想的變遷〉（《孔孟學報》十八期，民國 58 年 9 月），頁 47～62。

3. 戴君仁，〈經疏的衍成〉（《孔孟學報》十九期，民國 59 年 4 月，（又見於《經學研究論集》（黎明出版，民國 70 年），頁 103～126）。

4. 簡博賢，〈王肅詩學及其難鄭大義〉（《孔孟學報》三八期，民國 68 年 9 月），頁 131～161。

二十畫

1. 蘇瑩輝，〈從敦煌北魏寫本論詩序眞僞及孝經要義〉（《孔孟學報》一期，民國 50 年 4 月），頁 79～75。

2. 蘇瑩輝，〈敦煌六朝寫本毛詩注殘葉斠記〉（《孔孟學報》三期，民國 51 年 4 月），頁 267～270。